U0721066

21 世纪都市文化跨学科研究书系

◇ 2020 年常德市委宣传部重大项目“新时代常德文学发展研究”
◇ 2021 年广东省社会科学研究基地东莞理工学院城市文化研究中心扶持项目

# 地域之魅：新世纪常德文学发展研究

聂 茂 陈雅如 ◎ 著

中南大学出版社
www.csupress.com.cn
·长 沙·

**图书在版编目(CIP)数据**

地域之魅：新世纪常德文学发展研究 / 聂茂，陈雅如著. —长沙：中南大学出版社，2021.8

(21 世纪都市文化跨学科研究书系)

ISBN 978-7-5487-4453-5

Ⅰ. ①地… Ⅱ. ①聂… ②陈… Ⅲ. ①地方文学史—文学史研究—常德 Ⅳ. ①I209.964.3

中国版本图书馆 CIP 数据核字(2021)第 106472 号

**地域之魅：新世纪常德文学发展研究**

**DIYU ZHIMEI：XINSHIJI CHANGDE WENXUE FAZHAN YANJIU**

聂 茂 陈雅如 著

□**责任编辑** 浦 石
□**责任印制** 唐 曦
□**出版发行** 中南大学出版社
社址：长沙市麓山南路 邮编：410083
发行科电话：0731-88876770 传真：0731-88710482
□**印 装** 湖南省众鑫印务有限公司

□**开 本** 710 mm×1000 mm 1/16 □**印张** 26.25 □**字数** 469 千字
□**版 次** 2021 年 8 月第 1 版 □**印次** 2021 年 8 月第 1 次印刷
□**书 号** ISBN 978-7-5487-4453-5
□**定 价** 149.00 元

# 总序　跨学科研究打开都市文化的新天地

欧阳友权

## 一

当下的中国，是一个快速发展的中国，是日新月异的中国。农耕时代的小桥流水，原始乡村的诗情画意，“日出而作，日落而息”的田园牧歌，“醉后不知天在水，满船清梦压星河”的宁静悠远，正日益成为来去匆匆的都市人残留在记忆深处的一抹乡愁。

与此同时，四通八达的高速公路，森林般扩展的居民小区，随处可见的脚手架，川流不息的车辆与人群，以及霓虹灯、酒吧、立交桥、环形剧场等极具现代性和都市气息的生活场景，不仅浓缩了现代城市的发展变化，也充分彰显了高科技和物质文明的高度融合给整个社会带来的深刻影响。而以“北漂”“沪漂”“深漂”为代表的城市奋斗者则正在不同的城市以辛勤的努力为自己的幸福拼搏，在梦想的道路上奔跑。这些潮水般涌入的异乡者以最快的速度和最小的代价，想方设法找到属于自己的精神栖息地，让喧哗与骚动、痛苦与欢乐、诗意与汗水尽情地释放，他们不仅源源不断地为都市文明增加新的元素，输入新的血液，也理所当然地获得了与乡村生活不一样的感受，与城市原居民不一样的境遇。他们“漂”来“漂”去，真实地呈现出受时代大潮裹挟所带来的个人命运的种种变化。这些充满油烟味、泥土味、汗臭味和人情味的大大小小的变化，都凝结成转型时期都市生活韧性十足且多姿多彩之审美经验的一部分。无论你喜欢与否，也无论你接受与否，你都身处其间，无可逃离，也不想逃离。

随之而来的是都市文化的更新、再造与嬗变，文学叙事的革命，文化生态的重建，城市空间的延伸，时间观念的裂变，网络文艺的转向，地域文学的分流，大众心理的迷茫与踟蹰，阶级固化的打碎与重构，文化征候的忽左或忽右，等等，这些问题也越来越集中地浮现出来。如何面对这些问题，如何透过现象看清本质，如何把握社会脉动，深刻诠释中国经验，是当下人文社会科学和广大学人面临的重大机遇与挑战。中国社会发展的大潮一泻千里，汹涌澎湃，各种新生事物层出不穷，改革阵痛在所难免，新的审美对象、审美范式、审美形态矗立在现实面前，我们的学科发展和学术追求是融入其中，创新担当，以鲜活的思想讲述改革开放所带来的新事物、新现象、新场景，还是固守原本自成体系的学术范式，守正出新，在圆润完备的体系里做精做深，已越来越成为中国学人的道路选择和学术分野。

## 二

很长一段时间以来，学科的范畴和学术的“楚汉之界”泾渭分明，壁垒森严，彼此不得越雷池半步，每每强调“隔行如隔山”，自设禁区，画地为界，精耕细作，带来的结果必然是，细分的门类越来越多，研究的范围越来越狭窄，解决问题的能力也越来越弱。不可否认，这种精细分工和“守土有责”在特定的时代和文化背景下发挥了积极作用，也产生了一大批优秀的学术成果，成为“术业有专攻”的典范，但这种传统的学术方式在多元文化、多重场景、多维主体的挑战下也越来越暴露出自己的短板、不适、苍白和无力。因此，在新的历史时期，一切有追求、有抱负、有责任的学人，更应该在纷繁芜杂的现象、纷至沓来的问题、此起彼伏的时代大潮中，勇敢地走出书斋，拥抱沸腾的现实生活，大胆设想，小心求证，以跨学科的研究、大学术的视野、与时俱进的姿态，全身心投入到学科建设和学术创新的实践中。

聂茂是一个出道较早、著作颇丰的作家，也是一个感觉敏锐、非常勤奋的学者，他生于湖南，长于湖南，工作在湖南，湖湘文化中“经世致用”的精髓对他产生了深刻影响。同时，他有着丰富的媒体从业经验和出国留学的经历，思想活跃，视野开阔，学术领域宽广，在新闻传播、文学评论、文化产业、网络文艺等领域都有建树，这为他这些年来跨学科研究的大学术追求提供了坚实基础。

某种意义上，跨学科研究如同多兵种联合作战的现代化军队，能够以强大的战斗力重塑文化研究的新格局。特别是在大文科建设的时代背景下，从理论和实践层面推动跨学科融合，充分运用各学科之间的特色和优势，关注中国现实，回应大众关切，用新的角度，从新的切口，进入研究对象，这样的跨学科研究必将为当前的学术研究带来新的变化，获得新的收获。文化研究的价值体系一方面以审美的方式发现和阐释世界，一方面又以意识形态的角度评析和研判世界，两者都面临着深刻转型，而转型中的巨大困惑和危机也越来越多地激发学人的思考，一系列现象与本质问题亟须从理论上做出清理与反思。

聂茂跨学科研究不是一时的心血来潮，更不是赶时髦、趋时尚、追热点，而是从进入学术生涯的那一天起，就自觉沉潜其中，一以贯之地坚持着自己的学术理想，守护着自己的学术良知。早在2005年，聂茂进入到中南大学任教不到一年，当年9月8日《文艺报》双周刊的头版头条《学科带头人特别报道》栏目里，就醒目地记录了他所追求的“跑马人生”。他清醒地意识到，学术研究要有独特的方法和视角，强调“不拘一格，立异标新，要有拓荒者的勇气和高屋建瓴的气魄”。他呼唤一种“大学术”，追求开放性、包容性和新锐性，认为学术应当走出“象牙之塔”，“学术成果应当转化为生产力，及时为社会、为国家建设服务”。

## 三

“21世纪都市文化跨学科研究书系”就是聂茂带领自己的弟子(其中4名博士、1名硕士)历经数年，默默耕耘，呕心沥血，努力践行“跨学科研究”和“大学术”追求的集中奉献。该书系包括5本著作、170余万字，聚焦都市文化的方方面面，致力于各学科之间的融合贯通，将个性空间与社会场景、大众思潮与小众肌理、抽象理念与具象审美有机结合起来，透过纷繁复杂的表象，深入到事物的本质，让学术绽放力量，让审美重拾尊严，让文化回归现实。这种跨学科研究不仅面对过去、现在，更面向未来。聂茂希冀在更多的融合中，真正打破学科界线，去除学科藩篱，用哪怕是尚未成熟的冒险精神，充分展示学术的内在力量和直面当下的责任与担当，以“自反而缩，虽千万人吾往矣”的勇气，确立跨学科研究的立场、观点、方法和范式。

正是基于以上考虑，摆在面前的这摞沉甸甸的书系便有了叙写一般城市文化研究读物“不一样的风景”：《时间之恋：都市文化的审美传播》一书以高速公路和高速铁路作为切入点，见证了“高速时代”社会心理、大众生活和时间观念的深刻变化，并对中国的现代性、文化身份的认同与反省、媒介意义的生成与阐释，以及都市与乡村的流动空间做出了全面而深刻的分析。《空间之美：转型社会的文化镜像》紧紧抓住“空间”二字，细致剖析了速度、空间等变化对人们的思想、心理和精神产生的震撼，兼具思想性、哲理性和文学性，颇像一本韵味十足的文化散文。《文学之光：多维视野下的精神命途》运用优秀文化传统和中华美学精神，对21世纪中国文学的发展状态、内在结构、作家心态、书写特点和价值重构等做出深入细致的解读和阐释。《虚拟之虹：网络文艺的符号世界》结合互联网的时代语境，与传统文艺符号进行比较，阐明了网络文艺符号的本质特征和网络文艺符号的生产机理，在网络文艺学理层面上具有一定的开拓性。《地域之魅：新世纪常德文学发展研究》聚焦湖南常德市改革开放以来在书写中国经验和社会转型方面的文学实绩，努力彰显新时期常德文学的精神命途、责任担当、道路选择与家国情怀等，为文学湘军的发展提供了可资借鉴的地域资源与文化自信，为气象万千的中国其他地方文学的发展提供了实证研究和新的学术范式。

毫无疑问，“21世纪都市文化跨学科研究书系”打开了都市文化研究的新天地，为日后学术同行的相关研究提供了重要的学术资源。整个书系至少在以下三个方面体现了作者的积极探索和不懈努力：

其一，夯实了都市文化研究的学理基础，彰显了跨学科研究融合创新的时代意义。该书系涵盖了文学、艺术、哲学、美学、社会学、传播学、心理学、空间设计、道路、桥梁、工程等跨学科知识，真实反映了21世纪新科技所带来的社会变革的强大力量。随着社会心理的深层变革，人工智能的快速迭代，科技革命朝着纵深发展，社会问题日益综合化、复杂化、模糊化，应对这种现实变化亟须学科专业的整合应用，推动跨学科融合发展是新文科建设的必然选择。同时，该书系中的每一部著作都是团队合作的结果，各书之间既有较强的系统性，又有各自的独立性，努力打破学科专业的壁垒，积极尝试跨专业之间深度融通、文科与理工农医交叉融合，充分融入现代信息技术赋能文科教育，从时间到空间，从城市到乡村，从传统到现代，对接社会和各个行业，革故鼎新，而这，也正是新文科建设和跨学科研究的题中之义和价值所在。

其二，新文科建设和跨学科研究的前提和归宿是重新认识和发掘中国文化与都市文明的丰富资源，以实际行动进入学术现场，兼容并蓄，有容乃大。该书系强调拓展研究对象，打通学科分野，直面社会当下的学术主旨。作者的研究对象非常广泛，包括广告牌、服务区、高架桥、报警亭，话题包括视频、综艺、旅程等等，整个书系以审美文化、文艺评论、大众传播相结合的方式，重新检视人们司空见惯的事物，找到那些因为习以为常而失去了审美直觉的存在，以陌生化的体验重建学术研究的观念、范畴和谱系，反思传统学科思维在当代语境中的问题，探讨审美实践、文艺评论和大众传播实践在城市变革中面对高科技力量所带来的种种变化和发展，分析当下社会的审美焦点、文学实绩，以及网络符号生产的状况、传播和变迁。作者还试图挑战横亘于学科与学科之间、理论与实践之间、网络与现实之间的二元对立，从审美和批判的角度直面城市新变，重构城市形象。

其三，作者用纵横交织、自上而下、由里而外的方式，生动阐释城市文化与乡村文化共生共融的关系，充分展示了21世纪跨学科研究对于继往开来、积极拓展新文科建设的重大价值。从这个意义上说，本书系的出现可谓恰逢其时。聂茂和他的弟子们带给我们的启发是，学术研究不可耽于眼前的自足，而忘却未来的挑战。真正的大学术既要有“究天人之际，通古今之变，成一家之言”的抱负，又要有“为天地立心，为生民立命，为往圣继绝学，为万世开太平”的雄心，更要走出“象牙之塔”，将学术之根深深扎进脚下的这片土地，尽情书写充满泥味、汗味和烟火味的时代华章。

1837年，爱默生在哈佛大学举办的“美国大学优等生联谊会”年会上发表了一个著名的演讲，他郑重其事地提醒台下的美国青年，希望他们日后不要成为“在美国”的德国学者、英国学者或法国学者，而要成为立足于美国生活的“美国学者”。爱默生语重心长地说：“我们依赖的日子，我们向外国学习的漫长学徒期，就要结束。我们周遭那千百万冲向生活的人不可能总是靠外国果实的干枯残核来喂养。”他认为美国人倾听欧洲的时间已经太久了，以致美国人已经被人看成是“缺乏自信心的，只会模仿的，俯首帖耳的”。爱默生的这个演讲，对今天的中国人，特别是中国学者来说，不仅是一个警醒，更是一种启示、一种鞭策。相信聂茂及其弟子们的这套书系，能够成为都市文化研究新的学术亮点，积极推动新文科建设和跨学科研究的创新发展；也衷心祝愿聂茂和他的弟子们为发展既有世界视野又有中国风骨、中国精神、中国气派的学术研究继续新的探索，做出新的贡献。

是为书系总序。

（作者系中南大学原文学院院长、二级教授、博士生导师，国家教学名师，国家社科基金学科评审组专家，享受国务院政府特殊津贴，中国作家协会网络文学研究基地首席专家，澳门文化产业研究所所长，茅盾文学奖评委，鲁迅文学奖获得者。）

# 目　录

# 绪论　中国经验与家国情怀的多维书写

## 一

刘勰在《文心雕龙》开宗明义写道："文之为德也大矣，与天地并生者何哉？"意思是为什么说"文"的道德意义巨大，可以与天地并生而不朽呢？刘勰主要强调文章的"德"，即文本内涵的价值追求。曹丕在《典论·论文》中指出："盖文章，经国之大业，不朽之盛事"，强调的则是文章的功效和影响。两人的共同点都是强调"立言"的"诗教"传统，这也是中国传统知识分子在"立德、立功"之外追求生命价值的第三个重要组成部分。

某种意义上，常德文学盛传不衰不仅与"立言"的"诗教"传统有关，也与地域文化的精神基因有关。常德人普遍重视教育，重视人与人之间的和谐、诚实与奉献，作家们自觉地具备了一种"文人本位"的价值观念，他们往往依靠它来确定个人在现实世界中的位置，确定自己的生存理想和道路选择。无论是丁玲、昌耀、未央，还是水运宪、陶少鸿、浮石等人，都是这一创作理想的选择者、承担者和表现者。由于湖湘文化的浸润和常德水土的滋养，他们的作品虽然各自有着其独特的艺术张力、思想表达和审美风格，但大都是"文以载道"和"为民代言"之家国情怀与担当精神的继承与赓续。

一方水土养一方人。不同的水土、气候等自然环境，不同的历史底蕴、风俗习惯和思维模式等人文环境，对一个地方的作家会有显而易见的影响，特别是对作家的心理、气质、教育、知识结构、人生态度、价值观念、艺术感知、审美倾向、文学创作选择等构成重大影响，这种影响的直接呈现就是作家创作的文学作品从主题聚焦、人物形象、意境与场景到作品语言、细节、体裁、形式、风格和表现手段等的不同。

有人认为，“常德这块土地上的人们历来是很吃得苦、‘霸得蛮’的”，并认为“这是一种极其儒化的‘蛮’，其本质应该指向一种勤勉精进，其内涵则是一种较真和执着（夏子科《沅有芷兮澧有兰——当代常德地方文学论略》）”。应该说，这个评价是比较中肯的。

应该看到，改革开放以来，在市场经济和全球化浪潮的冲击下，作家们不仅从出生地到居住地发生了重大变化，他们的精神、思想和感受也发生了重大变化，以地域文化创作为主要特征的作家作品有所淡化，但地域文化对作家的浸染仍然无法抹去，他们自觉或不自觉地继承和发扬优秀中华文化。因此，作为传统中华文化之一的湖湘文化在常德作家群中仍然有着不可替代的影响，发挥着潜移默化的作用。

湖湘文化影响下的当代常德文学，特别是新时期常德文学书写和发展的过程，可以看作是一部地域文化或湖湘文化影响下“当代常德文学史”的浓缩。可以说，正是受到了湖湘文化的熏陶与沅水、澧水的哺育，当代常德文学才呈现出了自己独特的地域特色、审美底蕴和艺术风格，也正是常德作家群的共同努力，他们用智慧、汗水、才情，执着甚至是执拗地表现着自己的智慧、经验、价值、追求，不断发掘、创新丰富和拓展了地域文化和常德文学。

对湖湘文化和常德社会的深度聚焦和深刻描绘，对常德风土风物、民生民情的持续关注，是常德文学中经常出现的书写母题或创作主题。聚焦常德，聚焦脚下的这片厚土，意味着作家在创作之初就已经有了表达常德的创作冲动与审美自觉，意味着常德这片故土的一草一木在他的情感和精神时空中有着永不褪色的绰约风姿。得益于悠久的历史底蕴和文化自觉，常德作家群在时代大潮中你追我赶、新人辈出，这种现象与常德文化自身的浪漫、包容和韧性有关。常德文化是一种诗性文化，有着饱满的感性审美、豁达的人生态度、向上的价值追求，与清丽、大气、秀美的地理和自然环境相映成趣。这种文化能够培育出中国独特的文学信仰，由此形成一种执着的力量、丰沛的记忆和感恩的情怀，即作家们把对文学的追求当作人生的最高追求，并自觉渗透到各自的智慧、血液和思想中，大大促进了常德文学的发展和深化。常德文学从新时期之初出现的水运宪、中期出现的陶少鸿到21世纪以来涌现出的众多优秀的作家和作品，就得益于常德文化在作家们身上的情感沉淀、理想寄寓和精神投射。

## 二

常德作家群充分汲取湖湘文化思想资源，以昂扬的创作姿态、积极的价值追求、从容的文化自信努力开掘和阐发中国元素、中国气质、中国智慧与中国精神，在当代湖南文学史，乃至中国当代文学史上写下了精彩的一页。

例如，早在20世纪八九十年代，常德文学就有曾辉、吴飞舸、彭其芳、涂绍钧等人的精彩表现。特别是文学湘军“七小虎”之一的陶少鸿，数十年来，他笔耕不辍，成就斐然。进入21世纪以来，龚道国、杨拓夫(杨春进)、向未(向延兵)、刘双红等人的诗歌，周碧华的小说与诗歌，张天夫的散文与诗词杂赋，卢年初、秦羽墨(陈文双)等人的散文，刘少一、罗学知、李万军等人的公安文学，蔡德东的历史小说，楚梦的动物小说，以戴希为代表的武陵区小小说作家群，都以其各自的文学成就而引起文坛瞩目。

不仅如此，常德文学中拥有一群特别知性、靓丽的女性作家诗人群体，邓朝晖、谈雅丽、杨亚杰、章晓虹、刘绍英、唐益红等人的诗歌，阿满、宋庆莲、龙向梅等人的小说、散文等，在文学湘军，乃至全国文坛中，都占有应有的位置。夏子科、程一身、张文刚、陈集亮等的创作，则涵盖了评论、翻译、诗歌、小说、散文等跨文体写作的诸多面向，收获颇丰。疯狂小强、罗霸道和杨莉等人的网络小说独树一帜。如果再算上从外地来常德工作、生活的诗人胡丘陵、罗鹿鸣等，以及在外地工作、生活的常德作家诗人如龚曙光、浮石、庄宗伟、舒丹丹、毕亮、张翔武、楚梦等人，还有创作歌剧《李贞回乡》、电视连续剧《走向共和》《恰同学少年》和电影《赤壁》等一批影响深远的影视作品的著名编剧盛和煜，包括英年早逝的诗人、出版家龚湘海，以及更多的没有出现在这份名单中却一直默默地坚持写作的一大批常德作家诗人，可以说，常德的文脉刚劲雄健，常德的文运兴旺发达，常德的文人各领风骚，已经成为文学湘军，乃至全国文坛一道独特的风景线。

必须承认，在地域文化对文学创作所产生的诸多影响当中，气候的影响是最基本的，也是最强有力的影响。18世纪法国启蒙思想家孟德斯鸠十分强调气候的影响，认为“气候的影响是一切影响中最强有力的影响”。这里所讲的影响，不只是针对普通人，对作家、诗人尤其如此。这种影响主要通过两种形式，一种是直接影响文学的具体描写，一种是通过人文气候影响文学的内部结构与人物精神与心理特点。气候的最大特点之一，在于它的差异性。不同的气候产生不同的情绪，不同的人有着不同的情感表现，继而影响到作家的气质与作品风格的形成，还影响到作家的审美感受与生命意识的触发，这也是为什么不同的作家在同一种气候下写出不同的作品的原因，也是文学的百花园呈现万紫千红的原因所在。

事实上，作为承载情感体悟、集体记忆、个人命运与家国情怀的窗口，常德文学既展现了历史血脉的符号表达，又凝聚了地域生命寻根的文化想象。面对复杂多变和丰富深邃的中国经验，常德作家群以鲜明的思想个性、浪漫的审美情怀、独具的艺术立场，锲而不舍地追溯记忆深处的文化母土和精神原乡，以真实而深刻的生活文本构建了万花筒般的诗意家园。

摆在面前的这部厚厚的常德作家作品评论精选，就是一份美好的礼物和生动的见证。本书前面的小说、诗歌、散文三大类别的专辑主要精选的是全国各地评论家对常德作家、诗人作品的评论；丁玲研究虽然只收录了 7 篇文章，但作为本书的一个专辑列入书中，不仅突出丁玲在中国当代文学史上的重要地位，而且也彰显了家乡人民对这位著名作家的崇敬、怀念和敬爱之情。本书还特地列出一个《他山之石》的专辑，其中既有中国一些文学名家如韩作荣、韩少功、叶延滨、王家新、李修文、刘大先、穆涛、叶梅等人对常德作家作品的评论，也有一批常德评论家对中国文学名家如余光中、蒋子龙、铁凝、严歌苓、王跃文和野夫等作品的评论，充分反映出常德文学在全国的影响力和常德作家、评论家的自信力。

## 三

当今湖湘文化所具有的形态和特征，可视为中原儒家入世精神与湘楚原始巫蛮性格合流之后的衍生。与中原正统儒家思想有所不同，历史上的湖南从未作为政治文化中心，多数时期都处于远离权力核心的边缘地带。湖湘文化中儒学传统的形成，很大程度上有赖于谪居在湖南的士大夫阶层和因中原战乱与政权更迭导致的大规模移民。湖湘文化本质上属于一种“贬官文化”，湖湘地域的偏远与儒家士大夫怀有的济世安民的政治抱负之间产生的精神张力，使得“心忧天下”“位卑未敢忘忧国”的政治理想与家国情怀成为湖湘文化经世致用理念的重要体现。无论是屈原、贾谊还是杜甫、苏轼、黄庭坚，他们在昔日略显蛮荒的湖湘大地上留下的不朽的文学遗产无不表现出其对政治和民生的深切关怀。

在“边缘”与“底层”的视角和立场之下，湖湘文化中政治理想和家国情怀所具有的主流意识形态色彩得到部分程度的消解，而更多地成为根植于民族心理和普遍人性之中的情感诉求与精神寄托。爱国主义在湖湘文化中自然而然地成为题中应有之义，使得一代又一代生长和居住于湖湘大地之上的士人学子在远离政治话语中心的同时，又自觉地趋向于政治思维和社会视野，既拥有入世的积极心态，又能保持由地域风土塑造的坚韧和隐忍，树立起高远的人生理想，并形成了务实的处世作风。

在近现代中国的历史舞台上，经世致用和家国情怀使得湖湘文化和湖湘人才在政治军事和思想文化等领域大放异彩。在近代救亡图存的大背景下，湖湘文化在理论和实践上都带有鲜明的启蒙主义色彩。从魏源、谭嗣同等晚清志士到黄兴、蔡锷等民主斗士，再到以毛泽东为代表的湘籍无产阶级革命先驱，无不怀着强烈的爱国热情为古老中国的现代化新生而上下求索。“五四”新文学以来，文学湘军自觉继承着启蒙主义传统，力求真切而深刻地反映在湖湘沃土乃至中国大地上发生的风起云涌的时代变幻。沈从文、丁玲、周立波、黄永玉等大家为湖南文学确立起浪漫诗意与现实关怀并存的新文学传统，在继承的同时为湖湘文化注入了新的形式和生机。

常德的地理位置决定了其文化形态的多样性和包容性。在儒学传统之外，湘楚原始巫蛮性格、“乌托邦”色彩浓郁的桃源情结以及沈从文、黄永玉等湘西作家建立起的现代文学中的牧歌传统使常德文学保留了鲜明的浪漫主义色彩。然而在20世纪古老中国的剧烈变革中形成的中国现当代文学本身就带有强烈的启蒙意识和介入现实的意愿，文学作为改良社会与思想启蒙的武器这一理念始终深入相当一部分作家和知识分子的内心。在现代化启蒙精神和经世致用传统的影响之下，湖南文学和常德文学的浪漫更倾向于“入世”的浪漫，通过对美好人性的宣扬和理想社会的描绘来表达作家的现实理想。

值得一提的是，在常德及湖南文学的创作实践领域，民族作家占据着举足轻重的地位。民族文学在相当长的历史时期内都处于被主流文明忽视和遮蔽的境地，而随着沈从文等一批现当代民族作家的涌现，民族文学逐渐争取到属于自身的能见度和话语权。现代民族文学的发轫几乎与中国追求现代化的历程同步，因此我们也能从许多民族文学作品中感受到鲜明的文化反思色彩。民族作家通过不懈的创作实践追索着本民族的身份认同，并在此过程中以独特的体验和视角实现了家国情怀的民族化表达。

改革开放后，经济大潮席卷中国大地，财富已不仅仅是作为生活和生产的资料，更已逐渐成为一种动摇传统道德伦理观念的意识形态。在市场和消费主义的巨大诱惑和驱使之下，艺术品质和人文精神都普遍遭到不同程度的削弱。但值得欣慰的是，我们仍能从常德作家的作品中看到对文学所承载的现实关怀的坚守。水运宪、陶少鸿、龚曙光等常德文学干将，桃花源诗群的诗人们以及活跃在常德文艺各界的创作者用充满质感和情怀的文字抒写着新时代常德文学的华彩篇章。相对而言，常德甚至湖南在当代中国政治经济领域的地缘位置并没有发生太大的变化，这使得常德文学能够保持自身经过长期积淀和充分发掘的地域文化特色和人文精神品质，在日渐复杂多元的文学场域内拥有自身的能见度，为中国经验和家国情怀的文学表达提供可贵的常德实践。

## 四

要充分理解、把握和读懂湖湘文化视域下常德作家或常德文学的精神脉搏，我们可以从下列五个维度进行分析：

第一是“金”，常德是一座历史与人文的写作金矿。作为历史文化名城，这里有夹山寺、桃花源和常德诗墙等充满历史和人文气息的名胜，而“常德会战”则在整个抗日战争中有着特殊地位。随着全球一体化的不断深入，包括常德作家在内的中国作家不可避免地卷入被现代性所遮蔽的西方话语体系下的消费主义旋涡。现代性的结构与话语有一种冲击的力量，自然而然地像病毒一样扩散着，渗透进每一个中国作家的心中和他们的作品之中，常德作家也概莫能外。可喜的是，常德作家坚持“扎根母土”和“洋为中用”的书写方法，在不停地观察、思考和积累中也逐渐建构起自身的创作特色和身份认同，努力挖掘“新鲜蘑菇”和“语言金子”，写出一系列跟这片厚土相匹配的优秀作品来。

第二是“木”，常德文学具有森林的广博，有着木质般的味道和泥土的芳香。这种气味若有若无，淡香，恒久。或许是由于沅江、澧水的自然屏障，常德作家们无意投入文坛的热闹和喧哗之中，他们用自己的方式冷静注视着社会转型下自己的生存境遇，执着地内省、寻找、诉说和表达生活的悲欢和人性的美，他们始终把关切的目光投向沸腾的现实生活，以充满诗性的目光打量、审视与体味，以抑扬顿挫的语调述说着湘北大地的山川风土和人文故事，使作品呈现出张扬与内敛、豪壮与安宁、热烈与静谧的美学风格。

第三是“水”，常德文学秉承水的特质、品格与境界，流水不腐，表明常德作家群拥有开放的心胸和永不服输的生命追求。湖南水系众多，仅常德境内就有 87 条通航河流，从“沅有芷兮澧有兰”到“这遍湖的星光，原该悬于命运的头顶/会否将脚底的千层汪洋覆盖”（谈雅丽），自古以来，常德作家作品便不乏关于“水”的意象书写，在碧波荡漾的情景交融中掬出人性的澄明、生活的清透和情感的柔美。苏珊·朗格在《情感与形式》一书中指出，艺术是人类情感符号的创造，人类把完整的生命体验以艺术抽象的方式形成符号的幻象，这一幻象引发了审美主客体之间的情感共鸣。常德作家借助“水”的意象，运用细腻丰沛的叙事艺术，把人放在时代巨变的关怀对象的位置上，使河风、阳光、水与灵魂融为一体。

第四是“火”，常德作家始终有着火一般的热情和积极奋发的力量，常德文学呈现出豪气凌云的个性与湖湘侠义的气质，丁玲如此，昌耀和未央亦如此。常德是一个遍布崇山峻岭和滩流急湀的地方，在先秦时期为荆蛮之地，这种文化品格使当地人天然地携带刚劲、倔强、勤勉、笃实、耐劳的侠义特征。这样的“精神”与“根性”使常德人以群体的方式崛起于中国近现代的历史上，不仅体现在一代又一代湘人筚路蓝缕、艰苦创业所表现出来的大无畏的气概里，也体现在当前常德文学的创作成果中。

第五是“土”，常德文学拥有大地的品格，看似土气实则接地气，兼有才气、灵气与底气。常德作家群有着强烈的忧患意识、爱国精神和民族意识，他们自觉地以表现国家与民族的苦与悲、爱与乐为己任。自屈原以降，直至进入 21 世纪文学，这一种特质从未退出常德作家的创作视野。这种深植母土的家国情怀折射出常德作家群面向历史、直面现实的心路历程，他们真诚地将个人“小我”与国家民族“大我”联系在一起，充分表达改革过程中从乡村到城市的繁华与苍凉，努力为读者“开辟一个精神空间、提供一个心灵视角，陪伴读者去观照现实、认识自己”（陶少鸿《生命的颜色》）。

文学创作的繁荣发展离不开文学批评的健康发展。本书以马克思主义美学和中国特色社会主义思想为指导，着眼于湖湘文化的传统视域，对常德当代作家作品的评论做了一次系统全面的归纳和总结，是一部简明、另类和独具特色的常德文学史，为新的历史时期探索应该如何认识和表现具有地域特色的常德文学提供了重要的理论意义和学术价值。

# 第一章　地域文化视域下 21 世纪的常德文学

地域文学研究是随着 20 世纪 80 年代寻根文学的兴起而衍生的文学研究视角和方法。寻根文学致力于对传统意识和民族文化心理的发掘，而中国作为传统的农业大国，本身具有浓厚的地域性和乡土性，不同地区的作家对各自民族和乡土的“寻根”，势必带有鲜明而独特的地域色彩。由于我国特殊的文学体制和文艺组织形式，文学创作和研究通常是作为当地政府文化领域工作的一个重要项目，以地方文艺机构为单位进行组织和实践的领导工作，这使得文艺创作和批评的地方色彩得到强化。地域文学成为政府推进地区文化建设的重要手段，并由此形成相应的文化产业，推动地区经济的发展，即“文化搭台，经济唱戏”。地域文学的创作和研究视角得到了地区文艺创作者、研究者的青睐和政府部门的支持，自发端以来呈蓬勃之势发展，成为文学创作和研究领域的显流。

由于我国辽阔的疆域、多民族文化格局的现实国情和以地方为基本单位的文艺组织形式，地域文化视野和地域文学研究在相当长的时间内仍将是重要的创作导向和研究风向。但随着经济文化发展，旧有的地域文化格局被不断打破，传统的地域文化视野和思维显然无法适应变化了的时代背景，无法涵盖新的文学现象和艺术品质。常德文学作为湖南文学的一个分支，具有鲜明的地域色彩，也同样面临着当代地域文学发展的瓶颈和困境。如何正视和突破现有地域文化视野的局限，开拓新的研究视野和路径，是当代地域文学研究的应有之义。

## 第一节　常德文学的地理与人文源流

文学是一种风景，这是法国作家加缪说的。一方水土养一方人，有什么样的地域，就会有与此相匹配的文学。南与北，京派与海派，长江与黄河，各有各的特色，各有各的气质。从地域看文学，既可以看到一个作家、一个地方的生活风景，又可以反过来透过作品看到一个地方的文化传统和思想精神。长期以来的文学实践证明，地域是决定文本内外辨识度的重要因素。无论是在作家、作品抑或阅读接受领域，地域文化的差异使得文学活动呈现出纷繁复杂的多样性。地域塑造了人的形体，影响当地的气候环境及景物风貌，所有的因素都会综合作用于人对世界的感受和认知过程中，产生植根于深层文化心理中的地域意识。

常德位于湖南省西北部，地处长江中游洞庭湖水系、沅江下游和澧水中下游以及武陵山脉、雪峰山脉东北端，东据西洞庭湖，西倚湘西山地，史称“川黔咽喉，云贵门户”，是江南著名的“鱼米之乡”。自秦以来，常德地区即已设郡县管辖，成为独立的行政单位。作为湘西的门户，常德是沟通湘东与湘西乃至东部地区与西南地区的桥梁，拥有重要的经济文化和战略地位。在古代社会，为防御和镇压西南边地的少数民族，中央封建统治者历来将常德设为军事重镇。在长期的经贸往来甚至战争交锋过程中，常德与湘西之间不断产生人口流动与文化浸染，使得常德文化中带有相当程度的湘西边地色彩。近年来，出于区域发展的需要，政府将常德与怀化、湘西自治州一并划入“大湘西”的概念中，充分发挥区域联动的优势，促进大湘西地区的整体发展。因此，常德与湘西的联系日益紧密，与湘西在经济文化上的互动日趋频繁。常德与常德文化已成为广义上的湘西与湘西文化的重要组成部分。

但常德的地理环境与湘西有别。常德临近洞庭湖区，处于沅水和澧水中下游，水文条件优越，平原面积相对广大，与多山而封闭的湘西地区相比，其处于交通更为便利、人口更加密集、经济较为发达的地位。其中，发源于常德德山之麓鼎城枉水河畔、萌芽于四千多年前的尧舜时代的善德文化，是中华文明史和优秀民族传统文化的重要组成部分，使得常德拥有悠久而丰富的精神文化内核。随着历史的进展与政权的迭代，大量因发展商贸或躲避战乱而南迁的中原居民构成了常德人口的重要来源，其中汉族人口占绝大多数，因此常德方言属西南官话，与北方话有亲缘关系。由于地理和交通的因素，常德虽是湘西的门户，但在地缘上与长沙较为接近，较之湘西的原始文明具有更多市井文明的色彩。“常德城内一条长街，铺子门面都很高大，与长沙铺子大同小异，近于夸张。”①更发达的城市形态和更频繁的人员流动使常德受儒家汉文化的浸淫更深，与历史上长期被孤立的湘西原生民族文化相比，有更多的主流文明色彩，也更早被主流文明认同，纳入“湖湘文化”的版图之中。

由此可见，常德以及常德文化形态本身即是在多种因素交互作用下形成的，是中原文明与湘楚文明、山文明与水文明、市井文明与原始文明融合发展的结果，这使得对常德方言、常德文化的研究具有多元的路径和视角。地域虽是一个相对固定的范畴，但地域对文化的作用形式是非常复杂的。地域对人的作用、人对地域的反作用及地域之间的相互作用，都会影响某一地域在当下呈现出的文化形态。我们所说的地域文学传统，本身即是一个历时性的概念。地域的特征不会是一成不变的，随着时代的发展，地域所处的政治经济区位会逐渐产生变化，任何新的历史事件的发生都可能对某一地域的形态和格局造成影响，从而产生新的社会存在，萌生新的社会意识形态。地域文学传统作为社会意识形态的组成部分，必然会不断增添反映新的社会历史面貌的内容和形式。“一个地域固然有其自身的文学传统，但这个传统的形成在很大程度上本来就应该是开放条件下与他地域碰撞、交流的产物。”②地域文化视野应是一种开放、动态、包容的思维方式，这是我们科学探究常德文学的源流和发展应当确立的前提。

探究常德文学的现当代传统，沈从文是我们必须考虑的作家。由于湘西特殊的地理和人文环境，湘西在历史上一直处于被主流文化遮蔽的地位。而沈从文的出现使得湘西跃然成为中国现当代文学版图上的明珠，湘西边地叙事成为湖南文学乃至整个地域文学叙事的代表。常德虽不属于沈从文在小说中描绘的“边城”，但在他的纪实散文中，常德是作为“大湘西”文学地图中的重要一部分，《常德的船》也成为沈从文《湘西》散文集中的名篇。常德文学中的“桃源情结”，也与沈从文的“边城情结”有着天然的亲缘。“所有对世外桃源的奇情异想，许是古今中外的人们所持的一种普遍的精神心理情结，是对可以安放人的精神和灵魂的土地的不断追寻。一篇《桃花源记》，使荒远的

① 沈从文. 沈从文全集[M]. 太原：北岳文艺出版社，2002.

② 陈广宏. 闽诗传统的生成——明代福建地域文学的一种历史省察[M]. 上海：上海古籍出版社，2018.

湘西被陶渊明塑造成世外桃源。从那以后，正如沈从文所言，全中国的读书人，命运中注定了应读一篇《桃花源记》。”[①]沈从文所确立的现当代文学中的牧歌传统正是对“桃源情结”的历史继承，并随着自身文名的发展奠定，将这一传统发扬光大。

与沈从文有着直接继承关系的湘西作家是黄永玉。黄永玉出生在常德，半岁时随父母回凤凰老家，沈从文是其表叔。布罗茨基认为，当一个人写作时，“他最直接的对象并非他的同辈，更不是其后代，而是其先驱。是那些给了他语言的人，是那些给了他形式的人”。[②] 黄永玉受沈从文的影响是全面而深刻的，历经半生漂泊，黄永玉延续了沈从文的牧歌传统，执着于抒写乡愁，其代表作《无愁河上的浪荡汉子》以散点叙事的方式呈现了家乡的风土人情，身为画家的黄永玉在文学笔法上不拘一格。在黄永玉的作品中，我们能看到更多“入世”的成分，体现了他希望能“依靠某种思想或理想本身或使之体现在一定的社会改革机构中以进行社会改革的思想”。[③] 在当代社会，黄永玉的“理想国”探索对于发挥文学的社会价值无疑具有积极的意义。

除沈从文和黄永玉的边地牧歌叙事之外，对常德文学影响深远的另一现当代传统来自丁玲。丁玲生长于常德，年少时深受具有反封建意识的母亲和九姨向警予的熏陶。“丁母和九姨的一言一行，都深刻地影响着丁玲的思想，有助于她坚强果敢性格的形成。”[④]1930年左联成立后，开始了文学大众化、通俗化、民族化的讨论，而丁玲对文学大众化的实践方式之一，便是在作品中引入常德方言，创造出通俗化、生活化、富有湖湘文化韵味的叙事风格。丁玲所确立的常德文学乃至湖南文学的现实主义风格，体现了湖湘文化“经世致用”的传统。湖南师范大学文学院彭漱芬教授曾出版一部《丁玲与湖湘文化》，全面论述了丁玲与湖湘文化的关系。她在《湖湘文化的濡染与丁玲的精魂》一章中列举了如下四点：“‘虽九死其犹未悔’——丁玲的文化心理”；“‘经世致用’——丁玲的文化价值取向及其小说‘女性解放’的母题”；“‘蛮’‘倔’‘辣’——丁玲个性气质的文化内涵极其丰富、发展”；“咬牙励志、韧性战斗——丁玲的文化人格及其意志。”[⑤]丁玲的人格特质和作品风

① 郭春晓. 文艺传播学视角下的《湘西》研究[D]. 吉首：吉首大学，2014.

② 约瑟夫·布罗茨基. 悲伤与理智[M]. 刘文飞，译. 上海：上海译文出版社，2015.

③ 乔·奥·赫茨勒. 乌托邦思想史[M]. 张兆麟，等，译. 北京：商务印书馆，1990.

④ 王建忠，王伟. 丁玲与故乡常德[J]. 武陵学刊，2014(06).

⑤ 彭漱芬. 丁玲与湖湘文化[M]. 海口：南方出版社，2000.

格，呈现出更典型的“湖南人”特征。

在常德籍的当代作家中，诗人昌耀是一个独特的存在。昌耀是常德桃源人，但十三岁就离开家乡，十四岁从军开赴东北，继而前往朝鲜战场，归国后定居于青海。昌耀绝大部分的作品都是在青海创作的，描述的也多是高原的风土人情，以致学界通常将昌耀定义为“西部诗人”。也正是在对昌耀的评论和研究中，我们能看到传统地域文化视野存在的局限性，无法对跨地域跨文化作家做出更客观准确的判断。从昌耀少年时出走从军的履历和精神气质来看，可以发现昌耀所受的湖湘文明原生文化影响仍是根深蒂固的。《隋书·地理志》中曾说湖南人“其人率多劲悍决烈，天性然也”，所以俗语有“无湘不成军”的说法。“湖湘文化中源远流长的爱国传统，这种传统就是屈原忧国忧民思想与湖南强悍民风融合而成的以天下兴衰为己任的爱国精神。”[①]这种胸怀天下、崇武尚勇的精神，在昌耀的整个人生历程中都起着不小的作用。但从昌耀的文学创作实践来看，西部高原的地域文化无疑有着决定性的影响。对昌耀所做的地域文化分析，对解析其作品精神构成有着重要作用，但这种作用却是互相交融、不容割裂的。

在现代白话文学由萌芽到奠基并逐渐走向成熟的20世纪，中国始终处于争取民族独立和人民解放、向着现代化不断探索前进的历程中，常德也成为众多重大历史事件的亲历者，并在其中留下了浓墨重彩的篇章。在艰苦的抗日战争中，惨无人道的细菌战使得常德人民饱受摧残，而之后的常德会战中，常德军民同仇敌忾，有力地打击了侵华日军的嚣张气焰。常德会战是抗日战争时期大规模的会战之一，也是抗战以来最有意义的胜利之一，在整个抗日战争乃至第二次世界大战中都具有一定地位。沈从文、黄永玉、丁玲、昌耀及众多常德作家，无一不是20世纪风起云涌的常德历史乃至中国历史的见证者和倾听者。在湖湘文化经世致用理念及时代大背景下，常德作家普遍怀有强烈的历史担当，在文字中展现着对故土的热爱和深切的家国情怀。

当代常德文学的总体形态和风格是在多种地理和人文因素的综合作用下形成的，地域因素和文化传统影响了作家作品的特质，而作家作品也会对文化传统产生反作用，深化已形成的传统印象或是促使传统萌发出新的特质。卡西尔曾说：“人不再生活在一个单纯的物理宇宙中，而是生活在符号宇宙

① 曹波.屈贾情结在湖湘文化中的传承与升华[J].湖湘论坛，2008(2).

中。”[①]地域文化的形成和产生作用的方式，更多是以符号的形式。在常德的地域特征影响下诞生的沈从文、黄永玉、丁玲和昌耀，他们的文学史地位一经确立，便成为新的地域文化符号，作用于湖南文学传统，影响着当代常德文学乃至湖南文学的整体面貌。

## 第二节　当代常德文学现状概览

当代常德文学的面貌是当代湖南文学的一个缩影，即兼有“浪漫”和“现实”两大主要风格特征。浪漫传统可归于沈从文、黄永玉乃至自陶渊明以来的“桃源情结”的影响，现实书写则源于湖湘文化“经世致用”的思想、丁玲的左翼现实主义文学以及当代文学的现实主义主流导向。从常德文学的现状，我们可以清晰看到湖南文学传统自身具有的多元性和包容性。在本节中，我们拟从小说、诗歌、散文、儿童文学、网络文学和其他文学门类等多个方面梳理当代常德文学的创作情况。当代常德文学的创作队伍中，仍以本土作者居多，他们的创作，也能比较鲜明地代表常德文学目前的发展态势。

### 一、常德文学小说方阵

当代常德文学小说大体以现实主义书写为主，但在许多作家的乡土叙事中，可以看到受沈从文“牧歌传统”的影响，表现乡土劳动人民的人性之光，表达对故土的依附和眷恋，以及“城乡对峙”意识下现代文明带来的冲突和弊病。

作为常德文学小说方阵的主将，水运宪和陶少鸿始终保持着旺盛的创作生命力。在改革文学浪潮中脱颖而出的水运宪坚持高举现实主义大旗，以锐利的眼光和悲悯的情怀书写着时代风云和人性幽微。其中篇处女作《祸起萧墙》获全国第二届中篇小说奖；中篇小说《雷暴》获《当代》文学奖；执笔编写的电视剧《乌龙山剿匪记》刻画了众多有血有肉、爱憎分明的人物形象，经播出后一时间家喻户晓；2008年创作的长篇力作《乔省长和他的女儿们》借助20世纪80年代以来改革开放大背景下城市生活的变迁，通过展现主人公乔良的人生经历和心灵历程，把一个父亲的心灵史、四个女儿的成长史与一个社会的变迁史相融合来，生动而真实地反映出社会转型时期风云变幻的社会

① 恩斯特·卡西尔. 人论[M]. 甘阳，译. 上海：上海译文出版社，2004.

面貌，也让读者看到了乔良所代表的一代人的生命轨迹与人生追求。陶少鸿是湖南安化人，后因工作调任常德桃源，曾获湖南省青年文学奖、毛泽东文学奖、丁玲文学奖，代表作品有小说《梦土》《大地芬芳》《花枝乱颤》《百年不孤》等。其作品致力于表现农民与土地的关系，怀有浓浓的乡愁。陶少鸿近年的长篇力作《百年不孤》，立意审视 20 世纪中国的社会历史沧桑及其相应的乡土生态，涵盖了中国近现代的重大历史时期，“小说书写了岑国仁这一乡绅人物的个人命运史及岑家的百年家族兴衰史，展现了中国近现代百年历史风云与中国乡土社会现代化变迁，体现出作者浓厚的乡土人文情怀与对‘乡土中国’深刻的文化沉思”。[①]

一批实力强劲的中青年作家构成了常德小说的中坚力量，其中不乏许多优秀的民族作家。浮石、阿满、刘少一、恨铁等是其中的佼佼者。浮石是一位拥有颇具传奇色彩经历的作家，大学哲学系毕业后留校任职十年，下海做老板十年，曾经千万身家，曾经负债累累，曾经身陷囹圄。教过书、当过官、经过商、坐过牢，其独特的人生体验在其一炮而红的长篇小说《青瓷》中得到充分的发掘与呈现，作品以十分精细而生动的刻画表现了当下社会多重价值的缺失。阿满是一位满族女作家，曾获丁玲文学奖、《解放军文艺》优秀作品奖，现供职于常德市委。阿满的创作相较于其他本土小说家有其独特的一面，多从女性视角挖掘女性的情感和精神空间，以干净、纯粹的汉语书面语写作，“甚至淡化了时代的特征，以保持人物环境的封闭性，使她能够专心地讲述自己的故事”[②]，拥有丁玲早期作品的审美特质。土家族作家刘少一供职于常德公安系统，曾获公安部“金盾文学奖”、《民族文学》年度奖、土家族优秀作品奖。得益于长期的一线公安工作经历，刘少一的作品体现的则是常德文学和湖南文学中与“牧歌传统”相对的另一面，具有强烈的现实介入感，“敢于直面生活痛点、敏锐捕捉凡俗生活中的幽微，有着令人愿意倾听的叙事本领，在绵密朴拙的描写中，自有一种娓娓道来的真切感染力。”[③]恨铁的创作以中短篇小说为主，自 1984 年练笔始，已在《青年文学》《北京文学》《黄河文学》等多家刊物发表作品。其作品多关注处于社会底层的小人物，“用平

---

① 周会凌.“乡绅形象”的正面铸就与“乡土中国”的文化沉思——论陶少鸿长篇小说《百年不孤》[J]. 湖南工业大学学报(社会科学版)，2018(01).

② 贾兴安. 散文贵在创新[N]. 常德日报，2011-11-24(006).

③ 腾讯网. 常德公安. 微小悲观中的新警察叙事——刘少一的小说创作[EB/OL].(2016-6-12)[2017-8-15]. https://new.qq.com/omn/20180928/20180928A1JTLJ.html? pc.

视的眼光，用一腔真情看待我们平常人眼中的‘边缘’阶层”[1]，表现了质朴的平民意识和悲悯的人道主义关怀。

随着时代的发展，小说的内在意蕴与外在形式得到不断拓展，新时期的常德文学界培养了不少优秀青年作家，并拥有在全国都具备广泛知名度和影响力的小小说创作群体，给常德文学增添了新的生机与活力。“80后”小说家毕亮近年来创作态势强劲，作为打工文学、深圳文学的代表，他构建了文体上以短篇为主、表现内容上以深圳为主的小说世界，反映了在改革开放带来的务工潮中底层边缘劳动者的悲欢离合，其作品拥有年轻作家中难能可贵的踏实、老到与悲悯情怀。楚梦是一位具有高度的思想独立性和强烈的批判精神的小说家，其“动物小说”系列写作别具一格，通过对具有典型性形象的动物进行拟人描绘表达对人类社会的思考与批判。楚梦以高度的使命感指引写作，不断完成着创作上的自我突破，形成了独具特色的个人表达与个人风格。戴希的微小说创作卓有成就，主题多样，善于从日常琐事中发掘题材，内容积极向上，阳光健康，贴近读者生活，能引起读者共鸣，对社会现象敏感，对社会关系理解深刻，能在简单的故事中表达或深或浅的道理。以戴希为代表的常德小小说创作群体在微小说创作界享誉全国。“70后”作家龚芳在小说中诠释了属于自己这一代人的青春体验。改革开放后，中国社会的开放性与流动性陡增，成长于其中的“70后”一代人经历了“流离”与“漂泊”等精神困惑，龚芳的作品所展示的就是一群流离者迷茫、痛苦、漂泊、挣扎和甚至有些荒诞的成长历程。此外，丁玲文学奖获得者刘绍英、公安作家罗学知等，均在常德文学界拥有较高知名度。刘绍英对常德水文化的体验与解读，罗学知身为公安干警具有的强烈使命感和社会担当，为常德文学的历史文化底蕴和现实主义力量增添了宝贵的艺术风采。

## 二、常德文学诗歌方阵

常德诗歌在趣味和精神质地上极大程度受到陶渊明“桃源情结”的影响，注重抒写人与自然、人与人之间的关系，继承了中国传统田园山水诗的品貌。但同时，当代的地理和人文环境已经大不同于古时，即便是陶渊明笔下被描述为“世外桃源”的桃源县，也逐渐在走向现代化，不再具有与世隔绝的

---

① 百度百科. 恨铁[EB/OL].(2014-3-21)[2018-4-1]. https://baike.baidu.com/item/%E6%81%A8%E9%93%81/9527232?fr=Aladdin.

“乌托邦”色彩。当代常德诗歌一方面仍然秉持着重视自然书写、天人合一的意象建构传统，另一方面相较于古代田园山水诗拥有更多的现实关怀和历史意识。以“桃源传统”为名的“桃花源诗群”，成为常德诗歌界的文化名片。同时，中外闻名的常德诗墙也是常德文化环境的重要铺垫，两年一度的“中国·常德诗人节”成为常德乃至中国诗歌界的一大盛典，在这背后是常德格律诗创作源远流长的传承。“桃花源诗人”的诗歌既有对自然山水的吟咏和讴歌，又致力于发掘现实生活和历史人文的点滴情趣，具有生活化的特征，“侧重现实生活中的场景、氛围和气息，带有更多原生态或草根性的韵味与意趣，同时体现在文化生活的层面，文化景观、文化事件、文化仪式、文化名人和文化经典等都是这群诗人取之不尽的资源和宝藏”。①

值得注意的是，“桃花源诗群”中活跃着一群女性诗人，在她们身上，当代常德诗歌中“浪漫”与“现实”交融的可贵品质得到了鲜明的体现。其中，谈雅丽、杨亚杰、邓朝晖、唐益红、章晓虹是常德女性诗人中的杰出代表，被称为常德诗歌界的“五朵金花”。谈雅丽出身书香家庭，从小学习古典诗歌，其作品围绕“水”的意象充分发掘了水性常德的精神文化内涵，将细腻的情思融入景物的描绘和意境的建构中，表现自然的美好与人性的闪光，展示了深厚的古典文学功底和中国传统美学的宁静和典雅；杨亚杰是“桃花源诗群”的发起人之一，她于1981年开始创作并发表诗作，忠实地感知和记录自己的生活，用女性独有的生命体验塑造出饱满的女性主体形象，并以女性的独特视角用心体察广袤的外部社会，让文本呈现出开阔的视野和宽广的声域；邓朝晖是一位具有行吟者气质的女诗人，在她的作品中，远方与故乡、出走与坚守的矛盾性因素一直贯穿于诗歌始终，热爱故乡却又渴望走出自己，趋于安稳却希冀灵魂震撼，邓朝晖在不断的行走与返回中叩问和寻求着自己的精神原乡；唐益红作为桃花源诗群的一个重要代表，起点很高。唐益红从2006年起才开始进行诗歌创作，很快就在《诗刊》杂志上发表了第一次作品，一年后加入湖南省作家协会，经过十余年的努力，如愿成为中国作家协会会员。她的诗歌不仅聚焦日常生活的审美经验，努力发掘湖湘大地上文化积淀的美好细节，更在努力尝试超越地域文化，走向更加广阔的抒写民族记忆的言说。常德女性诗人发扬了江南女子优美细腻的语言风格，借助“水”“花”等经典的婉约意象表达对美和爱的向往和追求。同时，她们突破了女性诗人容易陷

① 张文刚.桃花源诗群的生活化抒写[J].创作与评论，2015(23).

入自我抒情的局限，将眼光投入历史，投向现实，呈现出更厚重的文化积淀和更博大的现实关怀。她们“跳出当下诗人深陷其中的小情绪抒发套路，力图在个体感知和生存境况之间建立诗性关联”①，这是女性诗人活跃的常德诗坛呈现出的可喜现象。

常德本土男性诗人实力同样强劲，龚道国、向未、周碧华、刘双红、杨拓夫、熊福民等诗人的作品在共同呈现常德及湖湘地域色彩的同时拥有自己的独特体验和语言辨识度。龚道国的诗歌从大自然中汲取营养，在土地的滋养中获得灵感，朴实清新的语词和结构颇有古典诗词的意境，其诗作无疑继承了陶渊明诗歌的典雅与淡泊，以干净简洁的语言，以委婉平静的抒情，以思辨开阔的视觉来挖掘出事物内部的真相本质和内心深处独到的精神秘密。向未是一名身份和经历都颇为独特的诗人，他是僧人，也是作家，佛家思想在他的作品中很常见。他的诗里既有至真至纯的情感表达，也有清静超然的参禅悟道。他的诗歌语言都是平实而朴素的，干净地表达出诗人在现实生活的感悟，语言没有经过刻意的加工而具有原生态的自然美感。周碧华通过贴近乡土及社会现实的诗歌探究农民与土地、自然与人的内在关系，赞美大地对人类的馈赠，批判人类过度开发对环境的破坏，歌颂生活在逆境中的人们勇敢、坚毅的品格，主张人与自然的良性互动。其诗歌中浓厚的乡土情结、忧患意识及生命意识共同构成其独特的生命观。刘双红出身于乡村，是“桃花源诗群”中的一员。其诗作有着明显的地域特色。他的创作灵感源于生活，扎根在大地，烙印着乡土的胎记，整体呈现出一种和谐宁静之美。无论身处何处，他都用一颗朴实的心观照自己的故乡，用专属于诗人的敏感去接近心灵的本质，在回忆的过程中完成诗性的召唤。杨拓夫的诗明亮纯净，注重对个体生命的感悟和对诗歌本真的探索，真挚、纯情贯穿了他整个诗歌文本。同时他的抒情诗歌极大程度上还原了诗歌的常态与本真，呈现出对生活的谦卑恭谨的态度。他的十四行诗积极在内容与格律之间寻求平衡，主张格律要服务于内容，呈现了诗人敏锐的艺术感受力和鲜活的艺术表现力。熊福民的文字简单纯净，让人安静平和，以波澜不惊之态面对人生的起起落落。他饱含深情地注视着这片默默奉献的土地，从其文字中偶尔能窥见沈从文的影子。笔下呈现出众多生动真实的底层人物，从他们的生活变迁中，反映出新时代的山乡巨变，映射出时代前进的步伐。

---

① 陈惠芳. 在浓淡的乡愁中守望(创作谈)[J]. 创作与评论，2016(01).

常德诗歌界还有一批特殊的诗人，他们有些并非常德籍诗人，但在常德工作生活多年，其作品浸润了常德诗歌的内蕴；而有一些是生长于常德，成人后离开家乡去往外省打拼，童年时的家乡记忆和原生文化对他们的写作影响深远。在这一类诗人身上，跨地域和跨文化的色彩十分鲜明，他们的作品也往往呈现出不同于常德本土作家的异质性，正如昌耀诗歌因内陆底色和西部情怀相交融所带来的文本语境的丰富性。胡丘陵是衡阳籍作家，在常德从事党政工作多年，其政治抒情诗有着浓重的历史意识，并在历史的褶皱深处发掘人性的光辉。他摆脱了之前政治抒情诗板结的审美范式和僵化的思想情感，使其作品既有历史的深度、现实的厚度和精神的广度，又在保持思想高度和作品纯度的基础上，最大可能地寓含了散发着诗性光辉的生命情怀、悲悯精神与世界意识。罗鹿鸣生于湖南省祁东县，大学毕业后长期在青海支边，后调入银行系统，在常德工作多年，活跃于常德及湖南诗坛，担任常德市文联副主席、常德市诗歌协会主席、《桃花源诗季》主编，湖南文理学院兼职教授，是“桃花源诗群”的重要发起人和倡导者。与昌耀相似，罗鹿鸣深受西北高原风土人情的影响，其作品具有开阔宏大的意象体系和深邃厚重的历史意识，把自己的创作与火热的生活紧紧联系在一起，呼吁作品要有景有境，有品有格，有情有意。青年女诗人舒丹丹系大学英语专业毕业，长期从事外国诗歌翻译工作，积累了丰富的阅读和阐释经验，她的作品常给人中西融合的风格，诗歌题材丰富，情感细腻温柔，同时又有着属于自己的朴素与内敛。她从不用过度矫饰和晦涩难懂的语句，总是展示生活最原本的样子。她的诗将东西方诗歌的优秀元素与表现技巧、美、韵味等高度融合，形成了自己独特的风格。张翔武是一名“80后”诗人，出生在常德安乡，求学和工作在云南昆明，往返于两地之间，饱经流离之感。因此张翔武用诗歌抒发漂泊在故乡和现居地之间迷茫无定与痛苦的情感，诗作常聚焦人在困境中的挣扎与无奈，用沉静、敏感的语言叙写着内心的寻根之旅，不断探寻着属于自己的精神原乡和身份认同。

常德桃花源诗群自2010年成立后的几年时间，迅速打响中国诗坛，形成十分瞩目的桃花源诗群现象，涌现了一大批优秀诗人。除上述提及的诗人以外，还有宋庆莲、何青峻、黄华、裴瑶、刘金国、熊亚翎、曾敏、张之瑞、候春梅、萧骏琪、周霞等一批诗人壮大了桃花源诗群的队伍并丰富了其创作实践。创作主体要守护的桃花源，与其说是地理形态的武陵桃花源或是地缘形态上的诗歌传统，不如说是商业文明冲击下、精神异质下的心灵桃花源。在传承中革新，向上下用力，他们传承深厚的文化底蕴、扎根生活的同时，赋予诗歌崭新的时代意义，将湖湘文化、乡土的未来以及人类的前景融合在一起，构建动态的未来的“桃花源”世界。“桃花源诗人”们始终秉承对现实的探索，在对万物的审视与思索中，向时光深处挖掘，打通古今、融汇万物，在细节与历史中，搭建自己的精神坐标。在共同契合的美学追求中，构建独属自己的诗歌桃源。

## 三、常德文学散文方阵

常德散文界拥有较完备的组织形式和较成熟的创作生态，常德散文协会成立于 2002 年，为湖南最早的散文类文学协会。截至 2018 年，已有会员 70 人，其中有 25 人为中国散文学会会员，居全国地级市之首。常德散文同样较多延续了沈从文与黄永玉的传统，注重描绘本土的自然人文风貌，抒发乡土情怀。由于散文文体语言平实、篇幅相对短小、写景抒情生动直接等特点，在地域写作的大背景和地方文艺组织的倡导与集群效应下，散文在文艺传播学上的意义得到强化，常德散文对于常德自然人文形象的传播和推介起着重要的作用。这种写作生态的优缺点都比较明显。“他们的散文踏实、热情、厚重，写作资源大多依据于自身的生活经历与家乡的人文地标，所以其作品排斥奢华和矫情。在他们的笔下，题材基本上呈现出四大流向，一是亲情，二是乡情，三是人物，四是游历。可归置为类型化散文的写作倾向，这也是常德散文创作的传统和优势所在，同时亦有自身的不足。”①常德散文也正在由传统走向革新的探索之路上前行。

近年来，随着环境日益开放、信息面迅速拓展，常德散文界涌现出更多能够以有别于传统的视角和思维进行更具现代感的创作的散文家，龚曙光、卢年初、秦羽墨、张天夫、刘明等实力作家的创作实践，代表了常德散文可喜的发展方向。龚曙光作为湖南新闻与出版行业的领军人物，具有广博的知识结构和开阔的文化视野。他用充满智性的眼光审视一切，从而构建全新的温情书写范式。其作品拥有真挚的情感抒发和深刻的理性思辨，语言整体呈现出细腻、醇厚、质朴的面貌，同时蕴含着一种原始的湖湘野性。卢年初对基层政府机关生态洞若观火，其机关生态散文写得十分老到，文字淡白，情绪宁静，平和中蕴含感悟，从容中蕴藏哲理。他不仅精致细腻地描绘出机关

---

① 贾兴安. 散文贵在创新[N]. 常德日报，2011-11-24(006).

生态的精神原貌，而且入木三分地雕刻出深层的文化根基，在精准客观地反映机关生态面貌的同时也带有对政治文明的透彻反思。秦羽墨是近年来散文湘军中的新秀作家，他的散文作品以乡村题材为底色，记录着自身成长的本真鲜活记忆。在秦羽墨的笔下，故乡的人、物、事都缠绕在以记忆为载体的文字里，伴随着自我生命历程的浮沉演变为一种在途的缅怀。于诸多自然意象里，读者得以窥见湘南乡村广泛的人文风景、天地万物之间纯朴的生态哲学，以及时代裹挟下无常命运的哀戚，由此构成作者成长的独特生命体验以及湘南乡村由传统向现代转型过程中的社会历史风貌。张天夫是一个从乡村的真实劳作体验中走出来的写作者，湘西北的地域文化是张天夫文学创作的根本，寄托着他的生命体验和人生感受。但张天夫的乡村书写没有受困于长期以来乡村固定写作的藩篱，他不是对往日岁月做扫描式书写，而是带着现代思维和时代的省思去审视脚下的这片故土，使他的作品带有极强的历史反思意味和现实主义精神。刘明长期在党政部门从事政务工作并担任领导职务，其工作性质及环境使得他的文章带有鲜明的政论色彩和问题意识。他的代表作《大题小论》即是一部政论散文集，收录的许多文章都是自身的一些工作报告、讲话稿以及一些办公室培训的讲义，言简意赅、直醒主旨，富有思想性和启发性。散文作为拥有高自由度与灵活性的文体，能充分展现出作者的语言、情感及思维特色。随着创作队伍的壮大，常德散文呈现出日益丰富多元的面貌和内蕴，在继承湖湘散文底色的同时不断增添新的生机与活力。

## 四、儿童文学、网络文学及其他文学成就

除小说、诗歌、散文三大体裁外，常德儿童文学、网络文学及报告文学、纪实文学、文学评论等其他文学门类也在蓬勃发展，不断丰富着常德文学的在场经验和学理建设，使得常德文学界拥有多元化的创作路径和良好的社会文化氛围，增强了常德文学的整体能见度和地区文化实力。

在儿童文学创作方面，宋庆莲、龙向梅是颇有实力的儿童文学作家。宋庆莲的短篇儿童文学创作着重呈现出现代城市文明对乡土社会的冲击，用充满温情与幻想色彩的语言和故事反映了乡土社会自然生态环境的变化及乡民主体的心理变化。值得一提的是，宋庆莲同时还是“桃花源诗群”的活跃诗人，其诗作以青少年为主要读者，多以孩子的心态去书写童真，她的诗歌写作与儿童文学创作相辅相成，语言富有诗意和纯真，具有极强的文字把控力和艺术共情力。龙向梅的儿童幻想小说写作注重对作品思想品格和艺术品格

的提升，从中国传统文化和民间文化中汲取养分，在创作主题和题材上不断拓展，既注重探索和挖掘小说内容的广度和深度，也强调审美艺术水平的提高。龙向梅以游戏的手段，构建庞大的幻想王国，同时架起语言艺术的桥梁，让孩子们走进想象的世界，发现个体的价值，加强自我的意志。

作为信息时代的新兴文学门类，网络文学的发展势头极为强劲，凭借贴合大众读者审美需求的题材和语言以及完善的市场营销手段，网络文学在阅读接受领域占据了普通读者群体中的大片江山。湖南的网络文学创作在全国有着重要的影响力，中国作协重点管理的网络作家中湖南占了近40人，是湖南文学发展的一支生力军。这其中，常德网络作家成绩斐然。在2013年的"中国网络作家富豪榜"中，两位常德本土的网络作家荣登榜单前五：知名作家血红以1450万版税成为本次榜单的"探花"，而另一位年轻作家梦入神机则以1200万版税排在榜单的第五位。此外，疯狂小强的网络科幻小说、罗霸道令人热血沸腾的传奇故事、杨莉细腻的女性主角古代穿越题材小说，均因其平实通俗的语言和扣人心弦的故事情节收获了大批读者。在湖南省作家协会与网络文学作家协会和政府文化部门的支持和推动下，湖南和常德的网络文学事业蓬勃发展，成为湖南与常德的又一张亮眼的文化名片。

在历史小说与非虚构文学领域，常德作家的作品也有着不俗的影响力。蔡德东的长篇历史小说《蒋翊武》讲述了"中华民国"开国元勋、辛亥武昌起义的主要组织者和领导者蒋翊武的光辉人生，采用政治叙事和欲望叙事相结合的话语方式，为21世纪历史小说的革命叙事提供了参照。公安作家李万军的长篇报告文学《因为信仰》追记了"全国脱贫攻坚模范"王新法的生平事迹，为近年来文艺界涌现出的一个智力与文学扶贫典范，恰到好处地为后续全国脱贫攻坚战役提供典型参照和文学样本。涂绍钧系中国丁玲研究会、丁玲文学创作促进会副会长兼秘书长，研究馆员，其创作的纪实文学《纤笔一枝谁与似——丁玲》是一部独具一格、独出心裁的丁玲传记著作，形象地展现了丁玲献身革命、献身文学事业的光辉人生，对"丁玲精神"进行了比较全面和完整的阐释，是"丁玲精神"真实的、生动的影像。

以湖南文理学院学者团队为中心的文学理论与批评队伍构成了常德文学学理建设与评论推介的中坚力量。湖南文理学院文史学院院长夏子科注重从文学创作实际出发，努力发掘和探求中国现代文学发生、发展原貌，力图客观展示文学历史，在此基础上确立了"20世纪中国乡土文学"专题学术方向。他多年来一直坚持开展该专题教学与研究工作，拓展、延伸了专业教学，参与开辟了新的学术领域。诗人、翻译家、评论家程一身致力于新诗诗体问题的探究，他的新诗诗作也很好地蕴含了他在新诗形式上的思考。程一身的诗歌中囊括了非常丰富的诗歌形式，其中影响最大的是程一身的十四行体与三行体，其诗歌整体风格呈现出一种深沉的情调与厚重感，赋予了诗歌以哲学的深度。同时，程一身与同为湖南文理学院教授的张文刚是“桃花源诗群”的重要诗人和推介者，他们的一系列有关桃花源诗群的文学评论对桃花源诗群的诗人及诗作的推广意义重大，为常德诗界提供了强大的批评动力和理论支撑。张文刚是一位作家型学者，在散文与诗歌创作方面也成果颇丰，并著有长篇寓言体小说《幻变》，以一位学者的良知与敏锐嗅觉，关注到了当前社会中的种种生态危机，引发关于人类与自然万物的种种思考，具有浓厚的生态意识与哲理意味。

此外，常德的地方戏剧与影视文学创作在众多优秀编剧的努力下蓬勃发展。著名戏曲、电视剧及电影编剧盛和煜，现代剧作大家汪荡平，地方戏曲编剧黄士元，女戏剧家刘京仪，喜剧作家周志华，电影《蒴伯赞》剧作者周星林，以及众多常德戏剧影视界的青年从业者们，不断为常德及全国的观众打造喜闻乐见的优质的视听盛宴，用丰富的艺术手段实现对时代和生活的生动展现。

## 第三节　地域文化视野的困境和突破及常德文学的前景

地域文化视野由于贴合中国人传统的乡土情结，适应当前的文艺组织形式，与地区经济社会发展战略相联动，在当代文学的创作和研究领域占有极高的地位。但传统的地域视角很早就已展现了它的内在矛盾，无法科学地概括和阐释 21 世纪随着交通便利与信息发达带来的越来越多的跨地域、跨文化文本的现象，也无法准确剖析作家的独特经历和创作个性对文本产生的影响，而这样的影响往往可能是决定性的。地域文化视野本身是以地域作为基点，从这一基点出发，探究地域环境与文化对作家作品的影响。但实际运用中的地域视角却往往经过了有意或无意的遮蔽，成为某一地域扩大地区影响力、提升文学能见度的“标签”。以本章第一节选取的奠定当代常德文学传统的几位作家为例，无论是沈从文、黄永玉、丁玲还是昌耀，从他们的实际经历出发，他们与常德和湘西的本土联系都只占有人生履历的一小部分，而他们在远离乡土之后所处的环境，更大程度塑造了他们作品中区别于多数本土作家的独特的艺术价值。忽视或遮蔽这样的“特异性”，仅以简单的籍贯划分而把某一作家纳入单一的地域视角中，无疑是以地域视野为名抹杀了作家在现实经历中受到的更为具体而鲜明的地域影响。

艾布拉姆斯在《镜与灯——浪漫主义文论及批评传统》一书中将文学活动的构成分成作品、作家、世界和读者这四种要素，这四者是相互依存、相互转化、相互作用的。[①] 在传统地域文化视野中，“世界”成为被地域标签限定的世界，无法完整再现文学四要素真实的作用形式。随着时代的发展，地域文化视野除了主观视角上的遮蔽，更有着客观功能上的局限。“由于文化的开放性，文学的主题、题材、价值取向、审美取向，都在发生大规模变迁，地域性个性在淡化、消解，作家的跨地域、跨界，参与国际性活动的概率大大提高，原先的地域性有点被冲得面目全非。”[②]

地域性的形成是一个历时性的过程，无论逐渐淡化还是日趋鲜明，都是顺应时代发展的结果。过于强调某种地域性，实际是将地域性这一概念人为固化，成为形而上的文化保守主义。地域标签在创作中的滥用，同样也是对文学作品艺术品质的损害。俄国形式主义学者什克洛夫斯基在论及陌生化问题时强调：“艺术的手法是将事物‘奇异化’的手法，是把形式艰深化，从而增加感受的难度和时间的手法，因为在艺术中感受过程本身就是目的，应该使之延长。”[③]地域色彩的适当添加可作为实现作品“陌生化”的途径之一，但过度的地域化实际上是将艺术创作上的“陌生化”偷换成文化接受上的“猎奇化”，是一种创作意识的平庸和怠惰。地域文化视野亟须以更科学客观、更符合时代变迁、更开放包容的精神寻求理论和实践中的突破和发展。

20世纪80年代，随着寻根文学和地域文化视野的兴起，我国的文学地理学作为一门新兴学科逐渐走入研究者的视野。1986年，金克木发表随笔《文艺的地域学研究设想》，倡导从地域的角度研究文学艺术。[④] 经过数十年的发展，文学地理学从最初的定位模糊、研究方法机械化片面化一步步发展为系统精细的独立科学。近年来，已有学者清晰地梳理了文学地理学的发展脉络，“将过去统而论之的文地关系细化为‘地理→作品’‘地理→地域→作

---

① M·H.艾布拉姆斯.镜与灯——浪漫主义文论及批评传统[M].郦稚牛，等，译.北京：北京大学出版社，1989.

② 雷达.地域作家群研究的当代意义[N].光明日报，2013-7-23.

③ 什克洛夫斯基.散文理论[M].南昌：百花洲文艺出版社，1997.

④ 金克木.文艺的地域学研究设想[J].读书，1986(04).

家→作品’‘地理→作家→作品’三种作用机制，从而形成文学地域、文学地理、文学地图三种空间视角”。[①] 地域视角侧重发掘地域文化，地理视角重点关注地理分布，地图视角以可视化的空间形态揭示文学规律与文化意蕴。从文学地域、文学地理到文学地图的发展，体现了文学地理学逐渐突破了传统地域文化意识的遮蔽和局限，从人地关系笼统片面的视角深入对文地关系全面客观的分析，注重对作家和作品做个体性深入探究，使文学研究回归文本和作家这两大立足点。

文学地图的学理逻辑：“作家无论有意无意，必然会将自己对地理和地域的理解投射在作品中，形成作品中的地理元素及文化内容，并由此组合成文学地图呈现在读者面前。”[②]文学地图概念的引入避免了传统地域文化视野中容易人为割裂作家所受的综合环境影响的弊病，同时凸显作家在“绘制地图”，即以可视化的空间形态构建文学作品形象体系的过程中发挥的主观能动性，强调文学作品对于塑造地域文化具有的反作用。

文化地理学家迈克·克朗指出，“文学作品不能被视为地理景观的简单描述，许多时候是文学作品帮助塑造了这些景观”。[③] 文学地图将文学作品和作家定义为独立于现实物质地域和地理概念之外的、具有独特生命力和审美价值的艺术形象体系，无疑是将文艺学从文化学的捆绑中解放出来，重新确立其地位。在跨地域、跨文化逐渐成为常态的当代，将文学地图作为地域文化视野在当代背景下的研究手段，正视并重视个体作家作品在书写地域时表现出的同质性和异质性及其相互关系，是更符合时代需要和艺术规律的要求。

当代常德无论是作为一座城市抑或地域文化单元，其形态都与沈从文、黄永玉、丁玲、昌耀时代的常德有了很大的不同；以文学地图的概念而言，当代常德作家无论从群体还是个体角度，他们的文学地图构成也同样与沈从文等有着巨大的差异。常德作为一个受着多元文化影响的地域单位，其文学地图本身就是丰富和多元的。随着经济发展，常德作为湖南现代化起步较早、程度较高的城市，其当代文化构成中拥有许多现代文明的因素。进入21

① 张袁月. 从文学地域、文学地理到文学地图——空间视角下的文学地理学[J]. 南开学报(哲学社会科学版). 2018(03).

② 张袁月. 从文学地域、文学地理到文学地图——空间视角下的文学地理学[J]. 南开学报(哲学社会科学版), 2018(03).

③ 迈克·克朗. 文化地理学[M]. 杨淑华, 宋慧敏, 译. 南京: 南京大学出版社, 2003.

世纪，中国的人口流动和信息化水平日益增长。对于更年轻的一代文学创作者和读者而言，他们成长在家庭结构、语言环境、知识获取、社会物象都日趋复杂和多元的时代，他们的文学地图中，跨地域甚至反地域的成分将日渐鲜明。这是现代化的必然结果，而地域文学、乡土文学，必然要与现代化的社会意识相适应、相融合。

20 世纪初，鲁迅在《〈中国新文学大系〉小说二集序》中曾精辟地指出乡土文学实质是一种“侨寓者”文学，是“隐现着乡愁”的表达方式。[①] 这种“侨寓者”心理的表现形式，会随着社会的发展而不断呈现出新的形态。强调文学的现代化，并非摒弃“乡愁”，而是寻求“乡愁”的现代化表达。拒绝现代化，实际上是拒绝了地域文学在现代化进程中的新发展，反而会导致地域文学的末路。车尔尼雪夫斯基曾指出：“所有不属于我们这时代并且不属于我们的文化的艺术作品，都一定需要我们置身到创作那些作品的时代和文化里去，否则那些作品在我们看来就将是不可理解的，奇怪的，是一点也不美的。”[②]强调地域文学的现代化发展，并非忽视地域文学传统，而是正视地域在现代化发展过程中呈现的新面貌，并努力使之成为地域文化传统的新形式，只有不断丰富文学地图，才有可能不断呈现出新的优秀作品。这既有赖于作者的艺术自觉，也需要地方研究者、文艺组织单位致力于科学有效的学理性建设。地域文化在一段时间内是相对稳固的，但地域文化视野并不是一成不变的。正确看待地域文化中的“常”与“变”，使地域文学走出封闭的小圈子，成为真正能够面向全国、面向世界、具有普世价值的艺术精品。地域文学“就像一只等待咬破蚕茧的飞蛾，尽管被地域这层茧包裹着，但它最终还是要破茧而出，变成既是地域又不是地域的文学。”[③]常德和常德文学拥有良好的现代化契机，探索如何将地域文化传统转化成现实的现代化精神力量，将是作者和研究者共同的追求和使命。

---

① 鲁迅. 鲁迅全集[M]. 北京：人民文学出版社，1981.

② 车尔尼雪夫斯基. 生活与美学[M]. 北京：人民文学出版社，1958.

③ 王洪伟. 新时期长篇小说中的地域文化探究——以茅盾文学奖获奖作品为中心[D]. 南昌：江西师范大学，2011.

# 第二章　中国经验与常德文学的精神资源

对地域文化资源的梳理和研究，通常具有地理和历史这两个维度，对这两个维度的探索往往都会鲜明地指向文化建构与民族认同。在长久以来大一统的中华民族大语境中，地域文化作为中华文明的具体组成部分，最终都会归结于对中国经验的丰富与补充，而地域文化视野也几乎都以中国经验作为立足点和参照系。从这一点而言，中国文学始终都是具有向心力的艺术形态，对地域文化的追根溯源也都拥有十分明晰的脉络和旨归。当然，在客观上这也并非是毫无缺憾的，例如这导致中国文学的主流易受到过于清晰的理性资源的桎梏而欠缺非理性的、特异性的乃至天才式的艺术灵感，以及将艺术创作简单视为文化学意义上的某种附属行为等误区与偏见。但作为一种已形成且具有重要凝聚力和深刻认同感的民族文化心理，地域文化与寻根意识仍是支撑中国文学确立自身能见度的强大动力与不竭源泉。

常德文学同样具有十分明晰的地域资源与文化脉络，湖湘文化、湘西民风的自然浸淫以及沈从文、丁玲、黄永玉、昌耀等现代文学名匠的大师效应是当代常德文学的两大文化轴心。但也正如“文化”与“艺术”并非同一的概念，精神资源与艺术作品之间还存在着复杂精微的创作转化过程。我们对常德文学精神资源的梳理，更多是勾画当代文学所处的文化场域，常德作家对常德文化资源的吸收与转化，则有着更为具体和独特的艺术建构。与此同时，当代常德作家的创作实践，无疑也在不断为常德文脉注入新的血液与鲜活的当代在场经验，这也是当代地域文学研究始终应当遵循的理念和原则。

## 第一节　常德文学的地域资源

时间和空间是构成人类生存世界的两个基本维度，我们无法抛开时间来研究空间，也不能忽略空间，单一地去考察时间。时间和空间具有不可分割性与同等重要的地位。但一直以来，由于人们的思维惯性，时间维度一直是人们关注的重点，而空间维度在很长一段时间内处于被遗忘或隐藏的状态。这种地位不均的状况同样体现在文学研究之上。直到20世纪后半叶，人文社会科学领域的"空间转向"，使得空间问题成为各个学科的研究热点。金克木曾在1986年发表的《文艺的地域学研究设想》一文中指出："我们的文艺研究习惯于历史的线性探索，作家作品的点的研究；讲背景也是着重点和线的衬托面；长于编年表而不重视画地图、排等高线、标走向和流向等的交互关系。是不是可以扩展一下，作以面为主的研究，立体研究，以至于时空合一内外兼顾的多'维'研究呢？假如可以，不妨首先扩大到地域方面，姑且说是地域学(Topology)。"他初步设想，这种"地域学研究"可以包含四个方面，"一是分布，二是轨迹，三是定点，四是播散"①。正所谓"一方水土养一方人"，金克木提出的"地域学"设想，指的就是空间因素对文学书写和叙事方式的影响。21世纪初，杨义在《重绘中国文学地图的方法论问题》一文中提道："我们要在过去的文学研究比较熟悉、比较习惯的时间这个维度上，增加或者强化空间的维度，这样必然能引导出文学地理学的研究"。空间维度的引入，为文学研究提供了全新的思路，同时出现了"文学地理学"这一具有综合性质的跨学科研究门类，并逐渐进入人们的视野。

实际上，文学与地理间的渊源古已有之。杨义曾在《文学地理学的渊源与视镜》一文中详尽探究了二者的关联，并提出了中国的"诗学双源"。他认为，中国诗歌有两个源头，一为源于中原地区的《诗经》："《诗经》分为三体，十五国风，大小雅，以及颂。这个顺序，就是由地理的民俗，通向士人阶层，通向朝廷的政教，一直通向宗庙的祭祀，穿越了原野、朝政、天国三界，而这一切是以地理作为基础的"②；二为崛起在长江流域的《楚辞》："南楚夜郎之地，多民族聚居而巫风歌舞极盛，对于孕育疏野奇幻的歌诗的产生，长期存

① 金克木. 文艺的地域学研究设想[J]. 读书，1986(04).

② 杨义. 文学地理学的渊源与视镜[J]. 文学评论，2012(04).

在着野性的活力”。这样一来，中国文学便具有了两个极富地理性质的源头：黄河文明和长江文明。“风骚”之后千百年，这“诗学双源”各自发散、扩张，生命力奔流不息，形成了各自的风格特点。其中，长江文明所孕育的楚文化，彰显着神秘的野性浪漫色彩。随着时代语境的变迁，楚文化又发展衍生了许多分支。从自然地理环境来看，湖南位于长江中游，地貌多样，有高山、丘陵、盆地、平原，森林广布，优雅僻静。长江支流的冲积平原为农业的发展和经济的开发奠定了坚实的基础，而良好的社会经济条件进一步为文化的发展提供了条件。由于山峦阻隔，交通不便，历代文人墨客定居于湘之后，深居简出，潜心学问。面对山水间的自然之美，自有一番广阔胸襟，就此诞生了许多闻名遐迩的作家及作品，成为楚文化分支中的一朵奇葩。

常德，古称武陵、朗州，地处湖南北部，洞庭西畔，武陵山下，史称“川黔咽喉，云贵门户”。整体地貌较为低平，又坐拥沅水、澧水，水资源丰富，季风性气候使得常德终年降水丰沛。得天独厚的优越地理资源，使得常德自古便是文人向往之地。肥沃的土壤，再加上温暖湿润的空气，使得常德文人对世间万物的审视，天生别具一种细腻。其中最广为人知的，莫过于东晋陶渊明所写的《桃花源记》。陶渊明虽非常德人，却将自己的憧憬寄托在了武陵：“忽逢桃花林，夹岸数百步，中无杂树，芳草鲜美，落英缤纷”，“土地平旷，屋舍俨然，有良田美池桑竹之属。阡陌交通，鸡犬相闻。其中往来种作，男女衣着，悉如外人。黄发垂髫，并怡然自乐”。个中对桃花源安宁和乐、自由平等生活的描绘，表达了陶渊明对美好生活的向往，也吸引、带领着生于此长于此的无数后辈执笔写下常德的专属记忆。

“桃花源”可视为常德文学总的关键词，它所指向的不仅仅是千年前那次虚实相生的恣意想象，而是演变成了常德文学创作的精神内核——朴实与浪漫相生，淳厚与放恣并行。常德地处内陆，山峦围绕，交通不便，近乎封闭，又并非湖南的政治中心和经济中心，这使得常德文人在性情和气质方面，显现出纯朴敦厚、“霸蛮”务实的特点。再加上常年湿润的气候，降雨为生性多情的文人形成了落拓的性格与审美。二者结合，建构了常德文学独特的艺术张力。“人文主义地理学家们认为，地方不仅仅是地理学的现象基础，也是人类经验的组成成分。没有地方，人类经验本身是不能形成并被解释的。这种经验包括对地方的感知、人的存在以及对地方的记忆”。[①] 之于常德作家而言，“常德”这一地名已内化至骨血之间，缓缓流淌。也就是说，这一方水土的地域资源，不仅仅是作为文人书写的主题或题材，而是渗透入笔墨之间，或是作为创作的基准，时刻指引着常德作家群的创作方向，由此促进了常德文学的发展和深化。

中国的地域辽阔，历史悠久，各地地域环境千差万别，并在时间的淘洗中形成各具特色的地域文化。值得注意的是，“中国文化多元化有其独特表现及其历史成因，正是这一些独具特色的地域文化逐步凝聚形成具有中华民族共同心理特征的文化结构整体”[②]。历来早有学者注意到文化的地域特色，并各有依据，总结而成了数个“文化圈”“文化区”抑或“文化类型”。无论如何划分，前文所提及的“楚文化”皆是重要的一类。不同的地域会诞生不同特色的文化类型，而文学作为文化研究重要的组成部分，也会呈现出不同的特点。整体而言，文学是一个独立的生态系统，有自己特定的内在逻辑与潜在结构。正如鲁迅所说，人不能用自己的手拔着头发，离开地球，文学创作与当地的地域资源联系紧密，换言之，文学需要接“地气”，“地气”的存在使文学变得鲜活、敞亮。何为“地气”？“地气”不仅指的是一片土地的高低起伏、气象变化，更是周遭的生存环境，与作家气质、心理的互文和共生，进而改变了作家的创作习惯与方式。分析“楚文化”的代表诗人——屈原，亦可窥得“楚文化”分支下常德文学作家群的共性所在。屈子的一生浪漫而忠诚，直言不讳，勇而求索，这种精神也对当下常德作家的创作有着直接的影响。

进入改革开放新时期，社会快速发展，人口流动加快，信息流通便利，基于地理边界的固有文化格局逐渐被打破，文化的多元和交融成为常态。但作为构成世界的物质基础的地理环境要素始终存在，并随着文明的演进和丰富不断呈现出更为立体的地域文化内涵而作用于地域作家的文学创作中。具体到当代常德作家的写作实际，虽然他们的人生经历和审美风格各具特点，但常德和湖湘文化抑或故土情结依然作为无法磨灭的精神原质在他们的作品中得到形态各异的呈现。水运宪的改革文学与政治叙事作品洋溢着现实主义的人文精神和悲悯情怀，与湖湘文化经世致用和心忧天下的宽广胸襟一脉相

① 成志芬，周尚意，张宝秀．“乡愁”研究的文化地理学视角[J]．北京联合大学学报（人文社会科学版），2015(13)．

② 庄春梅．文学地理学视域下的荆楚文学研究——读刘玉堂、刘保昌著《荆楚文学》[J]．社会科学动态，2020(11)．

承；陶少鸿用富有现代感的精炼语言和冷静叙事继承着常德的善德文化与诗性乡土，展现了常德地域文化的根基之美；“桃花源诗群”立足传统、面向世界的扎实写作，龚曙光、秦羽墨等散文家的故土温情，均体现着常德对常德作家的熏染。无论社会结构和媒介形式如何变化，人始终是生活在地域之中的人，地域文化对身处其中的人的影响始终客观存在。在普遍全球化的语境中，地域文化的底蕴和浸淫更能成为展现不同地域与民族辨识度与独特性的异质元素，丰富文学叙事的多样性和表现力。

作家的创作是主观与客观两相结合的成果，长期受周遭“地气”的浸染，常德作家早已被打上了深刻的烙印。正因如此，无论是土生土长的常德作家，还是生在常德长于外地的作家，或是旅居在常德的外地作家，他们的创作都或多或少表现出一些特有的常德风格。任何一个作家的创作，都是发生在一个具体、特定的时空之中。那么在“知人论世”之时，要将时间维度和空间维度的研究放在同等重要的位置上。这也是邹建军提出的“地理基因”的概念：“所谓‘地理基因’，是指地理环境在作家身上留下的不可磨灭的印痕，并且一定会呈现在自己所有的作品里。不同的地理环境在不同作家身上留下的印记是各不相同的，出身平原的作家与出生盆地的作家，其文学视野与思维方式，存在很大的差别。”①“基因”深深根植于每一位作家的身心之中，无时无刻不在影响着他们的创作。常德的山水环境、气候气象，包括作家具体成长的村庄、田野，这些都会制衡、规约着作家的写作。如果要将常德作家群视为一个整体进行研究学习，那么就不能忽略从地理学的角度对常德的地域资源进行探讨。就目前而言，文学地理学尚是一门新兴的学科，虽已有部分学者将常德文学作为了研究对象，但毕竟不够完善。将文学地理学批评应用到常德文学的研究中来，便能进一步完善和发展文学乃至文化层面的研究。

## 第二节　常德文学的理性资源

### 一、以屈原、陶渊明为代表的浪漫主义

据说，楚地的先祖是北方中原地区的祝融氏，在帝喾时期因为征战而向南迁徙。楚地政权逐渐发展壮大，甚至曾以蛮夷自居，这种勇于开拓的精神

① 邹建军. 文学地理学批评的十个关键理论术语[J]. 内江师范学院学报，2015(30).

与对抗中央周王朝的气魄为浪漫主义的形成提供了历史渊源。再加上楚地群山连绵、植被茂盛、河流众多的地理环境，使得楚地相对闭塞，信息匮乏，先民们处于对事物未知的半蒙昧状态，对世界的认知和体验带有强烈的想象色彩。所以楚地之人以凤为图腾，崇尚“火”的勇敢与激情，并信奉巫鬼之事，相信神话传说。湘楚之地有着浓厚的巫风传统，拥有众多独特而神秘的祭祀、占卜、丧葬等仪式，重视人的心灵与外界环境的感应和相通。不同于儒家学说带有鲜明政治色彩的“天人感应”之说，楚地先民在对人地关系的理解上更多地立足于人的主观感受，强调自然本位，追求人与环境的和谐关系，因此也具有朴素的生态主义特征。

在如此诸多因素的影响之下，楚地形成了独有的浪漫主义精神。屈原的《离骚》便以丰富的想象展示了楚人的浪漫与激情。以屈原为代表的浪漫主义文化推崇至情至性、放荡不羁。在《论语》与《庄子》中，均有关于楚狂接舆歌的记载。李白更是以楚人自居，吟道“我本楚狂人，凤歌笑孔丘”，表现他对楚地及楚人精神的向往与赞赏。由于楚地在历史上大多数时期都处于政治经济领域的边缘位置，楚地浪漫主义也呈现出对主流话语的疏离甚至是反叛，具有强烈的民间意识与独立精神，追求人格的洒脱与高洁。“举世皆浊我独清，众人皆醉我独醒。”(《楚辞·渔父》)楚地浪漫主义在封建大一统儒家文化的大语境中辟出了一块具有异质性的场域，丰富了中国文学与艺术的精神气质和审美空间，带来文本内容和形式上的更多可能性。

古时湘楚之地偏远蛮荒，人口较少，开发程度较低，也由此保持了较为原始而完好的生态环境，水文条件优越，植被众多，造就了众多优美秀丽的自然景观。自陶渊明始，田园山水诗歌成为中国文学的一大重要底色，而陶渊明的《桃花源记》也成为脍炙人口的名篇，是常德文学的宝贵精神财富。这篇颇具乌托邦色彩的作品描绘了良好生态环境中人心的朴实和纯洁，成为对世道险恶与现实琐碎的浪漫主义反叛。陶渊明之后，有众多文人墨客在湘楚大地留下写景抒情的浪漫诗篇。柳宗元《永州八记》为游记文学中的典范之作，苏轼、黄庭坚均在贬谪寓湘期间留下寄情山水的传世篇章。楚地大量的田园山水艺术资源，让常德文学与湖南文学拥有得天独厚的诗性灵动与浪漫色彩。

## 二、三湘大地的尚武精神

湖湘自古尚武，初民在险恶的环境中艰难求生，塑造了湖南人坚韧、果敢、勇于拼搏的传统性格。湖南人民及湘军一直是对抗外敌不可忽视的力量。早在宋明时期，湖湘士人便不仅能在“文”方面有所建树，在“武”方面更是有一定的造诣。南宋异族入侵，社会动荡，湖湘士人的经世治国便与尚武精神联系在了一起。他们不仅在理论上研究军事谋略，在实践上也领兵打仗，屡有战功。明代王船山的学术成就居三大儒之首，但其在军事上的研究亦不可小觑。他总结宋朝的历史教训，提出“安不忘战”，反对苟且偷安。同时，他也投笔从戎，亲自参与战斗，是理论与实践紧密联系的实战家。清代魏源也是尚武的一个重要代表人物，同样是既“崇文”又“崇武”，不仅亲自从军，还写下《圣武记》与《海国图志》，是一位典型的崇武士大夫。

同时，湖湘的尚武精神，还体现在湘军的组建与崛起。湘军最初只是用于维持地方秩序的一个团练，后来因太平天国运动而发展为一支武装力量，到晚清则成为一个极为重要的军事组织，甚至超过了清朝国家军队八旗军。曾国藩、左宗棠、胡林翼、彭玉麟等湘军的将领们也大多是能文能武的尚武儒生。到了近代，湖湘志士更是成为中国近代化最重要的主导力量。包括谭嗣同、唐才常、黄兴、蔡锷等，都是崇文尚武的典型代表，也是重要的政治力量与军事力量，这在近代中国是湖湘地区一种普遍的地域文化现象。晚清时有“中兴将相，十九湖湘”的说法，湘籍民主志士杨度在《湖南少年歌》中盛赞湖南人：“若道中华国果亡，除非湖南人尽死！”在饱受列强侵略欺压的清末，湖湘尚武精神在行将就木的封建政权中增添了一缕可贵的血性，维护了国家与民族的尊严，也为轰轰烈烈的民主革命埋下了火种。

20世纪上半叶，湖南更是成为革命的重要策源地，毛泽东、刘少奇、贺龙等无产阶级革命先驱，以其卓著的胆识与理想和不怕流血牺牲的尚武精神，坚信“枪杆子里出政权”，率领革命军队在反帝反封建的斗争中披荆斩棘，百折不挠。艰苦卓绝的抗日战争中，湖南作为主战场之一，拥有极为重要的战略地位。湖南军民在数次长沙会战和常德会战中付出了巨大的牺牲，守卫了国土中央腹地的屏障，有力打击了日本侵略者的嚣张气焰，为抗日战争和世界反法西斯战争的胜利做出了重要贡献。三湘大地的尚武精神深深烙印在湖湘儿女的血脉之中，成为湖南人的典型气质和宝贵遗产，并激励湖南人在新时期现代化建设的各个领域开拓进取，不懈奋斗。

## 三、“经世致用”的湖湘文化

除了尚武精神，湖湘文化中“为天地立心”与“经世致用”的思想也长期塑造着湖南人的性格与气质。崇文与尚武在湖湘士大夫身上常常同时存在。

传统士大夫大多崇文不崇武，而这二者在湖湘士大夫身上却能共存。他们既能在学术领域有所建树，又能在兵学领域做出理论与实践的突出贡献；既能研究军政，又能领兵打仗，投身战场。如抗金名将张浚、著名学者王船山、晚清魏源、维新烈士谭嗣同等，都是既崇文又尚武的士大夫。在儒家入世思想和“学而优则仕”等观念的影响下，传统士大夫阶层普遍都有着强烈的政治抱负，渴望建功立业，报效国家。在湖湘文化“经世致用”理念的浸淫中，湖湘士大夫大多眼界开阔、思维敏锐，富有探索和实践精神。

本质上，湖湘文化“经世致用”理念的形成有赖于“贬官文化”的影响。古代的湖南长期远离政治经济中心，楚地多为遭到贬谪的士大夫的流放之地，屈原、贾谊、苏轼、柳宗元、黄庭坚等均有谪居于湘的经历。这些不得志的士大夫内心怀有郁结和愤懑，但根深蒂固的儒家文化底蕴和信仰让他们仍对统治者和国家抱有忠诚和热爱。即便身居下位，仍在自己的职位上尽心尽责，安邦治民；或是潜心修习，著书立说，期待政治抱负重新得以实现。因此便有了“滕子京谪守巴陵郡”后的“越明年，政通人和，百废俱兴”，有了“居庙堂之高则忧其民，处江湖之远则忧其君”的政治觉悟和“先天下之忧而忧，后天下之乐而乐”的远大理想。在湖湘文化的语境中，“经世致用”与“积极入世”更带有一丝坚韧和执着的色彩，成为湖湘士大夫不畏艰难、锐意进取的精神给养和意志源泉。

湖湘士大夫这种身体力行、“经世致用”的传统使得许多湖湘文人以笔为剑，驰骋文坛。他们在文学创作时多能紧密联系现实，并对现实产生重要影响。因此，政治也成为湖南与常德作家重要的叙事场域。唐浩明、王跃文、水运宪、阎真、陶少鸿等文学湘军主将，均擅长描写政治生态中的人生百态，呈现出宏阔的社会视野、强烈的担当意识与深邃的悲悯情怀。常德与湖南作家的创作潜移默化地带有湖湘的地域特征，而经世致用的湖湘文人将文学创作与社会实践紧密地联系在一起，具有丰富的现实意义。在社会发展节奏日渐加快、人心逐渐变得浮躁与肤浅的当代文化环境中，“经世致用”的湖湘文化将通过湖湘作家的传承与发扬，彰显更具时代精神的感召力与生命力。

## 四、以沈从文、黄永玉等人为代表的现实主义文学

自沈从文肇始，“湘西世界”成了文学意义上的一个精神地理坐标，此后涌现出“第二代湘西作家”“第三代湘西作家”群体。常德作家群也自觉融入“湘西文学”的书写中，他们的创作或多或少都会受到沈从文等人的影响，在

文学创作中将自我对现实的观照转化为对湘西世界的书写。在他们的创作中，不仅有对湘西地域民俗的衷情描摹，更有对湘西民族与文化心理的深刻思考，他们继承了沈从文对于湘西文化的书写传统，并融入个体性的生命体验，展现了多重视角考察下的“湘西世界”。

沈从文是“湘西文学”的拓荒者，也是“湘西世界”的构建者，他赋予了湘西以“原乡的精神原点性意义”①，其中蕴藏着关于“现代文明”的思考和民族文化理想的构建。沈从文笔下的湘西具有其本身独特的文化意义。首先，沈从文的作品中展现了对湘西立体多元的民情风俗的描绘，在具有标志性“湘西书写”意义的《边城》中，他尽情地描绘了湘西边陲地带的苗蛮民族的地理文化：黄泥墙乌黑瓦、乌篷船夫、吊脚楼、山歌对唱……其次，在孕育文本的地理空间之外，沈从文展示了对原始生命形态下人性美与自然美的礼赞。在《边城》中他尽情歌颂边城人的淳朴、敦厚与善良，“翠翠”成了其中真善美与自然灵性的化身。他作品中所塑造的其他女性形象也多是善良纯朴，保留了自然天性的，如《长河》中的夭夭、《萧萧》中的萧萧，她们都构成了湘西世界中美好人性与自然和谐相融的抒情符号，同时也带有“作为另一世界的否定形象”②的意义，这也是沈从文在“湘西书写”中所展现的具有“时代性”的民族文化理想构建。作为见证“现代文明”下人性与道德堕落的观察者，沈从文致力于借湘西文化来构建人性的“希腊小庙”，以反抗现代城市文明。面对湘西世界，沈从文是带着痛惜怀旧的情绪去书写的，他同样对湘西世界中人们的悲惨命运感受到切肤之痛。因此，他最终撕开了覆盖在作品表层的温柔薄纱，《边城》的结局也隐含着淡淡的悲哀。

黄永玉也是深受沈从文影响的成绩斐然的作家之一，两代叔侄的湘西书写有着一脉相承的意义。黄永玉笔下的“无愁河”就像是对沈从文《长河》中辰河故事的延续，继续见证湘西这方乡土地理上的人事变化。和沈从文的湘西书写一样，黄永玉也在对湘西民俗风情、人性之美的刻画上倾注了对湘西个体命运与民族的忧思与审视。比沈从文更甚，黄永玉在《无愁河的浪荡游子·朱雀城》中几乎是以记录式的书写方式铺开湘西世界的世俗风情画，详尽到城内的每条路线和店铺都会细细描摹。此外，他还具体描绘了湘西的节庆风俗、婚丧礼仪、歌谣传说、宗教信仰，构建了一个极富真实感的神秘湘

① 聂茂. 寻找民族文学的精神原点[N]. 光明日报，2016-2-1(013).

② 赵园. 沈从文构筑的“湘西世界”[J]. 文学评论，1986(06).

西世界。对于湘西世界背后隐藏的悲痛，黄永玉通过对苗族个体命运悲痛的展示，揭示了在外部文明的冲击与内部势力的腐朽之下古老湘西世界原始文明与秩序的瓦解与消逝。黄永玉笔下的湘西是对二十世纪二三十年代湘西的还原，是回望岁月后对故土的眷恋，也是带着“现代理性”对湘西文化的反思与隐忧。其“隐忧”和沈从文对湘西世界的矛盾心理有所区别，这是离乡半生、年近百岁时回望故乡面对“现代化文明”冲击的一种“怜悯”，是对沈从文时代的文学湘西的内涵扩充。某种意义上，常德文学，就是对以沈从文、黄永玉为代表的现实主义文学的继承、深化和发展。

## 第三节 常德文学的名人效应与湘西精神

### 一、丁玲对常德文学的影响

地域文化与作家之间是一个双向的互补关系：在作家的写作阶段，地域特色作为作家自身的文化因素，会有意无意地融入作者的写作中，成为作品表现力和作家风格的一部分，具体可以表现为方言的使用以及地名和景观的代入等；在作家成名后，作家的作品又会成为地域文化成长和丰富的养料。一方面可以增强当地文化的知名度和影响力，成为地域文化的代言人；另一方面则会反哺当地的文人群体和文学写作，对当地文学的发展具有长期而深远的影响。最有代表性的例子如老舍的北京以及沈从文的湘西等。同样，在湖南常德，丁玲作为中国现代文学史上影响重大的作家和当地文化名人，对常德后辈作家的影响可谓深远。

常德的当代小说创作注重于对意义的追寻，与周边地域创作群体的“热闹”相比，常德当代文学显得较为“沉静”。在这种追寻意义的过程中，丁玲的文化影响融入了常德当代文学的创作过程。阿满的小说集《双花祭》中对于女性意识细腻独特的展现，与丁玲的女性书写有着相同的独立意识和不同的角度挖掘，是两个不同时代女性的精神交汇。除此之外，丁玲小说中人物见义勇为、互帮互助的侠义精神也在当代常德文学中有所传承。龚鹏程先生在《侠的精神文化史论》一书中，开篇就写到“侠”得以产生的社会根源：“在一个不完全公平、安全、可靠的社会里，除了破坏社会准则的人、无可奈何的受害者和不愿过分关心这种破坏活动的人，还有一种积极维持这个准则的人。这种人又分两类，一是本来即对维持社会准则负有责任的，一是本没有责任而仍决心要维持这个准则的人。前者是统治者，后者就是侠士。”[①]无论是《梦珂》开篇时梦珂的见义勇为，还是《我在霞村的时候》中遭受凌辱之后依然眼明心亮、潜伏敌营的贞贞，她们身上都有重情守信、伸张正义的侠义精神。丁玲的小说在水运宪、陶少鸿等一批成名作家的作品里都或多或少有一些影响，甚至在刘绍英《水族》中的祖父憨陀身上，就有这样一种丁玲式的生命勃发的侠义精神，贯穿在祖父憨陀的生命长河中，陪伴他度过了一个又一个变革时期。

丁玲自身性格中的坚韧和吃苦精神很大程度上与常德文风是一脉相承的，“这是一种极其儒化的‘蛮’，其本质应该指向一种勤勉精进，其内涵则是一种较真和执着——较真得有些迂阔，执着得近于顽固”。[②] 丁玲是常德文学的一座精神丰碑，她与常德互相成就、互相浸染，她的现实主义文学品格也会随着常德文学的血脉传承熔铸在其地域文化的精神基因之中。

## 二、昌耀对常德文学的影响

常德是我国第一个中华诗词之市，这座历史文化名城在湘西北的地图上闪闪发光，湘风楚韵的熏染使得它天然成为诗歌的生长地，为优秀诗人的诞生提供了文化根基。被韩作荣誉为“诗人中的诗人”的昌耀正是萌芽于此。

昌耀出生于湖南常德桃源县的一个大家族，他在常德度过了童年和少年时期。昌耀从事诗歌创作时已经离开家乡，他的诗作中体现了湖湘文化和高原色彩的融合，现在我们常认为昌耀是西部的高原诗人，因为他的诗歌中有着明显的高原的骨架和灵魂，蕴含着青海的气魄与声音，但往往忽略了昌耀的家乡在常德，他是从湘西北曲径通幽的山水中走出去的。他在潇湘文化的熏陶之下养成了最初的文化性格，童年经验也长期影响着他的诗歌创作。昌耀的身上一直有着湖湘人、常德人的血性，流放于边地、旅行于西藏都没有把他变成一个脆弱的文人，湖湘的血液使他孤独而又高傲，在他独临异境大地时为他提供了广阔的胸怀和省思世界的力量。正如吴投文所言，昌耀诗歌所营造出的史诗性境界的一个精神源头就是经由湖湘文化的内在透视所形成的阔大胸襟和思想张力。[③] 他体内的楚人气质使他在孤寂中更显沉实，散发

① 龚鹏程. 侠的精神文化史论[M]. 济南：山东画报出版社，2008.

② 夏子科. 沅有芷兮澧有兰——当代常德地方文学创作论略[J]. 文艺争鸣，2004(05).

③ 吴投文. 湖湘文化的诗性抒写——当代湖南诗歌的整体考察[J]. 新文学评论，2012(01).

着独立于世间的诗性气质。昌耀在诗歌中坚持独立的自我表达，他数十年来始终如一地从事着大胆的诗歌创新和实践，在语言和内容的多种维度中展现了诗歌的现代性，为现代诗歌的发展做出了重要贡献。

昌耀的诗歌创作和追求对常德乃至湖南的诗人产生了很大的影响，他以自身所创诗歌的魅力感染了一批湘籍诗人。昌耀诗歌中古汉语词汇、民间童谣与俗语的使用和诗人独立苍茫的宇宙情怀影响着大批湘籍诗人的诗歌书写。湖南诗人罗鹿鸣和昌耀的人生经历有着相似之处，作为“支边”学子，罗鹿鸣从衡阳师专毕业后，主动申请投身于青海边地的建设热潮中，后回到湖南，又在常德工作多年。罗鹿鸣的诗歌中有着明显的“昌耀式”的对西北自然和民俗的牵挂。昌耀在创作后期对他早期的诗歌进行了“重写”，力图将早期的写作自觉地纳入其美学追求之中，他对语言塑写的严肃认真和对美学规范的追求也影响着常德诗人的诗歌创作。昌耀也以其人其诗的魅力得到了大批常德诗人、湘籍诗人的学习研究和讴歌赞颂，罗鹿鸣在《昌耀印象》中将昌耀比作“死而复生的铭文”般的悲剧诗人，陈彦军在诗歌《生的哀悼和死的怀念》中表达了对昌耀的敬仰之情。对于他们来说，昌耀是一座高峻的山峰，等待着后来者的欣赏、理解与翻越。

昌耀是常德诗歌文化的一大代表，他去世后声名更盛。2010 年常德市委下达了“尽快修好通向伟大诗人昌耀墓的道路”的指示，几位常德诗人前往昌耀墓地进行了祭谒。2018 年常德举办了昌耀诗歌研讨会，以期在学术界产生更多的交流。常德以诞生出昌耀这样的诗人为荣，正是因为有这样的优秀诗人在前，常德的诗歌文化愈加兴盛。常德市诗歌协会于 2010 年创立于柳叶湖畔，协会成立以来培养了大批新时代的诗歌人才，创作了许多在国内外获奖的优秀诗歌，参与承办了多场大型诗歌文化活动，为常德诗歌界与国内外诗坛交流提供了一个优质的平台。

对于故乡来说，昌耀是一位诗歌英雄。通过昌耀，我们能够了解常德的土地是如何孕育出许多优秀的诗人，同时我们也能看到昌耀是如何以其饱满的灵魂和对现代诗歌做出的独特贡献灌溉着常德诗歌的发展。

### 三、湘西文化与湘西精神

从历史与现实的角度来看，土匪是农民对于压迫、苦难的一种普遍的反抗方式，是在极端生存环境下的一种自我拯救方式；从字面上来看，“土匪”是被房屋土地所放逐的“非常人”，但是他们并没有因为脱离了土地而成为与农民相对的“他者”抑或异己力量，他们与其所在的土地和家乡的农民始终保持着一种空间与文化上的联系。这种微妙的关系使得土匪集善与恶、美丽与残忍、质朴与野蛮等悖论性存在于一身，使得“土匪”这一边缘群体具有了不一样的审美文化意义。湘西“土匪”作为其中有代表性的土匪群体，其文化意义也在一桩桩历史事件、一个个文学想象中被赋予、被改写、被重塑。

湘西位于湖南省西南，环境闭塞但又山林、河流交错，这里自然的山水也滋养着湘西儿女野性的萌芽。沈从文曾在《湘西》一书中这样介绍湘西，他认为湘西是一个特殊的区域，“充满原始神秘的恐怖，交织野蛮与优美”。除此之外，沈从文还简要地介绍了湘西的历史，在沈从文对湘西地域波澜壮阔的叙述中可感受到从野蛮、残酷的厮杀中走出来的湘西文明和隐伏于这变动社会下的一颗颗湘西儿女躁动的灵魂。湘西“土匪”是湘西这一独特的地理环境与湘西文化的历史产物。野性在湘西“土匪”身上不仅体现为蛮悍雄力的显性性格，还表现为自然真实的人性内核。因而，“土匪”这一群体带有很强的民族因子与文化内涵，构成了独属于大湘西的“匪文化”。

首先，大湘西的“匪文化”是一种携有生命野性与民族血性的蛮文化。

“蛮”不仅是湘西民族性的最具鲜明性的特征之一，同时也是“匪文化”的重要表征。蛮之于湘西民族性格既有消极的一面，同时也可产生积极的力量。消极的一面体现在它可产生负气与自弃，沈从文指出“负气与自弃使湘西地方被称为苗蛮匪区，湘西人被称为苗蛮土匪，这是湘西人全体的羞辱”。很多人将野蛮、霸蛮、蛮横看作是湘西“土匪”精神未开化的一种外在表现，并以一种“都市人”的高傲姿态表现出一种极顽固的排他性。这种文化偏见使得人们忽视了“蛮”作为一种坚韧敢拼的生命强力的积极力量。

很多人都听过“无湘不成军”，还有一种说法叫“无筸不成湘”。抗日战争时期，荆沙争夺战、长沙会战、宜昌反攻战、洞庭南岸争夺战等重大战役，皆有筸军加入，而湘西“土匪”就是其中的主力。解放军 47 军 139 师政委袁福生曾这样评价他们：“枪法准、特别能吃苦、特别能打仗。”再如金珍彪、宋德清、宋海桥等万名“土匪”出身的战士征战朝鲜战场，用自己的血肉之躯与对民族与人民的赤胆忠心完成了由湘西“土匪”向“民族英雄”的涅槃。或许，他们本来就是一群身怀“英雄梦”的勇士，奈何抵不过时势造化，只能以“土匪身”苟世。曾奉命指挥湘西剿匪、后来又将这帮湘西“土匪”带去参加抗美援朝战争的曹里怀将军，在《湘西剿匪史稿》定稿座谈会上曾动容地说：“湘西土匪大多是贫苦农民，逼上梁山的。你们想象不到他们在朝鲜打仗时有多勇敢。他们打出了国威。他们中的大多数都战死了，很壮烈，我常在梦中念着他们……”土匪身上悍不惧死的“蛮”在战场上造就了湘军的“打不败精神”，用行动印证了那句“欲灭中国，除非湖南人尽死”的豪言壮语。在战场上奋勇杀敌的湘西“土匪”，他们由蛮而勇、由蛮而武、由蛮而智，并由此爆发出强悍勇猛、视死如归的品格与野性生命顽力的潜在力量，极大地促进了民族生命力的生长与张扬。这样的“蛮”不仅是湘西精神的支柱力量，更是中华民族精神的活性因子。

其次，大湘西的“匪文化”是一种带有侠义精神的游侠文化。

历史上的楚地“其俗剽轻，易发怒”，在剽悍的民风下蕴含着楚人率性浪漫的气质与自然原始的生命冲动，这种气质与湘西神秘的宗教氛围相结合就形成了沈从文所说的“个人的浪漫情绪与历史的宗教情绪结合为一，便成游侠者精神”。

在湘西，游侠精神已成为一种当地人的集体自觉意识，湘西男子将这种精神内化为自身性格中的一部分去追求、去恪守。当具有血性正义、锄强扶弱的湘西游侠精神渗入草莽文化之中，“匪气”也变具有了侠义的色彩，不妨说湘西“土匪”身上所谓的“匪气”实则就是湘西游侠精神的一种强化形式。“它是三楚子弟那种慷慨好义负气任侠的古典热忱及‘诚既勇兮又以武，终刚强兮不可凌’的鬼雄气概在当地兵凶战危环境里的历史延伸。”因而，沈从文小说中的湘西“土匪”并不是穷凶极恶的刁民，而是一群散发着真实人性的侠义之匪，沈从文总是以一种悲悯与同情的眼光去观照他笔下的湘西“土匪”，对湘西“土匪”的描绘多带有侠义英勇之风与舍生取义的浪漫色彩。再观水运宪笔下的“钻山豹”，他的“英雄梦”不就是受游侠精神的驱动吗？因而拥有着“英雄梦”的“钻山豹”不仅匪气十足，而且侠义十足。不妨说“游侠精神”是对湘西“匪文化”精神内核的又一发现。

最后，大湘西的“匪文化”是一种聚焦生命本真的人生形式。

土匪，大多因生活所迫而落草为匪，它不仅仅是作为文明的对立面与秩序的破坏力量而存在。从文化角度来看，土匪们占山称王实则也是为寻求一种制度外的平等，成为社会整体想象物的象征。湘西“土匪”作为被文明社会所整体放逐的边缘群体，其生命的本真也以另一种形式保存了下来。他们不像生活在沈从文“边城”地域想象下的人们那样因隔绝了城市文明而保留了性格中的质朴与纯真，而是将生命的原始力量以一种更奔放、更狂热的形式表现出来，土匪身上爱与欲的毫不掩饰的张扬，不就是人性的复活吗？不就是对于“大写的人”的真实书写吗？人之生命的本真就在湘西“土匪”这种不被束缚的人身自由中延续下来。沈从文就曾在小说《在别一个国度里》，以一种生命本位的视角，从文化的、历史的角度对湘西“土匪”的心灵世界进行了人性透视，挖掘湘西“土匪”身上的人性之光与生命之真。同为湖湘作家的水运宪在其代表作《乌龙山剿匪记》中，用“去符号化”手法对湘西“土匪”进行了生命的“祛魅”与人性本真的还原，致力于描绘作为生命存在者的湘西“土匪”他们的自由灵魂。无论是沈从文的《在别一个国度里》还是水运宪的《乌龙山剿匪记》，都是以湘西“土匪”为主体的生命哲学的透视，都是在原始的、本真的湘西“土匪”身上寻找一种新的生命形态与人生存在。

拨开历史的遮蔽与世俗的偏见可以看到，大湘西的“匪文化”并不是一种异己的文化，它通过冲破文明的藩篱与外在对于心灵的羁绊，形成了一种以“大写的人”为主体的生命文化，既有人性阴鸷的一面又有血性侠猛的生命伟态，既有鲜明的地域性色彩又有中华民族的精神属性，作为中华文化的文化载体与其他多样的文化一起参构到民族文化的绵延发展之中。

## 四、常德文学的侠义精神与“匪文化”

20 世纪 80 年代，文学进入了一个新的时期，不仅向西方文学吸取营养，而且将目光转移到了本民族，开始寻求对过去文学的超越，具有了强烈的本土意识，并试图从本民族文化中寻找养分来构建新时期的文学精神体系。在这种文化大背景下，“匪性文学”应运而生。

“匪”作为真实的历史人物活跃于民国时期，随着中华人民共和国的成立，便逐渐退出了历史舞台。但“匪”身上带有的文化气质却并没有消逝，而是以文本的形式流传了下来，在“匪性文学”中得到了很好的彰显与传递。

侠与匪之间诚然有着诸多共通之处，都具有民间思维特征，是民众话语系统；都站在官方正统的对立面，具有反正统性；都显示了民众及创作者的理想主义倾向。但二者的区别也是巨大的。从整体上说，“侠”是进步、正义的，反映的是民众盼望却难以实现的美好愿望，是一种正面表达；而“匪”则是破坏的、反叛的，甚至是放荡不羁、为所欲为的，在众多文学作品中是丑陋的形象。“匪”虽然也是对现实的反抗，是一种隐晦的理想表达，其内部也有着一套完整的道德规范，有守信重义的一面，但干的大多是烧杀抢掠之事，是社会秩序的破坏者，这也决定了“匪”是不被社会主流所接受的。“侠”却不同，虽也不被统治阶层所认可，但民众对侠的崇拜却是十分强烈的。

到了早期革命文学中，作为地主阶级的敌人，匪盗成为中国共产党努力争取的革命力量。但“匪”终究具有局限性，与革命的结盟并不长久。为了摆脱农村和地位的局限，获得权势，树立威望，他们不惜充当反动派的“爪牙”，甚至与危及其利益的革命者为敌。放荡不羁惯了的匪盗，是无法安分地待在纪律严明的革命队伍中的。到了十七年文学中，“匪”与“侠”开始分化，到了新时期文学中，更是成为一种反思的参照物。因此，“匪”与“侠”从根本上便是不同的。

虽然“匪性文学”中对“匪”的现实形象进行了改造，将其与现代文化对接，挖掘出其人性与本真，以寄托作家个人的精神追求与乌托邦理想，从而实现与“侠”的对接，但其身份与出发点却决定了其与侠的本质差异。

## 第三节　丁玲小说侠义精神的叙事内蕴

丁玲的文学创作有着极强的阶段性，她创作中的侠义精神主要集中在前期作品中。早期的丁玲自由、独立、思想解放。《莎菲女士的日记》一出便惊动了整个文坛，丁玲大胆地描绘了女性的情欲和心理，追求女性的自由和个性。到 20 世纪 30 年代，丁玲创作了大批“革命加恋爱”的文本，展现了在投身革命之前的一系列挣扎与徘徊。再往后到延安时期，虽然丁玲较大地受到了马克思主义的影响，但依然保留着一定的创作个性，蕴含着强烈的女性主义倾向，这在《我在霞村的时候》中贞贞这一形象中有所体现。到了整风运动之后，丁玲则渐渐失去了最初的创作个性，开始了反思。但此时还是能在其作品中看到一些矛盾性。在《太阳照在桑干河上》这类政治意味十分强烈的作品中，我们依然能够在黑妮这类人物形象中看到一定的革命倾向。因此，虽然后期丁玲有政治传声筒的转变倾向，创作越来越趋于政治化，但其骨子里的自由和侠气让其仍保有一定的创作个性，不至于全然失去自我。刘再复的儿女刘剑梅教授曾在一次采访中表示：“丁玲展示了中国现代知识分子‘自掘心’的过程。”[①]丁玲的转变反映了那个时代知识分子的思想变动，有些人选择沉默，有些人则奋力抵抗，如沈从文。丁玲与沈从文后期关系的紧张也与其政治立场的差异有一定的关系。丁玲的创作不断地由内而外转化，逐渐失去自我，为集体和革命服务。

---

① 刘剑梅. 丁玲展示了现代知识分子“自掘心”的过程[N]. 凤凰文化，2015-9-16.

本节主要集中在丁玲的小说创作上，探究丁玲小说中侠义精神的成因及叙事内蕴，并对后期《太阳照在桑干河上》中黑妮形象与女性主义倾向进行一定的阐述。丁玲的侠义精神来自家族渊源、教育经历、爱情与婚姻、个人命运与时代大潮及传统五个方面的影响，其叙事内蕴可以从侠义互助的正义叙事、民间立场的底层叙事、非主流的革命叙事、尚武精神的血性叙事和乌托邦式的浪漫叙事五个维度来探讨。通过具体的文本进行深入分析，能够体会到丁玲小说中侠义精神与中国优秀传统文化一脉相承的内涵。

## 一、丁玲小说侠义精神的成因

### 1. 家族渊源

1904 年 10 月 12 日，丁玲出生于湖南临澧，祖先据说是明末农民起义领袖李自成，再往前推，甚至是骁勇善战的西夏党项贵族的后裔。这一野性的血统渗透并反映于其文学创作中，让其成为文学史上的一位豪客。但血缘的渊源终究不能成为影响丁玲创作的根本原因，其创作中充满侠义精神，最大最直接的影响还是当属双亲对其的潜移默化。

丁玲父亲蒋保黔，清末秀才，在维新变法之后曾有过留学日本的经历，但留学归来后的黑暗时局，让他过起了大隐隐于市的逍遥生活。丁父虽然英年早逝，但仍留下了诸多趣事。身为一名秀才，他与其他酸溜溜的秀才不一样，偏爱汲着水烟袋，与家里的厨子们在厨房一道谈论古今，探讨美食。丁父为人十分洒脱，结婚几年后就让自己的妻子放了足。治病救人，有时候遇到穷人来诊治不收医药费甚至还要倒贴。

丁父最为随性的，要数养马与送马一事。丁父喜欢养马，但是不擅长马术。当他得到一匹良马后，会为其配上精致的鞍鞯，并让马夫在前面牵着，自己紧随其后，这时的丁父像极了一个仗剑直行的侠客。如果在途中遇到识马的知音，丁父又常常忍痛割爱，将良马赠予陌路人，只望为良马觅得伯乐。

丁父离世较早，但他这种侠士风范仍给丁玲造成了巨大影响。正如沈从文在《记丁玲》一书中所说："大方洒脱的风度，事实上却并不随了死者而消灭，十年后又依然可以从丁玲女士的性格发现，成为她一生美丽特征之一点。"可见丁父对丁玲影响之大。

丁玲母亲对其性格与文学创作的影响也是十分深刻的。丁母原名余曼贞，出身于书香世家，进私塾读过书，多才多艺。丁父去世后，过去那些与丁父称兄道弟的人开始费尽心思向孤儿寡母讨债，这时的丁母并未退缩畏惧，而是独撑大局，破家还债，在还清所有债务之后，毅然离开了蒋家，并改名换姓，取“巾帼不让须眉”之意改名“胜眉”，又名“慕唐”，因丁母羡慕唐朝武则天时期女人可以考官做事。这一改名换姓之举展现了丁母的特立独行与勇敢进步。丁玲之后的换姓之举可以说很大程度上是受其母亲的影响，可见其对丁母耳濡目染之深刻。

离开蒋家之后，丁母带着丁玲来到武陵外祖父家，寄人篱下。寄住在外祖父家时，丁玲与当时掌家的三舅产生了极大的冲突。三舅道貌岸然，是个十足的伪君子，身为一方领袖，却在背地里做着龌龊的事情。他糟蹋了家中的一个丫头，导致这个丫头上吊自杀，还和自己的小姨子存在不正当关系。更让人难以忍受的，是其假借为育婴堂募捐的旗号，中饱私囊，将筹得善款的绝大部分装进自己口袋。

而且，丁玲在四岁那年便被迫与三舅的儿子结下了亲，但十七岁的丁玲想去上海闯荡，而三舅却想让丁玲留下完婚，这对当时充满闯劲的丁玲自然是无法妥协的。开明的丁母在此时开口解除了两家的婚姻关系，偏偏丁玲又在这时火上浇油，在三舅宴客之际带着一帮女伴嘻嘻哈哈地闯入，再次激化了双方的关系，甚至让丁母也跟着受牵连。为维护母亲，丁玲与三舅展开了激烈的骂战。一气之下，丁玲哭着出走，独自住进了母亲的学校，并将三舅的罪行一一写下来，寄往《民国日报》。一开始，《民国日报》因惧怕乡绅的势力，不敢刊载，丁玲与王剑虹得知后冲去报社理论，称不登就拿去上海登，报社这才迫于压力刊登了这篇揭露三舅罪行的文章。在那之后，丁玲便毅然去往上海。

抗婚出走，这在当时看来简直是惊世骇俗。一方面是由于丁玲的勇敢，另一方面也在于丁玲母亲的开明。她为丁玲解除了与三舅儿子的婚约，也对丁玲出走上海予以支持，并每月补给 20 元给丁玲生活，给丁玲带来了极大的帮助与鼓励。

在对丁玲的教育上，丁母也极为勇敢。1910 年，年逾 30 岁的丁母带着 7 岁的丁玲报考了常德女子师范学校，丁母读师范班，丁玲则读幼稚班，这一举动在当时轰动了全城。在师范班，丁母虽为小脚却坚持上体育课，后来甚至还当上了体育教员。也正是在此时，丁母结交了小她 14 岁的向警予，之后也在向警予的影响下向往革命，做了诸多有益的社会活动，并创办了学校。在丁玲幼时，丁母便亲自带她读《古文观止》，让她熟读《论语》和《孟子》等古文经典，并给她讲秋瑾的故事，这都给了丁玲很大的影响和启迪。1918年，丁玲的弟弟蒋宗大去世，丁母强忍丧子之痛，亲自将丁玲送至桃源县第二女子师范学校。学费不够，她便变卖了自己的金戒指。

在丁玲之后的人生轨迹中，丁母还多次对其进行经济救助，闭口不提胡也频被害一事，并为其抚养幼儿。不论是从精神熏陶，还是物质支持上，丁母都对丁玲产生了极大影响，提供了诸多帮助。丁母的坚强、勇敢、开明与忍辱负重更是在丁玲的性格养成和文学创作上留下下深深的烙印，丁玲的“豪”与“侠”在很大程度上是传承了母亲的。

2. 教育经历

1921年，因丁母是王剑虹姐姐的老师，这年暑假王剑虹代表姐姐来看望丁母，也正是在这时和丁玲开始熟悉并成为挚友，上文提到的丁玲向《民国日报》施压发文控诉三舅便是与王剑虹共同进行的。丁玲在桃源第二女子师范读书时便认识了王剑虹，初见她时，丁玲觉得她甚为严肃。到后来，五四运动爆发，王剑虹上台演讲，台下掌声雷动，王剑虹成为全校进步的领头人物。此时的丁玲与王剑虹还未相互认识，但王剑虹身上难掩的侠气与进步精神给丁玲留下了深刻印象。1922年，年仅18岁的丁玲便与好友王剑虹走出湖南，奔赴上海去寻求真理。王剑虹作为丁玲早年的同学和挚友，对丁玲极为重要。丁玲的处女作《梦珂》身上就存在很多王剑虹的影子，甚至“梦珂”这一名字也是取自瞿秋白当年对王剑虹的爱称“梦可”。1923年，两人来到南京，生活极为简朴，从未买过鱼和肉，出行全靠徒步，剩下的钱都买了书。可即使是这样艰苦的生活，两人也觉得富有生气。

家境良好的王剑虹身上有着难得的勇敢与坚韧，虽身体孱弱却有着平常女子难有的刚强。王剑虹身上的“浩然正气”对丁玲性格的养成具有巨大作用，帮助其战胜人生路上的诸多困境，愈挫愈勇。王剑虹在最美的年纪香消玉殒，可她对丁玲的影响从未消失，贯穿了丁玲的一生。

除了王剑虹，丁玲到桃源省立第二女子师范时，也受到朝夕相处的同学很多影响。学校设立在湘西，学生多从湘西附近各县而来，性情大多豪爽勇敢，丁玲跟这些伉爽豪纵的同学相处久了，也被其性格所影响。

丁玲的老师瞿秋白、李达、施存统还有鲁迅等人都对其创作产生了极大影响。丁玲与王剑虹在瞿秋白的引领下在上海大学就读，其中不乏优秀的名师，但当属瞿秋白对其影响至深。学贯中西的瞿秋白常在课后为其开小灶，充满了理想与热情。虽说后来瞿秋白、丁玲与王剑虹之间的情感出现了“三角”矛盾，但仍不能妨碍瞿秋白与丁玲的相知。

李达在丁玲就读上海平民女校时任校长，担任丁玲的代数教学，但李达对丁玲的影响最主要体现在思想上。胡也频牺牲后，丁玲曾寄住在老师家中，李达夫妇对其极为照顾。李达虽脱党却并未脱信仰，他希望自己这个充满才华的学生专心写作，不参与政治。虽然丁玲最后没有听从老师的劝阻，但她能够理解李达当时的良苦用心。施存统则是丁玲在上海大学读书时的老师，丁玲对施存统的崇拜早在长沙周南女校时就已经存在了。她赞同施存统在《非孝》中表现出的反封建反专制的思想，正是这一思想让她勇于对抗三舅的伪善。因此，丁玲在上海大学时与施存统交往频繁，受其影响极大。

鲁迅则可以说是丁玲的精神导师。1925 年，充满迷茫和困惑的丁玲鼓起勇气写了一封信给鲁迅，向其倾诉了自己的生活困境，希望能从鲁迅处得到未来生活的答案。但当时的鲁迅曾收到一个男学生化名女性寄来的求助信，希望其推荐稿子，但最终发现是男学生冒名欺骗，因此鲁迅当时对女性寄来的求助信极为反感；再加上丁玲的字迹与沈从文极为相似，导致这封信最终石沉大海。到后来，丁玲负责《小说月报》编辑工作时，两人才有了第一次会面。这次的会面，才让丁玲感受到了鲁迅的温和与善解人意，两人更是互换了文章。1933 年，丁玲被国民党绑架，鲁迅更是与宋庆龄等人一起向国民党提出抗议。为了补贴丁母和幼儿的生活，鲁迅亲自联系良友图书公司，出版了丁玲未完成的小说《母亲》，并将稿费分批寄给丁母，以防被老家人侵吞，帮助丁母渡过生活的难关。丁玲遭人诋毁时，鲁迅更是站出来为丁玲说话，说他们“真是畜生之不如也”。鲁迅对丁玲的肯定与帮助给了丁玲极大的鼓励，让其感动涕零。所以当鲁迅去世的消息传来，丁玲伤心欲绝，并署名“耀高丘”寄信给许广平，表达自己的悲痛与感激之情。

丁玲在学校中受到先进思想影响，其中有一件事情极为重要，那便是改名换姓一事。丁玲原名蒋伟，字冰之。在上海平民学校学习时，丁玲与同住的五个女学生进行了一场“废姓”运动。丁玲启用在家用的小名“冰之”，王剑虹也去掉姓，只留下“剑虹”二字。但后来因为在他人在询问自己“贵姓”时，都要费力解释一番，还被人当作怪物一般看待，为避免这样的麻烦，六人又陆续恢复了姓。丁玲选取了最易书写的“丁”姓，改为丁冰之，自此便与我们后来熟悉的丁玲更近了一步。

在中国，“姓”的重要程度不言而喻，“废姓”比“废名”还要严重，可丁玲义无反顾地做了，并且完成得极为彻底。这一惊人之举显示了丁玲的革命决心与斗争精神。

3. 爱情与婚姻

丁玲第一任丈夫胡也频十分冲动、慷慨、乐观，像极了丁玲的父亲。为追求丁玲，胡也频除了一身换洗衣物，孑然一身地上门来到丁玲家，这一举动打动了丁玲，也让丁母迅速接受了他。丁玲和胡也频共同生活后，虽然生活拮据，但胡也频十分乐观，这种乐观也打动了丁玲。两人常在半夜里，去到院中的枣树下看流星，甚至在陷入淤泥中的夜晚，索性在淤泥里看了一夜的星星，直到一个路过的人将他们救下。胡也频的性格对丁玲产生了极大的影响，后来丁玲投身革命也与胡也频的被害有着很大的关系。

冯雪峰可以说是丁玲一生最爱的男人。冯雪峰处事皆靠热情，是一个集感性与理性于一身的人。丁玲的《莎菲女士的日记》发表后，冯雪峰写信给丁玲，告诉丁玲说他看哭了，但是末了还是不忘提出批评，说她带有虚无主义色彩。丁玲在与胡也频大吵一架之后，毅然决定和胡也频及冯雪峰三个人一起生活一段时间，以决定自己最后想和谁在一起，虽然最后丁玲选择了胡也频，但他们三人在杭州西湖边生活的事迹委实惊世骇俗，后来的一封“不算情书的情书”也十分热情奔放，至情至性。

4. 个人命运与时代大潮

时势造英雄，一代有一代之文学，不同的时代背景会造就不同的文学风格。当时的社会环境对丁玲创作的影响不言而喻。

1927 年，丁玲初登文坛，发表处女作《梦珂》。时值五四退潮，知识分子们陷入一种苦闷与焦虑，处于集体失语的状态。为了逃避现实，大部分知识分子都退隐到个人世界，由内而外地审视世界。一方面维护个人的精神世界，另一方面也表现出对外部世界的思考。丁玲也是单纯地想要将自己的生活感受及对现实生活的情感体验通过纸笔表达出来，对社会进行分析。此时的丁玲还未受到政治上的影响，更多地侧重于自我的言说。正如她自己所说：“我那时为什么去写小说，我以为是因为寂寞。对社会的不满，自己的生活无出路，有许多话需要说出来，却找不到人听，很想做些事，又找不到机会，于是，为了方便，便提起笔，要代替自己来给这社会一个分析。”于是，丁玲以一种不屑于被外界理解的洒脱姿态闯入文坛，打破传统的写法，以独语式的写作方式彰显主观情绪。在这个层面上，丁玲对这一时代苦闷的刻画与女性意识的反叛描写上是无可替代的。丁玲在这一时期的作品，如《梦珂》《莎菲女士的日记》及小说集《在黑暗中》等，虽作品题材各有不同，但均在一定程度上反映出寻找光明、寻求出路的反叛情绪与批判意识，表现时代的痛苦感及精神的解放、对未来的憧憬与渴望。

后来，丁玲的文学创作随着时代发展而变化，不局限于描写女性的苦闷，也开始表现社会革命斗争。1930 年初，丁玲创作了长篇小说《韦护》。这一时期的作品虽未能完全摆脱革命加恋爱的固有模式，但因心理和性格描写的精湛而具有了生活气息，既有理性认识，也有感性体验。丁玲也从此进入革命文学作家的队伍中。

到了解放区时期，丁玲开始追求民族风格的突破。丁玲阅读广泛，古今中外的作品均有涉猎，早期作品则具有诸多法国文学的痕迹，其《莎菲女士的日记》便很容易让人联想到福楼拜的《包法利夫人》。到了解放区时期，丁玲擅长的心理描写开始为描绘阶级斗争服务，作品也具有了完整的故事结构，并广泛运用语言、动作及细节等多方面的描写来烘托人物心理。到了《太阳照在桑干河上》，虽也有细腻的心理描写，但其他描写的增多，让文本少了外国心理分析的痕迹，而多了中国文学的含蓄蕴藉。这也与丁玲为工农兵服务，服务于革命斗争的目的和倾向有一定关系。只有贴近本民族传统，才能更好地服务于本民族人民。

晚年的丁玲依然笔耕不辍，积极创作了诸多文学作品。在丁玲晚年的作品中，虽描写苦难，但也有对坚强灵魂的描绘，有着极强的文学魅力。

当时的社会环境推动着丁玲走上革命，也开放了丁玲的思想，影响了其文学创作。很多人说丁玲的《太阳照在桑干河上》仅是一部应时之作，只看重其政治意味。但丁玲在该书中并非一味赞扬改革者，抨击地主，而是将每个人物都塑造得有血有肉。社会环境对丁玲创作的影响不容忽视，但丁玲仍是一位保有个性的作家。

生于乱世，时代需要侠义精神，为国、为民、为己，皆是如此，因而侠义精神在国难时刻更为重要。这也体现了丁玲在时代洪流下个人性格的变化及对理想、信仰的追求。

#### 5. 传统文化

作为土生土长的中国作家，丁玲也在潜移默化地接受中国传统文化的影响。其作品中存在的侠义精神因素，就深受儒、道、墨家文化的浸染。

儒家推崇舍生取义，“义”正是“侠”坚持的根本，儒家的忠信仁义与“侠”的“千金一诺、慷慨赴义”等思想有着一致性。在早期武侠小说中，侠便具有鲜明的儒家人格，主要包括以下三个方面：积极入世、关注社会；“以天下为己任”；自我牺牲精神。受儒家影响下的“侠”有着强烈的担当精神与责任意识。儒家重“仁”，“侠”随之也强调“义”。正所谓“侠之大者，为国为民”，儒家推崇的“侠”也是需要心系天下苍生，为国为民的，这与儒家代表的统治阶级利益是分不开的。所以，儒家之“侠”倡导积极入世，强调的是社会本位，为了国家人民的利益，甚至不惜牺牲自我，以保全集体。

道家之侠与儒家之侠则不尽相同，但同样对侠义精神的发展产生了巨大影响。道家之侠强调“智”，不是一味地充当老好人，而是拥有解决问题的智慧，是聪明之“侠”。道家之侠强调的不是社会本位，而是人的自然本真，道家之侠更加淡泊无为，洒脱不羁。儒家强调“入世”，道家则强调“出世”，重视个体的鲜明个性与独立自由。道家强调“淡泊无为”，而“侠”的灵魂也在于舍己为人，无心功名，不求富贵。他们关心民生疾苦，急民众所急，苦民众所苦，但又在济世救难之外保有一颗本真的心，向往逍遥自在，深得道家精髓。

侠义精神受墨家影响极大，墨家门徒本身就可以称为一群大侠。墨家代表着小市民阶层的利益，推崇“兼爱非攻”，培养了一身浩然正气，体恤民生疾苦。墨家第三任首领曾亲自带领门下一百八十多人，死守阳城，最后都壮烈牺牲，为保护遭受欺凌的弱小群体而付出生命的代价，尽显大侠风采。墨家也重“仁义”，但墨家的“义”是“爱无差等”，是在平均主义的基础上双向对等。而且，墨家在政治上也主张“尚同”，希望构建一个平等的大同社会。因此，这种平等愿望很容易被平民大众接受，也与侠士之间“同生死，共患难”的思想一致，“尚同”思想更是与侠义精神中的“江湖”概念有相似之处。同时，墨家主张“强者不劫弱”，这也与侠士“劫富济贫、锄强扶弱”的思想不谋而合。

## 二、侠义互助的正义叙事

丁玲小说中正义叙事，主要体现在互帮互助以及挺身而出和自我牺牲的精神，而这也正是侠义精神的一个重要内核。这种侠义互助，不仅体现在主人公对他人的帮扶上，也体现在主人公与其他人物之间的温情中，正与“侠”

对弱者的帮助、“侠”与“侠”之间的义气一致。丁玲将个人身上的“侠气”渗透进文本，利用一个个故事情节展现其审美认知。

《梦珂》开头即由梦珂的见义勇为开始，写到了梦珂救女模特的一幕，在女模特遭到不公对待，于大众到来之前被红鼻子教员羞辱时，是梦珂听见了女子的喊叫，挺身而出，跑去骂那红鼻子，为她打抱不平，并在学生们争相过来看热闹时，站到惊慌失措的她身边，叫她把眼泪擦干，一件一件替她将衣服穿好，让她在自己怀里哭泣，并将她送出教室。事情发生之后虽说很多人并未听信那红鼻子的污蔑，都能够理解梦珂的行为，但真正在事情发生之时敢于站出来的仍然只有梦珂一人。事后有个长发少年叫住梦珂，劝梦珂慢点走，并想开一个会议来解决此事，但梦珂却丝毫未犹豫。

“但她却在闹声中大叫了起来：‘好吧，这时你们去开什么会议吧！哼——我，我是无须乎什么的。我走了！’”①

正是旁人的冷淡和事后的奋勇让梦珂寒了心，不愿再去学校，从而有了之后寄住在姑母家的诸多发展。

从这个层面来看，梦珂之“侠”显得尤为珍贵。受欺辱的女模特因连累梦珂而满心愧疚，但梦珂仅有一句：“嘿！这值什么！你放心，我是不在乎什么的……”②甚至连长发少年的挽留与开会解决的建议都未放在心上，毅然离开，没有半点犹豫。即使后来落入更糟糕的境地，也没有对当日之事有过多提及和悔意。梦珂的仗义相助是她认为该做也必做的事情，这诚为一个“侠”之所为。

在《莎菲女士的日记》中，莎菲身患肺病，但她的朋友们却并没有害怕感染而远离她，而是一直陪伴与照顾着她，给了病中的她诸多温情。莎菲因为喝酒病情加重，她的朋友毓芳、云霖、苇弟、金夏都守在她床边，为她流着泪，并帮她收拾东西，送她去医院。莎菲病好后，也是这几人将她送回公寓，帮她打扫干净公寓，因怕她冷特意生上小洋炉，还搭上小铺轮流照看她。就连她牵挂的凌吉士也在她住院时和出院后多次看望她，陪伴她。这给病中的莎菲带来了极大的安慰，正如她自己所说：

“近来在病院把我自己的心又医转了，实实在在是这些朋友们的温情把

---

① 丁玲. 在黑暗中[M]. 北京：人民文学出版社，2000.
② 丁玲. 在黑暗中[M]. 北京：人民文学出版社，2000.

它重暖了起来，觉得这宇宙还充满着爱呢。”①

所以即便是莎菲的性情被人视作“狷傲”与“怪僻”，但身边仍留存着这种互助的温情。侠义精神的一个重要内核便是“义”，“侠”行事大多重“义”，与人相处也全在一个“义”字。

在《我在霞村的时候》中，叙述者“我”与贞贞也建立了深厚的革命友谊，她称贞贞为“朋友”，同情她的境遇，也佩服她的勇气与开朗。在“我”离开前，贞贞欲言又止，可“我”拒绝听人说关于贞贞的情况，“我”认为：

“凡是属于我朋友的事，如若朋友不告诉我，我又不直接问她，却在旁人那里去打听，是有损害于我的朋友和我自己，也是有损害于我们的友谊的。”②

这样的深情是贞贞悲惨际遇的调剂，带给了她极大的心理慰藉。丁玲将这样一个备受摧残，失去贞操，饱受非议的女性起名为“贞贞”，一定程度上也是一种讽刺，贞贞虽失去了贞操，身体受到了伤害，但精神健全，甚至比革命区的其他大多数人都要健全得多，身体的失贞并不代表精神的失贞，丁玲借主人公的视角，表达了对这类女性的深切同情与关爱。

到了《太阳照在桑干河上》中，战争环境也给了主人公施展侠气的机会，章品就是在这样的环境中建立起了威信。有一次，他到一个靠近据点的村子里去，找伪甲长，伪甲长是个地主。章品找到他的时候恰巧遇见日本人进村，伪甲长让他从后门逃走，不想连累他。结果章品不走，带着地主的儿子，举着枪，趴伏在窗户后边，并告诉地主：“敌人什么时候进来这院子，咱就什么时候打死你儿子，你大约是明白人吧！”③最后伪甲长一点也不敢怎么样，打发了敌人。后来，章品的这一事迹传了出去，老百姓都对其敬佩不已，“八路军的人都有这样大胆，那还怕什么日本，中国再也不会亡了”。④

章品能在关键时刻当机立断，不退缩，不畏惧，镇定自若，实乃“侠”之风范。在后期的土改工作中，章品果敢老练，一出现便能将土改进程缓慢的暖水屯带上正轨，亦是个雷厉风行的“侠士”，能真切地解决农民的土地问题和切身利益。这都是侠义精神在其身上的具体表现。

---

① 丁玲. 在黑暗中[M]. 北京：人民文学出版社，2000.

② 丁玲. 丁玲文集(下)[M]. 北京：北京燕山出版社，2007.

③ 丁玲. 丁玲精选集[M]. 北京：北京燕山出版社，2009.

④ 丁玲. 丁玲精选集[M]. 北京：北京燕山出版社，2009.

## 三、民间立场的底层叙事

在丁玲小说中，主人公大多是平凡之人，却能做出不平凡之事。正如侠义精神中，小人物亦能有不俗的“侠义行为”，丁玲小说中也有诸多底层的小人物做出了不凡的事迹。这种底层叙事与侠义精神的平民性是一致的。

丁玲小说中的主要人物都不是轰轰烈烈的英雄，或者说都不是与生俱来的英雄，都是从平民出发，慢慢转变的。《太阳照在桑干河上》中，县宣传部长章品、区工会主任老董、暖水屯支部书记张裕民、农会主任程仁，以及土改工作组的组长文采，组员杨亮、胡立功等，都不是无一缺点的，他们是在土改初期走在前边的人，但最初也存在诸多问题，是逐渐成长起来的人。

县宣传部长章品可以说是暖水屯土改工作中的核心人物，章品的到来，为暖水屯缓慢的土改进程助了一把力，得以迅速着手清算钱文贵。但章品刚脱离青年工作到察南时，还不够十九岁，年纪尚小，经验不足，而且现实条件不足，没有连杆枪，常常只有两颗手榴弹，再加上伪甲长瞧不起他，常常考他，章品最初的处境并不乐观。可环境推着他成长，“他的老练和机警的确只是因为环境逼迫他而产生的……有几次一月多找不到熟的吃，并且常常吃生的南瓜、生的玉米。同在一块的人牺牲了。也有扩大了来的游击队员又投了敌，反转来捉他，他跳墙逃走过”。[①] 这样艰苦的环境将章品培养成了土改的先锋，从最初底层的稚嫩到后来处事的果敢坚决，章品实为底层英雄的典型代表。而且章品成为县宣传部长后，也极力代表和保障底层农民的切身利益。因为有同老百姓共患难的经历，人们对他格外亲切，都叫他章队长、老章、章区长、章部长等。因为互相依靠，共同战斗着生存下来，章品与民众有着更为融洽的感情，人们在他身上看到了光明，寄予了厚望，开始有决心和信心去同黑暗做斗争，并且取得了胜利。总之，从这个层面上来看，章品不仅是从底层成长起来的“侠”，也是代表着底层利益，与底层民众休戚与共的“侠”。

区工会主任老董也具有这一特点。五十岁的老董，在共产党刚从南山伸到三区来的时候，他就一直跟着打游击。从最开始只跟着跑，不会使枪，看见敌人只知道跳脚，迈不开步子，到后来能够齐心协力打退敌人。

“老董就更死心塌地跟着跑，过了三年比做长工还苦上百倍的生活：睡

---

① 丁玲. 丁玲精选集[M]. 北京：北京燕山出版社，2009.

觉常是连个土炕都没有，就在野地里挖个土窑，铺点草；吃冻成冰了的窝窝。他学会了打枪，他做了一个忠实的党员，只要上级有个命令，死也不怕……他是一个肯干的党员干部……”①

老董也有不足之处与弱点，村上干部曾说他革命有功劳，要分他三亩葡萄园子，老董就动了心，“他做几十年长工，连做梦也没想到有三亩葡萄园子，他很想要，他还可以抽空回家耕种，他哥哥也能帮他照顾……最后他决定，只要不会受处分，他就要地”。② 可是到后来开会动员时，老董又能够直面自己的问题，反省自己的不足，“老董也说自己放弃责任，马马虎虎，一心只跑里峪，就为了干部说要替他分三亩葡萄园子。唉！总是农民意识，落后……”③因此，老董并不是与生俱来的积极分子，他亦有着诸多不足，甚至最初也只是个底层的平民老百姓，但他在不断的实践中成长起来了，在土改中所起的作用也是不容忽视的。

土改工作组的组长文采，以及组员胡立功和杨亮，也都是带领人们进行土改运动，让农民获得土地，翻身站起来的“侠”。文采最初过于自负，与杨亮等人存在诸多分歧，可后来在群众的力量和智慧的影响下也慢慢改正了自高自大的毛病。底层性在组员胡立功和杨亮身上表现得极为明显。胡立功只是一个普普通通做宣传工作的人，文化程度不高。杨亮年龄也不大，才二十五六岁，只在小学读了几年书，没有进过什么学校。但是他在边区政府图书馆做过图书管理的工作，读了很多书籍，且细致爱动脑，努力上进，有自己的见解。参加清算工作后，他更感到农村是一个活的图书馆，农村的实际能够给他更大的启发，再加上他自己便是农村出身的，因此农村的工作更能够带给他充实的力量。他还争取了土地改革工作的机会，希望能学到东西，做出成绩。相比起文采，胡立功和杨亮与农民的关系更加紧密，他们各处走访，深入了解，与农民打成一片，并站在农民的立场上为其争取利益。这些底层英雄身上带有的强烈的侠义精神。

还有后来评地委员会的各个成员，主席李宝堂、算盘手任天华、农会主任程仁，都是这样的底层“侠士”。在解决李子俊果园问题的时候，李宝堂和任天华带领农民们摘运果子，忙而不乱的谨慎更是得到了一向孤傲的文采的

---

① 丁玲. 丁玲精选集[M]. 北京：北京燕山出版社，2009.

② 丁玲. 丁玲精选集[M]. 北京：北京燕山出版社，2009.

③ 丁玲. 丁玲精选集[M]. 北京：北京燕山出版社，2009.

肯定。平日的呆板、枯燥，都变成了灵巧和轻松。在这样的场面中，文采才终于承认了老百姓的能力。而此时的李宝堂和任天华等人，亦具有了侠义精神，在获得自身利益的同时，也给更底层的民众争取了权益。

这些有缺点的小人物身上所体现的，均有侠义精神的影子。

《我在霞村的时候》里的贞贞最初也是一个单纯向往幸福的少女，她开朗、勇敢，为了守护自己的爱情，甚至想要去天主教堂求神父收她做姑姑，也不愿接受父亲给她说的亲事，嫁给不爱的人。却也正是因为她去了天主教堂，来不及逃跑，才被日本鬼子抓去做了慰安妇。

贞贞本是平凡的十八岁少女，是处在底层的普通民众。可自从她被抓进日本鬼子阵营开始，她的勇敢就变成了另一件利器，成为革命的有利因素。如果说第一次的被抓是被逼无奈，第二次则变成了主动深入敌营。贞贞利用慰安妇的身份打入敌人内部，提供了很多情报，做出了很大的功绩，小说结尾也暗示了贞贞定将做出更大的成绩，为革命贡献更多的力量。贞贞，也正是从一介平民慢慢发展为革命英雄的。时势造英雄，她所遭受的种种苦难让她成了值得尊敬的伟大“侠士”。虽然说贞贞的身体在不断地受到双重利用，一方面是日本人的剥削，另一方面则是抗日组织的利用，丁玲在此也对这一形象注入了较多的女性主义意识，有着对这一底层女性的同情。但不可否认的是，贞贞的确是一个值得肯定的革命者，她顶住外人的侧目与指指点点，走向了一条可以实现个人价值的革命道路。从这个层面上来说，她比革命区的其他大多数人都要勇敢和坚决，是一个具有侠义倾向的人物。

## 四、非主流的革命叙事

与儒释道相比，侠义精神自古便处于主流文化之外，潜行隐构于民间话语中。“侠士”锄强扶弱，匡扶正义，骨子里有着一腔热血。在革命文学中，侠义精神更是成为极为重要的精神寄托。在丁玲的小说中，这种叛逆与正义也有所表现。这种非主流的叛逆，不仅体现在小说主人公与情节构建上，更体现在丁玲本人身为作家对主流的反叛上，这种反叛最为鲜明地体现在其女性意识的觉醒，对过去主流的男权社会的改造上。

《莎菲女士的日记》中，莎菲是典型的叛逆女性。在主人公莎菲和苇弟、凌吉士等人的男女博弈里，莎菲一直处于主导地位，她个性倔强，向往爱情但是又有些胆怯退缩，具有强烈的反叛精神。她想要追求真正的爱情，追求南洋华侨凌吉士，但慢慢地却又开始鄙视他卑劣的灵魂，始终都在痛苦中徘徊。丁玲在对凌吉士的描写中，将其刻画得十分女性化：

“他的颀长的身躯，白嫩的面庞，薄薄的小嘴唇，柔软的头发，都足以闪耀人的眼睛，但他却还另外有一种说不出，捉不到的丰仪来煽动你的心。”①

莎菲用“美”这样一个极其女性化的词语来赞美他。在两者的关系中，莎菲像极了主导爱情的一方，甚至在见到凌吉士之前，莎菲一直这样认为：

“一个男人的本行是会说话，会看眼色，会小心就够了。”②

这将丁玲的女性意识展现得淋漓尽致，而丁玲的女性觉醒也是一种对主流的对抗。正如主人公莎菲对待一直追求自己的苇弟的态度，莎菲一直居高临下，而苇弟则一味迎合莎菲的情绪，甚至时不时哭哭啼啼，这和主流社会所能接受的男性阳刚截然不同。莎菲对其也是否定的。莎菲在日记中记载：

“我知道在这个社会里面是不准许任我去取得我所要的来满足我的冲动，我的欲望。”③

她深知自己的欲望和追求是不被主流所认同的。无论是在莎菲的性格中，还是人物与情节的刻画上，《莎菲女士的日记》均带有强烈的非主流倾向。

《太阳照在桑干河上》被认为是一部应时之作，带有极强的政治意味，但丁玲血液里的叛逆让她并不会局限于此，必然会在作品中带上自己的创作个性。丁玲在《太阳照在桑干河上》中有一段描写地主家女孩黑妮的文字：

“树林又像个大笼子似的罩在她周围。那些铺在她身后的果子，又像是繁密的星辰，鲜艳的星星不断地从她的手上，落在一个悬在枝头的篮子里。忽地她又缘着梯子滑了下来，白色的长裤就更飘飘晃动……”④

在当时的社会大背景下，地主在这类描绘土改的小说中理应是坏人形象，是要被批判的对象，但丁玲却用这种文字来表现她人性的光辉。好人都不是毫无缺点的，而坏人也不是要全盘否定的。丁玲将这种客观的描述保留了下来，写入了小说作品中，可谓是与当时主流思想有所区别的。

黑妮这一人物是有原型可寻的。丁玲在怀来从事土改工作时，在地主家的院子里曾看到过一个小姑娘，后来被人告知她是地主家的侄女。她虽身处地主家，但并不属于地主这一阶级，而是像个丫鬟一样被压迫、被剥削，是

---

① 丁玲. 在黑暗中[M]. 北京：人民文学出版社，2000.

② 丁玲. 在黑暗中[M]. 北京：人民文学出版社，2000.

③ 丁玲. 在黑暗中[M]. 北京：人民文学出版社，2000.

④ 丁玲. 丁玲精选集[M]. 北京：北京燕山出版社，2009.

不被地主阶级所认可的。就是在这样一个灵感赋予下，丁玲创作出了黑妮这一形象。黑妮这种身份在土改中是十分尴尬的：她没有参与剥削，而且恰恰也是被压迫的那一部分；她在那样一个家里没有地位，任人摆布，且无力反抗，但另一方面却又受到社会的排挤和批判，她的困境是双重的。丁玲试图通过黑妮这一形象反思这一类女性的生存遭遇，认为在土改中需要区别对待这类带有争议的女性，反思她们的命运遭际。当然，这与丁玲出生于地主之家亦有一定的关系，但是在当时的政治环境中，敢于将这种倾向书写出来，也实在是难能可贵的。而且，丁玲在小说最后也为黑妮设置了一个光明的前景，让其获得了身心的解放。从这个层面上来看，丁玲对这类形象赋予了深切的同情与人道主义关怀。小说最后，黑妮出现在了清算的队伍里，程仁至此才认识到自己一直以来的担忧是徒劳的，“像忽然从梦中清醒一样，他陡地发觉了自己过去担心的可笑，‘为什么她不会快乐呢？她原来是一个可怜的孤儿，斗争了钱文贵，就是解放了被钱文贵所压迫的人，她不正是一个被解放的么？她怎么会与钱文贵同忧戚呢？’”①这时候，黑妮也脱离了伯父钱文富的束缚，成为被压迫的农民一方，是“被解放的囚徒”，一个革命者。

除了黑妮，还有一位地主家的女人被丁玲赋予了血性与关怀，这便是李子俊老婆。她不同于江世荣老婆和钱文贵老婆，是被丑化和妖魔化的存在，反而被丁玲寄予了无限同情。她曾是吴家堡首富的女儿，从小便可以使唤丫鬟仆妇，是有名的白俊，在娘家时只知道绣点草儿、花儿玩。可嫁到李家之后，李子俊是个大烟鬼，耍钱、卖地，还受钱文贵的怂恿当了伪甲长而成为冤大头，只有卖田、卖地才能还清欠款。在这种情况下，李子俊老婆只得担起了这个家的重任，昔日养尊处优的她挑水、做饭、收租、省吃俭用。她害怕钱文贵的压榨，也害怕农会的革命，更害怕任国忠等两面三刀之流的威胁。她四处讨好，成天想办法多藏一些东西，总想把所有的一切都藏到地下才能安心，整天都悬着一颗心。可是丁玲在字里行间并未嘲笑她作为地主婆的狼狈和不堪，而是流露了极大的同情。在对她的描写中，语言也极为正面。

“这原来很嫩的手，捧着一盏高脚灯送到炕桌上去，擦根洋火点燃了它。红黄色的灯光便在那丰满的脸上跳跃着，眼睛便更灵活清澈得像一汪水。”②

① 丁玲. 丁玲精选集[M]. 北京：北京燕山出版社，2009.

② 丁玲. 丁玲精选集[M]. 北京：北京燕山出版社，2009.

可以说，丁玲小说的非主流性在其女性主义倾向上表现得极为明显。在“男尊女卑”的社会中，地主阶级大多以“男性”为中心，女性则成了附属品，没有思想，没有个性，也没有能力，农村妇女的精神世界几近空白。在《太阳照在桑干河上》中，有三个极为重要的女性形象：董桂花、周月英以及赵德禄女人。土改之前，董桂花在和丈夫参加了文采召开的大会回来之后，丈夫有些气恼，开口揶揄了董桂花几句，董桂花的回答是：“咱横竖是个妇道，嫁鸡随鸡……去开会还不是为了你？……好赖咱靠着你过日子，犯不着无头无脑生咱的气……”①而到了土改胜利之后，丈夫李之祥则开始支持董桂花的社会活动。再看周月英，她是被认为最具抗争性的女性。土改前，周月英在发泄了自己的不满情绪后，遭到了丈夫的打骂，说其“你是个什么好东西，咱辛苦了一辈子才积了二十只羊，都拿来买了你……你这个骚货，咱不在家的时候，不知道你偷人了没有……”②在这样的打骂过后，周月英仍然乖乖地和莽面，做偏食。可到了土改时，周月英却成了第一个挥动手臂打了钱文贵的女性。自此之后，她平日积攒的愤怒减少了，与丈夫的矛盾也越来越少，再不复过去尖酸泼辣的性格。还有赵德禄女人，土改之前，她因为收了地主江世荣女人送的一件上衣，而被丈夫赵德禄当街暴打，扯烂上衣，羞辱示众，而她在受到丈夫这样的欺凌后，也只能不断伤心地哭泣，并未反抗。到了土改之后，她成功分到了两件大衫，终于得以名正言顺地穿上合身又漂亮的上衣。

同时，在写作上，丁玲将赵德禄女人遭到当街打骂的情节放到了“好赵大爷”这一章下，讽刺意味尤为明显。这样一个廉洁和反抗贿赂的人物，却当街打骂自己的妻子，骂出的语言也是粗鲁不堪，正义感荡然无存。而且，丁玲擅长的零度情感叙事，也以客观的视角记录了小说中各个人物形象的成长与转变，关注生活在社会底层，备受家庭与封建压迫的女性的生存境遇与精神世界。

土改前后这三位女性地位的转变体现了丁玲对男女平等与女性觉醒的关注。在“男尊女卑”的传统思想下，丁玲敢于突破，重视女性权利，这种女性主义倾向反映了其思想的解放与对自由的追求，这也正是与传统主流思想有所不同的地方，是其革命性的表现，也正是与侠义精神一脉相传的部分。

---

① 丁玲. 丁玲精选集[M]. 北京：北京燕山出版社，2009.

② 丁玲. 丁玲精选集[M]. 北京：北京燕山出版社，2009.

在《阿毛姑娘》中，主人公阿毛也是有着属于自己的精神憧憬，只不过这种憧憬过于虚妄和偏激。阿毛向往的其实是“一种为虚荣为图佚乐生出的无止境的欲望”①。她也想要一种用金钱和物质构建的“美好”生活，却又无从摆脱。她想要过上艳羡的物质生活，但现实又相差甚远，只能兀自苦恼。在这样的冲突中，丁玲在阿毛身上亦渗透了其女性主义的批判意识。

“阿毛真不知道也有能干的女人正做着科员，或从事干事一流的小官，使从没有尝过官位的女人正在满足着那一二百元的薪水；而同时也有着自己烧饭，自己洗衣，自己呕心沥血去写文章，让别人算清了字给一点钱去生活，在许多高的压迫下还想读一点书的女人……”②

阿毛正是忽视了这一点，才丝毫未重视女性自身的独立性和能力，将女性的命运完全寄托在了男性的身上，她看轻女人。起初，她想要从自己种田的丈夫身上得到慰藉，从而冲破自己所处的阶级。后来发现从丈夫这里无法改变命运后，她便常常跑到山上，希望能有一个可爱的男人爱上她，带她脱离“苦海”。对于阿毛来说，这是她自己构筑的幻境，她甚至幻想能不经意地在路上捡到一个钱包，可以让她去买衣饰、买地位，以摆脱现在的经济和精神困境，但这终究是虚妄的。

曾有人从她憧憬的精致房屋中走来，想让她做画画的模特，却被婆家阻止了。阿毛次日去山上等了许久也没有等到那个她自以为的男人。从此之后，她心灰意冷，睡眠太少，思虑却又太多，最终导致疾病缠身，卧病在床。可是，她所认为幸福的娇媚姑娘因肺病去世了，对面精致房屋中的女人，也会在半夜演奏悲伤的乐曲，她自顾自羡慕的一切都只是虚妄的泡沫。在绝望中，阿毛心理失衡，梦醒后，发现自己无路可走，吞下了火柴杆，自寻短见，提前离开了让她痛苦的人世。

阿毛的悲剧有时代的原因，“五四”过后，政治黑暗、半殖民地半封建的社会现状，使农村和城市的政治经济发展极为不协调。城市中受资本主义影响，呈畸形发展状态，物欲横流，而农村则处于半蒙昧阶段，城乡差距巨大。阿毛无法逾越这一巨大的鸿沟，无论是在物质上还是在精神上都难以逾越，这自然就造成了最后的悲剧。另外，阿毛自身也存在着性别弱势。在封建传统礼教的影响下，婚姻包办，阿毛直到出嫁前都不知道嫁人是个什么意思，

---

① 丁玲. 在黑暗中[M]. 北京：人民文学出版社，2000.

② 丁玲. 在黑暗中[M]. 北京：人民文学出版社，2000.

她的悲剧从她被包办嫁人时就已经开始了。如若她嫁去的是和她生长的家一般的地方，而不是临近西湖，能让她接触到繁华的葛岭，那么她便也会一直过着无欲无求的生活。在阿毛燃起了欲望之心之后，她希望能从丈夫身上得到身体和心灵上的安慰，可是农村妇女主动索爱被认为是淫荡的，她甚至被丈夫骂为是“不要脸的东西，你这小淫妇！”①后来阿毛想要去当画工的模特，也受到了丈夫和公婆的强烈反对，甚至遭到暴打，这都是对阿毛身心自由和人格平等的强烈束缚。因为阿毛为女性，所以必须遵守所谓的“妇道”。丁玲就是想借对阿毛的悲剧描写表达一种性别批判意识，呼吁女性意识的觉醒，这是一种社会批判与性别批判的双重批判。

《梦珂》中也存在革命的成分。文中曾提及一个“中国无政府党员”：“在一个黑弄里踅入，走进一间披满烟尘的后门，从房里传出来一阵又粗，又大，又哑的歌声，厨房里有个十五六岁的小厮在低着头吃饭，爬满桌上、灶上的是许多偷油婆……她已被这些从未赏鉴过的这样热情，坦白，大胆，粗鲁而又浅薄的表情骇呆了。支持着自己，又只好机械地轮流握着那伸来的手。及至看见了那只遍生黑毛的大掌时，忍不住抬起目光来，啊，这就是那唱歌的人，一对斜眼！看样子，雅南还最钦佩他似的。”②

但这在梦珂看来却是粗鲁和浅薄的，那所谓“中国的苏菲亚女士”更是让梦珂难以忍受，她向往自由，却不是这种粗俗的自由。在与表嫂的相处和对话中，亦表现出了强烈的女性觉醒。表嫂称梦珂表哥为“鲁莽的粗汉”，当表哥将充满酒气的嘴凑过来时，表嫂是厌恶的，只想打他，她是为了祖母才忍心嫁给了表哥，并没有爱。所以当表嫂看到旧杂志上关于女子的表述时，她表现出了极大的认同。杂志认为在旧式婚姻中，女子嫁人相当于是卖淫。平日里最是谦和的表嫂也能有如此大胆张扬甚至有些叛逆的言论。另外，梦珂的出走亦带有一定的革命意味。不甘于男性的主导，渴望自由和平等。当父亲寄信来提及姨母为祖武说亲一事，梦珂想起祖武的粗野样，还有亲戚们家中做媳妇的规矩，她也是拒绝、不愿理会的。她反对旧式的“父母之命，媒妁之言”，渴望追求自己想要的幸福。当她对晓淞的眷恋破灭之后，她又毅然离开了姑妈家，即使陷入了更大的深渊，她也不曾回头。

《我在霞村的时候》中，“我”初到霞村，便遇到了贞贞回来的一幕。对于

① 丁玲. 在黑暗中[M]. 北京：人民文学出版社，2000.

② 丁玲. 在黑暗中[M]. 北京：人民文学出版社，2000.

贞贞的回归，村里人均抱着看热闹的心态，甚至连自己的姨母刘二妈也慌慌张张地跑去看，还不断地与人讨论着。“我”对这些议论显然是不耐烦的，面对杂货铺老板的讥笑揣测，“我”是忍着气，不同他吵；路上妇人们的嘲讽，“我”听着也是不愉快的。如果说贞贞最初是被动地掳走，后期则是主动地深入敌营。她凭借自己的有利身份，在日本鬼子内部搞鬼，让他们吃败仗，极大地鼓舞了我方游击队的士气。她也曾忍着病痛传递消息，完全将自己的生死置之度外，俨然是一个彻头彻尾的革命者，勇敢而无畏。一个年仅十八岁的女孩子，经历了常人难以忍受的苦难，却也做到了常人难以做到的隐忍和勇敢，她不需要任何人的可怜，在“我”看来，她的未来和前途是光明的，“我”定将在革命之路上与她相会。

丁玲在小说中对贞贞的眼睛进行了如下描写：“虽在很浓厚的阴影之下的眼睛，那眼珠却被灯光和火光照得很明亮，就像两扇在夏天的野外屋宇里的洞开的窗子，是那么坦白，没有尘垢。”①在“我”看来，贞贞是“有热情的，有血肉的，有快乐、有忧愁，却又是明朗的性格的人”。这都是对贞贞极高的评价，也是对她革命精神与决心的赞许。

除此之外，丁玲对贞贞这一形象的刻画，也在一定程度上体现了其本人的非主流性。身处革命阵营，丁玲却能够写出这样一个集合了革命性与女性主义倾向的人物，甚至后来为此屡遭非议，也是难能可贵的。一个失去了贞操的女子，丁玲却将其起名为“贞贞”，具有十足的讽刺意味。贞贞是为了追求自己的婚姻幸福才出走被抓的，后来生病，革命队伍让其回“家”养病，贞贞感受到了自己的存在价值，以为终于有了重生的机会，却不料在革命区受到了更加可怕的眼光与非议，连自己的父母亲人也不再像之前一样对待她，甚至她一直珍视的爱情，在她看来也变成了可怜与悲悯。丁玲是通过对贞贞的书写表达了其对女性在战争中处境的担忧，表现了其对女性真正解放的关注，展现了其作为“革命者”和“女性”的强烈矛盾。从丁玲本人的创作目的来看，这在当时的革命环境中也是具有非主流性的。

## 五、尚武精神的血性叙事

尚武精神是“侠义精神”的一个重要内容，特别是在武侠小说中，尚武甚至成为“大侠”的必需，武艺高强，敢作敢当是其标签。凭借高超的武艺，

① 丁玲. 丁玲文集(下)[M]. 北京：北京燕山出版社，2007.

“侠”才能纵横江湖，拥有属于自己的乌托邦世界。在丁玲的小说中，也不乏尚武精神的内核，这在《太阳照在桑干河上》中表现得极为明显。

土改本身就是一个充满武力的过程。打击地主，保护农民的利益，势必少不了动用武力。特别是在周月英身上，这种尚武精神具有了重要的意义。土改之前，周月英在遭到丈夫的打骂后，也只能乖乖地和荞面、做偏食。后来，土改慢慢进行，周月英的泼辣性格逐渐显现出来：“有名的泼辣货，一身都长着刺，可是个天不怕地不怕的女人，开起会比男人们还叫得响。算个妇女会的副主任咧。今天她们妇女会的人也全来了”。[①]最后，她甚至成为第一个动手打了地主钱文贵的女性。这一“打”，表现的是其女性意识的觉醒。自此之后，她一改过去尖酸的性格，也减少了与丈夫的矛盾。因为武力的出现，她才有了属于自己的尊严。

“周月英就站在这里，她戴了顶破草帽，仍旧穿着她那件男式白布背心，手上拿了半截高粱秆，在那里指挥。她在那次斗争会上，妇女里面她第一个领头去打了钱文贵，抢在人中间，挥动着她的手臂，红色假珠子的手镯随着闪耀。那样的粗糙的妇女的手，从来都只在锅头，灶头，槽头，水里，地里，一双任风吹雨打的下贱的手，却在一天高举了起来，下死劲打那个统治人的吃人的恶兽，这是多么动人的场面啊！这个也感动了她自己，她在这样做了后，好像把她平日的愤怒减少了很多。她对羊倌发脾气少了，温柔增多了，羊倌惦着分地的事，在家日子也多，她对人也就不那么尖利了。”[②]此时，周月英的这一“打”极为重要，武力的出现被赋予了更为深刻的意义。只有“打”了，她才真正摆脱了过去的精神束缚与压迫，成了独立而有尊严的自己。

除了周月英的武力使用，区工会主任老董和县宣传部长章品的成长也与“武”有着紧密联系。当章品刚刚脱离青年工作，来到察南时，“他还不够十九岁，开始连杆枪也没有，常常只两颗手榴弹”。[③] 艰苦的环境极大地锻炼了章品的能力和心智，让他迅速地成长起来，有着超越其年龄的果敢和机警。“他要没有鹰的眼睛善于瞄准和鹿的腿跑得快，敌人就会像捉小鸡一样的把他捉住的。”[④]在暖水屯的土地改革中，章品起到了极大的调动作用。章品不

① 丁玲. 丁玲精选集[M]. 北京：北京燕山出版社，2009.

② 丁玲. 丁玲精选集[M]. 北京：北京燕山出版社，2009.

③ 丁玲. 丁玲精选集[M]. 北京：北京燕山出版社，2009.

④ 丁玲. 丁玲精选集[M]. 北京：北京燕山出版社，2009.

仅自己在“武”的过程中不断成长，他亦提拔和带动了一大批底层人物走上正轨。区工会主任老董就是在他的带领下发展起来的。在老董因为年纪大被嫌弃，没有经验，跟着打游击的时候，是章品收留了他。在被敌人取笑时，是章品鼓励大家：“‘不怕，你们沉住气，大家都瞄准一个人，瞄那个戴皮帽子的。我叫一、二，你们一齐发，听到没有？’他们就照着这样办，十杆枪同时响，打伤了一个，大家都欢喜得跳起来了。后来还是这样办，一连打伤了三四个，敌人就赶忙逃走了。”①

章品和老董都是在打游击的过程中不断成长和发展，褪去革命的生疏和稚嫩，逐渐发展为土改的中坚力量，带领暖水屯的农民走上改革的正轨，得到自己的土地。在章品和老董身上，尚武精神得到了极大的彰显。这与侠义精神中的惩恶济贫亦不谋而合，在《太阳照在桑干河上》中，地主是压迫和剥削的一方，是要被打击的，而农民们土改则打着的是“算账”的旗号，是清算地主的罪行，拿到属于自己的土地。因此，这种“武力”的使用被赋予了正义性，也是加速那些土改领导者成长的重要因素。虽然农民在土改中动辄使用武力存在泄愤，以及害怕报复，想要摧残致死的阶级局限性，但在章品和老董这里却是具有一定的积极意义。

## 六、乌托邦式的浪漫叙事

侠义精神的一个重要特征便是乌托邦意识，侠士追求江湖，而丁玲则追求自由和浪漫。在丁玲小说中，不乏至情至性、自由浪漫的代表。

《莎菲女士的日记》是浪漫叙事的一个典型代表。主人公莎菲所有的行为都随性而为，从最开始对凌吉士的爱恋、挑逗，到最后到手后的厌烦、丢弃，莎菲都全凭自己所想。小说开头花了很大篇幅描绘莎菲的现状和所处环境：肺病缠身，刮风天，住客们喊伙计的聒噪声，无声时愈显得可怕的四堵粉垩的墙，白垩的天花板，还有各种各样能让人生气的因素，难得的消遣便是煨牛奶和看报纸。在精神上，莎菲希望被理解、被爱。在她看来，父亲、姊姊、朋友，包括体贴的苇弟，都用错了方式爱自己，并未完全理解她，仅仅是盲目的爱惜。在这样压抑的环境和心理中，莎菲渴望喘息，渴望自由，渴望属于她的乌托邦世界。苇弟是她的一个出口，朋友毓芳和云霖也能给她心灵上的慰藉，但都比不上南洋人凌吉士带给她的精神幻想。她审视着他的容

① 丁玲. 丁玲精选集[M]. 北京：北京燕山出版社，2009.

貌，搬去离他更近的小屋，并借口请他补英文与他相处，她压抑着内心的兴奋，保持着女性的矜持。

但在与凌吉士的相处中，莎菲逐渐发现了其美丽外表之下的丑陋灵魂与可怜的思想。她发现凌吉士需要的是金钱，是能助他应酬买卖的年轻太太，是穿着标致的白胖儿子，他的爱情只是挥霍的肉欲，令他不满的只是他的父亲未给他过多的钱财。自此，莎菲的情绪开始严重起伏，她的哭泣不被人理解，她的自怨和自恨甚至无法用笔来记录、用文字来表述。因此，在凌吉士带给她的这个乌托邦世界破碎之后，莎菲开始疏远凌吉士，催促搬去西山的事宜，并给他捎信让他不要来打扰自己，在反复的纠缠和挣扎中，莎菲最终发出了如此感叹："但是我不愿留在北京，西山更不愿去了，我决计搭车南下，在无人认识的地方，浪费我生命的余剩……"①凌吉士的出现，给了病中的莎菲以乌托邦的浪漫憧憬，但当这种美好破灭之后，莎菲陷入了心灵的挣扎苦痛。在这场感情中，莎菲是完全的主导者，开始和结束几乎均由她决定，凌吉士反倒成了那个被牵着走的一方。

小说中还有诸多体现浪漫与自由的情节。在与好友剑如有嫌隙时，莎菲甚至觉得不需要解释，合则好，合不来给点苦头吃，也正大光明。朋友毓芳和云霖虽两情相悦，却坚持不住在一处，不给彼此肉体接触的机会，这在莎菲看来也是可笑的，嘲笑他们是禁欲主义者，竟然压制住爱的表现，在她看来："不相信恋爱是如此的理智，如此的科学！"②在这种两性关系中，莎菲的思想也是自由和开放的。从叙述视角来看，《莎菲女士的日记》也带有很强的浪漫色彩。全文以主人公莎菲的视角，通过日记的形式，以第一人称叙述事件与人物心理，带有极为强烈的主观色彩。从这一视角，读者能够直接地感受主人公的内心波动，毫不隐晦，直抒胸臆。

《梦珂》中，丁玲花了很大的篇幅来描绘主人公梦珂的故乡和童年生活，在梦珂因救女模特而离开学校后，到后来在姑母家收到父亲的来信，都让她对故乡的一切人和事心向往之："是的，酉阳的确不能拿上海来相比。酉阳有高到走不上去的峻山，云只能在山脚边荡来荡去，从山顶流下许多条溪水，又清，又亮，又甜……树呢，总有多得数不清的二三个人围拢不过来的古树。算来里面也可以修一所上海的一楼一底的房子了……酉阳的圣宫、中

① 丁玲. 在黑暗中[M]. 北京：人民文学出版社，2000.

② 丁玲. 在黑暗中[M]. 北京：人民文学出版社，2000.

学校址，是修得极堂皇的……”①

除了故乡这些美好的景色，幼时的生活也是让梦珂念念不忘的。她常回忆童年的自己穿着银灰竹布短衫，男孩女孩在溪沟头捉螃蟹，自己则躲在岩洞里看《西厢》。家中的老仆幺妈，还有幺妈的孙女三儿、四儿，讲故事的麻子周先生，以及与父亲喝酒说梦话、下雨天听雨下棋的惬意，与朋友匀珍、王三、袁大、二伯家的二和大，一同接竹尖、偷芋头、捡毛栗、耙菌子的欢乐。短短两万四千多字的文本，对故乡的回忆与描写竟占到了近两千字。所占写作篇幅之大，内容之细致，足以体现在丁玲设定下，这一生活对小说主人公梦珂影响之大。再对比寄住在姑母家的生活，酉阳的童年便成了梦珂心中的乌托邦。

在语言表达上，丁玲用来形容酉阳故乡和姑母家的词语也是截然不同的。除上文摘录的环境描写之外，丁玲用了“像梦一般”来形容梦珂在酉阳的生活，与小伙伴的游乐是“顶有趣的”，麻子周先生讲的故事是“多么有味”，故乡的人们也是“觉得亲热”，让梦珂想起便不觉地微笑。

对比姑母家的生活及至亲之人，却多是虚伪与丑陋。表哥晓淞对梦珂来说意义重大，但他却与多个女性朋友有染，与图画教员澹明像是玩物般地争夺梦珂的感情。表姊的香水气是“浓艳”的，见到姑母，是“装成快乐的样子”，杨小姐的热烈，是“骇了她”，她用了“所谓的朋友情谊”来形容这些关系。她勉强地装着自然，被迫做出如此丑态，穿着不适宜的衣服，不似童年时那般“自由的，坦白的，真情的，毫无虚饰的生活”。晚餐后大家各自热闹，但梦珂却希望能和幼时的同学雅南谈谈过去的乐事。杨小姐夸赞的漂亮衣服，她也不太称许，大红色小坎肩嫌颜色刺激，袍子嫌太花，就连脸上的脂粉颜色也觉得不太调和。她不愿意陪她们去吵闹的“新世界”，却偏爱电影《茶花女》，感动于幕上动人的女伶。正如她写下的：

“我淡漠一切荣华，
却无能安睡，在这深夜，
是为细想到她那可伤的身世。”②

她装睡躲避杨小姐会带来的“麻烦”，而每当两位小姐肆无忌惮地愚弄并讥骂身边那些原本亲热的人，还强迫着教她处世和对待男人的秘诀时，梦珂

① 丁玲. 在黑暗中[M]. 北京：人民文学出版社，2000.
② 丁玲. 在黑暗中[M]. 北京：人民文学出版社，2000.

却难以忍受她们妖狞的心术，暗暗握紧拳头忍耐。澹明大胆的猥亵话语也让她只得装作没听见，默默走开，她拒绝这样的轻浮。朱成更是极少与她说话。在这样的家中，梦珂并不快乐，她感受到的，仅仅是虚伪。即使她离开了，也只能引起"一点点不平静"，不会对这些人的内心造成太大的起伏。

因此，在发现一切都不是自己所想之后，梦珂毅然离开了姑母家，寻求新生活。就像她所憧憬的，"无拘无束的流浪，便是我所需要的生命"。[①] 即使是要委屈自己，隐忍着出卖灵魂，她也不愿意向姑母借钱，不愿见那些虚伪的面孔，回到那个空有其表的三层洋房。

故乡的温情与姑母家的不安形成了强烈的对比，主人公梦珂追求的始终是一种精神的自由，虽然后期陷入了更大的隐忍，但更让她难以接受的，是学校红鼻子教员的丑恶嘴脸、同学们的冷眼旁观与姑母一家人的虚伪。这诚然也是与侠义精神浪漫自由的内核一脉相承的。

综上所述，丁玲前期的小说创作继承了诸多侠义精神的内核，甚至在其政治性极强的《太阳照在桑干河上》中，也蕴含了一定的革命与侠之倾向。从另一个角度看来，丁玲作为一名女性作家，敢于以笔为剑，以纸为刀，展现自己内心的侠气与潇洒浪漫，阐明个人对这个世界的看法，弘扬女性主义，呼吁女性觉醒与独立，为民发声。从作家本人的创作角度来看，丁玲也是有"侠"之意味的。

## 第四节　昌耀诗歌的故土情结

出生于 1936 年的昌耀是从常德走出去的，他拥有着与其诗歌同样壮阔浩荡的人生。1950 年 4 月，时年 14 岁的昌耀加入中国人民解放军。同年，响应祖国号召，赴朝鲜参加抗美援朝战争。1954 年开始发表诗作，1957 年因《林中试笛》一诗被打成右派，开始了在青海荒原上长达 22 年的流放。1979 年被平反，调任中国作协青海分会专业作家，之后一直不断进行诗歌创作。2000 年 3 月 23 日，在与肺腺癌抗争数月后，昌耀在青海省人民医院跳楼自杀，结束了坎坷多舛的一生。

"追求至善，渴饮豪言。"[②]如同昌耀本人在诗歌中叙述的那样，昌耀自

① 丁玲. 在黑暗中[M]. 北京：人民文学出版社，2000.

② 昌耀. 昌耀诗文总集[M]. 西宁：青海人民出版，2000.

20 世纪 50 年代开始诗歌创作以来，一直是以“刺向青天的‘云雀’”[①]的姿态，开启自己的生命之歌。这首生命之歌历经了充满苦难的 20 世纪 50 年代、复杂喧嚣的八九十年代，赤诚质朴的底色却从未褪去。洪子诚曾如此评价过昌耀的诗歌：“他的诗的艺术成就和他与潮流之间保持的距离，得到一些人的赞赏”；[②]“昌耀诗歌的重要价值，是从 20 世纪 50 年代开始，就离开当时‘主流诗歌’的语言系统，抗拒那些语汇、喻象，那些想象、表达方式。为着不与诗界的‘流俗’和‘惰性’相混淆，也为着凸现质感和力度，他的诗的语言是充分散文化的”。[③] 由此看来，洪子诚认为昌耀的诗歌是有意识地保持着和“主流”的距离，有意识地保持着一定的“边缘感”。在笔者看来，昌耀诗歌中的这份“边缘感”，在其 20 世纪 90 年代的诗歌中有着最为突出的表现。如果说 20 世纪 50 年代满怀政治理想和革命热情的少年昌耀是因诗蒙冤“被迫”驱逐出主流语境，那么 20 世纪 90 年代的昌耀，在经历了长达 22 年的流放、漫长的肉体和精神磨难后，已过不惑之年的他，是怀揣着无比复杂的情绪离开了主流语境，在剧变的社会狂潮中，保持着一份堪称孤寂的精神独立。

但在 20 世纪 90 年代之前，从 80 年代昌耀的诗歌创作中，我们看到依然是一个充满政治热情、昂扬乐观的诗人形象。如其于 1978 年 8 月创作的《秋之声》，“我又重来生活的大海沐浴，我又重返温暖的人间造访”，“我终已尝到了这成熟的秋色，而我定将看到那明春的艳阳”。[④] 由此可见，诗人重获新生的喜悦和兴奋。在这之后昌耀写了一系列追思过去、吟咏现在的诗作，并于 1985 至 1986 年达到了创作的高峰期。值得注意的是，1986 年对于诗界来说是极为重要的一年，即“诗人大展”中“第三代诗人”（或称“后朦胧诗人”）的崛起，突破了诗界原有的秩序，昭示着一个新的诗界格局即将出现，这对作为“老诗人”的昌耀来说是个不小的冲击和挑战，这份冲击所带来的焦虑也直接反映在了昌耀的诗作中。如其在 1986 年 7 月创作的《刹那》中：“醒见物欲肆虐，卡车前肢骑上了客车后肢。有一激进的诗人投书友人，自称常以抨击时弊为快。颇有同感。但这世界有你无你无关宏旨，天下事本有天下事之解决。黎明在多维中结构承重的桁架，命该有跨世纪的忧虑”。[⑤] 这份焦虑

---

① 董生龙. 昌耀阵痛的灵魂［M］. 西宁：青海人民出版社，2000.

② 洪子诚. 中国当代文学史［M］. 北京：北京大学出版社，1999.

③ 洪子诚，刘登翰. 中国当代新诗史（修订本）［M］. 北京：北京大学出版社，2005.

④ 昌耀. 昌耀诗文总集［M］. 西宁：青海人民出版，2000.

⑤ 昌耀. 昌耀诗文总集［M］. 西宁：青海人民出版，2000.

被昌耀认为是一种跨世纪的宿命，无法抵挡，因为“这世界有你无你无关宏旨”，其中隐隐透露出些许沉溺过去、不愿向前的颓丧。但在《金色发动机》一诗中，昌耀向我们展示了其内心“永不妥协”的决心，“金色发动机永无休止永不退却，金色发动机怀着焦躁不安的冲动”。[①] 这让我们看到了一个自始至终冲锋在时代风口浪尖上的昌耀——少时毅然离家奔赴战场、回国后听从号召奔赴大西北，即使归来之后已至不惑之年，面对新的困惑和难题依然拥有饱满的热情，“若远若近，若有若无，若虚若实，若隐若现，若即若离……金色发动机永不妥协”。[②] 可见80年代的昌耀，纵使时时面临新的焦虑和心灵叩问，却始终没有停止向外探寻的尝试，保持着一颗不甘落伍的、决不放弃的、倔强的心。

20世纪90年代的昌耀，心境却已然不同于20世纪80年代。伴随着国内社会的转型，文化市场的初步形成使当代诗歌的发展呈现出与80年代截然不同的新面貌，由于诗歌非商品化的审美局限性，诗歌在文化与经济联姻的消费语境下，始终徘徊于文艺市场的边缘地带。此时的中国文坛已经不再是诗歌的潮流时代，多数诗人在消费文化带来的冲击中偃旗息鼓，转向迎合读者阅读兴趣的散文、随笔、小说类的文体写作。[③] 在如此“不景气”的大环境背景下，昌耀的生活面临着各种打击，先是家庭关系破裂，昌耀开始了独居生活。然后三个孩子接连长大，微薄的薪水不够应付孩子成长的花费。他在寄给朋友的信中说，这些年一提到钱，就心灰意冷。他想和内地的诗坛交流，深圳笔会请他去，却因为差旅费无处报销而推脱，当知道与会方提供花费时，那种惋惜之情让人心酸。[④] 在日益惨淡的诗歌市场下，昌耀为了出版诗集四处奔波，无奈之下只好打起了“书讯广告”，宣称“诗人们只有自己起来救自己”，并且别出心裁地以所收到的汇款来编号限量发行诗集，即使采用如此的做法，诗集的出版和销售还是很不理想。[⑤] 据笔者收集到的关于昌耀诗歌受众群体的分析，文献显示“20世纪80年代至90年代中期，昌耀的诗歌曾一度因为小众化，在中国诗坛处于‘读不懂’、无法解读的尴尬中。诗

---

① 昌耀. 昌耀诗文总集[M]. 西宁：青海人民出版，2000.

② 昌耀. 昌耀诗文总集[M]. 西宁：青海人民出版，2000.

③ 王丹丹. 昌耀诗歌接受研究[D]. 伊犁：伊犁师范大学，2019.

④ 昌耀. 昌耀诗文总集[M]. 西宁：青海人民出版，2000.

⑤ 昌耀. 昌耀诗文总集[M]. 西宁：青海人民出版，2000.

歌作品得到普通读者广泛认同与接受是在2000年以后”。[①] 由此可见，在当时迅速俗世化的社会背景下，昌耀身上虽挂着“著名诗人”的头衔，但早已不再拥有曾经知识分子的“体面”和“光荣”。由于诗歌本身成为文化市场的“边缘”，昌耀自己并不受出版社和读者的欢迎，位于传播和受众视觉的“边缘”。在多重“边缘”的挤压之下，昌耀再次陷入了一种“无名”的彷徨状态中。

因而在昌耀20世纪90年代的诗歌中，我们常能体会到一种无所适从却又无法排解的悒郁，这份悒郁源于诗人自身与时代洪流之间“格格不入”的相悖，我们可在其著名代表作《头戴便帽从城市到城市的造访》中寻得这种相悖关系的缘由。“这个世界再没有向导能够为我指明这块门牌了。他们不喜欢我的便帽。这里不记得便帽。然而那头戴便帽的一代已去往何处。”[②]重返城市、从“大山的囚徒”回归诗人身份的昌耀，面对的却是一个和他理想之中迥然不同的社会，这个社会“不喜欢我的便帽”。此处的“便帽”象征着社会主义的理想情怀，是昌耀内心不灭的乌托邦式的英雄主义的显现，随着社会的变革，“英雄”的意义被逐渐消解，直至20世纪90年代，已然到了一个众神狂欢的年代。消费文化的语境下，一切文化均可以被调侃、被娱乐，这一切都令昌耀无比反感，因而诗歌中常见不合时宜之感。“A国学者W侧转他那列宁式的椰果似的脑颅，讲说彼岸他的北美大陆正在兴起希克梅特热。而我插言说早在50年代我们都已热过了。硕果仅存的一代只是唯一的我们。”[③]在略带自嘲、些许灰色幽默的诗句表面之下，却是自己和他人之间泾渭分明的界限，“他的北美大陆”“唯一的我们”，从这些措辞中我们可以看到昌耀做出了无比清醒的抉择，他把自己从新潮的文化阵营中划分出来，面对着现代化社会中林立的高楼大厦、笔直的金属旗杆，昌耀“坚持以我铲形的便帽向沿途的城市辞别”。在诗句的最后他重新回到了曾经流亡22年的荒漠，“我记起西部荒漠疾风催生时的凛冽了”。[④] 此时的“荒漠”不仅是曾带给他苦难的地方，更在某种程度上象征着救赎和回不去的精神原乡，他在诗歌中主动抛弃了1979年被平反后所赋予的身份，选择回归空无一人的荒漠，“而我的胡须作为不凋的草木已在车轮摇滚中进入梦乡”。这是昌耀对自己所不能忍受的喧嚣时代的一次精神告别，也是一次走向“注定的孤寂”的远航。

---

① 王丹丹. 昌耀诗歌接受研究[D]. 伊犁：伊犁师范大学，2019.

② 昌耀. 昌耀诗文总集[M]. 西宁：青海人民出版，2000.

③ 昌耀. 昌耀诗文总集[M]. 西宁：青海人民出版，2000.

④ 昌耀. 昌耀诗文总集[M]. 西宁：青海人民出版，2000.

因此我们可以把以《头戴便帽从城市到城市的造访》为代表的这类含有“精神告别”意蕴的诗歌当作昌耀诗歌创作类型的一次转向，一次由“向外”到“向内”、由“迎头向上”到“回归寻乡”的转变。20 世纪 90 年代，昌耀诗歌中频繁出现的诡谲复杂的意象，便是这一“向内转”的重要表现。如写于 1990 年新年伊始的《卜者》，开篇便带给人一种古怪不详的气息：“卜者身着黑衣与卜者同在。”①诗歌末尾以“卜者展示的红布自此与日子同在”②为结语。象征着“喜庆”的“红”与“不详”的“黑”轻易地出现在“卜者”的手中，打破了祝福和诅咒的限制，也突破了生和死的界限。“死亡是一张皮肤。四轮轿车。轻轻完成的皮肤像穿透的一团影子，没有一点声息，没有一点痛楚，事情就这样宣告完结。”③生死的严肃意义被消解，所有的苦难仅仅变作一句轻飘飘的“事情就这样宣告完结”。隐晦神秘的字词之下，我们得以窥见的是诗人难以言喻的隐痛，这源于一个高贵的理想主义者被现实击打得粉碎的疼痛。在消费主义至上、欲望和快感至上的所谓新时代，曾经被奉为圭臬的价值理想被过于轻易地碾碎在时代的车轮之下。诗人身处于这样的时代，尽管是自由之身，却有着“身在囹圄”的痛楚，正如他自己所言：“囚禁在天地之牢笼，较之于囚禁在颅腔、棺木又有何不同呢？嚎叫啊……”④从这份绝望的呼号中，诗人对生命的荒诞无常有了更为深刻的理解：现代文明的桎梏同曾经禁锢自己的大山是一样的囚笼，不论是蒙冤受害的流亡之年，还是确立了“诗人”身份后的八九十年代，他自始至终都未曾获得理想的自由。

除此之外，“向内转”在 20 世纪 90 年代的诗歌文本中还体现为一种“对精神原乡的追寻”。如《故居》中的“故居才是我们共有的肌肉。柔肠寸断，你才明白柔肠寸断。”⑤《象界》中对童谣的复现，“一世的我的神经也在顷刻得到解放而自然放松。这时我听到一对童男女在空蒙唱起一首童谣。‘古瑟古瑟当当，昴哀窈岛冈桑’”。“我”听着童谣，“恍然觉得自己是一个孩子”，但这轻松的幻梦并没能维持多久，童谣唱完之时，“我们重又体验苍老。我们全角度旋转自己的头颅。世界如此匆忙”。⑥ 诗人从短暂的平静中回过神

---

① 昌耀. 昌耀诗文总集[M]. 西宁：青海人民出版，2000.
② 昌耀. 昌耀诗文总集[M]. 西宁：青海人民出版，2000.
③ 昌耀. 昌耀诗文总集[M]. 西宁：青海人民出版，2000.
④ 昌耀. 昌耀诗文总集[M]. 西宁：青海人民出版，2000.
⑤ 昌耀. 昌耀诗文总集[M]. 西宁：青海人民出版，2000.
⑥ 昌耀. 昌耀诗文总集[M]. 西宁：青海人民出版，2000.

来，沧桑唏嘘之感迎面而来。

那么“精神原乡”究竟在哪里？昌耀在诗歌中给出了十分耐人寻味的回复：“我们商定不触痛往事，只作寒暄。只赏花草”，“属于即刻，唯是一片芳草无穷碧。其余都是故道，其余都是乡井”。[①] 从诗句中我们可以发现，昌耀自己将“故乡”这一概念消解掉了——我们不必谈苦难，不必谈故乡，只是待在这一刻，这一方寸之地，便是我们的故乡。此时，诗人的精神似乎达到了一个更高的维度，不再为时所趋的诗人似乎也不再渴求意义和救赎，他自己赋予了自己“原乡”和自由。

由此观之，在时代的大变革中，昌耀于 20 世纪 90 年代的诗歌创作经历了一个“向内转”的过程。这位命途多舛的诗人历经了无比坎坷的一生，凭借着其身上堂吉诃德式的孤勇，在一次次同现实搏斗的过程中杀出精神血路，留下许多饱含血泪与个人体悟的文字。昌耀曾说自己是“风雨雷电合乎逻辑的选择”[②]，确实如他自己所言，这位曾远赴朝鲜战场、远赴祖国最远方建设，梦想为社会主义事业添砖加瓦的赤子，拥有着无比坚韧勇敢的灵魂。即使昌耀的生命最终停留在了 20 世纪的末尾，但其文字和文字背后的精神内涵，将在无数个世纪中得以永生。

作为从常德走出去的中国当代诗歌巨匠，昌耀的诗作及其精神给当代常德诗界留下了丰富的遗产。相较于中原正统文化，湖湘文化与青海高原文化均带有“边地文化”的色彩，这使得昌耀在自我放逐式的吟诵和苦行中保持了诗作的独立性与异质感，而高原文化的拓荒意识与宏大视野又与经世致用、心忧天下的入世精神异曲同工。中华人民共和国成立初期支援边疆的建设中涌现了大批湖湘儿女的身影，未尝不是这种文化基因的激励。在湖湘文化、昌耀诗歌精神和常德本土诗歌源流的影响下，当代常德诗人的诗作中展现出可贵的艺术品质和独立意识。如长期在青海支边、后于常德工作生活多年的诗人罗鹿鸣，其诗风与昌耀具有明显的继承关系，拥有开阔宏大的意象体系和深邃厚重的历史意识。在罗鹿鸣倡导和建设下，常德“桃花源诗群”成为全国瞩目的地方诗歌群体。昌耀式的孤独与崇高与屈贾式的忧国忧民之心相辅相成，共同奠定了常德诗歌的当代传统。

---

① 昌耀. 昌耀诗文总集[M]. 西宁：青海人民出版，2000.

② 昌耀. 昌耀诗文总集[M]. 西宁：青海人民出版，2000.

# 第三章　常德文学小说方阵（上）

在中国深厚的政治文明底蕴和湖湘文化经世致用理念的影响下，湖南作家对政治叙事有着天然的钟情和独特的体悟，政治叙事也成为历代湖南作家颇具能见度的文本场域。无论在老一代作家如丁玲、周立波的土改小说还是新时期唐浩明、王跃文、阎真的反映官场的作品里，政治都被文学湘军作为重要的书写对象，通过对政治生态的解剖来映射时代、洞悉人性。在湖南作家的笔下，政治不仅仅是一种书写符号，而是作为颇能反映中国文化底色和国人心理的观照视角，在尖锐的戏剧冲突中呈现复杂的人心，实现对社会现实的批判。在长久的文化浸淫中，政治成为中国文学绕不开的题材，而湖南作家则凭借敏锐的观察、深邃的思维和悲悯的情怀在政治书写的领域中大放异彩。

作为常德小说创作的主将，水运宪和陶少鸿都是文学湘军政治叙事的重要代表作家。在他们的文本中，政治场域中的幽微人性被他们以各具风格的笔调描画得入木三分。于改革文学浪潮中发轫的水运宪，其初期的《祸起萧墙》等改革文学创作即可纳入广义的政治叙事范畴中。作为新时期以来影响最为深远的政治决策，改革开放的过程本身就与政治有着千丝万缕的联系，而其长篇小说《乔省长和他的女儿们》则更是在政治血缘的隐喻书写中实现对官场文化和复杂人心的精准剖析。成名于乡土小说创作的陶少鸿敏锐地洞悉着乡土和官场这两大最具典型性的中国文化场域，以其富有诗性而沉稳冷静的语言和“零过程叙事”的精练笔法，不断探索着纷繁世道中的精神原乡和人性本真。水运宪与陶少鸿的创作鲜明地呈现了文学湘军政治叙事的深度和广度，为常德小说界打上了坚实的现实主义底色和人本关怀的闪光。

## 第一节　水运宪：始终遵从心的方向

水运宪是文学湘军中最难以被类型化的作家，也是最有戏剧性和面具化的作家。不被类型化表明他性格的独特性、血液中与众不同的黏稠度以及作品里表现出来的非典籍化倾向和民间传奇般的喧哗特色。他的戏剧性是由他生命本身的丰富性、惊异性与作品中人物命运与故事情节的尖锐冲突所爆发出来的文本张力构成；他的面具化主要体现在他将艺术与生活区分得异常彻底，不向文学的强权或机会主义妥协，以及他不断捕捉时代经验，尽可能使自己的创作主题与书写风格多样化。水运宪在文学创作上始终遵从心的方向，文字率性真实而不落流套，对文学创作抱有一颗“敬畏之心”“警醒之心”和“赤子之心”。水运宪坚持不改自己的创作初心，努力摆脱陈陈相因的主题、观念、理论、审美趣味以及眼花缭乱的各类艺术表现手法，重申文学的锋度与韧性、庄严与肃穆、秩序与风度，并以持之不断的反思与叩问而成为当今文坛独特的存在。

### 一、现代性追求与时代的镜像

中国社会的现代性转型不可避免地带来阵痛，在这样的历史境遇下，文学的现代性转型也必然要经历一个痛楚的变异过程。无论是水运宪个人的写作史还是其笔下人物的命运史都与中国社会的快速发展有着密切的联系。水运宪不被西方经典与传统文本所束缚，大力提倡“从生活真实中来，到艺术真实中去”，他的作品亦可看作对裂变时空下文化镜像的深刻书写。

如果我们把水运宪的作品横面展开，既可以从中看到社会发展的合理性，也可以看到历史的偏激与冲动；既可以看到时代困境下的悲剧灵魂，也可以看到倔强而又狂热的人物性格。《祸起萧墙》是一面镜子，水运宪以犀利的批判力度，精确的细节描写，把人物命运推向强悍的集体意志面前，展示了生命个体在现实面前的懦弱与荒诞。作品剔除了那个时代流行的虚假的现实主义，体现了思想的超前意识和拓荒牛精神，体现了自觉的现代性追求。文本洋溢出超凡脱俗的理想主义情怀，一种内在的、被生命净化了的悲悯。主人公傅连山以一种暴力式的激进情感以及自我献身的极端方式，冒着主流话语“叛逆”的指斥担负起社会批判的使命，水运宪用另一种人道主义再现了特定历史条件下的“人”的生命价值。可以说，《祸起萧墙》中的傅连山是现实主义文学在特定历史时期和时代语境规范下书写的典型形象：一个力图重建现实秩序、重建现实乌托邦的时代悲剧英雄，深切地表现了那个时期焦灼而躁动的历史愿望，与其说这是一部成功的改革小说，毋宁说它是一部改革浪潮下的现代启示录。这是时代大潮中的贝壳，是从生活本身和社会肌体上剔下来的有着痛感的血和肉。水运宪充分领会到了文学的肥沃性。这是一次重大发现，是与文学种种可能的一次奇遇，他后来所做的一切仿佛都在为这次奇遇做诠释。他看清楚了时代与个人、社会与历史、生活与艺术的诸多联系。

水运宪的现代性追求体现了他的悲悯情怀，这种情怀建立在“英雄”的姿态之上，建立在不甘做时代落伍者这样的奋斗意识之上。所以，当伤痕文学与反思文学兴盛之时，当知识分子的“检讨”传统置换成“感时伤国”的叙事传统时，水运宪依旧坚持着对于“英雄”的主体性书写，即便是失败的英雄人物，他也用悲悯的眼光看到了负重前行的可贵，他甚至用一种生命毁灭的悲壮感来实现对社会故步自封的反叛与对保守势力的不驯。除此之外，我们从水运宪小说人物命运的历史变异中亦可窥探出人物与社会发展的断裂、思想启蒙与死亡、精神苏醒与沉沦的多重变奏。例如，在影响深远的小说《乌龙山剿匪记》中，水运宪没有回避那个特殊历史背景的真实性与残酷性，他通过艺术化的虚构与漫画式的处理方法重构了现实与历史的新型关系，刻画了众多有血有肉、爱憎分明的人物形象，将读者心目中“土匪”的刻板印象彻底改变。这些具有时代印记的人物群像也“为‘真实地’建构历史和阐释现实提供了全面的符号象征体系”。①

水运宪的现实主义题材小说多带有鲜明的问题导向与时代特征，但由于他对人物形象的塑造以及对人物心理活动刻画的侧重，使其笔下的人物在“拒绝充当时代精神的传声筒”的阐释中，既有时代的镜像又能为人们提供情感的抚慰。水运宪早期创作的一系列有关改革背景的小说，无论是《祸起萧墙》还是《雷暴》抑或《裂变》，无一例外都属于现实主义题材。这些小说不是简单地呈现生活、描摹现实，而是探索性地运用先锋派、荒诞派等表现技巧来对现实生活与时代病象进行审美透视，直指波澜壮阔的时代大潮下人们精神的核心，叙事冷峻却又不乏现实生活的庸常之美。水运宪于 2008 年创作的长篇力作《乔省长和他的女儿们》，借助 1980 年以来改革开放大背景下城

① 陈晓明. 表意的焦虑[M]. 北京：中央编译出版社，2003.

市生活的变迁，通过展现主人公乔良的人生经历和心灵历程，把一个父亲的心灵史、四个女儿的成长史与一个社会的变迁史相融合，生动而真实地反映出社会转型时期风云变幻的社会面貌，也让读者看到了乔良所代表的一代人的生命轨迹与人生追求。

水运宪小说中主人公也并不完全是改革的弄潮儿，也有对现实的怀疑与否定。主人公的怀疑理性与社会理性、价值理性、历史理性之间的冲突与调和构成了其小说内部的逻辑张力，水运宪通过这样的书写逻辑淡化了小说故事所承载的过重的历史焦虑，这使得水运宪笔下的主人公同时扮演哲人、英雄、叛逆者与布道者的角色，并大都带有文化自省与文化自觉的意味。像《祸起萧墙》这部小说，傅连山身上鲜明地体现了那个时期迫切的改革精神，所有关于那个时代的欠缺与迷失，都在文学作品里呈现并获得想象性的满足。傅连山想要凭一己之力来撬动社会的顽固势力的冲动在那样的历史语境下显得既悲壮又可笑，社会的发展要求与现实实际的脱节成为导致人物悲剧命运的必然，傅连山的尴尬处境也隐喻了像他这样的小人物终将成为时代牺牲品的宿命。

水运宪的写作与其说是一种作家对于文学想象的自我创作，不如说是将写作看作为一种“姿态”，一种有关知识分子的、文化工作者的“姿态”。因为水运宪作品很少游离于时代中心话语之外，较多时候都是将其作品视为时代映像并围绕主流话语展开，小说中人物的情感亦可承担起伦理叙事的功能，只是巧妙地在叙事上表现出一种与文学传统相对陌生的艺术手法。就拿《雷暴》中丁壮壮与杨玉莲、罗明艳的感情来说，丁壮壮与杨玉莲的情感较为纯粹，可看作一种正常男女之间的私人情感，但丁壮壮与罗明艳的情感纠葛则带有几分集体意志的撕裂色彩，是个人与集体、情感经验与意识形态的拆分与弥合。水运宪通过将人物的私人话语与公共话语相调和，实现了其主观情感的审美伦理化表达，使得整部作品具有了浓厚的社会内涵、雅俗共赏与主流化品格。

## 二、人性纠缠中的适迎与悖反

水运宪拒绝陈陈相因、只见故事不见思想、缺失精神的平庸写作，他冲破体制规范与文人传统的双重遮蔽，写出日常生活中无处不在、又常常被忽略了的生活原态。他既不借助于想象的辩证法，也不依赖于宏大叙事，更多的是将自己在日常生活的感悟或发现融进自己的文学世界，以此见证他对生活的感知、对理想的执着和对辽阔梦想的激情。他的文字不仅有血性，有忧愤，有暴雨，更有雷电灼伤的疼痛感。当读者透过文字仿佛嗅到了湘西森林里那股幽暗危险的气息时，水运宪却用去鱼鳞的方式，直面苦难中的动摇、欲望前的魅惑、沉默后的声响、生命里的挣扎。这是一个人的战争，也是一个时代的战争。最后，他拖着骨架般散了、无丰满却极具质感的生命背影，疲惫不堪却怡然自得地行走在山野的尽头。

刘再复在其《怎样读文学——文学慧悟十八点》中谈到文学和历史、哲学的区别时说道"文学体现的是心量，历史体现的是知量，哲学体现智量。文学的一个重要特点，那就是文学不设政治法庭，也不设道德法庭，只设审美法庭"。[①] 换言之，做非黑即白的道德判断并非文学的首要任务，文学首要任务的价值在于写出生命个体的生存困境、人性困境和心灵困境。小说《乔省长和他的女儿们》从表面上看是一部讲述乔良官运变迁的官场小说，但水运宪实则将"情感"作为小说的叙事重点，讨论的是生命情感之于人的价值与生命的意义，其中不乏对人性的拷问与文学伦理性的思考。作者用乔良的官运变迁作为对生命价值的过程性思考，乔良在人生的各个阶段所面临的问题与困境隐含着作者作为知识分子与文学书写者对于时代大环境的精神倾向与价值判断。著名作家王跃文曾这样评价该小说，既有对日益淡漠的理想主义和人的自我完善的追认和张扬，又冷峻凝重地写出了权欲交织之下人物命运的执着和挣扎、迷失与回归。就此意义而言，作为社会人的乔良，他的人生困境又何尝不具有"类"的意义？

中国当代热销的政治关怀小说大多热衷于描绘"官场"这一特殊的政治文化场域对人的异化的影响，并出现了"生存的焦虑"到"权力的游戏"的叙事转向。然而，水运宪的政治文化关怀小说则呈现出一种"回撤"的姿态，他将日常生活以及生活琐细中的心理变动重新按入文学想象之中。水运宪并不是将"官场"视为时代精神与主流意识的宣讲地，而是集中于对"官场"之下"人"的描写与对人性、欲望的发掘与表达，执拗地对身处特定环境下人的精神状态与生存焦虑的勘察。因此，水运宪笔下的"官场"只不过是社会转型背景下的一个场域或一个镜像，也是一个可以揭秘人性隐秘角落的窗口，一个可以观察时代精神症候的听诊器。水运宪以巧妙、生动、细腻的笔法对官员们的行为日常和心理变化进行了客观刻画与真实描摹，将官场背后的规则和

---

① 刘再复. 怎样读文学——文学慧悟十八点[M]. 上海：生活 · 读书 · 新知三联书店，2018.

潜规则不露声色地加以展示，并能于其中折射出个体生命所面对的灵魂与现实的悖反和冲突。

水运宪从来不是一个清高的素食主义者，他笔下的人物被众多欲望所控制，贪婪、虚伪、狡诈、自恋，尽显人性中丑恶的一面，描绘了人类共同的宿命。《乌龙山剿匪记》这部小说中，水运宪并没有回避“土匪”身上蛮横、跋扈的匪气，但是水运宪并不是从“文明”的对立面去渲染“野蛮”的破坏性、侵略性力量，而是从“生命”的角度切入，注重对土匪人性的挖掘，成功地将反派人物真实化、血肉化、人性化。他们是道德伦理下的异己者，是正统文化的排斥者，是撼动社会秩序的破坏性力量，但这些“土匪”身上也有着适迎与悖反，有着人性的幽暗中的光亮，但这种光亮往往被强权意志刻意地抹掉。水运宪将作品中人物的爱与恨、邪恶与忏悔、大胆与懦弱、精明与愚昧刻画得入木三分，无论是“榜爷”“钻山豹”还是“四丫头”等人，他们都从文字中“跳”了出来，成为一个个有血有肉的传奇人物。小说中的“钻山豹”，他会用枪打死一个婴儿，逼疯母亲，但他又执拗地、真正地爱着田富贵的妻子。表面上看，“钻山豹”的土匪身份以及打杀抢掠的野蛮行径使他始终站在传统道德伦理的反面，但是水运宪依旧描述了这个恶贯满盈的匪首身上人性温存的一面、光亮的一面，他既不放大这种光亮，也不抹去它，而是内敛地、适当地加以表现。“他看见菁妹子倒下了，当时心里确实也震动了一下，便喝令土匪不许再放枪。进而，他又产生了莫名其妙的一个想法，他倒真想让田富贵逃出去，也真想把菁妹子的尸体留下来好好地送她入土。他觉得这样一来，自己的儒雅名声就会不胫而走。”①集“英雄梦”与“土匪身”这一对立矛盾体于一身的“钻山豹”，在欲望的两极寻找生命的平衡与人的尊严。“土匪”对于其身上爱与欲毫不掩饰的张扬，实际上就是人性的复活，是原始生命力或善的本能意志向现代人性的回归，水运宪对于“剿匪”这一事件的思考，从传统的“英雄崇拜”走入“大写的人”的精神建构之中，这也是这部被正统的文学评论家刻意抹掉却在民间社会形成强大野性生命力的重要原因。

## 三、聚焦生命真实地去符号化写作

查尔斯·泰勒在其书《世俗时代》中向现代人抛出了一个灵魂之问：生活在世俗时代意味着什么？之于作家这个问题就变成，生活在世俗时代对作家

① 水运宪. 乌龙山剿匪记[M]. 长沙：湖南人民出版社，2012.

意味着什么？水运宪的回答是，要始终遵从心的方向，真诚面对读者，真诚面对自己，真诚地面对笔下人物的灵魂。水运宪孜孜不倦地寻找着由“通俗”向“通雅”过渡的叙事路径，并取得了卓越的成效。水运宪深谙文学立格之道，因而其作品多以通雅为基，在得乎大众通感与喜爱之时又通乎人性洞达之镜。正如著名作家王蒙所言“所有高雅的世界背后都有一个庸俗的世界”。[①] “土匪”作为主流意识形态下的异己者，在正统话语系统中始终处于一种弱势地位，“土匪小说”也在很长一段时间内被认定为不入流的通俗读物，这样的作品往往被正统文化当作拒斥的草莽文化，或被高雅文化当作放逐的一种低俗文化，难登大雅之堂。水运宪要为它正名。就像莫言的《红高粱》为“土匪爷爷”立传一样，水运宪用一种低姿态努力观照这群落草为匪的边缘群体，积极挖掘出“土匪”身上在可变的外部环境压力下的那种不变的生命强光，用民间话语为“土匪”发声，用英雄视角为“土匪”立言。不得不说，水运宪的这种执着和对生命的悲悯值得尊重。在小说《乌龙山剿匪记》中，既有紧张刺激、曲折离奇的故事情节，又有对人性的追问与对生命的理性思考，在一个个鲜活的生命个体之上窥见了灵魂的独特性与传奇性，读者也在精神消遣与对小说人物生命状态的体认中实现了精神的启悟与文化的自省：人生从来不是一场关于物质或世俗意义上成功的盛宴，而是一场有关个人灵魂的修炼、感悟与得失。高雅与通俗从来不是对立的两面，而是两个相互依靠、相互支撑的艺术世界。小说《乌龙山剿匪记》不仅在艺术上实现了通俗性与思想性的耦合、传奇性与时代性的相契、精神消遣与价值思考的统一，改编后的同名电视剧迅速捕获了大众趣味，成为电视荧屏上一个时代的经典记忆。

水运宪不被作品改编成电视剧的成功而迷失自己，更不放任自己，他迅速从现实的纷扰和扑面而来的诱惑中出走，千方百计把自己从生活局限的窠臼中解脱出来，让自己遨游于灵魂的自由之中以寻找新的文学可能性。2009年在“生态苗乡·长寿麻阳”的笔会讲座上，水运宪在谈《乌龙山剿匪记》的创作经验时说道：“湘西没有乌龙山，湘西也没有土匪！田大榜、四丫头都是我虚构的”，“我写的也不是历史，只是一种历史的精神”。可以说，在《乌龙山剿匪记》在这部小说中，水运宪“颠覆了历史即真实这一概念”，将历史变为传奇，把虚构变成了真实——湘西并无一个地名叫乌龙山，他拒斥了传统

① 王蒙. 不奴隶，毋宁死？[M]. 北京：北京十月文艺出版社，2008.

的历史性叙述。莫须有的“乌龙山”成为水运宪放飞笔端的灵魂旷野，成为一个摆脱了历史逻辑的带有寓言性质的符号场域，它实现了对“江湖”这一文化场域的消解与“绿林”修辞的讽刺性隐匿。水运宪从心的方向出发，以一种更为恣肆无羁的写作姿态去塑造想象世界的一系列人物，窥探人性的幽暗与光亮，并在这片辽阔的旷野上描绘了瑰丽多样的灵魂的风景，实现了“英雄”与“灵魂”的双重在场。

对水运宪而言，文学创作就是一个生命向另一个生命的靠近，是一个灵魂对另一个灵魂的唤醒，是带有深切生命感受的人生体察，是对文学始终怀有敬畏之心的灵魂皈依与零度叙事，是聚焦人生终极意义的精神追问。如果心中没有道德与正义的标高，他无法实现自己书定的意义，更遑论生命的价值与人的尊严。

《乌龙山剿匪记》这部小说，对“土匪”这一主流文化之外的人物主体进行田野考古和生命哲学的透视，在原始的、野蛮的湘西“土匪”身上寻找最原始的欲望冲动与最本真的生命力量，以找寻一种新的生命形式。因而水运宪笔下的人物言说是带有深刻的生命体验的，还其“本来的样子”。人们基于对“兵”与“匪”关系的传统经验认知与文学想象，大多都会将其看作“文明与异己者”“秩序与破坏力量”“正义与非义”“善与恶”之间的二元对立，但是水运宪在人物刻画的过程中，却将道德伦理与意识形态等价值评价搁置，转用文人悲悯的眼光对小说中非典籍化的人物进行人文主义的审美观照，从“道德立法”转向“生命阐释”，探求人在极端的生存境遇与生存环境下野性的生命力量。于是“兵”与“匪”的二元对立在这里就发生了偏离，转而成为两种不同的生命形式抑或生命存在形态之间的对质与审视，水运宪所重视的是表现生命最原始的“力”与人性最初的“真”以及具有野性特征的、非规范化的自然情感，而非道德的演绎与世俗的评判。这并不是说，他没有批判，他的批判不是建立在传统意义上的符号系统，相反，他想打破这个僵硬的系统，这种打破本身就是一种尖锐的批判，是对民间话语的漠视或对小人物命运沉浮与生存艰难的逃避的批判。

伯恩斯坦曾提醒我们：“我们永远也不要低估我们基本冲动和本能的力量和能量，也不要低估精神矛盾的深度。我们永远不要自欺欺人地认为我们的本能性破坏能力可以被完全驯服或控制住。我们永远也不要忘了，所有不可预期的偶然状况都可能释放‘野蛮的’攻击性和毁灭性能量。”[①]为了还原生命的本真与自然的人性，水运宪对小说中的人物进行了“去符号化”的艺术处理，而在《乌龙山剿匪记》这部小说中则体现得格外明显。

《乌龙山剿匪记》的写作背景是社会正处于改革开放的转型期，出现了文本身份的集体书写与个人追求相矛盾的时期。在传统的文学想象与大众的认知经验中，“湘西”与“土匪”不仅有了刻板印象，而且逐渐被符号化，且不断加大这个刻板印象和符号化力度。一方面，将“野蛮”的一维不断放大，乡土与血性的自然言说，已经失去了原有的尊严与肃穆，其艺术生命力在扁平化、概念化、脸谱化的过程中失落了其原本的震撼人心的动人力量，原本“有血有肉有灵魂的人”最后沦为血淋淋“野蛮”的符号与象征；另一方面，“土匪”在文学想象中反复使用与重构，承载了太多世俗化的符号学意义，使得其社会意义的赘附遮蔽了其人的本身，而发生了符号象征的变异，失去了其原有的生命的本真，没有所指，只有能指的神秘而可笑的文字符号。水运宪力图打破人们对于“土匪”传统认知的刻板印象与意识形态偏见，他没有用一种居高临下的、轻蔑的、敌对的眼光和道德的优越将其笔下的土匪污名化、卑劣化、妖魔化，而是在一种非政治化的审美观照中，用一种民间的素朴、悲悯的眼光及平等的视角给予了他们充分的“人”的尊重。沈从文也曾在《湘西·苗民问题》一文中，从民间立场出发来为湘西“土匪”正名，沈从文认为湘西“土匪”并非穷恶刁民、凶恶之辈，他们原本是“一种最勤苦、俭朴，能生产，而又奉公守法，极其可爱的善良公民”[②]，由于容易被世事左右，走投无路而落草为匪。水运宪通过对“土匪”形象的“去符号化”表达剔除了众多社会意义强加其身的赘附，并在对“英雄”的反思与重建中审视这些生命，用“湘西精神”重建了“土匪”这一边缘群体的精神内核，实现理性精神的去蔽，这是在对湘西“土匪”形象的重新编码之中提供的一种可资比照的生命力量与价值尺度，是水运宪对中国当代文学独特的贡献。

应当看到，小说中，“钻山豹”“独眼龙”“龙胡子”这些绰号只是有限肉身的形象代码，而水运宪真正表现的则是符号下面的无限自由的灵魂，去符号化后的人物就是水运宪用来演绎生命之相、表达生命之惑的镜像意象，是

① 理查德·J. 伯恩斯坦. 根本恶[M]. 王钦，朱康，译. 南京：译林出版社，2015.

② 沈从文. 沈从文散文选[M]. 北京：人民文学出版社，2015.

生命的存在者、“存在的勘探者”。[①] 霸蛮、跋扈、蛮横、暴力，诸如此类，作为土匪身上反文化因子，同时又是另一种生命的“真实”。水运宪用去鱼鳞的方式，将人性的恶与丑陋的一面给撕裂开，将生命个体最原始的欲望冲动以一种最显性、直白的姿态显露，血淋淋但又活生生，而这也正是人性最真实的一隅。土匪们的生命力被正常的社会结构排斥在外，于是野性的力量得以爆发出来，并用一种野性思维的人生形式来解构原有的生命形式，从而创造一种新的狂放的生命意识形态。水运宪借“乌龙山土匪”表现的是一种非典籍化的民间的野性力量。在《乌龙山剿匪记》中有一段关于田大榜同野狗赛跑的描写，田大榜于岩石上剽悍恣意地狂奔的姿态，仿佛让人忘记了他是那个穷凶极恶的匪首，在春天洛塔的原野上，相信每一位读者都会被此时所流露出的浪漫而坚韧的生命气息所感染。生命力的爆发虽有一定的破坏性但依旧是一种蓬勃的力量，田大榜以一种江湖匪性对抗着压抑个体生命与自由的奴性，以一种野性的生命力量来对抗生存焦虑。我们民族原始而旺盛的生命力在这些充满野性和生气的土匪身上以一种更为显性的、极致的形式表现出来。这种以“匪气”为表征的湘西硬汉精神，这种血性不羁的民族精神与旷达的生命自由意志，既是此前《水浒》《三侠五义》等众多侠义小说英雄好汉的传统续承，又在此后莫言笔下山东高密乡的余占鳌身上得到了精神呼应。可以说，生活在“乌龙山”下的这些土匪们的生命是高昂的斗志、坚韧的毅力、怒放的生命，是没有被文明化、工具化、符号化或者异化的生命。他们身上的“匪气”又何尝不是一种力求回归自然、生命的本真？这种本真受时代大潮所裹挟，作为具象的生命个体，这样的人遇到贺龙就成了红军，适逢抗美援朝，他们就成了时代英雄。包括有着“土匪”身份却获得一等功臣的金珍彪在内的一万多名湘西“土匪”入朝参战屡立战功成为“另类英雄”就是很好的证明，这也是水运宪用坚定的反叛精神和超前的人文意识对“土匪”正名得到现实支撑的价值所在。

## 四、形而下的关怀与形而上的叩问

生命意义的建构异常曲折，生命只有在苦难中反复磨炼，才能日臻成熟。中国的哲学，无论是儒家修身之说，还是湖湘文化的经世致用，都具有极强的实践性。受此影响，中国主流文学秉承“文以载道”与“为民代言”的

① 米兰·昆德拉. 小说的艺术[M]. 董强，译. 上海：上海译文出版社，2004.

叙事传统。哲学与文学交融的结果便是文学的哲学化，哲学的文学化。林岗也在《什么是伟大的文学》中谈到“天才的作家总是在不经意之间就在文本的具体的、形而下层与普遍的、形而上层之间搭建了绝妙的隐喻关系”①。水运宪率性自由、敢为人先的性格与创新精神，使他的作品注定不是一个只对现实描摹的平庸式写作，他总是用敏锐的眼光对他笔下的每一个人物进行灵魂透视，在其文学叙事中进行着对生命哲学的形而上的思索。

水运宪的《祸起萧墙》与《雷暴》都是带有悲剧意蕴的小说。如果说《祸起萧墙》的悲剧主要是外在的，那么《雷暴》的悲剧主要是内在的，这种内在式的心灵悲剧比外部形态的悲剧也许具有更高的审美价值。在面临时代变革与社会转型的大背景下，像罗明艳这样的知识分子却只能在平庸的事务中耗费年华，虽不甘忍受，却只能徒劳挣扎。她的自卑，是来自对周围环境的清醒认识；她的悲剧，则来自个人力量在集体意志面前的无能为力，这种无助感与无力感使她在无可奈何的生存困境中无法完成自我救赎，最后只能从一段婚姻悲剧中走向了另一段爱情的不幸，继而陷入个人悲剧的旋涡。罗明艳个人悲剧的背后隐含了水运宪对于那个特殊时代下妇女群体悲剧性宿命的审思，即妇女的“高知”身份能否促使其冲破世俗的藩篱而实现自救？水运宪这种对人之价值的思考使得罗明艳的个人悲剧具有了形而上学的意义。

在《雷暴》《祸起萧墙》《庄严的欲望》或《无双轶事》中，水运宪所叙述的故事表面上只属于这些故事中的人物，实际上是关于这个时代的，是集体的，也是他自己的故事。水运宪丝毫不掩饰自己对于生命思考过程中所感到的迷茫。他窥探到生命的真谛：没有纯粹的生命，更没有纯粹的意义，生命的意义是由人性的美好与丑陋、社会的光明与黑暗共同构成。

水运宪小说所流露出的这种形而上的悲悯情怀，像一股携带着海盐味道的海风，有一种苦涩的清醒。湘西这片地域的神秘性、原始性、异质性、抵牾性，赋予这里的人们以自然本真的生命形式与蛮性粗犷的硬汉精神。小说中以“乌龙山”为象征的湘西世界既是一个充斥着暴力、死亡以及人情乖戾的野蛮世界，也是一个超阶级、超文化的具有神话模态的异域世界，一个被生存焦虑所包围的寓言世界。对于“田大榜”“钻山豹”这些土匪来说，“野蛮”是他们生命最极端的张力，因而，“野蛮的湘西土匪”就是原始生命力极致显现的生命形式。因“野蛮”所带来的种种反人性的行为，它并非单单只属于

① 林岗. 什么是伟大的文学[J]. 小说评论，2016(01).

"钻山豹""田大榜"这些单极人抑或是"湘西"这一单极地域，它实则源于人的理性与生命本身的非理性因子之间的分裂，是传统的道德理性和人类内心深处无限欲望之间的断层与错位。水运宪在叙事过程中抛开英雄人物的文化品格，执着于挖掘"人"的生命底色，他自觉拉起"精神寻根"的大旗，激起民族精神的血性与生命活性因子，在呈现"匪"的本来释义的同时又凸显了"土"字背后所携带的本土性与民族性的文化内质与精神品格。小说传奇情节的背后张扬的却是"打不败"的硬汉精神，中国的"东北虎"所捕获的生命价值，与海明威笔下的桑提亚哥有了东西方共振的现实意义。

水运宪善于将古老的传说、美丽的风景、淳朴的风俗，以及历史叙事融为一体，制造一系列扣人心弦的悬念，作品的真正价值就在于作家将这些潜在的民间传奇以"重述"的方式注入主流文化的理性资源中。小说中带有神秘的、宗教色彩的民间风俗描写，也是水运宪用来表现自然本真的生命形式的一种方式。《乌龙山剿匪记》中对苗族丧葬文化的描绘，就是作者借这种神秘的文化氛围来追问人生的意义与生命的价值。小说中，穿着神冠、神袍的苗巫要为死者超度念经，出殡时要举行"引发"仪式，死者的墓坑也极其讲究，"精心精意地用一些米粒子在地下画了个八卦阵"。[①] 在这落后闭塞的群山僻壤之中，神秘的宗教仪式不仅影响着生活在此的人们的思维与行为，与此同时，我们也看到了这里的人们试图在这神秘的宗教仪式中寻求精神上的安慰与灵魂上的超度的努力与无奈。读到这里，一种悲天悯人的人文关怀呼之欲出。所以湖湘文化或文学湘军主力作家的身份使得水运宪很难摆出一副"局外人"的姿态，更多的是用一种生命自审与文化自省的意识，观照着生活在这片古老而又传奇的湘西大地下的人们。小说中的风俗礼仪，就是展现人类的存在方式和生命意识的过程。

赵毅衡在《符号学原理与推演》一书中谈道，超越有两种方式，一种是向上还原，一种是向下还原；前者即对自我作社会学的解释，而后者则是对自我作生理学的解释。[②] 水运宪对其小说中的人物给予形而下的关怀与形而上的叩问还体现在他对人物进行向下性还原的超越性书写。这并不是说，我们要以文学的方式对暴力、野蛮、人性恶进行合法性辩护，而是让我们看到了另一种生命之真。如前面所述，水运宪没有用居高临下的高姿态将湘西"土

① 水运宪. 乌龙山剿匪记[M]. 长沙：湖南人民出版社，2012.

② 赵毅衡. 符号学原理与推演[M]. 南京：南京大学出版社，2011.

匪”妖魔化，也没有用一种社会伦理的眼光对湘西“土匪”进行道德批判，而是在暴力与血腥之间反思生命，审视人性，并透过对“土匪”这一边缘群体对生命进行人文观照与理性之思。小说中，“四丫头”的死亡亦能体现水运宪对生命形而上的思考。“四丫头”并没有屈从于现成的、既定的社会规约和道德理性，而是以一种本真的生活方式承担起可怕的历史与自己的悲剧命运，她以一种狂热的、极端的、决绝的非理性方式来反抗社会，也就是反抗强权意志加在自己身上的枷锁。我们不由得思考，土匪的暴行，是个人所犯下的罪行还是人类集体的罪行？是归咎于文明的未开化、欲望的冲动还是人性本来的恶？小说最后，土匪被歼灭，“剿匪”获得了成功，这种“胜利”是属于人间正义还是属于人性之善的张扬？仅仅是文明对野蛮的征服吗？有没有一种生命形态对另一种生命形态的压制？虽然被压制的一方属于正常社会秩序和传统文化所认定的，但这种认定难道是天然的、一成不变的？被俘之后的“钻山豹”，他的绝望、无奈、懦弱、挣扎以及以乌龙山土匪们为代表的这些边缘群体的生存焦虑是否还有被聆听的意义与被审美观照的价值？一个人的道路选择有着自由和不自由的双重制约。现实生活中，金珍彪等一万多名“土匪”入朝作战，成为英雄，既是时代的选择，也是他们个人的选择。可以说，《乌龙山剿匪记》这部小说一定程度上是对人类生存状态以及生存焦虑的悲剧性描绘，是对另一种生命真实存在的警示、反省与忧思。

这种形而下的关怀与形而上的叩问亦在水运宪的政治关怀小说中有所体现。诚然，于水运宪而言，“官场”抑或“官场下的人物”都是他对“人”进行形而上思考的形而下场域，水运宪小说形而上的哲学意蕴与其擅长用存在主义的眼光去塑造人物、结构文本有着深刻的内在关联。2012 年推出的中篇小说《无双轶事》叙事落拓不羁，语言诙谐泼辣，特别是对人物内心那种不安感和荒诞感的处理显示出某种反讽的或黑色幽默的意味。水运宪曾这样说道，“诙谐或调侃中，暗藏机锋”，如此来看，与其说水运宪的作品很少侧重于文本的形式层面，不如说他更侧重于表达一种世界观，表达对生存的独特感受。这样看来，水运宪的人物是立足于存在意义之上的主体，是具有形而上的哲思意味的主体。

从表象上来看，小说《无双轶事》具有很强的戏剧性，“纸条迷踪事件”充满了各种反转与再反转，看似故事冲突交织的背后隐藏的则是现实生命中各种“偶然”事件的发生。水运宪对于人之存在的深思落脚在他对于“偶然性”事件的书写，而与“偶然性”事件相一致的是整部小说充满了强烈的怀疑品格和讽刺意味。整个故事又在主人公单无双(小说叙事中常常去掉他的姓)不停的怀疑与不断的追问中展开推进,“怀疑”与“追问”代表两种不同的力量,单无双在两种力量对碰中认识世界、建构自我。可以说,推动故事发展的叙事动力就是单无双的怀疑理性,叙事线则是在单无双的怀疑理性与现实理性的冲突与消解中展开。“丢失的纸条”这一象征性物件也建构了单无双的“镜像世界”。他每一次反观内心的另一个自我时,都要加上反讽和嘲弄式的语气,让单无双这个知识分子的内心活动史有了一种“自我解构”的精神态势。随着主人公的不断猜疑与消疑,事件的真相也一再延宕与发生意外,水运宪无意于悬念的设置与叙事的迂回,而更多地着眼于挖掘人/事之下的不为人知的隐秘角落。这样的叙事逻辑与拉康笔下“被窃的信”似乎有异曲同工之趣,这一小小的纸条也变成拉康笔下那“漂浮的能指”。[①] 与“被窃的信”所不同的是,单无双的纸条的传播路线则是存在于单无双的自我的怀疑与想象之中,所描绘的不是单无双的欲望图式而是想象图式。在拉康关于“被窃的信”的理论中,漂浮的能指所构成的能指链虽不表征任何东西,但是构成了一个意义生产的语境,而在《无双轶事》中,丢失的纸条所构成的能指链则形成了单无双的生存语境:我们的活着就是一种漂浮在表面形式上缝合起各种想象和象征性碎片的症候,这是水运宪所描述的生命不可承受之轻。水运宪让人物的情绪、思想、怀疑与自我怀疑被这一连串的偶然性所操控,在其过程中,主人公如同提线木偶一样,在“猜疑”与“解疑”、“惶恐”与“释然”中不断挣扎,而故事的结局竟是“虚惊一场”。这不由让主人公“怀疑理性”,带有些许自嘲与他嘲的意味,这是水运宪自己对于存在之思的理解。相比于海德格尔的费解而又诗意的哲学思辨,水运宪则是用诙谐的笔触将“存在”这一沉重的话题以一种水墨式的幽默给冲淡了,水运宪以一种看似玩世不恭的态度为哲学上的“存在”作了轻描淡写而又令人深思的注脚。

综观水运宪的小说创作,可以清晰地看到,水运宪的作品既有敢为人先的拓荒牛精神,又有以人性探讨、灵魂追问为表征的悲悯情怀以及以现实为基、以时代为旗的文学精魂。水运宪的作品流露出生活的疼痛与战栗的力量,使文学湘军原本十分优秀的叙事技巧更加瑰丽多姿。他以敏锐而热情的眼光发现了人类良心的种种阴暗,并以古典的火焰表达了我们这个时代中生命的悲剧性体验。他用高超的飞越和丰盈的想象,塑造了一系列关于历史与

① 黄作.漂浮的能指:拉康与当代法国哲学[M].北京:人民出版社,2018.

时代、虚拟与真实的人物群像，并借由这些人物在人民记忆中的追寻主题，表现出作家极大的同情心、沧桑的幽默感以及对社会各阶层的深刻体察。于水运宪自身而言，写作就像修行，他以率真的写作姿态坚守对文学最初的“温暖的心灵冲动”，不断寻找着那根可以引无数人共鸣的琴弦，而这也恰巧是作为精神与灵魂意义的小说的真正价值所在。

## 第二节　陶少鸿：精神原乡的洞悉与守望

多年来，陶少鸿正如他笔下坚守乡土的劳动者一样，怀着不渝的依恋和热爱，默默地在文学的土地上笔耕不辍。他的身上带有中国传统知识分子的儒雅风度与担当意识，始终将视角聚焦于中国文学的两大典型场域——乡土和官场，并用平实冲淡的笔调描画其中的众生百态和人性幽微。陶少鸿以含蓄节制的语言风格和“零过程叙事”的简练手法，使其文本具有“微言大义”的中国传统美学底色，融诗性抒发与现实关怀于一体，在客观冷静的叙述中完成对价值与信仰的建构和宣扬。他的创作路径在湖南作家中是具有典型性的，对诗意乡土和善德文化的继承，对权力场域和社会生态的洞悉，让陶少鸿成为常德文学和湖南文学最具代表性的作家之一。正如他自己所言：“我是一个从事自己爱好的事业的幸运的家伙，我是一个背负着审美情趣和社会责任、靠舞文弄墨而活着，并力图活得有尊严的人。”立足于湖湘大地的文化底蕴和现实根基，陶少鸿在不断书写的过程中也实现了内心深刻的自我指认。

### 一、《百年不孤》：诗性乡土与善德文化的继承

作为文学“湘军七小虎”之一，陶少鸿十分勤奋，一直保持着难能可贵的自省意识和创新精神。他的长篇力作《百年不孤》是一部书写“诗性乡土”的现代变迁与“善德文化”“信仰精神”传承的小说。作为一个曾经在农村生活过 8 年之久、在乡村的风雨和泥土中度过了青春期的作家，陶少鸿对大地与乡村有一种割舍不掉的情怀，故乡是他精神漂泊中的灵魂栖息地与安放所。在《百年不孤》这部文本中，陶少鸿以自身独特的生命感悟和历史认知为基础，从政治历史、大地情怀、精神血脉、信仰欲求等多方面进行审美发掘，以充满诗性和清旷的笔触，创造性地建构了一个意味深刻、思想丰厚的艺术境界。

文本以一个清幽秀丽的南方小县城——双龙镇的历史变迁为背景，展现了岑吾之、岑励畲与岑国仁等重义守德的三代乡绅的命运进程，真切细腻地描绘了近百年来中国农民与政治风云、人情世故等不可分离的紧密联系，在一定意义上折射出中国乡土社会乃至整个中国社会变革与发展的途程。其中，“德不孤，必有邻”一语作为统领全书的深层意旨，既揭示出中国传统乡绅文化所遗存的传统美德在历史沉浮中的重要意义，也向读者展现出“向善”“守德”“重义”等传统文化的传承对于丰富人类精神世界的重要价值。此外，文本所采用的时空交错的叙事策略对于人类如何在欲望中坚守崇高的道德信仰同样具有极为深远的历史品格与借鉴作用。

1. 立足大地的“原乡况味”

年少时的乡村经历在陶少鸿的头脑深处留下了极为深刻的印象，他的作品中常常蕴含着一丝淡淡的乡土“况味”，无论是山水房屋、鸟兽鱼虫还是风俗人情都萦绕着某种诗性与生命力。这些洋溢着乡土“况味”的原始生命因子与陶少鸿记忆深处的精神“原乡”一道构成了一处充满“原乡况味”的空间，原始文化精神中的诗意与生命力也得以在这个空间延续、展开。值得一提的是，这种“原乡况味”立足于大地，源于陶少鸿对记忆深处那份原始精神的理性思考与感性认知。陶少鸿从未忘记自己脚下的土地，在他的心目中，故乡永远是与他生命相通、血脉相连的“精神胎盘”。他时常在大地上静静前行，用目光去寻觅亘古岁月中积淀的文化印记，用心去体悟生命途程中的一切悲悯和温情。

米兰·昆德拉在《不能承受的生命之轻》一书中提道：“看来，大脑中有一个专门的区域，我们可称之为诗化记忆，它记录的，是让我们陶醉，令我们感动，赋予我们的生活以美丽的一切。”在《百年不孤》一书中，陶少鸿对双龙镇的描述在一定程度上就呈现出这种诗性的质地，这种诗意植根于大地深处的生命本性，源自双龙镇百年历史滋养的诗意特质。

“一路上他总觉有不明物在身后追赶，脚步匆忙而凌乱。看到镇子里参差排列着的黑瓦屋，双龙河边转动的水车，以及路边尚未插秧的白水田，他的心情终于舒缓下来。”文本开篇陶少鸿就有意着重渲染了主人公岑国仁凌乱而匆忙的脚步声与紧张不安的心情，过快的叙事节奏一方面带给读者一种好奇的心理体悟，引导读者更好地进入文本深处去探求其背后的原因，另一方面也与下文所叙写的双龙镇祥和、安宁的气氛形成了鲜明的反差，带给读者一种诗意的审美体验。“水车”是贯穿这部文本始终的一个特殊意象，始终与主人公的命运发展紧密相连。从某种意义上来说，它是岑国仁近百年人生轨迹的“见证者”：岑国仁年少时外出读书，它像个老朋友似的站在镇口迎送岑国仁离去、归来；岑国仁成年后面临迷茫与无措，它像母亲一般给予岑国仁安定与踏实的力量；岑国仁历经人世沧桑走到岁月尽头，水车也因年久失修被拆除了。“水车”不仅磨砺了岑国仁坚韧的心志，同样滋养了生活在双龙镇这片土地上的儿女们，它不知疲倦地转动着，日复一日地将双龙河中的水舀起再倒下，将生命力传递给生活在这片大地上的人们的同时，也将其与生俱来的包容与无私的优秀品质输送到人们的心中。

所谓“一切景语皆情语”，“水车”这类诗意之物像并非游离于文本叙事之外的无关点缀，它恰恰是经过作者精心选择的，与文本中人物的心性或事件发展的境况相吻合的必然要素，而这也正是一种综合了作者审美意蕴与审美趣味的诗性思考。文中林小梅去世后，何大闰向岑国仁抱怨说人生在世，匆忙一场，没有什么意思，而岑国仁则感叹人生还是很有意思的，不过这种“有意思”更多则与自身看待万事万物的心境与方式有关：“有时候你看到一粒露水滴落，一只鸟儿飞过，一根瓜藤开花，一条泥鳅溜走，一架水车在转动，都觉得有意思。”这段话实际上蕴含着陶少鸿本人对生命自然的真切感悟与诗性判断，大地上的一切物体在他眼中均是富有生命力的珍贵存在，它们是自在地生长与运动着，每一个物像都有自己的生命姿态与生存方式，都在按照自然界运行的规律生长，然后死亡。诚如《管子》所云：“地者，万物之本原，诸生之根菀也。”这些充满诗性与生命力的自然物像归根结底是与大地、“原乡”、故土相联结的。这是人类无法摆脱的既定情结，是原始精神的根性与生命归宿的直接显现。在《百年不孤》一书中，双龙镇的人们通常将打棺材一事称为“合长生”，单从字面上分析，这无疑寄托着人们对于长寿与永生的美好企盼，寄寓着人们对“逸出肉身之外的东西”的一种留存与延续。一副上等的“杉木长生”同样来自大地的恩赐，从王贵祥在砍伐杉木前对山神的虔诚敬拜这一举动也可以看出人们对自然生命的敬畏与尊崇，展现出一丝溢出于文本之外的诗意之美。土地、生命力、诗性三位一体的意识，成为陶少鸿把握“原乡况味”的基本感知和表达方式。

### 2. 审美视域中的乡绅叙事

法国哲学家丹纳认为：“我们要对种族有个正确的认识，第一步先考察他的乡土。”从这个层面来看待陶少鸿的《百年不孤》，我们可以认为这同样是一部叙述中国乡村社会中乡绅阶层兴衰历史的文本。乡绅是中国农村一个古老的阶层，在过去几千年的中国封建社会发展史上，“乡绅”是一种既独特又无法忽视的文化现象：他们虽没有有形的权力，却能凭借自身丰富的人脉与特殊的地位获得乡民的尊重与推崇。他们一方面深受儒家传统道德伦理的滋养，具备一定的文化修养与思想深度；另一方面又在乡村享有极高的威望与名声，实际承担着维护乡村平安与稳定的重要作用。20 世纪以来的乡土小说中也有作家对“乡绅”这一阶层进行一定程度的叙写，但在他们的笔下或将乡绅作为落后的封建余孽，比如鲁迅作品中的“鲁四老爷”(《祝福》)、“赵七爷”(《风波》)、“赵举人”(《孔乙己》)等，或者是将其塑造为正直敦厚、善良大方的“完人”，比如沈从文笔下的船总“顺顺”(《边城》)。无论是批判还是赞颂，实际上都呈现出一种爱憎分明的单一性色彩。在《百年不孤》这部文本中，陶少鸿则秉持着“塑造一个全面、完整、真实的乡绅形象”这一初衷，在向读者展示一个更为客观多样的“新乡绅”形象的同时，致力于挖掘他们传承下来的“向善”“重义”“守德”等优秀美好的精神文化，从而展现出中国现代“乡绅”叙事的多元化审美形态。

文化一直以来被看作一个民族思想积淀与实践经验的产品，是连接一个民族过去记忆与现实交往的重要线索。英国文化人类学家爱德华·泰勒在《原始文化》一书中认为，“文化，或文明，就其广泛的民族学意义来说，是包括全部的知识、信仰、艺术、道德、法律、风俗以及作为社会成员的人所掌握和接受的任何其他的才能和习惯的复合体”。换言之，文化是社会群体间互相约束与制约的一种“契约”符号，个体长期浸润在一定的文化环境中总是会不自觉地受到相关文化因子的影响，表现出趋向某种文化的显性特征。在《百年不孤》一书中，岑励畲、岑国仁父子深受儒家传统道德文化的滋养，始终将“向善”与“守德”作为人生实践的基础，即使是在风雨飘荡、饱受折磨的年代，仍然坚守着“己所不欲，勿施于人”的传统价值观，以自身的实践赢得了乡邻的尊重与敬仰。

旧时乡绅阶层作为乡村伦理与社会秩序的维护者，时常扮演着维系社会安宁与稳定的重要角色。陶少鸿则通过设置“中人”这一细节从侧面反映出以岑励畲、岑国仁父子为代表的乡绅在乡邻心目中的身份和地位。在双龙镇里，中人一般由德高望重的人担任，多帮忙调解乡邻纠纷或见证财产买卖等事宜。“中人”的身份既象征着正义与公平，也代表着高尚、谦和的品德。面对李旺才家大、小儿子分家不均的争执，岑励畬的想法中带有“谦让”的倾向，更多则是劝说兄弟二人学会为对方思考，谦让为上；而岑国仁则是从客观实际出发，以公正为主要原则，提出抽签与补偿的方式巧妙地化解了兄弟二人的矛盾。虽然父子二人面对这一问题采取的方式并不相同，但究其本质而言都是“善德文化”的具体表现形式，也在一定程度上展现出二人“重义”“求善”的思想倾向。在另一处有关“中人”的情节中，岑国仁接过父亲的担子作为一个独立的“中人”来评判王李两家端午划龙船的比赛胜负。面对王李两家为了夺取比赛胜利而在日常操练中大打出手的行为，岑国仁说道：“要比，就要比划船的真本事，不能比打架。人只能比好，不能比坏，人若比坏，越比越坏。”这同样显示出其浓厚的“重德”意识，体现出以岑国仁为首的乡绅对于道德行为的坚守。此外，岑氏一族为了方便村民行走与躲雨捐资修建了青龙桥；为救济灾民而设立了义仓；为了防止溺婴现象滋生而建立了育婴会……这些都是“新乡绅”阶层坚持“向善”与“守德”的直接体现，他们的行为也在双龙镇的人们心中树立起了一座道义、善德的生命坐标。

然而在土地改革时期，乡绅阶层因占有较大比重的土地而被划分为剥削农民的“万恶”地主，不但被没收了财产和土地，还要经常接受批斗和改造。《百年不孤》中的岑励畬、岑国仁父子在这个时期同样难逃厄运。但当岑国仁的二弟岑国义提出能否通过卖掉田产山林以求摆脱地主的“头衔”时，岑励畬轻声说道：“只怕迟了，这个时候哪个敢买？再说谁买了谁就当地主挨批斗，那不是害人家吗？”即使身处最艰难的时期，岑氏父子依然秉持着“己所不欲，勿施于人”的传统美德，始终从他人的角度出发去思考问题，将“善德”作为行为的最高标准。同样地，当作为“地主分子”的岑国仁与林小梅、孟九莲一同遭受批斗时，他真诚地请求乡邻放过这两个女人，自愿代替她们来承担所有的罪责：“女人是母亲，她们是生我们的人，纵有千错万错，生我们没有错。若非母亲怀胎苦，哪有世上相亲人？养育之恩不能忘。”一席话触动了在场乡人的心弦，人们都为其大义与体贴的操守而震动不已。

可以说，以岑氏父子为代表的乡绅身上深刻地体现出“守望相助”“与人为善”“重义守德”等优秀文化和精神。岑氏父子身上所展现的种种优良品行不仅“来自《论语》，来自《增广贤文》，来自祖辈的教诲，也来自人情世故”。因此，笔者以为，陶少鸿的乡绅叙事从更深层面则是为读者建构了一个“善德文化”与儒家伦理的精神与审美空间，人们在其中感受着“善行”与“德义”的同时，自身的精神也在其间得到塑造和滋养，并以此为基础，强化与传承着优秀文化的精神内核。

3. 时空记忆的信仰与爱情

杨义先生认为一篇叙事作品的结构“超越了具体的文字，而在文字所表述的叙事单元之间或叙事单元之外，蕴藏着作者对于世界、人生以及艺术的理解”。因此，一篇文本的叙事结构同样蕴含着作者深刻的思想意蕴与艺术经验，是读者诠释一部文本不可缺少的重要部分。陶少鸿的《百年不孤》虽然在思想内容上着重于展现诗性乡土与“善德文化”的精神内质，但若从叙事结构上进行整体观照，对领悟陶少鸿思想深处的价值旨归同样具有重要的意义。

从叙事策略上来分析，《百年不孤》虽然有着历史叙事的宏大架构，并融合了革命与爱情的相关内蕴资源，向读者展现了抗日战争、土地改革、“大跃进”、“文化大革命”、改革开放等中国近现代百年历史变迁的重要事件，但这些事件的发展并非由作者直接讲述，而是通过不同叙事主体与叙事视角的转换，从不同叙述者的生活与情感变迁中加以体现出来。作品开篇就写道：“岑国仁逃离县政府回到双龙镇的那天，是民国十六年农历四月二十二，节气小满。”在这里，作者采取了倒叙的方式，以岑国仁的个体记忆复现了下文中国乡绅百年兴衰历史的书写。这种叙事方式在文本中并不少见，与岑国仁、岑佩琪、宋子觉等相关人物的命运变迁紧密相关。在文本的后半部分，作者运用了较多的笔墨对宋子觉的人生经历进行了叙写：“后来的后来，宋子觉想起被蜈蚣咬，觉出那还只是命运多舛的先兆。他真正的痛苦和人生，要五年之后才开启。”作者通过描写宋子觉被蜈蚣咬伤这一事件巧妙地暗示出下文宋子觉多舛的命运与不顺的人生，带给读者一种提前预知文本发展的奇特体验，更好地拉近了作者与文本叙事之间的审美距离。

值得一提的是，陶少鸿打破了传统历史叙事中的“革命+爱情”的模式，通过叙述岑国仁三弟岑国安与杨霖之间的爱情记忆辐射出中国革命期间许多如他们一般忠心于革命却不得不学会忍耐、学会将美好的爱意埋藏在心底的革命人士，实际上从更深层面探讨了人类在面对欲望与信仰之间的冲突时该如何选择的重要问题。在这部文本中，作者通过时间与空间、叙述主体与叙事视角的不断转换，使用了将近一个章节的篇幅细腻、深入地叙写了岑国安对待信仰与欲望的矛盾心态。令人惊奇的是，这份动人的记忆感悟并非由叙述者直接讲述，而是通过岑国安创作的小说《伊》中的第一人称叙事者“我”

的口吻直接呈现在读者面前。

岑国安的爱情故事首先通过岑国仁的叙事视角加以展开。在文本的第三十一章《伊》中一开篇，作者就写道岑国仁因为无意间发现了已逝三弟的遗物而心中一直有所惦记，于是他坐在书房细细思索，“长生是黑色的，血凝固之后是黑色的，闭眼之后的世界是黑色的。三弟为何用黑色笔记本？他会记下些什么？”“黑色”一词的重复使用在一定程度上带给读者一丝压抑与紧张不安的心理感受，从而为读者设置了心理障碍，引导着读者进入故事中。

三弟岑国安的小说《伊》以第一人称“我”为叙述主体，将“我”对“伊”的深层记忆与隐秘情意进行了细致的描绘，从而把“我”对“伊”强烈的爱意与精神深处的信仰之间的矛盾与冲突直观地呈现在读者面前，“但我内心固执地以为，爱与信仰并行不悖。你可以把信仰当成爱，也可以把爱当成信仰。”这段内心独白表面上看无疑代表着中国革命人士所面临的复杂心境，但从更深的角度来分析，实际也隐含着作者对于信仰与欲望关系的理性思考。最令笔者印象深刻的是，二人最终都做到了隐忍、克制自己内心的欲望而将信仰作为一生的最高追求，“你若爱，请忍耐，请等待，请克制，请勤勉，请怜悯众生之艰辛，请遍尝天下之苦楚，请怒踏世间之不平。尔后让你的爱如甘露普降原野，似星火点亮黑夜。你若爱我，请先爱我们的信仰，以及我们的事业，不惜以心奉祭，不吝以血滋养”。陶少鸿精心书写的这段文字将岑国安与杨霖二者面对内心信仰与欲望冲突的理智回应淋漓尽致地展现在读者面前，在更深层面上揭示出人类群体面临欲望与理性信仰的冲突时应该坚信信仰的重要价值判断。著名学者王岳川曾经指出：“历史意识作为一种深沉的‘根’，既表现在历史维度中，也表现在个体上，在历史那里就是传统，在个体身上表现为记忆。”这里的“个体记忆”是指陶少鸿通过岑国安与杨霖之间的感情记忆来辐射全人类发展进程中面对欲望与信仰的冲突该如何选择的理性思考。这种“个体记忆”不仅回应着以往时间的流逝，同时对于展现当下欲望横流的社会现实具有极大的借鉴意义。从这个层面上来分析，陶少鸿这种时空交错的叙事策略呈现出历史与现实并置的意义，使其小说创作具有极为深远的历史品格。

诚如周作人所说：“人总是‘地之子’，不能离地而生活，所以忠于地可以说是人生的正当的道路。”陶少鸿的文艺创作也是如此，他通过审视中国乡绅的百年兴衰史，不仅阐释并弘扬了以“善德文化”为核心的民族传统文化，也注意到了现实生活中应该如何对待信仰与欲望之间的矛盾冲突。关于这些中华民族特有的精神文化与民族性格的理性思考，都与陶少鸿扎根大地，从故土中汲取诗性与生命力密不可分。从某种意义上来说，《百年不孤》对双龙镇的相关文化环境与习俗现象的书写同样反映了原始的民族文化传统与生命意识，从那一句句原始本真的话语或虔诚的礼仪活动中，我们也能感受到陶少鸿对于重现精神“原乡”所做出的不倦探求。文中有这样一段叙述：“他忽然感悟到，天地之间，有许多令他肃然起敬的东西。那些东西是什么，却不甚了了。或许，去寻找并体味到它的真谛，才是庸常人生中意义之所在吧?”这段文字很好地体现陶少鸿文学创作的出发点：从对乡绅历史的书写回归到民族文化传统，在仰敬大地与原始生命的同时进一步探索民族生存与发展的轨迹，这既是对已逝历史与文化的苦苦追寻，也是观照现实、继承传统的必然归宿。

## 二、《花枝乱颤》：“零过程叙事”的价值指归

### 1. 尴尬之真的讽刺性差距

一部政治文化小说，既没有跌宕起伏的故事情节，也没有惊心动魄的权力角逐，甚至没有扣人心弦的各种悬念和紧张激烈的思想交锋，按理是一件很不讨好的事情，因为这意味着作品很可能缺乏引人入胜的“卖点”或“看点”，很难激起阅读热情。但缺少这些元素的长篇小说《花枝乱颤》，[①]并没有因此而枯燥乏味，相反，它在真实的叙事和看似细碎的生活流中体现出来的是一种冲淡、隽永和深沉，它不是靠浅薄的“噱头”和感官刺激糊弄读者，而是凭借文化的底蕴、干净的语言和文本之间的张力锁定读者。这是陶少鸿带给我们的一个惊喜。

小说聚焦一群小公务员的升迁与沉浮、事业与家庭、物质与精神、情场与官场等，以及在这些文化场域中表现出来的不同的心理、个性、原则、行为和价值等。例如：有人设法拉拢上级，甚至不惜出卖肉体和灵魂；有人保留着良知，但为了改变处境，不得不随波逐流；有人坚守着内心的清澈，对腐败现象深恶痛绝，因此被视为异类。通过对这些小公务员的生存空间和生活压力的解剖，作者写出了坚守者的无奈，彷徨者的迷茫，软弱者的苦闷，堕落者的无耻，写出了被政治力比多异化下的社会之丑和人性之恶。

---

① 少鸿. 花枝乱颤[M]. 北京：作家出版社，2006.

为了回避现实带给人们的种种尴尬，小说以细腻的笔触对生活的原生态进行了事无巨细的还原。创作者清楚地知道，日常生活的琐碎与欢悦其实是对权力的消解，是对政治禁忌的远离与漠然，它在强化话语秩序的同时，也强化了市民日常生活本身；它在解构崇高理想之宏大语言的同时，也巩固了市民自我意识的内在本质。它将语言从书写的特权中解放出来，重新交回到市民手中。市民拥抱这种权力，并试图用政治以外的民间文本组成独特的生存空间。此时的文本具有自己的社会幻想(social utopia)：文本先于历史、回归生活本身，文本获得的既是“社会关系”的透明度(transparence)，又是“语言关系”的透明度。在这个空间中没有一种语言控制另一种语言，所有的语言都自由自在地循环(circulate)。[①]

但另一方面，这个自在的空间毕竟不是话语乌托邦，政治的力比多仍然渗入每个角落，只不过此时的渗入因为有了市场经济的遮掩而变得更为隐秘，也因为有了市场经济的合流而变得更为强大。在这种生存背景下，文本作者用琐碎的生活流消融权力也不过是出于一种策略、一种无奈、一种尴尬，因为权力也不可能由此消融。

重要的是，这样“真实的生活流”显然是对作家“荒诞理念”的图解与叛离。也就是说，陶少鸿有着自己的创作理想，可文本的动力和故事的发展显然超越了他的理想，这显示了创作主体的实践本身存在着一种真实的“尴尬”——戏剧性地暗合了哈里代对海明威叙述之双重性所做出的评价：在期待与实现之间，伪装与真相之间，意图与行动之间，发出的信息与收到的信息之间，人们所想象的或应有的事物与事物的实际情况之间，存在着讽刺性的差距。

这种“讽刺性的差距”彰显了生活的艰辛和无奈。陶少鸿无法弥补这种“讽刺性的差距”，因为，它是中国这个民族长期以来国民性格中“软骨症后遗症”之精神指涉：即便是在集体创作的中国神话故事里，也见不到凛然正气的成功的“反叛者”——共工氏造反，头触不周山，失败了；后羿射日，最后连老婆都保不住；孙悟空被唐僧收服，永远逃不出如来佛的掌心；红孩儿哪吒大闹龙宫，与父亲反目，最后竟也妥协，加入“统治集团”，满足于做一个小小的神；连闹自由恋爱的白娘子都要被多管闲事的法海和尚镇压在雷峰塔下；等等。所有这些都说明中国人国民骨子里的“软弱”的本性，同时中国

① 聂茂. 民族寓言的张力[M]. 北京：民族出版社，2004.

人都意识到邪恶是人性的一部分，具有不可战胜的力量，所以易于屈服和妥协。在小说中，作为正面人物的袁真逃离家庭、逃离官场就是屈服和妥协的最好见证。

诚然，仅就作家而言，他的“妥协”尽管有着反抗的一面，如用日常琐碎的生活消解权力，用自我的话语空间抵抗政治文化的入侵，用吃喝拉撒的非崇高游戏方式逃避沉重的巨型语言，等等，都是反抗的具体镜像。但是，这种反抗显然在预设了权力语话的合法性和对权力的认可之前提下进行，其结果便是：默认大于抗议，屈从大于叛离，妥协大于反抗。

从中国传统文化来看，“妥协”作为“中庸”的一种方式，它更多地表现在被压迫一方的主体意识上，但有时压迫者也会让步。愚公移山就是上帝最后和愚公做出“妥协”：派大力士把太行、王屋两座大山搬走了。表现在《花枝乱颤》中的这种“妥协”，也正是被压迫者的“主动”和压迫者的“让步”两种力量作用的结果：袁真逃到农村小学后竟然成了时代的好榜样。“于达远市长的秘书来了电话。秘书说，全省农村教育工作会议即将在莲城召开，会议代表将参观新建的枫树坳凡高小学，而她袁真，作为支教工作的先进典型，要向会议汇报有关情况。秘书说，于市长对她特别关心，要亲自培养她这个好典型。”与此同时，坏人得到了应有的惩罚。“有一天，激动人心的时刻一不小心就来到了眼前：我亲眼看到，吴大德被省纪委的人带出办公楼，上了一辆越野车。”这种带有“诗歌的正义”的圆满结局呈现给读者的是一种反讽和视觉图像的效果。

正如周蕾指出的，视觉图像由对立的两个因素组成：显现(obviousness)和沉默(silence)。一方面，影像显现性表达一种明白无误的实际存在(presence)；另一方面，影像的沉默提示了一种非存在(non presence)。非存在不是意味着“不存在”，而是代表了任何单个的存在中所不可或缺的“他者”(otherness)。

这是一种撕裂，无论是对作家、读者或评论家；无论是对国家、民族或个人。社会现实的种种“阵痛”大大改变了当代人的价值观念和道德追求。一种迷离的、无所适从的无奈情绪弥漫了社会的每个角落。这种无奈情绪正好为《花枝乱颤》创作中的“冷漠化”态势铺垫了必要的心理基础。[①] 有了这样的心理基础，创作主体尽可以瞄准“机关小人物”的现实生活，写出他们

① 樊星. 论八十年代以来文学世俗化思潮的演化[J]. 文学评论，2001(02).

“艰辛的尴尬”。

有评者指出：作为小说着重塑造的正面人物，袁真对政治文化的叛逆和反抗经历了四个“逃”的阶段。起初，她逃离的是职位工作，因为这一枯燥的工作已激不起她任何激情；之后，她逃离了家庭，因为她与热衷于当官的丈夫已没有任何共同语言；接下来，她逃离了官场，因为那个令人羡慕的公务员“铁饭碗”带给她的只有无止境的压抑；最后，她干脆逃离了所在的城市，因为在这个官本位的城市里，她看不到生活下去的理由和希望，或许陌生的南方可以给她内心的安宁。这是一个“适应—忍受—厌恶—叛逆”的过程，作者写出了这一过程，也就写出了以袁真为代表的官场清醒者的痛苦所在。但就像鲁迅质疑《玩偶之家》中娜拉出走之后的结局一样，袁真这样的叛逆者的出路到底在哪里？在离开了她熟悉的城市后，她面临的又是一个怎样的未来？①

所有这些，作者并没能给我们答案。他把问题抛给了读者，把思考的空间也交给了读者。作者结束了创作，读者继续他未尽的创作。这是作者的尴尬，也是读者的尴尬，更是生活的尴尬。这种“尴尬之真”彰显了一种“讽刺性差距”。

台湾女作家李黎说：“我们写作或者情爱的对象，往往是在寻一个你曾经熟悉但不曾拥有的，或者有过又失去了的，可是找到了之后又因为发现不是完全符合当年所想，又想加以改造，于是就不断在追寻并想改造。写作就是想要把应该发生但没有发生的事纠正过来，这是一个妄念。但如果没有这个妄念，也就不会有那么大的欲望去写虚构的东西了。”②这段话可以视为对《花枝乱颤》中“期待与实现”之间的最好注释。

### 2.“零过程叙事”的现代反叛

《花枝乱颤》的开头就是：“袁真遇到了一场意外。若是知道会发生这样的意外，袁真是断然不会跑到楼顶去的。”与传统小说的创作模式不同，作者不愿多费笔墨进行所谓的场景和气氛的铺垫式描写，而是直接进入事件的中心。这样的开头很生活化，却一下子抓住了读者的心：袁真遇到了什么样的“意外”？为什么会发生这种“意外”？这样的“意外”能够避免吗？其后果是

---

① 徐峙. 没有方向的逃离[N]. 京华时报，2006-11-20.

② 尹蓓芳，黄筱威. 文学途上，离家与归乡——骆以军对谈李黎[J]. 印刻文学生活志，2007(05).

什么？等等。

类似的叙事在湖南作家浮石的《青瓷》中也得到了体现，该小说的开篇也是："与颜若水的饭局早在两天以前就定好了。下午三点多钟的时候，张仲平还是给他去了个电话。"肖仁福《官运》的开头采取了同样的叙事技巧："省委牛副书记的秘书宋晓波将电话打到高志强的屋里时，高志强正在市委后面的双紫公园里，朝着高处的盼紫亭拾级而上。"他的这种技巧在《心腹》中再次得到体现，小说开篇即是："从系主任老师手上接过那本红壳毕业证书后，杨登科离开了待了两年之久的教室。外面阳光灿烂，草木青青。杨登科不免有几分得意，恍惚觉得自己再也不是那受人鄙视的小工人了，而成了一名堂而皇之的国家干部。"类似的开头在全国其他作家的作品中还有不少。笔者把这种方法叫作"零过程叙事"。

这种"零过程叙事"是对传统小说的反叛。传统小说喜欢转弯抹角、欲说还休，吊足读者的胃口。特别是一些诗词的引用、对主人公出场前的铺垫、对地方人文传说的热衷陈述，不仅冲淡了读者的阅读兴趣，减缓了叙事的节奏，而且许多时候，那些文字被认为是作家掉书袋，是文本的累赘。在农耕社会，人们悠哉游哉，习惯了说唱传统，读者对小说的阅读可以慢慢品味和咀嚼，而在信息爆炸、生活节奏大大加快的今天，小说文本如果还是慢吞吞、叙事节奏拖泥带水的话，势必难以受到读者的青睐。

不仅如此，"零过程叙事"受到作家们喜欢的另一个原因还在于，这种方法跟生活的原生态十分接近。生活对每个人来说都是直截了当的，它不允许你有准备过程。你进入生活的某一个节点，生活于你就从这里开始。你结束了某一个故事，可生活并没有结束，它仍然在继续。你可以在下一个节点开始新的生活，这种新的生活于作家而言就是新的故事。也就是说，小说表达的仅仅是文本主人公生活的某一个阶段，即便这个人的生命结束了，与他/她相关的故事/生活还在继续进行，读者可以从任何地方读下去，每一个时间节点都是下一个故事的起点。①

当然，"零过程"不是没有过程，而是省略了过程，或者说跨越了过程。正常的过程被异类的过程所替代，真实的过程掩盖在"潜规则"之下。比如，在《花枝乱颤》中，袁真的表妹吴晓露就是一个"零过程升迁"的典型例子："吴晓露比袁真只小四岁，但只看得三十出头的样子，穿一件红色的紧身毛

① 路春生. 论新时期公安题材小说的审美建构[J]. 公安大学学报，2001(01).

衣，一条紧绷绷的蓝色牛仔裤，曲线十足，活力十足，也性感十足。她眼睛轻飘飘地一乜，说：‘我又不是你领导，你吓得着吗？’说着，兀自在郑爱民的大班椅上坐下来。”

就这样，通过一次又一次肉体和灵魂的交易，吴晓露很快由“一个操纵旧式打字机的打字员”提拔为“卫生局的办公室主任。”而“当年状告吴大德性骚扰，后来又反说是自己引诱工作组长的女教师廖美娟”更是“零过程变脸”的集大成者，她在短短的几年里，居然一跃成为一县之长，以致袁真十分困惑：“这个女人是怎么从一个乡下女教师变成一个女县长的呢？”这种困惑又何尝不是一种讽刺和鞭笞呢？此外，“零过程叙事”还是作家应对市场所采取的必然手段。按照传播学理论：在信息爆炸的今天，面对形形色色的报刊，读者停留在每一份报刊上的时间长度只有五秒钟。如果一本书不能在短时间内吸引读者，那么，读者很有可能会放弃阅读的兴趣。“零过程叙事”剔除了传统叙事的繁复铺垫，它的优势在于尽快将读者带入故事情节。

从叙事策略上看，《花枝乱颤》所采取的“零过程叙事”，其价值旨归的深度意蕴在于：叙述者从不用自己的声音说话，而仅仅记录事件，从而给读者这样的印象，即形成这一正被讲述的故事不是任何主观判断或具体化。① 在这里，语言与事物、意符与意指互为指涉的关系一样，身体、社会与国家是某种内蕴资源的外在体现，构成一种情景交融的话语体系。作为其基础的个人身体/精神维度却大大萎缩，反映了更高“阶序”之象征关系的倾圮。② 文本中的保卫科长“我”、吴大德、吴晓露、刘玉香以及袁真的丈夫方为雄等都是精神侏儒症患者，他们既是现存“阶序”的直接受害者，又是现在秩序的有力维护者。

### 3. 精神洁癖者的情感还原

在《花枝乱颤》中，最值得同情的是袁真，这是一个为人正直、办事认真、才貌双佳的人。可就是这样一个人，为了不委屈自己，不同现实同流合污，在生活中处处受挫。不仅是情感上受挫，在家庭里受挫，在事业上更是受挫。之所以如此，是因为她不想在社会的大染缸里将自己“弄脏”，她要保持人格的完整，保持内心的洁净和心灵的安宁。可这样的简单要求，她不仅

---

① 华莱士·马丁. 当代叙事学[M]. 伍晓明，译. 北京：北京大学出版社，1990.

② 王晓明. 批评空间的开创：二十世纪中国文学研究[M]. 上海：东方出版中心，1997.

得不到满足，而且被人视为另类，是“有病”的表现。

首先，袁真的丈夫方为雄就是这样认为的：“袁真比方为雄还早进机关，可是在他眼里，她这机关干部是做得很失败的。她对丈夫也有一个字的评价，那就是俗。她的想法只在心里，从来没有明说过。她实在不愿意用这个字来说丈夫，她觉得说丈夫的同时也是对自己的贬低。如果说过去丈夫的俗还只是她的一种感觉，一种担心，那么后来的一件小事就使这感觉和担心落到了实处。”一对没有情感的人同床异梦，没有共同的兴趣、爱好和价值取向，在方为雄认为是很正常的事情，在袁真眼里却是“俗”，是“下贱”，并因此受不了：“那一天，她去教育局办事，她亲眼看到身为纪检组长的方为雄于众目睽睽之下替坐在一旁的局长脱下外衣，拍打拍打衣襟，又吹吹领子上沾的头屑，再小心翼翼地挂到椅背上。”这样的人，怎么不被人认为“有病”呢？因此，方为雄对吴真的评价很直接：“她是心理有病，有精神上的洁癖，”可当这个有“洁癖”的人提出离婚时，对方却不同意，方为雄考虑的是离婚对他的升迁不利。袁真虽然去意已决，却很难维护自己的正当权利，直到向方为雄哀求道：“我需要一个自己的精神空间，我的灵魂需要自由地呼吸清洁的空气。”就这样，为了还原自己的情感，为了捍卫个人的精神卫生，逃离是她的唯一选择。

其次，在事业上，袁真的眼里更加掺不进沙子。市委副书记于达远对袁真的才情和人品都很赏识，请她写一份工作报告，袁真认真办理。没料到，开会时，于达远居然脱离稿子，并没有照稿宣读。顿时，一种被人要了的委屈和怨气在袁真胸中鼓胀：“既然有本事做报告不用稿子，那你还让我写作甚？还假惺惺地夸我的文笔作甚？你这不是故意作弄人吗?!”袁真如此较真，如此率性，岂能在以圆滑、世故和“逢人且说三分话”著称的官场生态场里生存？尤其重要的是，“副主任郑爱民退居二线，换了办公室，袁真以为能清静几天了，谁知第三天就又来了一个顶头上司。而且，她做梦也没想到，这位新来的主任是廖美娟。”一个曾被自己鄙视过的人做了自己的顶头上司，而且这个人一上班就对自己颐指气使，袁真强烈感受到自己被“弄脏了”。她忍受不了。如果要想活下去，她必须离开。

在这里，究竟是袁真病了，还是社会病了？作者的题旨是不言而喻的。小说中，陶少鸿成功地运用了心理叙述(psycho - narration)和思想语言(thought language)的表现手法，将交织而成的无声的画面，通过自由间接转语(free indirect style)建立起残酷的现实与袁真的“精神去污”之间的紧张对峙，使文本与意义之间产生了克里丝蒂娃所谓的文学作品的“符号异质性”。

这种文本的“异质性”有时通过具体的情节体现出来：“刘玉香对方为雄说：‘懂了就好，条条道路通罗马，想开点吧。你现在是自由身，哪里不能找到安慰呢？我们还是朋友，关键的时候我们还会互相配合的。我有事先走了，你开心点吧，再见！’刘玉香摆摆手，转身扭着屁股出了门。”这是直接“异质性”。有时是通过作家的评价性(evaluative)话语得以“隐晦”显现：“我将这一段录像保存了下来。我不想回味吴晓露的私情，但我更不想抹杀秘书长的身体给我的古怪印象。我可以将它删除，删除了它就只是一段记忆，一段不可告人的记忆，可如若保存了它，特别是将它制成光碟的话，它就可能是一颗炸弹了。也许，我也有需要一颗炸弹的时候。”这是间接的“异质性”。

“符号的异质性”无论直接还是间接，都清楚地表明：文本的意义跟语言的意指脱了节，即文字的“所指”与“能指”不在同一平面上，但它并不意味着作家的缺席，而是作家让自己的价值判断和人文倾向以字符相反的意义出现，从而造成跌宕不平的滑稽效果，使讽刺的张力得到最大限度的张显。当这种张力达到它的阈值，突然“绷裂”后，作家与文本的叙述者戏剧性地从审美意义上走到了一起。例如，小说以保卫科长“我”独特的视角来观照当下生活。面对一个曾对自己下过跪的上级领导，任何人的内心复杂和尴尬都是不言而喻的。

这种“符号的异质性”在还原人的情感向度上表现得更加突出。为了掌握更多的秘密，为了有效地控制他人，一个念头划过我的脑际：要是在秘书长办公室装上一个微型无线摄像头，我就知道她以后来做些什么了。这念头令我跃跃欲试，我是保卫科长，我是有这个便利的。“保卫科长”的职责本能是保卫本单位人员的人身安全的，而现在，他却成了潜在的危险者，成为闯入精神他者的危险分子。“我调试好了所有监控设备，但我暂时还安装不了摄像探头，我还没有机会潜入秘书长的办公室。我只能等待。我是在恍惚的状态中做这一切的，我被一种不可知的力量支配着。”“我”之所以这么做，直接动机是窥视自己的初恋女友吴晓露与市委秘书吴大德的种种丑行，但是，“当我静下来，回忆起与吴晓露恋爱时的种种情形，不由耳朵一阵发烧，我想，这种力量也许就来自难以忘怀的初恋。”特别是当“我”为自己的所见所闻感到愤怒和痛苦的时候，“我”首先想到的不是揭露，而是被“抓住”。因为，“也许，我在窥探别人的同时，别人也在窥探我？”这种情感上的挣扎与福柯的“环形监狱”理论实现了跨时空的共振。

福柯形容生态场域有一个非常形象的比喻，即“环形监狱”。这是由一个“主控塔”和环绕周围的无数的“小单元”组成，在相互无法沟通的“小单元”中住着有疯子、变态者和学童等，他们都是现代国家机器要控制、教育和治愈的对象。福柯说：“在背景灯光的衬托之下，环绕周围的各个单元可以被主控塔上的人看得清清楚楚。每一个单元都像一个牢笼，或者一个小舞台，里面的演员都是独自一人，十足得个别化，也十足得清晰可辨。”[①]如果说，吴大德、方为雄和吴晓露等人为了某种利益在社会的舞台上进行种种丑行表演的话，那么，与袁真拒绝表演不同，保卫科长“我”在政治牢狱中安装了“摄像镜头”则是典型的“偷窥意识”。

众所周知，“偷窥意识”是一种精神上的变态，历史上的宦官和背叛者等都是偷窥者。这些人由于人格的卑劣和心灵的扭曲，总希望从别人那儿得到一些“告密”的资本。正常途径下，他们没有权力和能力去获得这些资本，只有通过偷窥(它总是与“偷盗”或“偷袭”连在一起)去实施资本(信息)掠夺。“偷窥意识”越强的人恐惧心理也越强，他们因受阉而致的痛苦也就越深。从另一层面上讲，“偷窥”行为的本身可以让行为者用“意淫”的方式强暴或阉割他人，从而产生一种被扭曲的快感。比方，当发现吴晓露与吴大德在办公室鬼混时，“我”的头脑里经常出现一个词：“我是一个炸弹。”不过，叙述者对“被窥”的恐惧感也十分强烈，因为“被窥”便是“被抓”的一块镍币的另一面。

小说中，每个人都是“偷窥”与“被窥”的混合体。“偷窥者”往往有过被阉的苦痛，他(她)要通过“偷窥”，找到一个替代，将苦痛转移和发泄出去。“被窥者”经过了别人的“偷窥”后，他/她就要变本加厉，夺回“被窥”时所造成的精神损伤。这种荒唐的“恶性循环”也就源源不断地注入积重难返的“国民性”之中了。[②] 然而，当故事进入高潮的时候，一切都已还原，“偷窥”与“被窥”都失去了意义：吴大德被双规，吴晓露的丈夫进了看守所，“我”也拆除了监视器。与其说，这是“偷窥者”对自己的惩罚，毋宁说，这是生活对“偷窥者”的惩罚。千里之外，“精神洁癖者”袁真从“环形监狱”的尽头款款走来，阳光的美丽一如她的内心一样洁净。

---

① Michel Foucault：“Discipline and Punish：The Birth of the Prison，(trans.) Alan Sharidan”，New York：Vantage. 1995.

② 聂茂. 民族寓言的张力[M]. 北京：民族出版社，2004.

## 三、《石头剪刀布》：矛盾冲突中的众生百态

陶少鸿是一个对社会现实有着敏锐洞察力的作家，他于《当代》杂志2015年第五期中发表了中篇小说《石头剪刀布》。这部以“零过程叙事”手法直切事件中心、反映社会现实的小说，以生活化的戏剧展开与矛盾性的叙事冲突为特色，完成了对呼吁社会公平正义最终价值旨归的构建。作者借小说中绵延不尽的波折与冲突，塑造了一个权权相克的官民斗争迷宫，刻绘了一个真实而精细的官场博弈的众生百态的缩影，其主题的讽刺性与深刻性是相当深刻的。

### 1. 从业理想与社会现实的冲突

用陶少鸿自己的话说，《石头剪刀布》“这部看上去有点惊悚的小说，其实是很平常的，它就是生活的本相”。[①] 在这篇包含着众生百态的小说里，陶少鸿以主人公在强权压迫之下处理的棘手案情为中心，着力刻画了主人公在伦理与强权、家庭与仕途、官场与情场等社会领域中展现出的复杂的心理变化，并以主人公的最终选择点明了小说的主旨，抒发了作者对现实社会的强烈讽刺。

这部小说的核心事件是围绕一场因拆迁而引起的刑事命案进行的：副区长为开发当地经济强拆楼房，致使梅晓琴的老公不幸殒命。因相关利益牵扯，“老大”要求主人公将案子退回给妻子处理，欲使案件不了了之。作为检察官，主人公意图坚守伦理的从业理想与不得不服从强权的现实相互冲突，构成了小说的主要矛盾。

在主要矛盾的推动下，现实与理想的冲突给予了主人公一次又一次的精神打击。妻子的监视、梅晓琴的遭际、与情人关系的拉近……桩桩件件，慢慢加剧了主人公对现实生活中“官官相护”的病态局势的厌恶。在从业理想与社会现实相冲突的推动之下，他与情人组成联盟，试图保存证据，寻找为梅晓琴申冤的可能。

小说中复现的人际关系复杂、紧张而扭曲。良心未泯的主人公，在妻子与顶头上司的双重压迫之下，展露出了强烈的理想失落与精神苦闷。不难发

---

① 陶少鸿. 不为反腐，为观照被扭曲和损害了的人际关系——中篇小说《石头剪刀布》创作谈[J]. 当代，2015(05).

现,《石头剪刀布》中的官场命运史,实际也是当时条件下中国社会的整体性缩影。陶少鸿借主人公在机关生活中,面对强权干涉、欲主持正义而无能为力的精神困境,抒发了其对官场某些现象近乎愤怒的感慨与思考。

陶少鸿延续了一贯的“零过程叙事”风格。“‘零过程’不是没有过程,而是省略了过程,或者说跨越了过程。正常的过程被异类的过程所替代,真实的过程掩盖在‘潜规则’之下。”[①]这种长驱直入、毫不拖泥带水的叙事手法,使得小说的故事进展以一种更贴近生活的姿态逐步衍生、开展,各个阶段环环相扣,进一步加深了其主旨的批判性与讽刺性。

2. 情感洁癖与婚姻出轨的冲突

正如陶少鸿所说:“写人,洞悉和揭示人性的奥秘,我想这是文学、特别是小说最重要的价值所在。”[②]在《石头剪刀布》中,作者对人物复杂性的描写与刻画无疑是成功的。读者在阅读这篇小说时,能感受到一种极为强烈的真实感,而这种真实感,正源于陶少鸿对复杂人性的成功刻画。

小说中,共有五位主要人物。其中,主人公与其情人均为圆形人物,也是作者着墨最多的人物;妻子、老大与梅晓琴则为扁形人物。在两位圆形人物的身上,我们可以发现一些源于人性的复杂冲突。笔者试以主人公身上精神洁癖与婚姻出轨的矛盾性冲突为例,分析这种冲突在刻画人物性格、反映小说主旨发展等方面的作用。

作者巧妙地选取了一个女强男弱的家庭作为小说的主要描写环境。对各种规则烂熟于心、在官场中游刃有余的妻子时常能利用某些潜规则,达成有悖于社会公平正义伦理的结局。在这种家庭环境下,主人公与妻子的矛盾早已有之。妻子常年看不起主人公,认为其“朽木不可雕也”,主人公对于妻子的行事风格也无法苟同,两次撞见妻子与老大偷欢的经历更是令其久久无法平静。因此,尽管妻子优秀、美丽,他也很难提起一丝一毫的兴趣,甚至到了“但凡听说妻子出差,他就会一阵轻松,而一旦妻子回家,心里就多了一样东西,有些沉,不自在”[③]的地步。

---

① 聂茂.“零过程叙事”的价值指归与精神洁癖者的情感还原——评陶少鸿长篇新作《花枝乱颤》[J]. 理论与创作, 2007(03).

② 张文刚. 桃花源诗群的生活化抒写[J]. 创作与评论, 2015(23).

③ 陶少鸿. 不为反腐,为观照被扭曲和损害了的人际关系——中篇小说《石头剪刀布》创作谈[J]. 当代, 2015(05).

在职业或爱情领域，我们都可以发觉主人公较强的精神洁癖。在收到老大“退回案件”的指示后，主人公一拖再拖，因案件“没有退的理由”；不得已退回案件之后，他又努力搜集原案的诸种线索，以期为梅晓琴翻案；在与情人沟通的过程中，他坦白自己“没有外遇过”，也敢对妻子发下“我若是在外面乱来，我割掉我那玩意！”[①]的毒誓。通过对诸多故事情节的勾勒，作者较为完整地勾勒出了主人公坚守原则的形象。可正是这样一个坚守原则的人，走向了有悖于道德伦理的出轨之路。

依照弗洛伊德的理论，人之所以会出轨，是因为潜意识里缺乏内在情感的滋养，导致内心极度渴望感官刺激。这种解释在《石头剪刀布》的描述里是适用的，生活在矛盾重重的家庭环境之下，主人公显然已经长期未得到爱情的滋养。可真正使其走上出轨这一道路的，是他与妻子在案情进展的过程中产生的剧烈矛盾与冲突。良心未泯的主人公无法接受受难者蒙冤的结局，而对此屡见不鲜的妻子却是案件背后的推波助澜者之一。在妻子的强行威逼之下，身为检察官的丈夫在扭曲与幽闭中走上了一条结盟反抗的道路——他的盟友，正是妻子的下属，自己的情人。

在其出轨后，主人公的形象便不再是一个毫无污点的“无能的好人”，他更像一个徘徊在伦理道德边缘的矛盾体。源于妻子的、超越道德边界的权力压迫最终使主人公走向了另一条逾越伦理红线的道路。他的形象变得更加矛盾、复杂，也愈发真实。此外，在“为冤案平反”的主线推动下，读者往往带着怜悯的眼光对其加以审视，主人公的出轨行为也就变得没那么不可原谅了。

陶少鸿着意描绘在权力压迫下，精神困窘的主人公逐渐突破伦理红线的过程，意在折射现代社会对普通人的异化。当读者发现：走上异化之路的个体不过是一个在权力与道德的夹缝中苦苦挣扎的普通人而不自主地对其投之以同情的时候，作者对官场黑暗性的批判也就不言而喻了。

### 3. 人物关系的戏剧性转折与冲突

陶少鸿以“石头剪刀布”的猜拳游戏为小说命名，旨在隐喻社会与官场的规则之争。象征着强权的“妻子”与“老大”是强硬的“锤头”，天生克制象征

① 陶少鸿. 不为反腐，为观照被扭曲和损害了的人际关系——中篇小说《石头剪刀布》创作谈[J]. 当代，2015(05).

着“剪刀”的、懦弱而孤独的“无能的好人”丈夫，而身有重要证据、不惧强权却因权力纠纷仅能存活于社会底层的梅晓琴则是“布”的象征。一物降一物，恰似两两制衡的官场规则密码。陶少鸿从社会环境、官场生态等进一步深化到对官场规则的描写与探究，其深刻性与意蕴性不言而喻。在探究官场规则的主线发展下，各个人物关系之间的戏剧性转折和象征性冲突便显得尤为耐人寻味。

《石头剪刀布》的故事始于一场江边的偶遇，主人公与情人的对话隐隐带有些出轨的隐秘色彩，两人的周旋也尤显圆滑。在这种叙事模式下，读者很容易将妻子视为“被出轨”的受害者，将主人公视作“意图出轨”的不怀好意之徒，很难将其与之后反转的人物形象联系起来。当然，这种超脱于读者期待视野之外的戏剧性转折也为小说增添了许多趣味与可读性。

随着应酬事件与退案风波的展开，主人公的人物形象逐步从“意图出轨者”转变为“家庭夹缝中的生存者”，主人公与妻子的身份逆转形成了强大的文本张力，梅晓琴形象的引入则通过对冤案始末与警方处理措施的复现，进一步加强了这种叙事张力。

主人公善待梅晓琴，并试图保留案件的原始证据。随着剧情的发展，梅晓琴一家的冤案逐步占据了读者的情感重心，在“妻子”与“老大”对道德底线的践踏之下，主人公的出轨变成了读者可以理解并预见的事实。因此，读者投射在主人公身上的感情也就变得更为复杂。

除此之外，主人公胆小而懦弱的性格特征，也为全文的剧情冲突与转折埋下了伏笔。石头剪刀布的一次次博弈，既推动了主人公与情人情感的发展，又象征着“剪刀”的主人公与象征着“石头”的妻子、老大的一次次智谋之争。全文情节发展，正是在连续不断的戏剧性转折与冲突中行进的。

在案件被退以后，拷贝梅晓琴手中“证据”便成了主人公的中心任务，为进一步加强剧情的冲突性，陶少鸿设置了梅晓琴搬离原址、手机被买、主人公与情人将视频还原后再度被删等情节，给予读者以步步惊心的阅读体验。在惊心动魄的剧情推衍中，丈夫的懦弱与良心未泯、情人正直与开放、妻子的油滑与桀骜，都得到了极好的复现。

正当读者以为官场的强权盖过了世俗良知，主人公再无翻盘的机会的时候，情人的出现为事件带来了新的转机。经过最后一次石头剪刀布的博弈，他们决心站在正义的一方，拿出证据举报妻子。至此，小说戛然而止，后续发展如何，读者都不得而知。其妙处也正在于此，陶少鸿以主人公与情人一方抗争的选择为小说结尾，留予读者以无尽的想象空间：主人公与情人是否会遭遇新的困难与阻遏？这条官民博弈之路，是否真能迎来光明的结局？社会官场之中，又当有多少与小说情形相似，官民还处于不断博弈之中的情况呢？

层层的官民博弈围成一个偌大的迷宫，读者见到的，只不过是其中的冰山一角。陶少鸿借《石头剪刀布》中绵延不尽的波折与冲突，塑造了一个权权相克的官民斗争迷宫，刻绘了一个真实而精细的官场博弈的众生百态的缩影，其主题的讽刺性与深刻性是相当深刻的。

生于湖湘水乡、长于乡村土地的陶少鸿，是一个对社会现实有着敏锐洞察力的作家。他的小说创作，往往能从日常生活的细节入手，通过对理想与现实的多重矛盾性构建，创造出形象鲜明而立体的圆形人物，折射其背后复杂的人性特征。

《石头剪刀布》的写作植根于社会与官场环境，情节环环相扣，批判入木三分。这部特征鲜明、雅俗共赏的小说，以自己独有的思想深度与批判锋芒，揭示了权力关系在案件处理的过程中能够只手遮天的社会规则，表达了对现实的强烈讽刺与批判。

# 第四章　常德文学小说方阵（中）

在以现实主义为主潮的小说创作中，作家往往都会立足于自身独特的生命经历和实践场域，为故事文本提供鲜活而扎实的在场经验，从而反映出不同领域与不同视角中的现实百态，丰富文学创作的百花园地。在百花齐放的题材与格局中，中国作家普遍拥有共同的意义旨归，即真实深刻地反映人性。文学即人学，对人性自身的探讨是文学永恒的母题。在纷繁复杂和急剧变革的现代社会，对人性的解剖也拥有了众多的维度和方式。即便现实主义创作在中国小说中呈显流之势，但由于广阔的社会空间与作家审美结构的差异，现实主义文学仍具有丰富的表现力，成为最具社会接受度与影响力的艺术风格。

常德小说家中，浮石、阿满、刘少一、恨铁等实力作家均拥有立足于自身经历的独特书写场域。浮石拥有跌宕起伏的人生历程，其作品呈现商界意识形态中深陷欲望旋涡与精神荒芜中的当代人性；女性少数民族作家阿满以其丰富独特的生命体验，在作品中融入了鲜明的女性主义色彩和民族家国情怀；长期从事一线公安工作的刘少一，拥有丰富的刑侦经验和由此发掘的大量故事素材，其公安题材小说情节精彩，故事性强，善于在强烈的戏剧冲突中彰显人性的善恶；恨铁的笔触深入古老封闭乡村中人的精神世界，以启蒙的姿态和理想书写现代化浪潮下的腐朽暗礁。他们的创作实践丰富着常德小说的表现形式，也以各自不同的视角呈现着对人和世界的观察与思索。

## 第一节　浮石：生存的欲望黑洞与精神的价值重建

2006年湖南文艺出版社推出浮石的长篇处女作《青瓷》，在当年可以看作是一个“文学事件”。支持这个说法至少有这么三个方面的理由：一是这部小说给沉闷的文坛带来了强烈的震撼或冲击；二是小说作者是文坛边缘人，所写的拍卖行业是经济改革过程中出现的新行业，读者对该行业的潜规则与幕后故事有一种陌生感和阅读期待；三是作为长篇处女作，出版社和作者通力合作，使畅销书的运作模式获得了巨大成功。

既然成为一个事件，笔者关注的第一个问题，是一个老生常谈的问题，那就是，文学的功能是什么？当然，我们可以从理性的层面谈出一大堆所谓的思想，比方：文学为我们逃离压抑的群体提供了智性的释放和心理的出路。文学能够挣脱也许已经变得仅仅是静止的而非活生生的历史，挣脱变得让人难以忍受的存在，让灵魂飞翔。文学不仅能够树起一道边界将自己与外界完全分开，还可以提供能够接触到其他社群的强有力的传播载体，真切地反映自身的渴望，表明各式各样的对正当权利要求的呼声。在文学的场域里，作为消费者或是观察者，读者、观众、参考者可以随意批评、爱慕、排斥、享受文本，就像购买的家电、食品或其他产品一样，可以对它评头品足，毫无顾忌。

尤其重要的是，通过日积月累的阅读经验，读者都会明白：真正的文学既不是止痛的阿司匹林，也不是逃避现实的麻醉剂，更不是悲剧中提供轻松滑稽的调味品。文学让我们目光犀利，让我们充满感恩，让我们精力旺盛，它甚至还能让我们感到害怕。所有这一切都昭示：伟大的创作实践是知识的实践，它不仅仅是经验的再现，更是对作家的智慧、视野和想象力的挑衅。正因如此，文学不为自身的美丽所引诱，也不为曾经有过的光环或尖锐的批评所左右。文学总是与艺术相伴，是理性的，机智的。文学是一种记忆、一种观察、一种想象、一种感悟和一切日常经验与细腻情感张扬的总和。文学作品连同文学本身所具有的精神“软力”是强大的，足以抵抗任何困厄的袭击。无论什么年代，文学的光环总是神圣的。如果每个创作者都能坚持自己的道德想象，坚持把精神生活带出祭坛，努力让“空虚”的人生变成远不止呼吁权利的人生，作家们就可以从事更广泛、更深层次的艺术创作。这种创作会让一个民族更有可能在一个更广阔的世界里变得“有价值”，更有可能满足单独的个人的需求，从此可以作为个体而不是被作为陌生的人。

浮石的经历具有传奇色彩，“经历就是财富”这句话在他身上得到了最好的体现：大学教师、净资产数千万元的拍卖公司老板、身陷牢狱的犯罪嫌疑人、畅销书作家，这是他先后有过的四种文化符号。他的小说《青瓷》一书出版三个月内就加印10次，一年内已经加印近20次，北京国华星辰影视传播公司更是以100万元天价买下《青瓷》的影视改编权。

浮石是常德人，浮石只是他的笔名，他的真名叫胡刚。有人曾经好奇地问他：“石头能浮起来吗?”他回答得颇为意味深长：“有一种石头是可以浮起来的，那是某种冶炼过的矿渣。”“浮石”恰恰表明某种状态与心态。作者似乎在告诉读者，他就是那颗被冶炼过的石头，浮在大江之上，举重若轻，顺流而生。繁华过后，他不再强求名利，不再追逐美色，只想守着身边人，给彼此一个完整的世界。实际上，要做到这一点，太难太难。转型时期的当前社会，普遍存在着一种精神荒芜与价值重建的问题，而生存的现实和欲望的黑洞如此“逼仄”着每一个人，考验着每一个人的定力和智力。

## 一、名利场中的跌宕人生

有人将《青瓷》吸引人的“磁力”解释为三个方面的原因：一是它艺术地再现了社会转型期的现实生活，主人公具有时代赋予的典型性和普遍性。在对张仲平剑走偏锋的生活、处事方式以及社会生活多层面的描写中，复杂人际关系和世俗媚态，商场、官场、情场的欲望和情感表现得淋漓尽致，人们可以从中找到现实生活中许多的“似曾相识”，读来感觉亲切、温馨，甚至充满强烈的同情；二是它另类地诠释了生存哲学中的“关系学”，小说最成功的地方也出自这里；三是它真实地刻画了“商道”，将“一夜暴富”的神话一点一滴地剥离出来。虽然这些说法都各有见地，但浮石本人认为，《青瓷》的成功在于它真诚、真实地反映了当下复杂的生活，许多做生意的读者都以为写的是他们自己。小说文本写了一个男人升官发财的种种挣扎和他的情感生活。现在，升官发财在某种程度上也可称之为事业，只是看这个人把自己的私欲在这个过程中扩大到多大的范围。浮石的小说不仅客观地反映了经济改革过程的阵痛和身处其间的亲历者的无奈，更反映了一个世俗男人的生存状态，至于这种生存状态的好与坏、对与否，作者都没有做出道德评判。因为他认为“每个人的生活状态都不一样，读这本书的人可以做出自己不同的评判，并在书中找到一些人生的启发”。

颇有讽刺意味的是，小说标榜的是“没有虚构的东西”和“学关系，用关系”，并且说作品教人怎样去送钱、送钱送得不会出问题等。生活中的浮石恰恰又出在“行贿”，即“送钱送出了问题”上，并因此有了将近一年的牢狱之灾。

一个有趣的现象是：湖南作家似乎擅长写官场，比方说王跃文，比方说阎真，肖仁福更是如此。甚至唐浩明写的历史人物，也都是官场争斗中的佼佼者。写官场，其实写的就是人际关系，写人与人交往中的利益冲突、心灵变化和千丝万缕的社会网络。关系就是金窟，关系就是财富，关系就是生意经，关系就是升迁道。如果说，王跃文、阎真等人是从文化的视角，唐浩明和肖仁福等人是从历史的际遇去写这种关系的话，那么，《青瓷》更多的是从市场的角度触及关系最脆弱的部分。浮石曾经如此夫子自道：“做生意一是做市场，二是做关系，而且，在中国似乎也没有纯粹的市场，最后仍免不了做到关系上去。我下海至今已有十多年，‘为商’之道的酸甜苦辣都有体会，特别是创办了自己的拍卖公司之后，对于财富和关系的了解，更是领会颇深。但是何谓成也萧何败也萧何，‘官商勾结’固然可以让人在极短的时间内积累下巨大的财富，却也可以让人在一夜之间冰海沉船。我希望读者不要把《青瓷》作为拉关系、行贿受贿的‘教科书’来读，而是由此思考一下其他深层次的问题。”

应该说，这段话是发人深省的。问题在于，不少读者恰恰就是冲着浮石的“教科书”来的，而且作品中有不少情节具有很强的操作性和实践性，甚至连作者的感悟都带有强烈的“暗示”作用。比方，小说这样写道：“因为健哥的关系，张仲平并不担心颜若水会对他虚与委蛇。但是，介绍人的作用也就是把你领进门，怎样建立关系还得靠自己。张仲平吃的就是这碗饭，知道后来的戏该怎么唱。说穿了，颜若水也是做生意的，不过是帮公家做生意。公家跟公家的生意不好做，私人跟私人的生意也不好做，私人跟公家的生意，就好做多了。有句话，叫商道即人道。按照张仲平的理解，就是做生意先做人，人做好了，生意也就好做了。”很明显，这样的暗示就是叫人家去行贿，而且把“行贿”上升到“可以体谅”或理解的高度。

从作家的立场上看，这是不大对头的。一个作家，可以触目惊心地写杀人，可以写不法之徒的种种阴暗事，但所有这些并不是以“教唆犯”的功能去获取不当利益，而是以批判的立场严肃地剖析，使读者读完后虽然知道怎样去犯法，但因为作品中所透露出来的深刻的批判和尖锐的疼痛，使之不敢以身试法。所以，笔者感到最大的不满足，就是《青瓷》作品中的“是非观”存在问题，也就是展示得多，隐忍的少；理解得多，批判的少。笔者认为这个文本缺少现实主义力作所应当有的穿透力。

在笔者看来，《青瓷》的成功与其说是图书设计和策划的成功，不如说是“吴振汉案”引起社会广泛关注、形成新闻事件而借力发力的成功。就前者而言，出版社不仅请福布斯财富排行榜中文版主编周鹏专门撰文：“商业和关系的问题在中国可以说是经典问题，甚至引起西方商界的关注；而且商业和关系之间的那种微妙很容易让人剑走偏锋。《青瓷》惟妙惟肖地再现了当代中国商人对关系的顶礼膜拜和娴熟利用，让我感触颇深。或许，中国商人应该从书中得到警示并反思其中利弊，西方商人则值得去理解其中的联系。”还请出评论界的精英大力推介，《中华文学选刊》主编王干认为“读这样的小说会时常听到碎裂声——人生有价值内容的毁灭……”；而北京大学教授张颐武更是夸张地指出：“这是一部难得的都市小说，作者有着独特的生活经验和文化想象，他通过鲜活的人物、精彩的故事、幽默的语言为我们精心绘制了21世纪初中国生活的《清明上河图》。”在书的设计上，周鹏的推介放在封面，许多读者对“福布斯财富排行榜”有一种盲目的从众心理，认为这就最有权威的评价。王干和张颐武的评介则放在封底。如果人们对周鹏的评价感到还有点不放心的话，那么，王干和张颐武的“双保险”就会基本消除阅读者的不信任情绪。

应该说，这种《纽约时报》读书版式的推介模式对中国读者来说还是颇具威力的——这正如笔者所言，该书的图书设计和策划是成功的。但是，比起“吴振汉案”新闻事件本身所具有的震撼力而言，周鹏和王干、张颐武都逊色许多。据2005年2月1日新华社报道，2004年湖南加大对法院系统违法违纪行为的查处力度，共立案153人，查处140人，分别给予了刑事、党纪、政纪和其他处分，这其中就包括原院长吴振汉受贿一案。细心的读者不难发现，《青瓷》中的一些人物以及围绕这些人物展开的故事俨然就是描写当年湖南省高院原院长吴振汉受贿一案，而浮石作为当事人之一，又恰恰因为该案受到牵累。

更为重要的是，在接受媒体的采访、问及这个问题时，浮石总是犹抱琵琶半遮面，声称自己的作品与“吴振汉案”是“既有关系又没关系”。客观地说，如果不是图书设计、宣传和策划的努力，特别是没有“吴振汉案”的发生，只凭作品的艺术性，笔者很怀疑《青瓷》能否销畅。

除了“吴振汉案”，作者在牢狱里写书，本身就是一个新闻事件。有朋友对浮石说，一段独特的经历造就了一个作家。其实浮石觉得还不止这些，他认为正是那段与世隔绝的日子，让他对生意、对生活有了全新的体验与认识。后来浮石在给朋友签名的时候，总是不厌其烦地要多写几个字——“感谢生活、热爱生活。”从这个意义上来说，“牢狱之灾”的确成为作者人生的一个转折点。就像病人最渴望健康一样，身陷囹圄才体会到自由的高贵、阳光的可爱。那时候他想得最多的是怎样出去。可是，经过一次一次的挣扎、失望，最后总算明白了，什么时候出去自己已经不能做主。在这种情况下，他想到了写作。这让他找到了一条通向外面世界的通道。当集中精力进行创作后，日子也就显得不那么漫长了，最多的一天，他竟然可以一口气写出一万六千余字。这真是惊人的速度。在写作过程中，他不仅解剖人生，也解剖自身。痛定思痛，他越来越真切地感觉到：若要人不知，除非己莫为。在炼狱般的煎熬和等待中，他的人生观和世界观都发生了变化。他的思想、观念等跟过去相比有了截然不同，以前认为“罚不责众”，被牵连是因为运气不好。现在则认为，想不被牵连，唯一的办法就是“不做”。这个观点已经隐含在《青瓷》的表达之中了，作品中的张仲平是一个充满激情与智慧的行贿者，但他骨子里有一种对诚信与社会公平的呼唤。当不少读者认为浮石写的带有强烈自传色彩的时候，他表示了坚决的反对，认为那是作品的误读。他希望读者用自己的生活经历去理解书中的人和事，不要把张仲平跟作者本人联系起来。但现实生活中人们都过得不会轻松，所以，大家才会把法制建设作为实现社会理想的精神诉求。不过，他同时又强调：“理想离我们很远，现实离我们很近。学关系，用关系，是适者生存的一种手段。你要是太理想，同样也会很痛苦。”

## 二、欲望旋涡中的沦陷与挣扎

《青瓷》成功地塑造了一个在“权钱交易”中摸爬滚打的商人张仲平的形象。小说不仅暴露了时下一些商战技巧，更展示了张仲平内心世界的矛盾。张仲平原本是想独善其身、不搞与权势的依附关系。但现实是残酷的，他不得不想尽一切办法去违心地干着非法勾当。因为如果不去那样做就赚不到钱，就只能眼睁睁地看着同行把钞票大把大把地塞进包里去。

钱这个东西，跟欲望联系在一起，它是一个黑洞，就永远没有个了结的时候。可以说，拜金主义在浮石的作品中得到了触目惊心的展示，那些手夹公文包、身居要职的道貌岸然者，一个个都自觉或不自觉地沦为金钱的奴隶。在酒吧里，在写字楼，在歌厅或桑拿室，一桩桩罪恶的勾当以种种“法的名义”或打着“公正、公平”的旗号在阳光下成交了，那些含混的笑容、散发着情欲的包厢、不用自明的暧昧、心照不宣的手语以及会心的点头在游戏的规则内是如此的井然有序。

张仲平是3D拍卖公司的老板，一个偶然的机会他得知胜利大厦拍卖的消息，法院管这件事的人叫侯昌平。张仲平了解到侯昌平有点“怪”，便想了很多办法，慢慢地跟侯昌平在感情上接近了起来。

运作香水河法人股拍卖是张仲平近期工作的重点。为此，他和省高院执行局长刘永健在一个洗浴中心见了面。张仲平跟刘永健说，他最近收了一件青瓷，想请刘永健在博物馆工作的妻子葛云看看、估估价。刘永健说，这种事情，你直接跟她联系就行了。张仲平约葛云在廊桥驿站吃便饭，又到公司去看那件青瓷，两个人商定了一下价格，葛云就把它拿走了，准备由她往徐艺准备进行的艺术品大拍上送。

侯昌平有天中午打电话给张仲平，告诉他胜利大厦拍卖委托的事出了问题。张仲平感觉到这是他的前手下徐艺在捣鬼。两个人经过短暂的交锋，决定联合起来一起做那笔业务。但胜利大厦在建工程的拍卖还是出事了。

张仲平的情人曾真再次有了妊娠反应，半夜，张仲平已向唐雯说了要回家的事，曾真却希望他能够留下来，张仲平执意要走，没想到曾真一下子变得疯狂起来，张仲平只好乖乖就范。因为这，张仲平在妻子唐雯心目中的好男人形象受到了严重的挑战，而张仲平略施计谋，终于在唐雯和女儿那里圆了谎。

法院系统搞改革，刘永健再也不敢把香水河法人股拍卖的委托直接下给3D公司了，两个人经过反复磋商，决定把从水桶里钓鱼的游戏设计得更加复杂、更加完善，让它既合法又合适，那就是把鱼从水桶里放到水塘里去，而且让所有有资质的拍卖公司都参加钓鱼，但是，那条放到水塘里去的大鱼，嘴里是上了3D公司的鱼钩的。

徐艺公司艺术品大型拍卖会开槌了，张仲平以600多万元买下了那尊青瓷四系罐，但未将全款付出。徐艺多次上门催讨青瓷四系罐的拍卖成交款，并说他也是被迫无奈，逼他的正是拍品的委托方。张仲平不相信葛云会做这种事，心里还直笑徐艺诈他的手法太幼稚。但没想到，还真有其事，只是委托方不是葛云，而是葛云的亲姐姐祁雨。刘永健、葛云的自我保护意识令一向以理智、沉稳自居的张仲平叹为观止。

按照拍卖行的惯例，是先赚钱，再进行暗中的二次分配。可事到如今，艺术品都拍完了，香水河拍卖的事仍然还是八字没有一撇，这钱让张仲平怎么敢付？但不付钱，刘永健就会对他的诚信产生怀疑。几经冲突，在考察了刘永健提升省高院副院长传闻的真实性后，张仲平决定一反惯例，把购买青瓷四系罐的拍卖成交款的600多万元给付了。

刘永健被“双规”的事有点突然，张仲平知道这个消息以后，有点被击懵的感觉，眼看到手的买卖鸡飞蛋打了。他开车到了曾真那儿，把原来从来没有向她说过半句的一切都说了，正在这时，门铃响了，原来妻子唐雯已尾随张仲平来到了曾真的住处……

《青瓷》中写了主人公跟三个女性的感情纠葛。对这三个女性，浮石是这么认为的：张仲平的妻子唐雯是个通情达理、温柔贤惠的女人，现在很多家庭中的女主人基本上都是这样的，她有一份稳定的工作，生活的主要内容就是相夫教子。在外面打拼的男人，对这样的家庭也是很看重的，一般不会轻易去破坏。但男人在外面混，压力很大，诱惑很多，能否保持对配偶的忠诚是一个复杂的问题，贪色跟贪权、贪钱一样，如果做得很高明，不会露马脚，男人可能会怀疑保持那份定力是不是有必要。一旦有了这样“玩火”的念头，男人可能就走上了“不归路”。最开始的理想是“家里红旗不倒，外面彩旗飘飘”，但真正到了“了不得难”的时候，男人的选择余地仍然很大，起码比女人多多了。从这个角度来说，妇女真正解放的道路还很漫长。

江小璐是一个生活目标很明确的女人，作品中对这样一个很有戏份的女人的描写非常节制，所以很得一些成熟、成功男人的喜欢。她长得很美，又不惹事，像商人一样总是追求收支平衡。这是一个感情上曾经沧海的女人，所以，她不会跟人谈情说爱。现代人的感情中还有多少真材实料呢？有句话说得好：“动什么都可以，千万别动感情。”因为感情是火，有可能燃烧了自己也伤害了别人。燃烧了自己，你可能一无所有，伤害了别人，你就结上了冤家。现代人已经很累了，真情会让很多人敬而远之，大家要的不过是遵守规则的感情游戏。

曾真是作者倾注了很多情感的女性，有男性读者认为这个小姑娘太好太美了，遗憾自己怎么会碰不到呢？浮石解释说，有这种思想的读者比较年轻，他们还没有成功到足以让女人做出飞蛾扑火般的姿势。其实这种女孩很多，到大街上留意一下那些高档车，在副驾驶的位置上往往就会看到她们青春靓丽的倩影。她们自恃美丽、聪明和青春，认为自己可以打遍天下无敌手。她们的人生轨迹肯定会很复杂，但如果截取其中最美丽的一段，她会炫目得让人觉得有点虚假。

浮石力图把曾真写得合乎“新时期理想情人”的词条标准。可实际上，笔者在阅读的过程中，感觉最大的失败就是对这个人物的塑造。张仲平跟曾真第一次发生性关系写得很不真实：一个二十四岁心高气傲的女孩在一个完全陌生的办公室里，在自己生日的这一天，就糊里糊涂地把自己交了出去。作为堂堂的省委组织部的外甥女，按理，她见过的世面也够多的了，她接触的优秀男人也够多的了。她怎么会轻易地爱上张仲平，并且一进入爱的领域，就失去了自我，迷失了方向，爱张仲平爱不得了？发生了第一次关系，她就发誓要给他煲世界上最好的汤喝，甚至连班都不去上了。单位允许吗？家庭允许吗？自己允许吗？怎么可以如此随意和放任？

不仅如此，曾真知道张仲平有了妻子唐雯后，也不哭不闹，乖巧得像一只温驯的猫，而且总是称唐雯为“教授”而不是张仲平的“老婆”，她似乎在竭力回避什么，又在竭力维护什么。令笔者困惑的是，曾真为什么要爱这么一个有妇之夫，为什么要去充当一个不光彩的第三者？要说钱，比张仲平有钱的多的是；要说貌，比张仲平英俊的多的是；要说年轻，更比比皆是。更何况，曾真自己有钱，也从不缺钱。她似乎从来不知道爱的要求和爱的回报，只是一味地、固执地、盲目地、傻里傻气地爱着张仲平。书中有这么段话：“张仲平曾经不止一次地问自己，曾真是真的爱他吗？她为什么会爱他呢？张仲平找不到一个令自己满意的答案。也许，这本来就不是一个该问的问题？因为据说爱是不需要理由的，也不能像商人一样思考。如果真的能够找到一个答案，那就不是爱。”这是生活的真实吗？爱可以不需要理由，但不需要理由的爱并不等同于盲目的爱，更不等同于无知的爱。张仲平反思自己不能给曾真一个承诺时是这么想的：“张仲平觉得爱一个人是一回事，承诺给对方一个家则完全是另外一回事。他以前拥有过的那些女人，好像也从来没有这样要求过他，他和她们既能两情相悦，又能相安无事。这是一种堕落吗？”一个男人在一次又一次游戏人生、伤害一个又一个女人(特别是最信任自己的妻子)时，居然没有意识到这是“堕落”，这着实有些不合情理。

坦白说，曾真一点不像一个家境优越、在电视台工作的才貌双全的大记者，倒像一个正在大学读书、来自贫困地方没有见过世面的稚嫩学生。当笔者看到曾真如此自卑般地对张仲平喃喃软语就感觉肉麻和不可思议：“仲平我要围着你转，就在家里等你来，给你做饭吃。”她毫无尊严地乐意做他的专职太太少奶奶。有一次，曾真居然还这么对张仲平说：“你说，我跟你提过一丝半点要求没有？我也是一个女人哩。我比你小那么多，你干吗不好好地照顾我，疼我？我可以做你的情人，做你的二奶，做你的地下老婆，不跟你明媒正娶的那个人去争去抢，可你干吗还要跟我弄出别的女人来？”这会是新一代有理想的大学生曾真说出的话吗？如果现实真是如此残酷，这个社会还会有希望吗？有了一点点钱、有了一定的社会地位的男人们就真能如此为所欲为，天底下所有的女人们天生都是心甘情愿为他们当牛做马的？女人的尊严，男人的道德底线究竟在哪里？

总之，唐雯、江小璐与曾真这三个女性的性格差异十分明显，而“性格决定命运”也成了文本的最好注脚。不过，笔者认为，作者是以一种绝对的男权视角来书写女性的无奈与渺小的。《青瓷》如此，后来的《红袖》更是如此。在作者笔下，无论这个女性多么优秀，多么聪明，多么善于算计，她们的奋斗或努力争取的都没有意义，因为她们最终都逃脱不了受男人宰制的命运。这就是可悲的社会现实。浮石不想为它粉饰什么，只想直面它、揭示它，哪怕这种直面或揭示带着血的疼痛。对此，笔者并不敢苟同：无论现实多么残酷，无论生活多么真实，作家应该有一种理想，或者说一种精神。这种理想就是对现实的不妥协，这种精神就是对生活的不屈服。不仅如此，它还要提升生活，重建价值，使读了作品的人不是对前途失去信心，而是增加一种改变社会的力量或动力。如果一部作品仅仅停留在照相般地扫描生活或复印生活，那么阅读小说的意义何在？这不仅关乎文本的境界大小，更关乎作家自身的境界高低。

## 三、理想的坍塌与精神的荒芜

《青瓷》这部书以十分精细而生动的刻画表达了当下社会多重价值的缺失。

首先是理想价值的缺失。张仲平对妻子唐雯说：“我们这些所谓的老板，一个个就像一只一条腿上被拴了细绳，允许你活蹦乱跳，但是，如果有谁要逮你，肯定一逮一个准。青蛙不会因为可能被逮住而不活蹦乱跳，因为尽管被拴上了细绳，被逮的青蛙毕竟是极少数。为什么是极少数？因为你总不能把所有的青蛙逮尽了。青蛙的繁殖能力多强啊。你不可能因为存在着一种真实、可怕的，然而概率极小的危险而放弃生存。”这种“青蛙效应”十分可怕，不但丧失了优秀汉文化心理结构中的担当意识、忧患意识和警醒意识，而且对个人的堕落和对欲望的放纵缺乏应有的认知和反思，尤其是没有崇高的目标和伟大的理想。因为理想价值的缺失，所以主人公总能为自己的进退找到台阶，为自己的不当甚至是犯罪找到开脱的理由。

其次是社会诚信的缺失。张仲平说谎是家常便饭，重要的是，他说谎的水平很高，说得人家感觉不到："前后几分钟的时间，张仲平便跟两个女人撒了谎，一个是唐雯，一个是江小璐。张仲平也知道撒谎不好，但一个男人如果有了私心杂念，不撒谎还真不行。"张仲平经常跟法院的人打交道，很快就揣摩出了一套游戏规则，比如说你在请人吃饭搞活动的时候，忽然来了电话，问你在干吗，你是绝对应该含糊其词的。因为被你请的人，需要你保持这种私密性，这就像不成文法一样不可违抗。张仲平也是这样一次一次教导他自己公司的那些部门经理的。张仲平跟他们说，不要有事无事地把跟谁谁的关系挂在嘴上，你知道别人会怎么想？你以为你跟某某好，某某就跟你好吗？某某跟另外的人也许更好呢，别把事情人为地搞复杂了。这种细节与电影《手机》所揭露出来的丑恶嘴脸如出一辙。作为小说的作者，浮石是这么解释这种现象的："有人说自己一辈子不说谎。我想这大概是他或者她最大的谎言，世界上还没有这么高尚的人，也还没有这么弱智的人。撒谎的动机无非避害趋利，要么是为了掩盖真相，要么是为了感动别人，从而把事情搞定。好处是显而易见的，成本却极其低廉，除非是傻瓜，否则，为什么不撒谎？"坦白说，当笔者读到这段话时，感到了一种彻骨的悲凉。虽然接下来，浮石也说过这样的话："但谎言累积到一起，总有算总账的时候，谎言一旦揭穿，失去的就是诚信。这个社会就是这样，尽管人人说谎，但如果某某被贴上了不诚实的标签，就不会有人再跟你玩。"但比起"为什么不说谎"的理直气壮来，笔者总感觉有些刺痛。事实上，集体诚信的大面积缺失伤害的是作为社会成员一分子的每一个人。

最后是爱情价值的缺失。张仲平心里很清楚，自己的情感在那场疟疾一样的初恋中被泯灭了。后来他虽然有过一些女朋友，基本上是没有真爱，书中的主人公则用金钱的方式轻易地替换了爱情。张仲平的情人江小璐说："爱不爱财不是区分君子和小人的标准。这个社会就是这样，男人的所谓气质、气势、气派，至少有百分之八十是靠金钱财富支撑和装点的……至于爱，好像这个字已经被你们男人用滥了，女人的爱只有一次，对于女人来说，有比爱更重要的东西。"

无论是理想价值、道德的缺失还是社会诚信与爱情的缺失，说到底都是精神荒芜之镜像。既然深知价值的缺失，如何重建理想的社会价值体系便成了一个关键问题。作品中，张仲平对侯昌平动的心思显得很成功，作者把那种要去求人家办事、又不能显示急功近利的心态拿捏得很到火候，而那种欲说还休、不言自明或彼此心领神会的细节也把握得十分到位。初次见面，带去的是没有明码标价、还没有上市的酒，而且是对男人特用的“神酒”。张仲平不仅暗示酒的品质没有问题，办了卫生许可证，还说再过两个月生产公司还要到人民大会堂开新闻发布会。可见这酒的档次不一般。侯昌平明白张仲平送礼用了脑筋，可以美其名曰帮他的朋友做市场调查。“这样，纪委的同志、检察院的同志就抓不到我们的小辮辮了。”更为重要的是，如果侯昌平执意不收，就得让人家扛到楼下去。因此，收了人家的礼，还要人家充满感激。

得知侯昌平有一个爱书法的公子后，张仲平更是用心良苦，他居然设法让省书法家协会前一届主席梁崎将其收为弟子。后来还在一次拍卖会上，张仲平又用托将侯公子的书法作品以高价卖走。这样送给侯昌平的礼金就可以理直气壮：侯公子成才啦，小小年纪就成了大书法家，能够赚钱啦。

按照作者的说法，投资侯昌平的儿子侯小平，就是投资“原始股”，这也是浮石在《红袖》中突出表现的主题：裙带关系——它是人际关系的核心内容。显而易见，这种裙带关系是造成腐败的重要原因之一。为什么中国人喜欢为自己的子孙后代、为自己的亲朋好友谋取不义之获或不法之才？这是一种什么样的心理，或者一种什么样的文化？在西方社会里，人们普遍认为：孩子们都是国家的，每个个体的人也是国家的。他们大都不愿意给孩子们留下丰富的财产，有出息的孩子们也不愿意不劳而获，继承巨额家族遗产。他们更愿意培育一种精神，继承一种文化。什么精神？就是积极向上、奋斗不息的精神；什么文化？就是血缘文化、诚信文化、宗教文化和感恩文化。中西视域的差异在文学作品中也体现得淋漓尽致。

如果说，张仲平在侯昌平身上动的心思体现了成人世界里人性复杂的一面，侯昌平的儿子侯小平未必完全了解的话，那么，张仲平为自己的女儿小雨因为没有当上学习委员而心情郁闷、不得不去找校长求情，希望给小雨当个官，则完全是小孩的主动表现造成的。换句话说，在社会环境的影响下，小孩的幼小心灵不再单纯，他们从小就知道当官好，当官而且能上不能下。这真是触目惊心和庸俗之至！张仲平和作为教授的妻子唐雯不仅没有反抗这种庸俗，还大力迎合和张扬它，甚至还说是鼓励小孩免遭挫折。试想：如果人生连这么一点挫折(学习委员选下了)都经受不起，将来能干大事吗？看到这里，笔者甚至感到了绝望。虽然现实的确就是这样，但作为作家来说，应该怀着忧郁而不是欣赏，应该怀着批判而不是认同，应该怀着挣扎而不是顺应。古人说，举贤不避亲。把自己的亲人都拉入当官的队伍，还美其名曰“不避亲”，因为是“举贤”啊。可是，是不是世界上就只有这些当官的“有贤未举”呢；或者说，是不是当官的举的贤比民间其他的贤更“贤”一些呢？

## 四、批判的缺失与价值的重构

浮石的《红袖》并不是《青瓷》的姊妹篇。但所写的仍然是作者熟悉的行当：拍卖业。《青瓷》以男性张仲平的视角作为小说的切入点，而《红袖》则是以女性柳絮为主线作为小说的叙事基调。《青瓷》中有一些没有展开的思想在《红袖》中得到了入木三分的刻画。《青瓷》中讲述了张仲平跟几个女人的情感纠葛，张仲平有一个很温馨的家，有一个很爱他的妻子唐雯，虽然最终张仲平也因伤害唐雯而打碎了这个家。在《红袖》中，女主人公柳絮要可怜得多，她有一个家，但是一个名存实亡的家；她有一个老公，但是一个既无性又无爱的老公。她与一个又一个男人(包括她要求助的领导和有求于她的部下)发生关系，她似乎在拼搏，但最后仍然什么也得不到，成为男性社会里可怜的牺牲品。

如果说，《青瓷》中关于金钱、性爱和权力等概念还有些含蓄、委婉的话，那么，《红袖》完全是赤裸裸的，不加任何掩饰地表达了社会阴暗的一面。例如，柳絮的丈夫黄逸飞为自己嫖娼做这样的辩解：“为什么要搞良家妇女呢？万一动了感情岂不是对柳絮的背叛？找小姐就简单多了，既能满足原始的欲望，又能保全对柳絮的忠诚。一手钱一手货，搞完走了，不会惹麻烦。”糟糕的是，他碰上了政治上的“扫黄打非”，结果被逮了个正着。柳絮从此对他彻底死了心。但没有情爱和性爱，毕竟生活在一个屋檐下，何况还有一个共同的孩子，因此，现实让他们由夫妻关系变成了商人关系。黄逸飞让柳絮给他组织一场艺术品拍卖会：“运作费我出，委托方的佣金我付，你不用花一分钱，百分之百地稳赚。或者干脆，二一添作五，我俩按成交价平分……”这样的婚姻、这样的家庭有什么意思呢？

相对而言，柳絮跟自己的副总杜俊发生关系似乎在情理之中。可是，真是有情理的吗？似乎也难说。也许“利”比“情”更重。杜俊的初恋情人柳茜在一百万元和爱情之间选择了前者。他们四年大学培养起来的情感一下子就被抛弃了。柳茜坦率地说："没有面包，谈什么爱情?"后来，柳茜从国外回来，与杜俊重逢，两人又形式上地在一起。

这部小说可圈可点的地方有很多，而留下遗憾的地方也不少。像《青瓷》一样，笔者最大的不满意就是作者过于同情现实，缺少对现实黑暗的批判。小说中细腻地展示了柳絮与省高院副院长贺桐的第一次苟合，那是柳絮去机场接从北京开会回来的贺桐，两人去打了一会儿高尔夫球，打累了，就在贵宾房做爱。柳絮为了赚钱，轻易地出卖自己的肉体。在无性的爱情中，赚钱也许成为唯一的乐趣，成为她活下去的强大理由。可是这种深层次的分析或细节的处理，或矛盾和痛苦的展示，读者看不到，看到的是自然的，是一切正常的合乎逻辑的行为。

特别是杜俊与柳茜的关系更为可悲。柳茜为了回到国内来读 MBA，竟然与杜俊有了可耻的交易：为了掌握伍扬的秘密，就让柳茜以色相打进去。这简直就是"阴谋与爱情"的当代社会版。应当说，连这个都不是。因为，这里只有阴谋，没有爱情。甚至连"情"都没有，只有赤裸裸的"性"。这种赤裸裸的关系，难道不是可悲至极吗?

记得美国剧作家艾比(Edward Albee)曾经说，艺术家在作品里要表明两个方面的立场：对人生的立场和对艺术的立场，前者是内容，后者是形式。无论是《青瓷》还是《红袖》，在表现这两个立场时都有缺失或者力度不够。不知道《红袖》是否也是浮石在监狱里写出来的?当一个人失去自由时，在有限的空间里，只有放飞个人的心灵才能获得力量的支撑，才能获得心理的平衡。写作便成为通向外面世界的最好途径，成为表达精神的最好通道。但作者的写作不应只停留在对现实世界有价值的内容进行精细的描写，更为重要的是，写作要表达作家对这个世界的看法，要激发读者的想象，引领读者向未知美好的世界挺进，这才是作品的力量之所在。

评论家陈晓明说道，这些年来，无论我们说文学边缘化也好，说衰弱也好，但我们看到的是一个庞大的现场：大学中文系的招生量节节上升；虽说文学期刊有所衰落，但全国每年出版的长篇小说就有四千多部。这样看起来，我们的作家青春焕发，笔头矫键。同时，我们也看到博客等网络平台使文学的书写简易化，带动了文学书写参与人们的生活，文学已经变成人们生活中很重要的一部分内容。另外，我们也要看到文学在大众化、廉价化、碎片化，比如说变成手机短信和帖子。所以我说它跟着"幽灵化"了。同时，我们也缺乏了对文学作品内容用心去感受的态度。我们很难再找到激动人心的作品了。其实我们这些年出版的作品跟过去相比，怎么能说它们不好看呢？但横看竖看总觉得它们不能打动你，不能感动你。我们总是说跟 20 世纪 80 年代或者跟古典作品相比，这些作品不行，但我们从来没有问过，我们是否还有一颗感受文学的心？到底有多少人是热爱文学的，是怀着一颗虔诚的心去感受它的呢？所以笔者所言的是枯竭，一方面是人心的枯竭、精神的枯竭，另一方面是文学本身的枯竭。陈晓明认为文化现在缺少思想的动力。没有思想动力的文学是苍白的。因此，眼下最重要的是应该寻找文学的精神原点。

陈晓明先生的这番话值得我们深思。现在的人太现实、太功利，读文学作品也是被功利所替代。浮石的小说标明“学关系、用关系”，买书的人就觉得这个挺实用，于是不管好坏，先买了再说。那些官场小说，大部分是机关里的人或官场中的人看的，他们从中要学到怎样去做官，怎样去讨上司好感，怎样钩心斗角，怎样收贿行贿。一句话，文学成了“教唆犯”！文学并没有提升读者，却激发了读者往官场生活本身上钻营。文学被彻底功利化、现实化了。读者也把作品中的人物跟现实的人物挂钩，什么情节是真实的，他们就认为生动。他们认为生活就是这样的。他们根本忘记了，文学虽然源于生活，但更高于生活。文学与生活不是等同的，文学甚至完全没有生活的影子。文学就是虚构的空间，是想象力的大比拼。《等待戈多》真的那么荒诞吗？《百年孤独》真的那么魔幻吗？《西游记》真的那么打斗不已吗？《鹿鼎记》真的那么无厘头吗？生活并不是那个样子的，那是艺术创作的结果。浮石的作品究竟如何，有待时间的检验。让我们拭目以待吧。

## 第二节　阿满：民族生存与家国情怀

阿满，原名满慧文，在湖南写作的满族作家，二十世纪八十年代开始从事小说创作，作品散见于《民族文学》《解放军文艺》《芳草》《芙蓉》《星火》等刊。她的小说集《双花祭》《窖子屋的女人》曾获丁玲文学奖，部分小说被列入中国名家推荐原创小说排行榜，并被《小说月报》《中篇小说选刊》等选刊转载。《双花祭》被称为近年我国文坛“女性主义创作的可贵尝试”，“但与一般着眼于女性命运、专注于女性权利诉求的小说创作不同，阿满更善于挖掘女性的精神情感世界和内心的巨大空间，并通过对她们命运和心理的探索，充分表现体制下女性的生存状态，让读者感受到了社会发展中女性生存发展的责任义务和使命”。[①] 女性作家和退役女兵的双重身份，以及对生活的细腻感受，让她的作品“表现了通常不被关注、更少言说的人性地带”，形成了“与当下生活贴近，敏感而不暴露，雅致而不媚俗，文笔细腻丰满，语句如诗般精致”[②]的独特的艺术特色。因长期工作、生活在常德，她的小说大多以常德为立足点，书写常德的风貌人情，用笔墨构建了文字世界的桃花源。中篇小说《彩菱坊》的故事发生地便在常德，作者以湖湘绣女陈海棠的一生为主线，围绕民族传统技艺沅绣，写出了常德绣坊——彩菱坊半个多世纪以来的兴衰变迁，在抗日战争与国共内战的历史背景下，绘制了一幅关于人性与民族传统技艺的大而恢宏的壮丽画卷。

正如作者阿满所言：我用四万多字讲述了桃源绣的故事。时间跨度是半个多世纪和一个绣女的一生。或者说，我成功地还原和再现了一段历史和一段地方文化，以及一场轰轰烈烈的人生大戏。那些绣女则是琴弦上最明亮的音符。《彩菱坊》是一场轰轰烈烈的人生大戏，陈海棠与围绕在其身边的人物各有特色，彰显了善恶兼备的人性之真；陈海棠天赋异禀，在“借助了山水之灵气和地火之炽烈”的沅绣上大放异彩，具有传奇色彩的人物和刺绣中的通灵，“将巫傩神性和女人的本真幻化成千姿百态”，焕发出古老而神秘的色彩，构建了人神互通的奇妙境界；在宏阔的历史背景下，民族传统技艺与湖湘文化精神相互交融，展现了文化魅力与家国情怀。本节试从善恶兼备的人性、人神互通的奇妙境界和民族文化与家国情怀三个层面出发，探寻《彩菱坊》的深厚内涵。

## 一、善恶兼备的人性

福斯特在《小说面面观》中写道：“小说要虚构的与其说是故事，毋宁说是将思想发展为行为的方法，这方法在日常生活中绝对找不到……历史因为强调的是外在原因，是由宿命观主导的，而小说中却没有宿命；小说中的一切都以人性为基础，主导的情感是这样的一种存在：一切都是有意图的，哪怕是激情与犯罪，哪怕是惨痛。”[③]人性是人物行为动作的基础，也是推动情节发展的重要因素。《彩菱坊》以陈海棠为中心人物，辅之以八个次要人物与

① 刘霄. 女作家阿满紧攥女性意识这只“撒手锏”[N]. 中华读书报，2010-02-01(02).

② 刘醒龙. 我的头条[N]. 光明日报，2009-11-27(09).

③ 福斯特. 小说面面观[M]. 冯涛，译. 上海：上海译文出版社，2016.

之交相辉映，可以根据性别分为女性角色和男性角色两类。小说写出了绣女这一群体的独特个性，主要女性角色如陈海棠、薛芙蓉和九菊花，以花名代人名，每种花象征着各自的品格与个性。男性角色又可细分为两类，正面角色如刘北云、陈海林和薛布衣，反面角色如陈九元、德川秀波和德川骏，这些人物的性格和行为动作都是以人性为基础，人性之善与人性之恶相互交映。

《彩菱坊》写的是"一群女人平心静气用技艺讨生活，习惯了从针眼里看世界"[①]的故事，绣女将十五岁到四十岁最美好的青春年华投入刺绣这一古老而神秘的传统技艺之中，女人的纯真与坚毅在一针一线的穿梭中展现得淋漓尽致。刺绣对女性的纯真要求极高：在品性方面，"心眼儿一定要好，品行一定要正"；在身体方面，"新绣女进门要验身，还必须是世俗门没开的处女才行。遇到隆重事体时，进绣坊必须洗头洗澡更衣修甲和熏香。丝娟是上乘之作，上架时要忌月事。彩绫坊严禁绣女卖身，一旦发现立即逐出绣门。"[②]当她们被关押在号子里，面对警察的调戏和轻薄之语，绣女们将自己的内裤和肉缝在一起，保护自己的贞洁，宁死不屈。学艺的过程也锻造了她们忠贞的品质："她们讲独活，一个绣女一生只跟随一个师傅，一幅绣品也只认一双手，坚持一种风格一种手法一种感悟"。绣女作为女性群像的一个侧面，是一幅绣作背后的主力者，是刺绣文化背后的螺丝钉，她们用手艺构建了另一世界的美丽。

三位重要的女性陈海棠、九菊花与薛芙蓉的名字都是花名，分别代表各自的品性。海棠花生长在严寒的冬季，寒风凛冽，也阻止不了它生长的脚步，意喻顽强不倒的品质。陈海棠经历了父母被害、船上失身、烧伤毁容、生离死别等坎坷命运，却从来没有放弃对刺绣的热爱，她"软弱中有刚强"，是一次能吃几斤辣椒壳的刚烈倔强的女人。"万点猩红将吐萼，嫣然迥出凡尘"，海棠花美丽大方，超凡脱俗，"出浴太真冰作影，捧心西子玉为魂"，陈海棠对刺绣的悟性与生俱来，似乎是从天而降的精灵，一身仙气，超凡脱俗。海棠也叫断肠花，意思是苦苦地爱恋着一个人，却终究没有结果，这种感觉就像肠断一样。古时候，海棠花常用来比喻男女在分别时候的痛苦，特别是在热恋期的男女，断肠花是最能表达他们分别时候的感情。陈海棠的生命中

① 阿满. 彩菱坊[J]. 芳草，2018(02).
② 阿满. 彩菱坊[J]. 芳草，2018(02).

有两个重要的男人，一个是青梅竹马的刘北云，一个是温和儒雅的画师薛布衣。陈海棠与刘北云年少时以手帕定情，情窦初开，却因家庭变故而分别，从此一个入绣坊庭院深锁，一个进军队出生入死，再次相逢却相顾无言，熟悉又陌生。刘北云的一生献给了民族大义，战事一日未平，他便战斗不止，在异国他乡终身不娶，守着思念度过晚年。陈海棠与薛布衣的相遇是一见钟情的心动，那人仿若画中仙，一袭白衣立于船头，飘飘然从画中来。薛布衣是陈海棠光影构图上的导师，二人将绘画与刺绣完美融合，“一下把彩绫坊的艺术水准提高到新的高度”。薛布衣也是她灵魂上的启迪者，让她感悟到人活着就是为了追求自由的呼吸和自由的畅想，让她学会了爱，她要用鲜活的生命来报答活着的人。薛布衣最后战死沙场，陈海棠这一生爱过的两个人，一个生离，一个死别。他俩最后都成为一个人——刺绣。海棠把爱投射到沅绣中，她的《沅水之恋》是她对爱的纯真的领悟，阐释了天为什么爱地，地为什么爱天，也阐释了世界为什么有四季如春的梦境。陈海棠是人性中美的体现，坚持美的事业，创造美的价值。

与海棠相对应的是芙蓉，芙蓉花美艳、早熟、高洁，“唤作拒霜犹未称，看来却是最宜霜”，于百花凋谢时开放，越是艰苦的环境，越能傲立于世间。薛芙蓉活泼开朗，早年去日本学习，认清德川家族婚姻的真正目的和丑恶嘴脸之后，及时止损，摆脱与德川骏的错误婚姻。她毅然回到常德，开办刺绣学校，推进妇女解放运动。她为绣女们开启了世界的大门，为她们带来男女平等的观念，告诉她们“女子必当有学问而求自立，不当事事仰给于男子”，[①]让“女娃儿们思维开阔起来了，也关注起现实来了。她们不再为性别哀叹，也对自身的生存环境和绣坊的制度提出了质疑和批判”。[②] 薛芙蓉对这些绣女们而言，是开启明智的精神导师。在国家危难之际，薛芙蓉积极入党，投入战斗，解救了危难时刻的陈海棠，后来成为常德的“父母官”。薛芙蓉是新式女性的代表，是巾帼不让须眉的女英雄。

九菊花原名红青萍，寓意在船上如浮萍般飘荡。在被薛青山抛弃之后，她踏入彩菱坊，为自己取名九菊花。九菊花内心坚强，在动荡的年代撑起了彩菱坊，让技艺得以传承，也让绣女们有正当营生而不致掉入污浊行当。在日军入侵常德之际，九菊花独自留守彩菱坊，与彩菱坊共存亡，最后在大火

① 阿满. 彩菱坊[J]. 芳草, 2018(02).

② 阿满. 彩菱坊[J]. 芳草, 2018(02).

中丧生，就像凌霜盛开，有着于西风中不落的一身傲骨的菊花。“一部复杂的小说经常既需要圆形人物，也缺不得扁平人物，这两者相互磨合的结果会比道格拉斯先生的逆料更加接近真实的人生”，①九菊花便是这部小说中的圆形人物。“检验一个人物是否圆形的标准，是看它能否以令人信服的方式让我们感到意外。如果它从不让我们感到意外，它就是扁的。假使它让我们感到了意外却并不令人信服，它就是扁的想冒充圆的。圆形人物的生活宽广无限，变化多端——自然是限定在书页中的生活。”②九菊花既有善良坚韧的一面，也有自私狠辣的一面。她为了接管彩菱坊，下药谋害了大姆妈，并嫁祸给自己的竞争对手，当上了彩菱坊的大姆妈。她的狠毒虽在意料之外，却也是情理之中。她在纷繁的大河上讨生活，生性泼辣，敢爱敢恨，行事果绝，在经历爱情的创伤后，她喝卤水自杀，心灵上已经死过一次了，彩菱坊是她重获新生的地方，她必须牢牢抓住这根稻草这个机会。她钻研药书，各种方子拆并组合，本意是要救大姆妈的命，说明她本性还是善良的。只是竞争对手的出现让她恐慌，只能出此下策。“不晓得杀人的人就是被人杀的人”，③，她的转变是天生的野心与后天的磨砺一起造成的。儿子薛布衣的出现激起了她的母爱和占有欲，她看到绣女们围在薛布衣身边，就会发脾气，哪怕那人是陈海棠。“原来，九菊花从骨子里看不起绣女。这么想的时候，她已经完全背离了红青萍的立场，忘记了初衷。于是有点理解薛青山当初的选择了。原来这个世界就是因为一个不合理，另一个才合理，总得有一个要付出。”她曾经因为薛青山“找个门槛高的女娃儿垫脚跟”而赌誓咒骂“死冤家，烂肚肠，生的伢儿断指头”，如今却也成了自己曾经最讨厌的人。九菊花这个角色胜在人物的真实，她的善良与狠辣的复杂正是人性的复杂之所在，是被生活蹂躏后仍然保有野心奋力往上爬的底层人民代表。

陈九元与德川秀波、德川骏分别代表了家恨与国仇，是人性中的恶的最大体现。陈九元是陈海棠的表叔，常年在常德打流，来了柳家垱，在镇上吃喝嫖赌，没钱了就把房子都抵押出去，是个不折不扣的败家子。他见钱起杀心，抢了陈家的钱财，杀害了陈海棠的父母，还假意带陈海棠去常德彩菱坊学艺，实际上是要把她卖到青楼，还在路上强污了她，给陈海棠带来身心上

① 福斯特. 小说面面观[M]. 冯涛，译. 上海：上海译文出版社，2016.

② 福斯特. 小说面面观[M]. 冯涛，译. 上海：上海译文出版社，2016.

③ 阿满. 彩菱坊[J]. 芳草，2018(02).

的极大伤害。陈九元贪得无厌，置伦理道德于不顾，最终恶有恶报，被捅三十几刀丧命，这一结果是对人性之恶的极大惩戒，也是湖湘儿女快意恩仇的体现。德川秀波和德川骏则代表了侵略者的丑恶面目：德川秀波在常德办厂实则是经济侵略的一种，放任工头行不义之事，还以薛芙蓉的婚事作为要挟，谋求宽厚待遇。德川骏对陈海棠的爱是出于自私的占有，他对刺绣的占有念头转移到陈海棠身上，在他眼中陈海棠是“刺子绣的始祖娘娘”，“得到了陈海棠就等于得到了中国刺绣”，[①]在遭到陈海棠的拒绝之后就由爱生恨，得不到就要毁掉，他主动参军，成为侵华日军中的一员，回到常德准备掳走陈海棠。恶不是与生俱来的，作者写出了他们作恶的原因：金钱利益或执念占有，善恶在一念之间引向不同的结局，不管是个人还是一个国家，对作恶者的惩戒体现了人们对美好的希冀。

中国当代诗论家李元洛指出：“一览无余的直陈与散文化的松散，都不能构成张力，而是要在矛盾的对立统一基础上，由不和谐的元素组成和谐的新秩序，在相反的力量动向中寻求和而不同”。正面与反面两组人物构成了矛盾的双方，形成了鲜明的对比，在形成的张力中刻画出复杂的人性。

## 二、人神互通的奇妙境界

沅绣作为一种古老而神秘的民间艺术，与巫傩神性息息相关，书中多次写道请神拜神的画面，为故事增添神秘色彩。“彩绫坊敬天畏地，虔诚的是神讲究。要上绣架了，召唤巫傩神来关照。请巫傩有专门的语言，吉断咒，诅咒恶，朗朗上口的说辞：正八方，倒划船，背时又遭殃，大小戟，节节高，打进一把石子枪……接着，还要剪纸人，配合傩技一并进行。剪得好，大家会说有影子飞隙，那就是请动贵神了。神来了，还要送，什么喷水画符，走罡步，拆凳子等等。”[②]刺绣的每一个步骤都要请示巫傩神的旨意，连彩菱坊的绝活也是因之而成名：“彩绫坊的绝活是‘血鞠’，即一边念傩语，一边咬破指头往绣布上滴血，血溅上去什么样子，绣出便是什么样子。”[③]没有灵感的时候也可以通过剪剪红来沟通阴阳，聆听真言感悟，跳出思想的藩篱。陈海棠在绣制《太白吟诗》便用到了这种办法：“剪子剪下去如刀劈水，红绸子

① 阿满. 彩菱坊[J]. 芳草，2018(02).

② 阿满. 彩菱坊[J]. 芳草，2018(02).

③ 阿满. 彩菱坊[J]. 芳草，2018(02).

飘飘欲仙，火太猛烈，红绸子被火舌顶起，坠落，升腾。反复几次，终于落入火碳。呲，一瞬间工夫，大地被席卷了，一幕绚烂大剧轰轰烈烈上演了。忽然，气氛有了，刀剑的声音听到了，香炉紫烟的气味也闻到了，略带凉意的月色降落在皮肤上，哗一下，陈海棠脑门开了：擘线。”[①]巫傩文化源于古老的图腾崇拜和鬼神信仰，湖南更是巫傩文化的主体地带。巫傩文化中除了崇拜祖先、信仰民族鬼魂，还信仰万物有灵，人们把一切的自然物都想象成有感觉、有意志、有思维的生命体，能像人那样进行有意识、有感情的活动，有人一样的社会关系，使自然人格化，给人们以精神安慰和灵魂指引。作者希望通过小说告诉读者：人杰地灵的事情，要怀着一种神性去尊敬。

陈海棠的存在沟通了人与神互通的桥梁。陈海棠有仙气，误食有毒的草药竟能返老还童，蜕皮祛疤，肉身回到十六岁，眼神明亮，精神抖擞。七十多岁却有五十岁的容貌，奇香萦绕，还有一身的仙气。陈海棠有灵气，生来便与刺绣结下不解之缘，抓周时便抓到绣花绷子，小小年纪便展示出刺绣的天赋。进入彩菱坊之后，这种才能更是得到施展的地方。“陈海棠能唤起人的某种知觉，用老话说就是她可以通魂，这是一种天的赋予，或许她就是彩菱坊找了几代的尖尖角。”[②]与生俱来的气质让她在刺绣上大放异彩。她的绣作是带有仙气的，绣制《沅水之恋》的过程中“她上天入地，天马行空，人在仙界，手在凡间。她敬神灵，念傩语，走罡步，剪剪红，冥思而苦想着这半人半神的事情”，[③]这幅画有歌声相伴，有“波涛声，划桨声，放排号子，还有姆妈的亲切呼唤”，[④]陈海棠在刺绣的世界里绣出了一片仙境。

神灵崇拜为沅绣增添神秘色彩，沟通天人的事迹为人物塑造传奇色彩，形成了人神互通的奇妙境界。

## 三、民族文化与家国情怀

《彩菱坊》将个人的、个体的、个别的记忆同民族的、国家的历史运行轨迹紧密勾连起来，将历史记忆与一种特别的、特殊的、独特的文化现象——沅绣文化相互关联，在历史记忆的抒写中揭示文化流脉传承的过程，将历史与文化进行一次精准对接的深度融合，揭开了沅绣绚丽多姿神秘面纱、解读

① 阿满. 彩菱坊[J]. 芳草，2018(02).

② 阿满. 彩菱坊[J]. 芳草，2018(02).

③ 阿满. 彩菱坊[J]. 芳草，2018(02).

④ 阿满. 彩菱坊[J]. 芳草，2018(02).

传承百年的文化血脉和家族精神基因，兼具历史内涵和文化底蕴。

小说处处渗透着民族文化的因子。作者对沅绣显然熟稔于心胸有成竹，因此在叙事过程中，特别强调了绣坊的运作规则和技巧，还有在稔制那些重要作品时所采用的特殊的绣法、奇妙的构思绘图等。譬如，绣女必须从底层做起，洗布料、浆绸缎、扎绷子、纺线、磨针、推磨、碾米、熬染料、画样子等，练就吃苦耐劳的本质，并把绢丝的柔韧性染料的浸润力针尖的锐利度以及其他方面的性能搞清楚了，才能经过考核，真正上绣架去。上绣架之前，还要召唤巫傩神来关照。在刺绣手法方面，就有手功法、眼功法、心功法等常人闻所未闻的专业技法。刺绣中又分多种针法，平针、盘针、鱼骨针等各有千秋："一开光，平针掺针绣鸳鸯。二开叫，盘针滚针滚龙袍。三开鱼骨针儿挑，斜光侧影洗飘绡。四开泥巴鼓泡泡，爬针卷针荷花梅花岁寒交。五开六开福上福，褟褓兜肚虎头豹尾驱鬼魔。七开八开群芳宴，眼眼结结坨坨咿儿哟呀咿哟……"①对沅绣绣制过程的描述亦准确到位，从构思、绘图到刺绣一一娓娓道来，给读者的阅读平添了知识性与趣味性，为之揭开了沅绣的神奇天地。譬如，陈海棠绣制《太白吟诗》的构思描写得具有神秘色彩，如何绣出胡须的生动性和眼睛里的故事是两大难题，通过剪剪红通灵的方式才顿悟到用擘线来表达胡须增添仙风道骨效果。《沅水之恋》的效果更是让人印象深刻："这画有大美。它用素雅的色调构成，浑然一体，气势磅礴，似梦似幻。近看，河水有三个层次，深处滚旋涡，中层翻浪头，表层镜面舒展。再看两岸江山，满目玲珑剔透，乌瓦木壁临水自照，左邻驾船人沧桑阅尽，缝衣女儿顾盼流连，手腕戴的是姆妈的银镂。风华少年脚步匆匆，与鳞则鱼与羽则鹰。而就在这片美丽的景色中，彩绫坊独坐深春，和谐生风，依稀有针咬线的歌声：一开光，平针掺针绣鸳鸯；二开叫，盘针滚针滚龙袍……河面上有一团红云升腾起来了，慢慢从窗户里飘进来了，飘啊飘啊，它滑过去滑过来，最后落在彩绫坊旧址不见了。"②作者用诗化的语言描绘出刺绣的精妙之处，引人入胜。

在刻画沅绣代表性人物时，作者着重突出他们身上匠心独运、精益求精的工匠精神，还有刚烈倔强的湖湘精神。湖南人爱吃辣椒，性格中也有着辣椒般刚烈火辣的特质。陈海棠"早饭吃酸酸甜甜的泡辣椒，中午饭吃爆炒的

① 阿满. 彩菱坊[J]. 芳草，2018(02).

② 阿满. 彩菱坊[J]. 芳草，2018(02).

青辣椒，晚饭吃腌制的红辣椒”①，遇到挫折困境时吃几斤辣椒壳，用辣来疏散情绪，顽强地面对生活中的变故，咬陈九元、扎手心练针、用线把裤子和肉连上，坚守彩菱坊，柔弱的身躯爆发出强大的力量。还有大胆泼辣敢爱敢恨的九菊花、疾恶如仇的陈海林、开朗直爽的薛芙蓉、为国捐躯的薛布衣，都渗透着湖湘文化坚韧的精神内核。

此外，作者还善于抓住湘绣发展史上那些具有节点意义的事件，将绣坊历史、湘绣历史与时代风云和国家命运交织在一起，体现出家国一体、历史和人的密切关系。在日寇全面侵华的背景下，1943 年的常德会战几乎给沅绣事业带来毁灭性打击：彩菱坊被付之一炬，大姆妈九菊花葬身火海，常德像“掉了魂”。在曲折坎坷的发展历程中，彩菱坊的传承人始终保有定力，从未气馁或放弃，和绣女一起继续运转刺绣学校，正是她们的顽强坚持和对历史文化传承的自觉担当，使沅绣事业虽历经磨难却依旧熠熠闪光，成为中国服饰文化、物质和非物质文化遗产的一张重要名片。阿满在创作中努力写出历史的真实。这其中，既有激烈的战争和英勇牺牲，更有在日军淫威下湘绣人的英勇抗争。不管是血气方刚的陈海林、刘北云，还是温文尔雅的薛布衣，甚至是女流之辈的薛芙蓉，都加入了这场残酷的斗争中，抗击日寇，拯救危难之际的百姓。陈海林与薛布衣在战场上献出了宝贵的生命，刘北云亦为心中大义奉献终身，薛芙蓉作为常德“父母官”守护一方百姓，保护传统技艺的传承。在抗日战争和国共内战以及中华人民共和国成立的新时代背景下，个人命运、沅绣艺术与家国情怀相互交织，构成宏大的历史画卷。

## 结语

《彩菱坊》是一部以人为本的小说，写出了人心内部的善恶、人与天地神灵的交流互通、个人与国家民族的依存影响关系，用牧歌笔调构筑桃源般的常德绣乡，古朴中透露出诗意，于神秘中包含着情怀。在时代之“变”中凸显技艺传承之“常”，它所展现的坚守精神具有强大的生命力，这种工匠精神在浮躁的当今社会具有深远的现实意义。《彩菱坊》继承了前作《窨子屋的女人》的主要人物姓名和情节模式，但艺术上更加成熟，人物形象更加饱满，内涵更加丰富，视野也更加广阔，是其创作上的一大进步。陈海棠、九菊花、薛芙蓉等女性形象丰满了她笔下的女性形象画廊，不仅充分展现了时代背景

① 阿满. 彩菱坊[J]. 芳草，2018(02).

下女性命运、女性权利诉求以及女性的精神情感世界和内心的巨大空间，而且延伸到传统文化、民族历史乃至中华民族命运跌宕起伏的书写，从单纯的女性个人经验转向了对民族、文化、历史、现实的叙述。这种从自身走向民族、走向大众，从个体生命经验出发，以关照人类共同命运为终极目标，既立足于民族和地域性经验，又对整个社会、历史、人类的共同处境高度关注的写作，是民族文学创作的前进方向。

## 第三节　刘少一：人性善恶的二律背反

在中国知网以“公安文学”为关键词进行文献的主题检索，相关研究最早出现于20世纪80年代末90年代初，其中发表于《公安大学学报》1990年第4期，李文达、高涧平、张子宏共同完成的《当代公安题材文学概观》最早对当代公安题材文学进行分期概述及得失评析。文章厘清了当代公安题材文学的发展脉络，指出公安文学作为中国当代文学的重要构成，其实发端于20世纪40年代末50年代初公安题材的影视文学，直到1953年才开始进行公安题材的小说创作，但自其产生之初就以曲折跌宕的故事情节、鲜明生动的人物形象、深刻的批判现实主义精神而受到众多读者喜爱。尤其是新时期以来，历经十年“文革”的萧条期后，公安题材小说在新时期的作家创作和读者接受呈现出愈发活跃的趋势，从小说的主题思想蕴含（由歌颂社会主义建设时期公安战线的伟大斗争转变为暴露社会问题，揭示生命和人性本质）、艺术形式建构（由初期的健康向上、激越纯真、一泻无余到新时期的压抑节制、客观再现，多元创作并进）到人物形象塑造（由正气凛然、大智大勇的“高大全”式单一英雄形象转变为带有人性弱点的多面性“小人物”形象）都远超以往的公安小说作品。较之新时期其他类型的文学创作，公安小说在对“文化大革命”的拨乱反正、清理思想废墟、反思民族悲剧方面，部分作品发新时期文学之先声。沿着公安题材这一派系继续开拓和发展，在时代精神的传达、公安罪犯等特殊形象的塑造、社会重大问题的揭露和灵魂世界的挣扎刻画方面具有自身的鲜明优势。

目前“公安文学”创作和阅读热度未减，但始终未在理论层面得到学者的关注和重视，系统研究的理论著作很少，除去“刑侦文学”“反恐反特”等相近概念的小说题材，知网上相关批评文章不到200篇，其中张策、张友文（“二张”）的公安文学评论文章占较大比重。就已有的评论文章和相关论文来看，研究重点集中在以下方面:一是概述公安文学,关注这一题材小说的发展流向。代表论文如上述提及的1990年发表的李文达、高润平、张子宏的《当代公安题材文学概观》,在20世纪末的节点上对公安文学进行了一个整体回顾和总结。文章将公安文学的发展分为三个阶段,发轫期(1949—1966年)、萧条期(1966—1976年)和发展期(1977年以后至今),系统描述了各个阶段的特色和得失,对此后的公安文学的分期和研究产生了重要影响。① 二是综述公安文学的艺术审美特征,体现为情与理、雅与俗、美与丑等审美取向分析,如路春生的《论新时期公安题材小说的审美建构》,即从表层—中层—深层审美结构对公安文学的艺术特征进行了全面阐述。② 三是对公安小说要素,如人物形象、主题内容的某一方面的具体关照。四是论述公安文学得失,并为当前公安题材创作提供一己之见。但这些都是整体和宏观的研究方式,对某一公安作家(海岩、张策为少数公安作家代表)或某一创作方式缺乏深入阐发,仅是将其作为论据而放入文章中加以论证,非研究对象本身,因此在公安文学领域仍有广阔的研究空间。有鉴于此,本节以公安作家刘少一为研究对象,对其公安题材小说的代表作进行文本细读和分析,着重探讨他小说中的"二元性"创作特征及其产生根源。

刘少一,生于20世纪60年代,湖南石门土家族人,家境贫寒,早期为生计奔波,高中毕业后回乡种地,其间从事过诸多职业,但始终没有放弃对文学的热爱和追求,后自考湖南师大汉语言文学专业,现供职于石门县公安局,中国作家协会会员。少数民族的生活背景和公安工作的职业经历成为他公安小说创作的灵感来源和在地性文学创作经验,尽管开始写小说时已过不惑之年,但自2013年从事公安文学创作以来,已在《当代》《民族文学》等文学刊物中发表了多部中短篇小说,获公安部"金盾文学奖""土家族优秀作品奖"及《民族文学》年度奖等多种奖项,出手不凡,好评不断,代表作为中篇小说集《看得见的声音》。他的公安小说内容大抵描述社会日常发生的民刑事件,以案件的发展始末为线索,以正恶冲突、正邪较量为高潮,以摘奸发伏、善恶有报为结局,或揭露体制内的腐败现象,批判官僚制度,或揭示社会和时代弊病,体悟现实人性,具有一种批判现实主义精神。因题材优势,小说往往集中了大量情节上的戏剧性冲突,其中指涉的情与法、物与欲、正

① 李文达,高润平,张子宏.当代公安题材文学概观[J].公安大学学报,1990(04).

② 路春生.论新时期公安题材小说的审美建构[J].公安大学学报,2001(01).

与恶、生与死等二元因素的矛盾对立，由此呈现社会的错综复杂、生活的纷乱烦琐、命运的离合悲欢、人性的幽深微妙，使作品具有深刻的思想性和多重阐述空间。

## 一、人物形象的二元性

刘少一的公安题材小说塑造了一系列公安人员形象以及案件相关的其他人物形象。他曾提及自己眼中的好小说需集“故事有趣，语言有味，结构有形，人物有神”[①]于一体，可见人物形象的塑造是他小说创作考虑的重要因素之一。人物的二元性是刘少一公安小说的一个重要特征和成功之处，具体表现在黑白人物的二元对立和灰色人物的二元融合两方面。

### 1. 黑白人物的二元对立

公安题材小说一般以警察和罪犯的正邪斗争为主线，必然涉及作为正面人物的警察和反面人物的罪犯之间的二元对立，以达到深化矛盾冲突目的，引人入胜。白色人物，即正面人物形象，在刘少一公安小说中以公安人员为主。如《凌晨脱逃》以抓捕逃了八年多的罪犯“闪腿”为逻辑线索，穿插主人公麻凡由父亲手术而引发的家庭问题和其间的心理历程，塑造了一系列生动鲜活、有血有肉的基层民警形象。小说中的麻凡是一个在警局工作和家庭困境双重重压下艰难挣扎的普通民警。八年来一直未将“闪腿”抓捕归案，成了警局的耻辱和麻凡职业生涯的一大败笔。但他始终保持着作为一个警察的正义和担当，为人子女的孝顺和体贴，执着、敬业，最终在巧合之下凭借训练有素的身手暂时抓获了“闪腿”。麻凡的搭档孙九名在面对吞了表的“闪腿”的痛苦时，明知是苦肉计，还是说“法律是法律，人道归人道”，把他送到了急诊科做手术，并在术后为了让他更好地恢复而打开手铐，体现了人民警察高尚的人道主义精神。麻凡和孙九名之间彼此理解、互为担当的战友情谊亦令人动容。[②] 还有《假发》中的习让才、《守口如瓶》的朴顺义等资历较老的公安人员在看清和历经公安体制内部的腐化变质（如人事调整的任人唯亲、黑恶势力与公安官员的相互勾结等）后仍能坚守职业底线和道义良心。这些白色人物形象是刘少一公安小说幽暗底色的亮光，让我们在与主人公一同困顿

---

① 刘少一. 我眼中的好小说[J]. 人民公安报（剑兰周刊），2018(06).

② 刘少一. 凌晨脱逃[J]. 当代,2013(02).

中仍有所相信和期待。

黑色人物即反面人物形象，白色人物的对立面，是造成小说主人公痛苦处境的罪魁祸首。如《假发》中假公济私、挪用公款的阴局长，《猪事》中自私贪欲、不择手段的毛屠夫，《凌晨脱逃》中残忍暴戾、阴狠狡黠的罪犯“闪腿”，《守口如瓶》中官商勾结、权钱交易的矿长刘二宝和姜副县长，人性中的恶和阴暗面在黑色人物的塑造中轮番登台。

### 2. 二元融合的灰色人物

二元融合的灰色人物形象介于黑白之间，既有种种缺点，又不乏人性的闪光之处，无法用单纯的好坏标准来界定他们。灰色人物较之黑白分明的人物形象更接近于生活原生状态，他们的介入使小说人物性格更具多重性和真实性。另外，灰色人物性质的不确定性拓宽了公安小说的审美领域和提高了读者参与度，“从美学角度来说，模糊是思维高度浓缩后留下的空间和疏漏”。[①] 仅靠作者个人评价无法填补这些空洞，还需依靠读者的想象揣摩和再诠释来评判这些灰色人物形象。

《猪事》中三妹就是典型的灰色人物：她强势泼辣、巧言善辩，但仍有作为女性的脆弱胆小，害怕杀猪见血、怕鬼怕走夜路；她在二毛面前称得上颐指气使，但对二毛的爱却忠贞坚定，面对村长的无理要求和毛屠夫的威胁都毫不犹豫选择保持清白；她甚至为了保全家里的平安日子，最终不得不屈从了毛屠夫。三妹将她对二毛的爱情视为唯一，而二毛和毛屠夫却被各自的眼前利益(金钱或情欲)迷失了应有的责任和道义，利用女性的生理优势或是下流卑劣手段对其进行伤害和霸占，最终使其成了农村男权社会的牺牲品。[②]

## 二、情节布局的二元性

情节曲折、高潮迭起的故事，加之其间作者对人情世故的细腻观察和匠心独具的意外反转，常使公安小说陡生柳暗花明的新鲜感，是其区别于其他题材小说的典型优势。情节布局上的二元性安排是刘少一公安题材小说的又一重要特征。

---

① 朱维莉. 论公安法制文学中的灰色人物形象[J]. 甘肃政法学院学报，1999(04).

② 刘少一. 猪事[J]. 作品，2014(03).

1. 真与假

刘少一公安小说中真相和骗局是常出现的一对二元性因素，骗局的巧妙设置，使小说情节具有模糊性，无法简单断定故事的真正走向，故而勾起我们的阅读欲望，当意料之外而又在情理之中的真相暴露之后才恍然大悟。

如《假发》，题目已揭示了小说中阴局长的骗局：以一顶假发掩饰自己先天性白发和脱发的真相，对皮志远编制问题严格把关、不受贿赂的严明公正的假象下假公济私、阴险狡诈的卑劣内里，暗讽当前公安体制内表面清明实则腐败肮脏的现实真相，揭露时代弊病，具有深刻的社会意义。① 《守口如瓶》中朴顺义冒充"局领导"的玩笑性骗局，一开始只是为了给战友老曾站站台，借此缓解自己的心理压力。事发后串通口供再次用谎言骗了领导。在沉重的精神负担下，他感到很失败，不在于自己说出的谎言，而是在领导暗示下连揭开谎言还原真相的机会都没有。他不明白为什么身边所有的人都在竭力维护着他的谎言，作为弥天大谎的始作俑者，他深陷谎言带给自己的困惑之中，不能自拔，无力超脱。② 《凌晨脱逃》的骗局是"闪腿"蓄谋已久且精心设计的逃脱计划，故意吞表表现出的痛苦和求死意志打乱了原来的押送计划。事发突然，孙九名只好决定将他紧急送往医院动手术，手术后的虚弱和潜在的危险引麻凡和孙九名给他解开了手铐，他以苦肉计骗取警察的同情，逃出生天。这一出骗局使小说情节再次反转，跌宕起伏，扣人心弦。③ 《猪事》中三妹和二毛一家靠着咬人的猪，以退为进，骗得上门的猪贩掏钱买猪，大发了一笔不义之财，以此展现农村生活图景和世态人心。④

2. 虚与实

一般而言，公安小说偏向于纪实性通俗文学，要求摹写现实公安人员的案件侦破过程和工作生活状态，缺乏其他类型小说享有的广泛虚构权利。那么，远非实际的虚构艺术幻象在公安小说中出现是否具有合理性和可行性呢？刘少一的《穿越》即采用纯想象和虚构这样一种新的公安小说创作方式，在公安小说怎样写的问题上提供了新的思考和探索。

---

① 刘少一. 假发[J]. 北京文学，2018(05).
② 刘少一. 守口如瓶[J]. 民族文学，2016(10).
③ 刘少一. 凌晨脱逃[J]. 当代，2013(02).
④ 刘少一. 猪事[J]. 作品，2014(03).

首先，应该明确即使是完全的现实主义纪实小说，仍属于作者用文字虚构的想象世界，就小说的文学本质而言，虚构性是其无可回避的本质之一。因此，虚构在公安小说中具有理论合理性。据刘少一在“《穿越》创作谈”提及的，他在此之前的小说大多取材于自身的生活经历或切身体验，呈现在作品中的人物或事件都在现实生活中有原型和依托，未跳脱出现实主义创作方式的路子，但这个短篇是例外，完全由自己想象虚构而成，仅有的“真实”无非是派出所长最后的回忆，来源于警局一位烈士的悲壮事迹。《穿越》虚构了湘鄂交界的武陵山脉深处发生的一场“鸡”案，一只公鸡禁不住对面山上母鸡的诱惑，从湖南飞越过纵深的溪涧到了对面的湖北，由此引起两家人的矛盾纠纷。负责调解此案的主人公“我”则是一个入职时间不长、经验不足的年轻警察，因是第一次单干而感到不安和沉重。于是作者“请”出了一位神秘的老伯，自称是退休好些年的警察，正好可以给“我”搭把手，于是一起前往解决纠纷。老伯睿智顽皮、不无狡黠、不大正经，用了点奇门怪招，闹着玩儿似的就稀里糊涂地了结了这场“鸡”案。[①] 飞越悬崖山涧的公鸡，凭空出现和消失的老伯，不入流但有效的喜剧般的调解加之独特的自然环境和大山气韵，使小说充满虚幻的传奇色彩。

其次，我们更应看到作者在虚构表象之下意图表现的现实和本真。《穿越》的最后老呆道出了老伯的真实身份：他是老呆的师傅，也是一名警察，二十四年前在一起破坏国家珍稀植物的案件中被罪犯杀害。在生命的最后担心同行的徒弟有危险便紧紧箍住凶手，挨了一刀又一刀，在提醒他小心之后就去世了。这也是老呆一直待在环境恶劣的大山不愿离开的原因[②]。文本以看似荒诞的虚幻手法表现了现实中确切存在的公安警察勇敢无私、不畏牺牲、自觉担当的崇高人格特质和出生入死的战友情谊。

完全的想象和虚构革新了公安文学一贯的写实手法，对公安题材小说创作的艺术形式拓展具有启示意义。

## 三、创作态度的二元性

公安小说可溯源于我国古代的公案小说，在传统公案小说中，一位睿智清廉的官吏往往是整个小说建构的关键所在。不论案件多么诡谲奇异、错综

---

① 刘少一. 穿越[J]. 啄木鸟，2019(12).

② 刘少一. 穿越[J]. 啄木鸟，2019(12).

复杂，主人公总能发现破绽加以平反，最终真相大白以昭雪冤情。清官的破案行为不仅无须尽合情理，遭遇瓶颈时还必有如神助般的力量以力挽狂澜。在一定程度上我国古代封建社会就是借由公案小说的清官断案，其所代表的官方政治力量重获肯定，传统伦理道德模式得以维系。当然这是一种理想主义，刘少一公安题材小说亦有此延续。如《假发》最后在阴局长和古书记的联合压制下，主人公皮志远的编制问题似乎成为一个无法解决的死局，却得到仅有一面之交的市委常委、宣传部长金立的赏识和帮助，最终获得身份认同，小说一直围绕的中心问题才得以破解。[①]《守口如瓶》在矿长刘二宝和姜副县长的官商包庇和勾结下，主人公朴顺义的儿子成了他们的替罪羊，被宣判为矿难事故和死亡案件的首犯，受到重判。在绝境之中，“迟哥”如有先见般录下的神秘录音给了审判重要转机，这一关键证据最终也让坏人得到了应有的惩罚。[②] 还有《穿越》中虚构的退休老警察半路凭空出现，帮助了入职时间不长、经验不足的年轻警察“我”完美解决了一场边界纠纷。[③]

若在这一理想状态之外深入探究，我们不妨说上述如有神助般出现的人和物其实不过是作者一厢情愿的刻意安排，因循传统公案小说不可或缺的正义成分，带有某种传奇色彩，但如此反而泄露了作者在现实主义压制下深沉的道德无力感。如单纯就《假发》的写实层面而言，为了帮助有才华有能力但身份卑微的农村青年皮志远得到局里全额财政拨款的编制和身份认同，偏正义一方的政工室主任习让才一直和阴局长（人物名字已映射出人物性质）斗智斗勇。尽管习主任自己也鄙弃金钱贿赂、官官勾结、任人唯亲等体制内的阴暗面，但他让皮志远用钱疏通以致最后不得不寻求更高一级的市委宣传部长金立的帮助，并谎称皮志远是金部长的亲戚，是否已经表明作者亟于维护小说世界中的正义和生活中的亮光而舍弃了做现实主义客观描写的决心？因为这毕竟有悖于习让才在读者心目中清廉正义的人物形象，我们可以将此解释为以其人之道还治其人之身，但不可否认，它从侧面反映了目前社会的现实一种：体制内靠关系走后门的快捷有效与不可动摇。

刘少一公安小说中这种理想与现实的相互牵制，究其根源在于作者本人理想主义和现实主义的二元性创作姿态。二元对立情势难以调和遂造成他大

---

① 刘少一. 假发[J]. 北京文学，2018(05).

② 刘少一. 守口如瓶[J]. 民族文学，2016(10).

③ 刘少一. 穿越[J]. 啄木鸟，2019(12).

部分小说的结局并不完满，仅能实现局部正义。如《凌晨脱逃》中主人公麻凡在很多次碰壁后，莫名顺利地抓捕了在逃罪犯“闪腿”，但警察最终仍被一场蓄谋已久且精心设计的苦肉计所骗，使得罪犯逃脱，局里一年的全部工作被一票否决。尽管最后“闪腿”被抓获，但已经是其他警局的功劳了，颇具自嘲意味。[①]《猪事》中被金钱诱惑，凭借咬人的猪发财的三妹，虽然骗取了一笔不义之财，但本质不坏，守得住自己的底线，却被自己一直信任和依靠的丈夫二毛出卖，屈从于阴险淫欲的毛屠夫。小说结局她被毛屠夫举报，由警察带走，算是得到了自己应有的惩罚，但真正罪恶的毛屠夫却置身事外。[②] 二毛和毛屠夫之间的最后对话亦令人毛骨悚然，不敢想象三妹回来之后的生活。《假发》中皮志远编制问题的解决以刁主任的仕途升迁为代价。[③]《守口如瓶》中正义得到伸张，但促使正义得以伸张的“迟哥”却放弃警察身份，令人遗憾惋惜。[④] 因此，刘少一公安题材小说的结局尽管有理想主义体现，但总体而言，小说中的偏正义方常处于被压制的弱势地位，造成一种无从宣泄的郁愤状态，意味着作者在存心揭露这样一个道德失范的现实世界，反映其本人对以往公安小说大团圆“神话”的重新思考和自我诠释。

## 结语

刘少一任职警局的职业身份、土家族的少数民族身份，是他从事公安题材小说写作的身份优势，“不断挖掘自己的在场经验，把一个个妙趣横生的警察故事写得跌宕起伏，扣人心弦”[⑤]。同时辅以土家族独特的风俗人情，如《猪事》除却客观批判乡村人性善恶的主题内涵之外，生动地讲述了土家人“杀年猪”的习俗和日常生活细节，具有浓郁的烟火气息和丰厚的生活质感，带有鲜明的民族特色和时代印记。[⑥] 刘少一公安题材小说以警察故事为切入点，直面社会幽微百态和世俗生活本真，娓娓道来，质朴厚实，形成了自己的异质性小说创作风格，这是他忠实于自身职业生命体验和民族生活体验的结果。

---

① 刘少一. 凌晨脱逃[J]. 当代，2013(02).
② 刘少一. 猪事[J]. 作品，2014(03).
③ 刘少一. 假发[J]. 北京文学，2018(05).
④ 刘少一. 守口如瓶[J]. 民族文学，2016(10).
⑤ 孙卓. 微小悲欢中的新警察叙事[N]. 文艺报，2017-2-10(06).
⑥ 刘少一. 猪事[J]. 作品,2014(03).

他拓宽了公安小说的创作边界，摆脱了传统公安小说一贯的强烈英雄主义和浪漫情怀，不再执着于警察故事中险象环生的破案经过，不再神化公安人员形象，而是还原和再现他们的工作压力、家庭冲突、公安局内部的复杂人际和权力纠葛，深刻展露公安人员自我精神世界的焦躁无奈。在现实困境中挣扎奋战的小人物形象取代了以往"高大全"的警察英雄形象。正如他在"创作谈"里说的："故事和经历只是一个'壳'，我把关注的笔墨重点投向人心的蜕变和命运。"[①]

他将"坚持现实主义的创作方法，讲好新时代中国警察故事，创作好看耐读的小说"[②]看作是公安文学的创作本义和自己身为公安作家的职责使命。至于讲什么，突破警察故事表象挖掘内涵，拓宽外延；怎么讲，创新公安小说的艺术模式和结构布局，如何从内容和形式两方面思考和尝试更广阔、更深刻的公安小说创作，在美与丑、情与理、物与欲、真与假、虚与实等众多二元性中寻求对立统一、和谐共融，写出兼具深刻内容蕴涵和独特艺术形式的优秀公安小说，是刘少一未来创作的挑战，值得我们拭目以待。

## 第四节　恨铁：现代化浪潮下的暗礁

整个世界的宏观的问题可以从微观个体的身体及其机能出发进行研究。约翰·奥尼尔指出："人类首先是将世界和社会构想为一个巨大的身体。以此出发，他们由身体的结构组成推衍出了世界、社会以及动物的种属类别。"[③]通过探讨人类身体的社会学意义，奥尼尔指出了身体的悖论——被世界构成并构成世界，并赋予人体深层含义，强调人体与社会的隐含联系，将人体机能的健全情况推演到社会秩序层面，认为人体功能的缺失或失调是时代社会在某些方面失范的微观表现。由此可见，作家们对疾病的书写获得了超越个体生理意义的更广泛的历史和时代内涵，文学作品之中的各类病人形象作为作家观察和思考世界以及发泄情感的窗口，成为作家参与道德、社会、政治等命题的时代书写的文化策略。疾病书写凝聚了作家的文化和制度反思。

① 孙卓. 微小悲欢中的新警察叙事[N]. 文艺报，2017-2-10(06).
② 刘少一. 我眼中的好小说[J]. 人民公安报(剑兰周刊)，2018(06).
③ 约翰·奥尼尔. 身体形态：现代社会的五种身体[M]. 张旭春，译. 沈阳：春风文艺出版社，1999.

有别于身体机能的器质性病变，中国现当代作家们对精神障碍描写展示了一定的偏爱，《狂人日记》中患有被迫害妄想症的狂人即开启了现当代文学尤其是小说体裁对精神疾病的书写传统。狂人(《狂人日记》)、曹七巧(《金锁记》)、繁漪(《雷雨》)、秦癫子(《芙蓉镇》)、羽(《羽蛇》)、引生(《秦腔》)、幺姑(《女女女》)……疯子形象在文学作品中得到了广泛的表现。“文化病因说”在奥尼尔社会身体理论、弗洛伊德精神分析学等学说基础上进一步指出个体精神病变和危机乃是时代危机和文化危机的缩影。病理学意义上的疯癫症状是指思维混乱、缺乏理性、言行失常，文学作品中的疯癫显然越出生理疯癫深入更广阔的意义范畴，描写疯癫者的文学传统昭示着疯癫成为一种文化乃至文明现象，“疯狂是一种思想”。①

解读恨铁中篇小说《灯草花儿黄》中的主人公奶奶应当将她放在现当代文学疯子文学群像中进行检索和考察。区别于其他疯子，恨铁笔下的奶奶被作家赋予了独特的时代和地域特质。

## 一、扭曲的疯癫

疯癫及其在文学作品中的概念是经过作家们的不断书写逐步构建起来的，它不是一个确定的一成不变的概念，随着时代的发展和社会的变迁，其内涵和外延也在不断拓展和延伸。中国古典文学作品中塑造的疯子形象较少，狂人形象如接舆等严格而言与疯子有本质的区别。中国古典文学中疯子出现时也常常以疯和尚、疯道士、疯老人等形象出场，往往一是借此讽刺装疯行骗的社会流氓，二是为作品情节服务，有时甚至借疯子角色以无厘头的方式推进情节，三是为作品添加神秘色彩。《狂人日记》中的“狂人”第一次赋予了“疯子”启蒙的内核，打开了这一类型写作的崭新道路，疯子形象的文学史意义得到凸显，疯癫者的边缘人形象丰富了文学宝库，拓宽了文学对社会、人类、生命等领域的探究范围。鲁迅在刻画《狂人日记》《长明灯》里的这一类具有启蒙精神的疯子以外，还描绘了另一类具有启蒙价值的疯子角色，其中代表是因苦难生活而逐步走向疯癫的祥林嫂。祥林嫂之流本身并非启蒙者，但因其悲苦遭际引发读者对社会和文化的反思，因而获得了文学启蒙的意义。恨铁《灯草花儿黄》中的奶奶即是承接鲁迅写作而来的生活在新时代的旧社会里的又一位“祥林嫂”。

---

① 拉康.拉康选集[M].褚孝泉，译.上海：上海三联出版社，2001.

疯子往往逻辑混乱，言行古怪，不符合常人社会约定俗成的行为准则和道德伦理标准，因而往往具有冲击性和攻击性，甚至有暴力倾向。恨铁《灯草花儿黄》中的奶奶身上共存着暴力和隐忍两种矛盾的特质，奶奶的疯是在暴力反抗的欲望和卑微隐忍的现实二者近七十年的长久拉锯中爆发的。

家人们判断奶奶疯了的标志是奶奶一反常态的情绪激动和易变，甚至掐住“我”小堂妹的脖子胡言乱语地喊她“小娼妇”。奶奶疯了的时间在读者和旁观者眼中应当远远在此之前，在她第一次将自己亲生的孩子溺死时，她疯狂的暴力行为已经完全僭越了正常伦理道德的范畴，何况奶奶一生将自己的13个孩子溺死了5个，这种冷酷和残忍已经是彻彻底底的“疯子”了。然而在家人长久的认识中，奶奶的“疯”却被完全无视了。这种无视的一大原因可以想见是家人们平日的刻意掩盖和闭口不谈，其次小说以“我”这样一位孙辈的视角描述奶奶的一生，对奶奶的回忆和陈述带有主观色彩，有意将奶奶残忍的一面揭过了。叙述形式本身即内容，作者对叙事形式的有意选择和运用反映叙述者的态度和价值判断。文本中“我”对奶奶喊爷爷为“畜牲”的行为进行了多次详尽的描写，“畜牲”一词总共出现了18次；然而将奶奶杀死自己孩子一句话简单带过——“奶奶生的13个孩子中，溺死的5个都是自己亲自动的手”。这种亲族之间以及晚辈对长辈的忌讳背后是平静和温情掩盖的人性自私与冷漠，以及一种粗糙的道德伦理在特定历史和现实语境中压倒另一种道德伦理导致的惨剧。

奶奶的疯狂是报复，这个报复直接指向爷爷。奶奶彻底疯了的导火线是她得知自己将要和爷爷葬在一起。看似平静的生活遮盖了奶奶的伤痛，家人们简直无法理解奶奶对爷爷的冷脸，也不明白奶奶为何胡闹不肯跟爷爷葬在一起的行为，因此还能够和乐融融地出声取笑。奶奶痛恨的罪魁祸首是爷爷，但不该只是爷爷。这个村子的贫穷和落后从恨铁没有刻意铺陈的叙述中也能窥见一斑。为了儿子不被抓壮丁，奶奶被爹娘以两块钱卖给爷爷，老奶奶无比珍视裹过的小脚和贞操观，姑姑因为已经嫁人不能回家过大年，奶奶得了疯病家人请收士治鬼……这些弥漫着腐朽衰败气息的人情习俗仍然固执且强大地寄居在这个村落里头，挥舞着镰刀收割姑娘们美好的青春和爱情。柏拉图将疯子比作在黑洞中不见光明但也不甘忍受者，当他窥见黑洞之外的光明，便无法再忍受黑洞之中的寂寞和黑暗。奶奶疯病的起始是她第一回尝到爱情的滋味，但心爱的小丈夫被爷爷狠厉地枪杀；导致奶奶最后彻底崩溃言行失常的也正是当奶奶以为死后将要摆脱爷爷的控制却发现自己将要和爷爷埋葬在一起。奶奶疯了的经历正与此“洞喻”相对应。

奶奶的复仇方式手段狠毒。奶奶仇恨爷爷以至于要将孩子一次次生下来，再一次又一次溺死。这种把骨肉做工具，以自我折磨换取一点复仇快感的做法是奶奶对现实无能和无力的血的象征。奶奶总共溺死了5个孩子，仇恨早早将她彻底扭曲。奶奶看似凶狠的报复行为，无论是对爷爷冷脸喊他“畜牲”、不给爷爷洗衣服、掐死他们的孩子，还是不肯与爷爷葬在一起，实质上是无用的微弱挣扎。小说的最后，大家找到奶奶时发现她将自己半埋在野坟旁的黄土里自杀了，未继续言说下去的部分可以想见的结局是“我们”这些儿孙必将要为奶奶做一场风光的丧事，最后把她葬进爷爷生前就盘算好的碑下。奶奶被发现时伸在黄土外的头和手昭示着无法自我埋葬的悖论，象征着旧社会旧道德中女子无法掌握自身命运的必然结局。

## 二、父权的阴魂

爷爷对奶奶的报复也不是无动于衷。爷爷临死前“突然睁开眼，莫名其妙地笑了，然后吐出让家人永远不明含义的几个字‘他(她)——先死了’”。爷爷是最了解奶奶的人，三个人的爱恨情仇随着爷爷的枪响和奶奶的妥协早已被埋入时间的烟尘，奶奶却要和杀人凶手同床共枕朝夕相处几十年，并为他生养孩子。奶奶看似冷酷的报复在爷爷微笑着的“他(她)——先死了”面前被消解了力度和模糊了方向。奶奶受到的戕害从8岁被爷爷买走的当晚几乎被强暴开始，直至她75岁在爷爷死后选择以自杀的方式结束被压迫的一生。爷爷漫不经心、温和体贴的表面下是符合周围道德准则的极端控制欲和占有欲，奶奶不仅是他的妻子，实际上更是他用两块大洋换来的私人财产，外人眼中宠爱妻子的丈夫，是实际上的暴君，是奶奶人生的奴役者、生命力的摧残者。奶奶年轻时试图追求爱情，换来老奶奶的责骂和虐待，最终爱人被杀死，爱情之花被丈夫残暴的手段震慑摧毁。奶奶的情欲是所有正常人都会产生的并理应得到尊重的基本需求，爷爷瓦解奶奶仅有的反抗的方式就是以更加暴烈的方法镇压并最终摧毁她的正当需求。爷爷的反击轻而易举，他杀人时展现出的凶戾以及临死前毫不留情地揭起奶奶痛楚伤疤的阴狠，象征着父权文化对试图挑衅它的权威的异己行为的镇压。

以现代社会的眼光和道德标准评判爷爷的行为，可以将爷爷视作作品里的另一位疯子。但是爷爷杀人、严厉控制奶奶的行为在当时当地的道德伦理的掩盖下具有了合理性和合法性——未来得及做对不起爷爷的事的奶奶如若被告发要被“点天灯”，而爷爷却站在“正义”的立场将小丈夫“大义凛然”地射杀——抛开病理学上的定义，疯癫在文学作品和社会活动中还具有更广阔的社会文化含义，且社会意义上的疯癫永远处在被命名、被边缘化的被动和尴尬地位。

## 三、无望的复仇

疯癫在报复目的之外，还是一种逃避。疯癫具有一种精神内潜倾向，疯癫者因外界的长期压抑或突然的尖锐刺激产生精神上的混乱，使精神沉溺在个人的欲望表达中，达到暂时或长期切除与外界现实世界联系的目的，进行内在的自我保护和自我实现。压倒奶奶的最后一根稻草是得知自己死后仍要和爷爷葬在一处，无法挣脱强权和命运的恐惧感慑住她：“‘我不叫李氏，我又不是没名字，我叫李秀秀！’奶奶说完便不再做声，然后进屋去了，走到门边又回过头喊了一句：‘我才不跟他埋在一起！’奶奶在屋里转了几圈，丝毫没引起家人的注意。一家大小还在围着石碑取笑奶奶时，奶奶从后门出去，一会儿再进门时，笑嘻嘻地唱起了《灯草花儿黄》。”理性的方式无法唤起家人们对自己的需求的重视，奶奶最终无奈选择以非理性的、非正常意识的方式回应理性世界的迫害，以彻底放弃沟通的形式回避理性世界对她的忽视、隔阂和伤害。这呼应着《阁楼上的疯女人》中指出的男权社会中女性的疯癫是对女性身份及其带来的压抑处境体验的回应和逃避的符号，是奶奶作为女性的自我意识开始萌芽觉醒的初步表现。

奶奶复仇失败的结局是可预见的。在时代和社会的根本性原因以外，作为受害者，奶奶抗争的方式是不彻底的。作为时代中的个体，奶奶将自己悲惨一生的全部仇恨都倾注到爷爷身上，她看不到为了让哥哥不被抓壮丁而将她以两块大洋卖给爷爷作童养媳的父母的狠心，也看不到因为怕她偷情背叛爷爷而禁锢她、鞭打她的老奶奶的荒诞，她是一个完全的在旧道德伦理观念的浸染中长大而没有丝毫觉醒意识的最传统中国女性的一员。她与其他受压抑的女性相比的那一点“出挑”之处——敢于挑衅爷爷——不过是爷爷容许她挑衅的结果。相比于其他文学作品中暴烈抗争的疯女人形象，例如歇斯底里的繁漪、刻毒尖锐的曹七巧，奶奶的疯狂是形式上的反抗，缺少反抗的自觉性。喝着父权文化乳汁长大的奶奶既没有采取女性主义作品中常见的离家出走的手段，也不曾真正报复在爷爷身上，既没有自戕也没有奋起斗争，反而将手伸向了弱小无辜的孩子。吃人的文化无视女性作为人的基本尊严和正当欲求的伦理道德，因而也难以培养出有正义道德的女性，受害者摇身一变成为施虐者。尽管从“我”的叙述视角出发有意美化奶奶，但奶奶本质上何尝不是又一位被压抑的情爱欲望扭曲了的“曹七巧”呢？奶奶冷漠的外表下是被传统道德成功塑形的屈服于男性掌控欲的温顺软弱，奶奶年轻时追求的直到年老了仍怀恨在心的是被摧毁了的爱情，本质上她服从于社会对她的家庭、事业、财富、地位等的安排，没有试图动摇既存的社会性别秩序和权利秩序。奶奶对爷爷的报复是寻找一个发泄的渠道，爷爷作为父权文化的受益者和家庭的掌控者在这场斗争中有必胜的把握，故而能以冷静的姿态面对奶奶的报复。

## 四、传统的余孽

恨铁在写作时对这种旧的落后腐朽的道德价值观念能否在一段时间内得到改观是持怀疑态度的。奶奶疯了呼喊着“我呢？我呢”“你把我抢去了”“你把我还给我”，这里的“我”意有所指。丢掉的“我”是纯真的、大胆的、有爱人和被爱的能力的年轻时代的奶奶。奶奶在寻找时把堂妹当作自己：“找到了找到了！我在这里！我好乖致是不是？没人比我再乖致吧？”这种借助人物口吻发生的错认带有某种寓言性质，暗示着奶奶的命运和遭遇将会在后辈女性身上重复上演。爷爷在立生碑时和道士有一段很具乡土和地方色彩的应答：

“‘左青龙，右白虎，前朱雀，后玄武。旺后爹，是发人还是发财？’

‘发人又发财！’爷爷马上扯起嗓子答道。

‘人发千代行不行？’

‘要与日月同辉！’

‘金银满仓足不足？’

‘天下财宝都归俺子孙！’

‘不给别人留一点？’

‘别人都是俺子孙！’

这一问一答间，听得让人真是兴奋极了。待到阴阳转脸问：

‘子孙们听见没有？’

所有人几乎异口同声：‘听见了！’”

“天下都是俺子孙”的膨胀气势是一种根系庞大的居于统治地位的文化要继续生存繁衍的自信和野心，这种文化在乡野的封闭小环境里生息了太久，滋生出了无数堕怠的、落后的、腐臭的因子，但仍携带巨大的惯性和能量在时代里冲刺。

恨铁仍在小说中寄托了一点微妙的期望。小说中值得注意的一个细节是恨铁对于时间的安排。《灯草花儿黄》的故事在时间上跨越了 66 年(1933 年至 1999 年)，这六十多年里中国社会可谓经历了天翻地覆的变化，政治运动、经济变革、思想运动进行得轰轰烈烈、如火如荼。但是在恨铁笔下的这个村庄，外界波澜壮阔的变动都没有对这个村庄产生根本性的影响，村里几十年如一日地过着固有的生活。代表旧的男权社会的掌权者的爷爷在旧历的旧世纪的最后几天(1999 年腊月二十九日)溘然病逝，而渴望自然的、自由的、原始的情感的奶奶则跨过了年关自尽于小丈夫的孤坟旁。1999 年腊月二十九日和春节，这种新旧交替的时间节点和表述方式，体现了作者对这个村子的发展路径的沉思。

## 五、启蒙的微光

“女疯子”形象被赋予自我意识觉醒、反抗男权压迫、追求平等自由等内涵是从《简・爱》中塑造的“阁楼上的疯女人”形象开始。《简・爱》中对女性自然天性的舒展和社会权利地位的呼唤由明暗两条线进行：明线是女主人公简・爱社会性的、得体的爱情故事；暗线则是被关在阁楼上怪笑怪叫的反社会性的疯女人伯莎・梅森(男主人公罗彻斯特的前妻)，她预示着女性被男权社会压抑了生机走向极端，以疯癫的形式控诉和反抗男权社会的灵肉控制。[①]“疯”是对旧社会建立在压抑女性生命原欲基础上的不合理道德要求的愤怒反抗，是女性自我意识在痛苦中的第一次觉醒。以“阁楼上的疯女人”为代表的“女疯子”形象由此常被中外众多女性作家进行女权主义写作和探讨时引入作品。中国现当代文坛上，曹七巧、司绮纹、吴为等“女疯子”形象通过她们反常规的富有攻击性的言行来发泄她们作为女性的个人价值和尊严被贬抑的强烈心理冲突，她们都是对关在阁楼中的伯莎・梅森的跨越时代和地域的遥远呼应。

与西方世界的国情有异，中国从五四运动开始走上思想启蒙的道路，女性意识的觉醒一定程度上是跟随着国民意识觉醒的脚步不断推进的。在女性

---

① 桑德拉・吉尔伯特，苏珊・格巴. 阁楼上的疯女人——女作家与十九世纪文学想象[M]. 杨莉馨，译. 上海：上海人民出版社，2015.

意识觉醒的初期，个体自我意识、社会意识等觉醒和发展的历史任务在国民思想和文化建设中占据着更重要的位置。五四运动未竟的启蒙任务使试图对国民性格、中国社会、民族文化进行描绘的后来者作家在进行民族写作时要秉持正义良好的历史责任感承担更深、更广的文化启蒙任务。因此在中国语境中，男性作家和女性作家塑造的“女疯子”形象在其深层文化含义领域中呈现出较大的差异。总体而论，女性作家刻画“女疯子”形象时常以“女疯子”为文化符码对女性问题进行逐步深入的思考，在对“女疯子”形象的探索和展示中，女性自我意识的崛起不断加快，性别认知由混沌走向成型和成熟。两相对比，男性作家在进行“女疯子”形象塑造时往往倾向于关注国民思想启蒙的主题，“女疯子”作为角色手段不反映男性自身的性别体验，而是展示着落后地区或经济上实现了现代化的地区残留的固守的落后文化和伦理道德，以此表达自己对现代化进程的关注和探索，启发读者对国家发展和文化建设的思考。

考察恨铁《灯草花儿黄》塑造的疯了的奶奶的形象，其功能性质更加贴近鲁迅、曹禺等塑造的祥林嫂、繁漪之类，而与离铁凝、徐小斌等刻画的司绮纹、羽之辈较远。恨铁《灯草花儿黄》的写作承担男性作家写“女疯子”形象意在批判传统文化落后的、不合理的一面以警醒现实的写作责任感，对奶奶这位“女疯子”的刻画以平淡中深潜情感的写法，表现对被旧社会、旧思想、旧道德伤害的脆弱女性的同情，以及对美的情感和美的生命被无情打压和摧残的惋惜。相对于女性作家写女性被压迫经历和现状的文字和作品中常常有的深刻愤怒感和焦虑感，恨铁对奶奶这一疯角色更多是抱着一种平静的、理性的、抽离的态度来回顾她的一生。必须承认的是，对疯癫现象和文化的研究总是理性者对非理性者的理性书写，因而疯癫者形象总要跨越理性和非理性两个向度。作为人类社会中的一种特异生存形态，被剥夺了话语权的疯癫患者处于被命名和被标签化的地位，他们是被发声者。因此在疯癫者形象中，读者更能感受到作家所塑造的对象无非是作家对对象的理解，恨铁所写疯了的奶奶是恨铁借其表达对隐藏在现代化大潮表面下的暗礁——被甩在时代身后的边缘社会——的关注和思考。同时，在对奶奶这一脆弱、无助、非理性的女性形象的塑造过程中，作家也完成了对自己的性别认知的建构，将坚毅、进取、理性等好的性格品质附加在自己身上，形成善意的自我认同。

# 第五章　常德文学小说方阵（下）

随着时代的发展，社会生活的方方面面都在经历着翻天覆地的变化。新的现实领域、思维方式、媒介形式等层出不穷，极大地影响着人们的观念和审美，一方面冲击着传统的表达与内涵，另一方面也为艺术提供了新的对象与形式。自改革开放以来，作为最能生动直接地反映社会面貌与个人情感的文学体裁，小说在内容与写法上不断拓展和创新，各种题材类型的写作都得到长足发展。进入信息时代后，适应新的阅读习惯和审美心理的微小说与网络小说更是获得了广泛的接受。当代写作拥有多元化的舞台，当代小说具备丰富多彩的表现力，不少颇具才华与思想的青年作家争相涌现，创作出各具异彩的文本。

常德青年小说家敏锐地捕捉时代具象，发掘个人经验与情感，成为常德与湖南小说界的生力军。“80 后”小说家毕亮以深圳作为重要的书写场域，反映城市化进程中底层劳动者的困苦和隐痛，是打工文学阵营重要的青年旗手；楚梦的动物小说颇具特色，于短小精悍的讽喻故事中蕴涵对现实的沉思与批判，以思想的力量充实文本；以戴希为代表的常德微小说创作群在全国微小说界产生了广泛影响，他们以符合当今快节奏生活下碎片化阅读趋势的微型故事为载体，将思想和审美的闪光寓于极简的语言和情节中，浓缩成具有鲜明时代特征的精致作品；“70 后”作家龚芳在作品中融入个性化的生命体验，书写一代人的心灵悸动与创伤。尽管青年小说家在思想和技法上还需更进一步的打磨和沉淀，但他们的作品已经展现了可贵的闪光，是富有活力和未来可期的群体。

## 第一节　毕亮：深圳外乡人的平凡之路

改革开放以来，越来越多的农村人口涌入城市，寻找新的机遇，实现人生的改变。这些人大致可以分为两类：一类是进城务工人员，在工厂或者服务行业工作；另一类是因教育红利跳出“农门”留在城市工作的人群。农村人口的外流，对城市和农村两者都各有利弊：一方面，农村人口的流入为城市建设提供了大量劳动力，促进了城市的发展，但大规模的流动人口给社会环境、城市治安、基础设施等造成了巨大的压力；另一方面，农村人口的流出可以促进个人的发展，提高经济收入，但大量青壮年的流失造成农村地区空心化，留守儿童、空巢老人、土地弃置等现象严重，加速乡村衰落进程。

文学在此进程中，发挥了对现实生活的观照作用。20 世纪 80 年代末出现一批农民工作家，他们以自己的亲身经历与现实体验为素材，创作了充满在场感的打工文学，在发展过程中，经历了代际变化。最早林坚、周崇贤、张伟明等作家对城市不公的倾诉，接下来王十月、于怀岸、曾楚桥等作家对城市和现代化的控诉到理性思考，再到 21 世纪十年后陈再见、毕亮等新生代农民工作者在新的时代语境下不同思想观念的创作。① 其中，毕亮作为打工文学、深圳文学的代表，他构建了文体上以短篇为主、表现内容上以深圳为主的小说世界。②

## 一、边缘人群体

在毕亮的小说世界中，“边缘人”是小说的主角。“边缘人”概念是由芝加哥学派领军人物罗伯特·帕克在 1928 年提出的。他认为“边缘人”是一种文化混血儿，“他和两种文化生活与传统截然不同的人群密切地居住、生活在一起；他绝不愿意很快地与他的过去与传统割裂，即便他被允许这么做；由于种族偏见，他也不能很快地被他正努力在其中寻求一个社会位置的新社会所接受。他是两种文化和两个社会边缘的人，而这两种文化和两个社会决不会完全渗透与融合在一起。”③

从毕亮的身份来看，他是农村大学生的代表，成长于湖南安乡，现供职于深圳，他的文化基底无疑是乡村文化和都市文化混合的产物。在两种文化的影响下，他的作品也可以分为两个部分。另一部分是“官垱镇系列”，讲述的是失落的乡村；另一部分是“深圳题材”，勾画了青年男女在深圳的梦想、

---

① 王新宇. 20 世纪 80 年代以来农民工作家的城乡书写嬗变[D]. 辽宁：沈阳师范大学，2018.

② 蔡东. 薄刃上的舞蹈——论毕亮和他的“小说深圳”[J]. 百家评论，2013(04).

③ 余建华，张登国. 国外“边缘人”研究略论[J]. 哈尔滨工业大学学报，2006(05).

奋斗、挫折、妥协。在官垱镇，留守儿童马达和盲爷爷马老倌相依为命，马达用口技再现了爸妈过年回家的景象，缓解爷爷思念儿子、儿媳的心情。在深圳，以马红旗为代表的农民工、以马漠和柳慕雅为代表的年轻男女，他们如帕克定义中的边缘人，徘徊于乡村文化和都市文化、传统社会和现代社会的交界处，努力挣扎，书写着异乡人的平凡之路。

## 二、气味和疾病

边缘人由于经济地位、教育水平等限制，不易引起主流社会的报道，成为失语群体、弱势群体。王小波在《沉默的大多数》里认为所谓弱势群体，就是有些话没有说出来的人。就是因为这些话没有说出来，所以很多人以为他们不存在或者很遥远。[①] 余泽民评价毕亮"不想做沉默的善者"，[②]他要"做一个真诚的记录者，做一个'在场'的小说家，以文学、以小说的方式，呈现个体在时代、社会转型期的精神困境，尤其是人们的选择与放弃，得意与失意。"[③]毕亮因痛感而提笔写作，他的小说运用了一系列意象来营造生活的残酷。从小处着手，可以是若有若无的气味，也可以是让绝大多数中产阶级返贫的疾病。

在毕亮的小说中，反复出现一些"怪味"，给人无限的遐想。在《外乡父子》的开篇提道："跟白天的沉闷寂寥比，我更喜欢夜色里的城中村，嘈杂、混沌，有股古怪的涩味。"这股怪味笼罩在每一个前往深圳打拼、居住在城中村的底层人民身上，是环境赋予个体的共同气味。它就像电影《寄生虫》中，围绕有钱人生存下去的家教、司机、保姆身上的半地下室味道。《油盐酱醋》开篇就是气味袭来："天不亮，老马就醒了，闻到卧房有股古怪的气味，夹杂霉味。是衰老的气息。"《不安》中，戴莉深夜和丈夫一起带婴儿看病，"他们离开医院，天色幽暗，灰黄的路灯照着他们。等的士时，戴莉站在微暗的路边，幽幽地说，我问出来了，刚才在医院里闻到的那股怪味，是死亡的味道。"《伤害》中夏琳为了救重病的孩子，借香港商人的钱。出发前，"夏琳走到厅里，李泉面前地板上落了好些他刨下的头发。她说，你闻到没有，屋里有股怪味。我知道你怎么想，你吃醋"。

---

① 王小波.沉默的大多数[M].长沙：湖南文艺出版社，2018.

② 余泽民.不想做沉默的善者——我眼中的作家毕亮和他的小说[J].文艺争鸣，2013(12).

③ 毕亮.深圳的馈赠[J].文艺争鸣，2013(12).

有些怪味是可以明显推断出来的，比如“古怪的涩味”“苍老的气息”“死亡的味道”，有些怪味则很难下定义，作为小说的线索，反复出现。比如《消失》中怪味出现过五次。第一次是男人想把房子转租出去，“拎着空酒瓶，男人走去阳台。吸鼻子，他闻到有股怪味。阳台角落里那一大堆酒瓶、易拉罐，他打算在客人看房前处理掉。那盆枯萎的芦荟，他也不想要了”。第二次在男人处理掉阳台的瓶瓶罐罐后，“他又闻到那股怪味。不是汗臭。”第三次是在一对年轻情侣过来看房，“女孩视线越过阳台，戳向远处云霞灿烂的天空。终于她忍不住说，我闻到有股怪味，你们闻到没?”男人解释为海水的咸味、腥味。第四次是在男人收拾行李，他闻到“卧房的怪味越来越浓，男人盯着组合床发愣。稍后他将一团脏衣服塞进包里，还有牙膏、牙刷、毛巾、洗发水、松下电动剃须刀、索尼数码相机”。第五次是在这对情侣收拾完出租屋，“两个人安静地坐着，未动身。女孩突然讲话了。我觉得屋里那股怪味肯定不是海的味道，你仔细闻闻，女孩望着阳台外面初亮的灯火说，估计是什么东西烂掉了”。关于怪味的来源，作者一次次给予暗示，但一次次被否定，直到结尾，也未能搞清楚怪味究竟源于哪里。毕亮的小说给画面赋予味道，但它并非普通的味道，而是怪味。这种怪，由鼻腔刺激着神经，他将抽象的情绪具化为怪味，其中混杂着漂泊者的失意、痛苦、无奈、悲伤，勾勒出在深圳的外地人精神世界的矛盾。

气味靠嗅觉存在，麻木的现代人可能会如处鲍鱼之肆，久而不闻其臭，与之化矣。索性疾病以滔天之势重击满目疮痍的生活。在毕亮的笔下，不论男女老幼，总会有疾病的影子，似乎是病态社会在个人身体上的投射。《铁风筝》中男警察魏迟患有失眠症和多梦症，杨沫上小学的儿子得了先天性白内障和地中海贫血症，杨沫的丈夫为了给孩子治病伪装为抢劫银行的人质，被魏迟用枪打死；《恒河》里孔心燕有位植物人父亲；《城中村》中，男人的妻子得了尿毒症；《职业病》中，马红旗和同村的其他人，因为打工害病，早早结束了人生。暴躁症、乙肝、糖尿病、瘫痪、绝症等病症构成了生活的底色，不管是先天性的，还是后天的，都给小说中人物的命运蒙上了一层沉重的灰色。

即使是健全人，精神上也存在问题，怯懦、孤独、无力、堕落。《妥协》中的“我”本来是在演出公司跳舞，后来被金先生包养，过上了衣食无忧的生活。一个人住在深圳市内两居室的房子，无所事事，看书或看碟片，想去北京，又缩头缩尾。就像“我”养的芙蓉鸟，刚入笼中时“在笼内扑腾、鸣叫、展翅‘跃跃欲飞’”。后来，在“我”的凶眼下，“芙蓉鸟也不叫，挨着饿，隐忍地等主人赐食给它”。隔些天，“芙蓉鸟很享受我对它的照顾”，慢慢地，“芙蓉鸟越来越沉默，不爱叫、不爱闹、听话、乖顺”，“我”在这个过程中，彻底认可被包养的身份。由抗争到妥协，怯懦的增长使得独立人格的彻底异化，成为依附男人而生存的女人。深圳，这座高度发达的城市，只能承载光鲜亮丽的一面，阴暗而不为人知的另一面在黑暗中疯狂滋长，吞噬着梦想、奋斗与希望。二八定律作用下，大部分人苦于生活的重压，身体和精神只能处于沙漠和旷野之中。

除了气味和疾病，毕亮还擅长用生活用品标识个人的阶层，不同品牌的产品成为附着在人物身上的标签。普通人用清风牌纸巾揩鼻涕，用威露士消毒水洗手，吃着加了李锦记酱油的饭菜，喝着“金威”啤酒，使用着海尔冰箱，与此形成对比的是山姆会员店、西门子双开门冰箱、紫色PRADA手提包等高档产品。众多的大众化产品勾勒出普通人的生活场景，悲欢离合就在这生活的舞台上演。

## 三、留白手法的使用

毕亮在小说中不仅运用意象来构建故事，还巧妙地运用留白手法增强故事的张力。这种张力主要来自小说写出来的部分、被省略的部分和暗示的部分，它们三者共同构成小说的意义。[①] 如同冰山一般，露出水面的只是冰山一角，加上冰下的主体部分，才使得小说更饱满、留有思索的空间。

在《纸蝉》中，小说的主线是小麦的父亲来深圳看望他，勾起小麦对父母之间的爱情的回忆，而小麦眼中的女孩和来历不明男人之间的情感纠结，成为父母之间往事勾连的一个关照，[②]这种对照式结构，使人遐想年轻女孩和小麦母亲两者的命运。

故事开篇，老麦听到路人惋惜凶杀案死者是二十岁不到的在校女生时，他出现了死者颈部暗紫的勒痕的幻觉。回家后，他用消毒水洗手，反复揉搓，搓得双手惨白。老麦是位退休的大学教授，喜欢折纸，特别喜欢折多足动物。他孤身一人在台北大学老校区教职工宿舍生活，想去深圳看望儿子小麦，出门时特地带了数码相机，想跟儿子合个影，留作纪念。父子俩坐在咖

---

① 张新颖. 我读毕亮小说的感受[J]. 文艺争鸣，2013(12).

② 崔道怡. “乌云的银边”——毕亮的《在深圳》读后感[J]. 文艺争鸣，2013（12）.

啡厅见面，目睹了年轻女孩和中年男子的对话，女孩像小麦的母亲，引发了父子俩关于女孩是否像母亲以及男子身份的对话。在对话中，小麦猜测中年男子是叫兽(教授)，用来讽刺老麦。回到住处后，小麦问父亲，母亲是怎么死的？老麦说是自杀，在连环追问下，从沉默片刻，漫不经心地说到噤声，颤抖着手点燃香烟，从答非所问到脸红透了，双手捂住脸再到继续捂紧脸，低下头，将脑袋深深埋在了两腿之间。从老麦的表现来看，妻子的自杀应该是被他害的，他是罪魁祸首。临睡前，老麦发现小麦看的香港色情杂志，嘀咕着“这小子，跟他老子一个德行。”从此话中，应该可以得知小麦并非老麦的亲生儿子。

纸蝉在全文中多次出现，篇首老麦书房地板上有折的纸蝉，两人见面时，老麦先折了纸蝉，说小麦小时候最喜欢纸蝉了。最后，老麦要离开儿子家，打算折一对纸蝉留下做纪念。蝉是鸣叫昆虫，纸折的蝉却无声，需要人去联想。小麦的亲生父亲是谁？小麦的母亲自杀的真正原因是什么？老麦听到凶杀案的被害者是个在校女生时，为什么脑子会出现死者脖颈的勒痕？老麦回家后反常的行为做何解释？老麦为什么喜欢折多足动物？老麦想起了很多其他事，后悔这趟旅程，他想起了什么事呢？老麦年轻时的所作所为，通过小麦的追问，我们能窥见一部分事实，但全部的事实仍在掩藏着。这次旅程只是一个小切口，关于老麦，关于老麦的妻子，很多未知仍待揭晓。这种含义不明的模糊，给读者留下了无尽的想象空间。在小说原有的架构和提供的线索上，可以发挥想象力，补充成不同的故事。

## 四、程序化痕迹

毕亮的小说从主题的选择、叙事的方法和思想的深度来说，远超其他“80后”作家。但小说的故事框架有些存在着明显的程序化痕迹。

毕亮小说中，青年男女分手的过程有章可循。在《消失》中，男人因没找到工作，脾气变得暴躁，出现家暴倾向，“他喝了酒，就把女朋友当沙袋，拳头、巴掌、飞毛腿，全使在女朋友身上。他把手当成钳子，掐紧女朋友脖子，将她整个身体抵在墙上。好几次，女朋友晕了，他急得团团转，掐她人中，往她脸上泼冷水……”女友不堪忍受暴力，虽然不舍但分了手。在《大案》中，刘天宇丢了广告公司策划文案的工作，患有轻度暴躁症，女友田甜要离开他的时候，他“一截一截扯开塑料绳，将田甜的双手双脚绑床头床尾”，参与了一场珠宝抢劫案。在《伤害》中，酒鬼男人因为失业，经常喝多，喝多了拿女友当沙袋，揍得鼻青脸肿，女人后来一声不响地在夜间走了。在《我们还有爱情吗》里，马漠因为经济不景气，公司裁人，丢了工作。后来和女友柳慕雅“总是为些鸡毛蒜皮的事争吵，动静闹得天大，摔碗、摔碟、摔瓷盘，吵架时伸手够得到、摔地上能弄出巨响解气的器物，抓到什么就摔什么。只差动手干架了”。接连丢工作，导致两人的矛盾激化，以分手告终。通读毕亮的《在深圳》小说集，可以总结青年男女分手的原因，导火索无非就是男人失业，之后酗酒、家暴或是怠于找工作，恋爱关系岌岌可危，最终使爱情被磨灭。以失业而始，以分手而终的模式，体现了毕亮对爱情与面包二者选择的明显倾向，但过于雷同的情节，程序化痕迹降低了小说的可读性。

毕亮的小说具有重要的现实关照意义，对于底层成长叙事、现代人的心灵刻画有着独到的描绘。他精巧地使用叙事方法服务于作品、深耕短篇小说，构建自己的故事体系。他走出了不同于青春文学自我感伤的另一道路，沉默书写，让自己的小说依随自然的节气盛衰枯荣，自有一份韧性和定力。文学道路漫长，愿他收获自己的不朽作品。

## 第二节　楚梦：张扬思想的力量

楚梦，原名倪章荣，出生于 20 世纪 60 年代。所谓楚梦，即楚人之梦。作为一个湖南作家，楚梦有对小说写法勤于探索的自觉，在小说创作上表现出不甘平庸、敢于创新的勇气，同时表现出强烈的现实洞察力和批判力。楚梦躬耕写作，创作发表微型小说、中短篇小说、长篇小说、散文随笔和学术评论文章等一百余万字。其出版的小说短篇小说集《那晚的月亮》与长篇小说《邪雨》引起了学界的关注，而后出版的《动物界》《红色引擎》等，都很有作家的个人色彩。其中《动物界》被称为“幽默动物小说集”，在微型小说领域和动物小说领域进行新的开拓，从题材和形式方面进行了颇有趣味的尝试，长篇小说《红色引擎》则有别于此前的《邪雨》进行了题材的拓展和历史纵深的挖掘，发掘表达可能性和丰富性，更具历史和文化的厚重感。

### 一、人类社会的镜鉴

21 世纪以来，动物小说的书写层出不穷，因此如何能够推陈出新成为这一题材写作的重大障碍。楚梦写作强调个人的视角和方式，有意识、有准备地在现有题材和写法的基础上进行创新。楚梦在《动物界》系列小说集一书后记中提到自己在对这些微型小说进行归纳时，并不愿将其称为“动物小说”，但无法找到更恰当的名词。楚梦动物小说不是传统意义上的规范的动物小说,《动物界》一书中有些文章甚至并非以动物为主角。作者在对动物进行描写时未着重描写动物的生物习性，不讲究科学性，不是为了反映动物的本性，同时他也强调自己不愿写成高高在上、故弄玄虚的寓言故事。这种“伪动物小说”是楚梦开拓的动物小说写作的新角度，在尊重动物生物性的基础上，结合传统文化对动物的认识，对动物进行人格化的修辞与寄托，具有突出的空想特征，是超越动物生物真实性而更趋文化性的写作方式。

《动物界》系列小说在内容上的突出特征是对思想性的强调。楚梦动物小说塑造除了几个具有典型性的形象系列：权力者(强者)形象系列、奴者形象系列和弱者形象系列，权力者如狮、虎、狼等，奴者如狐狸、狗、狈等，弱者如鼠、兔、蛙等。其中，奴者形象和弱者形象常常发生身份重叠和由后者到前者的地位转换，这种交融和转换是在权力者权柄下定义和促进的。在权力者、弱者和奴者族群内部之中也存在着三者的严密等级划分，由此构成对这一形象系列的复沓强调。《动物界》中某些故事情节具有高度的相似性，一些戏剧性的片段转换主人公后反复上演。如强权者承诺将永远服务弱者，而在弱者成为奴者后最终迎来了死亡结局的故事情节，在《狐假虎威之后》《犀牛王的觉悟》《狼洞夜饮》中一再重复；动物间为了生存资源相互攻击，在束手无策中势弱者转而想到向人类讨好求助，最终借助人势声张族群威势甚至消灭敌人的情节出现在《围剿猫头鹰》《象计划》《鬣道》中；奴者奴性难以泯灭，在糖衣炮弹、蝇头小利和自我欺骗中放弃权益和斗争，自甘为奴的心理反复出现在《犀牛王的觉悟》《天鹅肉》《白马的诉求》等文章中。楚梦动物小说在单篇的叙事上并不强调技巧性，微型小说形式本身也不善于立体复杂的形象刻画和花哨的叙事技巧运用，但是作者有意以合集形式，通过内容重复和形式重复形成某种有原型意味的强调，以此达到有效传达小说思想内涵的目的。

被誉为“动物小说大王”的沈石溪认为：“动物小说之所以比其他类型的小说更有吸引力，是因为这个题材最容易刺激人类文化的外壳、礼仪的粉饰、道德的束缚和文明社会种种虚伪的表象，可以毫无遮掩地直接表现丑陋与美丽融为一体的原生态的生命。”①虽然《动物界》中极少有对所谓生命美丽

① 沈石溪. 红奶羊[M]. 天津：新蕾出版社，1998.

一面的讴歌，但这种题材对文化伪饰的强力冲击在书中得到了出色的反映。楚梦动物小说一方面从人与动物的相似性切入，描绘动物世界弱肉强食的生存法则，以拟人的方式将这种竞争法则进行自然的迁移，自然意义上的弱肉强食进入人类社会披上文化和道德的外衣，但其残酷本质不变。另一方面，楚梦将属于人的虚伪狡猾、歹毒奸诈等性格放置在动物身上，通过错位的荒谬感，揭露人类某种程度上比动物更为残忍卑劣的丑陋面。对于作为弱者的动物，作家在表明同情的同时也不乏戏谑和嘲讽，以及“哀其不幸，怒其不争”的愤懑。挥去万物有灵的神秘色彩，楚梦笔下的动物作为一种工具，以动物喻人，以动物世界映射人类社会，作者对禽兽之道的辛辣批判是对人类社会某些生存法则的讽刺和攻击。作者将动物作为人类的镜鉴，因此作者对动物的批判落脚并不在动物本身，作者也未展示动物小说作家热衷于歌颂的动物优于人类的光辉面，告别了煽情和谕旨性的布道说教，以谐谑尖酸的讽刺暴露人类道德上的卑鄙，尤其讽刺和抨击了权力者以卑鄙的手段获得权柄、滥用权力、欺凌弱者、颠倒黑白的恶劣行径。楚梦的微型动物小说以强大的思想性闪烁着批判的光芒。

## 二、青年的精神向导

与此前《邪雨》满地鸡毛的琐碎和物欲旋涡拖拽的纷扰不同，楚梦写于2018年的长篇小说《红色引擎》更具理想主义的色彩，主人公沈斯琴投身公平正义事业的热情使小说洋溢着积极乐观的进取精神。

楚梦长篇写作的叙事能力主要体现在对小说整体情节和节奏的把握与控制上。《红色引擎》情节跌宕紧促，高潮一波接一波，少有无趣平淡之笔。文章以沈斯琴的成长为明线，展示沈斯琴从一个沉默寡言、胆小怕事、懵懂迟钝的小城青年，成长为一个有所追求、坚定自信、智慧聪颖的成熟实践家的思想转变历程。引导着沈斯琴改变的正是一根“红色引擎”，这根引擎来自革命前辈谢觉哉冥冥之中跨时代的思想情感指引，被醉香坪征拆事件激起发动起来。谢觉哉的精神感召是小说的一根暗线，埋在沈斯琴一切行动的背后，推动了沈斯琴第一次冲动进京，鼓励了沈斯琴第二次进京上访，激励了沈斯琴最终投身慈善事业。沈斯琴的成长以谢觉哉为精神支柱，双线交缠着推动故事的发展，在作者的妙手牵引下，几番地点转换和心境变化叙述清晰连贯，读起来顺畅自然。作者文字快中有慢，激烈进展的情节中也有大量闲笔贯穿。作为一部某种程度上的成长励志小说，楚梦对主人公沈斯琴心态及其转变的刻画是细腻的，细节的雕刻营造出强烈的真实感。如在写沈斯琴第一次陪爷爷找市长时，详细描绘了沈斯琴在办公楼中仓促潦草地打探办公室、装模作样地思考解决办法然后随意点头附和的青涩、慌张和逃避心理；如在心态转变过程中，沈斯琴对自己在认识上产生强烈的不确定感，“不知道”一词反复出现在沈斯琴的口中；又如沈斯琴得知余弦死讯赶去奔丧，在飞机上不停哆嗦，却回答空姐只是恐高，精妙的细节传递了沈斯琴克制的悲痛。小说结尾处沈斯琴常看的三本关于谢觉哉的书在搬迁时突然消失，爷爷也说从未见过，这个情节意味深长：此间事了，前辈对后辈的感召与引导使命完成，沈斯琴从未与谢觉哉产生实质的联系，因此这几本书的下落不明让一切仿佛又归于空，但是革命前辈谢觉哉对沈斯琴一生已经产生了惊天动地的影响。情节一路奔流到结尾处汇入大海终归于平静与宽广。

在公平正义的崇高旗帜下，楚梦还选择了乡土情结这一扎根大地的中国传统情感唤起读者的强烈共鸣。如果说谢觉哉与余弦唤起了理想和信仰的力量，那么爷爷、母亲、一众乡亲以及故乡拆迁这一具有现实普遍性的话题则扣动着中国人内心深处最柔软的琴弦。余弦还代表着知音同伴的陪伴、鼓励和共勉。沈斯琴逐渐倾向余弦并发现蒋俊逸出轨与其分手断交，是不得不经历的情感变化：新生的自我必然会经历舍弃和被舍弃，最终从过去中真正脱胎，寻找志同道合的伙伴和伴侣。楚梦从公理和人情两个方向用力，小说既有高蹈的理想主义，又有缱绻的情感羁绊，因而更具有荡涤人心的力量。

沈斯琴的性格很具有时代代表性，能够对当今青年产生思想的启发。沈斯琴内敛、善良，具有一定正义感，但陷在生活迷雾中，显得幼稚、懵懂、迟钝。她没有目标，被生活和时间推着走，不明白人生的价值但也并非永远甘于平凡，渴望成长又被迷雾渐渐包裹，正是当下最平凡普通的当代青年的生活状态。沈斯琴的巨大成长启发青年们在生活中无处着力时可以回头向历史和榜样借力。在终极理想被消解、价值体系崩溃、意识形态日渐多元化的世代，克服虚无感和空虚感的一个途径是抓住历史的扶手，从古今的英雄身上汲取信仰的力量，开阔眼界，树立目标，寻求个体的超越。楚梦的《红色引擎》理想主义色彩不仅体现在小说对公道正义的热情追求和乐观态度上，还体现在作者对年轻人的热切期望与激励中。红色的引擎不仅在沈斯琴心中发动，也在读者心中埋藏下来。

### 三、思想与批判的火花

楚梦小说写作具有高度的思想独立性和强烈的批判精神，强调文章内容言之有物。楚梦短篇小说敏锐聚焦生活小场景与小变化，对现实生活中引人深思的细处抱有高度敏感的警觉，长篇小说则深挖人性的多面性、复杂性和变化性，在叙事中传递作者对社会与人生的思考。楚梦的小说探讨的范围颇广，对权力与斗争、欲望与原则、成功与价值、平凡与伟大等问题，都有自己独到的体验和思考，批判意识不仅是楚梦创作的灵魂，也是他认识世界的方式，渗透在作者写作和思考的方方面面。楚梦笔下人物都是大千世界里的凡夫俗子，探讨的话题贴近芸芸众生的生活真实，从平凡的生活中看到苦闷无奈背后的生存困境与价值追寻。奋不顾身追逐功名利禄的方子涵、挣扎着沉沦的甫正风、善于在变与不变中自我审视的沈斯琴等人物的身上都闪耀着楚梦批判思维的光芒。

服务于高度的思想性，楚梦写作笔调沉着，兼有一种冷静锋利的幽默感。《动物界》将动物拟人化煞有介事的书写本身具有很强的幽默讽刺色彩，其中还有许多荒诞滑稽之笔：《鸟民》中试图在鸟类身上一逞官威的退休杜局长遭遇鹦鹉学舌将“局长好”念成“局长屌”，狠狠丢了脸面；《与狼争仆》里山中禽兽纷纷主动要求做仆人，要自称仆人的中山狼做主人，主仆位置互换；《蟑螂的抗议》中一直被喊打喊骂的“害虫”蟑螂半夜围堵郭教授房子要求人类教授给自己写书正名……楚梦的幽默冷静中带有很强的讽刺意味，能够提升文章阅读的趣味性，在嬉笑怒骂中引人发笑，同时引起读者的深思。

楚梦具有使命感的小说创作体现出作者强烈的艺术追求，他在多方面寻求突围，以创新为指针指导小说创作。楚梦创作扎根生活现实，探讨人的生存困境，深挖社会瘤结，叙事扎实，内容饱满，在严肃和深沉中又透露出淡淡的幽默和诙谐，具有强大的社会洞察力和思想批判力。

## 第三节　戴希：情感与关系的现实把控

戴希，中国作家协会会员、中国微型小说学会副秘书长、世界华文微型小说研究会副秘书长、中国微小说与微电影创作联盟常务理事，也是《小说选刊》特约编辑，在全国 100 多家报刊公开发表千余篇作品，获得了多个文学奖项。“真正的小说必须是现实主义的”①，优秀的小说是反映社会生活的一面镜子。社会生活千变万化，在不断地推陈出新中拓展着人类智慧的极限，新发现和新问题也在不断涌现。如何精准地把握时代的脉搏、切准社会病根的苗头、及时发现问题并提出警示，是每一位文学创作者都需面临的挑战。面对微小说在社会和文学领域中愈发重要的现实情形及社会现象和问题不断涌现的情况，戴希对创作微小说的态度也从最初的娱乐消遣变为了精益求精，将自己对于社会的希望融进自己的小说创作中。他准确地把握社会风向，不断磨炼和实验着自己的写作能力。在他自己看来，“世界已进入微时代，微小说又是微时代的文学宠儿，实验微小说，我自然会永不止步，风雨兼程”②。在微小说实验中，戴希通过多个主题的书写，涵盖了社会生活的多个方面，内核积极健康、充满阳光和正能量，思想内涵和切入角度皆有新奇和独特之处，在当代小说创作中，开辟了一条属于自己的道路。

## 一、永恒的真善美主旋律

美好真挚的情感和动人心弦的故事是文学中永不过时和繁荣常青的主题。人类社会需要真善美来维持稳定，人心需要真善美来洗涤心灵。作者通过书写来“宣泄”生命中的快乐和痛苦，读者通过阅读来超越现实困境，追求心理平衡。发现生活中的真情和真善美，是鼓舞和温暖人的一剂良药、一份慰贴。无论社会关系和社会现实怎样变化，人类的情感都会从纠结复杂中突围。真挚的友情是人类社会关系中温暖而坚强的存在，是血缘关系之外另一种人性的光辉。戴希在《太阳》中，用一个轻松愉悦的故事将友情太阳般的温暖传递给社会，以童真的清澈纯善中和社会污浊阴暗的角落。社会生活中的友情是亲情之外对于人心的一种助力。

在绝大多数情况下，亲情，尤其是父母对孩子的情感是最为牢固的关系纽带，是世间最伟大的爱。在某些情形下，这种纽带力量可以得到成倍的增长，甚至达到“重塑性格”的效果，就像彼得·帕克在蜘蛛紧身衣之下，从高中生转变为超级英雄蜘蛛侠一样。英雄是为拯救世界而出现的，没有灾难也就不会有救世主的存在，父母则是为保护孩子身心而出现的英雄，平时隐藏在自己的其他社会角色之下，一旦触发危机，亲情“战服”便会触发，为孩子

---

① 韦恩·布斯. 小说修辞学[M]. 付礼军，译. 南宁：广西人民出版社，1987.

② 戴希. 实验微小说[J]. 小说选刊，2018(08).

遮风挡雨，无所不能。在《其实很简单》中，为了成为孩子心中的榜样和维护父亲的尊严，“不让自己才6岁的小毛孩看不起”，不算勇猛的小伙，在扮演父亲角色的“战服”加持下，成功化身为“超级英雄”。在社会心理学中，社会影响之下，面对危急时，人的大量存在看起来会提高某人出手相助的可能性，但实际上却降低了任何一个人出手的可能性，因为每个人的责任被分散了，谁都可以推卸责任。这种“旁观者效应”①——其他旁观者的在场会抑制人们采取行动——阻碍了他人的出手，从众是最安全的。但一旦有一个人打破了众人的一致性，其余人便会很快摆脱多数人影响的力量。小伙率先出手的举动打破了众人不动的局面，使得歹徒被制服。是父爱的力量能够让他无视一切外在危机，甚至忘记自我的存在，战胜了从众带来的安全感。对孩子的爱激发了潜藏在自我外壳之下的超我。戴希歌颂这种平凡人的英雄举动，每个人都能成为不同领域的英雄。

“拯救”不仅可以发生在亲人之间，也可以发生在陌生人之间。用真情感化屠刀是世界上最动人的事情之一。在《这个故事我不写不快》中，面对劫犯，母亲没有惊慌，而是站在长辈的立场上对青年进行规劝，春风化雨般的说服方式在降低劫犯警惕的同时也能拉近人心、增加可信度，在保护了自己和女儿生命财产的同时也挽救了两条误入歧路的灵魂。在沉稳老练的基础上，母亲以最小的成本获得了最多的收益。戴希在褒奖真情的同时也宣扬了社会的真善美：“第一，通过咱们说服教育，他俩已办好借款手续。事情的性质因此发生逆转，他们的所作所为不构成违法犯罪了”；在宣传普法的同时也紧跟国家主旋律。“第二，普法和执法的最终目的，还是要教人遵法守法向善向上啊！现在，香港回归祖国了，咱们是不是都有责任和义务，让香港的明天更美好呢？”②

现代人类辛勤劳作的目的之一就是让亲人幸福、自己幸福，但大多数人疲于奔命，却从未注意过身边的幸福。戴希在《每个人都幸福》中就讲了一个残疾孩子通过和其他残疾孩子的比较而得到幸福的平凡故事。道理很简单，幸福随处皆是；照此行动却不易，每个人选择看到的东西不同，选择看到幸福，幸福才会从无关紧要的小事变为“幸福”。“每个人的幸福都比不幸多得

① E. 阿伦森. 社会性动物[M]. 邢占军，译. 上海：华东师范大学出版社，2007.

② 戴希. 这个故事我不写不快[J]. 小说选刊，2017(10).

多。”[①]但往往只有在比较中，这种获得感才会被放大。缺少了对照，人往往会囿于自身的缺憾顾影自怜，将“失去”放大，将“获得”压缩。“每个人只有一点不幸，却有许多意想不到而又弥足珍贵的幸福。”[②]世间“大幸大福”少有，“小幸小福”却多，量变能引起质变，微小的幸福汇聚成河，就能获得莫大的愉悦，关键在于是否能发现这些“小幸运”。如果人类都朝着积极乐观的方向去看，抑郁将会在社会范围内大幅度缩减，而戴希想要达到的，也就是打开一扇发现幸福的门，寄托寻找幸福的美好祝愿。

## 二、社会关系的巧妙探讨

萨特有言：“一切文学作品都是一种吁求。写作就是向读者提出吁求，要他把我通过语言所作的启示化为客观存在。”[③]戴希将自己对当下社会现象和社会关系的思考通过文字在自己与读者之间搭起沟通的桥梁，在交流中将启示传递给读者。

《笑》这篇作品巧妙真实地反映了中国人的职场处世准则，讽刺而辛辣。在小说中，办公室和家庭上下都因为墨局长表情的变化而揣测良多、疑神疑鬼，结局却只是墨局长的门牙问题导致了表情的不自然。墨局长的笑就是职员和家人的“晴雨表”，打磨工作事务的精力全被放在了揣摩领导的心意而非工作本身上，长此以往，工作效率和质量肯定会受到影响，业务能力也会降低，助长社会消极的风气。中国传统对人情关系的重视固然加强了人与人之间的联系，但是一旦在人情世故上投入过多的精力，自身的工作能力可能会降低，而且会对权力有着过高的崇拜和趋附，长此以往，并不利于社会的公平和稳定。戴希用生动的笔触写出了众人对于墨局长表情改变的心理变化过程，在不动声色中对众人进行嘲讽，巧妙且意味深长。

婚姻关系是人类社会中独特而又重要的契约关系，也是人类家庭生活的核心。了解婚姻中双方的心理对于维持和稳定婚姻关系有着积极的作用。戴希有关婚姻关系的微小说的架构和思考充满了巧妙和趣味。在《一包烟蒂》中，烟蒂是骆英和海烟两人关系的平衡点，在海烟发现烟蒂之前，两人维持在一个相对平衡的微妙关系中，海烟怕被骆英发现自己抽烟，骆英怕被海烟

① 戴希. 每个人都幸福[J]. 小说选刊，2009(09).

② 戴希. 每个人都幸福[J]. 小说选刊，2009(09).

③ 萨特. 为何写作？[M]//伍蠡甫，等. 现代西方文论选[M]. 上海：上海译文出版社，1983.

发现自己珍藏的烟蒂。当烟蒂被发现时，情感天平失衡，如何在烟蒂这个砝码被拿走之后使两人关系重归平衡，使婚姻关系维持下去，是戴希想要讨论的话题。面对失衡的关系，骆英选择放弃那包烟蒂，也就是跟无法释怀的心结挥别，而海烟选择放弃吸烟，两人各退一步之后，天平再次稳定，婚姻关系也能继续维持。维持婚姻的关键是在情感波动的失衡中找平衡，夫妻双方需要各自做出让步、妥协和包容，当双方各自退到情感稳定的范围内，天平会再次持平，婚姻关系就是在失衡与平衡中摇摆。

在《祝你生日快乐》中，戴希以三种故事结局的方式戏说了三种婚姻的结局。网友林馥娜是江非和白玛两人婚姻天平的失衡砝码，砝码若被放在天平之上，天平就会失衡；若砝码在天平之外，天平仍可保持平衡。林馥娜的玫瑰是她的投石，想问去往天平的路是否好走，白玛对江非的情感则是路上的障碍，决定着林馥娜能否越过。第一种结局，白玛装作无事发生，障碍的高度不变，林馥娜暂时无法通过，但白玛心虚的态度使得林馥娜有机会跨越障碍，天平稍微倾斜。第二种结局，白玛对江非稳定的信任直接堵死了林馥娜的路，砝码选择远离天平，天平保持平衡。第三种结局，白玛对江非产生了深重的怀疑，决定直接退出天平，天平倒塌。这三种结局也就是婚姻常存的三种形态，面对情感危机，互相试探，互相信任抑或彻底结束全在于夫妻双方的选择和博弈。婚姻有时也是一种商品，关键在于双方的讨价还价和你来我往，当价格达成一致时，婚姻关系就会稳定下来。戴希这种有趣的写作方式在带来更多阅读趣味的同时，也能引导读者对重要的两性关系问题进行更加深入的思考。

## 三、潮流与风向的前沿

在《儿女》一篇中，戴希探讨了当下热门的人类与人工智能的问题，对未来人类和智能机器人的伦理关系问题提出了警示和思考。在老龄化问题越来越突出的中国，人工智能的出现和发展对于养老体系有着巨大的助力作用。但人类与人工智能之间的伦理问题也逐渐引起人们的重视。在小说中，老人亲生的儿女都因自己的家庭和事业而对老人无法尽孝，女儿买下智能机器人代替自己照顾老人，看起来赡养老人的问题已经完美解决。故事的结局却出人意料，机器人“小儿子”在照顾老人的过程中对老人生出了浓厚的亲情，在老人过世之后，“小儿子”也选择自毁离去。难道数十年的血缘亲情还比不上十年的相处吗？难道肉心真的比不上机械心吗？中国自古讲求孝道，在对老人尽孝的问题上，不是只要花钱使老人得到身体上的照顾就算尽孝，老人情感的空虚及其内心对于亲情的渴求同样是儿女应该正视的问题。花钱是次要，投入情感才是主要。不能让小说中的伦理错位发生在现实社会中。

在《穿袜还是戴帽》中，戴希将目光放在了全球化的趋势上。在全球化潮流无可阻挡的今天，政治、经济联结愈发紧密的同时，文化的交流和冲突也愈演愈烈。文化差异首先带来的是沟通和交流，在这一阶段，双方都处于包容和接纳之时，新奇和有趣占领上风；等到文化接受饱和之后，比较的高下之争便会浮出水面。在文章中，女人和男人作为东西方文化的代表，其感情也经历了一个由热恋到破裂的过程。恋爱时期，文化差异带来的不同的思维和习惯处于平行状态，双方享受着“不同”带来的新鲜和刺激，两者互不干扰；孩子出生之后，为了孩子，两人各自的文化习惯开始相交碰撞，最激烈的矛盾集中点也就是爱的集中点。在谁也不肯退让之后，两人只能分开。这也正是文化交流的底线：不同文化都有各自独特和优势之处，最完美的相处状态就是求同存异和兼收并蓄。不对其他文化指手画脚，也不孤芳自赏；接受相似的观念，也包容相异的习惯，这样才能更好地与其他文化和平共处，在保持文化独立性的同时发展文化。

《追逃》和《柳暗花明》是戴希立足于2020年初疫情刚发生时完成的两篇微小说。在社会重起对疫情文学的关注中，戴希也在创作疫情文学的写作热潮中找到了独特的切入点。《追逃》的趣味性很强，讲了一个警方多年抓捕未果的杀人潜逃罪犯，在政府的疫情保卫工作中被逼自首的故事。在“新冠”疫情爆发，启动重大突发公共卫生事件一级响应后，中国政府在新冠疫情的抗击赛中，遥遥领先于全球其他国家，表现了对于人民生命安全的高度重视，展现了雷厉风行的办事效率和行之有效的医疗手段，为全球的医疗卫生事业提供了新的经验和思路。戴希正是有感于中国政府强有力的控制措施，通过“病毒捉人”这样一个罪犯在国家对病毒的围追堵截中无处可藏的有趣故事，从侧面赞扬了中国政府办事的高效性和周密性。《柳暗花明》则是展现了疫情时期人与人之间的真诚与友爱：在保卫生命安全的大事之下，在生死面前，所有矛盾冲突皆消散。疫情虽然带来了灾难，但也使一个民族焕发出了更强的生命力。戴希突出表达的就是人间的大爱和对医护人员展现出的极高的职业素养和人格品质的赞美之情。

## 结语

诚然，我们需要典雅精致、意蕴丰富、内容深广和感染力强的高雅经典文学。但面对当下节奏快速、匆忙疲惫和时间割裂的现代人来说，留给大部头经典长篇小说的选择余地在不断缩减。由于缺少了给予阅读经典的必要沉浸时间，长篇经典应该呈现的思想光芒和无穷韵味也就不可能被充分挖掘。在仅有的选择余地中，大部分时间又被分给了某些千篇一律但阅读快感强烈、充满漏洞却又情节高度紧凑的超长篇网络小说。从微末至巅峰的主角历练之路是大多数人向往却无法得到的事物，在某些网络文学的阅读过程中，娱乐安慰的功能大于了思考沉淀的功能。在当下社会生活中，我们需要蕴嬉笑怒骂于思考社会人生中的文本，篇幅精悍却不乏思想魅力的文本，文笔精炼却不失审美意义的文本，微小说是充满希望的创作方向。但“微小”意味着有限的内容，如何在有限的内容中生出无限的意蕴，如何以小见大避免管中窥豹，如何在通俗中避免粗俗和无意义，如何在寻常事件中找到独特切入点，这是微小说创作需要时时注意的问题，也是微小说成功与否的关键。

戴希的微小说主题多样，善于从日常琐事中发掘题材；内容积极向上，阳光健康；贴近读者生活，能引起读者共鸣；对社会现象敏感，对社会关系理解深刻；能在简单的故事中表达或深或浅的道理。但就故事内容本身来说，有些情节过于简单，想阐述的道理也过于浅显，在内容新意和表达创新上有所欠缺；就文笔来看，通俗有余，回味不足。这不仅是戴希的困境，也是目前微小说创作的共同的局限。“人说《水浒》女人写得不好，无好女人，可是《红楼梦》没一个完整的男人。求全，不是求完美”。① 虽然有所欠缺，但是戴希对于微小说创作的成就毋庸置疑，需要的是通过不断的写作实践和对社会问题更加深入的思考，把自己更为贴切地“放进”小说中。在写作技巧更加成熟之后，微小说和戴希都会走向更加广阔的发展道路。

## 第四节　龚芳：面具化成长的青春哀伤

林卓宇等人是90后，他们的世界也许还谈不上有多么辉煌或多么迷人，但那就是他们自己的世界，所有欢愉与痛苦，所有的努力与坚持都是属于他

① 木心，陈丹青．文学回忆录［M］．桂林：广西师范大学出版社，2013.

们自己的，这样的世界与张扬、王刚等人所经历和书写的世界必然有着本质的不同，与龚芳作为“70后”的个人见证也不同。龚芳的书写更多的是面具化青春的一曲挽歌与对复杂情感的完全个性化的体验，是精神漂泊者的自恋与自虐。

## 一、成长小说的心理基础

“流离”(Diaspora)作为新时期一个非常重要的文学主题，在一批“70后”作家身上得到了更加充分和真实的表现。之所以如此，是因为改革开放后，中国的户籍制度出现了松动，特别是当以深圳为代表的特区划定后，一批又一批人从农村奔赴城市，从一个地方流离到另一个地方。在这批流离大军中，“70后”作家所刻骨感受的面具化的成长历程与冷漠式的青春哀伤成为时代的写真和社会的缩影。这批作家大多受过正规教育，思维活跃，情感细腻，触觉敏感，他们因题材上的开发或语言上的造血而产生更多的可能性。由于处于一个“多变”的动态过程中，流离的态势使物质的“硬距离”(从一个地方到另一个地方)朝向精神的软距离(心灵上的焦虑)转变。这样一来，时间和空间的距离，身份能指和现实所指的距离，心理上、精神上与艺术上的距离，等等，都发生了裂变。在此背景下，他们对各类题材与形式的选择与张扬，都有着自己独特的审美感受：“破碎”“无根之痛”和“漂泊感”成为这批作家感受至深的主题音符，它有意无意地与后现代语境的生活镜像相契合。

读完龚芳的长篇小说《面孔之舞》，这种感觉尤其强烈。作为一名“70后”作家，龚芳所展示的就是一群流离者迷茫、痛苦、漂泊、挣扎和甚至有些荒诞的成长历程。在作家的笔下，“城市很模糊，一些人跟另一些很相似，却不敢相问。不是因为害怕，而是因为鄙视”。他们过着颓废的生活，“没有理想，没有追求，没有人生目标，从精神上堕落庸俗”，像小说中的苏铭，他“宁愿在别人眼里花天酒地，做个十足的花花公子。他的理想是赚钱，赚更丰厚的物质，有一天，他发现自己需要想方设法才能把钱花掉时，他的理想僵死了”。

在这个文本中，上一代作家的精神寻根和文学传统的“载道”“担当”和“责任意识”被抛诸脑后，原因在于，以前那个“忧国忧民”的年代，使命感就是作家创作的精神原动力，可在新的历史时期，每个人活下去虽然轻松却又极其不容易。物质上的丰富与精神上的匮乏不成正比，这种反差使写作成了个体心灵的慰藉和疗伤的良药。特别是在信息爆炸的今天，疗伤的过程十分缓慢，甚至发现自己的创作不是直接用文字疗伤，而是保存记忆。既然如此，文本着力展示的就是与这种旋律相一致的影子般的生活："这是一些混混儿，没有什么理想，却整日里奔波忙碌，做着毫无意义的事。他们在酒吧喝酒，在街角做爱，在行人道上撒尿，干一切他们认为可以干或不可以干的勾当。任何宏大理想从未走入他们的思考。"

小说的主人公叫黄春绿，这其实是一个打工者的替身，一个简单的替代品，一个戏谑性的文化符号，她的真名叫梅红或者梅方。小说开头呈现的是文化替身(黄春绿)的自我表达："我是个独身女人，若干年前，一个黑头发的女人曾预言我将孤老终生，若干年后，女人变老，两鬓斑白，而我正像当年的她那样看见那个孩子衰老，如风卷起的枯枝败叶，于城市之间飘零，居无定所。"正因为只是一个文化替身，她对自己的冷淡和疏离习以为常。这个内分泌失调、阴阳失调的神经质式的女人，她来自梅城，辗转广州等地，却暂时生活在上海。她的神经高度敏感，感觉非常清晰、细腻和独特："这个城市里，每天将有多少人拨错电话号码，还有多少推销商品的人不断地给陌生人留下电话，他们，我的同事，同属于声音的幽灵。"这当然是为自己的身份错乱作辩护。

在叙事上，两条线不停地交叉运用，一虚一实，一女一男，一个进行式，一个过去式，形成复调和多声部，展示两种精神向度：一种是青春年少的哀伤故事；另一种是当下正在进行的，那个永远在"在途中"的"叙事游魂"。其实这两个向度本是一体两端：讲出那个哀伤故事的原本就是那个"叙事游魂"。在途中，精神的家园永远只有一个，那是在心中的某个角落，在记忆深处。

例如，小说中一个相信爱情，却又跟一个不爱的人结婚的传统男人林丰生活在梅城，中学时代，有许多女生追求过他，而他却只喜欢梅方。清高的梅方似乎并不知道，她矫情地学习和生活，直到变成黄春绿，来到上海，她抛开了淑女的清高，过着面具化的生活，她跟陌生男人打情骂俏，跟网友聊天，谈情说爱，放任自己的情感。她似乎是为着经历而经历，为着成长而成长："一个人的一生必定有些经历，连自己都感到陌生，好比不同的生活背景下，同时拥有好几副面孔。在梅家大院，我是连自己都说不清性格的梅红，在梅城，我是梅方，低头走路如惊弓之鸟，在上海，我出生于湖北黄石某村庄，名叫黄春绿。其实，任何一个地方，我都失去选择的自由，表面上看，是我选择了这些名字，实际上，它们迫使我戴上不同的面具。”

从精神分析学上来理解，名字是一种文化认同，它带有某种强制性，即个人奴隶式地被迫对一个符号(大人询唤的对象)产生认同。你一生下来，家人就说，“你是梅红”。那一刻，“真我”成了一个符号，并每天被人反复询唤着。人们并不关心已经隐没为他者的“真我”，好像它从来没有出场过。人们对“梅红”或“梅方”或“黄春绿”有太多的期望，包括自己对自己的期望。这是一种先验的期望。

换言之，每个人在开始学习语言时就已经是一种暴力强制，这是新的更深的异化的开始：第一次学会自己的名字就是异化——“我”变成一个符号。杰姆逊说：“在接受名字的过程中，主体转化为一种自身的表现，这个被压抑、被异化的过程正是主体的现实。”在这种异化过程中，“真我”与支配我的幻影一体化。主体之“我”就是形式上的定格，即恒久性的身份和实体性的对象“事实”异化认同，在认同中便发生对真我的奴役和异化。在拉康看来，本真的活我(欲望能指)成为他者，主体的无意识即是他者的话语。

当“真我”变成他者，他者变成“另一个他者”的时候，个人荒诞的生存境遇一下子就凸显出来，它带给读者的不仅仅是梅红的尴尬，更是文本前进的尴尬。小说最后，当黄春绿(梅红/梅方)从梅城老家返回上海时，在上火车前接受检查时，她无法解释自己究竟是黄春绿还是梅红抑或梅方，警察的目光充满了怀疑。黄春绿自己又何尝不充满怀疑？只是两者怀疑的对象不同：警察怀疑眼前的女子是不是存在什么问题；黄春绿怀疑当下的世界是不是真实。正是这种“怀疑”“模糊”和“不确定”(黄春绿认为“人生的意义就在于它的不确定性”)，使“流离”的主音在成长小说的心理基础上打下一个重重的印记。

## 二、面具化的成长历程

作为一部青春成长小说，心路沧桑是社会转型过程中成长历程的必然结果。在龚芳笔下，成长小说的各种元素均已具备：文本承载着不可预知的社会变革的力量，通过对青春的虚构来表达现代化的过程对个体生活的冲击和肢解；在微观的叙事层面，小说情节开始建立起一套灵活的、反悲剧性的现代经验范式，古典的崇高叙事或英雄叙事被击碎了。

与此同时，小说着力展现的是一个多面的、反英雄化的主人公，并努力镜射出一种全新的主体形象：日常化、世俗、软弱和平常的个体以及虚构的

“小历史”：线性时间的叙事传统转化为瞬间片段的生活展示，小说历时的、前后相继的时间情节，被破碎和孤立的独白式叙事所取代。在此基础上，一个有始有终的、前后一致的“自我”，被不可理喻的“自我他者”之无意识冲动颠覆了。

于是，文本追忆的是一次又一次打闹，一次又一次追寻，压抑，渴望，取绰号，逃课，对实习老师评头品足，莫名其妙的自我伤感，虽然浅薄做作却又恰如其分。特别是梅方给实习的林雪老师写信，末尾还请她毋必回信，也不知道人家能否收到信，单纯，固执，茫然。对爱情的向往刻骨铭心，但漂泊经年，“爱”和“不爱”像两具破碎的肉体一样触目惊心。“多年来，我没有忘掉爱情，但似乎被爱情给遗忘了，‘我爱你’这三个字，如同一粒种子裹上一层层泥土，越来越厚，越来越坚硬，越来越遥远地深埋于内心，使我从未对任何男人说过‘我爱你’。爱情在我心里，那样神秘圣洁，我是否曾拥有过爱情？”

没有回答，也不需要回答，因为文本的表现已展露无遗。梅方隐藏在上海的旧式阁楼里，隐藏在一本《面具》杂志中，隐藏在黄春绿的身份后，冷冷地看着，甚至破碎地一笑。成长的代价很沉重，也很逼真。青春少女的梅方不见了，取而代之的是“堕落天使”（黄春绿的网名）。这是一个文化符号，一种暗示，一种戏讽。之所以如此，按照黄春绿的解释，天使与魔鬼其实是没什么区别的：“很久以前，美丽的天使和丑陋的魔鬼连成一体，他们却背对着对方。有一天，天使和魔鬼同时说，我跟你生活了这么久，很想看看你什么样子。他们去请求一个巫师。好心的巫师把他们从中间劈开，天使和魔鬼兴奋地转过身，却大失所望，感到受了欺骗。他们没有理会巫师说过的话，如果太阳和月亮各升起一次的时候，没有回到巫师那里，他们将变成普通人。”

黄春绿要表达的其实就是一个普通人话语，她要过的生活也就是普通人的生活，缺乏激情和理想。简单但不简洁，单调但不单纯，躁动但不冲动。“我缺乏成为英雄的胆略，只能够做一个生活里默默无闻的人。”这就是她的人生诉求，建立在这种诉求上的心理基础是“天使眼中只有天使，魔鬼眼中只看到魔鬼”。这个带有哲学思考的命题彰显的是一块镍币的正反两面：一面是天使，一面是魔鬼。正因为此，黄春绿无法做到不虚伪：“我是一个虚伪的女人，在母亲面前，我也做不到脱下自己的伪装。”她在网上结交了一个叫老班的男人。这是一个习惯倾诉的人，与不习惯的她形成对比。“如果说见面之前他留下一些幽灵一样的符号和句子，那么见面那天，他又留给我他的声音和他的妻子。”可是，黄春绿留给老班的又是什么呢？她根本没有倾诉也不想倾诉。她纯粹只是玩着游戏，与其说是爱情游戏不如说是生活游戏更真实更贴切。网恋的结果：“我与老班的爱情，唾手可得，如同妓女廉价的贞操”。

一边戴着面具，一边跳着自由之舞。比起那些“戴着镣铐跳舞”的前辈来说，“70后”一代当然要轻松得多，也幸福得多。可是，他们并没有感觉到轻松，更没有所谓的幸福，更多是一种心灵的压抑，是破碎的情怀，是回忆式的喃喃自语。回忆让黄春绿进入梅方/梅红的状态而怦然心动，这种心动来自曾经有过的激情：“我所有的回忆，可是对那消失了的激情的悼念，在内心深处，为我浑浑噩噩的青春竖起无字的墓碑。我们这一代无知的人，拥有着微不足道的生活，回首往事，是一种怎样的空虚寂寞。”而喃喃自语又是让自我感觉“存在于世”的方式。龚芳要改写笛卡尔的“我思故我在”。因为“我”是伪主体，“思”是观念之恶魔，所以，“我”(伪主体)“思”(逻各斯理性)时，真我不在(海德格尔)；我在我不思(海德格尔)之处思我所是。这种思考与拉康的精神指归形成一体：“在我思之玩物之处我不在，我在我不思之处”。

之所以如此，是因为主体的生存表达永远“不是在说话而是被说”！这句后结构主义学派之名言充分表明，符号秩序是主体进一步异化的动因。梅红的成长脱掉了稚气，变成了老成持重的黄春绿；梅红的情感渴望被挤兑，变成了黄春绿的漠然处世：“如果说，老班是一个阳萎者做着自慰表演，而我则是一个无力走开的旁观者……没有痛苦，有一丝悬浮而绝望的快感。我艰难地移动鼠标，放在老班的头像上，只要我轻轻点下右键，就可以彻底删除我们的爱情。”

爱情成为可以随时被删除的文字垃圾，理想更是一个可笑的符号。热情也早已冷却，但生命仍然在继续。黄春绿要活下去，不是为了成长(她觉得自己已经太成熟了)，而是为了面具化生活。为什么要戴面具？这是一种惧怕，一种自保，一种抵抗，一种由于外在的不安全而造成的心灵紧张。这种心路历程写满了沧桑与无奈。

## 三、精神漂泊的哀伤

这部小说分成上下两部，上部黄春绿和林丰以第一人称的口吻进行叙事。黄春绿讲述她漂泊到上海时正在进行的当下生活，而林丰讲述的则是梅城的过去岁月。两者的叙事既零碎又跳跃既交叉又疏离，既有梦幻又有现实，既有此地的精神之苦又有彼地的物质之乐，像原生态的正在剪辑的蒙太奇和青春短剧。比方，当林丰叙述到 1991 年秋天：“一页写着我的高中生活，另一页是我的爱情之始。”林丰叙述到此结束。黄春绿立即接上：“玩一场叫爱情的游戏”。

而且，两条叙事主线像两条铁轨，延伸着文本的精神空间和心理深度，直到最后，林丰给黄春绿打电话，至此，生活似乎连接起来，双方才到达共时状态。

下部一开始就是梅方和黄春绿的复调叙事。故事的地点直接指向梅家大院，也就是黄春绿的出生地。文本凸现了她漂泊的理由：她与长辈之间有着深度隔阂，这种隔阂不只是年龄上的，更有价值上和文化上的，是传统文化与现代文化的隔阂，是传统价值观与现代价值观的隔阂。

书中有梅红的一段青春独白：“我隐隐约约记得，与父亲的隔膜的产生正是在我与苏铭开始交往期间……很久不与父亲说话，甚至于不再开口叫他父亲。”这种隔阂不仅对于父亲，甚至整个梅家：“来之前，设想与他们之间的对话时，我多次用到‘曾经’两个字，这两个字强调已经逝去的时间，现在，我突然意识到，曾经与现在之间，变成了一个巨大的黑洞。这个黑洞吞噬了一切语言和声音。我与某人之间的所有联系只能以‘曾经’这种时态来进行的时候，实际上已经完全失去了他，我所想弥补而做出的一切行为都显得那样荒诞可笑。”

亲情变得如此苍白，故乡也变得可有可无，失去诱惑力：“我从未想过去热爱这个小镇，热爱它的全部——包括它的丑陋，或许正因为这样，我也被梅城拒之门外。我从出租车司机身上看到的，恰恰是我给梅城留下的印象。他从我脸上看到了什么，冷漠、抗拒、憎恨、怀疑……这些全是我给世界留下的印象，像紧紧撵着我的脚后跟的鞋印。因为我的冷漠，这个世界上才充满了更冷漠的人。”没有亲情、友情和故乡情，那么，爱情呢？它在梅红/黄春绿眼中更是虚无缥缈的文化符号：徐一鸣与他的夫人杨老师就是例子，他们“彼此了解而又随时怀有戒备之心的房客……到处遗落下婚姻的锈记。婚姻给我的最初印象，就是如此。”正是身边的典型加重了梅红/黄春绿对爱情、特别是婚姻的戒备与警惕。

然而，生命中不可能没有亲情、友情和爱情。追寻不到，表面上可以无所谓，但骨子里仍然渴望。这种矛盾使文本打上了哀伤的印记：青春的哀伤、生命的迷茫、爱情的分分合合。梅方（在中学叫梅方，在梅家叫梅红，在上海叫黄春绿)不仅给同性实习老师寄了许多信，还给林丰瞧不起的徐一鸣老师写了无数未寄出的信。这与其说是青春的叛逆，不如说是青春的固执。林丰瞧不起自己的老师徐一鸣，林丰叙述自己是一个循规蹈矩、十分传统的人。但梅方却清楚地记得他和另一位组织者暗暗地发动了一场集体逃学。应该说，这是一段生于70年代的人们共同的青春回忆。

龚芳把《面具之舞》当作一首青春的挽歌，一次青春祭奠。因为，在现实生活的层面，成长的代价便是成长之梦的破碎，单纯地活着和轻松地过日子的不可能，以及美好愿望的受阻。整部小说写得很静默，这是一种内敛的张力，一种压抑的张力。正如沈从文所说的，无论好的或者坏的，你都不要叫出来。文本中的人物有玩世不恭、愤世嫉俗的一面，也有委曲求全、接受现实的一面，作者把对现有秩序的不满转化为一种不拒绝的理解，不反抗的清醒和不认同的接受。

例如，曾热烈追求所谓的“爱的忠贞和爱的纯洁”的林丰在1991年秋天便有了罗兰未果的爱情，他后来的妻子吴小琴，给人一种“从容淡定”的样子，但林丰憎恨这“从容淡定”，认为“这假扮纯洁的暗娼，捂紧麻木不仁腐烂不堪的私处到处作秀。”在他的理解中，那些所谓“从容淡定”的人都是“因麻木而虚假地强大(淡定)，因麻木而虚伪地从容”。

林丰相信爱情却没有得到爱情，他和罗兰没能领到结婚证：“相处十年，也许命中注定不能结为夫妻，也不够做情人。”林丰最后与吴小琴结了婚，但是不幸。林丰相信友谊却没有得到友谊。苏铭本来是他的朋友，但是苏铭说：“现在除了我自己，我不爱任何人。”他似乎看透了人生。就这样，林丰发现了“一个新的苏铭，我看到了潜伏于他身上后来伴随了他短暂一生的东西，一种无所谓的态度：对金钱的无所谓，对感情的无所谓，对人生的无所谓。他被这种无所谓的力量推动前行”。

这样一个挥洒生命的人，他的结局也是悲惨的：“苏铭这样没结过婚，死于意外或服毒自杀的年轻人，不允许埋在自家祖坟旁边，只能当天火化，无声无息埋在偏远荒寂的地方，梅城人都以早殁的人为不吉祥。”文本不停地讲到苏铭的死亡，先是由林丰讲述，接着由黄春绿讲述，再由梅方讲述，还有林丰的妻子讲述，几个人不停地补充苏铭之死的若干细节，单调，纯粹，固执。苏铭无法亲口言说，但他却像阴影一样一直跟随到文本叙事的最后。

一个生命的失去，特别是一个年轻的、短暂的生命突然终止，是令人难以接受的。他还没来得及制造更多记忆、还没能够携带许多记忆，生命就像风筝一样，被意外地扯断了。如果说苏铭的生没有意义，那么他的死更没有意义，而梅方/梅红/黄春绿和林丰等人一个个要对一个没有意义的生命进行言说，目的也许只有一个，那就是："我要替亡灵说话。我有义务去继续他的记忆，并且让这个世界记得他。后来，一步步发展，变成写什么都是为了承载一些记忆，不管是谁的记忆，可是内心深处的一种呼吸与渴望。"

他们恰恰因为对无意义的生命进行言说，而使生命变得有意义。而且通过细细地清理，他们发现了以前忽略掉的细节和情感。梅方一直无法真正相信苏铭已经死去，她原以为与苏铭之间，仅仅只剩下一点怀念。但当苏铭留在世间唯一的遗物就是给梅方的日记时，她在看日记的时候唤起了许多记忆和伤痛："我的青春因为苏铭而饱满，也因为他而干涸。"直到此时，她似乎才意识到，人们看到的苏铭只是表面上的苏铭，很少有人真正走进他的心底。苏铭独自一人承受着漫无边际的愁绪郁结，他的心灵有着许多不为人知的细腻的呻吟，"即便现在的我看来，也不堪重负。或者，我以为我们之间，有太多相似，因此，我把他当成了自己，而他是否曾把我当作一面镜子，从镜子里又看到了些什么?"这种质疑带着讥讽的锋芒，与其说是针对读者，不如说是针对社会：有多少人真正探寻到了"70 后"群体的情感心灵？对他们而言，在忙忙碌碌的追寻中，知音擦肩而去，而且永远不再回来。这样的漂泊怎能不忧郁？这样的青春怎么不哀伤？

小说最后一行文字是："整个世界，忽然之间塞满每一个角落，精神与肉体同时消失，空空荡荡。"这是一种冷漠的总结：青春已逝。梦已醒，泪已干。生活还在继续。无论今后漂泊何处，精神上都处于"流离"状态，人人戴着面具跳舞。一切归于平淡。

# 第六章　常德文学诗歌方阵(上)

20 世纪 80 年代的思想艺术黄金时期涌现出了众多的文学流派和作家群体，而女性诗歌写作作为最具关注度与话题性的文学现象之一，直至今日仍是文艺界与学术界的热点。在思想解放与性别叙事的双重语境下，女性诗歌天然地带有性别启蒙的色彩，并提供了迥异于男性写作的文本空间与情感体验。尽管对女性主义与女性写作的定义仍有待更为客观深入的探讨研究，对社会意识与内在精神层面上的女性解放还有着众多的误解和桎梏，但从审美立场而言，女性的诗歌世界确实展现了异彩纷呈的意象体系，女性诗人凭借自己独特的体验与感悟，书写着自身对外界的思考和诉求，传达着对美、爱与平等的恒久渴望。

作为丁玲的故乡，沈从文和周立波的近邻，常德文脉兴旺，能人辈出。21 世纪以来，这里激情洋溢，诗情盛开，一批女诗人脱颖而出，谈雅丽、杨亚杰、邓朝晖、唐益红、章晓虹等人都发表了一批高质量的诗歌，参加过《诗刊》社“青春诗会”的也有好几位，形成了中国诗坛特有的“桃花源女性诗群”的现象。“桃花源女诗人”们通过诗作建立起富有婉约柔美色彩的女性意象世界，而又将目光积极投向社会现实，避免陷入自我抒情的局限，其作品具有了更为深远的价值旨归。无论是对于女性诗歌写作还是常德诗歌的发展而言，“桃花源女性诗群”都是一个值得关注的文学现象，是常德和湖南诗歌界一张闪亮的名片。

## 第一节　谈雅丽：生命漫游者的水世界

谈雅丽出身书香家庭，从小学习古典诗歌。虽然，她是进入21世纪后才开始进行新诗创作的，但由于起点高、悟性强，很快取得了不俗的成绩，近年来在《诗刊》《星星》《花城》等刊物发表了大量作品，入选多个选本并获得多个有分量的奖项：2011年获得首届“红高粱”诗歌奖；翌年诗集《鱼水之上的星空》入选“21世纪文学之星”丛书，由作家出版社出版；2013年获得华文青年诗人奖，同年她的散文集《沅水的第三条河岸》入选湖南省重点文学作品扶持；2014年斩获湖南省青年文学奖；2016年，她的诗集《河流漫流者》入选湖南省文艺人才三百工程扶持项目，由湖南师范大学出版社出版。

读谈雅丽的诗歌，一个突出的感受就是具有“水的灵性”。女性跟“水的灵性”有着深刻的内在逻辑，“水的灵性”跟悟性和个性有关。所谓水灵灵的，所谓似水柔情的，所谓晶莹剔透的，讲的都是水的灵性。诗性有时候就是水的灵性。现代诗歌里有随性、有任性、有脾性，唯独少了水的灵性背后的诗性和神性。诗人随俗、随意的结果是，诗歌中到处充满了钢筋水泥的气息，充斥着情欲肉欲的味道，充溢着无尽的愤怒哀怨，于是我们看到太多的欲望，太多的喧哗，太多的浮躁，就是鲜见令人耳目一新、充满水的灵性的诗歌。谈雅丽没有辜负她的名字，她是这种诗歌创作氛围中的异类，清新雅致，殊为难得。本小节主要从诗集《河流漫流者》出发，从人性的闪光、水的欢喜与美的聚合、情感里的小春天三个维度来深入探讨谈雅丽这个“生命漫游者”的水世界究竟是一个什么样的世界，她精心营造、孜孜以求的书写天地究竟有着怎样的精神境界。

### 一、人性的闪光

北岛说：“诗人应该通过作品建立一个自己的世界，这是一个真诚而独特的世界，正直的世界，正义和人性的世界。”谈雅丽正是这样的一位诗人，生于湖湘大地，长于沅水旁的她对水有一种特有的真挚情感。她走过的每一寸土地、游过的每一个地方都有水的影子闪烁，同时也有情的瞬间喷发。读她的作品，要静静俯下身来，方可听到她诗歌中水的声音、情的韵致、善的歌吟。

水的意象贯穿谈雅丽的文字，清澈透亮，触面如花。诗人透过她的诗歌给读者营造的是一个水晶宫般的世界图景，闪烁着人性的光泽。让诗人关注的，不是“荡漾蓝色伤感的”的河水，就是“万物蕴藏其中”并拥有“澄碧瞳孔”的柔和大江；不是南半球那“在山巅亮出嗓音”的温情大海，就是东岸那“涌起旋涡又长风吹袭”的海际线；不是“水汽与灰尘的碰撞，凝成微小的晶体”，就是“在群山之巅，溁水不急不缓”。她是一个河流漫游者，凡是有河流的地方都可能存在她的足迹与她的诗歌。她从故乡走到了他乡，又从脚下的黑土地走到了文化上的精神母土，世界之大，水是她最大的牵挂与留恋。她笔下的水像是晶莹剔透的宝石，没有一点点瑕疵，不含一丝丝杂质。在文字的背后，似乎存在一种对自然的皈依与对水的敬畏，也许是因为她追求美、发现美、感悟美并且创造了美。一句话，水是美的。阿拉伯诗人纪伯伦说：“美——就是你见到它，甘愿为之献身，甘愿不向它索取。”水在谈雅丽的眼中是美的化身和生命的滋养，这是诗人一生求索而不知疲倦的原动力。水的宁静澄澈与诗人的心志相称，而现世的污俗无处不在，于是诗人远离尘世的喧嚷，躲开不堪的争竞，更愿意转身向水诉说，从水的坚韧与沉默处习得另一个世界，从而创造一个属于自己的世界。

然而，谈雅丽的诗歌通常不是单纯意义对于水的属性的叙述，而是穿插一系列朴素自然的景物意象群。关于意象群，袁行霈先生在《中国诗歌艺术研究》一书中有相关的表述：“诗的意象和与之相适应的辞藻都具有个性特点，可以体现诗人的风格。一个诗人有没有独特的风格，在一定程度上取决于是否建立了他个人的意象群。”西方诗人如聂鲁达、埃利蒂斯以及里尔克等人对于意象群的选择与构建都是精心考虑，往往体现诗人对于虚拟世界的向往或对于现实世界的反叛。对于中国诗人谈雅丽来说，意象群并不杂芜或凌乱，而是围绕一个中心进行多层面、多维度的虚拟与想象，其风格则是建立了一系列与水相关的意象体系。例如，江风、河风、波涛、浪花、青草、湖水、水鸟、小船、码头、水乡……这些意象群往往与动态抒情写事构成和谐一致的画面，明显是对自然美的痴醉。这种叙写是诗人在与沅水的亲密接触中的独特发现，她的心也因为河流的枯与盈而发生改变。谈雅丽曾经说过，在她欢喜悲伤无聊时，她就会去河边走走，一去就觉得生活敞亮了。她甚至想：沅水那么清澈，永远不会枯竭，永世在流动，但永远不是同一条河流，她觉得自己也要像河流一样，要保持那样纯真的心。

探寻河流，与河流亲近，其实就是精神寻根。谈雅丽把寻根途中的所思所想，运用细腻丰沛的叙事艺术和合理想象充分表达出来。例如，诗歌《江水微蓝》《南湖秋光》《江瞳》《南半球的海水》等，都对水的意象进行了充分而直接的阐释。特别是在《一江春水》里，谈雅丽更是直抒胸臆："我欢喜和你坐于小船，在沅水飘荡/仰头见水府阁，当日我们求签于此/如今脚踏清澈之河，眼望神圣/我欢喜你的摇橹声，说话声，唱歌的走调的/那枚高音。"借沅江而写人，又借人来写沅江，将自己内心洋溢的爱和情感的荡漾表达得十分充分，以至于盼望"和你蘸着满河的蜜/划出一尾漂亮的弧线"。沅江在诗人看来是神圣的，其中的一切都充满了诗情画意，携带着理想、信仰和梦境。"河风大，我为你加衣送暖流/一簇浪花跳至手心，阳光水色衬托你/皎皎轻笑。"写沅江，是把人的情感置于闳阔的视野下。同时，把人放在沅江的关怀对象上，使人的想象不再脱离于客观实际，也使沅江更加人性化和充满人性味。在诗人笔下，不止沅江之水，连水上的一切都充满了情意，河风、阳光与沅水不分彼此，诗人不再把这个情景当作想象，而是与灵魂融为一体。

## 二、水的欢喜与美的聚合

如果从意象群的构建来分析《一江春水》内在的情感逻辑，我们能够清楚地看到，诗人选择了感情深厚的故乡沅水为诗歌的底层背景，来叙写"我和你"坐船听沅水的声音，为你加衣送暖，看你指点江波，与你共赏花岸，发现平常事物美的一次同游，由"水、小船、河风、浪花、阳光、渔夫、新芽、岸花"等意象形成一个的意象系统，合而为一成为一个美好的动态画面。但诗人的重心不在画面，这样的画面仅成为诗人叙事的依托，幽静澄澈的沅水上，与那位自己的心上人求签、摇橹，看云卷云舒，赏花开花落，这样惬意的日常生活叙事让人不禁产生一种深深的沉醉与热切的向往。诗人情感表达中的"欢喜"是对景的欢喜，也是对人的欢喜，却更是对自然美的欢喜，沉浸在自然创造的平常事物当中，而产生一种宗教崇拜式的感恩之情。诗歌中的这种抒情式叙事是作者孩童般澄澈心灵的另一种具象化的表达。生活在市场经济快速发展的现今社会当中，遥想并且践行着这种陶渊明式"采菊东篱下，悠然见南山"的个人生活追求，不失为人一种超越性的人生境界。

诗人的这种境界，与中国古典诗学所追求的"以意造境"相契合。司空图的意境说讲求立意和造境，如果说诗人为读者营造了一个以水为主要事物的境，那么其立意又如何呢？诗人的立意，我认为是立足于对水深刻旷远的思考。自古以来，中国人讲求以柔克刚，而柔之至者谓之水也。诗人选取这样的一种意象一方面是对水的深深情感，另一方面也是对中国古典文化的传承。

立足于民族文化的厚重土地，深刻地理解关于水意义的命题，在这部女性诗歌中较为常见：《蓝色河汉》思考世界的变化哲学；《有如水草》探索事物的矛盾性存在；《翻阅白水河》解析无声自在、与世隔绝也是美的逻辑，诗歌《一滴水》也同样存在这类关于世界与人生的思考，诗人这样写道："这江水的任何一滴水/都来自碰撞/水汽与灰尘的碰撞，凝成微小的晶体/雨点和土地的碰撞，清亮的身体漫过草地、稻田/水滴与水滴的碰撞/一些水融合，一些水瓦解/一些水消失，一些水飞升/掉落在树叶，草尖"。

一滴清亮水珠成为诗人思想喷发的源泉，引发了无尽的遐想与思考。大千世界，每一个人何止不是一滴小小的水？而江水就是由一滴滴小小的水珠聚合而成的，探其究竟，水滴是两种不同的事物水汽与灰尘的碰撞凝成的一体。雨点与土地的碰撞，岸与岸的碰撞，水滴与水滴的碰撞，飞升的水滴与空气的碰撞，降落的水滴与树叶、草尖、花瓣的碰撞，水滴与孤独的人的碰撞，用其纯净安慰受伤的人；水滴汇聚的碰撞，用其力量奏出悦耳的旋律。碰撞在诗歌中是张力；碰撞在人生中是命运在敲门。

"一片颤动的花瓣上/没察觉到这种变化/地球喧哗，一滴水静静守着一个孤独的人/只有江水亘古流淌，发出异样的/舒服的声响"，诗人观察水，体悟水，描写水，呈现水中有真意之态，向读者阐明世界是万物碰撞的结果，没有独一存在的完美个体，碰撞融合产生变化，变化产生美。

"碰撞"这一动态性的词具有力度美，使人产生无限的联想。由物触及人，物人相分而又合一，最终到达永恒的存在状态，也是谈雅丽诗歌的特色。在这首诗歌当中，由一滴水到一个孤独人，最后是亘古的存在者——江水。这是诗人对生命的思索，碰撞而后的聚合才是恒久的，才是美的。

爱美是人的天性，发现并书写美是诗人的责任。作为一个热爱生活、重视情感的人，谈雅丽把沅水视为她秘密情感的营养系统。她去过沅水大部分乡镇、绝大部分支流水网，因而称为"河流漫游者"。她没有宏大叙事，更关注身边一些细小的事情，一个温暖的眼神，一个会心的微笑，都会让她感动。她希望自己能成为与河流亲密无间的诗人，用诗歌书写身边的父老乡亲，用笔描绘他们的生存状态、生活变化、记录他们的命运，想用诗歌这种纯粹的个人力量完成现世的微弱担当，这是一个人的心灵旅程，一个渴望内心安宁的人对于生命意义和美的发现的追求与思考。

## 三、情感里的小春天

实际上，谈雅丽的诗集《鱼水之上的星空》和散文集《沅水的第三条河岸》都是与沅水息息相关的，这两个文集之间是互补关系，或者说有着克里斯蒂娃意义上的“文本互涉”。在诗人的脑海里，她有一个明确的观念，那就是：“每一个人都是一个孤独的小宇宙，一千种人有一千种不同的生活和念头。”问题是，这个小宇宙，如何用不同的生活和念头去充斥、修补与填满，如何表现它的色彩斑斓，诗意纷呈？

谈雅丽找到了一个字：情。情不自禁，情动于心，情切意真，皆是一个字：情。因此，情的合奏、情的和鸣、情的奔涌与内敛均内蕴于她的诗歌文本。刘勰在《文心雕龙》中用“情动于中，而行于言”“万趣会文，不离情词”等来说明“情”是诗歌创作的必要前提。谈雅丽是一个情感洒脱者，又是一个情感依赖者。她的诗歌是其丰富人生体验的真实描画，内中充满了对人与物的真挚而热烈的情感。整部诗歌多是对事物的细腻刻画，对细节的精致呈现。她是一位真性情的诗人，对待亲情的谨守，她记录亲情，回忆亲情，她小心翼翼地拿出“和母亲一起打板栗”的愉快片段，渴想与父亲一起的“青葱时光”。对待爱情的悉心，她观察爱情，理解爱情，她渴望“发明一个比爱更爱的词语”。

亲情是一种沉淀，一种厚重，一种心灵深处的归宿。诗人善于采用多种修辞手法与温馨质朴的笔调来刻画真切细腻的亲情。生活中的点点滴滴，记忆中的童年趣事都成为她的叙述对象，平添真切之感；选取日常生活中的意象进入诗歌，如头发、树、小煤炉、芝麻茶、小城等，拉近了作者与读者之间的距离。

《长天秋水》一辑中汇聚着诗人与父母亲的点滴与陪伴，情感抒发真挚感人。诗歌《和母亲一起打板栗》《熬制蜂蜜的时光》《与父书》《忽忆旧事》等都充分彰显了这种真情。以《小春风》为例：“父亲渐白的头发越来越像春雪中的武陵山雪越落越大——/就要盖住山顶，满满遮蔽我们一起度过的/青葱时光。”诗人采用“小春风”这一具有创新性的词来形容父亲的白色头发，父亲渐渐地衰老，花白的头发就像雪中的武陵山，白色覆盖了绿色，衰老覆盖了年少，雪花占据了优势，将父亲向年老推进了一大步。父亲白发的滋生与雪花的飘飘洒洒构成了严密的同质对应关系。这种充满诗意的“陌生化”的言语表达是作品的出彩之处。

此外，在结构上，诗人采用一种时间跨越式的叙述方式，在“文本时间”上短短的几行，却涵盖了几十年的“故事时间”，从“我”发现的第一根小春风，我记得屋檐下的冰，“一条小路通向田野和学校/记得父亲将六岁的我背在背上/阳光下，我第一次发现他后脑勺/有一根闪着白光的小春风”，到现今满头的雪花飘飘，诗人只描述了结果，没有对中间过程有任何的叙述，却给读者留下了较大的想象空间。可想而知，几十年的时光，父亲为家庭的辛勤操劳、忍耐奔波，他背负了怎样的压力一步步走到今天。诗人虽是针对父亲的某一个小小的特征进行叙写，却表现了最质朴的情感，可以引发强烈的情感共鸣。

对待爱情，她渴求“比爱更爱”。恩格斯曾指出：“人与人之间的，特别是两性之间的以感情为基础的关系，是自人类以来就存在的。”在漫长的人类发展史上，这种互相爱慕的情感是否得到了升华？诗人谈雅丽渴望爱的提升，爱是一个很难真正到达的精神境界，但她超越了本来的高度，转向比爱更爱的境界。她在诗歌中苦苦追求的爱是平淡的相互持守，是温情的彼此关照，是默默无声的思念，是寒风中的问候，是悲痛时的陪伴，比爱更爱，似乎离她更近了一步：距离收到你的第一张明信片/又过去了几年，我在那张水蓝色的纸上/写到了白云，减肥茶，却只字不提对你的想念/包裹会在很久后到达，有的已丢失地址/有的遗失寄信人/有多少夜晚醒着，数着星星，念想的都是你。”

在《比爱更爱》这一辑中，诗人采用一种书信性的表达形式，以第一人称“我”为叙述者进行情感的抒发，不断地回忆，不断地书写过往的时光，用灵魂撞击灵魂，寻找比爱更爱，寻找人世间的至爱，更加真切。叙述者自顾自地书写悲伤，又显得那样云淡风轻。“我不提对你的想念”，却“想的都是你”。“我”写下“你若安好，便是晴天”，但是可想而知，苦苦地等候又怎能是晴天，必定是泪如雨下的情状。这是一种苦苦的寻求，是一段痛并快乐的旅程。“信笺时代早成过去/我愿在古老的灯下，慢慢写下这一行字/‘你若安好，便是晴天……’/亲爱的，亲爱——/我触摸到了那个比爱更爱的词语。”比爱更爱，就是默默无声、苦苦等待，像水一样细腻，像水一样漫长，像水一样澎湃，像水一样淹过头顶，却又像水一样默然，柔软，温情，润物无声，刻骨铭心。诗人体会到这爱情的真谛，却愈加悲苦孤独。

谈雅丽的诗歌显示了很好的古典诗词的精神底色。因为，在她看来，古典诗词原本就是现代汉语言中的瑰宝，现代汉语诗可以在诗句操作台面上享受着更多切、削、刨、铣的修辞张力，语言可以从前的晦涩，转而呈现更为光洁、圆润、剔透的一面，在扬弃古典诗歌的形式、语言、音韵、节奏的同时，诗歌创作要努力保持美好的情操、语言的凝敛诗性，以及源自内心的感发力量。谈雅丽是这样想的，也是这样追求的。谈雅丽不仅仅写小我，写个人情感，写日常生活，她也关注时代，关心国家和民族这样的“大我”，她写下了《黄昏大巴》《虚构的荒原》（组诗）和《四十四床的日日夜夜》（组诗）等一批作品，这些文本都是诗人对现实观察、思考、反思和追索的结果。

沈从文说：“我学会用小小的脑子去思索一切，全亏得水。我对于宇宙认识得深一点，也亏得是水。”对于诗人谈雅丽来说，亦是如此，亲近水，描写水，思索水，这就是沈从文所说的“情感的操练”。水是其诗歌创作的精神支撑，也是其思想的不竭外部动力。内在的情感是其文学创作的直接源泉，直抒胸臆地描写亲情和爱情，从日常生活的小事着笔，趋于跳跃性的笔触，使其情感抒发自然产生无限的张力，从而引发读者深深的共鸣。

谈雅丽诗歌追求诗性的世界，或漫游，或飘忽，或驻足，或留恋，凡此种种，其实都是在对水的感悟中实现精神的自我救赎，它成为读者物质丰盈之后人格升华的营养钙片。诗人把这种诗性的闪光寄寓水中，作为生命之源。水是包容的象征，它或流动，或静止，或温柔，或狂暴，但在谈雅丽这里，这些都是美在不同时刻的精神彰显。上善若水，生命如水，起于沧浪，止于至善。谈雅丽为人如此，谈雅丽的诗歌亦如此。

## 第二节　杨亚杰：写出活着的朝向内心世界的诗歌

谢有顺指出，当多数小说家日益沉湎于成欲望叙事，不少诗人则忠直地发表对当下生活的看法。诗人们最可爱，他们是受消费文化影响最小的一群人，在时代的内部坚定地存在着。优秀的诗人，总是以语言的探索，对抗审美的加速度；以写作的耐心，使生活中慢的品质不致失传。正是因为存在这些“孤独的个人”，使我对诗歌一直怀着一份崇高的敬意。

阅读杨亚杰的诗歌，让笔者很自然地想起谢有顺的这段话来。

杨亚杰，笔名雅捷，作为“桃花源诗群”发起人，她 1981 年开始创作并发表诗作，数十年来，她不是专职的写作者，但她不受外部生活的影响，“孤独”地写着。不在乎发表与否，只愿意用一腔热情去深深地爱着。写作本身就是快乐。她不仅写诗，也兼及歌词、散文和文艺评论等，作品散见于国内外多家纸网媒和选本，她将写作融入她的生命与灵魂。她的诗歌题材十分广泛，涵盖了历史文化、童年回忆、生活感兴、爱情婚姻、乡土人事等方面，出版有《赶路人》《折扇》《三只眼的歌》《和一棵树说说话》《杨亚杰微诗选》等多部诗集，其中，《女人哦，女人》《邻里情》等多首歌诗被谱曲演唱，作品曾获丁玲文学奖、湖南省五个一工程奖、文化部群星奖等多种奖励。

## 一、浅唱低吟的心灵感召

在杨亚杰业已发表和出版的诸多作品中，最值得称颂的是那些用女性独有的生命体验塑造出饱满的女性主体形象的诗歌，在这些文本中，杨亚杰常常采取温柔质朴、低吟浅唱的言说方式进行直接抒情与讴歌，没有故弄玄虚的技巧，也没有花里胡哨的内容，向着真实的内心，喜欢就表现出欢喜，悲伤就显示出伤悲，不需要读者从字里行间去猜谜。诚如里尔克所指出的那样，不断地朝向自己的内心世界："探索那叫你写的缘由，考察它的根是不是盘在你心的深处。"①

杨亚杰要做的就是有感而发，不做"为赋新诗强说愁"的事情。"诗言志"，"志缘情"，这个古老的创作方法就是杨亚杰书写的内驱力，"我手写我心"，"以情动人"，这是杨亚杰创作的不二法宝。她的诗歌一点不朦胧，反而稍嫌直白。但她坚持这种适合自己的方法。

每一位诗人在进行诗歌创作时，必然是受到意识和情绪的双重驱动与感召，再而产生心灵冲动。在自我心灵和女性遭受的现实境遇产生强烈共鸣之时，杨亚杰写下了一系列女性主题诗作。一方面，杨亚杰的部分诗作如《自画像》《男不男女不女》蕴含着诗人生命原初的自我意识和自我认知。另一方面，"她者"对于杨亚杰而言也是不可缺少的共情对象，这些言说"她者"的诗(如《女人的风景》等)承载着诗人对女性群体的关注与爱护。

作为一位善于观照她者的诗人，杨亚杰用心体察广袤的外部社会，让文本呈现出开阔的视野和宽广的声域。在男权偏向的社会里，女性更多是作为"第二性"的角色而存在，处处掣肘受限，遭受着歧视和压制的生存困境。面对这样的男权社会，很多女性想突围却不得其法，有人只好无奈妥协于"这个男人掌权/女人撒娇的社会"，②迎合这个世道而变得媚俗；有人苦苦挣扎

① 里尔克. 给青年诗人的信[M]. 昆明：云南人民出版社，2016.

② 杨亚杰. 和一棵树说说话[M]. 北京：中国文联出版社，2012.

却无法自我拯救，亦有人不甘于被定义、被规约，选择拿起笔杆来进行柔性反抗，将女性的生命体验植入诗歌，期待能够坚持独立的人格并达成对彼此的性别认同。无论这些女性以什么方式存在，杨亚杰都是宽容的、真诚的，即便批评，也是善意和委婉的。

情动于心而行于言，杨亚杰正是怀着深沉的人文关怀和独立平等的女性意识写下了诸多女性主题诗作，女性当自立的普世价值观体现在她许多作品之中，例如极具代表性的《女人哦，女人》这首词作虽然继承了男主外女主内的传统观念，但“离开这个家/我照样满世界冲锋陷阵”昭示着当代女性不甘于单纯的为人母、为人妻，企图摆脱束缚和依附，转而迈向广阔的社会创造独立个人的价值，彰显现代女性的自我。“哦，女人哦，女人/事业是我们生命的根”，[①]事业与家庭如何平衡？杨亚杰有着独特的思考，作品卒章显志，爆发出强音，并对女性的生存之根有着了然的揭示。

因为在杨亚杰看来，爱，只有构建在经济基础之上才能稳固。诗人深知女性唯有把握住事业才能真正拥有安身立命之基，所以她将朴素的箴言化作诗句——“没有了工作/爱又何所依？”[②]张文刚评论道：用“一只眼”的单纯和天真守望过去的岁月和心灵的天宇，用“两只眼”的敏锐和澄澈打量人生的旅途和人事的沧桑，用“三只眼“的神秘和超然深入事物的本质和生活的真谛，就会在“赶路”的短暂一生，从容自在，俯仰自如，怡然自得，虽然可以不必是一个诗人，但一定是一个充满诗性的人。[③] 杨亚杰发现了内心的美的世界，她比常人多了一只眼，她用第一只眼观察，用第二眼去爱，而多出的这一只眼，就是她用来写诗的，将日常生活中别人没有看到或者没有感知的颜色生动地描绘出来。

## 二、体察入微的女性群像

杨亚杰有着清晰的女性自我意识和群体意识，同时又拥有细腻充沛的情绪，这两者在潜移默化中完成了诗歌的女性主体建构。杨亚杰用内心的感知和细腻委婉的笔致，通过古典与现代、自我与她者、个体与社会的表现手法，努力塑造出一系列生动的女性群像。

---

① 杨亚杰. 折扇[M]. 呼和浩特：远方出版社，2003.

② 杨亚杰. 三只眼的歌[M]. 呼和浩特：远方出版社，2003.

③ 杨亚杰. 和一棵树说说话[M]. 北京：中国文联出版社，2012.

仔细分析杨亚杰诗歌中塑造的女性形象，大致可以分为神话传说女性、历史女性和现当代女性三类。对于那些在神话传说中徜徉的女子，杨亚杰予以真情吟咏。“她就是不死/还炼成了五彩石，补啊补啊/飞身上天的身影补着残缺的心”[①]女娲作为中华传说中的创世之神衍出芸芸众生，面对崩坏塌陷的天地，为救世人奋而补天，一己之力担下拯救苍生的责任。神圣之心是彻底的无己之心，她的心中唯有天地万民，却无自私小我，个人意识在神的身上彻底湮灭，她的牺牲只为苍生，这样崇高圣洁的女神形象成为世人心中的永恒印记，却永远也填补不了女娲自身的孤寂。由神及人，被镌刻在在常德诗墙上的《蔡桃儿》原型死于日军发动的细菌战，她的生命在战乱面前显得异常的无辜与纤弱，为了不能忘却的纪念，为了祭奠那些弱小的生命，杨亚杰写下了这首诗。对于在历史苦难留下深浅印迹的贫弱女子，杨亚杰寄予深切的同情与哀婉，描绘这些女子悲凉苦楚的生命图景，旨在呼唤着社会各界对底层女性的关注。

女人一生中会拥有许多身份，母亲无疑是最重要的角色。生育是女人的使命，而分娩则是一场彻头彻尾的母难。“鲜血横流 漫向枕边床沿/海在汹涌 要打翻无舵的船/千里而来的妈妈太疲倦了/死神正奋力将她拖向深渊”[②]，在鬼门关徘徊的煎熬与苦楚，是女性作为母亲无法逃避的生殖苦难。杨亚杰不仅让我们重新认识了母亲，更难能可贵的是杨亚杰还启发我们重新审视母亲和女儿的关系，女儿和母亲虽为女性，却处在人生的两个阶段，因而无法理解对方，“一直以来我都想逃离您/还恨您，甚至找不到幸福感”[③]，只有等女儿也成长为母亲，感同身受以后双方才能达成真正的和解。《婆婆走了以后》通过一些琐碎的日常生活细节，体现了婆婆生前对家庭无私的关照与爱。她笔下的母亲勤俭持家，是无数寻常母亲的缩影，杨亚杰真挚地刻画着母亲，决不有意拔高，力求用诗歌将其还原为客观真实的女性存在。

除了塑造上述两种女性形象，当代女性形象是杨亚杰着墨最多，也是最让她牵强挂肚的地方。杨亚杰曾在访谈中提及：“我心中的男女则是具有自己鲜明性别特点的全面发展的真正意义上的人，大写的人。”[④]《忠告》一诗透露出杨亚杰心目中理想的女性形象——珍视自我且看顾家庭，拥有工作和事

---

① 杨亚杰. 杨亚杰微诗选[M]. 北京：银河出版社，2019.

② 杨亚杰. 三只眼的歌[M]. 呼和浩特：远方出版社，2003.

③ 杨亚杰. 妈妈躺成了一座江山[N]. 新湖南，2018-8-16.

④ 杨亚杰. 和一棵树说说话[M]. 北京：中国文联出版社，2012.

业。然而能兼顾家庭、事业与自我的女性终究是少数。作者在诗中数次运用“矫情”修饰女性，这类娇嗔的女性像是藤蔓需要攀缘他者存在，他者也相应从她们上收获被需要的满足。这些矫情的女性往往能赢得男性的爱与长久挂念，这种病态的需要和爱慕一定程度上削减了女性自立的可能。与之相对照，杨亚杰也注意到那些爱而不得的女性形象，寥寥几句就表现出她们内心的怅惘，“我”竭力成长为一棵与你相称的树，却终究无法用独立赢得你的爱，你的爱最终归属于那些“弱弱的嫩嫩的花”①。“我”的独立和“你”所期许的柔弱显然是背道而驰的，这暗示着社会尚未构建起普遍的性别认同，男性仍旧沿袭着强势的传统的爱情观，将爱慕与青睐施予给娇嫩的女子。

杨亚杰的女性书写并不局限于自身与周围人事，她还常以悲悯情怀悉心体察那些处在社会边缘的女性人物，铺展开宽广的女性生命图景。因参与公益活动有感而发的组诗《和你在一起》描述了留守妇女的生存状态，“荷崽妈越来越孤寂/星星知道，床知道/全村的塘泥都知道，唯有/荷崽爹在城里，假装不知道”。② 丈夫外出谋生，妻子留守乡村，孤寂的生命体验笼罩着她，生离所造成的寂寞谱成一曲家庭的悲歌。寻常女子各有各的烦忧，这种苦恼可能是与经济住房有关，可能是因为容貌青春不再，各自愁苦惆怅的女性形象其实更接近于人性的真实。杨亚杰在形象的塑造上从不贬抑任何人，她意在通过相对完整的女性群像折射女性复杂的内心世界和独立的人格追求。

## 三、直面生活的主体言说

诗歌的境界反映了人的境界。人的境界不同，写出的诗就会不同。“新文化运动”以来，诗歌发生了革命，可以用白话写了，但奇怪的是，有些诗歌的品质不仅没有更朴白，反而更难懂了。尤其最近20多年来，中国诗歌界越来越倾向于写文化诗，写技巧诗，诗人的架子端得很足，但写出来的诗，却只能供自己和少数几个朋友读。

杨亚杰没有赶时髦，她老老实实做人，认认真真写诗。写下的文字，一笔一画，都“怦然心动”。如《赶路人》：“走着走着/你走在最前面/你的四周已经荒无人烟/胜利者的孤寂/孤寂者的骄傲像两盏/明亮的灯挂在胸前”，这是诗的第一节，表明诗人追求的情怀，她坚持走自己的路，不管有没有同行

① 杨亚杰. 和一棵树说说话[M]. 北京：中国文联出版社，2012.

② 杨亚杰. 杨亚杰微诗选[M]. 北京：银河出版社，2019.

者，也不管有没有喝彩声，她带着“孤寂”与“骄傲”，义无反顾地走下去。

“走着走着/你发现很多的人/在你的前面走得更远/落伍者的悲哀/悲哀者的自怜像两条/冰凉的蛇爬过心田”，这是诗的第二节，诗中的“你”可以与第一节是同属一人，也可以是“他者”/“她者”，重要的是，在生活中，个体发现了自己的落伍，遂产生了“悲哀”与“自怜”。这是生活的另一种状态，也是许多人共有的心情。

“走着走着/你还是不停地走/歪歪斜斜的脚印叠成花环/收获者的失落/失落者的发现像两个/顽皮的孩子追赶在你的身边”，这是诗的第三节，也是最后一节，是前两节的深化，是个体的新发现。生活不是一帆风顺，收获与失落如影相随，要做到得之欣然，失之淡然。

这首《赶路人》是一首哲理诗，反映的是普遍的真理，是每个人都可能经历和有过的生活体验。这样的诗是接地气的诗，是活在她的生活中的诗。杨亚杰自觉地接续上了一种有感而发的写作传统。这是她的诗歌生命之所在。她写的多是短诗，但它所凝结的生命容量却一点不小，有的真为一代人的写照。

黑格尔认为，诗歌创作的主旨“只是为着把内在的东西按照心情的内在实况表达出来”。[①] 想抒发内心最真实的感受，书写生命里最本真的体验，“自白”毫无疑问是最契合杨亚杰的。生命原初的创伤体验导致杨亚杰始终怀着一种深入骨髓的孤独与彷徨不安，故而她的诗作常在自我的内心世界流连，为此她自然而然地主动选择了“自白”这一言说方式，有别于其他诗人，杨亚杰的言说更像是沉潜在生命中的低吟浅唱，只为呈现心灵与生命的本来样貌。诗歌是内视的文学，女性诗歌亦是如此，杨亚杰将抒情主体的自我作为基点来建构女性主题诗歌，将自己的经历、体验、感受、见闻入诗，使得诗作具有浓郁的自白色彩。

当然，对内心世界的“审视”偏向私语或私密化写作，容易深陷于一种极端个人化的语境。这种日渐逼仄的写作使得杨亚杰必须走出自我，开始探寻新的言说方式。“自白”便成为诗人走出创伤、走出孤独的重要途径，通过诗歌创作，杨亚杰修复了童年记忆有过的伤痛，重获直面生活的勇气。杨亚杰虽然书写着女性的创伤与孤独，但不愿自己一味沉湎于对往日的记忆中，她用丰富的再现方式，让自己的情感从孤寂和伤痛中走了出来，融入更广阔的

---

① 黑格尔. 美学(第二卷)[M]. 朱光潜，译. 北京：商务印书馆，1979.

社会生活。《云涛(自画像)》是一首极具内指性的作品："渴望化作潇洒的雨/落进涓涓小溪/流向蔚蓝的大海/去感受浩瀚的壮丽"呼应了杨亚杰的诗学追求。在弥合自我的生命创伤之后，杨亚杰自白的言说方式也发生了嬗变，她期待着言说对象能够对自己有所回应，她期待能和外在的现实世界建立更多的联系，具体表现为杨亚杰开始频繁使用第二人称进行写作，"你"渐渐取代了早期创作中惯用的第一人称，你我的言说视野相互越界，达成你中有我、我中有你的水乳交融状态。这种叙述视角的转换和和诗意的表达，具有容括女性群体的复核诗意和更加敞开的诗意空间，也使得杨亚杰的诗歌由内敛走向了成熟。

感性的情感，理性的言说是杨亚杰女性主题诗歌的特质，因为作者非常清楚女性"离恶最近离深渊最近"，"在深渊的眼中你又亮又腥"，[①]在这种无法轻易扭转的社会环境中，杨亚杰希望能够通过自己的诗作提醒并告诫读者要心存善念，保持童真，面对生活的种种诱惑，要有如履薄冰、如临深渊的风险意识。"总是玉碎了而纯洁还在/落英缤纷是你香殒的魂"，[②]女性的人格完善要有"宁为玉碎不为瓦全"的决心，要把自己的坚贞与执着、无奈与毁灭留存在芳华中。只有把普遍的良知、尊严、爱和存在感植入女性的个体心灵，才能抵御世俗流变对自我的侵蚀。

在《女人的风景》一诗中，杨亚杰轻轻揭开女人的面谱，用亦正亦邪的形容词去修饰女人，美丑与善恶、淫邪与纯洁、诞育与牺牲，这些相互悖反又相生相依的事物都是女人所构的玄妙风景，也是女人的一体两面。诗人作为女性中的一员，在叙述之时有意对情感加以理性节制，秉持客观冷静、不偏不倚的观察原则，化身为隐匿在诗句背后的旁观者和陈述者。在表意效果上，"我"既是藏匿着的，又是在场的，由此形成一种既"是"又"非"的临界感，达到一种混杂的陌生化效果，从而通过这一首诗引向对所有女性命运的思索，最终去伪存真，寻求真、善、美的理想人格。

## 结语

杨亚杰深深根植于湖湘大地这片土壤，对语言艺术的运用拿捏得十分到位。她的诗往往不赘一字，简洁凝练，并且通篇没有一处晦涩难懂或佶屈聱

① 杨亚杰. 三只眼的歌[M]. 呼和浩特：远方出版社，2003.

② 杨亚杰. 三只眼的歌[M]. 呼和浩特：远方出版社，2003.

牙的语句，通俗易懂的表述、质朴的语言并没有折损其诗作的艺术性，相反更拓宽了新湘语诗歌语言趋于平民化大众化的路径，具有较高的传诵度、可读性和传播性。因为女性的日常生活具有相对稳定性和一定的隐秘性，所以从中发觉诗意并不容易，亲属好友之间的私聊与口头对话是再寻常不过的日常沟通，但作者就能将其转化成引人深思的诗篇。杨亚杰的诗歌且行且止，当断则断，留下言说的停顿和空白，引导读者一步步地深入她的诗意旋涡，去寻觅诗语深处的幽秘。

杨亚杰惯于内敛抒情，也善于按照情感的内在逻辑对诗行进行排列和组合，用回环复沓的吟咏加强语势。细读杨亚杰的女性主题诗歌，可以感受到明显的节奏与和谐，这和她丰富的作词经历是分不开的。这种别样的韵律设计使得整个诗篇读起来有一种起伏的乐感，读者普遍凭借基本的语感就能感受到杨亚杰在诗作中的情感流逝。她的诗没有油滑老练的做派，只觉赤忱质朴的品相，这和她始终坚持着谦卑的赶路人姿态是分不开的。杨亚杰谦卑的女性言说姿态已经深入人心，但她从未停止对女性自由天空的追求。飞翔不仅是能获得轻盈自由的生命体验，也昭示着女性摆脱束缚、升华自我的一种生命姿态。“把树栽到天上/鸟儿就往大地上飞”，将理想之树栽到至高，以鸟儿自喻表现了杨亚杰乐于向高处攀登与追求梦想的姿态。诗人一方面将谦卑作为日常的生存写作姿态，另一方面又将飞翔作为对自我生命的终极致敬方式。

正如朱健所指出的：杨亚杰之爱诗、读诗、写诗，只不过是一种“生存需要”、“生命形态”、“生活表达”而已；二三知己有窃窃私语之乐，其乐便已无穷。①

换言之，杨亚杰是一个忠诚地面对自己生活的诗人，她的诗歌视角，往往是有限的、具体的、窄小的，但经由这条细小的路径，所通达的却是一个开阔的人心世界。米沃什说：“我到过许多城市，许多国家，但没有养成世界主义的习惯，相反，我保持着一个小地方人的谨慎。”杨亚杰长期居住于常德，有着“典型的小地方人”的性格，善良，踏实，率真，这使得她在大地、生活和人群面前，能够持守一种谦逊的话语风度，拒绝夸张和粉饰，努力展示生命中的安宁与欣悦。在《鸟儿也兴开会》：“现在我越来越喜欢/我住的这个小城了/鸟儿叫得很好听”这是打心眼里喜欢自己的居住的人，“一个来旅

① 朱健. 杨亚杰的书[N]. 三湘都市报，1997-1-11(7).

游的人说/你们这个地方真有意思/鸟儿也兴开会”，[①]为什么鸟儿“叫得很好听”，因为它们活得自由、滋润，它们成群结队，用“开会”的方式表达对生活的热爱。

杨亚杰在这里写的是鸟儿，其实也是写她自己。因为喜欢，所以热爱；因为热爱，连日常生活的点点滴滴都如此这般地充满诗意。这样的诗，写得很纯粹；这样的人，活得很富有。

## 第三节　邓朝晖：行吟者的精神地理

邓朝晖具有行吟诗人的气质，此“行吟”不取古希腊荷马诗人的街头流浪之形式，也不取战国时期楚地诗人屈原披发泽畔的哀恸爱国之情感，而是指的是邓朝晖的诗歌所体现出的“自我流放”的生命质感。“流放”不是“放逐”，灵魂随意放逐，生命便没了根据，邓朝晖的“流放”源于对自我生命的体认与理解，源于对生存空间的想象性重建与文化性追溯。在这个灵魂逐渐趋于空洞与疲乏的时代，读邓朝晖的诗，灵魂飘荡过田园牧歌式的河流村庄，飘荡过异质性的原始文化图腾，在尽头会猜测生命或许存在另一种亦梦亦幻的真相空间。

诗评家霍俊明曾评价邓朝晖的诗作“呈现了行走诗学的可能性”，亦是此理，“行走”不是移步换景，而是在多重空间寻找生命想象与体验，从湖南常德澧水到沅江，诗人的脚步跟随了思想的火花，河流、族群、村落、文庙、码头、渡船，皆跳入了诗人的文本之中，化为诗人个人性的诗歌空间，构成其诗歌世界的地理基础。因此，这不仅是一个行吟者的自我生命表达，在“樊笼者”复归自然与探索更多文化奇观之后，生命得到了充盈，其遗留的足迹和个体生命体验、地理文化结合在一起，以点联结成面，成就了这方水土在精神维度层面的边地空间。

### 一、自我的生命体认

这是一个行吟者离开出生地的开始。从兰江桥到澧水，从十字街到解放路，从戏园到城关医院，再到澧州文庙内的状元桥与月亮池，“我”便不能再往前去向那“荒野的郊外”了，“我”的脚步被“孤独”与“习惯”困在了出生地

---

① 杨亚杰. 海星星[N]. 湖南日报，2002-9-18.

之中。行吟者也曾吟唱过这片土地，写下这片土地澧州文庙中的真与美，梨园戏院里书生小女的爱与恨，甚至是街边石狮背后隐藏的客死他乡的愁与苦，就连一片银杏“三分之二的圆”，她也曾细心雕琢悉心描绘。与这浮躁的尘世比起来，她更像一个灵魂已然枯竭的故居者，徘徊在出走与坚守、远方与故土的选择之间，进退维谷。

徘徊是一种细密而绵长的疼痛，诗人渴望探寻自己生命中更丰盈美好的灵魂，然而在故居之地已经只剩残存的记忆，因此，在邓朝晖关于自己所在故土的日常性描写中，“无名”成为一个反复书写且极为重要的关键词，是其诗歌中一条潜隐的线索。在《出生地》组诗当中，“梨园”没有名字，所谓“梨园”只是“我”固执的叫法；“十字街”也没有名字，它是“我”通往城中心与人民医院的中心汇聚地；“文庙”没有名字，它是“我”童年时期的一个秘密的院子；“石狮”没有名字，没有人知道它的历史源于“华阳王”……“无名”是对历史的遗忘与遮蔽，它们的“无名”汇聚在一起，是故乡文化意义上的“无名”，因此“故乡”在诗人心中也“缺席”了，她故而生出诸多质疑与困惑：“我属于它吗？/属于这片朋友圈里转发的最美村落？/……我亲近过它吗？/没有童年/没有土地/也没有故人。”[①]借此，不难看出诗人心中的迷茫与困顿，灵魂失所，恐怕是身处这个时代最大的病痛。人在剧烈变革的时代，即使没有漂泊于他方，也会在故土失去根基，成为心理上无序的“他者”，造成灵魂游离与分裂的撕扯感与疼痛感。

正如诗人自己在《无法回避的疼痛》文章中所说：“一个人的出生地是他无法选择的，可他有权选择自己长久的居住地。而我不同，多年以前就想飞离这座小城，但这么多年来，却总是将走出去的时间推了又推。一直以来，我在理想与现实之间挣扎，不愿留在这里却又总是离不开。”[②]这种挣扎、纠结构成了诗人的情感创作基调，一切关于故乡与历史的流逝、关于现在与未来的思考与探索，皆出于此躁动不安的出离欲望，但这种欲望又是潜藏于安静温和的表面之下的。在《梨花、梨花》长诗中，诗人将自己“已过不惑的中年”比喻为“腐烂的菠萝味”，借此说明生命与死亡的同质化悲哀，这是一种近乎麻木的疼痛，“仿真”的生与“腐烂”的死没有区别，除非“远行”，离开“春天”，穿行在路途上，面见“一棵暮春的梨树”，遇见自己短暂而又热烈的

① 邓朝晖. 郴州旅舍[J]. 桃花源，2019(02).

② 邓朝晖. 无法回避的疼痛[J]. 文学界，2010(08).

葬礼，“一个在生的人目睹了自己的葬礼”，就等于从麻木的生活中重生了。这首诗应当是诗人“出离”的象征之作，生与死都被诗人以“植物”类比，“玫瑰月季”等南方的娇艳的花映射的是人内心的干涸枯竭，“梨花”作为“死亡之花”却象征着生命的热烈与饱满，生死的意义在诗人笔下被颠覆了，生即是死，死才是生，“梨花”成为“肉身的菩萨”，只有祭奠枯萎的生，穿过内心的空，才会得到葬礼之上灵魂的充盈与丰沛。关于“生死”如此重大的话题，诗人仿若一个旁观者，在“奢侈”地目睹了自己的葬礼后，静谧又温和、热烈而诡谲地踏入了另一层灵魂得到自由的广阔天地。

于是，诗人作为行吟者出发了。

## 二、重构的田园牧歌

孤独的行吟者的脚步是缓慢而悠长的，她以温润的眼光爱抚自己的出生之地，在察觉到陌生与异样后惊异于它的变化，为它的沧桑与文明辩驳，为它的消逝与繁华哀伤。行吟者回到生命之源，那是记忆最初始的地方，从那里开始，也许可以追溯到属于生命本真的田园牧歌，属于灵魂纯粹的家园故土。也因此，在邓朝晖的诗歌中，能看到一幕幕澧水河畔诗人对自我生存空间的想象性重建。回忆中的特定性场景、家族代际中的人与事、澧水河畔的传统文化与建筑，都镶嵌在故土的文化性背景之中，给诗歌带来了多维的地理空间呈现与复杂隐秘的人事命运更迭。

诗人在《粗粝之花》创作谈中言及自己童年时代的澧水，那里隐藏着自己的童年记忆：“年轻的父亲和母亲、他们隐秘的爱情、早熟的姐姐、潮湿的码头、童年的伙伴、夭折的小青、杉树林、桑葚、月亮池、古城墙、荆河戏……”① 这些具体的物象都是一个个回忆点，在诗人笔下生发成一段段故事，破碎的意象因而得以重新拼接，诗人在现实与想象的碰撞中重构画面，重新谱写属于行吟者自己的生命想象、故土想象。

在《五水图》组诗中，有一首近似于纪实类的诗歌《小营门 42 号》，记录的是一家人的命运代际，“穿军装的继父”“转在山路上的娘”“担水洗红心萝卜的姐姐”和“走向未知巷口的我”，诗歌的寓意模糊深邃，拼接式、断联式的画面跳转起伏，转瞬间便切换了几个时空，“远方的命运”没有被诗人诉说，无人知晓无人回答，也就是在这样一种模糊深邃的命运主旨里，似乎浮

---

① 邓朝晖. 粗粝之花[J]. 作家通讯，2014.

现出湘西世界朦胧神秘、如梦如烟的生命之诗，那里有着美好的人性，也有着人生不可知的命运，就像沈从文《边城》结局中所喻示的：“这个人也许永远回不来了，也许明天回来！”①未知的命运被“淡蓝色门楣”的“孤独的河水”包围，迷离奇幻的微妙气氛在“雨水”被“外婆的小脚接住”中推向极致，靳晓静评价这首诗“有些巫气”，②的确是恰如其分。

另一首长诗《玉堂春》，是诗人对一段戏曲的回眸，原有冯梦龙纂辑的《警世通言》中的话本小说《玉堂春落难逢夫》，后有戏曲《玉堂春》，诗人每一节取其戏曲中两句词作为一个画面场景，继而进行自己的创作想象，谱写成嵌入悲悯与血泪的命运长诗：“你七岁卖身入娼门/豆蔻之岁遇公子/当千金散尽/公子落难苦读求功名/你落于富商之手/遭毒妇陷害顶替罪名/……当你终于成为泥土/……苏三，你只在卷宗里/在洪洞监狱的死牢/你上过枷受过刑/徘徊在几尺见方的洞口……/为一个来历不明的官司/划一个皆大欢喜的句号。”③不同于戏曲与戏文中的“大团圆”结局，诗人重构了关于玉堂春这位青楼女子的历史想象，将她置于现实性的处境之中，去想象另一种人生命运真相的可能性，另一种“历史”(虚构)被文本遮蔽的可能性。“高潮与深渊素来就有秦晋之好”，美好与残酷亦如是，因此，诗人在这里的想象重构，更近乎揭示命运的文本颠覆性，戏外的人不能帮你看到，历史不能帮你看到，唯一知道的仅有自己而已，只有你自己才会了解自我生命的真相以及抵达的终点。

以上在诗人对个体生命回忆的想象性重构的诗歌中，物象、幻象并不在很大程度上“具备特定文化群体共同认可的喻义”④，它们都是独属于诗人个体的生命经验意象，在诗人的组诗与长诗中曾多次出现，实际上成为诗人独特的情感符号，表达诗人独特的诗歌文本内涵，甚至于地域空间内的地理建筑，诗歌中所反复描绘的码头、渡船、月亮池、状元桥，都成其独特的地理空间符号。在情感符号的加持之下，地理空间符号就具有了诗人特定的精神资源赋属，即诗人所追溯的那段“田园牧歌式的模糊记忆”⑤。值得说明的是，诗人对童年记忆的追溯，所构成的这部分田园牧歌式的想象重建，虽然充满

① 沈从文.边城纪念版[M].长沙：湖南文艺出版社，2018.
② 靳晓静.诗人手中的魔杖[J].星星诗刊，2013(03).
③ 邓朝晖.玉堂春[J].海燕，2016(05).
④ 谢艳明.文化视阈下的中西诗歌情感符号[M].武汉：武汉大学出版社，2016.
⑤ 邓朝晖.粗粝之花[J].作家通讯，2014.

了悠远、恬淡的画面感，但始终抹不去一种关于“消逝”的疼痛之感，无论是记忆，还是历史，一切的人事都在消逝中渐渐隐匿、淡无，或许最终只留在了诗人想象的文本之中。关于故土和远方，在写下这些诗歌时，诗人一定是眉头不展的。

这是一个行吟者在眺望过去时的神情。

行吟者曾说：“故乡是用来眺望的”，而她对远方的渴望还未曾到达。“没有人告诉我/兰江桥的前面还有一条孤独的河流叫澧水/过了澧水还有一个村庄/村庄连着村庄/如同大海连着大海。”至此，行吟者开始了她真正的远行。

## 三、原态的诗性世界

沿着沅江上溯，是行吟者的起点。途经许多支流，在怀化市麻阳县，在一个叫漫水的村子，在大湘西许多的村落与小镇，诗人头顶虔诚，遇见了足以震撼灵魂的文明与史诗。那些遥远到几乎与世隔绝的史前文明与美丽传说，那份无际的敬畏与热爱，在诗人心中打开了一个缺口，从此在诗人的文本中，肆无忌惮、辽阔宏远的想象奔涌而来。诗人将自我“流放”到这片土地上，用眼睛和双脚抵达了思想所不能及的地方，而后又以瑰丽奇幻的想象文本来呼应这份敬畏与热爱，形成原态的诗性世界。她是在谱写河流的史诗，也是在谱写文明的史诗，更是在谱写关于人的命运的想象史诗。

在湘西世界的少数民族民俗与传说中，出现了诸多英雄与敬神者，他们通常担负着守卫一族命运的责任与使命，但在诗人的文本中，“青面獠牙”只是梯玛“多愁”的面具，祭祀的歌舞无法抚慰“一生紧促”“崖上立桩”的萨岁，他们在一族命运处于风口浪尖之时挺身而出，而关于寂守与孤独，却无人能解。英雄已逝，族人为他们修筑石像，谱写神歌，祈求保佑，奉若神明，代代流传。诗人伫立凝视，她看到的是一首英雄的落寞之歌，那是生前之名，身后之苦。一切描绘都以电影镜头般极强的画面感呈现出来。在《梯玛神歌》中，诗人仿佛以手摇镜头切入，先入远景，祭祀的“摆手堂”紧闭不语，进而镜头前移向下切入中景，姑娘凝神的面庞望向远方，镜头淡出时空切换，黑夜中仿佛篝火燃起，天幕之上烟火盛开，人们肃立默跪，祭祀“大王”，镜头平行移动，出现梯玛之像，手握木刀腰系红绳，进而接入镜头特写，纹眉红心的面具之下，是梯玛的沧桑面庞，镜头继而逐渐淡出，浮现梯玛的战争岁月。《五水图》第一首诗歌的开头，便以静默无言式的镜头语言呈现出湘西祭神场面的神秘与辽远，奠定了整组诗歌的情感基调与画面氛围。接下来，镜头开始进入“我”的主体视角，讲述主体与对象的故事。“我”何以遇见梯玛？何以想象梯玛？镜头从“戏楼”转换到“冬日暮晚”，“我”撑一把朱红伞，遇见梯玛的一瞬间，镜头开始以具象画面表达人的内心感受，有“碎花和流苏”，其实是借指诗人灵魂受到震撼的细密感触，灵魂出窍，镜头开始表现诗人的自由畅想，“大风吹过茫茫酉水/牧羊女帘前洗澡落红飞花”，这是诗人由神对平凡人的想象，二者并无直接关联，但从诗歌的整体格局来看，诗人由对原始祭神民俗的触动转接到了对一种遥远文明平凡生命畅想的灵魂洗礼，二者故事逻辑的不连洽并不造成想象空间的断联，诗歌的整体氛围仍然是融为一体的，是一场“我”与古老文明、原始神话的灵魂对话。

在这一组诗中，还有对建筑、动物、河流、山脉的联想，它们中有些有名字，然而更多的是无名的“你”，那是许多不同的人的命运，联结在一起是诗人对湘西整个原始文化世界观的想象，诗人在旅途中不断与他们进行对话、想象、写作。《青碧》与《青蛇记》是拟人化的动物想象，带有“聊斋”式的“妖”的演绎方式，书写了关于狐妖与蛇妖的凄美爱情，诗歌灵动诡谲，神秘妖冶；《萨岁》是“女性英雄”的书写，在原始的“族”的谱系中，女性通常是作为“母性”的孕育者身份出现的，就连作为“女英雄”的萨岁也是如此，她护佑子孙的神像也被喻为“一棵孕育期的葡萄藤”，困顿却坚韧地哺育着这片土地。萨岁的形象应是湘西边地世界女性形象的理想象征，具有史诗性的尊重与崇敬；《响水坝》《上炉到浮石烟》《入铜湾》《去往惹巴拉》这一系列诗歌都是诗人由旅途场景、物象等生发的对无名的“你”的对话，面对响水坝，“我”就这样进入“你”去等待一场迟早的生命的“衰败”。在上炉到浮石烟的路上，我与“一个少年”有了“母子相连”的心，感受着他的愤怒与多愁。铜湾峡谷瀑布中的自然奇观与原始文化让“我”的面色被“镁光灯”照过，那是被时代喧嚣映射出来的无知与彷徨。惹巴拉这片蛮荒之地充斥着失意之人，只有“我”被中了蛊毒的苗女和多情的里耶所吸引，他们的命运在诗人笔下，皆演变为九曲回肠的呐喊。再有《大王殿》与《潕水河》，它们也各自有其命运历史，大王殿内隐藏的是“盘瓠大王”战功赫赫迎娶苗族少女生儿育女的传说，潕水河上流淌的是河流倾吐自我历史命运的长久叹息。在《五水图》组诗中，每一首诗都关乎一个奇特的传说或想象，都是诗人对湘西世界中人的命运的联想性书写，这些广阔的原始空间为诗人打开一扇灵感的大门，这片土地上的每一个生命，经由诗人的想象都将发出充满故事性的光辉。

行吟者终于有了她的“眼泪”和“指引”。邓朝晖曾在《生活是一出悲喜剧》中说道：“沅江是一条河流，生活是一条河流，时光也是一条河流。我们在河流中奔走、徘徊、飘荡、或悲或喜。不管是大忧伤，还是小喜悦。我都得感谢，感谢生活赐予的这么多滋味，感谢时光流转，感谢我手中还有笔，能够一一记载。”[①]行走对于邓朝晖诗歌创作的意义是巨大的，因为行走，她的诗歌不再拘泥于生活化、日常性的书写(《厨房中》、《安居》等)，而是打开了更为辽阔的边地书写空间，她就像一条在黑暗中默然流淌的河流一般，将自我的生命流放到河流的各条支流，去探索更为广袤丰富的生命图景，给灵魂以洗礼，给自我以重生。

### 结语

读邓朝晖的诗，就像是在读一个行吟者的生命历程，在读个体精神世界中的湘西生命图景与文化想象。“行吟者”的身份代表了这个时代下无所适从的“分裂者”，热爱故乡却又渴望走出自己，趋于安稳却希冀灵魂震撼，这种远方与故乡、出走与坚守的矛盾性因素一直贯穿于诗歌始终，因此，读者能感受到诗歌中的纠结与挣扎，诗人即使是在面对湘西原始神话与传说进行瑰丽奇幻的想象时，其镜头语言也是偏向缓慢与节制的，诗人通常是以中近景的表现物象为主，且擅长以小的镜头的位移，或淡入淡出的方式来转切镜头画面，这是一种隐藏于情感深处的安静的力量。当这种安静的、内敛的、温和的镜头叙事与诗人无边无际的灵魂畅游式的记录与想象结合在一起，于读者而言，在情感上就生发了诸多具有矛盾性因子的迷人力量。

## 第四节　唐益红：构筑生命的诗性之光

阿根廷文学大师博尔赫斯在他的诗歌《诗艺》中写道：要看到在日子或年份里有着/人类的往日与岁月的一个象征，要把岁月的侮辱改造成/一曲音乐，一声细语和一个象征。诗人唐益红是一个有心人，她喜欢倾听时光深处的心跳，努力把过往的岁月浓缩成音乐般的片段，把日常经历的点点滴滴化成诗歌的“一声细语”或“一个象征”。在书写生活、感悟生命、讴歌生活时，诗歌成为她与自我对话、与纷争和解、与快乐相拥的情感载体。

---

① 邓朝晖. 生活是一出悲喜剧[J]. 中国诗歌，2012(03).

唐益红作为桃花源诗群的一个重要代表，起点很高。她从 2006 年起才开始进行诗歌创作，很快就在《诗刊》杂志上发表了第一个作品，一年后加入湖南省作家协会，然后经过十余年的努力，她如愿成为中国作家协会会员。这些年来，诗歌为她的生活增添了一抹亮色，诗歌写作、欣赏和交流成为她日常生活的一个重要组成部分，她小心翼翼地等待诗歌带来的一次又一次惊喜。“我们去等待另一场雪吧/静静地等待另一场铺天盖地的热忱”(《另一场雪》)，每一次等待，都是一交热情的挥洒，都是诗人经历纷繁复杂的现实之后仍然拥有的一份情怀。

真正的诗歌从来不是靠华丽的辞藻、肤浅的形式和繁芜的技巧取胜，至少在唐益红看来不是这样的。在一次次审视、书写和感悟中，唐益红始终怀着一颗敬畏之心，写下的诗文，皆是对生命世界深刻独特的体验。诗友谈雅丽称她为“赴向火焰的歌者”，诗人、评论家雍人称其作品为“一种唯美主义的行走”，诗人、翻译家程一身评论其诗歌透出一股扬厉之气。唐益红诗歌经历了激情洋溢到婉约内敛的审美转变，她善于抓取生活的细枝末节，从“小”处着眼，用有温度的语言“破译”心灵的密码，无论是叙述的冷静与平缓，还是情感的节制与内敛，都让文本产生善的跳动、美的闪烁、力的张扬，在通向隐秘的情感深处，曲径通幽地搭建起审美世界的精神坐标。

## 一、见微知著的细节聚焦

唐益红在其随笔《隐秘岁月里的异端》中写道，或许正是童年捉迷藏时的那一个幽深的角落，隐秘王国里的沉寂与孤独，成为她心中永远的诗意源泉。也许是童年独特的生活体验加之成年后平凡而奔波的生活，让唐益红的眼光始终指向那些不为常人所注意的细节。“万里桐花，我只是最不起眼的那一朵”(《我的爱浅薄无知》)，“当春天来临，再细小的草茎也会为自己加冕”(《黄金打造的楼宇》)，“陌生人，我在你陌生的脸上看到了相同的表情”(《另一场雪》)，“万里桐花中的一朵”“细小的草茎”“陌生人”，等等，这些毫不起眼的细微之处，都成了唐益红诗歌哲学中的重要元素。即使身在高原，面对从高空倾斜而下的瀑布、豪迈的山川，她仍选择歌颂那素朴得不能再素朴的青草：“我要不止一次地说到青草，说到那些高原上最卑微的修行者”(《青草辞》)。这些通常容易被忽略的一草一木，在诗人笔下自成一个世界，通过对其细节内部的感知、体察与内省，注入了简单而不凡的奥义与哲性，产生了见微知著的奇妙反应，成就其诗歌独具的内在力量。

由于隐秘的生理与心理构成女性的独特经验，唐益红更加真切地捕捉到生活中的点滴，庸常生活的琐屑与困扰在她的笔下往往会孕育出全新的诗美内涵。[①] 唐益红的书写成为诗坛一道变奏的风景，“当下的女性诗人除了不断关注和挖掘女性自身经验和想象，同时不断将敏锐的触角延伸到社会的各个角落，在一些常人忽视的地带和日常细节中重新呈现了晦暗的纹理和疼痛的真实。”[②]唐益红从没有把自己定位成宏大叙事的写作者，立志做时代的代言人，相反，她将目光投向底层百姓的生活现实上，聚焦一个个平凡的“现实人”，并始终保持着一种低姿态，俯身向下，汲取心灵向上的力量。“尝试赞美着残缺的世界”，[③]钟情于“内心的花瓣”和“微小的世界”，这是她诗歌的风格，也是她写作的意义与价值。

唐益红在接受采访时坦陈“有些东西令我着迷”，她认为那些平常不起眼的细小的事物中蕴藏着许许多多不为人知的秘密规则，那些生活中被我们忽视的细微，暗藏着诗歌美好的因子，这些都是值得我们去发现，值得我们大声地赞美。她擅长钻入为人忽略的细节，细品那些直面个人生存的心灵深处。当聚焦的目光从与“无边无际”到“弹丸之地”时，范围的缩小天然加剧了思维的深度，绽放出极小事物自身的无限生存哲学。

“万物中都深藏不为人知的秘密/它们的存在提醒着我们忽略的曾经/只是其中最细小的那一部分/充当了最重要的角色”（《细小的事物中藏着不为人知的秘密》），诗人在其诗中直白地表达出自己的倾向，一面极力渲染这些细节的微不足道到令人忽视，“小”与“轻”；另一方面它们却拥有足够爆发的强大力量，“黄沙掩上来，阻止不了它们/罡风吹过去，拦不住它们/即使是快要消亡了，也死不肯认输/抹着眼泪合着哭声，叫一声，应一声”。诗人在极小的叙说与极大的爆发中，使文本构成了词语空间非对称的张力，揭示细微之处的诸多秘密。“只是这一切，现在已经被它们一一抹平/而我却毫不领情”，“我喜欢这些细小的事物”，这些秘密最终在我的“抹平”“毫不领情”和“喜欢”这样截然相反的情感体验中，实现了其存在于当下与未来的价值。细小事物身上尚且拥有这种力量，反求诸己，诗人从中获得了面对生活的豁达与智慧，这也正是“我喜欢这些细小的事物”最真切的理由，正因为如此，

---

① 罗振亚，李洁. 在突破中建构：论新世纪女性诗歌的精神向度[J]. 东岳论丛，2016(05).

② 霍俊明. 变奏的风景：新世纪十年女性诗歌[J]. 理论与创作，2010(04).

③ 唐益红. 隐秘岁月里的异端[J]. 桃花源，2017(01).

“这世界留给我们的缝隙太多了/每一条河流，都值得我大声的赞美”(《我喜欢的事物都是明晃晃》)。除此之外，诗人擅长将草木具化为人生一种，“四月，流水开始说话，/草木开始思春/花朵爬上墙头，镜头对准笑脸”“要允许一朵白云有翻山越岭的心情”(《要允许人间还有这样一种际遇》)。它既是客体在主体心灵下的映射，也是诗人聚焦细节深处有意构建的叙说视角。本质是剥离喧嚣与浮躁，沉入生活内部，触摸生存的本质，以及真善美的发掘。当诗人选择遗忘尘世间的一切，与自然中的“小”融为一体，这样的“小”自然的含义在这个过程中被无限放大，它甚至取代了“人间真理”，成为生命唯一的价值。

唐益红有一部诗集，她直接以《温暖的灰尘》命名，“灰尘”在现实世界的认知体系中，作为一种对时光尘封的意象，充满萧瑟之感，诗人却用“温暖”加以修饰，将新、旧两种时间置于同一维度之中，让沧桑、磨难、欣喜、希冀多种感受在这一语词之中共同发声，使得多种感情巧妙叠加以合力的形式，给人温和却又暗藏锋芒的冲击之感，带着鲜明的个性标签，是“小”的审美的延伸。在诗歌《温暖的灰尘》中，“原谅这尘世间仍有小小的忧伤与孤独 /原谅我血液里仍有奔涌的激情 /这低处的草芥在阳光中苏醒 /那些经年的疲惫劳累奔波 /此刻/竟像温暖的灰尘”。“低处的草芥”同样是诗人一以贯之的着眼点，也是诗人自我形象的构建。草芥“在阳光中苏醒”，它虽然卑微，却没有放弃希望，经年累月的疲惫、劳累，都是未来的财富。这些正是唐益红在生活的细节里挖掘到的生命的本质，在极小的平静叙写中，产生耐人寻味的博大与悠远。

## 二、以柔克刚的历史探寻

“诗是时间艺术”，大都诗人天生有着对时空敏锐的知觉，唐益红亦是如此。“一根白发快速褪转为青丝/一道伤痕重返昨日的沉默”(《那个中式庭院》)，“远处的雷声打在近处的荒地上/近处的雨水滴在你远处的黎明”，时空流转、光阴飞逝，在刹那间完成对生命的独特感受。“去年的寂然紧接着今日的无声”“绝望的青草因此也长出了翅膀”，《要允许人间还有这样一种际遇》一诗中从去年到今日、从地下到天上，多层次的时间感对应多维度的空间感，既营造出“江湖悠远，红尘弯曲”的沧桑孤独感，又巧妙地与诗眼“要允许人间还有这样一种际遇/要允许白云有翻山越岭的心情”形成精神反差。

然而，唐益红对时空的挖掘并不是一般意义的对逝去时光唱一曲挽歌，而是尽可能地追溯到历史深处，去发现一些被人忽略的东西。事实上，历史的回响并非被时间的石头永远深埋，它以“化作春泥更护花”的形式走向生命的另一个轮回，是由外向内的力量转化。为了打捞历史记忆，在意象选择上，唐益红偏爱“石头”。在其随笔《匍匐于蓝天的寂静》中，她写到“众神指引着的美，总是悄悄绽开在黑暗最深处，需要我们用发现的眼睛去发现。就像那些石头，来自大山的寂静深处。如今，他们静静地匍匐于蓝天之下，向着这亘古的时光致敬。”石头，凝固动态与静态，记录过去与现在，连接当下与未来，它是时光的神话言说，不仅指向对过往的复现，更有对当下的体认与反诘。《木石之盟》里诗人回到草木的前生，不同于表层的祥和与安宁，“与侏罗纪时代隆隆作响的风声相比/它有咬碎记忆的牙齿/它有吞没黑暗的喉咙/它有困于岩浆的疼痛”，直达历史深处的疼痛。诗人连用三个尖锐痛感意象的叠加，使记忆直逼心灵深处最脆弱的部位，不可遗忘。结尾一改前两个小节的逼仄，变成柔和的宣泄，词语缝隙间，隐含着不可审视和不可言说的精神能指。“它的头顶上还顶着一顶崭新的黎明”，平和温暖中指向新生，节制中造就情感的无限绵延，实现了“以柔克刚”的审美力量。《石头》一诗中，诗人直接用“注定会一直与时光抗衡”“在时间的水里走过”为其立言，平铺直叙的语词在层层叠加中为其深深打上时光烙印。结尾“一块上好的石头/注定会在灰烬中死去/成为另一个人的替身”，实现“向死而生”的力量复苏。尽管整首诗依然可以作为一首爱情诗来解读，但诗人对“石头”的特性把握，抑或是赋予石头的象征力量(天长地久)依然不变。石头本身充斥着坚硬感，但诗人笔下石头的隐喻却有万丈柔情，在软硬的对比、死亡与新生的转换中，以柔克刚，向死而生，带着女性作家特有的“地母”性质。

除石头之外，诗人笔下的许多意象都被打上了前世的烙印，如“流水是冲不走前世的记忆的”(《流水引》)，“唯有青草一直覆地千年不死”(《青草辞》)，“我是狼烟四起后风动云驰的前生”(《狂澜之声》)。《山夷》一诗，更是越过魏晋直达三皇五帝传说的时代，[①]在对看似原始、野蛮的部落描写与想象中，散发出文化积淀与延续的魅力。结尾“在水溪里净手/在浓雾遮掩的旷野起身/重温祖先神灯明灭的祭礼/凭借夜色悲鸣”，诗人进行情感上的深入，通过“净手”“起身”两个动作，实则是对先祖的光荣致敬与文化传承，在

① 张文刚.桃花源诗群的生活化抒写[J].创作与评论，2015(23).

形而上的历史追溯中实现形而下地对具象“桃花源”的现实构建，通过对历史叙述、诗意想象与真实生活三者交融对接，作者巧妙地完成了诗歌价值现实指涉的情感终端。

大凡诗人天生都有漂泊感，在唐益红的作品中，“流浪”也成为其诗歌主调之一，她在流浪中不断找寻心灵的归宿。多年来，唐益红游离于体制之外，辗转于沅江、资江、湘江之畔，她本不愿成为三江之间的候鸟，却被迫成为“断肠人在天涯”。厨川白村说“诗歌是苦闷的象征”，这种迁徙生活为诗人的“异乡”主题奠定了现实基础。与他人的“异乡”主题不同的是，其异乡仍带着时光深处的拷问。“四月的归宿暂时叫作天堂/天堂里，有没有你要的旧伤/春天阵亡时/它在你的身体里安放了一朵桃花/你的苦你的病/都是穷尽一生也难已剔除的提醒”(《身体里的桃花》)，身在异乡，情感必定陷入孤独与惆怅的泥沼。诗人将“阵亡”“苦”“病”与“天堂”“归宿”“桃花”这些暖色调的意象并置，走向情感间两方极端。在“异乡人”的叙说视角，春天不是绽放，而是阵亡，是消逝。即使消逝，仍旧“穷尽一生”提醒异乡人，不忘“你的苦，你的病”以及“你的旧伤”。苦、病、旧伤三个词构成了不可能的消失。这是对过往时光以及故乡的具象化，实现了“异乡”主题的表现。“如今我想追随这流水的声音返回/把一生的疾苦与忧患遗忘/可是，故乡早已经把我流放”(《听，我内心有流水的声音》)。“流水”这一意象本身充满流动的质感，如同时光，现在的流水必定是过往叠加的结果，虽有过去的身影，但难以回去。所以在回忆故乡的道路上，必定深深烙下“一生的疾苦与忧患”，同样是时光、记忆的烙印，无论身在何方，都是无法抹去的背影。即便是与城市的隔阂或摩擦中，诗人也同样习惯在过往中汲取力量。《归来》一诗，全诗未见城市的影子，其实城市隐藏在“一夜之间站满整条山谷/成千上万地在枝条间走动”的“喧闹沸腾”中，构成对物质世界喧嚣的折射。我们要找寻的桃花源在陶渊明的“举一枝桃木拐杖/不断地敲击着这幽静的山谷”，一方面是自然环境的优美，另一方面是内心的安然，对现实世界心灵异化构成消解。这种力量的来源，是陶渊明的《桃花源记》，是沈从文《边城》，是过往时光对当下的救赎。唐益红在现实的“夹缝”中体察、挣扎与感悟中，比常人更容易关注到那些遗落在时光深处的细节，她拨开历史的睫毛，找出隐藏其中的光芒。

## 三、一叶知秋的民族记忆

唐益红一直用诗歌的方式行走着，将对生活的一汪情深融入自己丰富的情感世界。如果说唐益红之前的诗歌大多习惯于聚焦日常生活的审美经验，努力发掘湖湘大地上文化积淀的美好细节的话，那么，她现在的不少诗作则超越地域文化，在走向更加广阔地对抒写民族记忆的言说中。

例如，唐益红的《狂澜之声》在延续对旧时光的探索与细节发现的同时，实现更为超拔的情感基调。她将目光投向四处行走的地理中，“以旅程所见触及灵魂，所有的风景都带上了内心的色彩，同时也暗示了对自我和人生的某种超越性”（刘波语）。[①]《在洪洞县》中，诗人看到的不是平整的麦田，不是阡陌的田畴，在这之上的“灰色缺口”才是诗人眼光的聚焦，“灰色”在颜色上营造出逝去的肃穆与悲凉，“缺口”直接指向坟墓，这一语词的选择打通了时光通道。这些静态的死去与现存的村庄、家园、大地共同存在，指涉其价值意义。“每一座坟冢之上必有高过它的墓碑/每一座墓碑之后必定列队着一层层新坟与旧坟/像一种仪式，又像竖起的一道路标/指示着我们的去路/也暗掩我们尘土飞舞的一生”，唐益红将死亡物化，用其独特的深入时光视角，足够理性地发现了隐藏的规律和感知——那些“指示路标”所形塑的，那些缺口和土封所代表的。个人的主观情绪一直澎湓，直接冲向民族与人类的永恒的爱的主题。虽然人生归宿终究指向坟墓，但“不断堆积的黄土，并不能遮蔽所有的过往”，结尾完成人类命运机制的构建，“冷抒情”中克制着内里炽热，却隐含着指向生命存在的终极意义。诗人拒绝空泛的抒情，由“坟墓”作为切入口，以小见大，展现生死主题，在具体与细节中，既延续了时间的广度，又拓宽了诗歌的深度。《这里的每一条道路都有断腕之意》中，虚实相生，既是真实风貌的再现，又是穿越时光的复刻，“阳光将这里分割为二”，“远处，八百里秦川的潼潼如影/近处，古老的宫墙高耸入云”，这是过去与现在的交汇，“所有的去路都在等着来路/所有的背影都在张望着背影/他们影子挨着影子，一路越走越远”，平常的语言里有着巨大的哲理，像手中的一碗水，可以现出来去的风波。“去路”与“来路”、“背影”与“张望”两组极富张力的对比，在过去与未来之间架构起坚实的情感之桥。这种循古寻

---

① 老榭. 用诗歌重塑自我的强大心灵——试析唐益红组诗《狂澜之声》艺术特色[J]. 诗歌世界，2019(02).

今、以今观古的写作架构，实现了时空的超越性，构成了“生活永远是从现实出发”的有力支撑。《那么多人的名字》看似诗人一开始就将地理位置局限在“外省的大平原”上，在这个地域基础上才实现“风吹着红尘中那么多人的名字”，这样的诗句是个人成长记忆的文化镜像，那些名字不仅是大地上千万烈士的姓名，更是过往为实现中华伟大复兴所有华夏儿女的名字。“那些名字啊，是一束不被束缚的光/最终会回到存在的时候不存在/不存在的时候布满痕迹的荆棘从中”。诗人用“不被束缚”定义，在“存在”与“不存在”的矛盾交替下，完成“名字”的人格指涉。它们是“光”，在过往的荆棘和未来的缅怀中不断升华其精神意义。

一方面，唐益红的出发点仍在原路，她的初始镜头仍聚焦细节处，从日常生活所见的“点”出发，然后放大到历史主“线”，最终上升到人类普遍拥有的情感“面”，层层递进，完成诗歌的内在逻辑。另一方面，唐益红自身的境界也比之前有一个明显的提升，她在对历史记忆的审美表达上，较之过去格局更大，站位更高，超越了个人历史与地域的限制，上升到民族精神的思想深处。

回忆过去是为了更好地理解现在与未来，而记忆则是一种反向的构建过程。在海德格尔的哲学体系中，“记忆是一种自我感悟，它不是对故往的复现，而是对当下的体认与反诘”。[①] 唐益红的诗歌写作，实现了从“小我”到“大我”的格局转变，初心还是那个初心，只是欣赏初心和坚持初心的方式变了。回归过去，追寻本源，从过去出发，途径当下，指向未来，每一步都很艰难，但每一步都很充实，经过种种的不容易，最后这一切，就汇成了个人丰沛的人生。与时间对抗的结果，永远是败给时间，这是人类的宿命。唐益红不服气，选择逆向而行，从很小很小的地方，深入时光的最深处，构筑生命的诗性之光。

诚如海森堡指出的那样：“在因果律的陈述中，即‘若确切地知道现在，就能遇预见未来’，错误的并不是结论，而是属前提，因为我们不能知道现在所有的细节。”唐益红的诗歌创作着意于日常生活中细节的挖掘，聚焦一层层“不起眼”之处，剔除遮盖在外物表象的杂屑，捕捉躲在暗处的真实之光，这样的书写是值得倡导的。

---

① 聂茂.作为记忆和遗忘的诗写——以罗鹿鸣诗歌为阐释中介[J].湖南工业大学学报(社会科学版)，2014(06).

从第一部诗集《我要把你的火焰喊出来》到新作《狂澜之声》，唐益红观察世界的视界不断放大，审美触觉也不断延伸，书写风格也越来越大气、从容、成熟，“在激流的山涧中牵出一匹白马”。应该说，“这匹白马是有生命的也是有个性的，是具象的也是抽象的，是象征的也是个人化隐喻；它具有‘不可摧毁性’，是每个人心中用爱与恨、生命的底色与亮色铸造的有特殊意义的象征。”[①]这也是一个优秀诗人所应该具备的思想特质和精神境界。

## 第五节　章晓虹：城市书写的“守望”或“逃离”

作为桃花源诗群的骨干诗人章晓虹，她的诗中时常出现代表她故乡的“城市”二字。以“城市”作为创作主题，往往是诗人透过自身的城镇生活境遇，用诗歌去寻找来自本我与自我的欲求平衡，她企图用诗还原生命的本真状态，揭示城市现代化境域里的高楼人群心之所想的真相，正如她在《城市飞鸟》的后记中提及，“我从小就生活在城市，远离村庄与小河，因而大自然的草木虫鱼及炊烟麦田对我来说，都是相对陌生且遥不可及的。我所熟悉的就是这座城市不断变换的面容，我所记录的就是自己内心深处断断续续地述说。”她游走于现实城市与幻想乡村中，用切身体会，为读者描述了高楼人群对城市所居之地的困惑、彷徨、反抗与无可奈何。

### 一、城市家园的热爱与守望

章晓虹诗中多借助“幻想中的乡村”与“现居住的城市”做对比，展示出主体的真实欲望和情感诉求。诗人热爱着这个高楼林立的城市，因为这是她的故乡。她在诗歌中写道，“如今光阴逝去，请让我回家！让我以一分钟几万万米的速度奔向你。让我循着霹雳闪电的脚步呼啸着靠近你。让我牵着狂风暴雨的手淋漓尽致地拥抱你！”（《光阴逝去，请让我回家》）

诗人在诗中用离开后的思念寄托她对这座被称作“故乡”的城市的喜爱，一切的思念都融汇在这里，而这座城市也寄托了她的一生，正如“城市的高跟鞋，需要坚硬才能支撑，在柔软的沙粒之间，东倒西歪”（《奔向远处的那片白光》）。城市地面的坚硬虽表达了诗人对土地的内涵产生了极大的怀疑

---

① 老槲. 用诗歌重塑自我的强大心灵——试析唐益红组诗《狂澜之声》艺术特色[J]. 诗歌世界，2019(02).

与绝望，但这水泥地面却是她平时经常踩过的故乡的地面，某天远去他乡，换了地面，成了沙粒却再也支撑不起她的“高跟鞋”，表达出诗人谨记固有的根始终是在故乡。

诗人寄寓那座城市于家园所在地，即使远离，“我置身于陌生的城市，黑色的旅行袋有些沉重，两个小小的滚轮不负重压，在水泥地面上划出刺耳的声响。走出机场大厅，一颗颗笔直的海边泡桐，暗示我已远离故乡。”(《走过那座海边的城市》)也依旧魂牵梦绕。

当代美学认为：“感情的爆发可能表现为一种特征，但它绝非原始的反应。心理分析法完全证明：表面看来最富自发性的行为，当它们进行显示时，它们是历史的结果。只是因为这些行为来自这里，所以它们才能提供关于自我的情况。”①古已有之的念乡之情，即使在表达的自我感觉在程度或是有所侧重不同，但总归是诗人遵从了国人安土重迁观念，来自何方，便始终认为自己的根在何方。城市生活的变化，无形之中影响着人的心理结构，诗人对此有异议，但没有对所处的城市景观进行多番描述，而是将人心作为落脚点。她思乡之情诞生于诗人敏锐地将城市带给她的心理感受的差异进行细诉，将故乡作为主体，他乡作为客体进行比较，诗人在脱离了熟悉的文化和熟悉的人际关系网络之后，进入一个全新的异质空间，继而在心之所属上产生了新的危机，便在城市与另一座城市之间的差异化中，产生了一种强烈的怀乡之情。这怀乡之情，也诞生了她对生养她的城市的守望。在离开城市越来越远的时候，正是她守望之感愈加强烈的时候，并掩藏了她对城市的不满。

“风生水起之处，就是我的故乡。那座南方充满氤氲气息的小镇河汉港湾。九曲回肠千里洞庭。鱼米飘香被水泡得油光发亮的日子，在细眉细眼的湘妹子手中顿时鲜活起来。一条江缠绕着我的南方小镇。年迈的妇人半闭着眼，坐在茅屋旁等待着空中的第一滴雨在她千沟万壑的脸上肆意流淌。柔情万丈远离峰峦跌宕的小镇如那弯形如柳叶的湖般平静。她步子很细，绣花鞋很轻。”(《风生水起之处》)

在这里，诗人已开始在母本上融入了自己的东西，从以前的讲究规整对仗以及严格的音韵，转变为在创作上通俗化、民间化，她运用真实性的笔法，将诗歌的情感描述得又奇又巧。运用老人的脸上的沟壑，暗喻自己即使老

① 杜夫海纳.审美经验现象学[M].世界艺术与美学(第7辑)，北京：文化艺术出版社，1986.

去，也将始终依恋着自己的家乡，她的作品毫不保留地表现出自己内心深处对于生养她的地方的炽爱，字里行间有着舒缓从容的笔调更充满着如泣如诉的情调。将现实的城市弱化，用山与水将城市森林的气息减弱，平添一分古镇的韵味。这是她另一个方面全新建构在城市基础上的情感认同，刨去城市中复杂的人与物，只将它简单地看成与老妇人相映称的老城，在诗人对自然崇拜中，这片大地也终将成为诗人精神最后救赎的净土和最后人生皈依的所在。这种依恋的真情流露，表达了诗人爱之深沉，对这片土地，诗人具有一种准宗教式的情感，这种守望，让她明白她的一生将在此生，在此终。

城市成了被动，诗人成了主动，她主动拥抱城市，从更高的角度去看城市的发展，即使城市化的发展，让它日新月异，但它的岁月让它可以沉淀更多的情感。这样的城市，值得诗人的守望，生于斯，长于斯，让它有资格成为诗人守望的对象。

## 二、生态乡村的幻想与复魅

不论是在西方还是在中国，文学上的“乡村”与“城市”有着两种“时间”寓言——过去和未来。章晓虹的诗总会不厌其烦地表述她对乡村的喜爱，对乡村生态的关注，似乎即使肉体游荡在城市，精神仍旧系缚于土地。诚如她所言，她并未在乡村真正的生长、生活过，但即使诗人生于城市，却又时常幻想乡村的麦田与森林，乡村的飞鸟与荷花。她毫不隐藏地将自己比作“来自乡村的植物”“深陷在城池里的荷花”，渴望窗外的树，窗外的草，无情地讽刺城市的冷漠无情与欲望百生。正如理查德所说“日益扩张的城市对人的意识的影响；城市仿佛迷宫，似乎超出了人的尺度。”[①]正是在这超过尺度后，让人开始想到城市之外。诗人提出质问，“在这到处都奔跑着甲壳虫的街道里，城市睁一只眼，审视她的袅娜坚硬的混凝土，滋生出欲望，让这支来自乡村的植物如何安放。”（《深陷在城池里的荷花》）

诗人爱将自己比作植物，尤其喜爱荷。用荷来隐喻现状，“我就是那清风中，摇晃着的一支荷叶，离开湖底的淤泥移植于城市高耸的阁楼，柔软的根须，在空气中逐渐失去水分，滑若丝绸的叶面在生活的奔忙中变得粗糙无比……我是一株悬浮在半空中的植物失重让我窒息，荣光在夹缝中闪耀一支

① 理查德·利罕.文学中的城市：知识与文化的历史[M].吴子枫，译.上海：上海人民出版社，2009.

残荷，在祖辈们的理想中艰难的匍匐前行。”(《清风中，摇晃着的那一支荷叶》)

她将自己从“工业田园”里的无法拥有自己转换为“生态田园”的那一株实实在在的荷，在不可逆的工业文明进程改变城镇上的人们时，诗人用自己饱满且灵动的自然意象，挣扎着力图以自然的“复魅”来重构城市的形态，诉说人与自然之间的认识，建构人与自然之间的审美关系，进而减弱生态文化中人与自然的疏离感。但即使如此，诗人还是选择要逃离城市，只有在那，“通向某个明确村庄的一条羊肠小道”才是诗人心之所向，她愿意推开沉沉的木门，迈过高高的门槛，走进屋角里摆放着沾满湿润的泥土农具的房子，感受乡村生活给予的宁静，只因，在那里的每一片土地都孕育生命，而不是只有允许高跟鞋踏过的坚硬的地板。

在这里，诗人企图从城市到乡村，通过城市乡村的空间变化，来到除了人，还有其他生命的地方，来建立起人与自然之间全面的、多元的交流模式，可以与匍匐在南瓜叶面上偷着喘息的七星瓢虫交流，也可以与穿着鹅黄的外衣，一粒挨着一粒地享受着正午的太阳的麦子对话，她重新发现，并给予想象中的生物以神奇、神圣与神性，使城市人在逃离城市后，在乡村这个神奇的地方与自然平等地、和谐地相处，从而使得主客体都遵循着符合情理的生态规范。

诗人运用了细腻如丝的笔触，时而高昂激情，时而淡漠如菊，用城乡的对比形成了自己的一套完整的“城乡混合影像”。

诗人笔下的城市，便不再只是城市，仿佛总能从中找到一种属于乡村的那种古典的、缓慢的、传统的审美阅读感受，甚至会有种错觉，诗人所描述的城市只是扩大了的传统乡村社区。“暮色黄昏，老街敞开铺面在日子的皱褶中保持着自己固有的体温……熟悉的吆喝，在老街上空此起彼伏。朴质得好像刚刚从地里拔出的那一串花生连着根须，带着泥土”(《老街》)。影像中的老街仿佛古朴而有了生命力，伴随着吆喝带有了历史感，从冷冰的建筑，披上了人体的温度。

形成这种阅读体验的一个重要原因就在于诗人在书写城市时，特别是对城市日常生活的描写时，引进了乡村的审美视角，从而带来了属于乡村生活的原始体验。主要表现在以下几个方面：在现代化烛光观照下的“城乡”影像中，当城市不再只是白炽灯、霓虹灯，而是笼罩了“烛光”，城市便不再是文明、先进、富裕、忙碌的代名词，不再只代表着人类社会的未来，而是在时间上，受了过去与未来交织的影响；在空间上，城市与乡村的变化对主体的确认便不再清晰，而是模糊，诗人也从城市与乡村选择进退两难的尴尬境地释放，将自己置身于混合影像中，就像置身于泛黄的影片，拥有岁月与记忆，拥有人情与冷暖，逃离出城市，逃进城市与乡村融合的地方，那个地方有心的安放之处，有情的归属之地。

## 三、身份认同的摇摆与重构

诗人在城市的守望与逃离中，模糊地给出了当下城市人精神身份认同的答卷。在笔者细分的守望篇的诗歌里，诗人强调了城市欲望的存在合理性，而在逃离篇中又倾向于逃离城市回归原生态的意愿。这恰恰反映了众多当下高楼人群的真实情况，他们寻求生存时，又疲惫于城市的快节奏生活，向往着原生态生活，但现下生存之地却又比乡村更能让自己获得价值的体现。在矛盾中，正证实了蚁民的生存不易，立场不定，正如诗人用一枝荷生活在高楼中，来表述离地之痛，又用荷亦可以在高楼中生存的假象来安慰自我，即使“柔软的根须，在空气中逐渐失去水分，滑若丝绸的叶面在生活的奔忙中变得粗糙无比”，但这依旧是生存之所。不可否认，在一定程度上，诗人诗歌的创作表达了对“城市”生态化的真切诉求，但也不极端否认城市市场的风景，她行走于守望与逃离的灰色地带，是逃离“在路上”的人，而不是已到终点的人。就如同，现在的城市人群在休闲时候，总会想着出去，而乡村旅游，也正火红地满足了他们的需求，乡村旅游成了高楼人群的乡村期盼，看花种地成了他们闲暇时间的心之所属。诚然，在这里，城乡二元对立已逐渐瓦解，这反映了诗人创作的顺其自然的心理，诗歌中虽然有“美化”乡村，批判“城市”，但坚决不过分“丑化”城市，虽内心深处有一种对于乡土家园式的亲近感，却也接受灯红酒绿下的一切真实。诗人用较为理智的思绪去审视现代化下的城市，将过去与未来的景象融汇于当下的城市印象之中，将向往乡村生态之愿与城市情感眷恋相融，把城市森林中的冷酷抹淡，期待似的增加了些许柔情蜜意。阅读与解读它们，对于认识当下城市人群的生活境况具有一定意义。

# 第七章　常德文学诗歌方阵(中)

某种意义上，常德诗歌与诗人群体可被称为诗歌界的一大奇观。在以地方为单位的诗歌群像中，很少有像常德诗界这般拥有极为精确而深远的文化精神源流的地方诗群。一篇《桃花源记》传颂了上千年，奠定了常德诗歌的浪漫主义与田园吟诵传统，也由此确立了外界关于常德的地域文化想象。“桃花源”成为常德诗歌重要的人文基石，而以此为名的“桃花源诗群”更是常德文学闪亮的文化名片。在中国文化语境中，“桃花源”几乎是作为“乌托邦”一词的本土原生意象存在，承载着中国人对于理想社会的诗意想象。在众多文化遗产与光环的加持下，桃花源诗群成为全国具有重要影响的诗群，其依托的《桃花源诗季》被评为“中国十大诗歌民刊”。桃花源诗群形成了罕见的向心力，放之全国都可被视为重要的艺术团体和文学现象。

除第六章涉及的杰出女性诗人群体之外，“桃花源诗群”骨干诗人还有罗鹿鸣、龚道国、向未、周碧华、刘双红、杨拓夫、熊福民、陈小玲、余仁辉、刘金国、宋庆莲、胡平、曾宪红、张惠芬、黄蔡芬等；诗歌评论家有张文刚、程一身等。其成员出版诗集近百部，十多名骨干成员在全国荣获诗歌大奖，上百人次的作品被各大年选、排行榜等书刊转载。邓朝晖和谈雅丽曾参加过诗刊社“青春诗会”，龚道国、刘双红成为诗刊社“青春回眸”诗人，诗群中的邓朝晖、谈雅丽、向未连续三年先后获得湖南省青年文学奖，罗鹿鸣、向未、邓朝晖、谈雅丽、宋庆莲五名诗人加入了中国作家协会。近年来，桃花源诗群稳步发展，诗群的特质如底片般在实践中显现出来，并以鲜明的地域性、乡土味、真性情、创造性、独特性等特点，组成中国诗坛一道别样的风景。

## 第一节　龚道国：纯粹的美好

在这个朝晖夕阴光怪陆离的时代，我们穷尽一生追寻幸福和欢乐，然而我们碌碌寻求着的美好总是掺杂着一些尘埃，少了一种“气”。常德诗人龚道国也发现了这一点，而这种“气”，他称之为“神采”。这也是他第四本诗集名称的来由。关于时代与神采的关系，龚道国一直都有很清楚的认识：“许多看上去很美的幸福，常常缺失神采，许多听起来很欢的笑语，往往在神采之外。”于是他开始寻找神采。龚道国的“神采”，“主体上源于大自然的精神”，他从大自然中汲取营养，如同一株树苗，把根基扎到地下，在土地的滋养中获得灵感，获得启迪。正因为如此，他的诗里，常有着一种朴实与清新，挟带着故乡泥土的芬芳。读者可以从这种芬芳中感受到，这是与灯红酒绿下，飘荡在空气中浓烈刺鼻的香水味不同的审美追求。它纯净，并且安宁，能让人静下心来，慢下来；这也是与北方黑黝或者姜黄的土地不同的味道，它更细腻，带着澧阳平原傍水而居的悠闲与自在。在这样的芳香里，我们开始了唤醒“神采”的旅途。

### 一、古典浪漫的承袭

《神采》里的诗歌都以组诗的形式出现，诗人对于大地、河流、植物的感情有了起承转合的抒写。“神采”在这其中一以贯之，串联起了诗歌的神韵。龚道国抓住“神采”这根主线，对语言和想象的运用如同编织一匹精致的锦，井然有序地在纺车上打好了底，再从其他地方扯下丝线，在循序渐进的操作中逐渐造就了艺术的精品。诗人脑海里有了主题，生活中的点滴感悟便汇聚成了笔尖下汩汩涌来的思绪，一气呵成间，一首精彩的好诗也得到了升华。

龚道国的“神采”源于自然，这种“神采”体现在他诗歌中花草树木的性情里。开篇的第一组诗就是《赏桃记》。在这一组以“桃”为歌咏对象的诗中，我们看到了陶潜心中的桃花源，也看到了刘禹锡执着的玄都观。“桃”无疑是传统诗歌里故事最多的植物，龚道国选取这组诗放在开头，将“神采”这根线寻根溯源到千百年前，那时的诗人身上都有着一股子傲气和淡泊，被他们吟咏过的花木也成了中国人的精神家园。这是传统的文字中显露出来的神采，龚道国把古典和现代两个时空交叠在一起，他致力于从国人生长的文化环境里找到切入口，找寻民族公共话语空间里最能打动人的美好事物和感情。于是除了《赏桃记》，我们还读到了《品桂记》《咏花记》，这些带着灵性的花们、草们、树们，在龚道国的笔下穿越千年而来，凝成文字，以启迪者的姿态再次出现在我们眼前，点亮我们心中的神采。

我们还可以从《神采》这首诗中感受到古典诗词的意境。《静夜记》《秋日记》《雨天记》里对环境氛围的营造正是传统美学中“境”与“象”的统一。“风在夜空东奔西跑，谁在一路流泪/蓬子点击夜鼓，掩饰声声叹息”。龚道国继承了传统文人的“清”高风骨，沉淀着上下五千年的民族文化。

这些受到古典诗词影响的美，正是植根于这些草木脚下的土地。自然，这种来自大地情怀的典雅美便也流露于以“神采”贯之的龚道国的诗歌中。

## 二、乡土情怀的复归

一方水土养一方人，大地对人性格的影响是温柔而稳定的，任何人在提及故土的时候心中都满是缱绻。在《神采》里，这种缱绻更加具体，以至于具体到了童年时常惦记的一棵枣树。同样是植物，《枣树记》的主角就显得比桃花、桂花更加来得真切可感。“一棵乡土的枣树散发乡情，染我一身/我披上秋韵，在美好丰腴的时令里/纯粹至初。体验枣子在风中坠落/……”，诗人的笔触真实而有力量，蘸着傍晚新鲜的露水。在这种亲切朴实的白描手法中，读者可以感受到一种灵动的自然气息。乡土人情像沾衣不湿的杏花雨，吹面不寒的杨柳风，款款拂过你的身旁。人们渴望身心的回归，回归到最初开始的地方，一切都是纯粹的，然而既已投身于尘世，归乡就成了遥不可及的期待。人说，回不去的名字叫家乡，家乡的可望而不可即缭绕着无数游子的夜梦。为了寻求一个安然的栖息之所，龚道国把这份乡情寄托到了更广阔的空间，让家乡的概念得到拓展。他写《松雅河记》《沅水记》和《湘江记》，乡情融入了这片泥土湿润而山川奔流的环境中，对童年和故乡的依恋上升到了对湖湘地域文化的依恋。在《湘江记》里，他怀念“一阵河流的影子/风中的气味，方言，起伏的呼吸/还有浪嚣，以及面孔倾过河流的浮光”“寻找张栻，朱熹，王夫之/挥过袖口的长衫，寻找曾国藩，郭嵩焘/以及毛润之，洗去面尘后的心”。作为湖湘男儿，龚道国始终眷恋着脚下这片土地，“……当初以为干净的生活/就是不染尘泥，现在知道不接地气/一切可能失真……”这是一个在乡村生长的孩子从泥土里收获的人生道理。这样的人生道理来得直观而纯粹，大地赋予人的性格，是踏实而稳重的，将手掌贴在土地上，便会感到一份安宁，一份悠然。

在这样的语境下，“神采”的意义便又多了一份对浮华生活的拒绝与反思。品读龚道国的《神采》，需要你静下心来，在一个无事的休息日，沏一盅清茶，搬一条藤椅，坐在敞亮的庭前，细细品读，体会诗中澄澈的世界，恬淡自得。《神采》中的诗句一直和繁华喧嚣的都市保持着距离，诗人知道“一些相互熟悉的人，并不一定知道名字”“一些知道名字的人，并不一定相互熟悉”，这是诗人退守到心灵家园后与现代生活的对话。名字、头衔无外乎外在的标签，要揭开标签，用心体悟，才能算得上熟悉。对现代生活的思考和论证在《神采》中还有很多，“龚道国以干净、简洁的语言，以委婉、平静的抒情，以思辨、开阔的视觉来吟唱生活、感悟生命、打量世界，从中挖掘出事物内部的真相本质和内心深处独到的精神秘密”。诗人在《居乡记》中听刨木的声音，听虫子的鸣叫，认识到都市与乡间的不同，也感悟到都市对人的影响。在《松雅河记》中，这种感悟更为明显。诗人从一把铁锹中看到了世象的更迭，“而现在，一些共同语言已不在铁锹这里/城市不习惯挖掘和种植，只惯于奔跑/车子向前奔跑，房子向上奔跑/人群向人群奔跑，尘埃在尘埃中奔跑”，短短几行，便道出了现代人灵魂深处的秘密。龚道国的态度不是批判的，而是客观的，写实的，他不在诗句中表露自己的价值评判，他只陈述自己看到的一切，他的角色更像是一个说故事的人，矗立于高山之上，远离世间的纷扰，无惊无喜，无惧无怒。

## 三、精微日常的捕捉

这样的文字有着作为诗歌本身应有的沉静与纯粹，“诗是一种体验文字，不一定是一种工作，但一定是一种生活”，而这种沉静的“神采”，正是源于他对日常生活中一点一滴的感悟。诗人居在松雅河畔，这条河“比长江小，比湘江小，比浏阳河小/比捞刀河小。小到自己——松雅河/小到自己小小陌生的名字……”诗人喜欢这条不起眼的河流，在这里漫步，挖土，自得其乐，自给自足。但这“小”并非因远离现代文明而视野渺小，在龚道国看来：“感觉松雅河再小，也源自滚滚长江水”，能从一条小河看见长江，从一滴水望见大海，这正是因为有“神采”照亮幽暗的四周，胸中便明朗起来。龚道国的“大小之论”让人想到禅宗的“芥子纳须弥”，于小中见大，是佛理之趣，也是生活之理。诗歌在我们生活中起的作用则是“提供沉静的方式，提供思索的道具，让人从事物的多面找到阳光的因子，从事物的纵深找到宽广的力量与博爱的精神。爱自己，也爱他人，爱事物之中总可以找到的可爱之处”。常用乐观积极的辩证眼光看世界、爱世界，这是心中微光点亮神采的因，也是果。基于此，龚道国才能在日复一日年复一年的岁月中，端着“神采”的烛台，照亮他的时光。

不仅仅是自然，与生命朝夕相处的还有亲人。在《喜美记》中，龚道国对于“小”的感悟可谓清新又自然，他这样描绘他的妻子：“她会从锅盘碗子的响动之间/偶尔回过身来，斜靠在厨房的门框边/嘴里嚼着某种东西，品尝是否熟了/眼睛自然要扫到沙发上的我/并且一如既往地盯住我嘴里的烟卷/口齿间发起第一千零一次嘟哝/之后拍拍红花布围裙，旋即闪身奔来/将她认为熟了的东西，不由分说/一筷子塞进我吞云吐雾的嘴里”，岁月洗净铅华，妻子为着生计晒衣做饭的举动“早已娴熟于心/而此时却像一场晨光中的独舞”，时光带走了热恋时华丽的辞藻和喧哗的谈恋，两个人共同面对的是日常生活的鸡毛蒜皮柴米油盐，感情在一件件小事中根深蒂固。龚道国用几个日常动作和一块围裙，让读者看到了“一个永恒的爱情”。诗人都是敏感的，龚道国也不例外，他善于捕捉生命中细微和一逝即过的体验，抓住每一个“小”的事件，从中剖析出内蕴的哲理和智慧，折射出个体的存在与思考。正如甘肃诗人古马评价的那样：“‘小’既是诗人诚实的创作观，也是他对于物质世界的态度，是具有智慧的‘小’，这样的‘小’所创造的精神境界却是透明与清澈的。”

《神采》的节奏是缓慢的，这种速度并没有把想象的空间填满，而是给了读者从容思考的时间。龚道国用那根最本色的丝线延展，带着读者的思绪往历史和未来探访。时间和空间缓缓流淌在他的笔下，有别于现代派和先锋派的创作手法。也许正是这种不同，让读者感受到《神采》的纯粹。脱胎于“缓慢”的“纯粹”，让我们静听龚道国娓娓道来，听他用在场叙述者的身段，说那些枝头的花，河畔的草，田间的土和身边的人，在聆听中回归自然。龚道国用自己平和真实的语言，带出他追寻的“神采”，筑造出一个“结庐在人境，而无车马喧”的超然世界，一个“从前慢”的闲适世界。

这样的“世界”与“神采”，与“心远地自偏”的境界一脉相承，到了龚道国这里，生发出又一种宁静与喜悦。诗人商震曾经这样评价《神采》：“在物质坚硬的当今社会，其(《神采》)精神指向，对每个人都具有认识、启迪的意义。”笔者想，龚道国写《神采》的初衷正在于此。希望这些带着诗性的文字能打磨读者暗浊的灵魂，点亮读者心中尘封的神采，让一份纯粹的美好散进身心。

## 第二节　向未：儿子、少年、僧人与诗人

在当代文坛中，向未应当是一个特别的存在。除僧人身份之外，向未还创作了系列的人物传记类型的长篇小说，也参与创作了电视连续剧《百年虚云》，散文集《戴斗笠的少年》曾获得第五届丁玲文学奖。向未的诗歌创作时间略晚于小说和散文，他的诗歌创作不同于当代诗坛的流派分别，也没有刻意向主流风格靠拢，这一切使得向未的诗歌别有一番味道。

向未的诗歌创作开始于 2006 年，2007 年出版了第一本诗集。向未的首部诗集并没有像他之前创作的长篇小说一样引起轰动，到 2012 年向未出版第二本诗集《神鸟的暗示》时，他的诗作才打动了许多诗坛大家。这之中的五六年时间是一种诗意的沉淀，更是许多灵感瞬间的积累。正如向未自己所言，写诗更像是我的本能，是自我倾诉的愿望，是缘于灵魂的需要，我从中体会到了重造生命般的快乐。①

宗教僧人中不乏诗家，佛教诗人也有许多。从古诗谈起，有“当代诗匠，又精禅理”的诗佛王维，有诗歌通透洒脱、蕴含深远的诗人王安石，也有借佛以悟生的诗人苏轼，古诗中以禅入诗的诗人数不胜数。民歌的发展中也有一位名声显赫的宗教诗人，即藏传佛教诗人仓央嘉措。现代以来，也有许多诗人借民间宗教语言来传达个人理想。向未作为一名宗教诗人，佛家思想在他的作品中也很常见，他的诗里既有至真至纯的情感表达，也有清静超然的参禅悟道。他把自己在尘世中的体悟转化为诗歌中平静朴素的语言缓缓讲述，娓娓道来。

向未曾坦言，他在写诗之前没有怎么读过诗歌。这使得他在进行诗歌创作的时候尽力地保持了个人风格，他的诗歌内容都是围绕自己的人生经历，年少时父亲出走和母亲的逝世，遁入空门之前对世事的感念和遁入空门之后的想象，等等；他的诗歌语言都是平实而朴素的，干净地表达出诗人在现实生活的感悟，语言没有经过刻意的加工而具有原生态的自然美感。

宗教带给了诗人家一样的温暖，诗歌则给了诗人灵魂的栖息之所。本文将着眼于向未诗歌中的宗教意味，探索诗人向未诗歌中的个人特色，讨论诗人区别于当今流派诗人的个人风格。向未将自己在红尘中的遭际转化为诗歌

---

① 徐志雄. 尘外有清音——访僧人作家向未[N]. 常州晚报，2013-01-23.

中的宁静淡泊，诗人在诗歌中回到自己的故乡，探访自己的祖辈，想念自己的母亲。除此之外，诗人向未还在诗歌中与月色、山水、花鸟等生灵对话。诗歌从红尘中生根，在禅意里生长，向未以诗入尘，又以诗出尘，佛家的胸怀和诗家的情怀融合在一起，造就了向未诗歌中真实纯净的力量，让他的诗歌拥有了独特的魅力。从向未的诗歌中，我们能够看到许多人物的影子。

## 一、孝顺的儿子与温柔的母亲

在向未的诗歌中，我们经常能看到一个普通悲苦的农村家庭，母亲早逝，父亲出走。幼时父亲给他一根光溜的扁担，告诉他怎样养活自己。6 岁起他开始挑水、洗衣、劈柴、做饭，10 岁跑去修公路补贴家用。母亲的早早离开让这个孩子的成长中失去了这一部分的爱，但向未的诗歌在写道母亲这一话题时，往往是借苦难谈论幸福，以小事写大情，平淡的字里行间别有一种催人泪下的力量。

我用五角二分钱买了本新华字典
新华字典封面是红色的
是《毛主席语录》的那种红
打开字典我就直想躺在油墨香里
还剩下五角八分钱
我给妈妈买了瓶她想吃的罐头
一瓶罐头二角三，还剩三角五
我全交给了妈妈
我希望可怜的妈妈很富有

——《风雪天》

《风雪天》里的男孩卖草药赚来了一块一角钱，为自己买了一本新华字典，为妈妈买了她爱吃的罐头，剩下的三角五分钱全部交给了母亲。诗人在《风雪天》中写，“我希望可怜的妈妈很富有”，孝顺的男孩让可怜的家庭显得略微富有，但这首诗仍然是因悲伤而动容的。诗人用诗歌的寥寥数语就写出了这个家庭生活的一角，爬山摘草药、背着背篓的小男孩、雨中跑到书店的背影，这样几幅画面跃然浮现在读者的眼前。从事过长篇小说创作的向未用他惯常用的叙事性语言，用诗歌来讲述故事，诗歌的篇幅虽然短小，但作品的故事性和画面感仍旧不减，几句话深入细致地塑造出了贫苦家庭的早逝母亲这一典型人物形象。

妈妈，冷的时候想你，
冷是温暖的。
妈妈，饿的时候想你，
饿是温暖的。
妈妈，你在我未成年的时候走了，
未成年的时候是温暖的。

——《温暖》

《温暖》一诗中，诗人截取了红尘生活中许多悲情的时刻，而在这些人生艰难的瞬间，诗人想到的都是自己的母亲。寒冷时、饥饿时、孤独时、远行时、被人欺侮时想到的是母亲，每日抬头看天时，每日跪地伴青灯时想到的是母亲。“妈妈，你在我未成年的时候走了，未成年的时候是温暖的。”母亲在的时候，生活是温暖的；母亲离开以后，想念母亲是温暖的。想念铺成了一条路，这条路通向了记忆中的母亲，帮他度过了那些苦难的时刻，让记忆变得温暖。诗人陈列了一些片段，结尾处收束了未成年时母亲怀抱的温暖，这首诗的题目恰好对应着整首诗的内容，这在向未的诗中也是不多见的。向未没有采用小说的叙事语言，《温暖》这首小诗用了抒情性语言，却全然不显刻意和矫揉，诗人的情感真实流露在其中，这之中不乏是诗人在讲述母亲的缘故。从真实中起笔，感情也真实地体现在了字里行间。引起共鸣的不仅仅是那些幼时母亲离开的孩子，还有所有在母亲的柔情下长大的孩子。

向未的不少诗歌中都谈到了母亲，诗歌作为一种具有丰富的情感和想象力的语言艺术样式，凝练的语言中寄托着诗人的真情实感。向未恰恰代表了一类不幸家庭中的孩子，他在诗歌中传达出了这类人的心声和世间孩子对母亲最原始的依赖和情感。

## 二、贫苦的少年和故乡的孩子

时光流逝，记忆中少年时的往事也日益坚硬。向未的诗歌中经常会提到自己少年时期的故事，关于父亲母亲的记忆，关于邻里乡亲的记忆，关于年少时被欺侮的记忆，这类诗歌串联起来，讲述了石门农村一个少年日益长成的故事。向未关于少年的记忆是并不愉快的，诗人对文字的喜爱是天然而生的，但幼时家里的条件很艰苦，他也常因此被人嘲笑。

那些看轻我鄙视我辱骂我的长辈先后离世
一年一年熬了多少年我正准备表现自己

他们居然就等不及地不在人世了
就连为我薄命的人也没留下任何印记
我倒反要看轻我鄙视我辱骂我了
我要谢谢他们让我奋斗了这么些年

——《有一种忧伤无以言表》

“一个诗人如果写出了好诗/那他就应该回到故乡/隐姓埋名/饱尝荒寂溺爱之痛”。诗人和故乡向来捆绑在一起，无数诗人在歌颂故乡，借助景色、事物来表达自己的思乡之情。向未的诗歌对故乡有着更为复杂的情感，爱恨交加。在《有一种忧伤无以言表》中，诗人写回故乡时已经错过了油菜花盛开的时节，诗人的忧伤是一种感花伤时，错过的不只是油菜花，也表示着诗人错过了关于故乡的许多故事。他错过了那些自少年时鄙视他辱骂他的长辈的离世，也错过了为他薄命而存的人。故乡的油菜花有盛放的花期，故乡人曾经的那些冷眼相待也都随着时间流逝而离开。但少年人依旧意气风发，奋斗的初衷或许也就是为了日后衣锦还乡、证明自己。

我只知道祖辈宁肯荒芜感情也不荒芜土地
我只知道群山宁肯寂寞也要压抑发育的身体
面对祖屋，我的放纵已颓废
面对你，我的虎牙已深陷厚望

——《看邻居拆除百年老屋》

向未关于少年的记忆是和故乡息息相关的，少年人的情绪都是在故乡的泥土地上生根发芽的。向未的诗歌中提起少年时总是带着不甘心的情绪，但对于故乡，向未是极其眷恋的。故乡、乡村、老屋、田野……这些意象在诗歌中频繁出现，故乡虽然承载了不愉快的记忆，但是诗人在《真如》中，也写道“有老家的念头是幸福的”。乡村是这类写作者文学创作的出生地，他们也见证着农业文明向现代社会的更迭，家乡承载了这一代人的记忆。所以在邻居拆除百年老屋时，诗人才会感慨，“我只知道祖辈宁肯荒芜感情也不荒芜土地”。

少年时期被轻视欺负，过早地就见识到了人性的残酷，小说创作成名后又经历了一场声名的大振，这一切使得向未在诗歌写作时消除了任何炫耀猎奇的可能，尤其体现在对乡村和故乡题材的书写中形成的一种真实平顺的风格，诗人对乡村的、田野的东西具有敏感的审美情趣。向未的成长故事是悲惨的，但诗人依旧真挚地热爱着乡村和自然。田野是幸福的，这种宽广是知足；诗人是幸福的，这种眷恋是宽恕。

## 三、禅房的僧人与吃茶的诗人

向未诗歌中很大一部分题材是清静超然的参禅悟道，与月色、阳光和花草对话，这些作品如“三秋树”，谢尽繁华，落尽黄叶，只留下意象和禅意，[①]最后也会引人深思进行哲理思考。这些小诗创造出典型的意象，营造了优美自然的氛围，读山时仿佛入山，读花时仿佛观花，读家时如见炊烟。

青灯不问客，
为何禅路有足音？
月生柔肠时，
花比人憔悴。

——《回寺》

这类诗歌富有抒情性和哲理性，向未超脱红尘，生活中很小的场景、事情或者瞬间带给了诗人创作的灵感和冲动。读《回寺》时，仿佛自己置身于竹林间的小路，路的尽头是一座静谧的寺庙。禅路与青灯，明月与娇花都有各自的语言，蕴含着禅意，让人温柔得头晕目眩。我们不难看出，向未的诗歌不是刻意地堆砌，也极少咬文嚼字地推敲，这些诗歌不是充满修辞装饰的语言，但仍旧遵循语言的逻辑，在平淡的字句中写感悟与真情。

袈裟是百衲衣，有我心仪的孤独
我赠袈裟天地，袈裟陪我禅寂
身披袈裟回头，我是我的此岸也是我的彼岸
再回头，你我之间，三更月下，袈裟为岸

——《袈裟》

《袈裟》中，向未选择了“袈裟”这一极具禅意代表的意象，简单的比喻就能让人感觉到震动。向未是擅长体察生活和表现生活的，对意象的诠释和解答也极具生命的穿透力，温柔自有一种撼动人心的力量。他的诗歌是他的生活和他的精神世界，是他关于宗教人生的思考。诗歌的主题并没有刻意庞大化，抒写也并不虚无缥缈。诗人诚实地表达他经历过、眼见过的世界。

我是妖化的火焰
我是羽毛的禅音

---

① 向未.神鸟的暗示[M].武汉：长江文艺出版社，2012.

我是林中的蟒影
我是河水软化的卵石
我是桂花上有毒的犬吠
我是乌鸦掩面的呜咽
我是羞愧养育的彼岸花

——《十二因缘·行》

向未创作于2017年的长诗《十二因缘》以佛教文化之缘起说的十二因缘为结构，长诗的篇幅超过了两万行，行文流畅。向未的《十二因缘》不仅仅是在解释佛教文化的因缘，更是在讲述人生的哲理。既是诗人的参禅悟道，也是借佛理禅宗来体悟人生哲学。向未以形而上的出世视角看红尘生活中的微末，读《十二因缘》，依稀中能看到一个得道高僧在禅房之中静静打坐，能看到一个诗人历经沧桑之后在寺院缓缓踱步。

诗人草树将向未的《十二因缘》与西方的现代主义诗歌进行比较，认为《十二因缘》是东方智慧的顿悟之诗，截然有别于西方现代主义的诗歌里的思辨之作，比起艾略特《四个四重奏》之绵密饶舌，它更加直接空灵；相对帕斯《太阳石》的高迈超拔，它出乎其外又入乎其中。这个评价其实有些言过其实，我们也不难看到他的诗歌有着其他人的影子，有着流行的通病，这些也没有过分影响到他诗歌的优势。诗人也没有借诗歌传佛学思想，只是将佛学中的禅意理念融入诗歌中，两者结合使向未的诗歌别有一番味道。

## 结语

向未大量阅读中国古典唐诗宋词和外国经典诗歌，唐诗宋词注重遣词造句，外国诗歌偏向意象意识流，他将其有机融入自己的诗歌中，向未的诗歌也因此存在一些弊病。向未的诗歌语言也并非晦涩难懂，难以揣摩，无法深入。但是在阅读诗歌时，难免发现诗人在创作时追寻古代格律诗的格调，讲究语言的工整和对仗，如在《表象》中，诗人写“寒山无香客，松下一僧回。竹听石上泉，我观枝头月。”这样的诗句在诗人的诗歌中也多有出现，诗人从古诗词中寻找韵味，时有刻意为之的迹象。

向未的诗歌创造了意象，讲述了平凡生活中的故事，他的诗歌贵在质朴、真诚、自然，情感的表露无可挑剔，这种个人风格在他描写家乡故事和亲人记忆时尤为凸显。但是，向未的诗歌仍然是不够好的，诗人在诗歌创作中尽力追求着写作自觉，但在语句的把握上仍旧能够看到诗人创作的缺憾。

比如在哲理诗歌中，诗人的情感表述依旧陈旧，诗人追求哲理和饱满的禅意抒发，难免缺少热诚。

向未作为一位宗教人士，他远离文学的争吵，也尽可能让自己的作品不被主流市场或者诗歌流派之分所影响。向未的诗歌像是他一生的影子，从母亲怀抱里的孩子到贫苦卑贱的少年，最后成为遁入空门的诗人。向未在诗歌创作中尽力挣脱了写作者的小我情怀，在小我和大我之中找到了诗人的平衡点，诗人也没有使用故作深沉的晦涩技巧，平实的语言胜过华丽万言。向未在用禅的方式洞察语言文学的魅力，用他的个人经历敲开佛门，用自己耳朵汇聚世间的声音。正如《诗刊》原编辑大卫所言，向未的诗歌在沉默寂静、安然的文字后面，有大海，也有闪电。

当代诗歌仍然有很广阔的发展世界，如今的诗歌世界依旧需要更敏锐的言语和突破。向未的诗歌在当代诗坛上像一株藤蔓，在百花之中缠绕又生出，藤蔓虽然不是娇艳的花朵但自有一种韵味，并且这株藤蔓还在奋力向上生长。

## 第三节　周碧华：扎根大地的生命张扬

周碧华，湖南安乡人。文学新闻两栖，国内网络名人。他23岁任师范教师时，文章《一杆教鞭》获全国首届教师节征文一等奖，被选入全国中等师范语文教材，他因此成为中国唯一自己教自己文章的青年教师。其诗歌创作主要集中在1990至1992年间，其诗歌散见于《诗刊》《青年文学》《星星诗刊》文学刊物，被选入50多种选本，著有诗集《涉江之舟》《逝去的雪》《用雪捂热一个词》，另有散文集《春天是件瓷器》《幸福的流放》，长篇小说《权力·人大主任》《桃花劫》，新闻作品集《踏遍青山》及杂集《我的常德》。

陈仲义在其文章《乡土诗学新论》中写道：“风土风情风俗风景作为一种必然性基元，永远铺垫在乡土诗学最底层和最外层，进入乡土写作中，首先必须面对这种庞大的选择。利用这种基元性‘道具’进而切入农民与土地，自然与人的内在血缘关系，传达出它们之间的摩擦、纠葛、矛盾和奥秘。”[①]陈仲义认为风土、风情、风俗、风景这四个元素是乡土诗学的基础性成分，四元素交织在一起共同筑成乡土诗歌的血肉，诗人以这四个元素为“道具”，搭建起乡土诗学的舞台，实际演出的则是与土地密不可分的农民对土地的各种

① 陈仲义. 乡土诗学新论[J]. 中国文化研究，1999(03).

情感，诗人通过农民与土地的互动进一步追问自然与人的深层关系，最终呈现出诗人的独特见解。周碧华的诗正如陈仲义所说，是以风土风情风俗风景为基础，深入思索农民与土地、自然与人的关系，其诗歌多以自然、乡土和社会热点为题材，内容贴近现实生活。诗人提倡生命与自然之间的良性互动，主张生命在大自然的怀抱中发挥主观能动性，张扬生命力量的同时，不要破坏生态环境，给大自然带来痛苦。其生命观具体表现为其诗歌中强烈的乡土情结、忧患意识和生命意识。

## 一、乡土情结：湘水哺育湖湘文明

周碧华曾以湖南省内“湘资沅澧”四水为代表创作组诗《湘地血脉》(发表于《湖南文学》1992 年第二期)，主要写河流的特点及流域内的人文景观。在这一组诗中，诗人歌咏人与自然的和谐之美，写“湘资沅澧”四水将丰富的蕴藏献给湖湘儿女，人们发挥主观能动性，积极适应环境并利用自然资源，凭借自身的勤劳和智慧在湖湘大地上书写自身的历史，建设湖湘文明，将自己的性格注入河流与土地，使大地沾染上湖湘气质，诗人对四水的赞美反映出其乡土情结之深。

“湘资沅澧”四水流域内有丰富的资源，包括矿产资源和旅游资源等。湖南是“有色金属之乡”，诗人在诗中写各种有色金属矿产的分布：“途经铅锌钨锰和钢(《湘江》)”；“锑和煤/闪烁着深沉的光芒(《资江》)”；“宜于生长高贵的金和理想(《沅江》)”，流域内有黄金矿藏；“丰富的盐/与澧水融合成优良的血液(《澧水》)”，澧水流域内有湖南省最大的盐矿。“泛着青铜光泽的澧水/无比坚硬/把十万座武陵山/雕琢成浪漫的艺术品”，澧水流经张家界，张家界是世界闻名的旅游胜地，武陵源是其风景区之一。“雕琢”一词将柔软的澧水化为比武陵山还坚硬的存在，与“以锋利的精神切开南岭(《湘江》)”中的“切开”一词相似，软硬的对比构成对立性张力，形成陌生化效果，巧妙地表达出了诗人对澧水和湘江的赞叹之情。

“湘资沅澧”四水也哺育出了独特的湖湘文化，诗人的《湘江》一诗对这一观点表达得最为精彩。《湘江》一诗语言凝练，诗人以湘江为线索，寥寥几笔就描绘出了湖湘大地的历史与独特色彩。诗人通过简约而寓意丰富的文字既写出了湘地丰富的自然资源，又写了与这种自然资源相关的湘地的历史与文化：“以锋利的精神切开南岭 滋养出一大片/方言和红色壮硕的辣椒/它的涛声以革命的情调/响彻现代史”写湘江涛声之大引出“革命的情调”，“红色壮硕的辣椒”中的两个形容词“红色”和“壮硕”则不止用来形容辣椒，更暗示湘地的革命先烈的健壮、英勇及鲜红、热烈的革命史。“芙蓉花投影水上/让我们看到许多高贵的面孔/两千多条支流/在它的率领下浩荡向前/这种巨大的号召力/使我们想起一个伟人/它的两岸 遍地英雄”写芙蓉花的投影和湘江的众多支流，引出“高贵的面孔”“一个伟人”“遍地英雄”，即在中国现代史上占据重要地位的以伟人毛泽东为代表的湘军，写湘军的号召力之大。“夕阳下 诗意的炊烟不绝如缕/汲水的妇女/坚毅而善良/她们从岸边的岩石上/聆听到激越的马蹄声滚向远方”“诗意的炊烟”与“激越的马蹄声”构成对比，指的是在湖湘大地上朴素宁静的乡村生活与充满战斗激情、慷慨激昂的岁月是并存的，“激越的马蹄声”具有双重含义：一是运用比喻修辞，形容河水声音之大；二是运用借代修辞，用部分代指整体，虚指湘军的战斗历史，“滚向远方”中的“滚”字既指湘江波涛滚滚，又指革命历史之久远、激烈。“而回声湘剧或花鼓戏 湖湘文化/热烈明快充满了阳光/以锋利的精神切开南岭/途径铅锌钨锰和钢/辣味的湖南/从它的波纹里提炼出一个雅号：/湘”，善谋善战的湘军、种类繁多的方言、红色壮硕的辣椒、湘剧或花鼓戏一同构成了人杰地灵的“辣味的湖南”，“辣味”运用双关，表面写湖南人嗜辣，实际写湖南人的热情豪迈的性格和湖南火热的历史。“以锋利的精神切开南岭”在诗中出现了两次，“锋利”二字也是双关，既写湘江的湍急和力量之大，又形容湘人勇往直前的品质。

河流是湘地的血脉，湖南人的性情与文化的形成离不开河流的滋养。诗人写沅江“每一捧水都蕴含着楚辞(《沅江》)”，写“澧水两岸/芷草和兰郁郁葱葱/散发着文化的芬芳(《澧水》)”，沅水和澧水常在屈原笔下出现，如《九歌·湘夫人》：“沅有芷兮澧有兰，思公子兮未敢言”，屈原是湖南的文化名人，是湖湘气质的代言人。“唯有陶潜笔植的桃花千年不败(《沅江》)”指的是陶渊明《桃花源记》中的乌托邦世界——桃花源，即桃源，远离尘世喧嚣的世外桃源是中国人“千年不败”的文化理想：“而一块块沉默的石头/绕开花朵，顺流而下/从边城走向世界(《沅江》)”，沅江的支流沱江流经凤凰，凤凰即沈从文笔下的边城。屈原如兰草般高尚的品格、向往桃花源的生活理想、沈从文《边城》中歌颂的人性的纯洁美好和优美风景，是湖南人血液里流淌的文化因子。诗人感恩湘水赋予湖湘大地丰富的自然资源、美好的文化风景，展现出诗人对乡土深深的眷恋之情。

## 二、忧患意识：人类对自然的破坏

人与自然是互相作用的，一方水土养一方人，大自然给人类提供了诸多生存所需的资源，人类栖居在自然中，泥土把人们联结在一起，使人们生成各自的风俗和气质。同时，人们的生产活动会给自然环境造成影响，多表现为消极影响。

大自然从古至今就是人类的家园，然而随着人类文明不断发展、进步，现代社会中对自然资源的透支式使用，对自然环境的肆意破坏是日益加重的，人类生产生活过程中排放出的废气、废水、废料，一旦进入自然环境，造成的灾难是毁灭性的、是无可挽回的，人们往往沾沾自喜于利用自然资源对人类文明进步做出的巨大贡献，而“人类的命运，不仅取决于我们能否建立一个以正义和宽容为基础的高度秩序化和法理化的社会，更取决于我们能否以敬畏的态度善待自然，以诗意的方式栖居在大地上……自然是人的尺度和镜子，也是社会的尺度和镜子，而不是相反。被肆意践踏和污化的自然，恰好衡度和映照出人类的疯狂和无知、昭示着人类悲剧和不幸的不可避免，预示着家园的必然丧失。”①人类与自然的关系是人类文明发展过程中不可避免也必须重视的问题，文明的高度不应该建立在自然环境的坟墓之上，人类文明的发展应该在保护自然环境的前提下进行，人对自然应满怀敬畏与感恩之心，因为破坏自然所造成的恶果只会由人类自身品尝，只有顺应自然，与自然和谐相处，人类才能获得更好的发展。

周碧华是湖南人，对湖南的自然环境有着深厚感情，美丽而充满诗意的洞庭湖使他陶醉其中，当他看到洞庭湖的生态遭到破坏时，心中满是忧虑。《忧伤的洞庭》一诗充满了对长江流域生态环境日益恶化的忧患意识，同时诗人也准确预言了洞庭平原的洪水悲剧。

“一面古典的镜/曾经照亮楚国的额头/是谁把它摔得支离破碎”“长江之南/一只慢慢合上的眼”，诗人将洞庭湖比作“镜”和“眼”，突出了洞庭湖的广阔、平静和澄澈，而人们对洞庭湖进行的大规模的围垦，把“镜”摔得支离破碎，使“眼”慢慢合上。在“云朵和鸟的影子沉降在泥沙里”这句诗中，鸟的影子和其诗歌《起飞的鸟》是相呼应的，云朵和鸟的影子都是轻盈的，“沉降”一词使轻和重构成一组对立性张力，营造出了低沉的氛围；“秋风中的芦花

① 李建军. 坚定地守望最后的家园——评张炜的《柏慧》[J]. 小说评论，1995(05).

啊/洞庭一夜急白了头”运用比喻修辞，将“芦花”比作洞庭湖的白发，写出洞庭湖的沧桑感；“大平原在崛起！一千万公顷死亡的波浪”，诗人赋予波浪以生命，人们围湖造田，崛起的大平原“杀死”了翻滚的波浪；“泥土深处翻耕出腐烂的桨声”，诗人用“腐烂”一词来形容无形的桨声，语词的拼接生出了奇异的效果，湖变成了耕地，船变得毫无用处，桨声自然就被泥土埋葬、腐败了；“湖柳压低雷声又把闪电弹回高空”，诗人使用意象的嫁接，用动词“压”和“弹”将“湖柳”和“雷声”“闪电”联系在一起，湖柳是低垂的，湖柳因洞庭湖生态被破坏而变得沉重，将巨大雷声压低了，将骇人的闪电弹回高空，体现了诗人的愤怒情绪；“多少生灵握不住那一闪即逝的悬念/就像握不住漂浮的家园/我一直羞于启齿/是人类掠夺了鱼的家园/人们携带着炊烟步步紧逼/庞大的鱼群飞翔/又跌落”。因为人类想要拓宽耕地面积，于是向着洞庭湖步步紧逼，没有反抗能力的鱼群失去栖息地，鱼的家园被人类侵占，这是人对自然的侵犯与屠杀，是一种野蛮而残酷的殖民者行径；“深夜里/大平原上的点点光亮/一定是鱼在冷眼注视酣睡的村庄/鱼的目光让我彻夜难眠”，诗人用拟人手法写鱼的“冷眼”，“冷眼”是带有感情色彩的词，指冷漠、无情的眼神，“鱼的冷眼”这一冰冷而诡异的意象从侧面表现了诗人的反思和羞惭。洞庭湖遭到破坏后的“哭泣”“衰老”“瘦瘦的脊背”，“谁还敢去翻阅古代的洞庭/那一碧如洗的面孔/能照出现代的阴影”，诗人通过洞庭湖的今昔对比写出了人类的开垦活动对洞庭湖造成的生态破坏，是诗人对错误围垦行为的批判。

围垦洞庭湖不仅破坏了洞庭湖的自然风光和生态功能，更破坏了其文化美感。洞庭湖是湖南的一个文化符号，承载了许多文化信息。洞庭湖历史悠久，许多文人为洞庭湖所倾倒，留下许多诗歌，如杜甫“昔闻洞庭水，今上岳阳楼。吴楚东南坼，乾坤日夜浮。(《登岳阳楼》)”；孟浩然“气蒸云梦泽，波撼岳阳城。(《望洞庭湖赠张丞相》)”；刘禹锡“湖光秋月两相和，潭面无风镜未磨。遥望洞庭山水翠，白银盘里一青螺。(《望洞庭》)”……诗人们笔下的洞庭湖是风景如画、气势磅礴的。然而，人们疯狂围垦洞庭湖的行为，不仅破坏了自然环境，更消灭了古人赋予洞庭湖的诗意，洞庭湖这面曾经照亮楚国额头的古典的镜，被人们摔得支离破碎，纵然有千诗万赋，也无法再将它拼完整。因此诗人在《忧伤的洞庭》中心痛地写道：“多少人物/多少梦幻/在一只眼的闪忽中悄然死去”，与洞庭湖有关的文人墨客早已归于尘土，然而其或豪迈或飘逸的形象却因洞庭湖的存在而活在人们的心中，当洞庭湖被埋葬，这些诗意与梦幻也因为失去其所寄托的实体而彻底烟消云散了。

人类对自然的伤害最终将回到自己的身上。正如恩格斯在其《自然辩证法》中所言："我们不要过分陶醉于我们人类对自然界的胜利。对于每一次这样的胜利，自然界都对我们进行报复。每一次胜利，在第一线都确实取得了我们预期的结果，但在第二线和第三线却有了完全不同的、出乎预料的影响，它常常把第一个结果重新消除。"①事实证明，诗人的忧虑不是多余的，《忧伤的洞庭》发表四个月后，长江突发百年大洪灾，洞庭平原近两百个垸子溃决，受灾人口超五百万，"愤怒"的洞庭湖对人类进行了"报复"。

## 三、生命意识：逆境中的生命姿态

天生恶劣的自然环境和突如其来的自然灾害是生命的逆境，而逆境更考验人的生命韧性，更能显示生命的高贵。《资江》和《那只手，那支笔》中的排工和孩子的生命姿态彰显出生命的不屈力量。《资江》一诗中的排工，在险恶的自然环境中显现出生命的顽强：

资江从西穿越雪峰山脉东流而来，流经山区，地势险峻。"资水，被谁拎起的一条坚韧的鞭子/抽打出落差和险峻/峡谷 这岁月的创痕"，诗人的语言富有想象力，被鞭子抽打的资水的落差和险峻，鞭痕成了峡谷，这一想象使资水成了有血有肉的存在；"与山民的日子拧成一根根纤绳"，"日子"即时间，是无形的，"峡谷"是固定不动的，两者"拧成一根根纤绳"，诗人通过意象的杂糅，打造出了跳跃的诗意，十分自然地引出了"排工"；"七十二滩，死神贼亮的脊背/生命在此撞击出真正的含义"，资江滩险弯多，而生活在资江边的山民是不畏艰难、恣意洒脱、有着野性力量的人们；"粗犷的排工号子/资水上一条绷直了的路/延伸着悲壮或喜悦"。在资江发大水的季节，人们会放排运货，而湍急的河水可以在瞬间吞噬生命，一旦放排，排工们是回不了头的，只能唱劳动号子，来帮助排工们统一动作。排工号子音调粗犷，有特定的节奏，"绷直了的路"便是指排工们一路不绝的劳动号子，唱出了山民们勇往直前、无所畏惧的姿态，他们相信"闯过滩去/便是宁静的风景"。因此，"一代代山民前仆后继/竹篙撑斜一片天空"，诗人运用夸张修辞，天空被撑斜，表明排工们的决绝；"岸边的瘦路上/他们深刻的脚印成为化石"，"瘦"字写出了资江两岸路之狭窄，将脚印比喻为化石则写出了山民们的坚毅。一

① 弗里德里希·席勒. 美育书简[M]. 徐恒醇，译. 北京：社会科学文献出版社，2016.

代代山民们没有被恶劣的生存环境打倒，反而还乐观地接受大自然给他们的挑战，在湍急的资江水上和两岸，人们坚毅、顽强的身影，堆叠成勇敢、高大的群体生命。《资江》一诗，意象跳跃幅度大，节奏紧凑，语言如资江一样曲折、灵动。

人们适应艰险的自然环境展现出了生命野性，在突如其来的灾难中，人类的崇高品质也被放大。“诗的根本起因，不是像亚里士多德所说的那种主要由所模仿的人类活动和特性所决定的形式上的原因；也不是新古典主义批评所认为的那种意在打动欣赏者的终极原因；它是一种动因，是诗人的情感和愿望寻求表现的冲动，或者说是像造物主那样具有内在动力的‘创造性’想象的驱使。”①《那只手，那支笔》是以 2008 年汶川地震为题材的诗，写的是在地震中丧生的一名手中紧握着笔的学生。该诗写重大自然灾害中人的生命姿态，表达苦难能夺走人的生命，却打不倒人的情感和精神这一主题。诗歌内容是诗人根据地震现场的照片展开的联想与想象，是诗人的心灵受到震撼后的创作。诗歌一开始就写明了具体情境：“5 月 16 日，四川绵竹汉旺镇东汽中学废墟中，一个死难学生的手中紧握着笔……”，是一首以第一人称展开的告白式抒情诗：

诗人用拟人的手法，写“那支笔被你攥出了泪滴”，写出了孩子生命最后一刻的力气之大，笔象征着知识，“那支笔是你抵抗死神的武器/可以抛却生命却不可以抛却知识”，孩子用力攥紧笔的姿势传递了其在生死之际仍奋力汲取、抓紧开启知识大门的钥匙的精神，这是孩子本能地对知识的渴求；“那支笔在痛苦地痉挛”，巧妙地写出了孩子在钢筋水泥的压迫下感到的痛苦。在地震中丧生的手紧握着笔的学生在废墟里构成了一座雕像，使人联想到著名群雕拉奥孔，尽管他们都遭受了巨大的痛苦，但呈现出的都是静穆的美。莱辛曾在《拉奥孔》中写道：“雕刻家要在既定的身体的苦痛的情况之下表现出最高度的美。身体苦痛的情况之下激烈的形体扭曲和最高度的美是不相容的。所以他不得不把身体苦痛冲淡，把哀号化为轻微的叹息。”②拉奥孔和其两个儿子被巨蟒缠绕时的痛苦必定十分强烈，然而雕像把肉体上的痛苦收敛了，用一种平静、优美的姿态将拉奥孔的刚毅之美呈现出来。周碧华的诗与

---

① M · H. 艾布拉姆斯. 镜与灯——浪漫主义文论及批评传统[M]. 郦稚牛，等，译. 北京：北京大学出版社，1989.

② 戈特霍尔德 · 埃夫莱姆 · 莱辛. 拉奥孔[M]. 朱光潜，译. 人民文学出版社，1984.

雕像拉奥孔有共同之处，诗人没有直接描写孩子被钢筋水泥压死的惨状，而是将孩子的痛苦转移到笔上，刻意收敛了死亡的恐怖，凸显了孩子对生命和知识的热爱与渴望，有意的强弱对比给人们以心灵震撼。

## 结语

周碧华的诗歌多以风土、风情、风俗、风景为切入点，对农民与土地、人与自然的关系进行复杂的解读。周碧华在诗歌中展现出其提倡人与自然和谐共处的生命观，其对湖湘大地深沉的爱。

在周碧华的诗歌中，我们能看到人与自然和谐相处所展现出一幅幅充满生机的画面。无数生命汲取大自然的营养，善用大自然提供的资源，创造自身的历史和文化，成为独立有思想、有精神的生命体：首先，如《湘江》一诗中的革命先烈，巧用湖湘大地被众多河流分割成的丘陵地形机智而顽强地与敌人展开战斗，在湖湘大地留下令代代湖湘人民引以为傲的红色基因与记忆；也有无数生命积极与恶劣的自然环境做斗争，在逆境中展现并激扬其生命的活力与韧劲，在《资江》一诗中，我们能看到排工与湍急的资江的搏击张扬出生命的野性力量，在《那只手，那支笔》中，我们能看到自然灾害发生时，孩子虽无力反抗强力对生命的重压，却不忘他对知识的渴望，迸发出比求生更强烈的求知光芒，展现出强烈的生命意识。其次，人类的狂妄与无知也对自然造成了伤害：如诗人在《忧伤的洞庭》中对洞庭湖的自然环境及人文环境被野蛮的围垦活动破坏的担忧之情，显现其“生于忧患死于安乐”的忧患意识。最后，周碧华在其组诗《湘地血脉》中表现出其对湖南境内多条河流深沉的爱，对湖湘历史文化与湖湘精神的自豪，流露出其对湖湘山水与湖湘文化的眷恋之情。

周碧华的诗歌是可以用三个标签加以概括的：“乡土”“生命”“人与自然”，其诗歌多取材自乡土生活，具有浓厚的乡土情怀和生命意识。周碧华在其诗歌中描绘人与自然的互相影响，呈现生命在自然中的存在状态，试图探寻人与自然之间的深层联系及人与世界共同促进的互动方式，具有发人深省的思想魅力，诗歌语言凝练有张力，情感自然地流淌在字里行间，真挚动人。

## 第四节　刘双红：生命深处的乡愁之光

海德格尔曾指出："诗人的天职就是还乡，还乡使故土成为亲近本源之处。"[①]乡愁，是古今传承悠久的文学母题。对于生性似乎格外敏感多情的诗人来说，故乡，意味着创作力的不息涌动，与精神的长久寄托。从古典诗歌中的"露从今夜白，月是故乡明"，到"乡愁是一枚小小的邮票，我在这头，母亲在那头"，历朝历代的众多诗人用不同的笔调，共同构建起了这一庞大的文化情感系统。伴随着时代语境的变迁与文学主流的更迭，乡愁在 21 世纪多元的创作生态环境下，呈现出多姿多彩的各异形态。然而其内里的本质核心始终未变——那就是对于故乡一方水土的深深眷恋。

作为常德"桃花源诗群"的代表诗人，这份浓烈的眷恋已成为刘双红诗歌内蕴的核心。正如他在《答案》中对于他为何写诗的回答一样："我的热爱/是我一生的痛楚/对于生命对于大地/我苦苦地思索着/如何表达我的热爱"。正是因为有了这份对大地、对故土的"痛楚"的热爱，刘双红作品中的乡愁方能与诗歌热烈的生命力完美契合，形成富有感染力的张力结构。值得注意的是，张文刚曾对"桃花源诗群"做出过如下评点："桃花源诗群是一个具有地域特色并打上了某种文化、审美胎记的诗歌群落"。虽然书写故土可以说是这一群体所追求的共性主题，但刘双红笔下的乡愁别有一种敏感和灵性。他固然身处城市的灯红酒绿间，但已将家乡微小的村落——刘家坪"烙在我的骨头上"。这种融于骨血的思念的存在，使"刘家坪"折射的乡愁，在普遍的本质内涵之下，彰显着格外丰富的美学意蕴。

### 一、意象体系的城乡对比

乡愁是刘双红诗歌作品中最为常见的题材。如果说这种深入骨髓的思乡情结是刘双红诗歌的"灵"，那么他所使用的艺术手法与表达方式则是诗歌的"肉"。衡量诗歌美学价值的标尺是多维的，正是"灵"与"肉"的完美契合，造就了刘双红诗歌独特的艺术魅力。有学者曾打过这样的比方："诗歌史是一条流不断的大河，上游之水总要往下游流淌"，[②]那么居于大河上游的一些

---

① 孙周兴. 海德格尔选集(上)[M]. 北京：三联书店，1996.

② 杨景龙. 中国乡愁诗歌的传统主题与现代写作[J]. 文学评论，2012(05).

积淀已深的内涵，会源源不断地影响着后世诗歌的创作。意象作为中国古典诗学中的一个重要范畴，就犹如大河之中涌动的暗流一般，同样在现代诗歌中占据着关键位置：“诗人的创造灵感与对生命的敏感与经验都凝聚于意象之中”。[①] 刘双红在其诗歌创作中使用的意象可以概括为两类——城市类与乡村类。这两类意象是客体事物与诗人主观情感间的链接，而二者的鲜明对比，更是作者“背井离乡”下的有意之举。

对于一些人来说，城市，代表着光鲜与体面；但之于刘双红而言，城市的生活却意味着无尽的煎熬。作为城市中的“异乡人”，虽然坐在窗明几净的办公楼里，但刘双红无时无刻不在思念自己的村庄。这种身心的落差，使他诗歌中两类意象体系的对比极强。乡村类意象群多指向为温暖、和煦与怀念，如《燕子往刘家坪飞》中，诗人这样描述刘家坪：“我相信/这是阳光拽不回的方向/刘家坪/澧水边上的村子/有着满齿的豌豆花香”，接着，诗人借助燕子的视角叙写村内的景象：“看吧，燕子朝着刘家坪飞/它的翅膀固执地扇动/它看见澧水河的手臂/拢开了澧阳平原的野菊花/少男在湖中扳缯/采摘棉花的女子/纤纤的指尖碰撞季节的唱词/祥和的轻雾像它快意的心绪/田野轻舒胸襟/石磨对着天宇打着饱嗝/铧犁如母鸡守着泥窝。”在诗人的笔下，刘家坪盛开着野菊花，空气中浸润着豌豆花香，少男少女在一起愉快地劳作，轻雾、田野、石磨、铧犁，乡村最普通的事物与景色都笼罩着愉悦、祥和的气氛。同样，在《我为什么突然听到刘家坪的雨声》中：“我为什么突然听到刘家坪的雨声/一棵枣树就在我的屋后摇动/池塘边，杨柳挥着鱼群舞蹈/水面无数唱盘响起悦耳的旋律/穿着旧褂子的父亲和一把铮亮的锄头/站在树下，像默契的兄弟/他们瞪大渴望的眼睛/母亲倚着门墙，微笑着/手指雾霭里葱茏的稻田”，诗人所使用的种种意象，如枣树、杨柳、鱼群、稻田等，皆是乡村最为普遍、常见，也最易被忽略的事物。刘双红不仅将其引入诗句，更是把自己内心深处最柔软、细腻的情绪倾注在内，使这些平凡的乡村意象与诗人怀念的心绪“物我相融”，达成了刘勰所言之“既随物以婉转，亦与心而徘徊”。

与之相对的，在书写城市时，刘双红所选取的意象多指向冰冷、孤独和痛苦。在《上班时我打了个盹》中，诗人这样描写自身的生存状态：“我的办公室怎么像一只船了呢/那么飘摇/升升降降/……我的头时大时小/我的眼睛

① 郑敏. 中国诗歌的古代与现代[M]. 北京：北京大学出版社，1999.

死盯着/那朵十倍于蝴蝶的/白花掉在地下/那只有白花十分之一的白蝴蝶/飞过我的头顶”。“办公室”和“船”都是现代工业的产物，诗人用飘摇不定、升升降降的船，来影射“我”囿于办公室之中的彷徨、犹豫和无奈。那象征自由的“白蝴蝶”，最终飞过“我”的头顶，回归到属于它的大自然之中，而“我”却不知何时能重返心中的自由之地。其实，相较于刘双红的整体创作而言，他专一书写城市的诗作数量极少。城市意象的使用，多作为他抒发乡愁的一种比照，用城市的冰冷感触，来衬托诗人对于故乡的无限温存。这种对比在《车过刘家坪》中体现得尤为明显：“去长沙/闪过刘家坪的一刹那/我发现车窗外一双老昏眼/盯了我一下/盯了我一下 /我就成了一条笨拙的鱼/撞上了钓鱼的人/撞上了我的村庄/直到我返回/车子再次闪过刘家坪的一刹那/那个带血的鱼钩/才吐出来”。在诗人看来，城市的打量如同一双冷漠的“老昏眼”，在这种注视之下，“我”浑身不自在，以至于成了一条上钩的鱼。直到回到家乡的那一刻——“我”才能重返自由，吐出那个带血的鱼钩。在这里，刘双红没有使用传统意义上的城市类意象，而是选择用“鱼”来作为城市使人身心异化的象征。对于诗人而言，离开故土，不仅是空间距离的渐远，更是精神的迷失与茫然。通过城乡意象体系的构建与对比，呈现出来的，是诗人对城市化不断介入的焦虑，以及对心灵家园的找寻与归依。

## 二、时空维度的内涵指向

乡愁作为一种情感形式，本身就与时间与空间联系紧密。从时间维度来看，光阴的流逝使回忆可能产生；而在空间维度上，先要离乡，才会有乡愁的存在。程一身在《桃花源里可种诗》中这样评价过刘双红：“所有的故乡都是针对身体而言的。对于许多当代人而言，身体的成长过程往往是身体与故乡的分离过程，但这种分离始终是未完成的，无论身体与故乡的距离有多远。因为从身体离乡的那一刻起，心灵中对故乡的那种思念就会被唤醒。刘双红作品的魅力在于他写出了故乡对身体的永恒吸引，以及身体与故乡分离的肉体疼痛。”所谓“身体和故乡分离的肉体疼痛”指的就是空间维度上，诗人主体与故乡的分离。巴赫金曾经提出过“时空体”的概念：“在文学中的艺术时空体里，空间和时间标志融合在一个被认识了的具体的整体中。时间在这里浓缩、凝聚，变成艺术上可见的东西；空间则趋向紧张，被卷入时间、情节、历史的运动之中。时间的标志要展现在空间里，而空间则要通过时间来理解和衡量。这种不同系列的交叉和不同标志的融合，正是艺术时空体的特征所在。”[①]刘双红在书写乡愁时，通常会将其寄寓于时间与空间交叉融合所产生的“时空体”之中，并指向特定的内涵。

在《遥寄》中，诗人主体所存在的时间是“现实时间”。在“现实时间”里，诗人的奶奶已经去世多年。诗歌的开篇：“奶奶，我看不见您的坟头/我只看见一片草丛/您一定是醒着的/满山的青绿是醒着的，奶奶”，由此引出“记忆时间”，乡愁亦由此发端：“我是要还您压岁钱的，奶奶/您曾躲着我的母亲/卖了鸡蛋给我压岁钱/每年五毛，我发誓还您/年年”。在诗人的回忆里，奶奶待“我”极好，而“我”也曾默默发誓要给予回报，但奶奶的过早离开使“我”终身抱憾。通过“回忆”这一机制，“现实时间”与“记忆时间”形成了一种断裂，这种断裂使得诗人主体产生了无限的怅惘。除开时间，诗作中的空间同样寄寓丰富。诗人创作的“现实空间”没有直接体现，而是构建了立体的“记忆空间”：“我常常被棒衣声喊醒/午后的池塘安静极了/一只青蛙跳上我的窗台/默不作声，奶奶/一切都被您不小心带走了/连同，通往菜园的小径”。显然，这里是一种记忆中复合的“时空体”。诗人回忆起童年的午后时光：唤醒“我”的棒衣声，窗边的池塘以及屋旁的菜园。在引入具体可感的空间细节之后，这处“时空体”所包含的愉快、惬意的感觉被放至最大，而这一切却因奶奶的离场戛然而止。“记忆空间”的破碎使诗人不得不直面现实，但他仍在不停地呼唤着：“奶奶，您该叫我的小名了/您不要忘了/您不叫我的小名/我就找不到回家的路了”。这首作品指向的“我”对奶奶以及童年时光的思念，呈现在复合的“时空体”之中，诗人对于奶奶的回忆由“时间”与“空间”两个维度同时构成，缺一不可。由此，诗歌结尾的深情呼唤，乡愁的热烈迸发方令人动容。

同样，在《我的弟弟》中，诗人在缅怀弟弟时，引入了复合的“时空体”：“那天，弟弟的身子有些白有些光滑/双眼紧闭，像毕加索画中的二条线/他的头发有点湿，肚子肿胀/全身一丝不挂/嘴角微微翘起，露出不易察觉的嘲笑/躺在木板上”。开篇的“那天”表明时间的回溯，这是在将时间回拨至弟弟去世之时。诗人运用了大量意象去拼凑记忆中的具体面貌，如“屋后池塘”“倒扣的锅底”“装有二两红糖的瓦罐”等。这些沉重的意象修饰，组成了诗人的“记忆空间”。弟弟在生前，一直在照顾、宽让作为哥哥的“我”：“在离开这个世界之前，他/偷偷地搭上椅子，偷偷地/爬上平柜，偷偷地/把手伸进

① 巴赫金. 巴赫金全集(第三卷)[M]. 白春仁，等，译. 石家庄：河北教育出版社，1998.

小小的瓦罐/装有二两红糖的瓦罐/母亲的叫喊声中摔碎在地！/他吓呆了，望着撒在地上的糖粒/任母亲粗糙的大手不断地挥向他/他说——/妈妈，我错了，哥哥有病，让他吃吧……/之后，他像蜜一样的生命/溶化在池塘里”，此处的空间属于诗人的记忆，也属于诗人的想象，在想象和记忆的交织中，对于已逝亲人的思念更为深远。面对弟弟的离世，当时年纪尚小的“我”，感触并不深。在多年之后，回忆起当时的一切，“我”心中的煎熬如影随形：“刘继红，做过我三年的弟弟/至死他没吃到一粒红糖，他/在我的记忆中走亲戚，用他像蛇一样饱满/的小手，伸向我，我把我的血给他吃/把我灵魂给他吃/让他不时吐吐信子，我的弟弟”。时空流变，物换星移，已逝亲人的音容笑貌被封存在记忆的“时空体”之中，依然显得立体而亲切。总体而言，诗人擅长在时间与空间共同组成的坐标系中书写乡愁，而乡愁母题的内涵指向是宏富深厚的。在刘双红的作品中，多体现为对亲人的怀念。

## 三、审美意蕴的多重关照

在21世纪的时代语境下，乡愁作为一种情感投射，其意义已趋向复杂化、多元化。同样，刘双红乡愁诗歌的审美意蕴与价值，整体呈现出多层次的特点。刘勰在《文心雕龙·情采》中写道：“故立文之道，其理有三：一曰形文，五色是也；二曰声文，五音是也；三曰情文，五性是也”，①将诗歌的审美层次分为三层：形文、声文与情文。通过王剑在《诗歌语言的张力结构》的整理与总结，划分成了更细致的四个层次：语义层、形象层、情感层和意蕴层。通过白描的技法，展现出来的是语义层与形象层，也就是外延层；而最终通过写意映射出来的，则是内涵层，也就是诗歌所表达的情感和深层意蕴。在刘双红的诗歌创作中，从外延层到内涵层，诗歌内部结构张力的联结立体而完整，这是因为诗人的乡愁情结从内到外，达到了高度而协调的统一。虽然语言是平面、单调的，但通过诗人视觉经验的表达，在诗中形成了具有感染力的意境与画面。

视觉经验文本化时，最为直接的方法就是转换为视觉图景。诗与画早有渊源，苏轼评价王维的诗作时曾说：“味摩诘之诗，诗中有画；观摩诘之画，画中有诗”。无论是作诗还是作画，都离不开视觉对客观对象的调配与加工。视觉图景成诗，视觉转化为独特的诗歌语言后，在一定程度上保留着画的特

---

① 陈志平. 文心雕龙译注[M]. 上海：上海三联书店，2018.

质，也保留着画的技法。整体来看，刘双红乡愁诗歌的视觉图景独特而富有美感，这是因为刘双红将视觉经验转化为诗歌文本时，一方面吸收了画的技法，运用了大量的白描手法，将视觉画面进行有目的的裁剪，并用诗化的语言赋予其深意；另一方面则是继承了古典诗歌的传统技法——写意，将视觉中的一瞬延伸开来捕捉稍纵即逝的印象，构成意境。诗人结合这两种视觉技巧，使得诗歌中的乡愁图景简单却意蕴深厚。

在《旅行中，和诗人谷禾谈起往事》中，诗人与谷合共同游历时，在交谈中一齐回忆起了自己的故乡：“湖南与河南，儿时的村庄/相似得让我们惊讶——/放牛，打猪草，收鸡粪/池塘里捉鱼，划破膝盖/树上摘桃子跌得鼻青脸肿/上学在十里以外，自带咸菜和干粮/到小面馆泡客人吃剩的面汤开胃/拌盐水加干薯条下饭/两条粗糙细短的根往地底扎，疼痛传遍我们的全身/母亲婆娑的泪水，疗伤的碘酒/吸水烟的叔公在屋檐下歇息，纳鞋底的婶娘/在国道旁叫卖猕猴桃，指给我们道路”。意象的堆叠，场景的再现，现实与记忆的来回切换，构成了一幅幅真实可感的画面。在旅途的大巴上，诗人身处高速奔驰之间，村庄图景也因此有了不停倒带的可能性：“回忆比车速还快——仿佛一瞬间/我们回到了同一个子宫，作为兄弟一起长大/帮爹妈挣工分/到收割后的地里拾落穗/在烈日下，赤膊捉棉铃虫/披着蓑衣在雨中放牛/夜里爬去生产队的田地里偷萝卜/在仇家门槛下放猫儿刺/挨同一个爹的揍，屁股红肿/通往天子山的小径荆棘纵横”。将一瞬间的感觉铺垫蔓延开来，拾穗、放牛、偷萝卜、爬山、挨揍……童年的那些普通的日常，却是再也无法回还的时光。虽然没有对一副场景展开具体翔实的描绘，但正是在这些不停切换的朴实图景中，晕染着诗人刻骨的依恋，诗人也由此构建出真切的乡愁意境。

此外，正如前文所提到的，诗歌的历史如同一条波涛汹涌的河流，当代诗歌在许多方面都蕴含着古典诗歌的传统。与许多当代诗人相似的是，刘双红的乡愁世界将传统韵味内化入字里行间之中。不仅是借鉴传统技法，更是在整体的审美意蕴上也向传统贴合。如《祭父稿》中，诗人前去祭拜父亲：“就好像肯定我会来/你早已准备好了三两块石头/还有四月的雨水，五月的丁香/和满山的翠绿”，虽是对至亲之人的祭拜，但不含丝毫的悲凉，而是构建出一种恬淡的意境。在满山的翠绿之中，“我”与父亲相聚于此，虽阴阳两隔，但关怀犹在，亲情犹在，“情景交融”，怀念已于周遭的自然之景融为一体，仍然延绵不绝。诗人能将情感寄寓于细微之物间，并加以精准的把握，用超越性的视角，使万物与诗心合为一体，这种与古典审美接轨的意境书写，使刘双红笔下的乡愁世界别具一种悠远的美感。

走入刘双红的乡愁世界，我们可以感受到，随着字里行间诗性的流动，我们的心渐渐脱离了平庸，远离了纷扰。在现下快节奏的都市生活中，刘双红能够脱离城市对其身心的控制，用生命的力度审视自我与现实的关系，将一片赤诚寄托于对乡愁世界的构建之中，从而展现出独特的美学意义和诗学价值。只要静下心来品读刘双红的乡愁之思，与诗人一同触碰这片朴实大地的心跳，聆听自然的旋律，我们就能够切实体会生命之美，从而“诗意地栖居”在这片土地上。

## 第五节　杨拓夫：还原诗歌的常态与本真

自新诗诞生之日起，新诗便是以反传统反古典的面目出现的，期望打破旧诗体约束规则，冲破传统的语音结合结构，不受限制地使用词语搭配，自由自在地表达自己的思想感情。在这种理念主张下，新诗开始了向西方诗歌的学习与探索，新诗发展结果也如胡适预测的那样，“新文学的语言是自由的，新文学的文体是自由的”①。但是在“西方热”探索时期，“翻译诗歌”的出现让诗人们不得不反思，新诗的发展是否意味着要完全摒弃古典传统诗歌中的意象、格律、意境？21 世纪以来，越来越多的诗人把视线转向古典传统的重构之中，主张诗歌要实现本土化的发展。有的学者认为古典传统型诗歌中蕴藏着中国式出世和入世的精神，能使诗歌焕发出鲜活的生命力，拥有丰富的内在精神，而且古典型诗歌含蓄蕴藉的审美表达方式，使得古典型诗歌往往能够实现现实生活与诗歌意境的理想构建，也能够适度把握好词语与事物之间的情性和亲和性，并且能够在读者、作品和诗人之间形成密切的精神交流。当然也有学者认为，我们本身就处于传统的巨大阴影之下，诗歌使用的语言是由传统演变而来，如果对诗歌进行了古典传统的复构，那么新诗将会负重前行，从对西方的顶礼膜拜变成对传统的顶礼膜拜，而且很容易丧失现代意识，沦为古典传统下的“祭品”。

作为北京诗派代表作家之一，杨拓夫敏锐地感知到了诗歌在传统、现代道路上的争议与分歧，于是在诗歌的潜沉时期，杨拓夫“既包容传统又包容

---

① 胡适. 谈新诗[J].《星期评论》纪念号，1919.

现代，坚定地走向后现代主义诗学”。杨拓夫的诗歌极大程度上还原了诗歌的常态与本真，他主张“将熟视无睹的东西炼成金”，这使得他的诗歌搭建起生活与诗歌的桥梁，还原了诗歌的本真。他诗歌中清新自然的意象，是杨拓夫对生活的一次又一次的刻画与勾勒，他将生活中的小启迪、小思考、小感悟、小情绪转变为自己的大思考、大发现、大感想，从这个层面上来说，杨拓夫始终保持着谦卑恭谨的态度对待生活的内容。杨拓夫并没有一味地追求形式上求新求奇，以高高在上的角度俯视生活，无限夸张生活的侧面与诗歌的功效，使得诗歌的形式大过于内容，陶醉于诗歌的语言文字游戏中，而是在日常生活中去游走、拥抱、感知，贴近生活，将生活中的鸡毛蒜皮的小事与衣食住行的大事写得有滋有味，有声有色，在声色之中化平淡为神奇，在滋味百般中化腐朽为诗意。

## 一、抒情诗歌的常态

杨拓夫写诗是对生活的乏味与枯燥的过滤，妥帖地过滤那些空洞浮杂的内容，留下醉心已久的具有亲和力的语言。可以说诗歌与生活在杨拓夫身上是重叠的，他在用生活的语言准确地进行诗歌体验，用诗歌的方式去思考生活。这既是一种生活态度，也是一种诗歌观的体现。

在杨拓夫的诗集《挑着月亮回家》中，就明显地展现了属于其的深刻准确的生命体验。《挑着一担月亮回家》，是杨拓夫一次生活的简约回溯。在对大旱时期的生活体验的回忆之中，杨拓夫并没有陷入恐惧、不安的情绪迷宫之中。他很好地把握住了情绪的脉络，克制轻捷地写出了那次生命体验带给他的文化记忆。杨拓夫对于大旱时期的第一印象是“水离村子远了”①，字里行间似乎没有什么值得称奇的地方，但是仔细琢磨，却感觉到杨拓夫的用心。在这句话中就只有两个意象，一个是“水”，一个是“村子”，杨拓夫没有用回忆的口吻，或是站在一个成年人的角度去描写，而是以一个孩子的视角在描写“大旱”这个不幸的生命认知。在孩子的眼中，对大旱的认知体验是十分简单的，就是“水”与“村子”的距离变了，这是独属于孩子的忧愁。后面更能体现孩子的感受：“一天难得一个来回”②，这是亲密感情分疏的体现，是童真式的评判的标准。杨拓夫用少量的文字写出了生活的质感，通过孩子对大旱

---

① 杨拓夫. 挑着月亮回家[M]. 北京：中国文联出版社，2007.

② 杨拓夫. 挑着月亮回家[M]. 北京：中国文联出版社，2007.

的阐释完成了情感的最大化表达。“远”与“来回”其实不仅是词语上的排列组合，还是生活的情感认知。“多少次/爸爸挑着一担亮回家”，①这句诗将孩子对水的渴望，对生的希望精心融入一起，巧妙地衔接到“月亮”这个意象之中，达到了震撼人心的审美效果。在月亮这个意象的吟诵之中，诗人的心灵由恐惧不安、痛苦忧愁走向和谐平静与安定，那捧水与那捧月亮最后成为诗人文化血液，诗人在忧愁苦难中得到心灵的和谐与宁静。

如果说《挑着一担月亮回家》是苦难中成长的心灵，是精神的洗礼升华，是月亮的救赎与启迪，那么《往日的葵花》则是杨拓夫在与大自然的接触之中将自己的情绪延展，与葵花进行了一场同生共死的艺术冒险。在《往日的葵花》这短短十六行的诗歌中，诗歌的感情色彩从生命的明亮灿烂不动声色地转换到生命的幽暗之中，整首诗歌呈现出透明和含混复杂的美感。诗歌首句就描绘了葵花的明亮，生活在太阳的村庄。紧接着铺叙了葵花的热烈与烂漫，葵花是如同太阳的化身，在广袤的大地上尽情地燃烧自我，形成一种自我献祭的壮烈的美。葵花的热烈是照亮自我内心的激情，是自由的酣畅，是美好的憧憬。这种令人炫目的美好让“我”不由自主地与葵花进行了艺术冒险。葵花在风中生长，在碧波中荡漾，青春之美肆意绽放。从诗歌的表层看葵花是灿烈的，但是里层的葵花却是欢畅与衰败联系在一起的，葵花最后的命运早已经被注定，诗歌因此蒙上了一层阴影。当“太阳之剑射落了葵花”，②诗人的心也“一起殉葬”。此时诗意的延伸呈现出一种爆破的效果，当葵花已经要呈现出开阔的自由的精神境界时，葵花衰败了，自由又重新被禁锢起来了，生命的激情与灿烂结束得如此之快，以至于诗人也因此“殉葬”。

在《往日葵花》这首短诗中诗人呈现了葵花短暂的悲剧，在极其绚丽的背后是枯萎与死亡。在杨拓夫的笔下，葵花不再是单纯的表意符号，而是成为即使被生命禁锢，也要在有限之中获得灿烂之美的“幽暗”，成为即使生命处于一种被遏制特殊之下，也可以冲破牢笼的勃发。《往日的葵花》对葵花的整体勾勒是灿烂明亮，但是结尾之处却布满诗人心灵的荒寒苦闷，这使诗中的感情呈现出跌宕之美，具有丰富错落的层次感。朴素的诗歌语言中贯穿着情感张力：欢快与无奈，灿烂与沉寂，憧憬与失落，这些富有悖论性情感的组合，在整体上呈现出极与极情感旋涡的碰撞，这对一首只有十六行的短诗来

① 杨拓夫. 挑着月亮回家[M]. 北京：中国文联出版社，2007.

② 杨拓夫. 挑着月亮回家[M]. 北京：中国文联出版社，2007.

说极其可贵。

更为值得称赞的是，在对日常生活的讴歌之中，杨拓夫寻找到了适合的位置：倾听来自一片叶子的回声，敬畏一颗蝉壳的寂静，从最底层汲取诗歌的力量。

杨拓夫的《遇蝉记》便是在渺小中寻找崇高，在腐烂中发现新生，在寒冷中发现温暖。在这首诗歌中，杨拓夫见证了一次生命的蜕变，一场灵魂的超脱。他看见宁静的蝉壳下隐藏的喧嚣与涌流，他把蝉壳的遮蔽完全打开了，从对蝉壳的发散思维中，进行了一次生与死的剖析，在诗歌中聚集肯定的向上的力量，展现出直面生与死的纯粹意志。在对蝉壳“实实虚虚”的感悟中，杨拓夫实现了对生活审美化的追求，以及情感与生活之相通的延伸。那些作者喃喃自语的思索，是人生最深处的审美情感和诗意。

可以说杨拓夫的抒情诗都是建立在对日常生活的平常心态与谦卑恭谨姿态上创作的，因此他才能在诗歌构建的心灵空间中用自己的理解与表达方式进行话语活动。他才能把传统的诸如母爱、爱情、死亡、青春诗歌题材进行真挚地诠释，才能把迷惘、生命、等待、消亡等现代题材进行审视与反思。

## 二、生活之外的惊喜

杨拓夫的诗歌《炊烟记》写得别致准确，明丽纯净的诗风中裹挟着巨大的情感波澜。《炊烟记》通过对“炊烟”意象的叙事性表达，真实而形象的描写，在回忆的温暖之中表现了对母亲的感恩感激之情。笔者认为《炊烟记》是杨拓夫具有代表性的一首抒情诗，下面以《炊烟记》为例具体分析其抒情诗歌特点。

### 1. 个人的生命体验的准确深刻

诗歌的创作源于作者对世界生活的认知感受。在母爱的题材的创作上，杨拓夫准确婉约地诉说着母爱的纯粹、洁净。在《炊烟记》中，杨拓夫从炊烟的早晨写起，从“我家的炊烟起得早”写起，寥寥几笔，就写出了母亲的勤劳，可以说，炊烟的温度就是母亲的温度，炊烟升起的地方，就是母亲所在的地方，就是家所在的地方。“炊烟”是诗人内心的遥远又清晰的回忆，有着亲人的温度，有着无限美好的回忆，有着诗人对人世间的无奈思考。杨拓夫凭借着对母亲与炊烟之间的联想与想象，进一步挖掘了对母亲的遐想。“她用一根竹筒吹火/日复一日把炊烟吹上天去/让天空多云、多雨/让地上多庄稼、多收成/这个早上起来烧火的人/晴天，上山锄草/雨天，在家绣花”。[①]杨拓夫从那些隐微不起眼的角落出发，谨慎低缓地表达出了对母亲温情和敬意。同时他也正视自我经验的模糊，珍视生命自身的经历、时光的疼痛所构筑的母亲“历史”，诗人对母亲形象的主观经验和对母亲情感的排列分布，构成了杨拓夫的独特表达。

2. 情感张力的饱满

“总在别人的炊烟之前升起/常常会早于晨曦/早于第一声鸟鸣/穿过黎明前的黑/抵达了透明的启明星”，[②]我们完全能够从这句话中窥见母亲早早起床，为全家人做早饭的情形。即使没有这样的生活体验的读者也完全能够感知到母亲的勤劳，甚至一点也不陌生，这就是杨拓夫诗歌蕴含的情感张力。

这首诗歌与杨拓夫其他抒情诗同样有着真挚的情感表现方式，他的诗歌是有一条情感的脉络在语言的背后涌动，对情感的把握自然而然，水到渠成，不夸张，不做作，特别是杨拓夫最后对母亲逝去的伤感恰到好处，“每年春天、她从地下/举出几朵小花/她用这样的微笑继续爱我”。杨拓夫用生机勃勃的“小花”比作母亲的“爱”，不着痕迹，用少量的文字让人泪目。这样的情感喷发是有合理的情感逻辑，于是在情感的不断梳理与阐释之中，杨拓夫完成了情感的最大化表达。这种表达背后的逻辑是母亲对子女无私的奉献，即使母亲逝去了，但是母爱所给予儿女的爱护却是难以消磨的。

这首诗是一首百味陈杂的哀歌，是一首母亲的悼亡诗。大到衣食住行、小到唠叨，那些温暖的小事情，都是杨拓夫诗歌创作的文化源头。杨拓夫从身边那些“漠视”的小事中，抓住了母亲的形象，诠释着内心深处的爱，在疼痛的反思之中体现出感激之情。诗歌结尾，杨拓夫完成了诗歌的深度抒情，很好地让“炊烟”“母亲”和“小花”三个相关联的词语完成了对母亲的生命记忆。把母亲的形象精心地提炼整合，表达出别人想表达而没有表达的情感，将具体的描写与思念的心境、情感的抒发巧妙地联系在一起，体现了情感本身的贯通力量，无不流露着人间真情。

---

① 杨拓夫抒情诗选[M]. 北京：中国文联出版社，2002.

② 杨拓夫抒情诗选[M]. 北京：中国文联出版社，2002.

### 3. 语言的精炼把控

诗歌是语言的艺术。只有对语言的把握有着精妙的构架能力，诗歌才会将复杂的事物简单与明朗化，才会将平淡的事物泛起波澜，才能使乏味的事物焕发出活力。杨拓夫的诗歌语言正是有这样的魅力，他的诗歌语言如一汪清泉，清澈透明之下有内在紧张的潜流，水波的回旋则是充满韵味和意味。在语言修辞上，他对词语的组合和运用往往精巧构思，富有创造性，且恰到好处，清水出芙蓉，避免对事物“过度变形”。《炊烟记》全诗语调自如，诗歌的意象清新自然，开头以叙述的语调和简约的短句进行回忆，贯穿了丰富、细微、多层次的感受(“穿过黎明的黑/抵达透明的启明星”①)第二节的“日复一日把炊烟吹上去”，看上去不假修饰，但一个“吹”字却用得极其直接、形象。接下来“桃子就甜如蜜/麦子就绿如油、黄如金”，“甜如蜜”“绿如油”“黄如金”都是简洁的比喻，一点也不拖泥带水，感激、感恩而又有一种“甜蜜感”。紧接着烟囱“发呆”，野草“爬到”烟囱身上，星星“没有一颗答应”，细节在“发芽、长草”，这一系列的景象有点像素描，但是在这平静之中的描写中往往含有内在的张力，从意象、情境到语言和叙述风格，朴素中带着苍凉与疼痛。

## 三、中国式的十四行诗

除了抒情诗歌，杨拓夫的十四行诗也很有特点。十四行诗是从西方引进的一种诗歌体制，有着严格的格律规定，但在这个格律规范中，却能够包含广袤浩瀚的宇宙，也可以容纳细微渺小的尘埃；可以插着想象的翅膀，思考万事万物，也可以审视灵魂，反思命运。十四行诗对诗歌的格律限制反而促成了诗人对字词的精炼把控，摆脱了情感的泛滥，使得十四行诗的自由自在的灵魂充实于字里行间。这种在限制之下获得的自由、在规则之下感知到的自由，往往是真正意义上的自由。

杨拓夫的十四行诗《东山峰农场书》呈现了诗人敏锐的艺术感受力和鲜活的艺术表现力，在这首诗中诗人浑然天成地描绘了诗心相通、诗意共处的自由精神的王国——东山峰农场。这首组诗是诗人与东山峰农场的文化对话，是诗人在花鸟虫鱼、日月风雨中展开的深沉思考，是诗人在时空交汇处

---

① 杨拓夫抒情诗选[M]. 北京：中国文联出版社，2002.

呈现的感遇寄兴。

《东山峰农场书》组诗的“起”，介绍了东山峰农场的地理历史，是对这个王国的精神气度的一种诗意揭示。诗人突出地抒写了东山峰农场的从“无”到“有”的过程，而“有无”相化的过程在诗人主体意识中，既是文学的又是哲学的，既是自然的又是奇妙的。那些诸如“光”“岩石”“草籽”“黑洞”等大胆奇异的想象是诗人深度的哲思，由衷的赞叹。在意象的层层渲染之下，东山峰农场成为一方圣洁的领土，展现出和谐、宁静的生命状态；在动情的诉说之中，东山峰农场呈现出包容的姿态和超群的气质，呈现出一种打通古今、融汇万物的气势和怀抱。

第二首“混沌迷雾”使读者确切地感受到封闭混沌的东山峰农场显示出来的意识力量。第三首“秋雨之景”显现出王国生命意识的飘洒。第四首“黑夜挣扎”显示出了历史意识和个人气概，表现“王国”的意识的苏醒与神采的恣肆。第五首“鹿鸣寻仙”突出了王国潜伏着生机与力量。第六首“鲜花笑语图”描绘了瑰丽的和乐、静美的氛围，表达了诗人对自由宁静的生命状态和生存环境的思考……

《东山峰农场书》是诗人从心灵处爆发的种种苍凉的感叹、冷峻的呼喊、失落的迷惘、人生的思辨、哲学的徜徉……以及各种各样混合的思想丛林。自由王国的神秘色彩，生命的有限与无限，自然的深邃与不可探寻、历史的漫长及无边无际、旷野生命的脆弱与顽强、改变的艰辛、人类进退维谷的困境……这些都在《东山峰农场书》一一呈现，因此诗篇中展现出强烈的时空意识、宇宙意识和生命意识的融合。

总的来说，杨拓夫的十四行组诗并没有完全遵守十四行诗体的格律要求，他对十四行诗进行了合适的创作与变革，他的十四行诗没有完全意义上的分节，也并不严格遵循 ABAB 或者 ABBA 等格式去押韵，他更多的追求的是由词语的表达功能所形成的意境之美，用自己找到的最合适的词语来抒情，用自己所能找到的最贴切的语言来表现情感。

# 第八章　常德文学诗歌方阵(下)

伴随着五四文学革命而发端的中国新诗，自诞生之初就记录并承载着波澜壮阔的中国现代化历史进程。中国现代诗人们立足于自身在场经验和独特情感体验，不断书写着有关个体小我与家国大我的感悟与沉思。本章系统论述的几位诗人，并非严格意义上的常德本土诗人。他们或是生于他乡，而在常德工作生活多年；或是生于常德，而在他乡定居打拼。但他们的诗歌恰恰集中展现了常德诗歌积极反映和面向现代性的一面：胡丘陵的政治抒情诗寄寓浓厚的历史意识和人文关怀；罗鹿鸣继承昌耀的高原诗篇书写宏大的拓荒者精神；拥有专业外语素养的舒丹丹致力于发掘精微日常中的现代意象；漂泊异乡的张翔武吟诵游子的孤独与对故土的眷恋。他们的诗作立足于现代语境，表现了当代人的生活原貌与时代精神。

自2010年成立以来，“桃花源诗群”历经十年发展，于诗群规模、诗作数量及质量等方面均有着令人瞩目的实绩，已成长为全国颇具能见度和影响力的地方诗歌群体。作为植根于本土的地方诗群，“桃花源诗群”继承了深厚的地域文化底蕴，充分汲取中国古典诗歌的精华，融入新诗的表现手法和现代意象，积极反映社会百态和时代精神。可以说，“桃花源诗群”的发展对于中国新诗和地方诗群而言是具有典型性和借鉴意义的，它展现了一条合理的文化发展路径，于继承中融合，面向现实与世界，富有探索意识与创新精神。拥有深远诗歌源流的常德诗歌，在“桃花源诗群”的有力推动下，延续着千百年来的文明之光，在新时期的中国诗界灿烂夺目。

## 第一节 胡丘陵：人类命运的终极关怀

政治，从古至今在中国社会中一直扮演着十分重要的角色，它不是政坛上昙花一现的匆匆过客，政治的影响力远远超越了一个时代。文学中政治色彩的介入也从未停歇。三湘大地自古以来就有忧国忧民的诗歌传统。数千年来，衡山一脉，湘江两岸，洞庭湖畔诗人辈出。在这片大地上行吟过的诗人如屈原、贾谊、陶渊明、杜甫、柳宗元、刘禹锡等，都写下了不朽的壮丽诗篇，迄今仍在三湘大地久久回响。当下，湖南的政治抒情诗在继承传统的基础上，融入了对时代的理解和感悟，形成了格调高昂、气势奔放的独特风格。取而代之的是，他们不是在书斋中哀怨自怜，愤世嫉俗，而是积极入世，把自己的生命热情和才华融入历史洪流。作为有情怀、有担当的知识分子，他们用诗歌表达自己的心声，抒发时代的情绪，从而形成了政治抒情诗的独特文学景观。进入 21 世纪，以胡丘陵为代表的文学湘军中的政治抒情诗都达到了相当高的艺术水准，为湖南诗坛赢得了声誉。

作为文学湘军中的实力派作家，胡丘陵在繁忙的工作之余，保持了难能可贵的文学清醒和创作激情，写下了不少作品，且有多副笔墨，在诗歌和小说两端都取得了较大的成就。小说《角色》获得湖南省第六届青年文学创作竞赛一等奖，花城出版社推出他的小说集《苍茫风景》，显示了他视野闳阔和讲述故事的能力。当然，为他赢得荣誉更多的还是诗歌方面的作品。他的诗集《一种过程》《岁月之纹》、长诗《拂拭岁月》、长诗《2001 年，9 月 11 日》、长诗《长征》等在全国都产生了较大影响。

胡丘陵的政治抒情诗有着浓重的历史意识，并在历史的褶皱深处发掘人性的光辉。胡丘陵的诗歌创作起步很早，且有很强的自觉意识，他一直执着于提升作品的艺术品质，摆脱风格固化的窠臼，使他的诗歌获得了很高的辨识度和一些有影响力的奖项：长诗《拂拭岁月》获 1999 年全国诗歌座谈会“海东杯”诗集评比一等奖、2000 年湖南省“五个一工程”奖；诗歌《沈园》获沈园杯全国青年爱情诗歌大赛一等奖。这些文学奖项的摘取，与其说是肯定胡丘陵的诗歌创作，不如说是见证了他一路走来的探索与创新。诗坛评论大家如北京大学谢冕、清华大学蓝棣之、中国人民大学程光炜、首都师大吴思敬、河北师大陈超等人分别在《文艺报》《诗刊》《中国文学研究》等知名报刊发表文章，分析、研究胡丘陵作品的特色和内在力量。

胡丘陵的作品被称为“后政治抒情诗”代表性文本，原因在于他对于人类命运的终极关怀，以及作品艺术性、政治性和抒情性的高度统一，同时还源于他摆脱了之前政治抒情诗板结的审美范式和僵化的思想情感，使他的作品既有历史的深度、现实的厚度和精神的广度，又在保持思想高度和作品纯度的基础上，最大可能地寓含了散发着诗性关辉的生命情怀、悲悯精神与世界意识。

## 一、中国政治抒情诗回眸

如果把眼光放得长远一些，我们讨论的中国政治抒情诗并不是一个“其兴也勃焉，其亡也忽焉”的应景性诗歌文本，或只是发生在20世纪50年代中后期一直到“文革”结束的孤独但喧闹的“颂歌”式的文学现象。实际上，那些存在于历史世界中与权力纠缠不休，不管是出于“自觉意识”还是“当局者迷”之人而作的“为主子颂”“为盛世歌”的文学作品都是它的前世，而这种在“文革”中发展到前无古人、后无来者的长句、短句或叠句，无论情感是激昂还是婉转，是呐喊还是歌吟，都不过是用革命辞藻包裹的文学骚动时代之转世轮回者。但这并不是笔者关注的主题，故恕不详述。笔者感兴趣的是，不朽的《离骚》也被冠以“中国古代最长的政治抒情诗”。学界在探究为什么会出现中国当代政治抒情诗(狭义的)时，我们总会看到这样的话：中华人民共和国的成立，在诗人心中激起政治豪情(想起了“汉赋”)，翻天覆地的变化必然会激起无限巨大的热情，从而反映在诗歌创作中。有学者还将惠特曼的《草叶集》和叶赛宁、马雅可夫斯基等诗人的作品作为对中国第一代、第二代政治抒情诗的模仿学习和影响对象。如此这般，就必然引出这样一个问题：到底这种“抒情”是一种自欺式的真诚，即“只缘身在此山中”的“抒情”，还是一种投机式的“抒情”(如郭沫若对斯大林等人肉麻式的颂歌)，这两种抒情是否也存在于闻捷、李季以及郭小川和贺敬之等代表诗人的作品中？就字面而言，所谓“政治抒情诗”，如此醒目地将“政治”与“抒情诗”合而为一，且政治排前，诗歌居后，这是否意味着对这类作品的评判标准也是政治功能第一、诗歌审美次之呢？

事实上，诗歌的“宏大话语”当然包括政治抒情诗的抒情对象受到无情拆解，不仅是一个客观事实，而且成为20世纪90年代以来一个值得关注的文学现象。诗歌的个人化、内心化、知识分子化，甚至是“身体化”写作，早就轰轰烈烈地占领了诗歌写作的高地。在这样的写作语境下，再来谈论有着明显本质主义倾向的政治抒情诗似乎是不合时宜的。

作为中国当代诗歌中最为特殊的一类，“政治抒情诗”的提法诞生于20世纪50年代末60年代初，尽管它实际出现的时间可以再向前推进到20年代与30年代的“左翼”作家蒋光慈、殷夫等人的作品中。一般而言，对于第一代政治抒情诗人来说，政治抒情诗主要强调诗的政治性，即在主题上，诗歌必须反映重大历史事件、必须与人民群众，尤其是与工农兵相结合，必须表达无产阶级的建设热情与社会主义祖国的伟大成就、必须歌颂党的领导等；艺术风格上，必须要明朗纯净，不允许晦涩难懂；对于作家个人来说，他必须融入革命群体之中才是关键的，即如张继红所言，在“人民性”的阶级话语和国家意识形态双重规约下，“十七年文学”则集中地表达对现代民族国家的想象与建构，并在个人/群体、民族/世界等二元关系中，书写了诗人见证、参与建设社会主义新国家的主人翁精神。换言之，第一代政治抒情诗人的任务并不是写诗，而是以文字的方式参与到国家意识形态的阐释之中，诗只是工具和传声筒，是国家意识形态机器上的一颗螺丝钉。在这种语境下，只有符合意识形态的诗才会得到承认，比如郭沫若的《新华颂》、贺敬之的《回延安》、郭小川的《致青年公民》等。这些诗歌曾经轰动一时，因为它们是战歌，是颂歌，是充满建设热情与战斗精神和鼓动性的，它们自身的审美性远远不及它们的政治工具性。

有趣的是，当人们谈论“十七年”期间的政治抒情诗时，谈论的重心往往是落在诸如“巨大的热情”和“伟大的奉献”等宣传性的话语上，而非诗的本质或审美特性上。实际上，这些政治抒情诗的合法性并非建立于“诗”上，而是建立在异于诗的“其他性”上。这种“其他性”主要表现为诗的政治理念化和现实附庸化，通过“非诗”的手段获得合法性，而诗人则通过“去诗人化”的手段获得创作权利与传播权利，换言之，诗人和诗歌的双重自我异化共同构成了“十七年”政治抒情诗在诗歌领域的统治地位，这有损诗歌尊严，是荒谬的，背离了诗歌本质的艺术属性。

即使是那些被封为“经典”的“十七年”政治抒情诗，依然无法逃离宣传性质的二元对立。比如臧克家《有的人》一直为人所津津乐道，但实际上整首诗依然是在好人/坏人、奉献/剥削的二元对立的单一框架下进行写作，只不过情感有所节制而已。

从本质上说，“十七年”诗歌的体式和内涵并不是诗人的自觉选择，也不是诗歌自身审美的自然生成，而是特殊历史时代的产物。“十七年”诗歌的主调是狂欢与颂歌，推崇虚妄的崇高美学，情感极富宗教感，采用特征鲜明的意象，从而导致艺术个性不足，情感内涵缺乏。为了把感情推向极致，“十七年”不断延伸诗歌的长度。在诗歌形式上产生了仿效马雅可夫斯基的“楼梯式”或“阶梯式”诗。因为诗歌的功能不再是感情的自然生发，也不是思想的诗性流泻，而是为政治斗争服务，为具体的政治环境服务，于是颂歌、战歌成为“十七年”诗歌的主调。

回眸这一段历史过往，不仅是对胡丘陵政治抒情诗书写的背景做了一个铺陈，更重要的是，对作者与读者起到一个积极的警醒意义。

## 二、历史与现实的精神历险

那么，政治抒情诗是否已缺失了诗的价值而难以留存于当下？答案显然是否定的。胡丘陵的长诗《2001 年，9 月 11 日》和《长征》等作品回归到艺术本身，给政治抒情诗带来了一股新的巨大的活力。

由于传统政治抒情诗中大量“零度象征价值”的文字占据了本来就狭窄拥挤的诗歌的公共空间，要打破读者偏见与政治抒情诗自身的局限性，从而写出一种新的，尤其是有一定长度的政治抒情诗是十分困难的，就连胡丘陵本人也坦言这是一次“精神历险”。但从创作实绩来看，胡丘陵的这次“精神历险”是颇有收获的。谢冕、蓝棣之等著名学者把胡丘陵称作“第三代政治抒情诗人”的典型代表就很能说明问题。

应当说，胡丘陵十分擅长写长诗，他的诗紧扣当代生活现实却又能超出其中，主题宏大，视野辽阔，并用诗人的精神去观照和关怀现实与历史。《2001 年，9 月 11 日》和《长征》就是其中的代表。这两首长诗在“对已有诗歌史的观察”“经验的发现和洞察”“语言的再造”和“日常审美的超越”等方面都做出了积极的探索和可贵的努力。

虽然《2001 年，9 月 11 日》和《长征》被定义为政治抒情诗，但由于诗歌本身长度较长以及诗歌具有强烈的历史性和现实性，它们实际上也是叙事的。与第一代政治抒情诗人所不同的是，胡丘陵这两首长诗的对象要么是媒体的镜像，要么是历史的尘埃。严格来说，胡丘陵并没有亲身经历过历史上的“长征”和改变世界格局的“9・11”事件。这种“无经历的写作”固然在某种程度上会损害诗歌叙事的真实感，但正是因为这种“缺席的经历”，使得胡丘陵能够摆脱僵化的“现实主义”观念束缚，创作出具有历史意识和人道情怀的诗歌。

胡丘陵具有很强的历史意识，这种历史意识主要体现为历史参与意识。文学与历史的关系并不是简单的单向对译，而是“通过对这个复杂的文本化世界的阐释，参与历史意义创造的过程，甚至参与对政治话语、权力运作和等级秩序的重新审理。”也就是说，一个具有高度历史意识的诗人在描写历史事件时，并不会把历史当作客观的事件，而是把它当作文本，把历史文本化，这种“文本化”绝不是肆意篡改历史，把历史当作玩具，而是从纷繁复杂的历史中，发掘人性共通之处，以一种高度的责任感，去观照历史。在《2001 年，9 月 11 日》中，胡丘陵有这样的诗句：“那股通过卫星传来的浓烟/呛得我喘不过气来/小女孩美妙的琴声/被戛然撞断/老奶奶菜篮里的西红柿/滚落在地/流出血的汁液……”

诗人有着显而易见的当代意识。对于“9・11”这样的重大历史事件，诗人并未从宏大叙事的角度着笔。那些新闻报道中常见的画面——诸如断裂的高楼、慌乱的人群和呼号的警车等，都没有出现在他的笔下。恰恰相反，他写的是极平凡的“女孩的琴声”和“老奶奶篮里的西红柿”，用平凡中的细节突出生活应有的美好，以及这种美好被突然毁掉的伤痛。美妙的琴声固然无法被“撞”断，被“撞”断的是高耸的双子楼，更是女孩沉浸在宁静而和谐的音乐世界之中的安谧氛围。西红柿“滚落在地”，恰似被恐惧与绝望裹挟四处奔逃的人群，红色汁液与血的联想堪称绝妙。除了“浓烟”二字，诗人对事发现场没有做丝毫描写，却让读者自然地联想到了伤重的群众与鲜血淋漓的惨烈场景。除此之外，从老太太与小女孩这一“老”一“幼”两个人物的选择，也可对诗人的关注点窥见一斑，灾难来临，她们是最无力和脆弱的群体，也是在历史大背景中最容易被忽视的普通人，选取这两个角色似乎暗含着作者对人性的关注与重视。

人类所面临的生存和精神困境是一个沉重的命题，但是胡丘陵并不回避，而是以滚烫的诗心审视重大历史事件背后的精神向度。《2001 年，9 月 11 日》“贯穿着诗的感悟，诗的追问，诗的祈愿、诗的批判，和诗的韵律，诗心跳动的声音，它邀约我们共同省悟这个事件背后更为晦涩的历史——现实——民族——文化——宗教纠结”。接下来，诗人独辟蹊径地写道：“我的那些从海中打捞的整整齐齐的诗句/也被撞倒在海里/东一行，西一行/至今，还不知所经的旅途/到处流浪。”这是多大的灾难，连诗句都撞进了海里？诗人笔下的“撞”字再次出现，所撞之物不是挺立的高楼，而是诗人的诗句了。隐忍的悲悯与迷茫穿插在字里行间，胡丘陵没有直接抒情，而是说那“整整齐齐的诗句”被撞的“东一行，西一行”，正如诗人难以诉诸文字的复杂情绪。历史是没有感情的，而诗人在记述历史时投入了感情，于是文字才能动人。

与第一、第二代的政治抒情诗不同，胡丘陵的诗歌“冷静、内敛、凝聚，承传了中国古典诗歌含蓄蕴藉、凝炼优美的优良传统”，从这个意义上说，胡丘陵的政治抒情诗不再是简单的鼓动色彩和英雄浪漫主义情绪，而是充满了人性关怀，甚至用笔更加细腻。

在《长征》中，诗人有这样的诗句：“将军们，看着自己精心培养的战士/一个一个长成草/自己的头发、眼睛和心都长出草来”。“精心培养的战士”永远地躺在了广袤荒凉的草地上，“将军们”却并没有停下来缅怀的时间。死者埋骨之处日后必然野草丛生，然而生者却无能为力。这首诗没有直写长征的艰难困苦和红军的顽强意志，而是暗含着一种“可怜河边无定骨”式的对于战争的思考，个体的细腻情感汇入历史的洪流之中，发出了清晰可闻的声音。“手挽手，走过若尔盖/走过这片世界上最不踏实的土地/以后走什么样的路/都踏实无比了。”行军路上险象环生，唯一能依靠的只是身边的战友。过沼泽之时，诗人用词似乎轻松，只写战士们“手挽手”“走过”，并未写艰苦凶险的细节；而脱险之后他的用词又“重”起来，“踏实无比”恰恰侧面反映了之前心态的紧张与环境的困苦。一轻一重两相对比，巧妙地还原了长征途中的小片段。需要注意的是，“最不踏实的土地”也在暗示我们，并不是所有人都能感受到后来的“踏实无比”，有一些战士们永远地留在了若尔盖，诗人以曲笔写死亡，比直写生死更能牵动读者的情绪。

历史已经过去，无论是长征，还是“9・11”，胡丘陵都不可能置身于现场，更不可能看见长征中的细节，也看不到“9・11”中“老奶奶的菜篮”和听见“小女孩美妙的琴声”，他所了解到的这一切，都源于文献或媒体报道等形成的历史事实，也就是说，胡丘陵诗歌所面对的历史，本身就是文本的。如果诗人用客观的标准去处理这些素材，那么诗歌势必会显得幼稚可笑。胡丘陵把目光从宏达的历史事件中移开，利用想象，塑造了在“大历史”背景下受难的普通个体的形象，他似乎并不在意历史事件本身，而是在意事件中的人，尤其是没有抵抗能力的鲜活的普通人。

胡丘陵似乎有意把权威意识形态所塑造的历史文本去除，重新塑造一个“人”的历史文本，比如前面提到的《长征》中的诗句。红军过草地一向被权威意识形态塑造为“艰苦”和“牺牲”的代名词，如果胡丘陵继续以此为写作基点，则难免使诗歌流于无聊和重复。好在胡丘陵避开了某些身躯庞大的词语的压迫，重写了这一历史文本，用细腻的情感替代了生硬的呐喊，既维护了诗歌的尊严，又写出了独特的历史体验。

## 三、生命情怀与世界意识

伊丽莎白·鲍温在《小说家的技巧》中说："小说不只是叙述一下人们的经历而已，它还要在经历之外添加一些什么……小说绝不是新闻报道，它写的并不是什么耸人听闻的重大事件……小说家的想象力具有一种独特的力量。这种想象力不只能创造，而且能洞见。它是一种强化剂，因之，哪怕是平凡普通的日常事物，一经想象的渲染，也具有了力量和特殊的重要性，变得更加真实，更富于内在的现实性。"小说家如此，诗人的创作同样如此。作者只有依靠想象，才能把社会生活中得来的感性材料化为内涵丰富、生动鲜活的艺术形象。如果没有想象，作者就无法以形象的方式概括生活。不但创作者需要想象，欣赏者也需要借助想象的力量去认识作品丰富生动的艺术形象所包含的深刻内涵及独特的艺术特色。文学形象是用语言塑造的，它更具间接性，因此对于文学欣赏来说，想象也尤为重要。

事实上，对于诗歌，尤其是以历史事件为对象的诗歌来说，想象的真实比起新闻式的真实，更具艺术的力量。胡丘陵这首部诗的写作，可以说是"想象的胜利"。他完全不拘泥于"客观"，而是尽情发挥想象，构造富于情感的"历史诗句"。《2001 年，9 月 11 日》中有这样的诗句："听一听小珍妮稚嫩的童声/妈妈，我才俯瞰这/美丽的城市/为什么要成为最后的一瞥"，小女孩的这一问尤为让人心碎——"为什么要成为最后的一瞥"，孩子作为天真、纯洁与希望的代名词，相比于成年人，更能使读者感受到恐怖袭击来临时人们的绝望与恐慌。白纸一样的生命，在刚开始接触世界的时候就结束了，这声"妈妈"叫的不仅仅是诗中想象的母亲，更是诗行之外的诸多读者，经过想象的渲染，有了特殊的力量。

童年视角的注入为胡丘陵诗歌带来了崭新的审美向度。"妈妈，我要摘取红红的太阳/可太阳，一下子/就倾斜了/太阳好热，我好热/原来不是太阳在燃烧/许多吊灯都成了他的玩具"，单纯小女孩的眼中的世界仍充溢天真与童趣，哪怕"红红的太阳"已经不能被"摘取"，女孩却仍觉得"许多吊灯"成了"他的玩具"，这样的天真在"9·11"的大背景下显得更为悲伤。对于爆炸产生的伤害，小女孩只会说"太阳好热，我好热"，"热"字背后的疼痛与灼烧不在诗句里，却可以烙在读者心上。"只是小手/来不及动弹/听一听爱丽丝的电话”。小女孩濒死前所想，也许只是接一通朋友的电话，然而小手却已经“来不及动弹”。这也是选取小女孩而非成年人作为想象对象的高明处之一。成年人的世界被诸多琐事困扰，而孩子的内心相对简单，可是连如此简单的愿望她都不能够实现了，让人何其心痛！生命的最后，甚至只剩下一句话的时间。

胡丘陵擅长用细腻的诗情书写宏大历史。“‘妈妈，我爱你’/然而，这是最后一次。”前面所积累的所有情感，在这里达到爆发式的高潮，“然而，这是最后一次”，她再也没有机会对妈妈说“我爱你”，再也不能听朋友的电话，再也不能伸手去摘太阳，再也不能在高楼俯瞰美丽的城市了。虽然小女孩与母亲是诗人想象的，可是女孩的无助、悲伤与对世界的留恋全都真实的存在于诗歌之外。因为想象的小女孩与想象的母亲不一定在灾难的现场，但诗人却把他们放置在了现场，通过与恐怖分子暴力行径的对比，这种女性和孩子的柔情更能唤醒读者内心深处的同情与忧虑，这也就是鲍温所说的“内在的现实性”。

胡丘陵曾说：“诗人必须是人类命运峰值的独行者，但又必须与芸芸众生共享空气、雨露和阳光。诗，永远不能游离于社会之外歌唱。”表面上看，胡丘陵要说的似乎是诗歌的社会性和现实性问题，但实际上，他强调的是与芸芸众生的共生性问题，是世界性的，是诗歌的人性问题。在胡丘陵看来，诗歌必须是人性的，而人性是不分地域和国界的。

在《2001 年，9 月 11 日》中，胡丘陵写道：“如果你感到这寒冷的冬天有些漫长/请用我的诗歌取暖/如果你感到被撞的地球还在疼痛/请用我的诗歌疗伤。”“9・11”带来的恐惧和伤痕在世界范围内蔓延，诗人感同身受的悲痛和关怀跃然于纸上。诗歌是否能用于“疗伤”我们并不清楚，但是诗人的人性意识是清晰可见的：“养老院里/一位朝鲜战场短腿的老兵/露出了他一生中，最为灿烂的笑容”。从战场上归来的战士，本应是最渴望和平与安定的群体，然而当得知恐怖袭击的发生，他仿佛重新唤醒了年轻时的自己、年轻时的斗志与激情，仿佛又整装待发，时刻准备为世界的和平发展而战，这充分彰显出诗人的生命情怀与人类命运共同体的意识。

政治抒情诗的标签在为胡丘陵带来鲜明性的同时，也桎梏了读者对诗歌感情响应的持续升华，窄化了诗歌原有的思想容量。诗人自身也有这样的顾虑，他说，“我个人的追求，我不是想写一首政治抒情诗，也不是现代史诗，我当时的追求是想写一部人类的精神史诗”。诗人追求的不是标签意义上的政治抒情诗，而是一种精神史诗，这就是为什么诗人会把笔触聚焦到这样的场景上来："另一位曾用机关枪击毙过15名美国大兵的老兵/愤怒地表示/如果需要，他将与50年前的敌人一道/走上反击恐怖的战场。"昔日因政治原因而枪炮相加的敌人，在胡丘陵的笔下，成了为人类共同利益而奋战的团体。

在胡丘陵看来，人类的命运本就是一致的，人们只该为共同的敌人而奋战，不应该因其他什么理由而相互厮杀，诗人是关怀人类的。诗人的价值不仅仅是功利化的现实，而是用智慧之光烛照人类的历史与未来。因此，在《长征》中，胡丘陵能够这样写道："为了这一山石头/两个用不同刺刀刺倒对方的战士/四只鼓胀的眼睛，发现对方是自己的兄弟"。战争的目的历来被统治者渲染得无比崇高与伟大——为了解放、为了生存、为了平等……为了一切的一切，唯独不会"为了这一山的石头"。然而对战争中的每一个普通的战士，每一个鲜活的血肉之躯来说，他们在为什么而战？不是为了家国大义，而恰恰是为了"这一山的石头"，为了在他们眼中似乎毫无价值的东西而与同胞兵戎相向，把自己的刺刀刺进别人的胸膛。这时情节忽然发生转折，他们"发现对方是自己的兄弟"。关于这一场相见不相识悲剧的成因，诗人在下文给了我们答案。"一个被抓走的，不得不上战场的哥哥/一个因为哥哥被抓走/毅然上战场为哥哥报仇的弟弟。"哥哥被抓走，弟弟想为哥哥报仇，深厚的手足之情却被战争异化成插入对方身体的冰冷的刺刀。这样的悲剧是战争造成的，是时代造成的，但更是人自己造成的。有了这样的反思，诗人的悲悯情怀就得到了很好的彰显。

换言之，战争让这场兄弟悲剧雪上加霜，如果没有战争，就不会有被抓走的哥哥，不会有参军的弟弟，更不会有手足相残的惨剧。战争不再被粉饰上"解放"的标签，每一个活生生的人都是这场战争的受害者，都是胡丘陵所同情的，这也是胡丘陵诗歌人性光辉的所在。胡丘陵企图从更高的层面上寻找某种不被既有道德、利益和权威所规定的普遍人性，而战争正是毁灭这种普遍人性的罪魁祸首。

因为，一切血与火和狭隘的"主义"，都在妨碍着诗人寻找普遍人性，所以诗人谴责利用国家机器"公开制造恐怖"，谴责发动战争的人"证明正义还是非正义/命名是战争还是恐怖"。战争是人类的悲哀，现代化战争威胁着人类的存亡。诗人的反战思想在诗歌中展露无遗。但他的思索没有仅仅停留在反战的层面，而是更进一步，把目光投到对全人类的"大爱"之中。他希望"让清澈的河水/都流着牛奶和蜂蜜吧/让坐在坦克上的儿童/都坐在迪斯尼的游乐车里/让揿报话机的小手/敲打电脑/给海洋对面的少女/发出友好的Email”，世界上再也没有饥饿与战争，所有的人类都能友好地交流，对彼此心怀爱意。这种对于人类的“大爱”，跨越一切意识形态偏见的博爱，构成了胡丘陵两部长诗全部的人性。胡丘陵像是一个矿工，坚定地在现实的不完满之中挖掘黄金，并把这些历尽千辛万苦挖掘出来的闪闪发亮的黄金，一个个放到读者的面前，饱含深情地向读者介绍这些小石头的美好与光亮。

总之，从第一代、第二代充满零度象征的政治抒情诗，到胡丘陵充满历史意识与人性光辉的政治抒情诗，这一类型的诗歌似乎已经走出僵化的模式，走向了一个更为开放和优秀的未来。但政治抒情诗似乎永远无法摆脱“主题先行”的阴影。这一弊病的去除，将有助于政治抒情诗的创作与传播，而胡丘陵给出了自己的方法与手段——把历史意识穿楔入政治的内蕴之中，用人性的光辉照亮它们，用全球化的视野和人类命运的终极关怀，让诗歌插上和平的翅膀，让诗歌带着大爱和光明在世界范围内旅行。

## 第二节　罗鹿鸣：作为记忆和遗忘的诗写

罗鹿鸣的诗歌来自人民又回归人民，但这种人民更多的是作者个人的经验与国族经验的情感交织。读罗鹿鸣的诗歌，最强烈的感觉是，诗人的字里行间有一种可贵的赤子之心，诗人将这种人性之美的赤子心表达得淋漓尽致。何谓赤子之心？老子说：“念德之厚，比于赤子。”又说：“抟气致柔，能如婴儿乎？”(《老子》第 10 章)庄子的文中也经常提到“童子”(《人世间》)“婴儿”(《天地》)和“真人”(《大宗师》)等称谓，这些与老子讲的赤子，虽然名称不同但是旨趣如一。也就是说，赤子之心，依本性存在，天真纯朴而至智，虚无接物故无犯，无为而为所以能无所不为。正因为“未孩”(个体的“小我”)而有天真智慧，他们又能不失其母(祖国之母、大地之母)而与其母最自然亲和。赤子含德最全最厚，同时又与道之母体紧密一致，赤子正是“道”与“德”合而为一的最佳象征。

用诗人罗鹿鸣的话来讲，赤子之心，就是爱家人至真、爱恋人至痴、爱朋友至纯、爱祖国至臻、爱大地至极，率然天性，浩然无私，一往情深——“母亲似的故乡/我留你在拓荒的路上/尽管在你的催促下走了很远/我仍然回头把你张望”(《高原・故乡》)。

应当说，罗鹿鸣诗歌创作的血缘，继承的是五四运动以来的“启蒙”传统，即通过自己的作品，对大众的心智有所启迪，对人民的忧伤有所抚慰，同时希望给予世界一个永叵的终极性的解释。为此，诗人努力把自己想象为民族文化的传递者，依靠话语的发言权站在与当下生活保持一定审美距离的位置上，满腔热情地“为民代言”。

这是罗鹿鸣诗歌的难能可贵之处，他不愿使个人的吟唱成为时下流行的私密话语，而是希望把自己的创作与火热的生活紧紧联系在一起。他重提“载道”的意义，呼吁作品要有景有境，有品有格，有情有意，这景境、品格、情意无论是对个人、民族，抑或是对大地、祖国，都应当沛然卓越，诗意盎然，而不是苍白空洞，干巴索然。

罗鹿鸣的诗歌并不朦胧，但许多意象也并不是一眼就能看透。他的诗歌与后朦胧诗的区别主要表现在：他的文本并不追求野草般精神生殖力，也不存在极度的断续性，更没有莫名的分裂和异质。相反，他的作品带有与梦幻一样的浪漫写实，是矛盾中的和谐，是对受叙的符号对象的热情表达和专注阐述。

## 一、浪漫情怀的具象写真

每个人都有着浪漫的恋情和美好的记忆，这种情感，在诗人罗鹿鸣细腻的描绘下，其情其景，其心其意，无不令人怦然心动。比如，在诗集《爱的花絮》中，作者深情地写道——“我静坐在木盆般小的房间，你没有回来，我觉得它宇宙般空荡。/在人生的旅游，除了你，谁做我的搭档？/……等，是一杯苦酿。只要你的梦乡里有我的客舍，我宁愿酩酊大醉，且待晓星从窗外奔入，砸痛我的眼眶；直待末日的黑门打开，我仍然靠在门框把你张望。”

这样的诗有着明显的泰戈尔的诗韵，既是个人的情感体验，也是集体的记忆之镜；既有着深厚的民族文化之底蕴，又有着浓烈的现代生活气息。罗鹿鸣试图用一种类似审美意义上的戏剧独白，将自己的战栗的呼唤、痛楚的彷徨和不懈的追求，置于利刃之下，在皮肤切开、灵魂抵达的一瞬间向心目中的“女神”呈示世间最赤真的爱——“已是暗夜，但你那颗芳心的明光仍烛照着你思恋的幽殿。/你的纤足降下殿阶，迅捷地穿越空间的长廊，悄然光顾远人的身边，看我的惬意如薄云渐隐，数我的珠泪从苦思的檐沿垂落。/此刻，如果有一位丽姝将我热吻，不过是微风之末，但你梦中的遥吻与轻抚去撇的生命华彩四溢了。/你不要转身疾去，且让你雾气氤氲的眼睛像那高悬的灯，无论是明是灭，都俯顾你梦的软纱覆盖的我。/你是我的施主也是我的乞丐。/我愿白日与你长存，梦里与你永生”。

诗人在作品中坚守艺术的纯粹品质，频频呈示个人情感的波澜壮阔和浪漫率真的具体化描写，努力摒弃世俗的诱惑和投射性材料的功利成分，使作品的向度凸现鲜明的立体感，作者不仅孜孜以求要成为心灵可靠的叙述者，而且努力展示对受叙对象全心全意的奉献之赤诚。诗歌的意象密集而纯粹，有张有弛，滚烫的情感穿过纸背，文字的张力穿过肌肤，读来有热辣和熨帖之感。诗人在疑惑中自言自语：“除了我的一颗心之外，我没有落下什么东西了。”在这里，他俨然是一个虔诚的乞丐，为了爱，他不仅奉献出灵与肉、血与泪，而且自己的智慧与尊严，只求获得一丝呐喊之后的山谷的回响，或一抹辛勤耕作之余的含苞欲放的薄薄的清香——“我渴求爱的双手颤抖地伸着，我将心抛给了别人，回收的往往是一颗漂亮的石头。/你却给了我一把沙金。当沙金在我心盘上叮当的时候，你又一把抓走了。/你似乎要给我一颗心。”

无疑，诗人的努力得到了回报：“你似乎要给我一颗心。”这是多么让人兴奋的真挚揣测啊。长期以来，中国诗文家的写作往往有着“煮字疗饥”“为稻粱谋”之实用主义的“入世”心态，这种创作心态，在罗鹿鸣率真的创作谈中表现为可爱的“嫉妒”，实际上是另一种情感催化剂，是超出了弗洛伊德所说的“替代性满足”之后的新一轮美学主张，是浪漫主义者现实关切的最好注解，它使文学艺术本身所要求的“空灵明净”的境界，以及作品的“体格”和“品质”达到了新的艺术维度。

## 二、以“小我”之情抒“大写”之爱

如果说，罗鹿鸣对恋人的深情表白体现了诗人对美好爱情不懈的追求和对人间真情顶礼膜拜的话，那么，这种个人情感的“小我”一旦放大到山川河流中“大我”的天平上，便立即显示出其底色的明净和纯粹，其追求、张扬和呐喊的是走出个人“小我”的大写之爱——“你岑寂的芳心难道只属于遥远的雨路风途云程？难道只能永远站在古人冷却的肩上作贞洁的丰碑？/海洋在远方展开绸缎，谁伴你去缝制崭新的嫁衣呢？”(《爱的红叶・神女峰》)

这样的赤子之心使诗作在文本运行之中，作品生产场域里创作动机的“倾向性”——展露或隐忍、徘徊与呼唤——表现得异常明确。诗人这样表达的好处，就是使文本显示出更大的空间性和意义的包容性，一定程度上弥补了封闭性线型抒情所带来的意义的单调和人物情感的扁平化，让读者从情感中体悟出“大情感”，从话语中分析出“话语性”，从意义中折射出新的“意义”，即话语与意义之间的关系不是直接对应的，而是关系到说者的位置、所处的环境以及话语在这个言说空间所引起的反应。再如《望夫岩》：“一个被岁月推敲的故事永远年轻。泪眼湿透的天空下，一颗沉重而不倦的头颅，昂扬在朝三暮四的羞愧里。/远去的男人不复的跫音在你的耳畔仍然清晰，你解下澧江这碧罗带，去拴绝情的记忆。/你是一句辉煌的叹息，是一座永不坍塌的箴言，立在所有负心人的脊背上。”在这里，诗人以景抒情、以景说理、以景警人，把个人的审美感悟上升到哲学或意识形态的层面上，作者的视角虽然着眼于“望夫岩”的客体，但所表达的恰恰是社会道德意义上对所有“负心人”的冷峻批判，从而反证个人情感的纯真，无论是对恋人、对家人、对友人，抑或是对天地万物。作者从不故弄玄虚，将简单的东西弄得复杂，将清晰的意象弄得朦胧，像某些后朦胧诗创作者追求的那样，似乎谁也读不明白才显示创作者的高明。罗鹿鸣不是这样，相反，他的写作手法有些单纯，也有些老套，但质朴自然，一如水洗的情怀一样。正如诗评家韩新东所指出：罗鹿鸣的诗，其表现“手法几乎是比较传统的，但诗中有物，诗中有情，诗中有诗；不做无病呻吟状，不做深沉状，所有的全是自然的倾泻与流露”。

这种自然的倾泻与流露使诗人在受叙对象的选取上十分讲究，他选择的客体往往是最能入诗、也最能引起读者大面积情感共鸣的，比如“邮车”：“思念，是邮车没有章法的辙痕。/等待，是一种无可奈何的蔚蓝。”（《爱的红叶·邮》）比如故乡的村口：“你用冷峻的目光读着村子。/与你为伴的肥狗瘦狗，依然迎客送客，尔后花朵般凋落。”（《另一种恋歌·村口》）诗人通过对这些熟悉的景观意象之深沉吟唱，引导读者参与创作，从而使诗歌本身的精神空间和心理空间大大拓宽，唯其如此，诗人的情感表达才能得到充分体现。

作者为自己的努力做出这样恰到好处的注解：“一只蟋蟀低吟于一座日益破落的园子，声音渺小而凄切，但那种叫破喉咙仍不竭地呐喊的精神，不正是诗人们在当今社会坚忍不拔的精神么？”（《爱的花絮·后记》）

当然，那是一个特殊的年代，一个崇拜英雄、呼唤英雄、争做英雄的年代。这样的历史机遇，罗鹿鸣勇敢地抓住了，毫不犹豫地把自己交给了原始粗粝的大西北。正如诗评家燎原在罗鹿鸣诗集《我心在高原》的序中点出了诗人创作的生活背景：“二十世纪八十年代的青海，曾以它浑厚历史人文景观地表上的广大空白，以它荒旷大地上狂飙突起的西部诗，而对许多的青年文化人，形成了一个足够憧憬的引力场。那已经是五十年代以来第二次涌起的‘人往高处走’的大潮，五六十年代从八方汇集而来的拓荒者于此书写的历史，在八十年代初期的诗歌回忆中成为一段英雄的传奇和生命史歌。大荒旷中的神秘和奇崛，于诗人和青年文化人对城市病的最初敏感中，而显示着其恢宏大块的重量。一群一群的大学生们，就是这样从东部内陆走向他们心仪的高处，寻求着粗犷灿烂的人生”。

罗鹿鸣正是这“寻求着粗犷灿烂的人生”大军中的一员。他是这样自白的：诗集《我心在高原》是我在青藏高原九年奋斗历程的总结，是对高原苦恋的甘果，无论将来浪迹何方，我都不会忘记在高原洒落的苦辣酸甜。的确，作为一个农村子弟，要拒绝南方城市的诱惑是需要足够的勇气的，然而，罗鹿鸣毕竟做到了，并且义无反顾：“我拒绝了南方城市/把我当作风景/做它封面烫金的装潢/我拒绝了办公室/把我当作摆设/点缀起了皱纹的命令/……于是，阳光的版面/将头版头条/发表关于拓荒的新闻”(《我拒绝了》)。由此不难看出，诗人有着强烈的“文以载道”和“为民代言”的英雄自期心理，他不愿让青春岁月虚掷在拥挤的南方，他的梦，他的情感，他的理想与追求早已飞到了大西北，他的思绪也展开想象的翅膀在自由的空间里奋力翱翔。但是，他并没有以一个旅行者的“过客”姿态对那片原始的旷莽做出不切实际的幻想，他是以拓荒者和建设者的身份对那片古老得连血液都已经发黑的土地投入自己的青春、激情和赤子之心。对于大西北的贫困、资源的匮乏和恶劣的环境诗人有着清醒的认识，他明白，在这样的地方耕耘，必须既有浪漫主义的情怀，又有现实主义的关切才能干出一番大事。大西北的贫困恰恰需跟诗人和千千万万像他一样的热血青年去做奉献，大西北的旷莽也恰恰为他们留下了广阔的发展空间。正因为此，诗人在投入火热的生活中之后，仍然乐观地喊出这金子般的宣言：“举起我生命的火星/我将以渺小的亮度/预告大西北日出般的壮美!”

如果说，诗集《爱的花絮》更多的关注是对恋情、友情和亲情的多重弹唱，作者的情感指涉主要是家庭、朋友和个人(虽然也有一些自然景观的拟人化描写)，其创作动机是抒发“小我”的至真之爱、至赤之情的话，那么，在《我心在高原》里，诗人完全把自己置于祖国、江河、建设、城市和风暴等巨型语言之中，突出人性之美与生活的温情，使诗歌文本在大气磅礴中透露出固执的温柔细腻，却又让温柔细腻的情感突出大气磅礴的时代背景。诗人不愿用“无名”的“他”这种小叙述的方式表现自己汹涌的情感，而是用粗犷之美强健对“人性之美”的深情呼唤，并自觉地使之成为这一时期的历史“镜照”：“把高原一隅作避风港/还想不想/多风暴的故乡/瀚海弄潮儿的/橹桨/天生不是供人玩赏/命定助人/征踏远方//城市虽然风光/终究不是你的沙场”(《驼谏》)。诗人的一腔热情在饱经汗水、泪水和血水后，最终凝练成一行行动人的诗，他的创作动因就是要把当代中国底层青年的真实感受、苦难命运和丰富生活全方位地表达出来。这是时代的召唤，更是优秀诗人的书写立场和社会责任之所在。

## 三、孤独的异乡人

事实上，对于故乡之外的人来说，一切记忆都可回溯至故乡；对于死亡之外的人来说，一切遗忘都可寻根于当下；对于命运之外的人来说，一切沉默都可归结于命运。在此意义上，故乡、死亡、命运诸相皆是虚词；真实的唯有记忆和遗忘，以及沉默本身。

人生而孤独，因此实体意义上的异乡人和认同只是人类自我设置的浪漫寓言；但对于置身于历史洪荒中的个体来说，异乡人意识和认同危机几乎是一种天赋，而激流突变的文明进程和日新月异的价值演绎将这种感受强行钉入了每一个存在者的身体——无论他扮演着何种角色，也无论他被迫充当何种角色。恰如霍米·巴巴对我们时代语境的概括：“新的国际人口学是这样一种历史：后殖民地居民的迁移，文化与政治散居的叙事，大多数乡下人与边缘人的社会错位，诗人的异乡人，政治与经济避难者的残酷散文。”

诗人罗鹿鸣大学毕业后，主动申请去西北高原支边，以奋斗者的身份，向孤独宣战。“我竭力全速前进/航程依然遥远……但我不需要它作终点”在《瀚海船》一诗里，罗鹿鸣直言异乡人的无限性和经由此带来的终极性——无终点的航程注定只能以全速前进来对抗。作为生命的一种过程，这种奋进的对抗姿态并不拒绝停驻；甚至，为了完成精神上的休整，他主动地选择了某种别有意味的停顿——若不是对异域风情的细致描述，那就是对人间情爱的不懈讴歌——一种对生存境遇的执拗关怀，正如《回答》一诗所写：“来世不如今世/明天不如今天/未来不如现在”。这种生存境遇的表达在他行走青藏高原时留下的诗篇中得到了很好的显现，在《柴达木抒情》组诗的第一首诗中，罗鹿鸣对一只搁浅在岁月荒滩上的古老的船展开了细密的侦测，“海风雕铸龙骨/海燕泪湿落帆/海水向印度洋窜逃了/丢下尕海和察尔汗/一对咸溜溜的泪眼”，从对作为意象的船本身的描写开始，笔触一步步探入历史和想象:“脱胎换骨的苦痛/哪及失去航线苦痛的一半”，很明显，此时的历史叙述和想象并没有离开对当下的关注，搁浅的船难道不是无数的人吗?“过去已成梦的残骸/柴达木驶出了一艘新船”，结句从虚幻中陡然撤身，从历史的当下回到了现实的当下。

再看诗人对人间情爱的讴歌，这些珍珠般散落在他漫长的书写中的诗歌主题在散文诗《水中情歌》(十七章)里聚而重现，第一章以“回想河中的影子”为题写道:“但回想是属于我的/你俩波动在耒水中的影子是属于我的。”这种强烈的自传性言说借助记忆不断扩展，从“谷家洲”到“神女峰”再到“张家界”，从“桂林古榕”到“绣球洞”再到“望夫岩”，表面上是个体情爱借助记忆性游历完成的自我升华，实质上是诗性博爱借助精神性回溯完成的群体关怀。也因此，这种关怀是个体的，也必然是广博的;是当下的，也必然是终极的。在“情歌”一章，诗人对此予以确认:“这是一个古老童话的开始/这是一个永远真实的再现。”罗鹿鸣最早的诗集《爱的花絮》更是直截了当地献给自己的爱人的，他用爱情的仪式消解了异乡人的孤独。

马歇尔·伯曼曾不无先见地写道:“我们最有创造性的建设和成就都迟早会转化成一些监狱和石墓——只要生活还在继续，我们或我们的子女就将不得不逃避或加以改变的监狱和石墓。”历史的真实语境就这样被赤裸裸地揭露，作为一种安慰性的补充，他又写道:“在这个世界上，稳定只能意味着熵，意味着缓慢的死亡，而我们的进步感和成长感是我们确信自己活着的唯一方式”。如此来看，异乡人的孤独似乎被生存本身所强化，而所有的动荡与波折也被赋予了壮烈的寓意。然而，在罗鹿鸣那里，诗歌一方面借符号与象征强化了这种书写语境，另一方面也借对记忆和遗忘本身的整合完成了对当下的确认。

作为对抗，抑或是拯救，个体的存在意义只能在流动的意识中建构，而生命的附加值也不得不面向自我感受来提取——似乎，只有自我是可靠的，也只有自我才能赋予自我异乡人的勇气和认同的进路。

必须指出的是，诗写——这里，“诗写”不再是单纯的(诗歌)书写行为，更多地作为一种书写意识被提及并纳入叙述——作为人类最早的事业之一，一定程度上也是文明自命名以来最早，也最成熟的艺术自觉;如果命名是集体基于生活做出的秩序规划，那么诗写则是个体基于自我感受而潜入生活、对生存做出的自我救赎。在这里，生存几乎天然地意味着某种困境，而诗写的主要方式则是记忆和遗忘。这个解释同样提示了以下信息，即诗写是一项永恒的事业，它注定只能由少数人来担当；诗写不再是对某个指称的重新定义，而是一种经教化的生物本能对其处境充满强力的艺术化回应。对罗鹿鸣而言，诗写，甚至就是孤独的本身，是对抗世俗的有力武器。

诚然，“异乡人”作为一种生存体验对于当下历史境遇中的个体是不真实的，但这并不能否认异乡作为一种精神体验给个体感受形成的冲击——若不是无家可归的话，它至少意味着远离故土、乡音和习惯的历史文化气氛；若不是意味着永远流浪的话，它至少意味着一种因文明无意识而不断逼近的生存迷茫、苦难与屈辱。此时，记忆和遗忘不是作为它们各自本身，而是作为个体处境的测试剂出现的，它们总是借助脆弱而坚韧的感性塑造一种充满张力的生活，试图将生存困境转化为生命审美。

罗鹿鸣是智慧的，他选择了诗歌，也选择了孤独。他深知自己处于生存的困境之中，但他也谙熟若即若离的感受所意味着的审美之力，在《亚当的子孙》中，他写道：“既然选择与上帝同行/何惧遍布荆棘的人间”。显然，在怀乡的感伤和生存的艰辛之中，他始终相信最后的支撑：“人类把上帝丢失已久/上帝仍站在人类身边”。这样的智慧令他得以巧妙地抽出沉重的人身，转而临摹“怀乡”和“感世”在自我意念中潜藏的姿态，对生存的谜底进行抽丝剥茧。如此来看，作为一个审美意义上的异乡人虽然是孤独的，却也是幸福的。

## 四、为了记忆或遗忘

当下的诗写基于这样一个社会学前提：尽管有信仰却无神谕，尽管肯定却无假定；而创作本身所遵循的诗写标准则是“行动即意义”。在激流突变的时代语境中，个体的行动是盲目的，他自身的目的性并不能掩饰浮躁背后的焦虑，诗歌不是名词，而是动词，它是人类与时间竞渡的产物。于此，罗鹿鸣没有沉迷于单纯的诗写回应，而是选择远赴青藏高原，他说：“我出生在一个特殊的年代，一个崇拜英雄、呼唤英雄、争做英雄的年代。我抓住了历史机遇，并毫不犹豫地把自己交给了原始粗犷的大西北。”如此坦然而大胆的行动为异乡人提供了新的个体注解，一定程度上，也有效地抵抗了时间带来的沉重感。

记忆受作用于甚至就是试图挽留时间的冲动。记忆之道实则是审美之道，而遗忘之道则是超越之道。若记忆是在心理上借超越日常生活直逼审美的话，那么遗忘则是借审美般的生命情怀抵达时间的最后栖所——无限性。

“回不去的是从前，回来的/只是今天而不是未来/省略了……”在《从高原到故乡》一诗中，罗鹿鸣为行走提供了新的意义索引——时间。人类毕生都在与时间抗争并最终输给它，这种永恒的悲剧性使得任何艺术表达都难免无力苍白，诗写的高贵在于它是对时间的另一种体认，至少，诗写源于对时间的回应。无论是柏拉图的“诗言回忆”，还是佩索阿的“个体伦理学”，都是在确认自我(的时间性)。对于罗鹿鸣来说，记忆不再是对世俗经验的流连忘返，而是对自我意识的探知追寻：“当我们擦身而过的时候/突发出一道闪亮的灵魂”。

抛却时间，记忆和遗忘都不存在，而借助自我感受的指引所做出的所有记忆和遗忘的选择都是有目的的。“自己摇橹的那艘纸船/在记忆的薄冰上滑行”，在罗鹿鸣的诗歌里，这种目的性直指个体感受的审美永恒性——无论它是否成熟或是神圣。

海德格尔关于这一问题的见解颇有醍醐灌顶之功能，在他的哲学体系中，记忆是一种自我感悟，它不是对故往的复现，而是对当下的体认与反诘；更具意味的是，他强调记忆指向的是人心深处超越逻辑的真实和归宿。如此看来，在异化成为一种常态的现代语境中，记忆若不是源于批判——不管这种批判显得多么微弱，那一定是出于救赎；至少，个体的意义确认是可以借助记忆完成构建的。在《人生大书》一诗的结尾，罗鹿鸣对此做出了极为精到的回应：“只有回忆的老鼠偶尔光顾/时光的鼠洞里流出一地的/全是空壳的/生活。”记忆为罗鹿鸣的诗歌书写提供了立足点(尽管我不能确定是否也为他提供了安身立命的生活方式)，这使得他的诗歌总是向故往回溯——时间上的童年、青年，空间上的故乡、旅行。不能断言由此而得到的是生存层面的安全感，但起码可以说他的自我感受是稳定平缓的——并没有因为(选择性的或是无意识的)遗忘而断流。如果非要区分于其他诗写的话，那么可以将其概括为“感受即意义”。

在本雅明那里，记忆被分为由理性控制并受制于当下实际利益的“意愿记忆”和无意识、无功利的，纯粹出于个人潜意识的“非意愿记忆”(或可理解为“审美记忆”)。接受美学的先行者也一再强调记忆的修复功能和治疗功能。如果前者可以使人发觉真相、接近完美的话，那么后者则肯定个体的审美体验，使人回归本然。生存即是痛苦，记忆的优越性在于它充分利用了距离创造的审美感受，此时，时间内含的痛苦是被遗忘了的。对此，罗鹿鸣毫不犹豫地予以坦承：“在我丰富的经历中检验/距离产生着美感”。

读万卷书，不如行万里路。这句古语在罗鹿鸣那里得到了充分的印证。“走过行人走过街巷走过眼球尽疵的灯/走向高原走向艰辛走向不知道的未来”，尽管诗人以拓荒者的名义西进并写下了敦煌、德令哈、拉萨河、祁连山、柴达木、黄河、骆驼泉，写下了哈达、土伯特人、青稞酒、格桑花、氆氇毯、羊袍、经幡、大漠、白毛风，但这种行走过后的热情始终受制于记忆——“水乡泽国”的“乡意、乡情、乡愁与乡恋”。这些蒙太奇般的标志性字符都是生命的意义经幡。

瓦莱里说：“(文艺)使得人能按照自己的意愿固定或重现自己最美或最纯粹的状态，以复制、传递和长久地保留自己的热情、陶醉和心情激荡的程式。”在罗鹿鸣的表现中，他乡以一种审美的姿态跃然于纸上；同时，借助对故往的遗忘，诗歌完成了某种意味的“去程式化”言说，无论是对基于故往对当下的描摹还是基于当下对故往的重述，作者都站在自我感受的角度，以此来加强自我在语境中的主体地位，此时，他的身份是“南雁”“绿鸽”“杜鹃”“流萤”，甚至，只是“一个湿淋淋的影子”。在这一系列的意象谱系中，诗人成了对生命唯一有效的记忆追认，而遗忘则赋予这种追认以定位与视野。

在出走带来的精神漂泊中，生活中熟悉的地方日渐陌生，到处是家，而又无一处是家。流离失所几乎已成为当今许多人的生存处境，对现代生存境遇的顺从并没有使得生存本身发生转变，而诗人，作为一种异乡人的假象，出走——不管它是出于故意还是被迫——多少也捎带着自由的窃喜。那么，罗鹿鸣是如何处理生存论意义上“故乡与他乡”——“停留与出走”这两对矛盾的呢？

借助“拓荒者”这样一个自我角色的掩护，罗鹿鸣写道：“让我们把各自的足迹/搓成一根金色的长鞭/将疲惫的青藏高原/向明天奋力催赶”。似乎，行动有着千万个信念支撑，正如他自己的诠释：“举着希望，举着理想/在崇山峻岭放歌……开拓，是我们同一信念”；记忆似乎依然有效，比如“江南的鸡犬虫鸣/丘陵的蛙鼓声声/这喂养我的乡音/都将写入/拓荒的多元方程”。此时，记忆不只是过去与当下之间自由的越界和互译；作为一种对时空的感受，记忆所应对的不仅是时间的距离——逐渐模糊的过去和充满疏离的当下，也不仅是空间的距离——并非消逝的故乡和莫测的遭遇，更是一种感受中的距离——自我的确认和指证。

面对祁连山麓的异域乡村，罗鹿鸣想到的是历史，是“胡笳羌管”和“将军白发征夫泪”。但从根本上说，他一定会想到遗忘附着于时空建筑的寓意：“一处处岁月的斑痕/历史蛰伏着四面边声……踏破贺兰山的马蹄哪里去了……枕戈待旦的梦已被时间之风吹远”。然而，在异地的时空建筑面前，个体的精神坐标如何得来，而这种蛰伏于历史和记忆的感受危机又如何得到化解呢？罗鹿鸣是独特的，无论是作为普通人，还是作为诗人，他的独特在于，他借助对时空建筑的意象能指完成了诗歌背后的所指——遗忘：“你是一边生长希望遗忘历史的乡村”。

面对飞越城市的鸽群，罗鹿鸣真切地写下了“看不到炊烟/看不到牛羊/看不到田地/看到很多山里看不到的风景”。商业化语境给世俗生活带来的冲击也波及了艺术创造，语态在诗歌中的坐标显得越来越明晰，而作为对记忆的描述方式，它似乎早有预谋似的迎合了叙述情感的日常化。在平静而从容地写下了“裸着晒衣裸着吃饭裸着睡觉”的民工和“总是一丝不挂，走来走去”的两口子以后，他的视角开始从日常叙事中抽离，专注于鸽子本身所寓意的诗性：“它们白得亮泽的尾/扑向那些没有炊烟的森林/俯冲的姿势有一点优美。”貌似，记忆和遗忘并未发生作用，但诗尾对个体生存语境的感受性描述彻底将诗旨拖向了记忆和遗忘：“城市越长越高，峡谷越来越深/鸽群的飞翔越来越小心”，被遗忘的是田园牧歌和乡野之风，被铭记的则是小心翼翼却依然如履薄冰的城市生活——记忆以遗忘的方式再一次出现并补救了种种感受危机，为个体重新注入了知觉能量。

时空的疏离营造了合宜的距离；记忆和遗忘的复调构造了一种双重超越：故往的虚幻和当下的悬浮，而这种感受始终受制于个体的审美取向。诗写是一个行动过程，个体必须在虚无中寻找真实，在错乱中创造秩序，为自我感受寻求合法性与平衡性。

## 五、还乡的启示

无论是对高原的记忆还是对城市的印象，罗鹿鸣的创作策略最终都落入一种诗写的圈套，即借记忆还乡。比如：“把高原一隅作避风港/还想不想/多风暴的故乡”；又比如：“不管你去了哪一座城市/不管你住在城市的哪一层/你身上散发的/总有一点故土的气味”。如果“家”是作为一种和血缘记忆出现的话，那么“故乡”则是出于一种根深蒂固的历史记忆，而由此延伸出的乡情、乡恋则完全可以指归为一种文化记忆。在这一串不断强化、扩张的认同中，诗人的自我始终是隐藏的——在某种意义上也可以被称作是遗忘——而正是这种隐藏的姿势为化解生存环境的矛盾储存了能量。然而，这并不意味着罗鹿鸣指涉故往的诗写是一种中间状态——在记忆和遗忘之间，个体作为旁观者实现自我认同；情况恰恰相反，个体是记忆和遗忘的联结者和转换者，甚至，个体就是记忆和遗忘的内核。

米兰·昆德拉在《被背叛的遗嘱》中早就言中了一切："异乡人者拒绝还乡的真正理由是生存上的，而且是无法交流的"。事实上，记忆本身就是对遗忘的强化。此时，故往是记忆的所有由头，而它所注释的本质上是对故往的疏离——不管这种疏离有多么不情愿，以及对这种疏离的抗争。

在渐行渐远的离乡叙事中，行走的意义不是简单的还乡，而是对故乡的愧歉："故乡的路是一张欠条/你走得越久，欠得越多/你反复地来回偿债/还要连本带息/一起偿还"。在对故乡的反复书写中，罗鹿鸣获得了自我归属感和方向感，而这种个体借由反思获得的自我扬弃和超越几乎也是所有乡土书写的本义。

在生活与诗写之间，记忆频频作祟，以命名与赋形的方式强化个体感受。在罗鹿鸣所有指涉故乡的诗歌中，它不再是一种充满悖论和荒谬的想象，而是呈现为一种体系化和韵味化的记忆——一种源于个体感受却始终游离于个体感受之外的幸福的负荷。一种有效的记忆方式是修辞，是的，就是修辞——借比喻衔接自我与非我，借通感缝合时间与空间，借助所有符号的形式，完成对记忆本身的篡改和升华。如果遗忘会带来视野，那么这种视野依然会牢固地附着于记忆，从对故乡的关怀收缩为对某些具体意象的关怀，从对自我的诗意开拓为普世性的诗意。再看罗鹿鸣的诗歌文本，写草帽，他赋予其极大的能动特性："有时是日晕的模样/有时是少女心事的形态"；写水稻，他将其喻指为"一种甘蔗的糖分"；写家门，他赋予其还乡的无尽期待："那扇门每夜都打开着/等我在某个夜晚/像一阵旋风/扑进门槛"。在完成对故乡意象聚焦的同时，罗鹿鸣把目光投向了远处，意欲建造一个新的精神深处的桃花源，在《桃花源里可种诗》里，他写道："纵然，你可以不写诗/但你心中不能没有诗意/纵然，你可以不当一个诗人/但你不能没有诗意的生活。"

枣子塘、米酒缸、杉木门、竹筛子、田埂、丝瓜藤、水稻、秧苗、春溪、箩筐、单车、拖拉机、兄长的镰刀、母亲的剪刀等，这些真实的故乡语符，俨然可以经搭配发酵而满足一幅完整的田园风景画所要求的所有元素。甚至，它们可以满足一切现代文明对田园叙事的好奇。

必须肯定，在罗鹿鸣诗歌里，瞬间的感受总是以断片与声音的形式呈现，而汉字和象形文明赐予他的财富总是能巧妙地置换出一种直抵感受内核，并获得一种朴素而圆润的审美关怀。对于这些，“胖胖的乡愁”可以证明，“饥饿了好一阵子的门”可以证明，“湿漉漉的相思”也可以证明。

罗鹿鸣没有在记忆中失去感受，也没有在遗忘中忘记还乡，于己于世，毫无疑问都是幸运的。然而，在以记忆为词根的乡土诗写中，我们面临着另一个更重要的还乡启示。“那细雨洗亮的青梅/那湿风吹黄的青梅/熟后是啥滋味”，在《梅雨》的结尾，罗鹿鸣借梅雨季节的漫长和梅熟时节的短暂给自己设置了一个简单却又无比深邃的障碍：借助记忆还乡是真实可靠的吗？

紧接着出现一个问题：在支离破碎的现代化语境下，符号美学对存在困境的转化与拯救也是真实可靠的吗？记忆在罗鹿鸣的感受模式中并非是一种碎片化的故往指认，而是与当下生活图景相互牵绊，以至于丝丝入扣的日常经验系统。然而，支撑他书写的核心意念并非只是记忆中的故乡，还有借助记忆修复还原的历史真相——农业文明的衰落。

当急速膨胀的城市并不能成为文明的符标时，田园牧歌几乎天然地成为精神乌托邦的所有根基；但如果城市难逃空心责难的话，乡村如何应对一副空壳的指责？农业文明的传统一断再断，田园美学的叙事一改再改。如今，农业文明和田园美学的记忆属性似乎已被添加了一种讽刺，不管它被追述得多么充盈慷慨、生动美丽，也不管它被陈述得多么贫瘠糜烂、堕落野蛮，一个不得不承认的事实摆在人们面前：在符号文明里，故乡始终只是作为一种记忆存在。那么，个体如何才能应对诗写的虚妄？面对优秀传统文明的式微，罗鹿鸣充满了强烈的忧患意识。作为对这种忧患意识的体认和反思，罗鹿鸣诗歌创作有一条区别于“行动即意义”的诗写理念：“感受即意义”。流离中的罗鹿鸣诗歌作为一种对当下的偏离自觉地靠近了记忆——消逝的故往和未知的命运，因而，其诗写总能借助于朴素而执着的审美性获得自我的、当下的超脱；这种退守式的诗写是个体的，注定也是群体的，而生命负荷于个体的困苦是否真能由此得到解脱呢？这不仅是对罗鹿鸣的发问，也是对所有爱诗者的发问。

接踵而至的是解脱的真实性问题，这难免涉及诗写的终极意义——而它几乎天然就是无解的。因此，我们宁愿退而求其次，将诗写链接到个体的信仰维度中——诗写如何才能引导我们在日常琐碎中提取出个体的意义“镭”？本质意义上的诗写是一种符号对秩序的艺术化回应，它是一种源于对立的同一，是一种基于混杂的和谐，更是一种由宽容与悲悯共同勾勒的共生。从这种意义上说，罗鹿鸣的诗歌在处理世俗经验和精神乌托邦时尚且停留于“看山不是山，看水不是水”的阶段，而没有借助记忆和遗忘的尖刀完成对个体局限性的彻底消除。

值得庆幸的是，存在是无限的，记忆和遗忘并不能否定这种因个体有限而滋生的无限性。当我们质疑平庸法则对个体的普遍适用性时，我们也不得不承认：作为存在的一隅，人也具备无限性，即借助代际遗传和同代交流开拓生命的荒疏，并最终在混乱中找到存在，在存在中找到美，在美中制造关怀。

这或许期待另一种诗写理念，即一种同时具备了行动和感受更为充分的诗写构造；借助此种诗写构造，个体得以在记忆的虚幻和当下的荒诞中平衡自我，极力寻求未被遗忘的和即将到来的诗性。从这一点来看，罗鹿鸣诗歌作为个体言说对时间的抗争是成功的。但作为根本意义上的艺术回应，诗写应当在虚幻中制造真实，在荒诞中寻求救赎；从借助个体感受的物化叙述到基于文明进程的人性解剖，罗鹿鸣诗歌并没有提供明晰的文本对应，而我们也有足够的时间和耐心期待他昂首奋进，以诗写的方式证明：爱即意义，救赎即意义。

## 第三节　舒丹丹：一座沉静安宁的精神后花园

孤独是诗歌的灵魂和本质。美国诗人弗罗斯特在其代表作《熟悉黑夜》中以他独特的诗歌形式写出了寂寞之韵味，孤独之芳香，从而道出诗人的内心世界：在现实的社会中，要学会寂寞，享受孤独，才能真正地品尝人生之百味。诗歌传达了弗罗斯特的——也是人类的——孤独、无家可归的意识，进而阐发返回自身探寻事物真相的哲学观念。①

青年诗人舒丹丹的诗歌正呈现了这种孤独。她的诗歌主要收录在《蜻蜓来访》《镜中》两部诗集中，诗歌及译作发表于多家刊物，入选多种选本。她的诗歌题材丰富，情感细腻温柔，同时又有着属于自己的朴素与内敛。读她的诗，你会感受来自生活的温暖与善意。她总能发现日常生活中那些藏在隐秘角落的美，有着对生命的通透叙说与见解，她通过个人独特的生活观感和生命体验，为读者建造了一座沉静、安宁而又略带神秘的精神后花园。当你

① 陈鸿琴. 孤独是美丽的——透过《熟悉黑夜》读诗人的内心世界[J]. 作家，2008(18).

真正走进她的诗歌世界，你会惊讶于那些曾经被自己遗忘的情感角落，感受到一种特殊的情绪，那就是孤独。舒丹丹诗中所体现出的孤独并不是我们通常所理解的那种消极体验，而是一种被她称之为“好的孤独”，诗人在看似孤独实则丰沛的艺术天地里讲述着她所看到或感悟到的生命的真相与意义。

## 一、彰显孤独的诗歌的灵魂

一个作家写作风格的形成与她的生活背景和个人经历有很大的关系。在舒丹丹的诗中，我们常常能感受到中西融合的风格，这就不得不提到她的诗歌翻译事业。她受父亲和高中老师的影响，第一次领略到了诗歌的美妙。在大学里她选了英语专业，毕业后做了大量的诗歌翻译工作，这些都对日后她独有的诗歌气质形成有较大的影响。近二十年的诗歌翻译工作，大量外国诗歌的翻译实践，舒丹丹积累了丰富的阅读和阐释经验。她自己也承认“这些都滋养和训练了我的诗歌语感和语言基本功，也开拓了我的诗歌视野和认知。”①

有两个人给舒丹丹的诗歌创作带来深刻影响，一个是英国诗人菲利普·拉金：“菲利普·拉金的诗歌既没有宏阔的叙事，也没有装模作样或故弄玄虚，他的诗呈现一种‘非玄学’的特点，但他善于将生活中平凡而沉闷的细节提炼为富于回味的诗歌的质感。”②受其影响，舒丹丹的诗歌选取的意象和题材往往就是生活中最常见、最朴素的事物。她并不觉得这些事物不够优雅，相反，认为其真实、生动并赋予其诗意。她用自己独有的细腻与温柔呈现着一些我们看不见的美，让我们感受到平凡人的幸福：“六点钟我在菜场摊贩间，流连于菠菜，番茄，和豆腐。我无意在蔬菜的叶脉里找寻生活的意义，但的确是它们，帮我一次次溶解，突如其来的虚空。”(《一天中我钟爱的时刻》)清晨的菜市场给大多数人的感觉总是嘈杂、拥挤和混乱的，甚至偶尔会让人遭受狼狈。但在诗人的简单描绘下，似乎消除了琐碎生活的尴尬，反倒生出一丝人间烟火气。菠菜、豆腐带给人的是平静生活所给予的安全感与满足感。

给舒丹丹的诗歌创作带来深刻影响的另一个人是美国作家雷蒙德·卡佛。日本著名作家村上春树这样评价雷蒙德·卡佛：“我在描写人生微妙、

---

① 舒丹丹. 舒丹丹诗歌及诗观[J]. 诗选刊，2014(Z1).

② 舒丹丹. 菲利普·拉金诗歌的语言风貌[J]. 长春大学学报，2010，(20).

难解却又真切人性的细节上。多数来自雷蒙德·卡佛的启发。卡佛的作品中我认为最了不起的地方，是小说的视点绝不离开‘大地’的层面，绝不居高临下地俯瞰。不论看什么想什么，首先下到最底层，用双手直接确认大地的牢靠程度，视线再从那里一点点上移。”①舒丹丹被卡佛作品中迷人的细节所吸引，认为他用充满感性气质的笔触描绘了生活的本质。“我一直认为诗歌有感化心灵的安慰作用，卡佛的诗歌里都是非常正面的东西，描写再困顿潦倒的生活，当中都有光亮。”②

舒丹丹认为最重要的三个诗歌写作要素是情感、理性和格局。诗歌的终极目标就是完成情绪的表达与释放。但如果任由情感四处流动毫无秩序，最终的结果也只是无意义的泛滥。所以要让诗歌真的“立”起来，绝不能缺少理性和思考。“诗诚然有‘无理而妙’的典范，但如潜流一样在诗的内部流动着的理性的思绪和内在逻辑，无疑也非常迷人。我偏爱情感和理性结合得平衡而妙的诗。在与自我对话中保持理性”。③

诗人这样看待诗歌和生活的关系：“时至今日，之所以仍能保持内心的安静与疏朗的孤独，保有生活的热忱和精神上的坚执，很大程度上，是因为诗歌。因为诗歌的慰藉和疗愈，缓解和救治了内心的痛感与忧患，才得以从生命的困境中突围，找到灵魂释放的出口，庸碌的生活才重新焕发出超越日常秩序的诗意的光辉。”④对诗歌的热爱，诗歌所给予的精神养分，在诗歌里领悟到的人生真谛，都给了舒丹丹敢于直面孤独的底气。她没有被大部分人所惧怕的孤独感所束缚住，她跳脱出来甚至超越其上，享受到生命的“好的孤独”。

## 二、隐藏在孤独角落的细节美

日常生活中的常见事物几乎都可以成为舒丹丹笔下的主角。如植物：芭蕉，樟树，松针，稻穗；动物：鹧鸪，海鸥，蜻蜓，野鹿；四季节气：冬日，秋日，元宵节，四季，大雪；旅途中的风景：桃花源，京都，湘江，庄园；日常琐碎：菜市场，厨房，蔬菜，忙碌的祖母。就是这些我们觉得再自然不过的事物，甚至会时常因为习惯于他们的存在而遗忘的事物，在舒丹丹的笔下，都

---

① 村上春树. 当我谈跑步时，我谈些什么[M]. 海口：南海出版公社，2009.

② 舒丹丹. 创作谈：在生命的诗意中掬水而饮[J]. 高中生之友，2018(22).

③ 舒丹丹. 舒丹丹诗歌及诗观[J]. 诗选刊，2014(Z1).

④ 舒丹丹. 创作谈：在生命的诗意中掬水而饮[J]. 高中生之友，2018(22).

变得鲜活起来。她总是能发现一些我们忽视的美，再赋予其新的意义。

“她感谢这一钵土豆，给她短暂的出神，让她像个局外人打量她措足的方寸——杯盘洁净，瓜果安宁，它们在寂静里获得神圣。她甚至感谢这时从窗口掠过的一只鸟，从最深的秋天飞来，在密实的香气里，带给她一瞬间振翅的幻觉与虚无。”(《秩序与悬念》)在厨房的油烟味里，舒丹丹感受到的却是一钵土豆带来的幸福。洁净的瓜果、充满香气的食物，看似没有任何特别的地方，在她看来却是生活的馈赠，心中充满着感激。

舒丹丹是一个非常愿意亲近大自然的人。她时常出现在山野之间，享受自然带来的乐趣。在大雪后的田野里，她与白雪融为一体；在海边，她与海浪鸥鸟共度一个下午；在林间，她俯瞰脚下两只悠闲的野鹿；在沅水边，她寻找沈从文先生留下的一脉清波。远离城市的喧嚣，也不觉冷清寂寞，她以自得的心态享受这份难得的闲适与寂静。或许正是这种无人打扰的时空，她拥有了一块精神栖息地，让她有足够的时间去体味最真实朴素的生活。在领略了大自然的神奇与美妙以后，她总能抛开表象去探寻背后的真正意义，这便是生活对安于孤独的人的馈赠。

“或者踢掉鞋子，当潮水收拢夕光，与奔跑的影子追逐，偶尔被贴地而生的海草或贝壳轻轻扎一下，如同遭遇生活暗藏的尖刺：一切都是馈赠。”(《与海浪鸥鸟共度一个下午》)在海边被扎以后并不是埋怨，而是联想到生活的困难与挑战，以一种包容和感恩的心态将其看作是生命的礼物与馈赠，坦然面对逆境，继而以一种更积极的姿态去迎接生活的种种不如意。诗人心底潜藏着最柔软的善意，永远保持一份浪漫情怀，保持对生活的热爱。

## 三、在享受孤独中寻找生活的真谛

诗人雷平阳在推荐舒丹丹的诗集《蜻蜓来访》时说：“舒丹丹有着自己的文字，语言中到处都是天然的光亮与静美。她的神思可以去到鲜为人知的地方，但她又沉浸在甜蜜而又苍茫的记忆的光影里。她在替自己的影子说话，但她使用的词语和音调又总是组合成了她本人。她是优雅的，也是寂寥的。”①

确实如此。舒丹丹时常在独处中与自己对话，倾听自己内心的声音：“整个下午/园子里只我一个/但分明另有一人/坐在我对面/与我说着话”

① 舒丹丹. 蜻蜓来访[M]. 广州：花城出版社，2016.

(《雨后》)。在古村落的池边独自一人坐着，她将自己抽离于周遭的纷扰："完美的疏离/完美的幽寂/而你/静笃如一个内心的听戏者"(《古村池边独坐》)。她像是生活的参与者又像是一个旁观者，在无人打扰的池边倾听内心的灵魂的声音，平静的表面之下却有一个异常丰富的内心世界，这是生活的沉淀带来的安详。"与自我抗衡的虚构的敌人/令我深宵独坐/投掷我到一个巨大的虚妄之中"(《秋天的二元论》)，"一个巨大的虚妄之中"是她捕捉到的一个瞬间感受，这"巨大的虚妄"足以使人恍惚，她需要找到一个精神后花园休养生息，就像"鸟雀歇在余荫，像琉璃嵌在琉璃瓦中"(《庄园之夜》)。

"独坐"似乎是诗人的一种明心见性的传统，在古典诗人那里也有独坐，如独坐敬亭山的李白，独坐幽篁里的王维。舒丹丹写独坐的诗，是现代诗人与古典诗人的契合，是诗与心的契合，是物质世界与精神世界的契合。作为一个善于自省的人，诗人在与自我的独处中，力图寻找一个未被打扰的天地，以此与自己的灵魂进行对话。舒丹丹对生活本质的拷问从来不停留在表面，总能透过生活表面和个体生命经验的迷障，思辨存在与虚无的关系，洞察生命的真谛与意义。

有论者指出，在这样一个众生喧哗(连楼房都在尖叫)的时代，如何轻言细语地说话，已经成为一门学问。舒丹丹的写作为我们提供了一种内省的力量，她的诗总是轻声细语的，她的声音总是温润入耳的……当我们安静下来，仔细阅读时，就能听见其中蕴含的惊雷，而这雷声貌似遥远，却预示着四季的更迭，以及风向的转换。① 舒丹丹通过独处、思考、甄别，将自己从嘈杂的世界中抽离出来，给单调的人生赋予了丰富的意义，给一次性经验赋予了回味的价值。虽然同样是写生活，但舒丹丹的高明在于，她把生活的细节当成了我们慌乱日常的镇定剂，并从中领受到源源不断的时光的馈赠："有一刻/不知自己是谁/身在何处这样的辨识/一生中总该有一次/你盯着镜中的影像，发现她/并不像你想当然的那般熟识"(《镜中》)。诗人看着镜中的自己，觉得陌生又熟悉，她开始审视自己，去寻找自己曾经拥有却又好像已经消失了的东西。在急速发展的现代社会里，有多少人能真正停下来，看一眼曾经的"我"？

舒丹丹诗歌中的孤独气质是独属于舒丹丹的、他人无法复制的独特体验。例如这首《庭院》："多么好/这片草地/这个时辰/一种缓慢/纯粹/独属

① 张执浩. 神的家里全是人[M]. 南京：江苏文艺出版社，2017.

于我的一种好的孤独/带给我怎样的意义。”在去菜场的路上偶然看到的庭院，诗人就地坐下，细心观察周围的景物，放飞自己的精神世界。舒丹丹将其描述为“好的孤独”，这是诗人在享受隔离与疏远所带来的专注和纯粹，这个时刻是完全属于她的，也只有她配得起这份“好的孤独”。

还有这首《孤独的约书亚树》：“在这速朽的世上/孤独是应该学会承受的真理/看/它们挥舞的手臂仿佛在布道/抵抗死亡的唯一保护/是爱上孤独。”诗人从来不觉得孤独无法忍受，她将其看作是生活中再平常不过的经历。即使是面对死亡这种敏感而又沉重的话题，她依旧淡然面对，甚至学会去欣赏它。诗中彰显出来的通透和豁达有着很强的感染力。这是一种特有的沉静，正如张执浩在《舒丹丹：巨大的美与安详将你俘获》一文中所说：“她总能在轻描淡写中让我们感受到宁静带来的力量，而事实上，这种力量源于写作者内心的旋涡和风暴，它们在那里生成，传递到我们眼前却蜕变成了和风细雨。”①

舒丹丹的诗能够让浮躁不安的人静下来，享受文字的愉悦。她的诗，有一条通往心灵的光明之路。她从不用过度矫饰和晦涩难懂的语句，总是展示生活最原本的样子。她的诗将东西方诗歌的优秀元素与表现技巧、美、韵味等高度融合，形成自己独特的风格。舒丹丹有着女性诗人特有的细腻与柔韧，但并不脆弱，反倒有一股看似淡淡的却无法摧毁的坚毅的力量，这种力量正是她沉静安宁之精神后花园的奠基石。

## 第四节 张翔武：漂泊的宿命与他人的故乡

张翔武大多数诗作，展现出来的是一个沉静、敏感的个性化形象：在《翻地》《你们还要穿过那些闪电》中感受大地和故乡的深沉，在《对你的回忆像一碗甜酒》《酒醒后打开一本小说集》中能捕捉情感的幽微变化，在《划船》《去钓鱼的事》中思考的则是未来人生的走向，在这些诗中，作者的情感和书写大都相对平静与内敛，他很少出现激情的呐喊。在他筑起的诗歌世界中，他直面苦难，探寻人性幽暗深处的光亮，对生活的物质要求极为简单：“有个工作，赚点房租、饭钱和书钱，闭门读书，构建自己及心中的世界”就足够并欢喜，就有直接而简单的快乐。当然，有时他也会有明显的情绪宣泄和情感

① 张执浩. 神的家里全是人[M]. 南京：江苏文艺出版社，2017.

外露，例如悼念余地的《紫蝴蝶》——这是指向特定主体的情感表达。

特别值得一提的是，张翔武写命运，写生活的荒诞与虚无，写理想的失落与坚守，总能捕捉到常人容易忽视的对象，并从细微处感受社会的变化与道德的力量。例如，在《疯孩子》和《疯子夜歌》中，诗人通过“疯子”行为之不同寻常的叙写，传达的是强烈而波动的个人苦痛与内心焦虑，有着深刻的反思精神和批判锋芒。张翔武在《诗道如佛法》的访谈中，直言“疯子”是“人的困境”的象征，他将自己对于社会现状、个体存在和自我意识的思考，部分投射在了“疯子”的关注和书写中，诗中的“疯子”，不仅是一种“漂泊的宿命”，更是诗人对于自我价值的追寻、指认，以及对于打破体制规则和世俗藩篱的强烈渴望。

## 一、漂泊的宿命

作为“80后”的张翔武，他的经历十分简单。出生在湖南安乡，求学和工作在云南昆明，虽然在云南生活多年，但他给自己的书房命名为“外省人书房”，以提醒自己的精神归属。他常常往返于湖南安乡和云南昆明之间。虽然家在昆明，但他视为“他乡”，由此带来无法赶走的失落与孤独，也无法真正融入如森林般扩展的都市生活中。那些乡村的水井、黑茶、草垛与月亮，被他视为连接“他乡”与“故乡”的脐带，反复吟咏与抒发：“那些田鼠和我怀有同样的指望吧，/依靠这些谷，熬过寒冷、阴暗的日子/ 等到天气暖和，游过小溪，/ 爬上开满野花的田埂。”(《田鼠过冬》)。更为重要的是，故乡还有父亲、母亲和儿时的朋友，而这一切更是他难以忘怀，也时刻提醒自己身在都市、心在他乡的惶惑中。诗歌《冬里》写出了父亲的生活艰辛：“爸爸推车出门，钻进深蓝或雾里，/他的单车三脚架上斜插一把鱼叉”，也写出了母亲的乐观豁达：“猪栏边上的桃花开了，很厚，/总共十多根树，明年会开更多，/到时候就好看了”，他更希望自己成为“家里那个时常在神龛摆放苹果的人”。这一切都是诗人乡村情感的真实表达。

正因为此，张翔武在写作《疯孩子》和《疯子夜歌》时，他更多的是用非常规手段，聚焦人在困境中的挣扎与无奈。历史上写狂人或疯子的名作很多，除了戈里和鲁迅先生都有《狂人日记》，20世纪80年代著名湘籍作家徐晓鹤也有《院长和他的疯子们》等小说面世，但张翔武与那些作品或疯或假疯、离经叛道的批判主旨不同，《疯孩子》展现的是绝望和愤怒，而《疯子夜歌》更多的则是突破和豁达。这两首诗歌没有具体的时间点提示，只有大致事件发展的时间先后，而诗歌中的空间位置不断变化，成为书写的焦点：《疯孩子》中通过“外面—进屋—冲出门外—公路—墓地—桥头”的切换彰显“疯孩子”的行为怪异与难以理解；而《疯子夜歌》中通过“河岸—远方”的延伸，使得空间叙事的远近对比更加突出，也更加容易造成行为者与抒写者或阅读者之间的矛盾张力，①这在诗歌的后半部分有着直接的体现。

某种意义上，在《疯孩子》中，“疯孩子”脏污黯淡的外表下是不屈的灵魂和绝望的挣扎。邻居郭伯是俗世大众的代表，他极力想要改造疯孩子，给他擦脸、洗手，套上“明亮干净”的社会标准枷锁。“疯孩子”也尝试着融入“正常”社会，但正如“扒进口中的饭”无法下咽一样，他无法接受带有社会印记之物，于是只能拒绝和逃离。“雷和雨”的意象与“钢铁”相连，显得格外沉重与响亮。“他一路干号像背中利箭的狼/又像一只浑身磷火的水猴子蹿出墓地/跳进河里，没有声响，也没有水花。”这三句使全诗的情感得到了巨大的压缩，“疯孩子”死亡的无声无息，是全诗张力爆发的临界点，像原子弹爆炸中心的无声区——瞬间的寂静之后是强烈的爆发。他的生命痛苦而热烈，死亡却冷清而寂寞。动荡的“生”和寂寞的“死”达到了瞬间的交汇，动与静、生与死的对立性张力给予人心强烈的冲撞。“背中利箭的狼”和“浑身磷火的水猴子”两个意象见证了“疯孩子”的绝望挣扎与痛苦难耐。在“干嚎”无济于事之后，他选择“跳入河中”永绝于世，在无星无月的无尽黑暗中沉寂，他选择以死亡作为出路来逃离世界。“疯孩子”死亡的寂静不仅表现在跳河的无声，也表现在“他的周围没有生人的颜色”，他自始至终都是一个人在抗争。这种孤胆英雄的悲凉折射出了一个冷漠的隐喻世界——社会普遍缺乏人本主义的关怀，少数具备自我意识和自觉意识的人被各种规范和秩序挤压掉了生存的空间，个人消弭在了庞大的社会网络和压力之下。

在《疯子夜歌》中，诗人开篇便讲“疯子在夜里唱歌”，“歌声”的意象贯穿了整首诗，成为此诗的诗眼。这首诗分为五层、两条线叙写，以歌声为主轴，一条线写疯子的歌声，一条线写“我”的歌声，视线集中在“往”与“返”两条线之间，最后交融一起。第一层写疯子在夜里唱歌，歌声游荡在河岸。“歌声顺着河流飘向远方/他的身体可能晚点才去”，歌声是精神层面的力量，相对于受束缚的身体来说是自由扩散的，疯子在这里是灵魂的引导者形象。“我”是歌声的接收者，也是被束缚的人，“河岸”像隐喻，是现实的且不可逾

---

① 陈仲义. 张力：现代汉语诗学的“轴心”[J]. 文学评论，2012(05).

越的防线，隔开了“我”与疯子，但不能阻挡声音的传播。第二层写“我”听疯子唱歌，歌声入耳，但未沉浸其中，母亲警告我远离疯子。“我”被歌声吸引，“但不如疯子那样沉浸于自己的演唱”，我有了突破束缚的念头，却没有付诸行动，因为“妈妈”希望我远离疯子。妈妈本是一个温暖亲切的称呼，是引路人，但在这首诗中却变成了顽固而柔韧的束缚绳索——受其困扰却无法狠心斩断联系，是作者追求自由的阻碍。亲人的劝告往往是一种矛盾的存在，既是一种保护，也是一种禁锢。第三层写疯子的歌声远了，自由且自我。“歌声逐渐远了，风包裹着疯子/他乘着风去歌声到达的地方/他自己唱，自己听/不管房屋、草木、星星的态度。”在这一段中，疯子展现出的是一个接近超脱的隐逸姿态，乘风而去与《逍遥游》中“以游无穷”的状态相暗合。庄子是当时社会中的格格不入者，他所表达的就是一种绝对自由的人生观，“疯子”在这里所展现的有着类似的价值观，是脱离社会的浪漫主义者。这也是第一层自由歌唱的升华，也是铺垫诗歌高潮的基石。第四层写“我”自己开口唱歌，自由且愉快。在疯子歌声的无限诱惑之下，“我”开始唱歌，在“高音部分”——就是物我合一的状态——体会到了压力释放之后的畅快。“附近没有小孩偷偷观察我/也没有人压低嗓音发出警告”，在外物的阻碍都消失之后，前面部分的篇张力①在这一刻达到压缩的极点，“我”即将冲破牢笼。第五层写“我”的精神世界完成了突破，疯子站在岸上。紧接着，“我的歌声填满了/群山、湖泊之外的空间”，情感一泻千里。一组对立性的张力——近处的“我”和远处的群山湖泊，由歌声完成瞬间的联结，消弭了空间的距离，“我”的自由成了触手可及的“现实”。“那个疯子站在岸上挥舞镰刀/收割了我的乡村的夜晚”，是一颗自由的火种点燃了阻挡的藩篱，使“我”在乡村的夜晚成功冲出重围，突破了人生的困境。

## 二、情感的变奏

张翔武的诗歌十分通畅和散文化，一点也不朦胧，他重视对细节的处理和情感的把控。他不主张抒情，或者说，他更喜欢克制而安静地叙写：“它们站在那儿/在这个季节的进攻里/ 像两个平民观望远处的炮火”（《两只避雪的鸟》）。两只鸟在一场雪中的表现竟然能让他感觉如此淡定，下雪带来的寒冷和严酷犹如炮火，可是“避雪的鸟”却像局外人一样，这样的细节颇具戏剧

① 陈仲义. 张力：现代汉语诗学的“轴心”[J]. 文学评论，2012(05).

性张力。面对一碗《剩饭》，诗人写道："房门砰然紧闭，小葱横卧砧板，刀悬空中/油化成烟，分批逃跑，鸡蛋滑入黑夜。"日常生活的油烟味在作者笔下有了惊心动魄的陌生化效果。张翔武用新锐的语言以及在作品中表现出的情感变奏，彰显了社会的荒谬与黑色幽默，那令人折服的奇异力量使读者从精神困乏中得到振奋和启迪。

《疯孩子》同样如此，这首诗从头至尾都是沉沉的压抑感，没有希望的透露，是无出路的左冲右突，是追寻不得之后的逃避，通篇都是沉郁而黑暗的色彩；而《疯子夜歌》展现出来的则是一个尝试突破的主体形象，通过自己对于出路的追寻，实现了精神上的自我突破和价值确立。这两首诗展现了诗人对于社会现实的不同理解，以及对于自我内心追寻精神自由和价值的不同尝试，从狭窄逼仄的境地到畅通宽阔的地界，作者的情感由消极应对转向积极、由被动变为主动、由形而下到形而上，这种转变令人称奇和鼓舞。

张翔武不玩技艺，不搞花样，只集中力量书写他最擅长的部分。《疯孩子》和《疯子夜歌》不同于纯粹的隐喻和抒情诗歌，两首诗的叙事性都很强，是由自己的叙述人物来扮演角色，而非诗人无主体的情感自述。两首诗中的"我"承担着不同的叙述任务，其差异性显示了诗人自己的情感选择和变化，也暗示了诗人对于世界和社会的理解和应对方式的变迁。

赵毅衡在《当说者被说的时候》中曾详细地分析过叙述层次的分类，他写道："叙述分层的标准是上一层次的人物成为下一层次的叙述者。"①从叙事学意义上来讲，两首诗都可以分为两个叙述层次，两首诗都写"我"的所看和所想，诗人叙述的两个"我"分别承担了诗歌的叙述任务，位于主叙述层次，是隐含作者的叙述对象；而"我"所叙述的其他东西，包括疯子和其他事物都处于次叙述层次。但这两首诗的叙述层次又有不同之处：在《疯孩子》中，"我"叙述疯孩子的故事，但自己却没有介入故事的情节中去，"我"只是一个旁观者，在次叙述中是隐身式叙述者，叙述的冷漠使疯孩子的主体形象比重比"我"大得多，诗人着力表现的是疯孩子在困境中的挣扎；而在《疯子夜歌》中，"我"讲述的是自己经历过的事，是次叙述层的显身式叙述者，参与到了自己的叙述过程中，"我"和疯子的形象比重势均力敌，"我"表现出的价值观显然与文本隐含作者的一致，诗人不再局限于单纯的批判，而是融入了对于自我突破和救赎的思考。

---

① 赵毅衡. 当说者被说的时候：比较叙述学导论[M]. 成都：四川文艺出版社，2013.

两首诗的聚焦对象都是“疯子”。两个“疯子”有象征意义上的重合点：他们都是“漂泊者”——游离在社会正常秩序之外的人，拒绝从众，都选择了逃离和自由，是诗人反抗精神的化身。诗人漂泊在故乡和现居地之间迷茫无定与痛苦的情感，一定程度上寄托在了疯子的身上。两个疯子又有着不同的象征意义。在《疯孩子》中，“疯”之外还有一个限定词——“孩子”。“疯”是无力挣脱下的孤注一掷，“孩子”是不染尘灰、纯净无瑕的赤子之心，“疯孩子”是一个悲剧英雄主体，承载了诗人对于逃离社会和沉重人生的希望，也是郁结而躁动群体的代言人。“人物之所以遭受不幸，不是因为本身的邪恶，而是因为犯了某种后果严重的错误。”①与《疯子夜歌》相比，《疯孩子》的悲剧色彩更浓，原因在于“疯孩子”的死亡不是由于自身的犯罪，而是因为想要脱离社会规范，他的死亡意味着逃离的失败，显示诗人了的批判锋芒与人文情怀。“疯孩子”的死亡意义要大过他本身的符号意义。在《疯子夜歌》中，“我”分走了诗人一半的笔触，疯子不像“疯孩子”一样在文本中占有绝对主导的地位。疯子没有外貌的描写，他的行为聚焦点在“唱歌”这一件事上，更多地与自然世界里风、河这些灵动的元素相联系，突出的是疯子的无拘无束。他象征纯粹的自由，是绝对自我的载体。他无所谓身外之物的态度，达到了“无己、无功、无名”的境界。

## 三、他人的故乡

“荒郊之内我们燎起神柴，/照英雄归来”，这是生于湖南沅陵的朱湘在半个多世纪前写下的《招魂辞》中的两句诗。这是一个人念念不忘故乡、但当回到故乡后，又感觉故乡格格不入，故乡成为他回乡后的绝望。这位留美学人、清华才子，找不到故乡，也找不到自己的方位，他从上海到南京的客轮上，纵身跃入清波，把迷茫的人生留给了大海。

故乡变成他乡，或他人的故乡，说到底是根的问题，无论是现实之根还是历史之根，物质之根或精神之根，又都与“土地”有关，每个人都有自己的土地，它阐释了个人与社会、记忆与思想的种种关系。对张翔武而言，土地之上最美的花，就是诗歌，滋润这朵鲜花的是故乡。

然而，在现代化语境和互联网时代，文学的地域性正被逐渐抹掉。许多人成为“只有童年没有故乡的人”。至少，在张翔武眼里，是这样的。

---

① 亚里士多德. 诗学[M]. 陈中梅，译. 北京：商务印书馆，1996.

不妨再回到两首关于“疯子”主题的诗歌上来。在这两个文本中，“我”不仅是历史进程的参与者和见证者，也是诗人自己主体人格的集合体。两首诗中的“我”，一个冷静，一个躁动。在《疯孩子》中，“我”作为隐身式叙述者，游离在情感之外进行冷静的叙述，诗人在诗中规避了所有的作者干预行为，没有任何带有感情色彩的词语出现。“我”冷静旁观，“疯孩子”不断挣扎，他的死去意味着反抗的落败，不动声色的急转直下使得压抑的情绪更加浓烈。“我”以绝对冷静的姿态进行叙述，近乎一个麻木的看客，没有情感与行动的投入。“我从乡村来到城市里读书、工作、生活，最大的感受是人的冷漠和麻木，以及看客心态。”作者在这篇访谈中提及的看客形象与诗中的“我”是相吻合的。“我”和“疯孩子”都是诗人的情绪分身，结尾无言的悲凉更胜直白的阐述；也隐隐透露出诗人两种对立情绪的激烈交锋，斗争一方的最终落败背后，是诗人对于社会现实绝望情绪的胜利，也是对斗争者孤立无援困境的悲哀。在《疯子夜歌》中，“我”既不同于疯子，也不同于看客，而是日常生活中的被孤立者——处于驯服和反抗的中间地带——属于可被唤醒的群体。“疯子的快乐”是诗人的评论干预，[①]快乐有明显的褒义色彩，隐含了诗人自己的价值观——追求自我，重新审视自我，并超越原来的自我。“我”是疯子在严密的体制围墙上凿出的一个洞，光和外界的空气能够进行自由的流通，以此来吸引其他人的靠近，是自由希望的延续。

人们常说，文学问题最终归结在人的问题，无论你的表达方式如何变化，最终都要落脚在人的情感变化上来，没有情感，没有伤痛，甚至没有愤怒与欢呼，文学难以产生共鸣。一部作品之所以能够流传下来，是因为作品里有独特的情感，有优美的语言，有令人难以忘却的、大写的“人”。

张翔武的可贵之处在于，他的作品有情感，有痛感，有人物。哪怕这个人物就是“疯子”，但又何尝不是另一个自己，另一个他者，或干脆就是“自我的他者”？诗中的“他人”——除疯子和“我”之外的“他人”形象——在这两首诗中的象征意味是相似的。不同于单纯袖手旁观的看客，无论是《疯孩子》中的“邻居郭伯”，还是《疯子夜歌》中的“妈妈”，他们都是社会秩序的遵循者和捍卫者、规范者和执行者。按照社会给予的标准，他们执着地想要将试图叛逆的人拉回到社会秩序的标准线上，他们的目标是防止任何出格和越界行为：“郭伯”将疯孩子拉进屋“给他擦脸，给他洗手，盛一碗饭菜，塞到他

---

① 赵毅衡. 当说者被说的时候：比较叙述学导论［M］. 成都：四川文艺出版社，2013.

手里”，表现出对弱者的怜悯与友爱；“妈妈”生怕“我”受到疯子的惊吓，“压低嗓音，警告我，她不愿意我对一个疯子，投入太多的注意力。”而在作者的情感选择中，“郭伯”和“妈妈”都是个体实现自我突破、追寻自由的阻碍，因为“疯子”或作者本身要逃离的恰恰是一种格式化的社会规范。人情世故和道德标准往往成为阻碍自由选择的枷锁，像丝绸牢笼，缓慢而不容挣扎，比冰冷的规则更难打破。

没有故乡的人容易受到他乡的诱惑，而故乡永存心底的人也容易受到乡愁的伤害。张翔武的诗关注日常生活和社会现实就是一种乡愁的展示，它是对抗社会和人际关系的利器，是现实生存困境的真切反映，也是对抗孤独、调整人与世界关系的方式。他的诗歌是亲近读者的，没有大面积陌生化的词汇和密集的意象，更多的是找到常见词汇的突破口，直抵读者的心灵，从而引起情感共鸣。诗人非常关注个体存在的独立性问题，在访谈中，他曾说：“我侧重的是人在困境中的挣扎……我们没有经过什么政治事件，也没有被过度洗脑变成脑残，但仍然被蒙蔽了、被愚化了，只有具备自我意识和自觉意识的人，才会摆脱那些奴化教育带来的恶劣影响，重新审视国家、社会、别人，其中最重要的是重新审视自我，并超越原来的自我。”对于国家和社会，他清醒地认识到：在中国传统中，对个体存在的价值判断就是担当家国，光宗耀祖，个人只是家国的一枚棋子、一件工具，用完就抛弃，至今如此，缺乏人本主义的关怀。个体本身没有突出真正的价值，在社会和制度中只是组成社会秩序的小单元。他的“疯子”形象是一种“心理补偿”或替代性满足——因为社会对个体存在的认知有缺失，所以他塑造了两个极端的自由体来试图完成突破。“疯子”像是希腊神话中的伊卡洛斯，不顾一切飞出围困怪兽的迷宫，宁可飞高，哪怕粘连翅膀的蜡融化，哪怕坠入海中。从《疯孩子》到《疯子夜歌》的情感转变，就是作者对于自我和社会的重新定位，完成了自己对于个体存在价值的再次强调以及对于精神自由的进一步追寻。

作为一名“80 后”诗人，张翔武写出这个时代年轻人的普遍情感。他作品中的地域性越是消弭，他获得的关注度和情感的共鸣度就会越高。于诗人而言，故乡既是他乡，或者说，他乡就是故乡，但也是怀念和逃离的地方，透过两个“疯子”，能够看清现代人的宿命。

## 第五节　寻梦桃花源——常德桃花源诗群整体印象

中国是诗歌的国度，浩瀚数千年的文明史中，诗歌留下了灿烂辉煌的一章，从“青青子衿”的《诗经》到“长风破浪会有时，直挂云帆济沧海”的唐诗，再到“但愿人长久，千里共婵娟”的宋词，诗歌始终作为一轮明月，滋养着中华民族的心灵血脉。在几经变革的今天，随着科技进步、数字媒体技术的不断发展，人们的审美倾向、文化接收方式也发生了改变，网络文学不断蓬勃，传统文学逐渐式微。虽然难以承认，但当代诗歌走向没落似乎是不争的事实。尽管如此，仍有一群人在纷繁的现世中坚守着永恒的诗歌家园。2010 年 4 月 22 日，一个平常又不平常的日子，一群诗歌爱好者带着他们的初心与野心，“桃花源诗群”横空出世，随即打响中国诗坛。在其成立后的五年多时间里，“形成中国诗坛十分瞩目的‘桃花源诗群现象’”。

惟楚有才，于斯为盛。游于江潭，行吟泽畔。两千多年前，诗人屈原就用这样的方式丈量过沅水。随后的时光里，陶渊明、李白、杜甫、郁达夫、丁玲、沈从文、黄永玉等一大批文人的名字，让沅江诗意葱茏，弦歌不辍，直到现在，常德大地对于建设诗歌的热情从未消减。稳定的地缘生态，深厚的巫楚遗韵，加之当代诗坛同仁聚结的现象，自觉促生了诗群的创立。常德桃花源诗群就是在这样的背景下形成的，创作主体要守护的桃花源，与其说是地理形态的武陵桃花源或是地缘形态上的诗歌传统，不如说是商业文明冲击下、精神异质下的心灵桃花源。新诗的主流趋势虽然是表现现代社会背景下的现代情感，但中国诗歌历来的理想世界从未在这一现代化潮流中消失。“中国诗人从未放弃过对‘桃花源’的想象和追求。”①相同的文化归属感与认同感，桃花源诗群在坚持打造地域写作的同时，又不局限于这一方水土，而是将“湖湘文化、乡土的未来以及人类的前景融合在一起”②，形成新时代下的乡土诗写作。虽然这一群体有着共同内在精神气质和美学追求，但一是其成立时间尚短，二是以诗歌协会为依托，作为常德当下诗歌写作者的集合体，没有明确的流派主张，在保持纯粹性的同时，缺乏共同的诗歌主张与创

---

① 王四四. 新世纪西部诗歌的“桃花源”情怀——新诗与中国精神系统建设[J]. 石河子大学学报(哲学社会科学版)，2018(04).

② 张文刚. 桃花源诗群的生活化抒写[J]. 创作与评论，2015(23).

作倾向，内部成员差异显著，在理论层面很难将其整合为一个具有相对独立性的地域创作群体。但从另一方面，这种开放性的创作格局，形成了一种良好诗歌创作生态环境。桃花源诗群核心成员龚道国在其诗歌《一棵桃树》中写道："让一种站立向上下用力/向下去的，一脚踩进了土/扎向深处，坚持着隐蔽和挖掘"，"向上下用力"这也正是桃花源诗群的写作姿态，在传承深厚文化底蕴、扎根生活的同时，赋予诗歌崭新的时代意义，寻梦桃花源正是他们建构的诗歌世界。

## 一、背靠传统，面朝现世——在传承中革新

长期以来，在固有观念中，中国现代诗歌一直是西化的产物，与传统诗词形成了强烈割裂，要新诗就拒绝传统。其实不然，传统的滋养已深入骨髓。否定传统，就是否定过去，否定现在的根基，等于否定现在。包括新诗在内的中国现当代文学，实质是一个"中国传统融汇后的创新体，是一个没有拒绝传统、又积极改造传统、面向世界的新形态"，[①]，既不失"固有之血脉"，又积极入世，面向当下与未来。在历经实验、争辩之后，诗歌最终走向平和、回归本真。桃花源诗群在这一层面上积极探索，融古典气质于现代诗歌中，在传承中推新。龚道国在《桃树》中说："陶公这一走，将一双归去来兮的/青色布鞋，复行数十步/悄悄印在此地。又长出了桃树/一脚穿上它，根子穿深了"。陶渊明笔下《桃花源记》成了一个特有的文化符号，"穿上陶公'归去来兮'的青色布鞋"，正是桃花源诗人孜孜不倦的追求。

首先，表现在对古典的继承上，通过语词、意境的搭建，实现传统桃花源与现代桃花源的链接。唐益红的《归来》一诗："这便是归来了涉江而过/捧水而饮的初民 沿着这一条水溪 洗手焚香/结庐在山中 唱过祈雨的傩戏之后 采薇的双手 一把撩开了繁茂的衣裙"，起始小节，运用诸多古典元素。"结庐在山中"更是对"结庐在人境"的化用，承袭古典语词，使之融化进自己的语言环境中，同词语一起抵达营造的意境，极力呈现出现代人在喧哗中力图保持悠然，在诗歌主体、意象营造、语词表达中实现对"归来"的全方位阐释。谈雅丽在诗歌随笔《流淌在沅水的古典诗歌情结》里写道："古典诗词永远是现代汉语言中的瑰宝，现代汉语诗可以在诗句操作台面上享受着更多

① 王泽龙. 与古为新，面向未来——关于五四文学与中国古代文学传统研究观念的反思[J]. 杭州师范大学学报(社会科学版)，2019(01).

切、削、刨、铣的修辞张力，语言抛弃从前的晦涩，更呈现光洁、圆润、剔透的一面。我以为，在扬弃古典诗歌的形式、语言、音韵、节奏的同时，现代诗歌和古典诗歌一样需要坚守的是美好的情操、语言的凝敛诗性，以及源自内心的感发力量。”她将对古典诗词的热爱自觉、不自觉映射到自己的创作中，从沅水流域出发，以女性细腻感性的笔触，汲取古典文化的意境与格调，并以深厚的生活体验与丰沛的想象，使河流之声与人世之歌形成多声部奏鸣和交响，实现对土地的重新指认。杨亚杰接受古典诗歌和新格律诗派的影响，又尝试十四行诗等的技法运用，既有浪漫主义的气息，也有现代主义诗歌的眼神。[①] 一方面立足于中国古典的积淀，以语词、意境向传统致敬，另一方面运用现代诗艺、手法介入当下，实现现代诗歌的张力与内核，是桃花源诗群为打造“新诗桃花源”所做的积极探索。

其次，在意象选择方面，“桃花”成为桃花源诗群一个共同的诗性象征，“它以明亮、斑斓的色彩和温暖、和谐的内涵”[②]传达诗人理念，成为地理桃源与心灵桃源双重归宿，构成一幅和谐共生的审美图景。在中华民族共同的审美语境下，“桃花源”情怀表现在为美好风土人情、天人合一的诗意家园书写。农业文明语境下，原始的生态环境，淳朴的民风民俗，心灵的单纯唯美成为最早激发诗意想象的生态化描写。随着工业文明的入侵，诗歌一度沦为政治的附属，社会生态、主流话语成为唯一。桃花源诗群不盲从主要流派，不过度迎合政治叙事，在对“桃花源胜景”的抒写中，享受诗意地栖居，他们自觉关注并表现着生态和谐与人文和谐。在一定程度上，可以看作是对传统“桃花源”的回归。“喜欢放牧天空的云朵/流浪在梦中的意境”的彭骊娅[③]，用花朵、草地、水鸟等明丽的大自然意象叠加心灵的触摸与延续，营造万物和合的理想境界；杨孚春用“江南”诗歌特色，还原大自然原生态描写，渲染古典诗画意境；经历了“高原之旅”后一脚踏回故乡“桃花源”的诗人罗鹿鸣，一改以往的雄浑冷峻诗风，写出现代诗歌版《桃花源记》《屋顶上的红月亮》。从“桃花源诗群”丛书第二套收录的诗集来看，《向北的窗子》《草帽下的村庄》《江南梦谣》《和一棵树说说话》《小城雨季》等，仅从诗集的名字来看，生态桃花源的气质显露无遗。桃花源诗群成为带着陶渊明气质，用文字堆建的

① 敬文东，霍俊明，等. 背对古典与面向西方的当代新诗写作[N]. 文艺报，2014-6-11(08).

② 张文刚. 桃花源诗群的生活化抒写[J]. 创作与评论，2015(23).

③ 张文刚. 桃花源诗群的生活化抒写[J]. 创作与评论，2015(23).

一方自然与心灵桃花源。

然而，桃花源诗群不是单纯地复刻理想社会图景，不是呈现封闭静态的虚幻之境“桃花源”，仅仅刻画世外庄园的大同世界，它是开放动态的人间烟火“桃花源”。农鸣的长篇小说《危机深处》，以“桃花源里的城里”为地理坐标，讲述了当地山民自发与污染纯净乡村的非法铁厂抗争的故事，这是一场现代文明与生态文明的对抗，是置身于这片土地上的乡里乡亲，是在开放发展中历经风雨、不屈不挠的“桃花源”缩影，他以犀利的视角、诗意的语言剖开遮蔽，直面生存真相。审视和反思是进步的内在批判动力。在歌颂、赞美田园牧歌式的桃花源时，桃花源诗群部分诗人同样具有审视的深度与批判的锋芒。余志权以城市为主题的系列组诗，直接审视当下物化生态空间、人际交往空间等异化的城市生态；章晓虹《城市的飞鸟》诗集中，用对乡村生态向往反衬对城市生态的批判，对自然与人性的压抑与摧残；吕林在对底层人物生存艰难的真实触摸与社会现象的审视中，对建立和谐社会生态提出期冀。“凯文·凯利在《必然》一书中提到世界的归宿不是‘没有问题可烦恼，也没有机遇存在’的乌托邦，而是‘渐进式改进’‘温柔的进步’的‘进托邦’理念。”[①]这些作家作品中呈现出来的或些许尖锐的疼痛感，正是审视的目的所在，可以归纳为重新出发的力量、向死而生的勇气，正如农鸣在《美梦》中写到“我带着泪水轻呼你，亲爱的，我们重新开始吧！”审视批判是美好桃花源的反向构建，批判与赞美，共同支撑寻梦体系的持续动力。

桃花源诗群“旧壶装新酒”，在坚守传统诗意桃花源的同时，探索新表达，纵深时代缩影，书写中国故事与当下经验，在现实追梦桃花源的同时，打造文学寻梦桃花源。

## 二、脚踏大地，面朝星空——向上下用力

“远方、过去、未来、幻想，本身就具有强大的文化、审美价值，因此相对来说易于写作。当代题材有如泥沙，它要求诗人切入生活和经验本身，并从其中抽取诗意；它甚至要求我们改变对于‘诗意’一词所下的定义。”[②]在某种方面，诗歌力求“最大限度地包容日常生活经验”（张曙光语），本原生活的

---

① 杨亚杰.危机深处：人间烟火“桃花源”[J].创作与评论，2016(12).

② 姜涛.“混杂”的语言:诗歌批评的社会学可能—以西川《致敬》为分析个案[J].上海文学，2004(09).

广度扩大了诗歌意义的广度基础。面对日常生活，当代诗人主体呈现出明显的分化倾向：亲历、参与、见证，可以视为积极的一脉；旁观、隔膜、回避，则是消极的一脉①。桃花源诗群则以积极的态度，关注自身生存的土地，将缭乱零碎的日常生活提纯到诗意的高度。

邓朝晖的《厨房里》直接以做饭这一人间烟火入诗，“原谅我爱上了这块方寸之地”“原谅我仍在烟火之上忙碌”，“原谅”一词实际包含着否定之上的肯定，是对日常生活消解之下的肯定，在压力与自嘲中，完成了对自我身份的构建。“左手操刀右手洗尘”，既是诗人对自我形象的诗意表达，也是自我身份的终极认可。这也是桃花源诗群诗人最为普遍的生存状态与诗歌理想。杨亚杰书写日常生活毫不起眼的场景，还原生活的诗性勾勒，她用生活入诗，用诗歌生活。这群诗人在表现日常生活和自我生存空间时，不胜其烦地罗列和描写生活中的道具与场景，但这种日常琐屑并非单纯意义上完全还原日常生活全貌，恰恰是诗人从生活中挖掘诗意，从平常中寻找归依，是直面生活的勇气，也是背靠大地的智慧。作为河流漫游者的谈雅丽，不仅仅是自然人文的观光客，她还有相当的篇目关注现代性处境中底层人的种种境遇，记录他们的生存状态，完成现世个人力量的微弱担当。李智明的诗歌以素描的笔触，把一定的文字分给诸如清洁工、人力车夫等在艰辛中挣扎的平凡人物。“文以载道”向来是中国诗歌传统精神，桃花源诗群用自己微弱的力量实现诗歌超拔的精神高地。罗鹿鸣的诗歌不是个人吟唱的私密话语，他将创作融入火热的生活，将个人情感浓缩为“人民记忆”的代言，走向大爱的书写。从日常生活经验到民族记忆的言说，桃花源诗群完成了从个人小爱到大写之爱“桃花源”的民族书写。

另外，桃花源诗群呈现出明显的地域性写作特征。作家只有把文学之根深扎于生生不息的故土家园，才能真正汲取大地的力量。“主体对于世界的认知与思考，总是从熟悉的颜色、声音和气味的感觉开始。疏于处理这些最能激活想象的经验，甚至陷入形而上的理念雕琢，文学的展开注定是舍本逐末。”②从自然意象的采撷来看，桃花源诗群女性诗人尤其擅长选取“花”“水”系列意象来抒情达意，花、水意象作为一方地理风物的存在，成为她们最好

---

① 程一身. 高出生活一公分——试析邓朝晖诗歌的“原谅”主题[J]. 诗探索，2012(08).

② 聂茂. 人性之美的张扬与温情生活的历史镜照——罗鹿鸣诗歌的情感传播[J]. 理论与创作，2005(06).

的象征物，也烙上了鲜明的地域色彩。谈雅丽对家乡的河流如数家珍，两年的时间她与沅水流域的河流同行，她不是古希腊神话中顾影自怜的纳西索斯，而是护卫故土山河的不倦歌者。同时，其诗歌意义早已不局限于故乡风景层面，在融入对河流的情感和思考后，在本土关怀中超越地域视角，走向更为广阔的文化对话。

在地域性视角下，桃花源诗群构建起一个充满地方特色的“故乡”所在。出湘返湘的诗人罗鹿鸣，致力于对故乡的书写，诗人在对故乡的情与恋中包蕴了故乡的土与人。刘双红写出了故乡对身体的永恒吸引，以及身体与故乡分离的肉体疼痛。楚云的诗以故乡桃源的山水为背景，宣扬生态精神，发掘诗歌禅意。女性诗人的故乡往往潜在而内化，她们更注重于故乡的人，从总体上看，女诗人也普遍倾向于随身携带着故乡，或者直接把身体作为自己的故乡。在这里，故乡已经不单是一个地理名词，它更指涉“心灵”的故乡。“桃花源”不仅仅是陶渊明笔下真实存在的武陵源，更是陶渊明营造的一个情感故乡，它是将未来纳于“现在”（永远的“现在”，而不只是晋代）的产物。以家园乡土文化为诗歌的精神源泉，实现心灵里的安居。这在龚道国的诗中体现得尤为明显，“将自己的生活打点起来，搬进心上的栖居地，移进一座心灵的家园，一座心灵的桃花源”，“安居”不是消极悲观的避世，而是完成心灵世界的自我调适，带着“家园”的“行走”，是达到心灵解放、积极的入世。“桃花源”是中国极具经典性的文化符号，是理想邦国、精神家园的投射与记忆中心①。故乡“桃花源”的勾勒不仅是现实世界的刻画、虚幻世界的想象，还是对现代灵魂的安顿。桃花源诗群从地理名词出发，超越地理名词，完成向上心灵世界的建设。“让一种站立向上下用力/向下去的，一脚踩进了土/扎向深处，坚持着隐蔽和挖掘”（龚道国《一棵桃花》），向上下用力，在故土、日常生活扎根，向着民族家园生长，这正是桃花源诗群“寻梦桃花源”一直致力的方向。

不论是最初“奔赴火焰”的激情，还是到如今化作“微澜乍现”的内敛，唐益红始终延续对细节与过去的挖掘，这既是个人独有的生命体验，也是超越时代生命本真的表达，是向记忆的搜寻，也是对当下的探索。在谈到写诗阶段时，唐益红说“爱情只是一瞬间的事情，人生很长，会还有更为开阔的领

① 王四四. 新世纪西部诗歌的“桃花源”情怀——新诗与中国精神系统建设[J]. 石河子大学学报（哲学社会科学版），2018(04).

地，更为广阔的视野：那就是对人类、对现实的深情凝视与思考”。这段自白是解析其诗歌的一把钥匙，从第一部诗集《我要把你的火焰喊出来》到新作《狂澜之声》，她观察世界的视域不断开阔，从疼痛到坚强、小爱聚焦大爱、伤痛孕育希望，不局限于个人情感。相信她的诗歌会越来越成熟，直到“在激流的山涧中牵出一匹白马”。“这匹白马是有生命的也是有个性的，是具象的也是抽象的，是象征的也是个人化隐喻；它具有‘不可摧毁性’，是每个人心中用爱与恨、生命的底色与亮色铸造的有特殊意义的象征。”①

## 结语

“一边聆听岁月和人生的脚步，一边用诗性文字搭建起一方心灵的舞台”。桃花源诗群在继承古典中，扎根家园中，激情投入日常生活中，不断完成对现实桃花源、精神桃花源的诗意改造。他们不安于仅对生活的复刻、对一方水土的传承，选择在湖湘文化、乡土的过去与未来与人类的前景间寻找动态的未来的“人间烟火”。仅在成立几年内就结出一片硕果，常德桃花源诗群还处在上升而热烈的阶段。就目前来看，其内部热闹有余，但与全国诗坛的对接和呼应还有待加强，假以时日，桃花源诗群定会带着自己的特征符号和核心理念，以更加广阔的境界，向外拓展，面向无边界的诗歌视野。不仅在诗歌领域，在散文、小说等领域，桃花源诗群也在积极探索并实践，文学内部是共通的，相信桃花源诗群的天地不止于诗歌。借用诗人谈雅丽的话来说，“她‘沿着我的血管找到荷花开放的源头’，那些与沅水关联的溪水、河流、湖泊，最终都从她的记忆中汇聚，注入洞庭，奔流到远方”。

---

① 老槲. 用诗歌重塑自我的强大心灵——试析唐益红组诗《狂澜之声》艺术特色[J]. 诗歌世界，2019(02).

# 第九章 常德文学散文方阵

在地域文化视野中，短小精悍、紧密契合在场经验、充分呈现作家个人语言质地的散文可谓是最便于彰显地域特色和风土人情的文学体裁。沈从文、黄永玉等现代小说巨匠，也正得益于其散文化的诗性语言而使文学湘西的地域文化语境得以构建并传播。自文化寻根的浪潮伊始，乡土散文与地方历史文化散文一直是散文界的两大主流题材，却也让众多写作者陷入了同质化抒情和资料式复述的散文创作误区。文学之于地域文化的意义，能充分地在散文写作中得到思考和辨析。即便是在地域文化研究视角中，地域写作也不应简单机械地被视为一种创作导向，而需要融入作家个性化的生命体验和语言风格，以更自然和精细的艺术品质来展现地域文化的文本魅力。

本章所论述的常德散文界的杰出作家，他们的写作突破了当代散文创作的普遍困境，不是简单地以乡土记忆回溯或地域历史文化介绍作为行文的线索和脉络，而是立足于自身的深刻生命体验和广阔思维空间，创作出有鲜明辨识度和在场感的个体文本。龚曙光、卢年初、秦羽墨、张天夫、刘明等人的作品，均是将共通的地域乡土经验呈现在各异的书写场域中，拥有具象而细腻的情感表达，带给读者耳目一新的阅读感受和丰富的阐释视角。散文是最易入门和最难精通的文学体裁，需要散文作者有意识地不断进行语言的打磨和题材的开拓。作为湖南组织形式较完备和创作生态较成熟的地方写作群体，常德散文界有着可喜的实绩和可期的创作前景。

## 第一节 龚曙光：以裸体的生命去迎接世界

作为湖南新闻与出版行业的领军人物，却不见龚曙光的作品中有丝毫的商业气息，反而字里行间，处处透露“温情”二字。但正如韩少功评价其作品所言：“悲悯于情，洞明于智，鲜活而凝重于文”，[①]龚曙光的“温情”写作有别于学界的固有认知，在追求突出人性间“真”“善”“美”等常态品质的同时，往往能用充满智性的眼光审视一切，从而化解文间那份过于缥缈的“诗意”，使读者不再拘泥浮于表面的文辞，而是得以切身体会个中悲喜。距离，是美学的关键词。无论是心赴故土，回忆家乡的人物与风物，还是远走他国，亲手抚摸历史的厚重变迁，龚曙光都能保持思想上的绝对距离，在庸常的抒情之外，为自己的文字增添了几分极富辨识度的理性色彩，从而构建全新的温情书写范式。本节将以《日子疯长》与《满世界》为研究对象，去追寻、探索龚曙光的温情世界，及其折射的价值追求与美学风格。

### 一、温情世界的“德”与“理”

从家乡梦溪小镇出发，龚曙光的文学脚印遍及天下。他的写作历程如同一场个人向的“文艺复兴”，首先回望故里，进而审视世界。他所希冀的“回归”与“复兴”，指向为“具体的人道主义、诚实的乡愁主义、精神的自省主义、个人的文本主义”[②]。他所憧憬的温情世界，在化为具象的文本之后，显现为对“德”与“理”的双重坚守。这种坚守，离不开文学对“以人为本”的本质追求。在龚曙光的笔下，“人”始终是重要的书写对象。因为“人”的存在，家乡的草木方鲜活，历史的轮廓才清晰。通过人物群像的建立，龚曙光实现了传统与时代的流变贯通，也实现了自我与世界的灵魂对话。

《日子疯长》可以视作一部梦溪“人物志”，个性迥异的家人、乡亲、朋友们，虽身处底层乡镇，但无论是亲临人生异变，或是面对浩浩汤汤的历史变迁，却都能坚守心中之理。他们的一言一语、一举一动之中，沾满了苦痛的血泪，却闪烁着温情的光辉。梦溪小镇每个平凡的小人物，都有着自己的一本人生哲学。其中，龚曙光大篇幅地讲述了祖父与梨树的故事。老屋门前的

① 龚曙光. 日子疯长[M]. 北京：人民文学出版社，2018.

② 杨帆，赵颖慧.《日子疯长》：一个人的“文艺复兴”[J]. 出版人，2018(08).

梨树，是战争年代，祖父在炮火连天间亲手栽种的，花费了许多心血。因此，祖父格外爱惜这棵梨树，更是因梨树与生产队长结下了梁子，成了远近闻名的冤家。但当队长病危，药方中需要一味“老梨子树果”时，祖父却能不计前嫌，亲手“搬了架梯子，搭上梨树摘了满满一篓子”，送到了队长家去。有一年梨子丰收，祖父带着“我”上街售卖，因两个女干部买梨讲价时说了一句“味道不好”，祖父便把一担上好的梨免费分发给了放学路过的小学生。面对路人的质疑，祖父自有一套道理：“你们糟践我可以，不能糟践我的梨子！”① 性格执拗的祖父，对万物之理有着自己的法则。正如祖父之名——“明德”一般，道德是祖父生活的艺术。虽然未曾读过“四书五经”，但祖父用本能的直觉完成了“德”的选择。正是因为存在这种世代传承的“德”，人性之光才得以熠熠生辉，岁月艰难与生活困苦才被温情所消解。同时，经年累月，祖父与梨树早已融为一体：祖父去世的次年，梨树便不再发芽结果；而在祖父去世三年的忌日那天，这棵方圆几里最为粗壮的老树终于轰然倒塌，这是追随，也是一种祭奠。树人合一，万物有灵，这种神话化的摹写方式使朴素的叙事充满诗意，而全书温情主义的世界观也昭然若揭。在这种以“德”为先的神性色彩中，始终蕴含着一种超越苦难，直面人生的强大力量。

《满世界》中，同样不乏这类对人性真情的深刻挖掘。不同于以往的游记类散文，多将重心置于简单的记游、记事或记景之上，《满世界》力图寻求风景背后的社会问题与文明历史，并将其作为“得失之镜”，引人沉思。车过巴黎闹市之时，作者发现街道正在进行大面积的施工。究其原因，居然是政府为了城市环保，将道路变窄，从而逼迫市民丢弃私车乘坐公交。正如作者所感叹：“世界上的大城市，都在为减排殚精竭虑，最终想出用改路塞车解决问题的，大抵只有巴黎”，为何巴黎能做到“反其道而行之”？这正是因为法兰西是一个崇尚“自由之理”的民族。民众不在乎结局，只关心自己是否拥有自由的权利。在捷克旅游时，作者一行人偶遇一间蜜蜡琥珀店，店主对同行的一位女士极具眼缘，便将偌大的商店丢给陌生的“我”，自己回家去取一块镇店之宝。取回之后，将宝物“半卖半送”给了作者同行的女士，却“一副兴高采烈的样子，像是意外卖了一个天价”。② 即便是肤色不同，语言不通，民族各异，但隐藏于内心深处的“天性”却是人类共通的。不论是店主随意将商店

① 龚曙光. 日子疯长[M]. 北京：人民文学出版社，2018.

② 龚曙光. 满世界[M]. 北京：人民文学出版社，2019.

交给陌生人看管，还是不在乎实际利益，只注重艺术品的价值是否彰显，都与儒家“大道之行也，天下为公”的大同世界之理有着跨越时空的相似之处。龚曙光通过文学世界的构筑，实现了对“德”“理”等传统主题的坚守与追求，在凸显人性间那份天生的温暖与善意的同时，完成了“温情”的多元化表达。在他诗意的笔触之下，“温情”不再是泛泛而谈，而是具化为百态的众生画卷：为了大学生的前途挺身“顶罪”的梅大伯、面对师娘的诱惑坚守正道的吴卵泡……或是将身心浸入时光的长河之中，偶遇与灵魂作战、保持绝对纯洁的托尔斯泰，以及“单刀赴会”、为正义发声的马丁·路德……纵然“人死灯灭”，坚毅的灵魂从未自我囿囚，而是将这份温情世代传递。

## 二、审美表达的“雅”与“俗”

散文的文体特性与其语言的诗性表达密切相关。龚曙光的语言整体呈现出细腻、醇厚、质朴的面貌，同时蕴含着一种原始的湖湘野性，从而彰显出旺烈的生命色彩。在具体的文本中，这种缓慢流淌的生命色彩，通常透着温情的底色。在描绘风物及人物时，龚曙光的语言白话且通俗，尤其是在叙述家乡的人事时，常夹杂着乡村特有的俗语、俚语。例如讲述父亲的人生理念：“父亲不是那种铅刀贵一割、追求快意人生的人”；或是回忆父亲的教导：“父亲担心我‘跟狐狸学妖精’，长大了立志当个叫花子”；或是想起家乡的故人：“父亲把他送进县城的洋学堂，心想或许能变好。结果还是乌龟变团鱼圆脱圆(原脱原)”①……这类“乡野土话”的运用，使得作品散发出一种浓烈且生机勃勃的乡土气息，读来意味深长，并富于生活趣味。另外，这类俗语的运用，同样使得人物形象生动活泼，跃然于纸上。作者父亲的同事兼好友梅大伯，因为长了一脸麻子，常被他人戏称作“麻大伯”。但胸怀宽广的梅大伯并不介意：“一脸麻子长在脸上，还能藏到裤裆里？人家喊喊也不会多出几粒”；学校里新来的大学生与女教师有染，犯了破坏军婚罪，而暗恋女教师许久的梅大伯却为了大学生的前程，主动跳出来顶罪：“我知道她是军婚，搞她要坐牢，我没搞我能认？莫非我是哈卵？”塑造梅大伯的人物形象时，作者的遣词用句未见丝毫文饰，并加入了大量的本土方言词汇，如“哈卵”“筒麻卵”“有哆嗦”等。这样的表达方式，表面来看浅显，甚至略显粗俗；但深层剖析开来，这些俗语、俚语以及“土话”的运用和表达，在使作品

① 龚曙光. 日子疯长[M]. 北京：人民文学出版社，2018.

语言显现出特有的地域风格的同时，直接传递着温情的内涵，彰显着简单舒缓、不事雕琢的格调。

面对“思乡”的永恒母题，不少创作者只顾在文字层面大量堆砌故土的记忆，一味宣泄虚空的情感。此类作品的泛滥与同质化，使得“思乡”类作品已成为价值过剩的陷溺之地；而在龚曙光的笔下，眷恋与理性相生，回忆与揣摩共存，由此，其作品区别于所谓的“廉价乡愁”，处处透着审视之味。故而在温情的表述面上，“乡土”与“省思”是相依共生的。例如在回忆完毕少年所忙碌的种种农事之后，龚曙光在文末感慨，这类收野粪、偷柴火、弄鱼、捉虫、打猪草的繁杂农活“……便是我的少年课业，是我一辈子做人的底气”，正是从这些不足为奇的微小农事中，作者收获了对待工作、生活的从容平和的人生态度，以及对待大自然的质朴、敏感的审美感动；而在细数梦溪小镇的岁月变迁之后，作者领悟道：“在常与变角力的社会演进中，小镇是守常的力量”。小镇对作者的影响是巨大的，它决定了作者的心理、性格，进而撼动着作者看待世界、对待世界的态度。纵使作者后来考上了大学，远离了小镇，飞向了世界，但“仍没能走出那个童年和少年的小镇”。[①] 而在《满世界》中，这类逻辑性的思考之言更为常见。如果说《日子疯长》是个人体验的回顾与延展，是一部游子回归之作；那么《满世界》则是对群体世界的审视与思考，并将格局扩大到了全世界所见之处的文明与历史。在游览瑞士时，作者关注的重心不在瑞士绝无仅有的湖光山色，而是置于瑞士银行业的忠诚之上，进而思考瑞士人特有的商业心态和商业逻辑：不为利，只为理。这种理性而自持的商业逻辑，百年不变，放到当代显得多少有些执拗与“一根筋”。但正是如此，“瑞士人把别人不愿做也做不好的生意，心甘情愿地做了，而且做得有滋有味，做得精益求精，最终做得让人垂涎欲滴……”。作者感慨，这大抵也是联合国欧洲总部设立在瑞士的缘由。正是此类理性自持的剖析性话语，使作品的格局不只限定在风光的赏识之中，而是上升到对全球文明、历史的价值反思上。作者走过的每一步、每一处，与其说是单纯的旅行与游览，不如说是文化的对话与精神的升华。故而龚曙光在自序中写道：“在这一意义上，本书所记述的，不只是一段段旅程，更是一道道灵魂自由行走的轨迹”。[②]

---

① 龚曙光. 日子疯长[M]. 北京：人民文学出版社，2018.

② 龚曙光. 满世界[M]. 北京：人民文学出版社，2019.

## 三、文学创作的“灵”与“肉”

在散文创作中，龚曙光执着于书写人事之中温暖、平和的部分，并由此形成了雅俗并存的叙述风格。凭借着对人性温情的观照，对表达范式的探索，龚曙光在文本中建构出独到的精神力量，并由此支撑起自己的文学世界。在温情书写的背后，蕴含着意蕴层面的超越精神。身为作家，龚曙光选择从人性的角度介入，从而超越历史的沉重与生活的残酷。作者的母亲身为旧族大家的小姐，自幼却遭受种种虐待与冷眼。于是她一心向学，终于逃离封建家庭，最终却因其父亲的成分不好，与大学无缘。往后余生，母亲饱受歧视与成见，空有一副漂亮的歌喉，却终身被禁锢在一个破落的小村之中。在创作之时，作者曾向母亲询问往事，却引发母亲神情紧张的反问：“又要清查历史了吗？”可见年少的经历之于母亲而言，是一种刻骨铭心的永生之憾。但母亲从未抱怨，也不做无谓的抗争。她用自己心里的一杆秤，去衡量整个人生。被“流放”到乡村中学，母亲淡然面对，认真负责地对待自己的教学工作。这样温和隐忍的态度，使得母亲在“文革”时期，免受“批斗”之苦。过后问起学生们，只说“戴老师人太好，谁好意思揪她斗她呵”。作为接受了新式教育的母亲，却最终为旧式封建家庭所连累，无法实现远大抱负。面对跌宕起伏的命运，母亲保持着精神的宁静清净，用“心斋”“坐忘”的虚静心境观照人生之变，最终成就了新的自我。

在创作时，作者往往赋予苦痛以温情外衣，使其具有超越意味，从而得以撼动心灵，达到“新”与“旧”的融会贯通。此处的“新”与“旧”不单指向时代的变迁与变化，更是包含在身处历史洪流之中，人们的人生选择。家乡远近闻名的裁缝栋师傅出生于一个裁缝世家，在旧时，裁缝受人尊敬，却容易患上肺痨的职业病。即便如此，栋师傅依然仔细地对待每一块土布，这种任劳任怨的职业精神来自家族的传承。当年，栋师傅的父亲因为手艺好，生意应接不暇，一年到头难以歇息。栋师傅曾劝父亲：“农家农户的衣服，结实耐穿就好，何必这么讲究”，但父亲却勃然大怒：“手艺人靠手艺吃饭，糟践了手艺吃什么？人家叫你一声师傅，敬的是你的手艺！尊的是你的名声”！这样的观点放到今天来看，依旧意味深长：身为手艺人，面对时代的新变，却仍要“因循守旧”，把握行业的守则，才能守住行业的命脉。表面来看，栋师傅的父亲不懂变通，固执己见地守着行业旧则，最终疲累而死；实际上，这种固执未尝不是一种远见、一种超越。如果没有这些“守旧”之人的存在，那么“乡村便少了些定力和底气，田野便少了些灵性与惆怅”，[①]而新时代的底盘也不再恒常与稳定。相比起泛泛而谈的温情书写，龚曙光更擅长赋予文字以超越的意义，从而给予读者以更为深切的思考。游览巴黎左岸时，作者感慨，一片普通的闹市，却是法国乃至整个欧洲思想与艺术的苗床。所有的建筑、桌椅都保存完好，古老的木纹与砖石见证着无数新奇的主义诞生，直到今日。所处之地的“旧”不会妨碍思想碰撞的“新”，正如作者的总结：“革命总是孕育在历史的期待之中，却常常爆发于时代的预料之外”。[②] 正是这种“新”与“旧”的融通，使得历史不断推进，造就了巴黎永远饱和亮丽的色彩；也使得家乡永远矗立，梦溪的波澜永不干涸。

龚曙光曾经说过：“作为一个人，我们要面对的两个基本的关系，一是个体与群体，二是身体和灵魂。”这两重关系往往被日常生活所消解，面临这类情况，龚曙光提出“要以一个裸体的生命去迎接世界”。作为湖南乃至全国报业的顶尖代表，龚曙光选择出走现实，以“裸体的生命”感受世界。从家乡——梦溪小镇到全世界，龚曙光始终坚持其温情的视角和笔调，去思考、揣摩、丈量自己的足迹，从而重构身体与灵魂的关系。同时更是给予我们一种启示：身处物欲横流的当代社会，更要坚守心中的精神家园。从这样的维度来看，龚曙光的作品如同一湾溪流，总能彰显原始生命力的清澈与涌动。

## 第二节　卢年初：乡村的记忆与都市的迷离

卢年初的机关生态散文写得十分老到，文字淡白，情绪宁静，平和中蕴含感悟，从容中蕴藏哲理。他不仅精致细腻地描绘出机关生态的精神原貌，而且入木三分地雕刻出深层的文化根基。他没有把自己零距离地置于官场的险恶和纷争之中，而是保持审美的距离与约束，努力拉向个体生存的日常经验，使政治话语获得一种隐秘的回归。

### 一、乡村后视镜中的欲望书写

伊格尔顿认为：“伟大的作品总是包含着强烈的政治性”，这话不无道

---

① 龚曙光. 日子疯长[M]. 北京：人民文学出版社，2018.

② 龚曙光. 满世界[M]. 北京：人民文学出版社，2019.

理。政治是一种文化生态，与人生哲学和日常经验联系在一起，彰显着人的精神追求和价值选择。如果把政治转化为心理深度，这样的书写不仅强化欲望的展示，更为文本前行注入了动力。卢年初的作品就是巧妙地把政治话语转化为心理深度，他把机关视为一个原始的生态场，他的责任就是刻画出人的挣扎与呼喊，记录人的内在渴求，诠释人的灵魂痛苦与灵魂扭曲等变化。在机关供职的卢年初有着真实的切身体验，清楚洞悉“官场”的形态和权力的虚实。机关永远是耐人寻味的场所，总是上演着理想和幻灭、欢笑与泪水。

值得注意的是，卢年初写的虽然是机关，但其生态场域的主角都是县乡级，甚至是村级干部，所写的故事要么是乡村的亲朋好友到县城办事，要么是从乡村来到城市的漂泊者奋斗的艰辛与生存的困惑。这个视角很独特，与传统意义上大多聚焦于地市级、省级甚至是京城的大机关、大人物的官场生态完全不同。不少作家写机关，用的是高于机关人的视角，或是机关零距离的视角。卢年初书写的却是机关沉淀的乡村记忆以及这种记忆对于机关生态的潜在影响，从这个意义上说，卢年初的视角仍然是乡土化的，与他前期的《带着村庄上路》等作品在精神上有着一脉相承的血缘关系。

之所以如此，是因为卢年初使用了一种“后视镜”式的叙事手段。后视镜既是对自身的警醒，又是对环境和他人的审视，它使自我与客体保持一种距离并形成对峙状态。后视镜凸现的是一种真实，同时又是一种拟真实或超真实，是最接近审美质感(泥土深层)的温润表达。后视镜的本质是把乡村置于城市的大后方，乡村不是贫穷落后的代名词，而是城里人喧嚣生存之外的灵魂净土，是可以触摸和回归的精神港湾。因为有了这样的后视镜，卢年初叙事的视角不再是作家本人，而转变为故里乡亲。在乡亲们看来，机关大院成了权高位重的文化符号，如若不在机关大院，就意味着犯了错误、被降职处理。这种讽刺性的误读恰恰反映出长期以来“机关”二字在老百姓心目中的文化定位。于乡下人来说，他们有着自己的文化想象，认为国家就是由住在“石狮威严，朱门大院”里的人掌管的，这是传统文化中政治符号的具象表征。有了这种表征，你的一切言行乃至一举一动都带有机关印痕，即便《站队》也大有讲究：“站队之人的来路和心态不一。如果和队中的核心成员有关联的，不站也站了，人家必然说你是一伙儿的，人在江湖，身不由己。”但站完队之后进了队也辛苦，某些时候见不着人，忠诚就会被怀疑。如果跟领导稍稍保持紧密，别人就会眼红，对手就会伺机作乱。如果跟领导不紧不松，又怕会背上一个机会主义者之名，一旦有机会晋升，就没有人帮你说话，落了个竹篮打水一场空。诸如此类，矛盾和惶恐伴随着站队者左右。这就是毛泽东同志所说的路线问题。于政治而言，路线就是方向，就是旗帜。方向是否正确，旗帜是否变了颜色那都是容不得丝毫马虎之事。但是，作者清醒地认识到：再坚强的队伍也经不住时间的冲击，“队”与“队”之间相斥，于个人、于地方、于历史都是一种内在消耗。这样的文字呼唤一种赤诚，张扬精神还乡。作者观察、体验和表述的意义，不仅仅停留于文学范围，还有现实需求；不仅仅局限于经验领域，还有审美效果；不仅仅拘泥于原初层面，还有提升和敬畏之思。

因为在中国，按照行政区划分有众多市县。这些县市的机关日常运作和它们的生态表现是社会进步的动力层，它们的诸多存在和品质优劣与一个国家所梦想建构的政治文明息息相关。卢年初用散文的方式书写中国乡土机关的沉重话题，具有开拓性的意义，其行文的简洁、明淡、独具性令人感佩。如果说卢年初的笔触始于显现机关现象的话，那么跟随叙事的全方位深入，读者会渐渐靠近并进入受叙对象的内心世界。这样，一方面增强文本的真实性和生动性；另一方面使读者与作者产生共鸣，在感喟主人公命运的同时进一步反观现实世界与生存处境。比如《乡干部》：“上半身像城里人，下半身是乡里人”，这是对乡干部高度凝练的概括，在既形象又不失趣味的概括背后，是乡干部工作环境的真实写照，老百姓往往以乡干部的外在打扮为判断依据，如果乡干部的鞋子锃亮没泥巴，那么老百姓就只远观之。对于村干部，卢年初观察得更加细致：“村干部现在换得频了。有的人是进城又回村当干部，有的当了村干部进了几次城又动了心，不管怎么着，这是好事，他们是农村的先行军，在乡村的梦里，有着城市的花朵，这花朵属于文明，很香。”(《村干部》)转型时期的乡村中国何去何从？卢年初用自己的方式做出了回答。

品读卢年初的机关生态散文，有一条贯穿始终的母题：社会前进途中的个体挣扎。在多棱镜般的欲望放射中，个体的行为更加充满了无奈、不由自主的意味。卢年初不动声色地展示形式更加多样和程度更加剧烈的个体抗争，他的叙事焦点也更多地从物理层面进入个体的精神世界。《应酬》一文可谓代表：“如果有人问我，你整天说是忙，都忙些啥呀？我会毫不迟疑地答：应酬。”接着，作者分析了如何应酬和如何憎恨应酬：先要应酬的是上级领导，然后是同僚、朋友，再是下属。应酬也分三六九等、上中下三级，形象地描绘了官场风云的无可奈何，应酬的结果“更多的时候是一种疲态，觉得什么都无聊，看见事烦，看见人烦，甚至听到声音也烦。我喜欢应酬之后把应酬彻底忘掉。”卢年初的文字不仅潇洒自在，而且老辣，貌似随意散淡，实则气定神闲、挥洒自如。他塑造的人物形象跃然于纸上，他叙述的事件趣味盎然，他表述的胸臆余味无穷，他传达的道理引人深思。卢年初对他笔下的人、物、景等有一种“前理解”，这种理解表现在叙述者进行叙述前有一种情感回放的心灵体验。换言之，作者所写必是他所熟悉的，下笔前胸有成竹，写作只是洞穿黑暗的精神抵达。于是，卢年初在聚散、开合之际舒缓有度，充分表达出坚定的理念和乡村的精神气质。

与此同时，卢年初十分注重对结构圆满的个性追求。在机关生态场域里，叙述者可以对文本中的时间进行改造。叙事的一个重要功能就是把一种时间兑换成另一种时间，叙述者有办法把现实中单向的不可逆的时间转变为叙事中多维的和可逆的时间。叙述者总是在充满无限可能性的多维世界中选择一定的时间节点，从而进一步确定地点、人物和事件。

不妨看看卢年初机关生态散文的代表作《撮舞台》。全书共分三辑，依次为布景、脸谱和唱腔。第一辑是《布景》，聚焦的是机关大院、会议室、办公室、值班室、机关路、快餐店诊所等，这是从空间上对机关生态给予定位，即这是一个表演的舞台。有了舞台这一载体，还要有表演的主体，于是，各类身份的人汇集到第二辑《脸谱》：乡干部、女干部、小干部、村干部、另类干部、借用干部、文秘、司机、官太太等，总而言之都是些从乡土出发的官们。标题是脸谱，进一步说明个人的身份处于不断变换之中，今天是乡干部，明天可能就是县官了；今天是文秘，明天可能就是科长了，这种变化是机关生态的真实写照。至于如何才能实现升迁，取决于戏唱得如何，唱得好自然晋升得快。那么，唱的内容究竟都是些什么呢，第三辑的《唱腔》回答得精彩纷呈：应酬、摆平、活动、称呼、批评、研究、待遇、站队、签字、招呼、城府、休闲和官话等，这些唱腔都是机关生态的原始风景，有一些只可意会，不可言说，否则就有道破天机之嫌。

卢年初写机关，写的是乡村后视镜中的小机关，以及小机关里的小人物。一个“撮”字贯穿中心，这是对“欲望”二字最具动感的具象写真，它意味着承载人生百态的舞台随时都在变化，当官不是一辈子的事，做人才是终身的职业。同时，这个“撮”字表明舞台是人为搭建起来的，并非天然如此，人人可以在舞台上表演，人人可以搭建自己心中的舞台。在卢年初眼里，无论布景、脸谱还是唱腔，都只是实现人生价值的手段而非目的，即便有朝一日你成为局长、成为县太爷，骨子里依然是地地道道的乡里伢子。这是泥土里的欲望书写：机关路漫漫。故乡的天底下，风干的心事堆成了草垛。儿时的戏班子，走调的唢呐声成了人生宿定的隐喻。

## 二、“亚都市叙事”的文化关怀与精神还乡

卢年初曾经用洁净优美、富于诗意和理性的文字来描写记忆中的乡村，那些远离都市的柴禾、水井、稻草、老屋、犬吠、木板桥和牌匾等在作者冲淡的笔下一天天老去又一次次新生，他出版的散文集《带着村庄上路》受到了彭见明、蔡测海、王跃文和陶少鸿等诸多名家好评。作为从农村来到城市的“漂泊者”，在乡村俚语里怀想、在民间小调里解词，是许多写作者最为常见的创作模式，但初尝甜果的卢年初是个“不安分”的人，确切地说，是个不愿重复、喜欢挑战、寻求超越的人。正因为此，他没有沿着轻车熟路的写作方向走下去，而是把目光投向当下、投向身处其间的机关。在他的叙事中，生活向我们展现出另外一番景象，既不是简单地对乡村岁月的无情颠覆，也不是改变一种视角对官场生活进行现场直播，而是从文化关怀的维度对机关生态进行还原性解读。

作为对过去宏大叙事的一种扬弃，卢年初的写作不是出于功名的目的，而是出于精神着陆的需要，因为从农村进入城市的漂泊，不仅是一次地理上的迁徙，更是一次文化心理上的迁徙，卢年初要做的就是对“在途中”的人生迷茫、灵魂挣扎和精神痛苦的深度叙述。可贵的是，作者不是依靠纯粹的想象和虚无的梦呓，而是依靠生活的积累和心灵感悟，使自己的艺术才情和内心冲动在文本里得到集中爆发和充分表达。

威廉·福克纳曾说：“人类之所以永存，不在于万物之中唯有他可以连绵不绝地发出声音，而在于他有灵魂，有一种同情、奉献和忍耐的精神。”卢年初的散文就有这种灵魂，有同情，更有忍耐。他的文字干净，张力充足，不是简单的依赖形式、技巧和语词的新颖，而是由在场的真实情感来引导思想的穿越和精神的抵达。文本的心理向度是古朴的，简约的，是有品格、有质感、有味道和有气韵的，呈示个人的文化特征和审美追求。在这里，写作变成了一种具体的“我”隐身于物象之中和思想之后的自觉发现和清晰表达，而不再是一种物我的远离和“我”的遁场或隐身。例如，在《一个人的诊所》中，机关浓缩在一个人的经验中。诊所是一个人的诊所，这里的一个人既是指一个具象的看病医生（马医生），又是指虚像的“当官者”这一患病的群体，

这个诊所不对外，只对内，是专门给机关里那些患小病小恙的人设立的，冥冥之中这个诊所成了官场的晴雨表，而给领导拿药不仅是一种信任和器重，同时也是一种待遇。作者由不熟悉到熟悉，这种心路历程就像从农村来到城市一样，有过挣扎和困惑。后来到诊所的次数多了，马医生给了点好处，自己就想着回报，有一回得病本可以去大医院的，却为了给马医生回报而去她那儿打点滴。这就是农民质朴的报恩思想，是可贵的精神还乡。文中最为精彩的是作者的心灵感悟："领导有时还想得病，不是为收几个东西，是想检验下别人的忠心；再者就是自己对组织有情绪了，往医院一躺，拉倒不干。"这简直是一种泄露天机的写法。

诗人于坚说过："散文是一些语言的痕迹，就像生活，只是各种痕迹、碎片、瞬间、局部，它们只在老子的'道'这个意义上是有机的。"笔者认为这里所说的"道"就是一种文化关怀和价值取向，而所谓的"机"也不是黏合，而是一种自由的构成，是"我"在物象之中的自由跳跃和穿梭、分解和成型、催发和举证。卢年初的这种写作是属于原生态的，是在场的直面生活的写作，笔者将它命名为"亚都市叙事"，其文本向度是开放的也是多元的，其精神深度是当下的也是久远的，其心理广度是个人的也是大众的。这是机关生态的精神原貌，它与日常化的、平庸化的、商业化的时代有着密切的联系。

具体而言，"亚都市叙事"与"亚乡土叙事"是一个镍币的正反两面，按照评论家雷达的解释，就是指当前一大批笔触伸向城市，不再显得"纯粹"的类型文学(既非乡土文学亦非都市文学)，这类作品一般聚焦于城乡接合部或者都市边缘地带，描写乡下人进城过程中的灵魂漂浮状态，展示现代化进程中劳苦大众所必然经历的精神变迁。叙事中的主体已经由被动地驱入城市变为主动地奔赴城市，由生计的压迫变为追逐城市的繁华梦，由焦虑地漂泊变为自觉地融入城市文化，体现出一种既是乡民又是非乡民、既是市民又是非市民的迷惘与期待，他们的身体不愿意回去，精神也不愿意回去，他们的感觉永远"在路上"。他们能够回去的只有一份乡愁、一份发黄的记忆，即便是这份记忆，也在强大的现代化冲击下变得支离破碎。乡土记忆的祛魅化使得原初的乡民们也大量地丧失了农民性，成为城市欲望主体的异型。"亚都市叙事"聚焦的核心就是诞生这类欲望主体异型的机关。卢年初要表达的是作为人生竞技场的机关，有着怎样的酸甜苦辣，有着怎样的浅愁低吟，有着怎样的生存玄秘和心灵冲突。

例如，《退位干部》开篇即是："一个领导谈话，一个秘书做记录，三分种功夫，你就从一个官成了一个不管事的人。车不再属于你了，司机的眼神游离着一种隔膜，心思已到新的主人那里去了……”在机关奋斗了一辈子，在官场打拼了一生，到头来不过“三分钟功夫”，一切都被颠覆，你不在意吗？你能看淡吗？“可再淡也不会有人家看得淡，他们计算这个时辰要比你早得多，看到整理东西，人家只问：要不要帮什么忙？好像你什么也不会做，什么小事也该你自己做了，大有同情之意。”可是尽管退休了，机关还像影子一样追寻着你，又或者是你的魂还像影子一样追寻着机关的肉体。你“作为一部典故，偶尔还要被人翻一翻”，这一翻必定会翻出你无限感慨，翻出你心酸气短，你有气没地方出，有苦没地方诉。那些在位的干部都是你培养或提拔的，可现在人家都太忙了，忙得顾不上你的生老病死，你体会到的只是一种“人走茶凉”的悲哀，“有一次，你突然想起有很久未去拜望一位老领导了，那是一种大大的不义，也可以满足一下自己表达的欲望。老领导的手握得很紧，把你瞧得专注而仔细，好像在瞧自己的一件作品，一件流失已久的作品，还兴奋地道：我早知道你会有大出息的。唉，他居然还不知你也退下来了。”最后这一句，真是一个莫大的讽刺！

散文应该是“活性的、音乐性的、解放性的”，卢年初的散文独抒性灵，表达真我，传递个人生命的体验和思考。当散文写作日益成为文人自恋和养病的方式时，卢年初的散文却依旧保持着锐利、沉着、优雅的面貌，加上他那鲜明的散文文体意识、语言探索精神和形式与结构的创新，使他的写作在当代散文界已经成为“一道别样的风景”。

在《文秘》一文中，作者写道：“机关里有一种人大概永远欠缺，那就是文秘。”他把文秘的生存境遇、写作状态、等待领导审阅的心情以及领导讲话时是否用稿等忐忑不安的情绪入木三分地刻画出来：“有一次某位秘书在报告的开头引用了《圣经》里的故事，审阅时还是被砍掉，文秘后悔不迭，报告和文学的形象是两回事，怎么就不长记性呢？可到了真听报告时，领导却还是用那故事作了开场白，文秘一时懵懂，那是领导的高招，有些插科打诨的东西是不必印出来的，讲出来却是一种水平，说白了报告写得再好大家也心照不宣。”领导的英明体现在哪里？领导的高度如何呈现出来？文秘哪里是领导肚里的一条蛔虫啊！卢年初这样写，是带着深切的同情和人文关怀的，他把处于机关生态链上最底层的浮游生物活灵活现地还原出来，让人看到了真实的机关以及机关里来来往往的人。作者将机关人的生存状态放在广阔的现实语境中，既体现了作者对官场生态的温情疼痛，也表现了作者对社会与政治文化的沉痛反思，这样的写作带给读者的不是欢声笑语，而是洒满纸面的沉重叹息和无限感慨。

再如《司机》：“机关里有一种人轻易不要得罪，那就是司机。”因为司机就是领导的影子，是领导接触世界的一个气孔，领导因为司机而多了一份自由，司机因为领导而多了一种权力：“司机的能耐全在于坐在他旁边的人，看到了司机就看到了领导，他们组合在一起，就好像是一个整除不尽的数字，领导是前面的整数，而司机则是小数点后面的那么个小不点。可是你得罪了司机，也就等于把领导的那点能够绵延的余味舍弃了。”卢年初讲述的并非是虚灵之物，也不是空洞的诗意，他所有阐述和追问的是理性地描绘当下社会的真实，这种描绘是对历史的触摸和对乡村的抚慰。

如果说，《一个人的诊所》《退位干部》《文秘》和《司机》是对机关在场的亲历、感悟、回忆和记录的话，那么，《官太太》一文则是另辟蹊径，从男权文化的对立面出发，强调一种经验的转变，一种漂泊主体在政治身份和文化身份发生改变之后家庭文化和夫妻关系的变化，以及社会大家庭和都市民众对这种变化所应当承担的责任：“所有的官太太最初把丈夫也就当个男人，有的还是个窝囊的男人，有一天却变了，周围的许多人把他当作一尊神像，她才纳闷是不是有眼无珠……官太太是笔了不起的财富，有心者会抢着接纳。汇报工作是个捷径，联络感情是个话题，乃至单位出了什么麻烦事儿，官太太也是块挡箭牌。这样单位的日子就很滋润，上班无须赶时间，人家的事儿不光在此，还得为领导服务，来得迟点，离得早点，才叫正常。”正是这种转变的身份和漂泊的状态构成了一种“散文的语境”，也正是生活本身的介入，让官太太远离情感，走进中心，直到铅华洗尽、浮躁全无，她才让生命真正沉潜下来。直到此刻她才幡然醒悟：“时光能流转出许多，官太太渐渐老去时，才感到自己像只用久了的茶杯，积上了一层污垢，才感到和别的女人也没两样，对男人的最好服务莫过于美丽常在。”

这不仅是一种生命的过程，更是一种文化上的乡愁。这种乡愁同样表现在《签字》中：“签字只是公务中一个简短的细节，其文字功夫却粗糙不得，要遵循诸多游戏规则，可称官场文化的一个缩影。”在这里，作者展示的是一个文化他者的冷静观察，是对传统汉文化“超稳定结构”的再发现。卢年初的再发现带着批判的锋芒，主要是对不同地区、种族、群体中那些具有“超稳定”意义的文化结构，对支配、控制机关人群的生活方式、行为方式、思维方式以及道德准则的汉文化深度模式的发现和表达、反思与批判。这种具有

“超稳定”意义的文化，虽然也处在不断被建构或重构之中，但在本质上并不因时代或社会制度的转型或变迁而发生变化。无论官太太是由不适应到适应还是再到理所当然，最后的醒悟总是发人深省。家庭关系的变化或平衡与丈夫在机关(社会)地位的变化或平衡是成反比的，丈夫在单位的地位越高，自己在家庭的地位越低，而这种家庭的“低地位”又从社会上的“高地位”中得到补偿；丈夫退休后，家庭的关系重新调整过来，而此时两人却都老了。

作为文化意义的签名也是如此。官当得越大，签名的艺术也越讲究，写出的字越含糊，内容越易引发歧义，结果也就越让人捉摸不透。所有这一切，都是积弊已深的“仕文化”衍生出来的，都成为民族心理“超稳定结构”的重要组成部分。正因为此，机关生态的最终认识是统一的，那就是：“当官当不了一辈子，做人才是一辈子的事。”这是一种自嘲，也是一种无奈，一种经历风雨之后的淡定。这种淡定是“亚都市叙事”的精神还乡，其文化表征如下：当追梦不得或者所得之梦不是欲得之梦，事业受到挫折，心情感到压抑时就会产生强烈的回乡意愿，就希望在熟悉而陌生的故土寻找属于自己的精神栖息地。从这个意义上说，卢年初的机关生态散文与他先前的乡土散文在精神深处是一致的，在价值指归上是同源的，在血脉谱系上是同质的。这也正是卢年初机关生态散文以小见大、以滴水折射阳光的意义之所在。

## 第三节　秦羽墨：乡土散文下的自然意象格局

在秦羽墨一系列获奖的散文作品中，存在着一个共同的特点，那就是在短短几个字的题目中，都无一例外地将人与自然联系在一起。[①] 作为以乡土散文为主要创作题材的作家，这或许并不算作一种奇怪之处，故乡书写总是与自然不能完全分割的。但在另一种层面上，这或许体现了作家一种独特的创作方式。于秦羽墨而言，“自然”在他的散文中并不是完全算作自然实体，它们不仅作为承载乡土记忆的一部分辅助完成勾勒湘南乡村风貌的任务，而且具有更深层次的叙事价值与象征意义，从而形成一种独特的自然意象格局，构建出作者隐秘之下宏大的创作视野与价值观念。可以说，“自然”在秦羽墨的笔下，充当了乡村转型历史进程中的见证者角色，它们见证着作者个

① 秦羽墨散文年选及获奖作品：《父亲是一只羊》《植物·青春》《一棵水稻的现代属性》《风中有声》《蛇群出没的村庄》《通鸟语的人》。

人成长的生命体验，见证着乡村代际传承间的人与自然形成的情感依赖与生命哲学，亦见证着时代变迁下故乡世界的无奈陷落与求索。

## 一、童稚视角下的湘南记忆

秦羽墨的散文主要描写湖南永州蒿村的日常生活，生于斯长于斯，关于湘南乡村的记忆在他心里、文字里扎下了根。童年时期的文字追溯在秦羽墨散文中占了很大一部分比例，在他的文字里，童年并不完全是明朗的色彩，而更像是天生具有孤独敏感内心的少年以一颗虔诚的心与湘南乡村每一处沟通的过程。这沟通还极具耐心和感同身受，因而他笔下，湘南的自然之景物是拟人化色彩的，是具有本不属于乐天安命之“自然”的宿命感的。总之，秦羽墨散文童年视角下的湘南记忆，兼具明媚与冷意、温情与疏离，带给人别样的审美感受。

将乡村中的植物谱成一系列的《植物・青春》，是完整童年视角的散文篇章，以植物溯源记忆、谱写故事，每一章都透露着人与自然的和谐的生命韵律。在这串植物与青春勾连的记忆里，他把稻子当作飞镖插进心仪女孩的头发惹得她嗔怒疾哭，花上一个孩子所有的耐心去等待葡萄的成熟，在杜仲林下任由时光流走静静思索许多小孩的隐秘心事，为没有保护好几棵硕果累累的柿子树而悔恨不已，像伟人干下一件大事一般独自在山林间开疆拓土只为栽下两棵仙人掌好实现种树的梦想……每幅画面里的影子好像都是孤独的，而正是因为孤独，所以每种植物在他心里都值得被认真对待，天地万物间的渺小都能被容纳于心，融入那颗远离成人呵护关心的童稚心灵里。稻子、葡萄、杜仲、柿子、蔷薇、仙人掌、桑树等这些诸多乡村自然意象，都是记忆的载体，它们不仅代表着作者个人童年的纯真生命体验，还代表着乡村少年群体共有的生命印迹。这群少年，他们偏居在湘南山村的各隅，长辈并不给予他们很多关心，他们常常在童年时期就需要劳作，独自承担耕种、放牧等诸多农活，大自然所给予他们的温暖与新奇远远超过其他事物。是自然教会他们成长，他们以一颗赤子之心对待自然万物，从自然万物的生命轨迹，探究天地事物的生死无常，从而逐渐领会成长过程中无可避免的忧伤。从敬畏自然到体会自然，从秦羽墨笔下，所写植物的命运中都能领略。被拔掉胎心的稻子无法结出谷粒，“我”许诺再也不伤害稻子，就像不伤害艳君一样；葡萄架被父亲拆掉后“我”的心也空空的；杜仲在贡献了它的经济价值后垂垂老矣；柿子树在遭遇几番“抢劫”后破败不堪……作者仿佛慢慢懂得成长意味着不断逝去，尽管在童稚视角的呈现下其行文言语生动活泼，极具孩童的天真烂漫，但蓬勃之下是无数被毁灭消亡的影子，在个体有限的成长视野中，自然不再只是四季轮回，可死而复生，它们原来也有无法避免的颓败宿命。

这种创伤性经验被隐藏在童稚视角下，像是不谙世事的孤独少年无意间闯破了一桩桩“自然”的秘密，使他天真敏感的心灵蒙上了一层阴郁的色彩，同时也得到了一些成长道路上的启示。《风中有声》中，小时候的“我”在放学路上穿越那片恐惧的山林时对母亲的强烈依赖与渴望，在赶“社戏”途中走丢时与母亲所发生的彼此的心电感应，这些创伤同样不会随着时间的流逝而被忘却，就如同文中所述——“有些东西，再大的风也吹不走”①。这样的创伤带着温情，而有些创伤吹不走，也永远不会痊愈，那是被遗忘的疤痕。山村里的英琪老师擅唱山歌，性情温和，可是时代的大风抛弃了他，原本再代两年课就可以转正为国家编制老师的他因为学校被取消而丢失了人生的方向。然而他的父亲当年也是因一场偶然的变故不能提干被迫返乡务农，命运仿佛同他们父子俩开了一个玩笑，随后决绝地把他们抛弃在时代的浪潮里。山里的风或许能听懂英琪山歌里的哀伤，可它除了无声的陪伴还能做些什么呢？它见证着一切的温情与悲凉，年复一年地吹遍湘南山村的每个角落，就像天地之主宰，日夜运行这轮回的宿命，默默收藏起无数的故事。这些创伤性经验皆来自主体心灵，来自孤独敏感的内心，童稚视角并没有淡化这些温情与悲哀，反而在缓缓的叙述性话语中倒入了更为浓烈的酒，你不经意间读完了整个故事，才发觉唇齿间竟尽是些淡漠的悲哀。

## 二、生态视角下的生态观念

在秦羽墨笔下，湘南乡村的自然意象具有浓重的地域风情，如水稻、梯田、山风、桑树、柿子、多蛇等，而与人这一要素相结合后，又表现出深刻的人文与生态关怀。湘南乡村的自然意象不是粗犷的西风啸牛羊，也不是小桥流水人家的兔猫鸡鸭，而是并无明显特色的大杂烩。湘南多群山环绕，因此梯田多平原少。牛羊鸡鸭都有，却并不偏重群体性地以单一物种养殖为生，而是组合饲养。它的风格既不粗犷，也不柔美，而是多了一些夹缝求生的无奈。不过即使如此，湘南乡村中的自然意象在作家笔下仍然自成一派。作者曾在创作谈中提道：“不管别人怎么写乡土，那与我无关，我只写属于自己的

① 秦羽墨. 通鸟语的人[M]. 北京：作家出版社，2016.

那一部分，如果别人问起，我宁愿称它为成长散文，只是这个成长是以乡土为背景，而不是其他。”正是发自内心的倾吐，才自成独属的一分风味。在他笔下，无论是动物、植物，还是无生命的自然之物，都在与人类的并置中鲜活起来，共同构筑起了独属于湘南乡村的气息。因为与人有了故事，这些自然意象仿佛在动态中鲜活了起来，它们有了自己的话语，也有了本真的灵魂。

“我躺在地上，头枕双臂仰望蓝天，天空挂着孤零零的一朵云，远远地与我对视，周边没有参照物，很难判断它是否在移动，此刻，我们就像天上地下的一对兄弟，彼此形影相吊，相对无言”（《一只蝴蝶带来的孤独》）。[①] 在这里，人与自然达成了相对静止的和谐状态。深山密林中，他为一只停留片刻的黑蝴蝶寻找一整个下午，但黑蝴蝶从此消失不见，只留下孤独的情绪和一段往事。《风中有声》里，风成了山村里来去无踪影的神秘人，它能带来流言，带走未曾说出的心声；能在“我”彷徨失措时送来母亲的呼唤，同样给落魄失望的英琪送去回声的温暖。值得注意的是，在这些故事中，人与自然虽然彼此依赖，但并不是势均力敌的存在，无论是“黑蝴蝶”还是“风”，人类对它们无计可施，它们代表的自然意象都凌驾于人为因素之上，是真正无意识的旁观者。这种关系绝非无意为之，是自小细微的观察和成长后敏感的体悟给予作者洞察世事的穿透力，并逐渐形成了敬畏自然、尊重自然生命的生态意识。

他的散文《通鸟语的人》，文中的“我”与自然界的鸟可以无障碍沟通，但一次有意伤害鸟类的行为让他深深自责，许诺再也不去抓鸟，多年以后，当他再次回到村庄，通鸟语的神秘能力在他身上彻底失效，就像读不懂鸟语一样，他也许也失去了读懂故乡的能力。“通鸟语”虽然带有虚幻色彩，可失去“通鸟语”的能力喻指着什么？一颗不敬畏自然生命之心所受到的惩罚。《羊事四季》里，作者笔下人与羊群是亲密的依存关系，他们为羊日夜不归家焦虑担忧，为羊治病竭尽全力，为生计所迫以羊换取经济利益而不舍难过，这些情感都是无比真实的。人类不再只是动物经济价值的掠夺者，而是把它们当成了自然家园的一部分，甚至是生命本体的一部分。在《父亲是一只羊》中，作者将中年父亲的形象比喻成一只羊。父亲已经到了知天命的年纪，干不动其他重活，养羊成为父亲支撑家庭经济收入的唯一办法。曾经的父亲也

---

① 秦羽墨. 通鸟语的人[M]. 北京：作家出版社，2016.

是握过笔、从过戎的一方才子，因为一场“文革”被埋没，年轻时的父亲脾气火爆如雷，而当父亲养了一群羊后，他逐渐把羊看得比他自己的生命还重要。他为下暴雨不归家的即将临产的花母羊担忧地无法入睡，为羊群到处惹祸而忍气吞声赔笑脸，为生病死去的小羊羔做一方坟墓……父亲生活里满是羊的影子，而当他彻底离开了羊，他也就迅速衰老了下来。父亲就是生活在大山里的一只羊，在这里，羊已经成为作者记忆里的象征符号，成为父亲的故事中不可缺少的形象角色。这种人与自然相依相存的亲密性，流露了作者在叙述层面对自然意象的不自觉依赖，这种依赖源于对湘南乡村的熟悉，同时作者赋予了这些自然意象象征意义，它们在承担叙事功能的同时体现了作者“万物有灵，道法自然”的生态观念。

另一种人与自然对立的关系同样存在。在秦羽墨散文的人物谱系中，有一类与自然力量对抗的人，他们是乡村里以捕杀动物为生的人群。在《蛇群出没的村庄》中，作者描述了一个祖辈三代以捕蛇为生的家族，捕蛇者不像庄稼人四时皆忙，一年只需忙活两三个月便足够一年生活，他们在山野四处寻找值钱的蛇类，使用熟稔的技术将他们捕杀贩卖，虽然风险极高却令庄稼人羡慕。但在作者笔下，捕蛇者这类人都是悲惨的结局，响生的父亲刘猛子死于剧毒的五步蛇，响生报仇却被蛇咬了一口成了痴傻的哑巴。响生的结局是一种轮回，响生捕了半辈子蛇，最终他的皮肤也好似挂着蛇鳞，成了一条不会说话的“蛇”。这些捕蛇者的悲惨结局隐隐揭示了作者的生态观念，若是毫不节制地向自然予以索求，自然会让你付出相应的代价。“万物莫不尊道而贵德”，恶积累得多了，善果就不会到来。

## 三、城乡视角下的离乡模式

有一类本属于乡村的自然意象离开了故土的叙述话语，随着作者成长的足迹成了回忆里的风景，但它们在作者身上留下的烙印没有消失，在现代文明属性与重回故土的背景下，它们产生了另一深层的话语意义。

在作者一批书写城市话语生活经验的散文中，仍然可见诸多自然意象。它们一部分褪去泥土的外衣进入城市文明，一部分仍然留在记忆中充当作者思念故土的凭证，见证着中国乡村社会现代化转型的历史进程。在《一棵水稻的现代属性》中，水稻的生命之旅延长了好几道加工程序，那是进入城市文明所需的改造。曾经作为中国传统农业文明璀璨的水稻，它原本就是粗粝的、棱角分明的，每一颗都具有自己独特的个性，几千年来人们赖以生存的就是这样的它，但城市要求它们整齐统一、光鲜亮丽，只有被打造成如此的水稻才有资格进入城市。在强大的城市文明面前，水稻显得如此弱小，不堪一击。它们隐喻着从农村来到城市生活平凡而卑微的人们，“我”和遭遇黎华欺压的小萍，都是弱不禁风的“水稻”，不断地被城市改造，在寒风凛冽的人间茫然不知所从。《我听见乌鸦在唱歌》中的“乌鸦”，是生活在城市的乌鸦，它原本也是湘南大山中飞禽走兽中的一员，来到城市文化单位旁边公园后却遭人驱逐打骂。它们只是羽毛漆黑，形象不佳，并无其他过错，却因叫声不佳被人们认为是凶兆。曾经久居在大山的“我”深知它们的习性与善良，但城市只把它们视作消遣甚至是碍眼之物。水稻与乌鸦，这二者都是乡村自然意象，它们看似都融入了城市化进程，但实际上都是被城市排斥的边缘者，它们的根一直在有泥土的乡野，只是被一阵风裹挟进了城市，从而迷失了回去的方向。那些未曾被裹挟的，都带着回忆伴随着归乡者的身边。在《通鸟语的人》中，离乡十五年后的“我”回到故乡再也不能融入鸟语的世界，就好像再也读不懂那座村庄的生与死；《风中有声》中，“我经常站在城市边缘，一个人静静地闭上眼睛，竖起耳朵，最大程度打开内心的窗户，希望捕捉到一点关于故乡的消息，可平原上只有风走来走去，它们使我感到厌倦。”身处洞庭湖平原上我仍然竭力听故乡的风送来的声音，但是长久的离开故乡的灵魂已然疲惫。

“离去—归来—再离去”是现代文学中乡土情结的经典模式。时代虽然发生了改变，但这一现实情节仍然在不断重现。如同众多扎根在黄土的农民对时代浪潮的渴望一样，作者选择了由乡村进入城市的道路。然而真正进入城市生活时，当初在浸染在故土所形成的精神气质与价值观念，却难以使他们忽视自我原本的身份话语，那些植根于内心的文化心理是他们永远也无法抹去的痕迹。因此，他们很长一段时间内既无法真正融入城市化进程，也无法回头追寻过去的原乡，成为无根的浮萍漂于精神的虚无境地。真正痛苦的是，那些他们曾经在故乡印刻于心的自然意象，却时时以另一种面貌提醒着已经回不去的自己。它们曾经也心属故乡的土地，可是同人一样，它们被席卷进另一条道路，它们也在流血。

秦羽墨在书写这些城市生活经验时，仍然选择了他最熟悉的乡村自然意象，通过这些回忆里的风景，作者或许想告诉我们，他仍然爱着泥土的身份，在完成了从农民到市民的转变后，那片乡土仍然是他精神世界中最重要的一部分。那些水稻、鸟群、花草和风送来的气息，都种在了作者的内心深处，在经历了生活的风蚀壤损后仍然葆有最初的样子。如果说时代的城市化进程给乡村带来的变化触目惊心，那么“自然”就是给故土的“零余者”最后一块见证碑。

### 结语

人自古以征服自然为荣，涸泽而渔、钻木取火，自然看似总是被征服的一方。当秦羽墨笔下的“自然”作为见证者的高度反败为胜时，乡村中人温情自由的面庞就不免蒙上了一层冷意的纱。主观感受上种种“自然”是天地万物间微渺的一瞬，但实则它们才是宇宙万物运行的不变法则，是真正永恒的象征性存在。正是如此，湘南乡村在秦羽墨的笔下，才不仅限于自然风光美好的家园情怀，而是展现了更为灵动可感的个人生命体验，呈现了中国乡村在历史发展进程中一份更真实的档案。此可为作家的独特创作之处。

## 第四节　张天夫：乡村叙事中的文学想象

张天夫作为一位基层作者，兴趣广泛，写作是其重要的业余爱好。他不把写作当成为稻粱谋的一种手段，更没有把它当成是仕途或事业上的一块敲门砖，他把自己置于一种书写者的“散养”状态，不为名，不为利，只为灵魂的安宁和精神的滋养。他的写作没有条条框框，想写就写，无话不写，有话就写，既不为“赋新词强说愁”，又不绞尽脑汁玩花样，更不讲究集中时间和精力只攻一个门类，相反，他性情所至，什么都写，诗词歌赋，通讯、特写、散文、杂文、纪实文学甚至小说都写，是属于全才、通才型写作者。这种综合的书写能力使他的散文随笔写作给人一种多元化风格，他的散文既有叙事元素，又有抒情特质和杂文品相，同时还有个人与时代记忆之间达成的认同与反思。

张天夫扎根于湘西北深厚的土壤，就其散文创作而言，他能够另辟蹊径，聚焦乡村、乡情、乡景、乡俗、乡愿，既有现实生活的真实描写和哲学层面的学理思考，又有“采菊东篱下、悠然见南山”式的旷达、禅意与散淡，他从不刻意追求语言的艰涩与委婉，也不端起架子，追求主流、宏大与气势，而是用真善美、用“小我”的欢喜与内心的情愁构建出属于自己的清新自然的文学世界。张天夫的作品真诚而质朴，简洁且诗意，充满泥土的气息和山花的芳香，读来会心一笑，却又发人深省。

## 一、别有洞天的乡村叙事

张天夫的乡村书写没有受困于长期以来乡村固定写作的藩篱，他不是对往日岁月做扫描式书写，而是带着现代思维和时代的省思去审视脚下的这片故土，审视“高家峪”“磨岗隘”和“老街”的沧桑变化，审视“贫贱的红薯”背后所蕴含的深义。正如席勒所说，“当我们开始感受到文明的辛酸时，我们马上就急切地渴望回到它那里去”，[①] 乡村是一大批文学创作者生长的基地和大本营，那里是他们情感的最终归属地，在20世纪我们国家和民族历史发展的曲折道路里，乡村也是这一批作家身体和思想栖息的避难所。

张天夫的乡村书写走的是一条提纯美化式的“塑神话”与追求典型真实的“绘肖像”并行的路子，他既写出了美化后乡村生活的诗情画意，也写出了内心深处的苦难和艰涩。雷蒙·威廉斯在《乡村与城市》一书中说：“劳作的乡村几乎从来都不是一种风景。”[②]张天夫是一个从乡村的真实劳作体验中走出来的写作者，他看到的乡村既有着“沈从文”式美好的湘西风光，但也是一个斑驳陆离、疲惫不堪的苦难场。在散文《结绳》中，张天夫写自己在“上山下乡”运动中被下放到“高家峪”，作者笔下的高家峪是一幅灰色调的素描：“土砖屋、草揉树、稻场、碾滚、屋档头的破瓦罐，屋檐下酣睡的黄狗，猪拱栏的声音……”[③]这些属于古老岁月的沧桑意象在20世纪的高家峪重现。在高家峪画圈记工分的事情被作者比喻成远古时代的结绳记事，他自比为一位远古长者的身份，每天绕着黄河、长江两条长绳打圈记事，记录的是高家峪一天男女老少的工作，也是高家峪所代表的民族记忆。文章的最后，作者用愤怒而又克制的声音向20世纪六七十年代又一次的结绳时代提出了问题：“今天，中国最聪明的城市，还会打圈吗？”[④]《结绳》向读者展示了“高家峪”美丽而又艰辛的历史，张天夫的“乡村情结”不仅寄托着他对乡村生活的感怀与追忆，而且他借乡村的深沉眷恋激起对历史的反思和对现代意识的渴求。

随着城镇化的发展，大批年轻人离开农村去往城市，农民阶层的土地情结在不断地被淡化。张天夫这一代人少年时期以土地为生存根本，成年后开始向城市迈进、在城市求生，乡村留下的种种记忆和生活习惯成为观照城市

---

① 弗里德里希·席勒. 美育书简[M]. 徐恒醇，译. 北京：社会科学文献出版社，2016.

② 雷蒙·威廉斯. 乡村与城市[M]. 韩子满，刘戈，徐珊珊，译. 北京：商务印书馆，2013.

③ 张天夫. 天不在意[M]. 合肥：安徽文艺出版社，2014.

④ 张天夫. 天不在意[M]. 合肥：安徽文艺出版社，2014.

的特有方式。在散文《命中的红薯》中，张天夫写红薯的低贱和其顽强的生命力，写进入城市生活之后大家更看不起吃红薯的行为。经历过“文革”的作家在创作中普遍存在“饥饿叙事”的精神记忆，红薯正是张天夫饥饿记忆的精神寄托物。作者借红薯串联起历史与现在，串联起过去的种种苦难和现在的时代变迁。在《摆拍》中，作者讲述与好友为故乡的老街拍摄宣传视频，“我似乎做了件蠢事，我给故乡还愿，仅是一次对故乡、对自己的欺骗”。摆拍中的老街已经不再是记忆中的老街，而那个残破的却仍旧在努力支撑残破躯体的身姿才是老街。社会历史的变迁带来的是一个时代的悲悯和喜悦，在现代文明和梦中的故乡的两相参照中，不难看出作者对城镇化进程中乡村处境的忧思，以及对原生态的乡村本土文化的珍视。

蛰居城市的繁华与喧闹，但张天夫的心始终是属于乡村的，属于草垛、水井一样的质朴、纯粹与宁静。他把眷恋的文学目光投向生育养育了他的这片热土，其乡村散文书写继承了二十世纪九十年代以来新乡土散文“抒写乡村无法回避的苦难与令人向往的纯净、自由、质朴，传达作家面对乡野思考世界与人生的精神高度”①的人文传统。他的乡村叙事中既有大量传统的乡村影像与乡村书写，也有作者全新的当代文化意识的体现。张天夫的乡土散文直面乡村历史和发展中的问题，对地方文化的探索、对历史的哲学思辨和他个人的生命体验相结合，使他的作品带有极强的历史反思意味和现实主义精神。

## 二、根植大地的文化书写

中华文明曙光初现的澧阳平原西端孕育了湘西北，这块神奇的大地有着深厚的文化根基和丰厚的历史积淀。地域的文化沉淀对一个作家的成长和文化人格的凝聚具有重大的作用，张天夫的散文创作扎根于湘西北的大地，源远流长的湘西文化增加了其创作的厚度，潇湘之水滋养着他清新而又温情的文字描写，茶禅之乡的传统丰富了其散文的韵味。他的散文讲述着湘西北的自然美景和湘西北视野关照下的故乡人事，带有明显的湘西北文化的烙印。

湘西北的山水不只是张天夫生活的空间，更是他事业和生命的一部分。张天夫对湘西北地域的书写体现在他对湘西北自然风光与当地历史人文的赞歌之中。他访壶瓶山作《壶瓶独卧》，写自己在山中物我两忘、独卧青山，听

---

① 陈艳玲. 打开缺口寻找新天地——在场主义对散文观念的革命[J]. 当代文坛，2015（7）.

水声雷动、看瀑布飞扬、倚夕阳、拥山风、观壶瓶山之景。作者将耳目借给原本无情的山川，使得山川也拥有了人的色彩和主体的意识，充满了自然、宁静、和谐的艺术感染力。正如萧汉初评价《壶瓶独卧》，其"论意旨宏廓深邃，论格调高古超越，论想象富赡飘逸，论文采灵动璀灿"。除了壶瓶山，张天夫也常写夹山，如《夹山秋行》和《再赋夹山》，作者眼中的夹山如一个翩翩少女，春天的夹山着绿装姿容淡雅，秋天的夹山着红妆风姿潇洒。张天夫写山、写飞瀑也写村庄，他在《宁静敞亮北溪河》中描写了湖南省北部的一个小小村庄——北溪河，它离外面世界远，离自己的世界近，如世外桃源一般享受着其最原始的美丽。张天夫写的大体上都是寻常景物，描状无数人写过的瀑布和山川，但依然能从新颖的角度入手，别出心裁、不落俗套。在他的散文中仿佛能看到活脱脱的夹山、壶瓶山飞瀑、避世的北溪河，这些山河村庄闪耀着生命，在湘西北历史大地上闪闪发光。

自然之外，湘西北视野关照下的故乡人事、乡情与亲情也是张天夫写时新的主题。写身边至亲至爱的佳作当推《奶脚》和《早行》，张天夫用一颗真挚而质朴的孝心来缅怀记忆中的母亲，一个劳累而温柔的农民母亲形象跃然于纸上。《奶脚》中写母亲亲手为一家人缝制了一双双布鞋，布鞋承载了母亲深沉的爱。缝布鞋是母亲能做到的很微小的事情，却在经年累月的积累之中成为一件大事，化成人间最伟大的母爱。母亲逝世后，作者对母亲的爱与怀念就留在了柜子中的布鞋上。"我是因奶了母亲的乳汁，同时奶着母亲的布鞋，才有力量跋涉这个世界的"。[①] 张天夫在文章最后将母亲的爱转化为自己在人生坎坷路上跋涉的全部力量，母亲的养育深恩和作者的深沉孝心在字里行间展现得淋漓尽致。《早行》中写母亲在寒夜里为"我"下厨送行，昏暗的灯光下母亲坚韧摇晃的背影更是我们民族母亲形象的代表。正是因为作者心中有爱、有缅怀、有悲痛，他强烈而真实的情感使母亲的形象才能够刻画得如此传神和动人。《乱世中的古人》中，作者写"我"与桥舅爷的互动，在故乡观照下的捕鱼画面十分温馨，充满温情。作者借捕鱼一件闲事解读了湘西北大地的闲散与平静，用幽默风趣的方式剥离了人们刻板的世俗相，扑面而来的父老乡亲的乐观、坚强、积极向上的野性生命力。

湘西北的夹山自古便是举世驰名的茶禅祖庭，禅宗文化作为湘西北地域文化中的一个重要概念影响着张天夫的文学创作。张天夫的散文中多处谈及

---

① 张天夫. 天不在意[M]. 合肥:安徽文艺出版社, 2014.

坐禅问法，他的文章中总是深藏着一颗禅心，浸透着禅的思想。散文《禅无思》凭借其独特的对“禅”的思考和卓越的遣词造句能力获得了中国第六届冰心散文单篇作品奖。张天夫对于禅意的独到理解和运用令人惊奇，在《禅无思》中，作者阐释了“禅”本来就是无一物，是没有思想的，只是在现代化、现代化进程中，“禅从乡下草庐里被请了出来，换上高跟鞋，一歪一扭地来到都市的试衣镜前，任凭先生小姐们为她挑选时装”。[①] 在他看来，真正的禅意恰恰就在言语之外，不托寺庙、不托万物而生。张天夫把自己的体察和感悟融于社会自然的精深妙微，把坐禅问道中冥想沉思的思考方式融入艺术构思中，使他的作品更显单纯质朴，自然真切。林清玄曾在自己的散文序言中讲道：“散文创作中的精神家园感，其实是一种艺术深层次上与宗教高等的极限。”[②]张天夫散文中的禅意正是在繁杂的现代生活中为读者提供了一个精神家园，为当代社会和都市生活注入了一股清新脱俗的气息。

湘西北的地域文化是张天夫文学创作的根本，这片地域赋予作家探索心灵的能力，我们能到感受到张天夫守护地域文化的精诚之心。湘西北的土地上寄托着他的生命体验和人生感受，张天夫凭借自己敏锐的感知能力和文学创作力，将固有的文化意识和湘西北的地域风情相融合，构建出属于他的文学意义上的湘西北。他的湘西北的大地上流动着他对人生的哲理思考，蕴含着他对当代湘西北人生活样态和生命形式的感动和提升。

## 三、充满诗意的审美世界

张天夫的散文中有许多妙语隽言，语言有力而丰饶，遣词造句清新脱俗，语言极力避免落俗。同时张天夫的散文中充满了他的哲理思考和理性升华，他的思考既有对历史的追溯和对时代的审视，也有对文化的反思。张天夫的散文正是在其诗意的语言和思考的理性升华上，建立了一个清新明丽的审美世界。

首先，张天夫对生命真实而深沉的感知和其天人合一的自然观念，为读者提供了一系列充满诗意与美的生命形态，建造了一个“尊重自然，敬畏生命”的审美世界。读张天夫的作品，常常看到他用寥寥数语写出对象的动态之美，为自然之物赋予生命，静态的事物在他笔下犹如曼妙少女，活灵活现。

---

① 张天夫. 天不在意[M]. 合肥：安徽文艺出版社，2014.

② 林清玄. 林清玄散文[M]. 杭州：浙江文艺出版社，1994.

他在《井》中写“秋月羞羞答答地只从平台边露半只杏眼，把一线秋波抛进院子水泥地上，想试探小院的深浅”。[①]《三人行》中，他写时下喝茶已经变成了附庸风雅的事情，品茶一事也有了诸多附加的名头，他便将茶比作“一位清亮亮的少女子被绞上了五花大绑”。[②] 在《万水归宗》中，八十岁高龄的多田侑史离开夹山时，作者不写老人却写夹山如人：“夹山凝视蹒跚的背影，放出满山鸟语，做千年一次恭迎，又匆匆做千年一次送别”。[③] 在张天夫的笔下，审美客体已不是纯粹的、无生命的客观事物，山水日月皆有灵，它们都是有生命、有灵性的存在。

其次，张天夫从古典文化中取道的散文语言化唐诗、典故、禅宗公案于其中，兼具厚重的历史感和清新朴素的诗词美。单看《中国哲学的法眼》一篇，作者从时间和空间上双向移动，从春秋典故讲到唐宋诗词，从老庄的无为走到孔子的仁义，从草庐的《出师表》到长安城的双子星，作者化典故于胸中，诗歌辞赋贯穿文章首尾。散文语言具有古诗词的风韵，如作者在文章结尾写道，“蝉，化作翩翩飞舞的黄蝶，被杨万里从大宋的田野上追过来，一眨眼，飞入菜花无处寻……”[④]《万水归宗》中，作者的扁舟从唐代的善会和尚飘到大宋的圆悟，扁舟仰赖的一汪泉水再顺着时间铺成的长河流向一九九二年的夹山，流回二零零八年的碧岩泉。作者对夹山的历史文化了如指掌，借文字回到历史的现场，触摸历史留下的褶皱，感叹历史带给夹山独特的风韵。张天夫的许多文章都熟练自如地运用丰富的人文典故和历史资料，语言的历史感彰显了作者深厚的知识底蕴与飞扬的文采。

张天夫的散文也具有哲学层面的学理思考，这使其作品思想内涵更加深邃，艺术境界更加宏大。张天夫的散文写石、写茶、写石门山水，写的都是小事小物，在散文《三人行》中，张天夫谈及自己的两位好友便是茶与石，石头教人朴实无华，遵循自然；茶教人无为清净，少刻意而为之。但是其散文指向的都是大的境界和大的思想，写出的是历史、时代、社会、国家。张天夫的散文中暗藏着他强烈的社会关切，他的知青记忆转化成了一种宝贵的思想积累，个人的时代记忆上升为他的理性经验和人生智慧，这在他的散文中多有体现。《风化》一篇的最后写，“万重大山也没能阻挡住那场没有人性的

---

① 张天夫. 天不在意[M]. 合肥：安徽文艺出版社，2014.

② 张天夫. 天不在意[M]. 合肥：安徽文艺出版社，2014.

③ 张天夫. 天不在意[M]. 合肥：安徽文艺出版社，2014.

④ 张天夫. 天不在意[M]. 合肥：安徽文艺出版社，2014.

革命的风化，至今仍残破不堪；更可哀痛的是，在我们普天下皆认为获得了第二次解放的同时，全社会又正在遭到更弥久的不是革命的人性的风化……"[①]作者用沉痛的语气讲述记忆中的一场革命，也对当下社会进行发问，提出了隐含教诲和富于理性气息的启示。

正如丁东对《天不在意》的评价："文采因沉思而凝重，大地因才气而生辉。"张天夫的散文语言富有文采，带有很强的思想性，个人情怀、家国情怀与作家本人的美学意识一起构成了其作品的文学天地和审美天地。

### 结语

张天夫的作品融审美性和思想性于一体，地域色彩和创新意识于一身，其作品的语言、形式、内涵都独树一帜，如泛舟之大江，处处皆风光。张天夫深爱着脚下生他养他的这片乡土，故乡的山川既是他生命的摇篮，也是他文学的归属。从他的文学作品中，我们能看到他努力向外探索世界的奥秘和向内寻找心灵的归宿，能看到一位文人站在渫水河边感受生命的千百种可能性，记录自然万物的呼吸与变化。张天夫无疑是一位优秀的作家，其才识和思想带有其故乡和湘西北地域文化的代表性，其作品丰富了现代乡村散文书写和湘西北地域文化的内涵。一言以蔽之，张天夫乡村叙事中的文学想象为文学湘军，特别是常德当代文学的发展注入了活力。

## 第五节　刘明：自我警醒与精神洗尘

人之所以为人，就在于人能够思考。但能够思考与善于思考是不可同日而语的。人为什么要善于思考，其意义和价值体现在哪里，怎样才能称得上是善于思考？德国哲学大家狄尔泰把善于思考上升到主体精神和生命意志的高度，并认为这种思考主要体现在三个层面上："体验——表达——理解"。"体验"隐含着"自我警醒"的意味，"表达"是对自我提升的释放，而"理解"则为"精神洗尘"创造了条件。这样的思考就有意义，就有大的境界可言。

换言之，人为什么要善于思考？因为生命是感知、评价和确定各种目的之过程的出发点，人们是无法把生命带到理性的审判台面前进行实证式的切

① 张天夫. 天不在意[M]. 合肥：安徽文艺出版社，2014.

片分析，所以要认识和把握内在和外在的世界，就必须展开具有指向意义的意向性体验。善于思考主要体现在“我化”了的外在对象世界与主体是“合一”的。语言、艺术、科学乃至花园、工具、机器都是精神(Geist)的客体化物，因此建立在为人类精神所创造的外在世界，与人类的终极目的有着共同的精神实质。这样，“思考”活动就是引出他人及有关生命的各种“表达”的“理解”过程，借助他人及有关生命的“体验”，我们的精神才能在更高层次的阶序上重新发现自己，也才能在自我、他人以及整个精神共同体中理解生命的深邃与博大。也唯有如此，展开“思考”活动的人才真正实现了对人类精神世界的洞悉。这种善于思考不仅极大地丰富了生命主我的个体体验，也为生命他者的精神疆域打开了一个全新的世界。

以上是笔者在品读刘明的政论散文集《大题小论》后所引发出来的一些联想。这部大著共分上下两册，每册19篇文章，举凡追求、历练、倡廉、品行、导向、担当、荣辱观、人文关怀和人文精神等宏大话语尽纳眼底。全书格调清远，纵横捭阖，气势雄浑，其笔墨之沉稳、逻辑之严密使素纸生辉；其规模之宏大、观点之新颖，非常人所及。作为一部“食古而化，超迈入神”的准学术文化论著，该书融中西之理，通古今之变，既有着演讲般的文风和散文式的精妙，又有着与时俱进的思想光芒，平实处荡漾着灵动，智慧中蕴含着幽默，传递给人们的是会心一笑的心灵感应、如醍醐灌顶的文化积淀和温醇厚重的精神食粮。

## 一、思考的境界：从主体精神到生命意志

大凡写书作文，有两种方式最为常见。一类为“大题大作”，如《中国文学思潮纲论》或《西方美学流变简论》等，这类著述开口很大，往往就某一个历史时期出现的独特现象进行分析、归类和总结，而在阐释过程中，各章节之间逻辑严密，各有所归，或阴或阳，或柔或刚，或开或闭，或驰或张，变化无穷，追求的是庞大的信息量，是问题的广度和宽度。另一类则为“小题大做”，如鲁迅先生的《友邦惊诧论》，或毛泽东同志的《纪念白求恩》，这类文章角度很小，主要就某一特定事件或个别现象进行阐述，其文字之间，或讽刺，或温情，审定适中，虚实有度，可开而示之，亦可阖而闭之。行文周密之贵微，而与道相追。捭阖之道，依崇高，依卑小。以下求小，以高求大。总之，这类著述追求的是焦点、刀锋，是问题的深度和精度。

刘明的《大题小论》从写作的技术层面来说，是很犯忌的。因为“大题”

本身就很空泛，难以找准切口，而“小论”的篇幅规制也更是难以把问题论述得透彻、深刻。《大题小论》中每一单篇的文章，题旨也的确都很宏大，但刘明从自身的知识积淀、文化背景和个性化的理解和经验出发，从“小”处着眼，以理为据，举事实，讲道理，其论述的锋口往往针对主题的某个侧面，或议或论，无所不出，无所不入，无所不可。可以说人，可以说家，可以说国，可以说天下。这不是普通的写诗作文，也不是为稻粱谋式的挖空心思“做”出来的利益之作，更不是“为赋诗词强说愁”式的呻吟之文。这本书可以归类为领导艺术(The art of leadership)的才情即兴之作，是作者把学习、工作和生活紧紧结合在一起、经过深层次的“悟”之后的精神产品。

正因为此，文中的“小”首先体现着作者的“创造性”，是真善美在现实活动中的自由创造性。“真”是把握规律，在规律中创造升华，升华到艺术境界；“善”就是要符合政治理念，寓教于乐；“美”是指高质量的工作和生活使人愉悦、舒畅。另外文中的“小”还体现着作者的“有效性”，即每一篇文章都有着极强的现实针对性与侧重点，都有着思想的引领作用和实用的功效。此外，文中的“小”还有着作者的非模式化和非规范性、随机性和灵活性的审美特征或写作特点。也就是说，作者不守墨规，不据陈见，灵感所至，即兴阐发。当然，文中的“小”还隐含着作者自谦的说辞。至于书中的“大题”，也是实实在在的。许多论题如《论追求》和《论思考》之类完全就是哲学的命题，这些命题都是人类自身智慧的体现，只有通过对这些命题的不断探讨，才能不断发掘人类自身的智慧。

必须指出的是，一切哲学命题没有固定的形式，所有的命题也都没有终极的、唯一的答案。作为思考的对象，哲学体现人对于宇宙生命无穷无尽、完美无缺的认识，也是人类发展中最重要的东西。思想摩擦出的火花是最神圣和美丽的。所有这些，都是该书“大题”的审美价值之所在，也是作者思考的境界之所在，更是作者写作的意义和该书出版的意义之所在。

该书的一个突出特点，就在于作者善于从形而下的学习、工作和生活中探讨形而上的哲学和领导艺术学命题，这是书中的亮点，也是一大特色。这是一本与时俱进的书，一本弘扬主旋律的书，一本理论与实际相结合的书，一些内容如“两型社会”和“学习型机关”等都是作者的讲话、报告。

比如，作者站在全球化语境的时代大潮中，从经济生活、文化领域、干部作风、个人成长和日常生活五个方面，阐述浮躁病的种种表现，进而分析出现这种现象的思想根源，探讨其危害，指出新的历史时期克服浮躁的必要性和紧迫性，以及如何戒除这种时代病。作者指出："在工作和生活中，我们要时刻对照党纪国法和道德规范，牢牢把住政治思想、道德品质的底线，自警自省，慎独慎微，勿以善小而不为，勿以恶小而为之，坚决抵御各种落后思想和腐朽文化的侵蚀，心无旁骛地投身到火热的工作中去"（《论戒浮躁》）。在《论担当》一文中，作者认真梳理了中国传统文化的精神脉络，不仅高屋建瓴地区分了普通百姓、仁人志士、有志者和国家与民族的"担当"之不同层次和视界的深刻内蕴，生动传神地阐释了承载使命、履职尽责、超越自我和建功立业需要"担当"之可贵品质，彰显这样的品质为人类社会的快速发展提供了丰富的理性资源，而且从担当全局、担当领率、担当道义、担当创造和担当危难五个维度来阐释自己的思考观点，指出担当之人要有睿智、气魄、品格和风范，这样一层一层剥笋般地深入分析，带给读者的是开蒙、启智和激励。

"我思故我在"是法国哲学家笛卡儿提出来的哲学命题，这个至高的形而上的命题，在时间的拐弯处，在思考者的心中，无处不在，它越过世纪的尘埃，在人类精神的花园中生成一片长青的叶子。因为思想的光芒一路照耀，人的精神才能愉悦，人的胸襟才能博大，人的气度才能浑弘，人的境界才能高尚。

刘明穿越苍凉的历史，与时代同行，与思考同在。这些思考因处处凸显独具个性的真知灼见而起到了浓缩历史、升华当下之"滴水折射太阳"的作用。这是一种大视界，更是一种大境界。在作者这里，不仅有忧患意识，有全局意识，更有民族精神和爱国情怀，以及思考者无处不在的精神锋芒、审美力量和新颖可感的"在场性"。这种"在场性"主要体现在时代观照、民族气节和现实关怀。这是作者长期以来的学养积累，也是他孜孜以求的认知和经验的积累，更是其为国为民的高度责任和担当意识的自然呈示。作者及时捕捉了思想深处的灵感闪动，叩开了隐秘在历史机要处的重重玄关，以知识精英的自觉冲动对已经发生的历史和正在进行的现实生活进行及时跟踪和研究，他没有受制于后现代社会里碎片化的文化审美之影响，追求表面性或片段式的瞬间把握，而是以非常个性化的宏观视野以及介入角度和价值参照的独特性，站在社会与时代大变革的精神高度上来考察生命的意义和人的价值。例如，在《论公仆之德》中，作者对"忠诚之德""负责之德""谦虚之德""和合之德""非私之德"和"创新之德"做出深刻的分析，这种分析不仅引用了中西方大量的生动例子和精彩文字，而且透过思想史的角度，对儒者所面临的“内圣”与“外王”抉择的理论背景，即道德与政治的关系做出深层的考察，以此厘清儒家思想史上道德与政治的发展关系。在细节的处理上，作者抓住“养心”一词，从养敬畏之心、感激之心、羞耻之心和愧疚之心四个切面做出具体的意蕴分析，认为人必须“守正”才能“一身正气”；而要做到“守正”就必须从慎微、慎好、慎独出发，才能正大光明，才能浩气长存，才能对得起“人民公仆”之崇高称谓，也才能对得起自己的良心、对得起人民的信任和赋予你的权力。这种以道德的力量来扶持进而提升政治的境界，以“道”来提升“势”的认真思考颇有创新精神，委实深刻，发人深省。

## 二、一个民族必须有关注天空的人

应当说，这是思考者的境界。这种思考不是个人的物质生活，而是精神的向度和终极的追问，即人生的意义究竟是什么？

刘明认为：一个真正有信念的人应该洗尽浮华，追求更高的宏大境界。黑格尔说，一个民族必须有一些关注天空的人，他们才有希望；一个民族只是关心脚下的事情，那是没有未来的。刘明是这样思考的。这本书就是这种思考的结果，它凸现出一种自觉选择、自警意识、自省精神和自励品质。正如作者所讲的，书中的每篇文章所讨论的都是“大题”，要把这些“大题”说清楚，实属不易。但是，在生活和工作中，这些“大题”又是不可回避的。对“大题”作答，是领导者的责任。作者认为，他写这些文章并依此讲话，做报告，是在履行一种责任。

例如，《论追求》一文开宗明义写道：“追求”是“理想+行动+坚持”的组合体，没有理想的追求只能叫躁动，没有行动的追求只能算空想，没有坚持的追求只能叫试探。有了这个组合体，就能组成一辆无坚不摧的“越野车”：理想是“方向盘”，行动是“车轮”，坚持是“燃油”，从而产生巨大的动力，驱使人们不断向前。这样的论述，既有比喻，又有象征，把大而泛、泛而虚的论题阐释得生动形象，触手可及。

接下来，作者深入探讨我们应当追求什么，为什么要有这样的追求，应当防止什么样的追求，以及如何积极行动，实现正确的追求目标。这里的逻辑和结构十分清晰：先是提出问题，进而分析问题，再发散问题和深化问题，最后是解决问题。从中可以看出作者为官为人为文的心路历程。书中没有大话，套话，有的是真知灼见，是深思熟虑，是认真思考。

这种大境界说到底就是“一种感受、气氛，一种情调，一种心灵空间，一种感觉，一种艺术的高度、精神的高度，一种人的生命自由的状态与体验”。作者对宇宙人生的思考，真正实现了王国维在《人间词话》中所说的“须入乎其内，又须出乎其外。入乎其内，故能写之；出乎其外，故能观之。入乎其内，故有生气；出乎其外，故有高致”。

与其说这种“高致”是思考的境界，毋宁说是自我警醒与精神洗尘更恰当。因为思考的过程更是耕耘的过程，这种耕耘是对思想和精神的耕耘。有了这种幸福，思考就不会枯燥；有了这种耕耘，幸福就不会虚飘。同时，思考的境界决定着耕耘目标的大小和幸福指数的高低。有高目标、有大追求境界的人，即便生活充满坎坷，也会把跨越坎坷、战胜自我作为一种奋斗的幸福。这种幸福有如两眼失明而又丧失希望的俄狄浦斯发出的震撼人心的声音：“尽管我历尽艰难困苦，但我年逾不惑，我的灵魂深邃伟大，因而我认为我是幸福的。”

这种自我警醒也可从刘明夫子自道中体现出来：“对我来说，写作确实是一种生活方式的延续，一种原始生活方式的新的实现形式。我只有不断地读书，不断地写作着，心里才觉得踏实，心情才感到快慰，不然会惶惶然而不安，就像一个农民不种田时的不安与无所适从一样。同样，写作也给了我快乐、充实，使我的心灵得到慰藉。”正因为此，该书的每一篇文章都融进了作者对人生理想的思考，对真善美的追求，对国家、民族的热爱，对人类自身的关怀，以及对当下生活的深切眷恋。

如前文所提及的，这个集子收录的文章都是作者的一些工作报告和讲话稿以及一些办公室培训的讲义。由于工作的需要，作者每年都要作几次报告和讲话，每次只讲一个问题，然后汇编整理，编辑成书。

书中的每篇文章，用“论”字引领，除了言简意赅、直醒主旨，主要还是所谈内容系“讨论”或“议论”，是一种个人思考，是一家之言，听(读)者可以就所“论”的对象进行商榷。这样，从创作艺术上，也体现了作者自我警醒的审美追求。

有了这样的自我警醒，有了这样的精神洗尘，就必然会换来心灵的坦然，胸怀的博大、境界的开阔，这是“一日三省我身”之中国传统优秀文化的具体展现，是作者大智慧、大顿悟的升华与定格。作文与做人，有其内在的相通性，所谓文如其人，讲的就是这个意思。换言之，人法地，地法天，天法道，道法自然。这是生存规律，也是艺术规律。海纳百川，兼收并蓄，是提升个人修为的必由之路；举轻若重，大巧似拙，是个人处世方式、人生追求、审美情趣、超越精神的至高境界。

应当说，这种至高境界是作者刻意或努力“追求”的结果。正如他在《论追求》中对自己的提问那样：一代人有一代人的使命，一代人有一代人的追求。当今，我们应该追求什么？随即，他又自己给出了答案：追求真理、追求卓越、追求和谐、追求健康、追求幸福。这些并不是他自己简单的个人追求，他引用普列汉诺夫的名言说出了自己的追求“道德的基础不是对个人幸福的追求，而是对整体幸福，即对部落、民族、阶级、人类幸福的追求”。马克思也曾对此做了精辟的论述，他说：“如果我们选择了最能为人类幸福而劳动的职业，那么，重担就不能把我们压倒，因为这是为大家而献身；那时我们所感到的就不是可怜的、有限的、自私的，幸福将属于千百万人，我们的事业将默默地，但是永恒发挥作用地存在下去，而面对我们的骨灰，高尚的人们将洒下热泪。”论及此，刘明总结说：我们应当牢记自己的使命，矢志不渝地为广大人民谋幸福，并在为民造福的过程中实现自己的幸福。

同时，这种至高境界也是勇于“担当”的结果。正如作者所思考的：担当与人们关于责任、良心、价值、奉献、牺牲、勇气和才干等联系在一起，被赋予了丰富的内涵。领导的“官本位思想”，就该是“在其位、谋其政”“先天下之忧而忧，后天下之乐而乐”。就如作者所悟：担当是时代的呼唤，承载使命要担当；担当是品质的彰显，履职尽责要担当；担当是意志的锤炼，超越自我要担当；担当是价值的体现，建功立业要担当。而且，更要勇于担当全局，担当领率，担当道义，担当创造。孔子云：“君子喻于义，小人喻于利”，道义的担当是中国传统文化中薪火相传的宝贵品格。担当更得有“我不入地狱，谁入地狱”的牺牲精神。刘明深知要有优良的素质才能担当得起来，他对自己提的要求如下：担当之人，要有把握时势的睿智；担当之人，要有舍我其谁的气魄；担当之人，要有自强不息的品格；担当之人，要有脚踏实地的风范……也正是出于担当精神，刘明才会把自己的所思所悟结集成册，与仁共商，与人共勉。

再如，在许多人看来，入党即是为了做官，刘明对入党又有另一种感悟，他在《论思想入党》中写道：思想入党，是马克思主义建党学说的重要原则；思想入党，是坚持无产阶级先锋队性质的重要要求；思想入党，是推进党的建设新的伟大工程的重要基础……由此可见，那些把入党当作当官垫脚石的人是多么可耻，他们在思想上还远远没有入党。

不难看出，刘明从政治情怀和领导学的角度来看待追求的目标，是以为民谋幸福为出发点，认为只有清楚地洞悉百姓疾苦，才能对名利糊涂，让自己清白，也才会自然超然，问心无愧。

作为一名人民公仆，不仅要善于思考，还要善于总结。刘明有着高超的概括和总结能力。在《论追求》一文中，他总结出培养健康心理要记住"一三三"法则。"一"就是感恩的心态；第一个"三是""三乐"，助人为乐、自得其乐、知足常乐；第二个"三""三点"，对自己阳光一点、对家人糊涂一点、对别人宽容一点。这种总结不仅是经验的归类，而且是工作的心得，是知识的升华，更是智慧的凝聚，是灵感的闪光。

书中精彩之处比比皆是，但也有一些不足和累赘。例如上面提到过的《论追求》一文，在作者总结出"一三三法则"的时候，如果把"三三"改为"二三"，即"一二三法则"可能会更好一点，所谓"二"就是"二点"：对自己阳光一点、对别人宽容一点。因为笔者不大明白、也不大赞成"对家人糊涂一点"的提法。由于作者没有对此做出有效的、合理的解释，容易让人产生歧义。而且，"一三三法则"读起来也有点怪怪的感觉，远没有"一二三法则"简单明了，易于传播。

尤其令人不解的是，书中的注释既不规范，不科学，又很随意，且大多有些多余，特别是一些常识性东西，如马克思、列宁、孔子、周恩来、高尔基等，而且注释的大多是名人，既然是名人，公众对他们的了解就有了 ABC 式的基础。如果对这些名人的注释有一些新的鲜为人知的内容，也未尝不可，但很遗憾，在这本书中，我们没有看到新鲜的内容，这样的注释不仅没有使该书增加应有的学术含量和文化底蕴，没有起到应有的、锦上添花的积极作用，相反，有些画蛇添足、不伦不类和累赘、应付之感，甚至授人以柄，被不怀好意者以"注水"视之。

仅上册中的 19 篇文章，注释小到 1 页，多到 5 页，全书共有 45 页之多，占到整个书近 1/5 的篇幅。此外，如能删掉下册中的《论党的先进性特征》《论机关作风建设》《论创建学习型机关》(与前文有交叉重叠的地方)《论建设"两型社会"》和《论改革开放》等几篇文章，再去掉大部分无关紧要的注释，把两册内容合成一本，再进行适当的删改(如《论满怀激情干事业》不如《论激情》来得干脆利落)和压缩，倘如此，这本书无论是品相还是内容，都会更加底蕴丰沛，质地纯正，沉稳大气，精彩纷呈。

刘明在《大题小论》中处处"以己度人"，以己对国家的热爱、对事业的忠诚和对生活的乐观，来感昭同仁。笔者认为，他这套文集出版的目的，也就是他想“以己”来“律人”。这样的标杆人生，自然会有大批追随者。这套书，也自然会有众多有识之士欣然赏读、品味，一起自我警醒与精神洗尘的澄明境界。因为思考，所以有了灵魂的升华；因为耕耘，所以有了宁静的幸福；因为幸福，所以有了诗意的境界。这就是笔者在阅读刘明的《大题小论》一书时所获得的思想共鸣和深刻启示。

## 第六节　熊福民：当代乡土生活的百科全书

《乌云界下的日子》和《回归原生态——楚天之云诗选》在浩瀚的书海中出现，如似锦繁花中出现了一抹清新的绿，让人眼前一亮，感受到阵阵凉爽。作者楚天之云原名熊福民，是一名人民教师，也是专攻诗歌和散文的作家。熊福民身处湘西腹地，虽酷爱写作，但由于各种条件限制，他一般都会先把所感所想发表到网络上，所以我们可以在江山文学网、新浪博客、今日头条、搜狐、看点快报等看到他的文章。《走向》《高举阁》等微信公众号也是让读者第一时间阅读熊福民作品的平台。但值得一提的是，虽然熊福民的文章一般先发表在网络上，但与一般每日更新两三万字的网络作家不同，他诉诸笔端的皆出自亲身所思、所想、所感、所悟，所以他的文字不会日日出现，也没有长篇累牍，他仍是传统意义上的作家，只是在环境的限制下顺应时代潮流。

《乌云界下的日子》是当代乡土散文集，也是当代乡土生活的百科全书。作者以回忆为主，记录了自己多年来的生长，呈现出众多生动真实的底层人物，他们也和作者一样成长着、演绎着自己的故事，并从他们的生活变迁中，反映出新时代的山乡巨变，映射出时代前进的步伐。书中难能可贵的是出现了众多独具特色的地名和鲜活的方言，时间感和空间感十足，像是一本乡村生活的百科全书。

熊福民的文字简单纯净，如山中随处可见的树木和山泉，氤氲着溪流般的纯净和阴凉，洗涤心田的尘埃，为焦躁的心带来一方阴凉，让人安静平和，以波澜不惊之态面对人生的起起落落。或许因为作者主攻诗歌，他散文中的语言优美利落，充满浓郁的诗意，令人回味。

### 一、山乡成长故事

《乌云界下的日子》是熊福民对自己前半生的回味，主题内涵丰富，关于人性、关于青春，也关于乡村发展等，笔者更倾向于把它的主题看成关于成长。作品用纯净自然的语言记载了一个普通人的成长；该书也可以反映出1949年后成千上万人的生活变迁。国家的成长和个人的成长息息相关，互为见证，从个人的回忆录中我们可以窥见时代前进的滚滚车轮。

湘西腹地，层峦耸翠，这是熊福民生长的地方。和千千万万普普通通的中国人一样，他出生在农村，父母都是老实的农村人，从上学起就勤勤恳恳，中专毕业进山当一名乡村教师，父母以他为荣。他的学生时代完美落幕，安心完成学业后拥有了一份安稳的工作，处境也比同龄人好很多，没有像其他同学一样中途辍学，也没有因父母年迈多病而留在村中务农。木讷青涩的少年，进入工作岗位，山中教学环境艰苦，两个班在一个教室，老师要给两个班上课；试卷要人工运送，他就这样为山间的祖国花朵默默奉献着自己的青春。

少年曾受过委屈，因为总是在山村小学流动教学，没有熟人，在日常闲谈中与无赖村民发生一两句争执，就莫名其妙被打了一顿，年轻气盛的少年咽不下这口恶气因此连夜“离校出走”，却发现并没有人来追赶，更别提道歉。有时咽不下的困难生活总会教你咽下。在这样的磨练下，熊福民成长为可以在各种人前可谈笑风生、周旋自如的人。

少年也曾渴望爱情。不知何时，美好的感情在一个少年心中悄然萌发，但羞涩懵懂，后来自卑怯弱，世事总是这般阴差阳错，让互生情愫的两个年轻人一直擦肩而过。那朵惊艳了少年整个青春时光的桃花，成了别家孩子的母亲。人到中年，经过生活洗礼的两个人，各自过上了平静的生活，终于可以坦然相待，却发现年轻时的遗憾，又激起了内心无谓的波涛。

他也曾孤独、迷茫，渴望友情，曾写道：众人的街道/一个人走/相牵的只有那呼啸的寒风/渴望的心被冷漠追击/无法逃避/友情亦如昙花(《喃喃自语》)。在大城市中他又写下：偌大的城市/装不下一个人的心情(《喃喃自语》)。山乡的孤独又折磨着少年，“这么多条路，我该走的/是哪一条？”(《迷路的孩子》)不知经过多少辗转反侧和思考，最终他发现“高楼之上/我眺望我的家乡/找到真正的方向/飞翔，又飞翔……”(《迷路的孩子》)。终于迷路的孩子找到了正确的方向，他要不顾一切回到自己热爱的家乡。

在家乡他数十年如一日坚持自己喜欢的东西，用兴趣爱好去对付山乡无数孤独无聊的时光。他抄了整整一年的金刚经，阅读大量的书籍后，开始创作文学作品，甚至对周易八卦钻研颇深，还结交了一群志同道合的乡村文人。

在中国大地上，每一个人都要经历这样的委屈酸楚才能成长，才能成为国之栋梁。

在自身生长的主线旁，作者使用勾连叙事把所见所闻作为枝蔓，文章容量由自身扩展到整个乡村，使这部回忆作品真实地浓缩了现代乡村社会发展史。从开始的复式教学，因为缺少老师和教室，两个班的学生只能挤在一个教室上课；到后来几所学校翻新，年轻教师不断加入教师队伍，熊福民见证着中国教育环境的不断进步。村民从踩着打谷机，到女孩子可以去学裁缝，有能力集资投股开发金矿，再到后来大量村民去广东打工，可以在县城买房子、买车子，刘老树回乡创业，等等。勤劳的人们一直在努力奋斗，人们的生活条件在改善，随着我们的成长，生活发生了翻天覆地的变化，时光飞逝，我们见证了祖国的成长。

熊福民几十年如一日的坚持和热爱，笔耕不辍，在文坛上开拓出一方自己的桃花源。从木讷青涩少年到人情练达，从中专毕业到内外兼修，这或许就是 1949 年以来中国广大文人的成长方式。湘西群山环绕，风景虽美，但生活条件艰苦，人们用勤劳的双手，在有限的条件中默默成长，在大山里渴望、彷徨、奋斗与悲苦，用自己的方式在文化长河中汲取知识，展现了中化民族文化大国的风采，正是人们的成长推动着祖国的成长进步。

## 二、底层芸芸众生

《乌云界下的日子》文字优美清新，形散而神不散，是富有诗意的散文集；但真实人物形象的呈现，环境氛围的渲染和悬念的设置又使它具备了小说的素质，其中最不容忽视的是书里的芸芸众生。作者无意塑造完整的人物形象，只是冷静客观地描写人物。书中的人物都来自社会的最底层，有小学老师，有当地村民，有大山里的淘金者，也有正值青春年华在广东打工的女孩子，或许作者也无意识塑造人物，仅是用白描的手法，就塑造出了一个个生动、鲜活的底层人物形象，他们的喜怒哀乐跃然于纸上。

吴师傅的一生充满传奇色彩，生于四川，6 岁是本该享受父母疼爱的年纪，他却被土匪掠走，父母贫寒无钱救赎，只能眼睁睁看着幼子在土匪窝里自生自灭。后来政府剿土匪，他被国民党救了，从四川来到湖南后再未回过家乡；16 岁逃出国民党，与乌云界结下不解之缘。在这乌云界里，他孤身一人过完一生，或许很有才干，因为中华人民共和国成立后他做过高岩最早的农会主席，但他没文化，只能就此作罢。从此他在学校做饭，学校是家，学生就是他的孩子，最后却因给学校挖柴火而不幸离世。他说话幽默风趣，擅长讲故事，大家都喜欢听他讲故事；他善于苦中作乐，把自己的经历说的意趣盎然；但从做长工放羊的事中，又可以看出他有点狡猾和洋洋自得。吴师傅一生颠沛流离，孤身一人，无父母兄弟陪伴左右，还跟随土匪、军队东奔西走，老来无儿孙晚辈承欢膝下。意外离世的确令人唏嘘不已，但若他活到年老病弱、卧床不起时，不知是否能有尊严地驾鹤西去。经过作者描写，吴师傅就像是生活在我们身边的人，他独在异乡，孤苦一生，勤劳善良，见多识广而又幽默风趣，却没有沾染坏毛病，狡猾也只能算他历练多年习得的生存智慧，他只是因为出生在那样的年代而劳碌一生。读者仿佛目睹了吴师傅这悲惨的一生，心痛不已。

如果说吴师傅的一生是随时代漂泊，那南先生的晚年则是坚定的自我选择，是新时代乡村文化人的典范。他学历不高，但知识渊博，他独立自主，虽然年纪大了但仍不愿麻烦儿女，身居陋室却痴迷书籍，是个文化顽童，有自己的理想和抱负，会为了一个对联兴冲冲地找人对，无须多寒暄，乘兴而来兴尽而返，颇有魏晋风骨的潇洒自如。后来又住进寺中成为居士，每日诵读经书，祀奉神佛，洒扫庭院，栽花种树。这是新时代乡村文人的典范，各种物资条件的限制，没有良好的学习环境，甚至没有学习的机会，但他们对知识的渴望是发自内心的，像干涸土地中的小草，会拼命抓住一切机会吸收知识，不被物质世界迷惑双眼。文化是他们的信仰，这样勤劳、爱学习、心胸豁达、性情豪爽的老人，令人敬佩。

书中为我们描绘了乡土众生相，聪明精明的小店老板娘，热情尊师的学生家长，喜欢出老千但又为老师着想的陈校长，各具特色的女孩子们如黑牡丹，等等。每个人都在山乡野蛮生长，演绎着各自的悲欢离合，品尝着生活的酸甜苦辣。

## 三、充满历史文化脉息的地名

《乌云界下的日子》中地名是一颗耀眼的宝石，让人无法忽视。地名是中华民族滋养出的文化瑰宝，向人们展示着独特的地理环境，优美的自然风景，深厚的历史文化底蕴，同时在心底惊呼赞叹劳动人民的智慧。

湘西，在中国的话语场域中已带有无尽神秘色彩，关于凤凰古城、关于巫蛊之术，关于沈从文，还有那精灵般的翠翠。桃源，源于陶渊明笔下，芳草鲜美，落英缤纷，让历代文人心神向往世外桃源。乌云界，让人不禁联想到，此地崇山峻岭，霓霞缥缈，乌云聚集于此，有经年不绝的雨，四季常青的竹，仿佛可以看见清澈见底的溪水和郁郁葱葱的树木，听到哗哗啦啦的流水声和啾啾鸟鸣。

马王溪，马王指的是东汉将军马援，征战沿水路行军至此，把蛮人赶入深山老林。溪水因此得名，从东汉一直使用至今，其背后的历史也得以为后人熟知。星河桥，应该是皓月东升，星河灿烂，满天繁星倒映在平静而宽阔的河面上，而莲花桥、莲花庄都源于一个劝人向善、善待父母的传说。

还有一些非常具有地域特色的地名。如某某冲。冲，本为沖，《说文解字·水部·沖》："涌繇也。"段注："繇、摇，古今字。"山中水流涌摇冲积的平地叫冲，即山间平地。"冲"做地名最著名的是毛泽东的故乡——湖南韶山冲，湖南因为多山，以"冲"命名的地方很多，"冲"作为地名多见于南方多山地带，北方地名中很少出现。书中就有荷花冲、陶家冲等，都是富有诗意又带有当地特色的地名。还有"堡""坪""堰"等能突出当地地形特色的词，在广阔的平原地区都极少出现。对于枫香坪，想必此地是山间平地，必定生长着很多枫树，说起枫树，常人都会想到那红于二月花的颜色，像手掌一样的形状，怎会想到枫叶还有香味。应该是常年和枫树相处才会注意到它的香味吧，才别出心裁的命名为"枫香坪"。

若时间充裕，熊福民或许可以编写"桃源地名考"，来讲述这些地名代表的独特的地理环境，其所蕴含的寒来暑往，所见证的历史洪流，传达着传说中美好的品德和向往。

## 四、原生态的方言

方言是中国文化的活化石，在历史的长河中，无数瑰宝化为灰烬，随风逝去，唯有方言是那色彩斑斓的鲜活鱼儿，向人们展示着历史变迁，诉说着各地自然风物。方言有着重要的价值和意义。首先，它是地域文化的语言载体，各地民歌、民谣、黄梅戏等都是地方戏曲艺术，若换成普通话就会失去其基本的声腔特色和地方韵味。其次，它是中国人故乡的感情符号，"少小离家老大回，乡音未改鬓毛衰"，也是漂泊在外的游子的情感纽带。最后，在全世界都在学说中国话的时代，方言却趋于消亡，而楚天之云的《乌云界下的日子》发自内心的用方言来书写，或许是想在文学中保存当地文化的一点血脉吧！

在文学作品中使用方言可以增强文字的表现力这是老生常谈的，本书方言和白话文交织，日常的生活因幽默独特的方言而别致有趣，有时要大段言语交代的前因后果，因为方言让读者身临其境，三言两语就简明利落地将事情讲述出来。方言增强了文字的表现能力，也增强了文章的空间感和灵动的语感。

方言甚至可以看出一个地方人们的语言习惯、风俗，甚至是性格。在散文中，作者运用大量常德方言，力图原生态地为读者呈现当地语言环境。如“火塘真滴适合扯乱谈，茶茶一喝起，火火一烘起，舒服得很。”“茶茶”和“火火”这种叠词的使用，很像婴幼儿的说话方式，给人一种可爱纯真的感觉。这样名词重叠的用法还有很多，再配上抑扬顿挫的语调，仿佛读者真的参与了这场对话，感受了当地人的纯真和可爱一般。再如“旁边呢，有一个小店，女主人看到我们来了，很关心地问我们来做么的滴、找哪个”。“做么的滴”就是“干什么的”意思，相比后者的生硬，前者显得委婉友好而又可爱，仿佛娇滴滴的女生在问你“你来做什么滴？”而不是东北大汉问：你干啥呢？还有“吃饭”说成“恰饭”，这个词最近很流行，年轻人把挣钱说成“恰饭”。这是飞速发展的现代社会赋予古老方言新的引申义，在传承传统文化的同时散发着无限生机。

书中不仅仅呈现这些，还为我们描述了一幅别具特色的人文风情画卷，展现了制作油茶、烤火等独特的风俗习惯。熊福民饱含深情地注视着这片默默奉献的土地。或许是地缘关系，从作者的文字中偶尔能窥见沈从文的影子，最真诚最自然的情感，却又像飘忽不定的云，恰如此中有真意，欲辩已忘言，令人回味无穷。

# 第十章　常德儿童文学的发展

在有关艺术起源的研究中，儿童心理和游戏行为始终是一个重要的对象分支，孩童世界中重感受与想象的思维方式、异彩纷呈的形象体系和淳朴简洁的原生质语言，几乎天然地与艺术审美的特质相契合。儿童文学作品及众多以儿童视角推动叙事进程的作品，就其创作过程而言，是成人对儿童世界的观照和模拟，存在着成人和儿童的双重视角，由此总能带给人不一样的阅读体验。对儿童读者来说，儿童文学是寓教于乐的审美和思想启蒙，是用文字为孩子打开艺术与现实的大门；对成人读者而言，优秀的儿童文学作品同样是一段珍贵的阅读旅程，无异于一次童心和人性本真的唤醒和复归，让人们在繁杂的生活间歇重新拾取对美的想象和好奇。

中国现代儿童文学同样发轫于五四新文化运动时期，鲁迅、周作人、郭沫若、巴金、叶圣陶、冰心、张天翼等现代文学大师均为现代儿童文学的创建和发展付出大量时间参与创作、翻译和理论的传播、研究。中国儿童文学由此带有鲜明的启蒙色彩，注重作品的教育意义。改革开放后，社会急剧变化，现代文明和生活方式冲击着传统的家庭结构，引发了众多值得关注的儿童教育问题，也让新时期的儿童文学有了丰富的表现空间。在常德儿童文学领域，宋庆莲和龙向梅是颇具实力的作家。她们精准地把握了新时期的儿童心理特征与社会动向，创作出具有鲜明时代特征的儿童文学力作，为常德及湖南儿童文学的繁荣增添了灿烂的篇章。

## 第一节　宋庆莲：现代城市文明冲击下的乡土牧歌

湖湘儿童文学作家宋庆莲的儿童文学创作着重呈现出现代城市文明对乡土社会的冲击，这一冲击主要表现在对乡土社会的自然生态环境与乡民主体心理变化两个层次。无论是哪一层次的冲击，都最终被作家予以一定程度的弥补，呈现出“常—变—常”与“喜—悲—喜”的圆形故事结构。在这个意义上，可以说，宋庆莲的儿童文学作品是一曲现代城市文明冲击下的带有一定理想色彩的乡土牧歌。

宋庆莲有一个特殊身份：一位现代农民。她是湘西古丈县一户贫穷农民家的女儿，意外失去高考资格后，在母亲的鼓励下，怀揣着文学梦从农村来到城市，专门从事文学创作。但城市中生存竞争激烈，不到半年，宋庆莲的生活陷入困窘，只得接受现实回到乡野，一边接过母亲手中的锄刀镰头，自愿重复父辈躬耕乡野的生活；一边为孩童书写她熟悉的田野，笔耕不辍。短暂的城市生活与漫长的乡土生活成为其写作内容的主要来源，“故乡—离故乡—归故乡”的人生循环在很大程度上形塑其作品风格。如果说其同乡沈从文对乡土社会的书写，事实上已经是“都市人”的回望，那么宋庆莲则始终是以在场的“乡下人”之眼看乡下。然而，这并不意味着其笔下乡土社会的全然真实与客观呈现。相反，恰恰是囿于农民对土地的黏着，囿于写作对象——孩童的特殊性，宋庆莲笔下的乡野人事充满着理想化的牧歌色彩。现代城市文明与乡土社会的尖锐冲突虽然也得以呈现，但在文本中往往得到不同路径的柔韧缝合，在这个意义上，可以说，宋庆莲的儿童文学作品是一曲现代城市文明冲击下的带有一定理想色彩的乡土牧歌。

宋庆莲的作品中有着以写作对象为儿童的考量，但同时折射出身为农民的作家对土地的深重依赖与其朴素温柔的不忍之心，也透露出“靠天吃饭”的小农经济下，农民主体因力量弱小，自主性不足，因此倾向诉诸外力/权威以期抵达“大团圆”喜剧结局的心路历程。对此，本节将在下文中展开对应分析。

## 一、童话与诗歌的共生表达

在谈论宋庆莲的儿童文学作品之前，我们有必要提及她的另一个身份：她同时是常德“桃花源诗群”的重要诗人，她的诗作以青少年为主要读者，并试图从柔软生活中抽离最美好的瞬间予以呈现，童话和诗歌对她而言是共生的两种表达方式。她多以孩子的心态去书写童真，从对人生易逝的切切思索里发掘生活的真谛。迸发的梦想激情与不熄的生命火焰交织成映，构成其诗作的主要形态。

宋庆莲善于捕捉平凡生活中的点点滴滴，在枯燥单薄的人生里独享生命的充盈。她并不怨恨生活所展现的庸常面貌，而是以一种触碰的方式对周遭的一切进行“色彩化”解读，企图将世界沾染上诗的温度。同时，宋庆莲少数民族的身份使得其在面对大山和湖海时多了几分亲近，在她的笔下，她与被描画的那方天地之间不存界限，不分你我。她的情绪热烈却适度，不使人觉压迫，反暗自艳羡她身上的那股勃勃生机。

童诗是其最主要的作品类型。读者对象的特殊性要求诗歌的情感必须从儿童心灵深处抒发出来，逼真地传达出孩子们那种美好的感情、善良的愿望、有趣的情致，以激起小读者感情上的共鸣，这也就决定了诗作天真、活泼、温暖、热烈的基调。她写春天的到来，是“土地、树木、流水、流水之上的小桥/乃至我伸出去的手掌/都泛着温暖的微波”，写花朵的开放，是“土地睁开了亮闪闪的眼睛”(《三只蚂蚁靠着它》)。她的春天是有形的、流动的，这种不疾不徐的姿态是一种最好的邀请，而极具质感与层次性的词句则又使得情感的穿透力变得愈发强烈，让人很容易就被拉入诗中的那方天地。另一篇诗作《酸咪咪草的仪式》则是对童诗新巧构思的一大展现。作者写自己“走到酸咪咪草的身旁/摸摸它的叶子，就变成了它的样子”，而这是因为“当我再从它的身旁走开/就有了一些绿葱葱的心思，还有了希望”。跳跃的思考方式与不拘一格的搭配不仅是对儿童读者们丰富想象力的适应，更使成人读者也随错落的情感得以获得思维的腾飞。孩子与成人的差异在于，他们并未受到各种层叠规矩的缠绕，也还不曾被现代社会中“人与自然”二元对立的讯息所搅乱思绪。孩子们亲近自然、友爱自然，甚至自比于自然。由此可见，作者写自己变成“酸咪咪草”的样子，实际上也是以孩子们视角出发而进行的描写，是对读者导向性的实践。

宋庆莲的诗作有着对文字绝妙的把控力，她并不强调对辞藻的堆砌与打磨，而就在这看似平凡的语句中却处处透露出诗人的匠心独具，就好比时下最流行的“伪素颜妆”，状似未修的妆容，细看来却无一处不是精致妥帖。《摔倒在春天里的女人》便极好地体现出了诗人创作的这一特色。在这里，诗人对生命有着一种天然的亲近与审视，她以小心翼翼的姿态去触碰自然，将世上所有恣意生长的一点一物悉数收入、妥帖安放，害怕破坏了这浑然天成的美。在这里，诗人完全地敞开着自己的心脏，去感受这空气中每一丝流动的生机。在这里，人与自然彼此友爱和谐，悠然自得，快节奏的庸碌的社会被瞬间撕开，浮躁的生活中的人们得以获取片刻安宁。开篇，作者写自己“荷着锄头”走向田野。用“荷”不用“扛”，很容易使人想到潇湘妃子“荷锄葬花”的雅致，想到周端臣“好卖青山去荷锄”的豁达，想到释文珦“斸药时荷锄”的闲适……动词的精准选用，在准确表达诗意的同时，还使诗歌多了几分画面感的呈现。女人从田野上湿冷的风起始，走向田野，走向孤单的草垛，走向沉睡将醒的一整片土地。她用“算计”来概括自己“耕种——收获”的艰辛过程，看似贬义的词语用在这里却偏显出一种娇憨与可爱。她算计着种子的成长，算计着“犁尖到镰刀的光阴”，算计着一切，却唯独忘记了自己。女人摔倒的那一瞬间，所有野花都争相开放，所有不离弃的野花都成了春天。她摔倒在这个“五颜六色”的世界里，她摔进这一整个春天。

“草”，特别是“野草”，在所有的意象中最为宋庆莲所偏爱。她不仅在诗句中多次描写这一事物、运用这一意象，有时还直接以此来作为诗名，如诗篇《雨点草》。这充满田野气息的部分不仅与诗人的农民身份完美契合，带着一阵清新气息扑面而来，还将诗人血肉骨髓里沸腾着的那份“野草精神”一展无遗。看似普通的野草其实并不平凡，它正是诗人的一生写照，似乎随处可见、毫不起眼，但只要给它一息之力，它就能蔓延广开。“雨点草”是那样的小而普通，却不失优雅地尽情绽放着。作者服下捣碎的雨点草，便也就服下点滴绿色，“一个绿绿的世界/就是这样，完美地来到我的灵魂里”。作者把“草”看作是自己生命中的种族，他们普通地生活，创造平凡的梦境。绿色是草，也是蓬勃旺盛生命力的体现。“草”的种族给予作者一个完美的绿色世界，作者则对这无人问津的路边野草报以长久而真挚的注视：“我粗糙地活着/在那汩汩涌动的粗糙的血液里，却优雅地/开出一朵心中的菩莲花”。作者在贯通上下文关系的情况下，用拈连的手法，把通常只用于甲事物的词语顺势拈来，巧妙地运用在乙事物上。“粗糙”的是物质、是生活水平，而“优雅”的是精神、是生活状态。两相对比，足可见作者对于外物的淡然和对于追求精神富足的执着。那朵盛开的“菩莲花”是诗人丰盈的精神世界的象征，她悦纳生命，也尊重生命，因而懂得生命中最重要的到底是什么，而这就是其野蛮生长的“野草精神”的显现。这股“野草精神”并不满足于涌动在体内，还通过笔尖向文字涌去，在文字里萌蘖出根茎。

宋庆莲优于常人的共情性，使其得以将书写的目光从人们惯常的大情大爱中抽离出来，而转向芸芸众生。她并不艳羡那些端坐高楼的生灵，相反，她更钦佩任何平凡前行着的人们。诗人有一首描写工地上高空作业者的诗，并将其命名为《你比月亮站的更高》。她写工人们陈横在云朵里，“和一根钢筋握手/与一块砖头说话”，用一种拟人手法，寥寥几笔就将工作时的情态刻画极致，使人仿佛亲眼见证着一座高楼是怎样在一砖一瓦的添加下拔地而起的。“月亮，像一根银色的火柴/擦亮了宇宙，亮在低处/那是你踩在脚下，最明亮的沉默”。自古，月亮就是美和润洁的象征，隔于云端的特征更使其多了几分高远和纯净。写工人们比月亮更高，是以夸张手法写工人高空作业的辛苦与险峻，同时，还暗含着对基建工人们为建设美好城市而辛勤工作的赞美：“他们是高楼的奠基者，却住不起高楼；他们是安逸的奉承者，却享不了安逸；他们用自己的艰苦，促成别人的舒逸。”在这个世界上，并不是所有人都能光芒万丈，熠熠生辉的人很少，但可贵的是，每个人都在试图发光。作者温柔地注视着这一切，温柔地帮都市居者们记录着这高楼林立之下的无名身影，记录着每一个傍晚那从云层落下的泪与汗。她温柔地将世界归还给了这一群平凡却又不凡的人。

## 二、乡土社会自然生态环境的变化及缝合

现代城市文明对乡土社会的冲击首先体现在自然生态环境的改变上。一方水土养一方人，自然生态环境在塑造文明方面起着极其重要的作用，自然生态环境的改变势必引起人们生活生产方式的改变，从而引起社会环境的变动。相比城市，乡野农村拥有更丰富的尚未开发的工业资源与生态资源，城市发展初期，要依靠发展工业带动经济进步，势必要向乡土社会发起资本主义式由外而内的掠夺。在《银鱼来》和《宝丫的米》中，作家分别集中呈现了工业文明对乡野自然生态环境的冲击，所不同之处在于，前者主要由外来的城里人进行掠夺而造成，后者主要由已经改变了生产生活方式的乡下人自己造成。相应地，作家所采取的弥补路径也有所不同。

以《银鱼来》为例：扯布寨里的三噶公患有眼疾，宝丫相信喝够 109 条小银鱼的鱼汤，三噶公的眼睛就会好起来，因此每年都坚持为三噶公捕银鱼。但问题就在于每年捕获小银鱼的数量一次比一次少，“第一次 31 条，第二次 27 条，第三次 19 条。”，待到外来者侵入小溪，借助炸药炸鱼，借助打鱼机打鱼，借助农药毒死鱼，宝丫和“娘”就只能得 2 条鱼了。这些外来者中，“有的人是从城里来的，有的人是从老远的地方来的。”他们所借助的高效率的现代进步工具，是对扯布寨乡民所使用的虾筢和小水桶的碾压，事实上也象征着现代城市文明对乡土文明的碾压。在这种碾压之下，扯布寨的自然生态环境，从曾经的梦幻美景——“溪水荡涤着溪岸的石崖，月光照着光洁的石崖，石崖里荡漾着月亮和盈盈波光，整个石崖又倒影在月光下的溪水里，小溪梦

幻得就像鱼王和龙王的宫殿一样。”，变为了“整条小溪都是死鱼，白花花一片。”的恐怖景观，连月亮也“忽明忽暗，一会儿露出半边脸，一会儿又不见了”。

在表现城市文明对于乡土自然生态环境的冲击上，较之一般作品，宋庆莲更为高明之处在于她从以自然为舞台的角度出发，对比展现了人与人，人与其他生灵关系的由亲密而疏远的过程，因此不仅是美景变恶景，更是乐景变悲景。

就人与人关系而言，当外来冲击尚未发生时，每年一度的“鱼王嫁女”对扯布寨乡民而言更像情感交流与释放的自然平台，“男人们……坐在溪水里露出水面的石头上，有的抽烟，有的说笑话。女人们提着鱼篓，在离自家男人不远的地方拉家常，有的站着，有的坐着，很闲散。孩子们在月光下和自家的猫狗玩耍”。因为银鱼的充足（某种意义上可以被视为生存资源的充足），所以不必担心自家捕不到鱼。摆脱了利益心的束缚，寨民才能以“闲散”“说笑”的姿态，将这场年度盛事视作“拉家常”的快乐时刻，而不会出现日后喜宝因自家白送银鱼给三噶公而“心里好长时间都老大不痛快……朝三嘎公翻几下白眼，就绕道走开了”的举动。人为鱼来，当银鱼稀少时，寨民就失去了一个情感联络的平台，人与人的关系相对有所疏远，曾经是人人都在溪畔盼鱼王嫁女，而后来则只有宝丫和娘；就人与其他生灵而言，相应地，曾经男人女人孩子与狐狸水鸟水蛇欢聚一堂，各有所得，共同等待着银鱼的到来，后来则“水蛇和水老鼠，还有红狐狸都不见了身影”，人与其他生灵、人与自然的关系都在生存资源的匮乏中，有所疏远。资源不足的重要原因之一在于无节制掠夺压榨式的，追求利益最大化的现代工业文明思维，这与“捉一放三”的山寨礼俗全然不同。两种思维形塑了全然相反的“陌生人社会”的现代城市文明与“熟人社会”的乡土文明。

“捉一放三”是封闭环境下乡村为保证生态资源的充足与循环而得出的经验。在生于斯、长于斯、死于斯的漫长的不流动的小范围乡土生活中，个体从一生下来就面对的“学习”内容是有限而较少变化的。因此长辈，尤其是老人等“过来人”的这种经验就异常可靠而有效，代代相传，成为具有权威的传统礼俗。“礼俗”是生长环境相似、经历相似的众多个体“习”出来的。古老的乡土环境不发生改变时，后人从前人礼俗常与从心并不相违，传统经验与其代言人——德高望重的老者就依旧拥有权威。这也是“山寨里的人派高阿公巡逻小溪”的原因。然而当乡土的自然生态环境与社会环境都发生改变，“捉一放三”的传统礼俗已经无力应对外来冲击时，就需要引入新的保护机制——由国家政治权力保证实施的法律。“法律”与“礼俗”的不同之处在于保证其效力的力量不同，前者更为强硬。如果说“礼俗”是由于“不应该”而对悖逆者施加暴力惩罚，那么“法律”则是由于“不能”而对悖逆者进行暴力惩罚。作家正是引入这一力量使情节由悲变喜，迎来喜剧结尾：“那些来小溪用炸药炸鱼的人，用打鱼机打鱼的人，往溪水里倒农药的人，都被抓了起来。小溪里的鱼是不能用炸药炸的，不能放毒倒农药的，也不能用打鱼机打鱼。高阿公又开始在小溪里巡逻，他现在是河长，守护着小溪，守护着小溪里的鱼类。”“抓”“不能”“河长”(官方赋予的职位名称)都透露着国家强力对乡土自然生态环境的保护，而这一力量或也正是宝丫娘说出“放心！鱼死不绝的！”的底气。

在《宝丫的米》中，面对被扯布寨的人砍掉的丛林，“……光秃秃的山头，光秃秃的山头，山上没有一棵树，没有一朵花，没有一只鸟，也没有看见一只红狐狸。”宋庆莲引入的缝合路径是“自然报应”。“有一次下大雨发洪水，小溪对岸的山体滑坡了，掩埋了小溪，掩埋了山下几户人家新建的房子，幸好人都安全。”只有这样一场更为强硬的来自上天的暴力惩罚，才能促使已然被现代工业文明改变了生产生活方式，被现代城市文明思维异化的乡民感到自发的后悔，才能让乡民们选择重新在那片山上栽种了小树苗，宝丫才能见到狐狸宝宝长大的证据——狐狸妈妈还来的蘑菇。宋庆莲借助自然生态循环的客观逻辑，对文本中的悲伤情绪进行稀释冲淡，在对不复返的“碾坊”记忆的遗憾追溯中，仍旧使故事情节结构达成一定程度的完满，文本因此透露出虽有遗憾但更为温柔的气息。

## 三、乡民主体的心理变化及缝合

诚如前文所述，自然生态环境的改变势必带来乡民生产生活方式的变动，对乡民主体的心理活动也造成冲击。对此，作家的呈现相对而言并不如前者有力，但需要注意的是，作家从未忽略过城市文明对乡民心理的影响，在其创作中，其笔下人物对“名字”的重视就像一条线索贯穿于其中，提示着乡土人物心理的异变。

“名字”的诞生，是出于茫茫人海中定位个人主体身份的编码需要，也是主体被他者破译的首要入口。换言之，“贵姓大名”是出于陌生而使用的。在传统“熟人社会”乡村中，“名字”如何，是否文雅并不重要，乡民并不需要通过“名字”去判断他者。这是因为乡民与乡民的熟悉在“无名”状态下已然开始发生，这种熟悉并不因日后名称的改变而有变异。熟人社会中“名字”的使用，仅仅是必要时刻的指称需要，加之文字教育的缺失，未遭受现代文明侵袭的乡民对“大名”往往是陌生的；而熟人之间所使用的“小名”背后，烙印的是日积月累的情感联结与习惯，个体与个体正因填充其间的漫长时间而对产生相互间无可取代的特殊意义。这正是《有个女孩名叫小板凳》中，长期陪伴在女孩红红身边的父亲养成了称呼她“小板凳”的习惯的原因，也是《给 99 颗花草一个小名中》，抚育男孩时光长大的母亲不愿意改掉称呼他“赖赖”的习惯的原因。相对应地，“妈妈叫女孩红红，可是妈妈在外面打工，一年也叫不上她几声红红”。对时光而言，也只有在镇上读初中(并未陪伴在他身边)，接受了现代文化教育的姐姐称呼他的大名。对“名字”的重视，是现代城市文明的产物。

然而，被传统乡民冠以“小名”的新一代乡民是不乐意的。女孩红红想要让人记住她叫红红而不是“小板凳”，“女孩想，要是有一天她也能上学读书，她一定要告诉老师，她的名字叫红红……她自己是不能忘记自己的名字的”，男孩时光也十分不满于母亲叫他“赖赖”，因之长期以来与母亲生着闷气。在宋庆莲的长篇代表作中，作为农民象征的米粒芭拉的主体觉醒(认为自己与其他米粒不一样)也正是以自我赋名开始的。对于接受了现代文字教育，受到现代城市文明影响的“孩子辈”而言，文雅而富有意义的“大名”有着呈递进关系的双重意义，而其背后是作为“陌生人社会”的城市文明思维与“文字下乡”的影响。

一方面，“名字”首先意味着主体性的解放。对于《米粒芭拉》《有个女孩名叫小板凳》中的主人公而言，对自我姓名的坚持意味着自我主体的觉醒，源自渴望在集体中将个体与他者区分开来的欲望。对于红红而言，“小板凳”成为她残疾人身份的确证，却无法真正为她自身代言。在熟人社会中，由于长期的经验积累与情感联结，“小板凳”这一语汇的所指可以顺利抵达女孩自身，但在陌生人社会中——如女孩与老师同学的交往中，“小板凳”这一语汇的所指却更可能抵达“残疾人”这一群体类别，而无法指向女孩自身。如同前文所述，确证自我的需要，更多是陌生人社会即城市的产物，这是因为现代城市中人的流动性极大，城市人面对的不再是一成不变的封闭环境与固定群体，而是日新月异的开放环境与流动的陌生人。因此主体需要频繁向他者确证自我的存在，“名字”则成为主体呈现自我的首要选择，也成为他者破译个体的首要入口，其重要性不言而喻。

对于已然遭受现代城市文明冲击的新一代乡民而言，城市与乡村的关系不再是简单的掠夺与被掠夺的对立关系，而呈现出互为“围城”的荒谬景象。新一代乡民也不再是单纯的乡下人，相反，他们在以成为准“城市人”为目标来形塑自我。在红红的梦中，女老师两次询问她的姓名，折射的不仅仅是女孩对于上学读书的渴望，更是困囿于封闭的熟人小圈子社会中的女孩对于面向更广阔世界(也即城市)的渴望，“红红”就像她的名片，是她在可预想的“陌生人社会”中确证自我存在的武器。

另一方面，当每一主体都热衷于凸显其存在意义，个体与个体间的关系便走向紧张，“主体我”同样也是“对象我”，“他人即地狱”的现代生存命题，在乡土社会中也有所渗透延申。对于《给 99 颗花草一个小名》中的时光而言，他不喜欢“赖赖”这个小名的原因主要是村子里的同龄孩子在叫他“赖赖”时，实际上是以“赖赖”的谐音“癞癞”来取笑他是“癞子头”——即头上长疮疤，局部区域没有头发的人。当村中长辈叫他“赖赖”时，他尽管不高兴却仍旧回应，这是因为时光知道长辈叫的就是“赖赖”，而不是充满取笑意味的“癞癞”。因此事实上，时光抗拒的不是小名“赖赖”，而是其抬高自我主体的欲望与他人贬抑其自我主体的事实之间的冲突，是注视他人的“主体我”与被他人注视的“对象我”之间的冲突。

时光误将这一冲突定位为其与为他赋名的母亲之间的冲突，事实上是将“母亲”与“同龄人”混为一谈，统统归为其家乡第“他人”类别之下。对此，作家在母亲这一人物上设置突变情节，使得“母亲”形象在时光的世界中突然凸显，唤起“母亲”与自我——而不是他人与自我之间的独特无二的深刻情感联结。当“赖赖”这一称呼不再被赋予来自他人的贬抑意味时，当他对“赖赖”的理解从被同龄人注视的“癞子头”转向为被母亲注视的赖在母亲怀里需要保护的小孩子时，时光的“主体我”与“对象我”也就达成了短暂和解，故事走向圆满。

## 结语

宋庆莲的创作往往在故事情节结构上达成前后一致的完满闭环，呈现出“常—变—常”的喜剧结构。但这并不意味着作家对于农民的苦难生命的无视，对于乡土社会异化事实的忽略。除对乡民苦难作直接描述之外，童话《稻草人妹朵的心窝》中，作为农民麦儿用沾满泥土的双手亲自扎出来的稻草人，妹朵也可以被视作农民的象征。妹朵短暂而充满奉献牺牲精神的一生，也正是农民渺小而伟大的一生的象征；在《宝丫的米》中，作家并未回避“碾坊”所象征的传统生产生活方式已不再，人与狐狸（自然）的关系已渐行渐远的事实，这一点从作家并未安排宝丫和狐狸妈妈的相见以及结尾处正面抒发的对“碾坊”的怀念可见。只是作家选择令此种遗憾情绪退居于第二位，而以情节上的接近完满冲淡了乡土社会异化事实所生发的浓稠忧伤，因此具有一定理想色彩与牧歌气息。作家的短篇创作因此普遍具有一种“美丽温柔，淡淡忧愁”的气质。一来，是由于作家预设的写作对象为儿童；二来，是因为作家本人天性中不忍之心的渗透所致，一个最明显的例子，即《宝丫的米》中对导致寨民重新种树养林的那场关键性的滑坡事故的简笔描述，作家也要加上一笔“幸好人都安全”，如此细节，或为天性的自然流露；三来，作家对土地的深沉热爱也是原因之一。

需要注意的是，宋庆莲创作中情节的反弹往往是借助外部力量促成的，即便是主体力量凸显相对明显的《给 99 颗花草一个小名》中，时光的态度转变也经由了母亲生病与父亲的训诫等外部事件的刺激。在某种意义上，这或与沉淀在作家基因中的农民集体性格有所关联。

## 第二节　龙向梅：儿童的游戏与成人的反思

1920 年周作人所作的《儿童的文学》的演讲强调儿童区别于成人的独特特质，将儿童作为“儿童”而非预备的成人，在文学上强调了儿童文学的独立地位，成为中国儿童文学探索的起点，儿童本位从此成为中国儿童文学的基本准则。事实上，五四运动以来文学界对儿童本位原则的默认和强调，是中国文学现代性进程的重要组成部分，这一原则意味着作家、读者和批评者在创作、欣赏和评价儿童文学作品时不仅要肯定儿童作为“人”的存在，且要将儿童从成人附庸状态中解放出来，强调儿童和成人的二元存在，将儿童作为儿童本身对待。中国儿童文学的发展是随着文学现代性探索的脚步不断前进的，到了 21 世纪，中国儿童文学门类众多，从作品内容和表达方式的角度可以将其大致分为现实性和幻想性两大类别。现实性儿童文学的发展一马当先，幻想性儿童文学也不甘示弱。中国儿童幻想小说资源可以追溯到上古的神话，汉代的志怪小说、明清的神魔小说，以及各个历史时期的民歌童谣等，虽彼时还未有专门的儿童文学概念，但这些文学的内容和形式都培养了儿童幻想小说发生发展的良好土壤。21 世纪以来，受到全球性的幻想文学浪潮和其他各种形式幻想艺术形式的影响，中国儿童幻想文学也随之繁荣发展，本土出现了影响较大的“大白鲸现象”。2013 年，大连出版社主办的“‘大白鲸’原创幻想儿童文学优秀作品征集活动”，高举“保卫想象力”的旗帜，不问出身，只评作品，推出了一大批优秀的青年儿童幻想文学作家，龙向梅便是其中之一。

龙向梅长篇幻想小说《寻找蓝色风》获 2016“大白鲸”原创幻想儿童文学特等奖、长篇幻想小说《生气的小茉莉》获 2017“大白鲸”原创幻想儿童文学一等奖。龙向梅的儿童文学作品被视为以原始的儿童的思维为幻想基准的童话作品，[①]在龙向梅的笔下，儿童和童年是健康优美人性的代表，龙向梅作品通过恣意的儿童想象和大胆的童话世界构建，带领儿童在自己的幻想文本中遨游，对孩童天真懵懂、心灵自由、爱幻想、充满创造力的生命状态进行了描绘和赞颂，对成人的枯燥、功利、麻木的生活状态进行了反思和批判。龙向梅儿童幻想文学创作的题材与技法既受到西方幻想艺术潮流的影响，同时也深受中国传统民间文学的熏陶和浸染，表现出中西融合的倾向，其中对传统文化资源的收集与转换显示出作家高水准的语言艺术。

## 一、母亲的叮咛

刘绪源在《儿童文学的三大母题》中提出两种儿童文学文本类型，一为母爱型文本，二为父爱型文本。[②] 作为一位母亲，龙向梅创作时温和的母性关怀浸润字里行间。抱有对孩子将要面对复杂的世界的鼓励，母亲的保护天性让作者在孩子身后发出提醒，伸出双手小心护航。对孩子成长问题的关注、对时间等概念的描绘、对美好品质的赞美等都是龙向梅小说的重要话题。但作者爱护的态度是平静的、自然的，而非忧心忡忡的。作家的保护并非营造世界单纯美好的虚假幻象，也不是教给孩子功利的算计法则，而是引导孩子感知和思考更加深刻的人生问题，教育孩子学会认识自我、触摸人生、认识世界。因此龙向梅的文本一定程度上又有父爱型文本的严肃和庄重。“现代的‘父爱型’作品融入了‘儿童自己的眼光’，在创作中悄悄实现着母题的转

---

① 王泉根. 新世纪近 20 年原创儿童文学现场观察[J]. 中国当代文学研究，2020(03).

② 刘绪源. 儿童文学的三大母题[M]. 上海：华东师范大学出版社，2009.

换，让儿童在艺术形象的冲撞与审美情感的波涌中‘主动地发现现实’”。[①]龙向梅儿童文学文本中不仅体现着母亲角色的温柔呵护，同时也有着一些父爱型作品的深沉发问。《寻找蓝色风》中，当牙婆婆被每天快速生长的门牙束缚时，也被周围人的眼光束缚，尖锐自私成为她自我保护的手段；光之洞的蓝尾狐认识到自己生命的短暂，放弃在山谷日复一日地收集阳光出发寻找风先生，但得到的结果仍是“没有人可以获得一百条命”；[②]巨人伏塔为了摆脱“人越高就越孤独”[③]的痛苦，吃了矮豆希望每天变矮一厘米……作者将人生的残酷面也摊开在小读者的面前，让读者在灰色的情境体验中体会某种无奈和不完满，在移情对象的过程中进行自我审视乃至反思，并推动小读者对自身的价值发现。成长在这里不只是小读者对爱的教育的领会，更是他们对疼痛教育的深刻体悟。在带领孩子面对不完美的同时，龙向梅对孩子给予了非常的关心和爱护，通过对死亡和苦难的直面与消解，引导孩子的认知成长。牙婆婆最终得到了琥珀之心，摆脱了牙齿的困扰，也惭愧地意识到了自己的自私；蓝尾狐虽不能得到永生，但明白了要在短暂的生命中创造更好的价值；伏塔怀抱着有朝一日成为一个冒险家的梦想，慢慢变矮。《寻找蓝色风》不完美但是积极正能量的结局寄托了作者对小读者的美好期许。

“现在的儿童读者并不光是需要有艺术性和娱乐性，而更需要关于人生问题的探究。”[④]作为一位母亲，龙向梅小说写作时常站在儿女教育的角度，作品以母爱型的呵护和关怀为主。但作者不局限于此，龙向梅儿童幻想小说将儿童放在与成人平等的位置上，适应儿童懵懂原始的思维方式，沟通世界和人生的“大”问题，使得作品不仅有趣味和温暖，且有广度和深度。

## 二、儿童的游戏

童年时期并非如中国社会中大多数家长和成年人所简单以为的是无忧无虑的纯粹美好时光。相反，儿童对自身和外界的认识都很肤浅，不能够独立面对生存竞争，适应社会关系，对亲朋长辈有强烈的依赖感，面对成人的管教、学业的压迫、社会的催促、同侪的压力等，童年期常常伴随着压抑、无力、不自由的巨大焦虑感。尤其是当今社会儿童承担着繁重的学业压力和成

---

① 刘绪源. 儿童文学的三大母题[M]. 上海：华东师范大学出版社，2009.

② 龙向梅. 寻找蓝色风[M]. 大连：大连出版社，2017.

③ 龙向梅. 寻找蓝色风[M]. 大连：大连出版社，2017.

④ 顾恩多. 谈曹文轩短篇少年小说的力度美[J]. 语文学刊，1997(04).

长压力，科技尤其是互联网技术的普及使得儿童心理某些方面比起以往的儿童更为早熟，焦虑感被不断升级的社会竞争放大。此外，成人掌握社会权威，社会功能本质上是利成人的，利儿童的功能属性很大程度上是服务于成人需求而产生的附加属性。在社会生活中，儿童的愿望往往需要通过成人才能达成，儿童的情感被压抑和忽视，行为受到限制，因此儿童的需求很难得到有效的满足。儿童的生命力在个体的无能为力及外界的压制下不断受挫，游戏则成为儿童释放压力、寻求精神自由的重要途径。

儿童心理区别于成人心理，感知能力占主导优势，在游戏的过程中可以更好地将个体代入角色当中，模糊个体与对象的差异和距离，“把外部世界呈于自己的主观创作之中，并将外部世界不断加以生命化，加以改变”，①通过对作品设身处地、真情实感的参与，儿童能够跨越现实与想象的界限，将虚构作为真实来演绎，从而获得“神与物游”的情感体验。参与游戏、感知艺术时物我不分的原始的心理特点和情感特征，使儿童在阅读儿童文学作品时能够参与并融入虚拟的故事和情境当中，而幻想文学则能够更大程度发挥游戏规则下的想象，张扬儿童的个体欲望，寻求儿童的个体自由，迸发儿童的生命创造力。儿童文学作为面向儿童群体的文本，吸引儿童阅读的是它“玩”的内在价值，而非“教育”的外在价值。龙向梅儿童幻想文学借由与儿童心理的同构，使小读者能够在充分发挥想象的基础上获得心灵的舒展和情操的陶冶。小读者的情思随着文本中故事的发展不断发散，跟随泥娃阿丑、时间小兔、风孩子卡努、小妖寻花……进行一次次探索和追寻的游戏，在对这些角色的扮演中，在对话精怪、穿梭梦境、施展魔法、重构时间等超常体会中，丰富情感、开阔眼界、畅想可能，同时释放来自现实世界的成人和社会所给予的压力，获得精神的愉悦感和超脱感。

“掌握”和“对抗”是游戏的两个关键词。儿童在游戏和游戏性的文本中，以主客融合的移情，通过主人公的行为，完成在现实生活中难以完成的反抗。儿童文学常常以儿童为主人公，通过对主人公探秘、历练、追寻等经历的代入，儿童在作品中享受着大人的认可，有时还通过感受成年人无奈的挫败和对儿童的屈服，显示孩童形象的优越性，通过对自身命运的掌握和对成人的反抗，获得强烈的自我认同感。如《寻找蓝色风》中，特殊的小孩泥娃阿丑能够善良真诚，坚定本心，而牙婆婆却尖锐刻薄，自私古怪，最后认识到

① 王敏. 游戏：既参与又对抗——儿童文学欣赏的游戏特质再探[J]. 昆明学院学报，2010(32).

自己的错误，反向阿丑道歉。《时间小兔》中，忙忙碌碌的“我”这一成年人的形象枯燥无趣，只知道功利，错过了无数美好，而更贴近孩童形象的小兔活泼可爱，享受爱意和温暖，比大人更加“成熟”，最后以小兔的无私唤醒了“我”麻木的心灵。在这些故事里，儿童代言着正义和美好，发挥自身主体性，掌握着世界的话语权，推翻成人世界的规则和秩序。儿童读者在这种参与和对抗的游戏性体验中，重新认识和发现自身及外界，通过反复的比较进行自我审视，从而加强自我的主体意志。

儿童对来自成人的教育、训诫、批评等的权威压制是敏感的。具体到儿童文学作品当中，过分强调社会教育功能的文本容易使儿童产生心理上的排斥，不论是母爱型文本还是父爱型文本，或者如龙向梅般两者兼有的作品，都需要以平易的态度，运用好游戏的手段，才能更好地走进儿童的阅读视野和精神世界。顺应儿童的游戏本能，甚至破坏本能，创造全新的想象世界，构建崭新的世界法则，颠覆成人社会价值体系对儿童的压抑和束缚，肯定儿童本身的价值，是龙向梅儿童幻想小说贴近儿童心灵王国的原因之一。

## 三、成人的反思

儿童文学作为沟通儿童和成人的特殊文学种类，不仅是儿童的游戏，也是创作者的情感宣泄。儿童文学作品是成人作家与儿童读者之间的跨时空对话，儿童文学史本质上是成人对儿童的认识史和书写史，对儿童本位的强调、对儿童及其天性的保护反映的是成人掌权社会的某种特定文化价值选择。因此，从作家角度而言，作家对儿童的书写一方面是为儿童代言，从成人角度理解儿童，满足儿童诉求，此时儿童是作家写作的主体；另一方面是作家对儿童的精神扮演，以儿童的游戏、反抗和破坏，进行自我主体的精神宣泄。作家的儿童视角和对儿童形象进行的文学表达，既是为儿童、写儿童，也是为自己、写自己，儿童文学作品中进行的“游戏”是作家们摆脱现实束缚，尤其是对成人身份的束缚，对既有社会的价值体系进行重构的手段途径。龙向梅儿童幻想小说中对内容、游戏、哲学三个维度的组织、布局和思考，既是在与儿童游戏，对儿童进行引导，也是对自身生存体验的真实抒发。儿童文学作家一定程度上是在对抗和排斥自身的努力中，寻求贴近儿童的思维，以强调创作原则上的儿童本位。但是儿童本位是从作家（成人）出发的儿童意义的发现和认可，儿童无法在自身领域掌握真正的话语权，因而被表达者——儿童往往成为表达者——作家的表达媒介。

作家引导儿童的成长无疑要从自身的经验出发。龙向梅作品中表现出的对人类尤其是成人生存状态的感受和反思，展示了作者的哲学和文化意识，体现了作者的自剖精神，从而在更深层次上达到了教育和引导的效果。龙向梅的儿童幻想小说主题并不止步于前人之述备矣的友情亲情的宝贵、成功的定义、成长的代价等话题，而是向前一步，将自己的人生思考也融入小说中，潜移默化影响儿童的思考内容和思维方式。《什么也没有的故事》描绘一个故事在旅途中寻找伙伴，同时学会放手和成全，最终变得丰满，故事的变化过程暗示着孩子逐渐经历世界的美好和残缺，故事背后的作者不急于催促孩子成长，只温和地叮嘱孩子要去细细体会生活。《皱皱巴巴的城市》是对于城市化的情感体验和对旧日的怀念，其中展现的是作者对历史的温情和对变化的包容。《闪电里的薄荷糖》是作者对选择和得失的思考，《鞋尖朝外》是作者对自私和成全的抉择，《寻找蓝色风》是作者对时间的追问……这些故事共同构造了庞大的幻想世界，其中瑰丽的风景、淳朴的人情、运行的秩序、独有的道德和规则等，最终都反映了作者自身对自由、尊严和爱的价值体验。作者的价判断和选择将通过阅读传达到孩子心灵深处。

## 四、审美的愉悦

一部优秀的文学作品要能使读者获得精神愉悦，这也是儿童文学作品的首要目标。儿童文学作品本质是审美的，具有独立的审美价值。儿童文学的阅读是以儿童为主体的创造性的审美活动，发挥好儿童文学作品的审美作用，是儿童文学游戏性和娱乐性的重要组成，语言艺术是儿童进入游戏的通道，只有运用语言的基石才能构造儿童的幻想王国。龙向梅儿童幻想小说的一条长梯便是古典美和氛围美。读者精神上的愉悦主要来自作品的题材、情节、形象、语言、意境等很多因素，故事情节是儿童幻想小说最显眼的骨架，但不是衡量其成就的唯一标准。儿童文学对小读者审美情趣的熏陶和培养也至关重要。龙向梅儿童幻想小说在展现作者谋篇布局的强大叙事能力和虚实转换能力之外，还凸显了其语言艺术上所具有的独特魅力。

尽管中国儿童幻想文学受到西方幻想文学的巨大影响，尽管真正意义上的儿童文学产生于五四新文化运动时期，中国传统文化中仍有很多值得儿童文学创作者借鉴和吸收的丰富资源，如童谣民歌、神话传说、志怪笔记等，这些反映了本民族原始的、朴素的审美趣味的作品在某些方面能够更好地贴合儿童的思维方式。中国儿童文学虽无古今之辩，但传统文化能够给予儿童文学更宽广的创作视野、更丰富的营养供给，帮助中国儿童文学更好地扎根本民族文化，创造具备现代性和独特民族色彩的文本。龙向梅作品中充满画面感和氛围感的写作语言正体现了她对传统文化和民间文化的借鉴与融合。“红藤”“蓝烟”“寻花”“小茉莉”等故事主人公的名字，无疑有浓厚传统色彩的名字，这些名字为作品的内容奠定了缱绻的基调，仿佛吹响了一支传统的民间的长笛。

龙向梅笔触细腻，擅长将人物放置在精致的景色当中进行刻画，落笔精准而有神韵。“一场漫无边际的雨里有很多声音。一个城市说：真冷啊，北风总是刮得那么紧。一个城市说：我的梨花都要开了，可是我等的那个人还没有来。当然，一场漫无边际的雨里还有很多甜蜜和忧伤”（《皱皱巴巴的城市》）。[①] 作者用雨将城市之间的联结展示出来，所有城市的话语都在雨这一个传统而浪漫的意象中弥散，城市间独立各样的“人格”和不同历史在雨中悄悄显示。“起风了。风仿佛是突然从哪个山坡越过来的，起先是远处有风沙卷起，然后，成片的林子像被拍打脑袋一样齐刷刷地弯下身去，再然后，泥巴街地面的树叶和尘土飞得满天都是”（《闪电里的薄荷糖》）。[②] 风将世界吹乱，预示着即将到来的闪电，也预告了春吉即将在闪电中忘记自己的许诺，背叛对糖妖的承诺。“这时候正是晌午，阳光温暖地照着古樟树，很多年来，寻花从来没有像今天一样充满希望，她重振精神，一分一秒看着太阳从樟树的正上方向西倾斜，每倾斜一寸，寻花的欢乐就增多一分。这样一直到日落，又到星星缀满天空。”（《鞋尖朝外》）[③]作者连续使用几个“一”字，以一种精准的刻度渲染寻花即将获得她等待了一百年的九色花的喜悦和不安，将躁动欢乐的氛围融在热烈的阳光里。龙向梅对自然景物的运用是巧妙的，雨、风和阳光中自然地流淌进她的小说中来，为她的故事服务，为她的人物添彩，奇幻的想象世界因此拥有了动人的自然背景，读者的想象才能够更好地落地。龙向梅对传统文化和民间文化的借鉴还体现在对传说故事资源的转化中。《鞋尖朝外》中花妖寻花要到通过孩子们睡前忘记调整的鞋尖方向进入孩子的梦里盗取九色花的情节，无疑来自鞋尖朝里会有鬼怪入梦的民间传说；《时间小兔》中兔子在家中等待“我”的归来，为“我”打扫庭院，满足

---

① 龙向梅. 皱皱巴巴的城市[J]. 阅读，2020(Z3).

② 龙向梅. 鞋尖朝外[M]. 沈阳：春风文艺出版社，2020.

③ 龙向梅. 鞋尖朝外[M]. 沈阳：春风文艺出版社，2020.

“我”的期望，用魔术每天给“我”多出一个小时的时间，情节中有民间传说田螺姑娘的元素；《寻找蓝色风》中泥娃阿丑未能变成人是传说中女娲造人时的一点失误。神话和童话，一字之差，是人类文明、人类文化、人类文学一根藤上结的两个瓜。从这个意义上说，龙向梅的《寻找蓝色风》是有底气的，是有中华文化底蕴的”。

## 结语

儿童文学的教育功能在儿童的懵懂无知面前有了某种难以撼动的合理性和正确性，但是在教育的目的外，龙向梅的儿童幻想小说更愿意用更加亲切的口吻和更加有趣的游戏吸引儿童走进幻想的王国，在美的享受中远离枯燥的训诫，拥抱真诚、快乐和温暖。承担着教育和艺术的双重使命，龙向梅在儿童幻想小说领域深耕，不断拓宽创作主题，用多元化的写作丰富作品内涵。龙向梅的创作态度是平等和包容的，她蹲下身子与儿童平视，不断寻找中国传统文化和民间文化资源转化的途径，在创作中思考和满足儿童的需求，在自我表达和儿童书写中找到平衡的落脚点。

# 第十一章　常德网络文学的发展

即便行业内外对网络文学仍存在着或多或少的误解和偏见，然而毋庸置疑的是，从作品数量、受众影响力及产业效益等各方面指标来看，网络文学已经逐渐取代传统纸媒文学的地位，成为21世纪主要的写作形式和传播媒介，有关网络文学的研究也日益在学界引起广泛的关注。相较于20世纪以来建立的中国传统期刊文学体制，网络文学最大的变革在于话语主体和发表途径的转变和解放。这种转变和解放未尝不可视为一种回归，一场将文学艺术话语权重新交还给民众的回归。期刊文学体制是随着20世纪现代报刊传媒的兴起而诞生的，也注定会随着传媒形式的发展而产生变动。网络文学的兴起有着深刻的历史合理性，网络文学是一种新的媒介传播方式以及由此带来的不同于体制内文学的话语主导权力。这块新的文学阵地具有相当广阔的前景和无限的可能。如果引导得当，未尝不会演变成21世纪的又一场“文学革命”。

一个拥有如此多受众的艺术形式，理应承担起一部分社会教化与人格塑造的责任，正如电影行业的发展也是从最初的纯商业行为发展成有自觉品质追求的新艺术形式。从文学革命先驱到左翼文学斗士，他们追求文学大众化都是为了化大众，让文学真正走入人民中去。鲁迅的小说研究是从古小说钩沉开始的，众多名字消逝在历史中的平民作家们构成了中国小说史的起点。纵观中外文学史，纯文学和俗文学从来就不是泾渭分明，而只存在精品和劣品的差异。《堂吉诃德》脱胎于中世纪西欧流行的骑士小说，中国古典四大名著均是通行于民间脍炙人口的读物。随着教育的普及，民众的知识水平和审美趣味在不断提高，网络文学也不再是劣质文学的代名词。网络文学的品质必然会随着从业者队伍素质的不断提高而不断精进。网络文学仍是文学，网络文学仍是艺术，网络作家可以成为艺术家，也就同时应当拥有艺术家的品质和良知，承担艺术家应当承担的艺术责任。

## 第一节　梦入神机网络玄幻小说散论

网络作家梦入神机，本名王钟，1984年生于湖南省常德市桃源县，15岁时他作为少年围棋手在全国赛中出道，22岁时以古棋谱“梦入神机”为笔名开始网络写作，30岁时成为中国作家协会会员，33岁当选为浙江省网络作家协会副主席。梦入神机在2006年的出道作《佛本是道》融合了古典仙侠元素，重新为神仙排位，让读者耳目一新。《佛本是道》之后，他又接连创作了《黑山老妖》和《龙蛇演义》，获得了一大批忠实的网络粉丝，奠定了他在网络玄幻文学中的地位。梦入神机作为网络玄幻小说异军突起的人物，他在故事情节的安排、人物形象的塑造、宏大场面的刻画以及对神话奇幻叙事的运用上都别出心裁，充满想象力和创造力，遣词造句之中能够看到梦入神机深厚的古典文化积淀和对中国风元素的巧妙运用。本文通过对梦入神机小说的文本分析，试论梦入神机的创作特点，探究其小说在一众网络玄幻小说中脱颖而出的原因。

### 一、静水投石：开创网文新流派

2005年左右网络文学界的仙侠小说刚刚兴起，当时的仙侠小说主要分为《仙剑奇侠传》《诛仙》等披着仙侠外衣的言情小说，和《搜神记》《昆仑》等武侠痕迹更重的仙侠小说两类。梦入神机的出现无疑给当时网络仙侠小说注入了一股新风，他的《佛本是道》被官方评为是“独自扛起2006年仙侠小说的大旗”的小说，成为洪荒封神类的开山之作。

梦入神机的小说，每一本都有一个奇特的切入角度，他的小说设定新颖，往往能够自成流派。《佛本是道》整合了神魔小说，《龙蛇演义》讲述都市武术家的故事，《阳神》中梦入神机又另辟蹊径，描绘东方大一统王朝下百家神通者角逐的场面。其出道作《佛本是道》一上线就带给读者震撼人心的观感，直接在仙侠网文中创作出了一个分类——洪荒流，引来了无数人的跟风创作。由《佛本是道》的出现所开创的“洪荒网文派”一直沿用着梦入神机的人物设定和世界设定，现在的洪荒流小说相较于《佛本是道》而言，在情节和逻辑上已经有了很大的改善和填充，但其仍旧是以梦入神机所建构的世界体系为基底的，比如“十二祖巫”的名称在今天的网络玄幻小说中也经常能看到。

到了2008年的《龙蛇演义》，梦入神机的文笔逐渐成熟，在此之前，国术题材的网络小说中经常与异能、都市、武侠各种元素杂糅混合，《龙蛇演义》是“国术流”小说的集大成者，其出现确立了国术文这一类型文学。梦入神机将传统文化与现代文化、幻想、冒险、传统文化与现代文化等杂糅在一起，创造了一个壮观的超现实世界，作品中对传统文化的传扬极大程度上丰富了《龙蛇演义》作为网络小说的内涵和底蕴。《龙蛇演义》中“国术流”对各种武术的讲解头头是道，涉及了近代民国许多的武术人物和流派，内家拳如太极八卦形意，外家拳如八极铁砂掌等都有提及，拳经中的专业术语在小说中也经常出现，可见梦入神机对传统武术资料进行了认真细致的查阅和学习。正如游兴莹的评价：“无论是至高武学境界的瞻仰，还是打斗场面的精彩铺陈，梦入神机没有选用华丽复杂的修饰和工整气派的排比句进行抽象描写，而是竭尽心力整理出中华武术的拳种、招数、流派和典故，佐以真实的国术故事，为读者营造出一个国术梦境。”①这部小说向读者科普了基本的中国传统武术的知识，引发了一众读者对国术的讨论和对中国功夫的好奇，带来了一股“国术”热潮。

除此之外，《永生》里数十个境界，每个境界都有单独的命名和特定的含义，小说中常出现命数、天数、阴阳、气运、劫数、大义等元素，混合了儒释道的内容，同时也夹杂着形而上学、玄学等概念。梦入神机的前三部作品，每一部都是颠覆性的，在当时平静的网络仙侠小说的湖面中投入了三颗巨石，每一部都让人眼前一亮。

## 二、梦入神机小说中的中国古典奇幻叙事之维

许多研究者认为网络奇幻叙事的缺陷在于其表面借用中国传统神话，实则是为了掩饰其文学性的缺失和艺术想象力的贫乏。② 这些问题的确存在于网络小说的奇幻叙事中，但不能以此否认网络奇幻叙事是从中国古典奇幻叙事取得养分的，并且对古典奇幻叙事也有所发展。梦入神机的小说中有着明显的奇幻叙事和对中国古典叙事中民间志怪、神话传说的运用。同时，梦入神机在解构了古典的志怪神话之后，用现代人的目光和笔法将其重写，赋予

① 游兴莹.走进梦入神机的网络写作[J].湖南文学，2015(04).

② 孙勇.唐家三少网络小说中奇幻叙事研究[D].南昌：江西师范大学，2020.

古典奇幻故事以新的时代意义，使其更加贴合当代网络读者受众的阅读倾向。在某种程度上，梦入神机等人对古典奇幻叙事的继承与发展推动了读者对传统神话故事的了解和学习欲望，让古典奇幻故事离开了文本的束缚，在网络文学中得到了另一种意义上的“重生”。

梦入神机曾在采访中说过自己最初的创作动机是“受二月河、《西游记》、《封神演义》等作品影响，想自己创造一个世界体系”。在梦入神机的作品中，我们能感受到作者对名著典籍熟读并将其融会贯通地放入自己的小说中加以使用。《佛本是道》讲述主角周青经千百世轮回，自杀劫中而起，得混沌钟，聚盘古肉身，历经无数劫难最终成为第一位证得混元的存在的故事。小说以宿命论为基础，以证道为故事线索，以各路神仙阴谋阳谋为引子，融合了《封神演义》《山海经》等名作和许多民间志怪神话故事传说，梦入神机雄厚的素材库使得作品拥有了浓厚的古典底蕴。同时，《佛本是道》中将十二祖巫、巫妖大战、远古天庭各种神话故事或借用、或创造似的信手拈来，各种远古封神法宝都安排得很自然，借妖魔、神仙等志怪形象打造了奇幻叙事空间的独特性。整本书更像是中国古代神话的大杂烩，但小说将其糅合得如此成功，可见梦入神机对中国古典神话运用技术之精妙。在当时的网络仙侠小说中，《佛本是道》之所以能够盛极一时，正是因为它迎合了读者对一个“东方神话魔幻”故事的期待，《佛本是道》将复杂的中国神话整合放进“洪荒”的脉流之中，打造了一个带有东方神话意味的奇幻世界。

弗莱曾说过，“神话故事体系是个不断完善的故事体系，并且从自己的视角之中去看待人类的起源、发展以及欲望的滋长”。① 古典神话故事中的人物形象、语言系统和主题已经不适用于当下网络传播的传播环境和传播机制，梦入神机等人在其网络奇幻小说中对古典奇幻叙事的运用破除了其在当今网络环境下的传播壁垒。同时，梦入神机对神话元素并不是摘抄式的搬用，而是在继承古典神话的基础上结合时代的特征对其加以现代化的艺术描写，是对神话故事系统的完善。

## 三、梦入神机小说的大众文化功能

网络玄幻小说的主要受众群体是青少年，其作品满足了青少年强烈的好奇心和叛逆心理，并通过讲述“废柴”少年如何通过自身努力提升武力最终封

① 吴持哲. 诺思洛浦·弗莱文论选集[M]. 北京：中国社会科学出版社，1997.

神的故事来满足读者的文化需求。费斯克在《理解大众文化》一书中写道，“在大众文化中，文本仅仅是商品，因此，它们很少是精巧的，它们是不完整的和不充足的，除非它们进入大众的日常生活之后”。[①] 和其他大众文化作品一样，梦入神机的小说也带有明显的重复性——相似的情节结构、相似的人物设定、相似的世界观设定，但是其读者仍旧对相同的套路进行“重复性”阅读。梦入神机的小说以超级英雄的模式满足了底层消费者对虚拟世界的阅读期待，文本也实现了某种程度的艺术性，反映了梦入神机自己的世界观。

梦入神机的小说布局精妙，作者留下的伏笔大多都被一一兑现。作品中通常都会有这种场景：比主角更厉害的敌人追杀主角，梦入神机塑造了极其紧张的氛围，给读者营造了一种巨大的危机感。在欲扬先抑的情节设定之后，主角或先发制人，或埋伏偷袭，或孤注一掷，最后都能惊险地取得成功。在戏剧性极强的情节设置之中带给读者身临其境的观感。网络玄幻小说打斗场面一般都比较宏大，采用惊人的特效。梦入神机小说中的打斗场景描写得相当精彩，节奏迅猛，有时想象奇诡，有时壮丽非凡，气氛烘托出色。《永生》中“星球大手”的战斗场面向来被梦入神机的读者所津津乐道，弄碎一个星球变成大手，人类在宇宙中渺小如蝼蚁的感觉跃然于纸上。除此之外，梦入神机独树一帜的小说情节也弥补了一些他在文笔上的缺陷。

梦入神机个人特别的人生观也在体现在了他的小说中，《永生》里的吞噬术不但是一个创作上的设计，也是他当时阴郁心灵的外化。作品还传达出了梦入神机对丛林法则的态度，他认为世间就是丛林，大鱼吃小鱼、小鱼吃虾米是时代的回声，梦入神机没有以主流的正能量掩饰他的观点，反而显得更诚恳。同时，梦入神机的小说都在描绘一种近乎乌托邦式的理想的社会形态，通过其小说主角的努力建立一个完美的社会形态。如《黑山老妖》的结局中，全世界大解放，神仙世家、皇帝地主等一切压迫人民的势力都被打倒推翻，让人民获得解放。

梦入神机以其独树一帜的情节设置和独特的小说世界观吸引了一批稳定的读者，读者通过大众文化的解读方式，而不是文学性阅读从其小说中获得了阅读的快感。读者以讲述虚幻世界的文本作为意义资源来理解现实生活，梦入神机等网络作家的小说通过提供“事业观”“爱情观”和复现“娱乐经验”

① 费斯克. 理解大众文化[M]. 王晓钰，宋伟杰，译. 北京：中央编译出版社，2001.

方面的文本意义，帮助读者从这些文本意义中建构出与己相关的社会意义。①

### 结语

梦入神机在《阳神》中写的“我本云中大鹏鸟，只看天低不肯飞”能够反映出他在创作巅峰时期的心理状态，后期梦入神机的小说创作出现了质量的下滑，写作速度大幅度加快，而激情、精力和知识储备都在消耗，市场的口碑明显滑坡。但是梦入神机和越来越多的新生代后起之秀相比，其网文创作水平还是维持在一定的高度上。

梦入神机的网络小说以大众文化的阅读方式满足了读者的阅读期待，其作品在一众网络玄幻小说中特点鲜明，通过宏大的场面、奇绝的想象、大胆的创新创造了一个瑰丽壮观的虚幻世界。同时，梦入神机在对中国古典奇幻叙事的继承上发展了传统的神话系统，但其对神话的改写与重构也得到了佛教人士的反对。总而言之，梦入神机为网络玄幻小说市场的注入了新的力量，其开创的“洪荒流”“国术流”的网络小说流派活跃至今，为网络玄幻小说的发展做出了重要的贡献。

## 第二节　血红：想象的远游与现实的回归

血红，湖南常德人，毕业于武汉大学计算机专业，后考入湖南吉首大学读哲学硕士，获得哲学硕士学位。作为网络玄幻小说领域的重量级作家，他2003年开始创作，搭上了网络文学创作的顺风车，在2004年年薪就超过百万，创作至今时间超过了15年，作品近20部，且每一部作品都具有相当的分量和影响力。作为一个写作常青、充满活力的作家，血红在网络文学领域对于自己的写作有着与大部分作家不同的高标准与严要求。作为一个熟练的作家，血红了解读者的阅读心理。他的小说充满了悬疑性和复杂性，避免了千篇一律的套路化写作以及看开头就知道结尾的模式。理工科背景的血红，逻辑和思维架构能力强大，他的环境描写具有强烈的画面感，作品内容励志，世界背景宏大，主题多为娱乐性强的少年成长与梦想。他的作品通常塑造出的都是较为丰满的人物形象，并在内容中融入神话与历史传说元素。除

---

① 孟隋. 论网络玄幻小说的大众文化功能——以我吃西红柿的作品为研究对象[J]. 网络文学评论，2019(03).

了网络小说共有的奋斗向上的价值取向，血红更注重个性化的辩证思考。

## 一、独特丰满的人物形象

血红与其他大部分修真玄幻的网络作家相比，最突出的一点是人物形象的丰满刻画。例如《邪风曲》中的主角厉风，他追求利益，为了达成目的与各色人物虚与委蛇，但面对邪恶力量却有强烈的家国担当；他冷漠狠辣，面对同伴却重情重义；他投机取巧，但也有奋斗向上的精神。很多超长篇网络小说因为对于故事的密集铺排以及更新速度的硬性规定，其人物形象的刻画被放在了次一等的位置。传统小说三要素中，人物排在首位，若是一味强调激烈的矛盾冲突而忽视了人物形象的塑造，就会造成人物的共性和普遍性超过其独特性，形象变得单一而僵硬，最终的结果就是人物的类型化、小说质量下降以及读者群体的流失。血红的英雄侠士型人物有外貌、动作和语言繁复细致的刻画，也有大部分小说所缺失的心理描写。虽然其心理描写依然存在着单调直白的问题，但是在追求更新速度的网络文学中，血红依然没有随波逐流，依然在朝着自己要求的高质量方向发展。血红没有站在大背景后进行随意的评论干预，而是依据各色人物不同的身份地位以及生活环境来进行不同语言风格的安排，并且在人物所处的不同时期其语言风格也会进行相应的调整，多样化的语言风格使得人物形象具有辨识度且合乎逻辑。避免空洞化、符号化的人物塑造使得血红在文学造诣上有着独特的长处和优势。这种优势主要存在于对男性角色的刻画中。血红并不擅长写女性。他对于女性的刻画多从男性视角出发，着重视觉的描写，对于其语言与心理活动的把握能力较差。女性是作为男主角的陪衬而存在，往往形象单薄而扁平。但在爱情观上，血红往往会得到更多女性读者的青睐，因为在网络小说的男主角开“后宫”浪潮中，血红坚持一心一意的忠贞爱情，对女性的价值与地位有了相对来说客观公正的看待。

## 二、神话传说的再创造

在小说内容方面，血红有自己的独创性。他的作品大多都不是单纯的玄幻或者仙侠小说。他对自己的作品有着现实性与史实性的追求。“他研究《山海经》，研究道教，熟读《道德经》，尤爱《封神演义》”。① 血红扎根于中

① 西篱. 血红《巫神纪》：以什么样的历史观重述华夏神话？[J]. 文学报，2019(22).

华民族的历史血脉根基，在故事线索中插入历史细节，在历史背景中融入玄幻奇想，将优秀传统文化与瑰奇的宏大世界有机结合。他拒绝戏说历史，而是遵循历史原本的发展轨迹，在此基础之上进行思维的发散。除此之外，他还关注东西方历史与文化的交融。《升龙道》在现代修真小说中当属现象级的作品，在2005年凭借一己之力将起点中文网送上了业界龙头的位置。其中的伦敦背景与中国元素相得益彰，其“黑暗”元素独具匠心的使用让小说的独特性与吸引力得到巨大的提升。《巫颂》从良渚文化中吸取灵感，容纳大量的中国历史与神话元素，并将“巫文化”融入小说中；《巫神纪》将上古神话融入背景设定等。大部分玄幻修真文学都是凭借天马行空的想象力一力搭建出世界架构，其大胆新奇的设定往往是吸引读者的重要原因。在完全架空的世界中，作者的意志成为“天道”，主宰世界中的一切规则。这种方式固然有其趣味性和可读性，但是缺少了历史和文化所独有的积淀与厚重。历史与神话元素的加入能够扩展作品的底蕴以及内涵，增强作品的文学性而不是单纯地追求娱乐性。血红并不拘泥于某种类型，他擅长将各种类型进行糅合混杂，并且加入种种科普与常识，最终呈现出一个真实与虚幻交织的世界。血红的粉丝“千禧年之恋”在起点的书评区评论说：“从《巫颂》到《巫神纪》，他让我在网文上看到了华夏历史上缺失的历史。首先不论是否真实的，但他能够与中国古典神话完美地结合这一点就很不容易了。每次看的时候我都以为自己看的不是小说而是古代历史。”[①]在漂浮的想象之外，血红能够从历史中汲取营养，进行“脚踏实地”的写作，与自己的高标准要求是分不开的。

## 三、个性化的辩证思考

血红作品的写作目的不仅限于娱乐性的出人头地和励志性的逆袭人生，他还想要对网络小说中千篇一律的价值观进行辩证的思考和反思。在《邪风曲》的开篇便有：“正邪，谁人能定？善恶，任你评说。山是山，水是水；山不是山，水不是水；山依然是山，水依然是水。看破一切之后，看破本源之后，万事万物又能如何？看破后，所谓的正邪能如何？”在塑造人物的过程中，他也有意识地拒绝标签化的人物性格，转而探寻人性的多种可能。他对传统的正邪观念提出了质疑，特意塑造了亦正亦邪、带有流氓习气非正统式的主角人物。作者在文本创作中展示出万事万物都可以相互转化，世界并不

---

① 西篱. 倾情人类成长——读血红《巫神纪》[J]. 网络文学评论，2018(01).

是非黑即白的小说宗旨，与其他网络小说黑白分明的价值观形成了鲜明的对比。在《巫颂》中，血红表达了文化与人性的思考，以及人类“我主宰、我决定”的自主判断意识和野蛮生长的力量之美。[①] 在追求娱乐性的同时，他也不忘给读者留下一点思考的空间。在《光明纪元》中，他开篇便写道：“我是一个善良的人，一个纯洁的人，一个正直的人，一个公正的人，一个心怀怜悯的人，一个心胸宽广的人，一个博爱慈悲的人，一个堂堂正正的无比纯粹的好人，一个世人所公认的毫无瑕疵的人，可以这样说，人类所有的美德都集中于我一身。”血红作品中追求的是人的强大与完美，他想要赞美人、歌颂人，并创造自己理想中的人。

当然，血红也存在大部分网络小说作者都有的通病。虽然网络文学的成功标准和评判价值与传统文学不一样，不能用传统文学标准来衡量，但是某些共通的文学规则还是需要遵守。例如文字过于口语化和直观化。小说文学中恰当的口语使用可以使作品的风格更加活泼灵巧，增添阅读的兴味。但是不加选择的大面积口语甚至粗话的使用，并且没有逻辑合理恰当的书面语的穿针引线，整部作品就多了低俗的气息。一味地追求高雅不能促进文学的持续发展，但是作家需要把握好“俗”的程度，“通俗”可以获得大家的喜爱，但一旦“俗气”过重，就会变成“低俗”，作品的发泄意味和讨好意味就会多于文学意味。当然会有读者喜欢这样的作品，但是对于书籍应当保留的启示和修养的作用就会淡化，文学作品的价值也会相应地减少。在“去深度化”的快速阅读时代，文学情感性、思想性的内容被故事性所代替，作家的写作速度不断提升，读者的阅读速度也会相应提升，快速浏览代替了细读。过快的更新速度导致难以对细节和人物进行细细打磨和锤炼。“我不喜欢一个字一个字去抠，文字功夫的精益求精的修改可能会破坏前后语境的一致性，会破坏整体感和氛围。”[②]网络小说的写作固然有这样的顾虑和需求，但是随着读者的阅读面变宽，就需要通过作者自身写作功力的不断进步来满足读者更高的要求。

对于血红来说，写作已经成为一种生命的常态和本能。“像我这种从业超过十年以上的老作者，我平时一直保持在一个写作的氛围内，没有工夫去

① 谷雨. 立于天地之间的智慧大巫——评血红小说《巫颂》[J]. 湖北工业职业技术学院学报，2019(32).

② 西篱，血红 · 写作资源与世界架构——血红访谈[J]. 网络文学评论，2018(01).

想别的东西，我每天就是吃饭、看书、写字，基本上别的闲暇时间都没有。因为你必须保证自己常年处在一个很均衡的写作心境下，你才能够长期地、连续性地保持一个好的状态写下去。”[①]面对大部分小说同质化、类型化的问题，血红在寻找素材时有自己独特的方法：不是闭门造车，而是通过交流打开更多的窗口。“我在进修、开会时会跟很多传统文学的老师进行交流，这些老师跟我们不同，他们会时常到各地去采风，不断地进入生活、融入生活，从身边的人和事当中不断地给填充新的材料。”[②]血红依靠大量的阅读来使自己的作品不断进步和不断丰富。“我每天大概是 2 个小时的工作时间，写完就更新，更新完了我就去看书”，[③]只有作家自己的不断充实，才能使自己产出的作品拥有不断更新的阅读体验，才能留住读者，使自己的写作之树常青。

## 第三节　疯狂小强：新探索与旧困境

疯狂小强本名谢坚，现任湖南省网络作家协会副主席。一直以来，他都是网络文学圈传奇般的存在，不仅仅因为他创作了几部优秀的都市科幻类小说，更因为他精彩的人生经历，他曾做过开发商、当过电商、研究过比特币、开过若干公司……疯狂小强大学时期开始在网络上写作，2006 年大学二年级的他以网名“月之子”发表了第一篇网络文学作品《人工生命》。毕业以后，他开始从事专职写作，作品多发表于起点中文网等网络平台。他自言：走南闯北，最终发现，写作依然是我内心最热爱的事。

疯狂小强在网络文学发展最为朝气蓬勃的第一个十年开始从事网络文学创作，他的人生经历也被写进了小说中，少年时爱读书、中学时热爱文学创作，大学时家境没落靠写文谋生，这些人生故事也激励了一批文学青年开始文学创作。从事网络文学写作以来，他创作了《人工生命》《黑客传说》《超级系统》《超脑黑客》等都市科幻小说，推动了网络小说类型化发展。与此同时，疯狂小强的作品仍然具有网络文学写作中的共性问题，比如人物形象塑造的脸谱化、类型化；小说语言的粗糙混乱；故事情节推进的不流畅以及刻

① 西篱，血红. 写作资源与世界架构——血红访谈[J]. 网络文学评论，2018(01).
② 西篱，血红. 写作资源与世界架构——血红访谈[J]. 网络文学评论，2018(01).
③ 西篱，血红. 写作资源与世界架构——血红访谈[J]. 网络文学评论，2018(01).

意追求戏剧冲突时的逻辑缺陷等。

本节将从网络文学类型化角度出发，对疯狂小强创作的都市科幻小说这一类型进行分析；以科幻小说创作的现实主义要求分析其作品的社会价值和现实意义；从网络文学书写困境出发，对疯狂小强的文学文本进行解读。

## 一、都市与科幻：元素交融的“化学反应”

疯狂小强的两部代表作为《超脑黑客》和《超级系统》，《超脑黑客》篇幅近 200 万字，《超级系统》篇幅为 91. 39 万字。除此之外，他还创作了《人工生命》《黑客传说》等作品，他的小说都倾向于自己熟悉的计算机领域，作品集科幻和现代都市于一身。相比于其他网络科幻小说写作者，疯狂小强作品的一大优势在于他有一定的专业基础和生活基础，他的科幻也只是从自己熟悉的领域出发，这就使得他的小说创作没有过多失真和偏离实际的科学背景。

《超级系统》描述了主角岳风，作为一名黑客在一次执行任务时不幸丧生，却阴差阳错重生在了一个植物人小男孩身上，他利用自己的黑客技能，打造出了一个可以控制身体的超级系统，不仅重新苏醒、摆脱病痛，甚至步入校园，与众多人物产生交集，之后成为许多团体中的头目，领域中的巨擘，实现了人生的惊天逆转。单看故事情节，与众多都市爽文别无二致，都是废柴逆袭，但这是一部以都市为背景的科幻小说。为这部小说扣上类型的帽子前需首先厘清网络小说的大致分类。房伟在文章中指出，网络文学在知识类型爆发上形成穿越、军事、玄幻、科幻、奇幻、国术、鉴宝、盗墓、工业流、末日、惊悚、校园、推理、游戏、洪荒、竞技、商战、社会、现实主义等数十个令人眼花缭乱的类型或亚类型，这些叙事类型还有互相交叉融合的其他变种。[①] 单独的某一种类似乎难以完全概括疯狂小强的作品属性，然而他的小说有着旗帜鲜明的都市小说特点，我们可以看到主角岳风与李珊珊之间你来我往的暧昧、高干情节，我们可以看到觥筹交错的舞会、青春校园，我们可以看到社团们的“百团大战”，我们甚至可以看到对于军队军营生活的描写……每当我们要沉浸在这种都市氛围中时，作者就又会“不识趣地”把我们拉出来，再回到科幻的计算机世界里，不遗余力地引入许多相关概念，作者的核心创作意图十分明显。

---

① 房伟. 我们向网络小说借鉴什么？［N］. 文艺报，2020-08-03(002).

网络都市小说中主角的奋斗目标基本都是社会地位、金钱财富和香车美人。在疯狂小强的作品中，我们能够看到主人公追求的并不是世俗价值上的成功，《超级系统》中神童岳风追求的是身体系统的一次次优化升级，作品的情节设置基于都市背景，在价值上更倾向于科幻文的取向，成分的天平也更向着科幻的一端倾斜。疯狂小强的作品更像是“伪都市”文章，作者在科幻层面的野心“昭然若揭”，从作者自定义标签中的“技术流”“黑客”，以及文中涉及的大量计算机等科技知识也可见一斑。作者用都市的外壳吸引到读者，文本脱掉外衣之后仍然是科幻的核心。这样的杂糅使得疯狂小强的作品更有新意也更好读，也给了读者更多地新鲜感。他的作品在创作过程中有着高度的自由度，科幻主题能够与“都市”“军事”“穿越”“言情”等元素共同作用，作者的想象力和创造力得到了很大程度的发挥，其作品中的各项元素异彩纷呈，呈现出更广阔的表意维度。疯狂小强作品中都市、情感、军事、科幻、推理多重主题的无缝衔接，丰富了新时代网络文学写作的内涵。

## 二、想象与现实：科幻小说创作的现实主义倾向

网络文学从内容上划分更多的属于虚构文学范畴，虚构文学要求作者拥有极强的想象力，这类作品聚焦的并非是生活本身的张力和戏剧性，而是依托创作者的笔触想象出一个虚构世界，作者要借自己的想象力创造作品的张力，创造极强的戏剧冲突以吸引读者。网络文学给了创作者“想象力”极大的发挥空间，网文作家可以尽力想象，这种想象力的发展的外在表现形式可以是虚构人与自我的关系，也表现在虚构人与社会、人与历史、人与自然、人与宇宙的外在关系的能力。不同于精英文学内在性的想象力发掘，这种外化的想象、虚构人与外部世界力量的矛盾冲突在网络文学世界有深刻的表现。①

疯狂小强的作品就发挥出了他极强的想象力，在《超级系统》中，作者用全新的视角将人体比作一台计算机，人的大脑就是一个可以被程序化的系统，系统可以不断地优化升级。在《黑客传说》中，超级黑客项彬“过劳死”之后重生到一名初中生身上，成长为全新少年。疯狂小强以全新视角对人的身体机能展开想象，从科幻的角度出发，吸收了其他优秀作品在叙事视角与叙事时空构造方面的经验，创造了一个独属于疯狂小强的极其丰富逼真又异彩纷呈的小说世界。

---

① 房伟. 我们向网络小说借鉴什么？[N]. 文艺报，2020-08-03.

刘慈欣曾说当前科幻小说创作发生了深刻的变化，国内读者更偏爱于贴近现实的、幻想未来的科幻作品，而稍微超脱和疯狂一些的想象就无法接受。[①] 可以看出想象与现实之间始终有一道藩篱，这道藩篱是科幻作家们共同面临的困境。科幻小说作为一种与神话传说一脉相承的虚构作品，科幻小说家们要借助现代化的神话对现实生活进行观照。因此，科幻小说想象的翅膀必须依赖现实的主体。鲁迅曾在《月界旅行・辨言》中着力称赞科学小说“能于不知不觉间，获一斑之智识，破遗传之迷信，改良思想，补助文明”，并断言“导中国人群以进行，必自科学小说始”。[②] 科学(科幻)小说自诞生之始就被赋予了社会改良、启发民智的期待，发展到现在，科幻小说承担的社会责任除了为未来社会的发展提供另一种可能，我们对科幻小说更多的期待是以科幻想象的形式反映现实生活的问题和困境。科幻文学的内核是“构建在日常经验之上同时又超越日常的惊奇感，似曾相识，却又游离于现实之外”，[③]这要求科幻小说除了借科幻传达作者的想象，也要对现实生活进行思想的投射。疯狂小强的《超级系统》向我们展示了以编程等计算机手段对人脑进行控制，人的肉身可以被思想和程序所操纵，为未来人类身体机能的科技化提供了一种可能；《超脑黑客》给读者还原了一个真实的黑客故事，探寻黑客文化的本质。然而，读者在感受作品趣味性的同时，却很难在作品里看到疯狂小强想要体现的现实性思考和想要解决的现实问题，其作品中的现实主义力量仍然有待加强。

英国著名科幻小说家布里安・阿尔迪斯认为：“科幻小说是一种文艺形式，其立足点仍然是现实社会，反映社会现实中的矛盾和问题。科幻小说的目的并不是要传播科学知识或预见未来，但它关于未来的想象和描写，可以启发人们活跃思想，给年轻一代带来勇气和信心。”[④]疯狂小强在掌握一定的科学技术素养的同时带着对文字的热爱，深谙网络世界的残酷性和撰写科幻文本的艰难，仍旧坚持从事科幻文学创作，这说明他是具有写作者理应具备的人文情怀和审美意识的。科幻与现实主义的融合是时至今日的科幻小说家们的一大课题。因此，从这个层面讲，即便是网络科幻小说，也应该在未来想象中对人类命运与精神世界倾注更多的思考。

---

① 刘慈欣. 从大海见一滴水——对科幻小说中某些传统文学要素的反思[J]. 科普研究，2011(03).

② 鲁迅. 鲁迅全集[M]. 北京：人民文学出版社，1981.

③ 陈舒劼. 想象的折叠与界限——20 世纪 90 年代以来的中国科幻小说[J]. 文艺研究，2016 (04).

④ 孔庆东. 中国科幻小说概说[J]. 涪陵师范学院学报，2003(03).

## 三、网络文学的书写困境

1998 年《第一次的亲密接触》在网络上发表，成为网络文学发展史上里程碑的事件。此后，网络写作论坛开始涌现，2002 年起点中文网的成立促进了网络文学写作规范化、行业化，网络类型小说开始发育。至 2008 年，网络玄幻、历史、言情等类型小说发展空前繁荣。疯狂小强从事写作就是在网络文学发展最好的时期，一切都还未定型，类型小说在等待被扩充发展，网络文学写作者们在平台上拥有最大的话语权。正是靠这批早期的网文写作者，网络文学的高楼大厦才能够拔地而起。

疯狂小强大学时期学习计算机技术，2006 年在网络上发表了第一部长篇小说《人工生命》，小说内容则是他熟悉的计算机领域，当时的黑客故事还没有被开发，他打开了这一类型小说的大门，帮助他收获了第一批读者，拿到了六千元的报酬，在网文世界初次尝到甜头。2007 年大学毕业时结束了长篇小说《黑客传说》的连载，近百万字的小说《超级系统》写至 2009 年，2011 年近两百万字的《超脑黑客》开始连载。他的作品都围绕着黑客主题，但是他对黑客和计算机领域的了解也并不深刻，只是熟悉表面的知识，所以在几部长篇小说的创作中理论知识不足的弊病就暴露无遗。

除此之外，疯狂小强的作品依旧是“换汤不换药”式的网络小说书写。其作品在创造戏剧张力时仍然存在着逻辑缺陷，在对科学的设定上仍然存在着理论上的不足，与此同时，网络小说创作过程本身就受来自读者和网络平台的影响，故事情节的推进依旧不够自然。强化小说情节也造成“升级打怪”循环叙事的“审美弱化”[①]。网络小说撰写周期较短，使得作品很少精雕细琢，语言容易粗糙混乱。同时，疯狂小强的作品中也存在着对现实因素的忽略，对情节趣味性的过度追求，也导致文本缺乏深层审美与思想意蕴。

网络小说的通病在疯狂小强的作品中也有所体现：情节冲突的刻意、单一矛盾模式的重复，在人物形象的塑造上又不自觉地显出逻辑力量薄弱的戏剧化，这些都不利于观照个人的生存；而抽象的“英雄形象”和“开挂”模式，也不足以面对日新月异的中国当下问题。[②] 作品的人物设定和情节的逻辑性都有失水准，作品只能满足大众的类型化想象和猎奇心理，其审美意味就大

---

① 房伟. 我们向网络小说借鉴什么？[N]. 文艺报，2020-08-03.

② 李亚祺. 非虚构写作与写作的公共性[J]. 创作评谭，2020(05).

大下降。疯狂小强自言，“写网文有个不好的地方，很多都是临时构思，边想边写，如果你没有足够的储备，就容易受读者影响，做出一些错误的决策。有的时候，你明知道自己已经走歪了，但还是要自圆其说，继续写下去。不像传统文学，可以反复修改。”①《超脑黑客》创作到中期阶段，有许多读者评论留言故事情节推进过慢，他为了推进故事发展就将主人公林鸿写失忆了，这样一来使得情节发展过于跳跃，在刻意制造戏剧冲突时就出现了无法挽救的逻辑硬伤。

与此同时，《超级系统》中的科学漏洞屡见不鲜，比如第一章所讲述的“封装”概念，这是激活整个大脑控制身体的核心，复杂的信号可以通过不断精进的步骤和操作传输，从而提高效率，但是我们无法做到将复杂的信号变为简单的信号，这是计算机操作的基础常识，文中类似的计算机常识性错误不胜枚举。作者的问题主要集中在对概念望文生义，实则缺乏深入的理解，只是按照自己的想法去运用这些概念，其实只是皮毛，用专业术语的堆砌吸引并吓住了不明就里的读者。情节能力也反映作家体察社会、了解人性深度、想象世界的能力。情节虚假、令人难以信服是作家缺乏社会体验性的体现。

## 结语

疯狂小强的小说主体上仍旧是网络科幻小说，但它的作品丰富了科幻的想象，也拓宽了科幻小说的表现方式，为网络科幻小说提供了另一种可能。网络科幻小说一直在各种夹缝中踽踽独行，寻找自己的平衡点与生存之所。长期以来，科幻小说作为一种“精英化”的类型文学，准入门槛相对较高，网络科幻小说的兴起在某种程度上推进了科幻文学的大众化和去严肃化。虽然个中科幻作品仍然有粗制滥造之处，但它们的确引发了一些读者的兴趣与思考，甚至进而对未来的科学世界产生一些希冀。这正是疯狂小强的网络科幻小说的价值所在，但其作品在叙述方式、话语规范上仍然有很大的进步空间，在对未来世界的超越性设定和幻想叙事上要更具人文精神与审美情怀，对人类生活处境要做出更合乎科学规范的大胆预测。② 这在某种程度上也在

① 秦芳. 疯狂小强：颠覆现有网络文学生态，是我一直想做的事[EB/OL].(2017-6-28)[2019-3-10]. https://hn.rednet.cn/c/2017/06/28/4338388.htm, 2020-10-10.

② 鲍远福. 新世纪网络科幻小说的现实境遇与中国经验[J]. 中州学刊，2018(12).

呼吁着网络科幻文学的创新与突破、网络文学生态的转变与革新。

## 第四节　罗霸道：亦幻亦真的“星际屠夫”

书如其名，罗霸道的作品风格如他的名字一般霸道，不论是书名(《霸道人生》《星际屠夫》《屠神之路》)，还是他的作品的内容及写作风格方面都体现了一种阳刚之气。当然，每一个作家的作品风格都不是天生具有的，与其后天的经历有着较大的关系。通过查阅资料，笔者了解到罗霸道其霸道的风格与年少时的相关经历有着较大的关系。罗霸道在 27 岁左右曾开过一家当铺，与周边的三教九流打交道甚多，一来二去身上便自然带了一股大哥范，这些经历与他的创作风格有着密不可分的联系。

罗霸道的作品从头到尾都散发着霸气，这种使得其作品的受众更偏向于男性。人的性格及审美各不相同，一部作品不可能满足所有读者的需求，作家的创作也并不只是为了迎合大众的需求，更多的应该是一个作家情感的寄托。罗霸道的阳刚叙事，也是正其个人生活经历、气质性格和审美心理的真实反映。

### 一、立足现实的生活原型

任何一部好的作品都不可能是凭空创作出来的，任何一个小说人物也都不可能是凭空捏造的，他的背后都一定会有他的故事原型。在《星际屠夫》一书中，将军在被杀之后复活，却阴差阳错地复活在了一个名叫邹子川的胖子身上，然后后面的故事情节围绕着他而发生。复活之后的邹子川身上有了两个人的特质，有了将军的霸气、果断、智力，但同时也具有了原来的邹子川身上的特质——一种前所未有的耐力，就是这样一个兼具了两个人特质的人物引领了后面一系列故事的发生。通过查阅相关资料，我们会发现复活后的邹子川的人物形象并不是凭空捏造出来的，而他的人物原型正是作者罗霸道本人。现实中的罗霸道因为早年的经历，让他自带一种霸气，曾有人用小说的文笔描写初次见面时对罗霸道的印象——“犀利的眼眸中透着丝丝的冷酷，黑色的紧身风衣配着黑色的紧身裤，脚踩黑色的皮靴，无形之间让人感到压迫”。仔细想想，这不就是小说中邹子川给人的印象吗，小说中的邹子川的眼神可是可以使人受伤的。小说中的邹子川有着超强的意志力，他曾坚持在七号训练室中受着魔鬼般的训练，那样的训练不是常人能够忍受的，可是邹子川却能每天坚持。其实现实中的罗霸道也有着超强的意志力，为了写网络小说，一开始不会打字的罗霸道开始了痛苦而坚韧的网络写作练习，尽管不会，他也愣是一个字母一个键对照着打，最后他学会了用两根手指在键盘上飞舞，这是不是像极了小说《星际屠夫》当中复活后为了掩饰自己的身份而努力学习机甲维修的邹子川，为了达到自己的目的，没日没夜地进行训练，查阅了解相关的资料。现实中的罗霸道，为了写文，查阅资料，除了买书，还把要了解的资料从网上打印下来慢慢看。为了不被分散注意力，为了写文，他把自己曾经的一些不良嗜好全部戒掉。虽然我们不敢保证每一个小说的人物都能在现实中找到他所对应的现实人物，但我们可以肯定的是，小说中的大部分人物一定是来自现实生活中的人物原型，因为无论一个作家的想象力有多么丰富，他也不可能凭空捏造所有的人物形象。

罗霸道的小说大都是科幻、玄幻类型的，但他的小说中所写到的一些事情并不是完全不可能，其中的一些现象、事情，值得我们现代人深思，那些事情未来也可能会发生在我们的身上。例如在小说《星际屠夫》中所描述到的未来的机甲世界其实还是很有可能的，因为随着现代科技的发展，人工智能不断地发展进步，已经有了部分人工智能的机器人运用到了我们现在的生产与生活当中，我们想象一下按照现在的发展速度，那么在几百年之后，小说中的飞船、机甲可能也会成为事实。小说中还提到了每个国家都有属于自己的冒险团，他们在浩瀚的宇宙中探索适合人类生存和资源开发的星球。其实这在未来也是有可能的，因为现在地球的容量早已超出了它所能承受的最大值，可是现在人口还在不断增长。地球的资源是有限的，虽然现在人类在不断地开发利用各种新能源、可回收的能源，可是人类的创造能力毕竟是有限的，当有一天，人类的开发的新能源无法供应人们的能源需求，而地球的可开发资源枯竭时，我们又该怎么办，那时，探索新的生存环境是不是成了我们唯一的选择。未来有无限的可能，但小说其实也可能是作家自己根据现在世界中的一切对未来可能发生的事情的预测。

## 二、平实朴素的大众语言

平实的写作风格似乎更易被读者所接受。仔细阅读罗霸道的作品，我们可以发现他的文字似乎始终都保持着一种简单、朴素、平实的风格。他的文字没有很多华丽的辞藻，没有多么深奥的道理，但是读他的文字总是感觉会有些热血沸腾又好像很舒服。小数中很多都采用了口语化的方式，似乎好像是小说中的人物在和你对话，又好像是一个朋友在你身边讲着故事。你不需要绞尽脑汁去揣测他的文字到底要表达什么意思，他的文字真真正正做到了面向所有的读者，让每个读者都能读懂他的意思。一篇好的文章不需要有多么华丽的辞藻，不需要引经据典，一篇真正的好文章要做到的是面向读者，真正站在读者的角度去考虑。小说不同于科学论文，科学论文的读者可能更多的是一些该领域的学者专家，论文里面的一些专业术语对于他们来说可能没有什么难度，而且论文要求的就是准确，有理有据。小说的读者可能并不是专家学者等业内人士，他们都只是一些普通人，他们阅读小说追求的更多的是一种愉悦身心的放松。

当然我们所说的小说不同于科学论文，没有那么严格地要求要多么准确，但是在书中一旦出现某方面的知识，就需要作者查阅相关方面的资料，做到用朴实的语言准确地说明相关知识。罗霸道的作品中，对于专业知识方面从不马虎，他总是会用简单的语言准确地说明相关的知识。令笔者印象最深刻的是他的书(《星际屠夫》)中关于长枪上为什么要缠上红缨的介绍，“至于枪头，以结实锋利为标准，缠上一点红缨之类的就可以了，很多人只知道红缨枪有一围红缨，实际上，大部分的人都不知道那红缨并不是为了美观，枪头末端固定红缨可以阻止血顺杆流下，导致枪杆润滑难以握持。”我想在读这本小说之前可能很多人都像我一样不知道红缨的真实作用是什么。还有他的作品中还有很多关于一些专业知识的介绍，比如在作品《霸道人生》中有一段关于欧阳姓氏的介绍：“欧阳！复姓，一世，蹄，欧阳之先，出夏禹之苗裔。自帝少康，封庶子无余于会稽，使守禹祀。传二十余世至允常，子曰勾践，是为越王。越王卒，子鼠与立。传五世至无疆，兴师伐楚，为楚威王所败。越以此散，诸族子争立。或为郡为王，滨于江南海上，朝服于楚。蹄受封为欧阳亭侯，今在浙江乌程湖州欧余山之阳，子孙遂以为氏。恩！名门之后。”可能除了一些专门研究的学者或者是对这方面很感兴趣的人，很少会有人去专门查阅了解这些信息。除了这两个例子，他的书中还有很多关于专业知识的介绍，可能平时我们很少会去了解那些知识，但是，通过阅读他的书籍，我们都能了解到，所以一本好的小说还要让读者在阅读的过程中了解到一些相关的知识，丰富我们的见识。但是你可能会说，作者又不是万能的，他怎么可能会知道所有领域的知识？当然作者不是万能的，他当然不会知道所有领域的知识，这就需要我们的作者在创作的过程中不断查阅资料，解决自己知识的盲区，创作的过程其实也是一个不断学习的过程。前文在介绍罗霸道的时候说过，他为了写文，查阅资料，除了买书，还把要了解的资料从网上打印下来慢慢看。这可能是读者在阅读他的作品时总能学到一些知识的重要原因。

### 三、产品化速写的品质缺失

罗霸道的作品主要都是网络作品，当然他的作品中也少不了一些网络作品中常见的弊端，比如文章中总会出现一些很明显的错字，更或者是人名的混淆，如果不是仔细地去阅读，可能我们会觉得很奇怪，为什么之前都是那个人，现在又变成了这个人，会觉得逻辑完全不通；可是当你停下来去思考，或者继续向后面看下去，你会发现，其实那只是因为作者的疏忽把人名给搞错了。当然作为网络文学，出现这些笔者也可以理解，因为网络文学没有严格的审核校对程序，加之它们对作者的出稿速度要求很高，很多作者都是直接一遍码完字，根本没有时间再去检查校对一遍。但是作为读者，我还是希望能够减少这方面的错误，因为不是每个人都会去仔细思考文中是不是错了，可能也会有人觉得很迷惑想不通是为什么。还有就是做任何事情，我们都应该始终保持严谨的态度，不能放过任何一个细小的错误。

## 第五节　杨莉：网络写手的主体意识

杨莉，女，1980 年生，土家族，常德石门县人，湖南省作协会员，专职网文写手，第五期鲁迅文学院网络作家班学员，第十四期毛泽东文学院学员。已完成了十多部网络小说，并出版了《游凤戏龙女状师》（上、中、下册），签约出版《小太后》。曾以笔名莫颜汐、晨露嫣然在小说网站红袖添香和新浪原创上发布作品，自 2012 年至今共创作 10 余部热销作品。她曾数次蝉联红袖订阅榜、鲜花榜、月票榜等各类榜单前十名，更是获得红袖华语言情大赛数次提名，多次获奖，深受读者欢迎和好评，被封为“红袖言情天后”。本节拟从小说题材、叙事结构以及作品中女性意识的体现三个方面入手，试整理并归纳出杨莉小说作品中的一些共同特点。

### 一、古代架空言情题材

在如今的女性向网络文学作品中，言情小说占据着压倒性的数量优势，而细分言情小说的题材种类，现代都市题材与古代穿越题材则无疑是共分天下，其他题材如悬疑、玄幻等虽偶有佳作，但其体量均远不能与此二者相提并论。从杨莉所创作的10多部作品中来看，她对都市和古穿均有涉猎，古代穿越题材相对而言是她创作的侧重点。

用杨莉自己的话来说，她之所以对古代穿越题材情有独钟，是因为“这让我可以无限放开我的想象力，无拘无束、天马行空，还能纵横江湖，策马飞跃云霄间。”自由度确实是古代题材相对现代题材的一个巨大优势，科技与生产力等时代要素在言情小说中无足轻重，它们的淡化与消失反而能为小说人物的感情发展带来更多的叙写空间与更为浓重的浪漫色彩。除此之外，古代社会阶级划分较之现代要更加森严，主人公一开始身处底层，然后不断向上爬升最终收获爱情、大权在握的“逆袭”过程给读者带来的阅读快感自然也就更加强烈。古代穿越题材之所以拥有广泛的读者群体并多年以来长盛不衰，可以看作是市场优胜劣汰的选择结果，但究其本质还是应当归结为商业化写作与大众心理相互磨合适应后得出的最优解法。

在古代穿越题材的基础上，杨莉的作品不约而同都进一步采用了架空式的背景设定，这就进一步增强了小说情节的可操作性。穿越回我国历史上真实存在的朝代固然能借助读者心中固有的历史印象以容易代入其中，但历史史实同时也在一定程度上制约了作者的自由发挥。架空的朝代背景在保留古代穿越题材诸多优点的同时，去掉了真实朝代对于小说的束缚，诸如皇帝、王爷、将军同时为了女主角争风吃醋等情节也不再显得违和——架空的世界中，作者权威最大。杨莉借助这样的题材特点，使得她在多部作品中对主人公感情故事的刻画都达到了较好的效果，拥趸众多也在情理之中。

## 二、叙事结构与“番外”式结局

整体上来看，杨莉的作品情节大多趋于同一，与当今女频小说的结构较为类似，即“莫名穿越——家道中落/贫寒——遭遇困境——男主出现化解，二人相识——产生误会——恶毒男/女配陷害——化解误会……如此反复直到女主身份地位上升完成逆袭后，再与自己所选择的男人步入婚姻殿堂”。这种叙事结构之所以成为网络文学中的一个经典套路，主要原因在于它为读者提供了三重的阅读快感：其一，女主作为一个穿越过来的现代人，虽然物质条件落魄，但其眼界见识均不同常人，即使是那些出身尊贵的男性角色也往往为其所震惊，从而对女主产生了兴趣；其二，女主的起点较低，却能够靠个人智慧化解危机，积累财富乃至提高社会地位，这样的崛起之路能给对此类事情有心无力的读者们提供极大的心理满足；其三，小说中单男主的情况远比多男主要少，各种类型、各种身份男子云集的“逆后宫”不仅让女主角得以站在更高的角度俯瞰挑选自己的伴侣，而且在一些情况下还可以做到所谓的“同收”，即同时拥有多名男性伴侣，这无疑进一步提升了女性读者的阅读体验。

作者所塑造的男性角色各有千秋，不同的读者也会有各自的喜好，为避免读者之间关于小说结局发生争执，女频小说作者往往采用“番外”式结局来处理这个问题，杨莉也不例外。“番外”是一个来自日本动漫的词语，意为对于正文的补充，与中文“外传”相近，在我国网络文学中体现为在结尾后以不同人物视角叙述故事，或补充前文，或书写新意。以杨莉最近的一部作品《游龙戏凤女状师》为例，作者为主角渔嫣安排的结局多达 11 个，这样有创意的结局处理是我国以前的现实主义作品中从未出现过的。

与此同时，不可否认的一点是我国当今的小说网站仍未摆脱以点击量、销量衡量作品的功利化标准，这就导致作者对于更新量的迫切需求，往往仓促成文后不加修改便直接上传，时常出现前后文相互矛盾、情节跳脱错位的情况。从这一点来说，网络小说想要达到经典文学的高度，还有很长的路要走。

## 三、女性意识的体现

古今中外的文学作品中，女性对于自身外貌的关注始终是个常见的主题，以此为出发点衍生出各种各样的奇妙故事，这实际上是女性意识的一种外在体现。在杨莉的小说作品中，这一类意识的体现常贯穿全文始终，从小说一开头主角穿越到一个绝世美人或者容貌虽不惊艳但自有一股出尘气质的女子身上开始，一直到文末诸多男性人物为女主角痴狂沉迷情爱纠葛为止，爱她是因为她美，恨她也是因为她美，通篇情节都在为将女性外貌气质等因素最大化利用而服务。杨莉作品较之其他女性向小说的一显著特异点还在于文中所谓“肉戏”，即性爱场面与情节出现频次不少，且在多部作品中均有这一共同现象。同样是以《游龙戏凤女状师》为例，主角渔嫣天生丽质，霸道深情的皇帝、青梅竹马的将军、一见钟情的异族王爷等多名堪称“高大全”的男性人物都深深为之着迷，而在番外形式的多个不同结局中渔嫣也均与自己所选择的人共赴巫山，正是这些情节赢得了该书读者的绝大部分好评。

此类女性意识的发挥已然成为当今女性向网络文学的一股潮流，女性对凡俗生活和丰富物质的喜爱和追求成为此类小说最为重要的表现主题，同为女性的创作者在发掘此类题材时有着独到的敏锐眼光，她们了解现代女性的心理，创作出的故事情节天然针对女性的自我满足意识。无论是貌美如花还是收获爱情，抑或是逆袭崛起名利双收，现代的网络土壤都拥有着足以使其自由生长的空间与养分。距今20年前，以卫慧、棉棉为代表的女性作者曾尝试过女性“私人化”写作，开放女性对欲望的渴求，与男权社会的文化霸权做抗争，得到的却是“美女作家”“身体写作”等较为狭隘的认知。安妮宝贝依托她所居住的大城市，以生活中真实感受到的冷漠、绝望构造了一个灰暗的爱情空洞，满溢着寂寞荒凉，最终得到的评价也仅仅是“小资情调”。在当时的我国社会，互联网尚未完全普及，女性写作的影响也十分局限，在话语权争夺中仍处于弱势。除了女性作者本身的水平局限和角度偏颇，传统思想的根深蒂固和大众传媒对男权文化的维护、对女性文学的商业化操作等种种原因都使得对于女性私人化写作的误读乃至矮化成为一种必然。

应引起注意的一点是，虽然时至今日网络文学已发展至一个较为繁荣的局面，女性向小说所拥有的受众市场体量也不容小觑，但此类女性意识的体现方式笔者个人认为是值得商榷的。一个受过完整现代教育的现代女性穿越回古代社会，自然而然地将自己置于弱势群体的地位，将追求美满的爱情作为自己人生的终极目标，即使凭借现代的眼界与知识做出了一番成就，其最终结局仍是依附于英俊又有权势的男主人公身上，差一点的是相夫教子柴米油盐，好一点也不过是入主后宫治理嫔妃。这种情节不仅仅普遍存在于杨莉的作品之中，在整个女频小说行业已经可以说是达到了一种泛滥的地步，这无疑是一种值得警惕的现象。从前女性作家的女性写作痕迹与社会底层关怀在这些作品中已难觅踪迹，无论题材是现代还是古代，其中女性意识的张扬均伴随着浓重的物质化色彩，一方面从市场消费的角度来看固然也不难理解，但另一方面却不由得让人为现在女性向写作的未来感到迷茫与担忧。

# 第十二章　常德文学的其他成就

2014 年 10 月 15 日，习近平总书记主持召开文艺工作座谈会并发表重要讲话，强调实现中华民族伟大复兴需要中华文化繁荣兴盛、创作无愧于时代的优秀作品、坚持以人民为中心的创作导向、中国精神是社会主义文艺的灵魂、加强和改进党对文艺工作的领导等重要文艺思想。在此背景下，我国的文学事业迎来了新的契机，各文学期刊、文艺团体、艺术创作队伍不断发展壮大，以丰富多彩的形式打造反映时代和人民的精品力作。湖南作为拥有深厚现实主义传统的文学艺术沃土，在新时期迸发出充沛的创作能量。胸怀使命感和担当精神的文学湘军已然成为中国文学不可忽视的重要力量。

近年来，除小说、诗歌、散文等传统体裁的创作之外，常德文学界敏锐地捕捉到新时期时代文艺动向与人民群众的精神文化需求，积极开展文艺活动与理论批评建设，以人民群众喜闻乐见的形式创作出反映现实风貌、传递时代精神的艺术作品。蔡德东描绘常德革命先烈的历史小说、李万军记叙扶贫工作典范的报告文学、涂绍钧书写现代常德文学图腾、丁玲的传记文学均是新时期颇具影响力的主旋律精品；以湖南文理学院为中心的常德文学理论批评队伍为常德文学的推介与发展做出了重要的学理贡献，夏子科、程一身、张文刚等既是常德文学的重要评论家，他们在小说、散文、诗歌等文学创作和翻译方面也做出了不俗的成绩。此外，在戏剧与影视这一获得人民群众普遍欢迎的艺术门类的创作中，常德剧作家群体展现了非凡的实力与良好的生态，既有盛和煜、汪荡平等老一辈资深剧作家的领军，又有黄士元、刘京仪、周志华、周星林等青年生力军的活跃，为常德及全国的观众打造优质的视听盛宴，以生动可感的形式反映生活具象与时代精神。

时值中国共产党建党 100 周年，全面小康社会已经基本建成，中国社会迈入了新的历史阶段。新时期的常德文学在崭新的时代机遇面前，必将承前启后，再续辉煌。

## 第一节　历史小说与非虚构文学

### 一、蔡德东的历史小说

蔡德东，湖南澧县人，《常德日报》编辑、记者，湖南省作家协会会员。作品散见于《芙蓉》《新观察》《文汇月刊》《萌芽》等，出版中短篇小说集《土地的恩赐》、报告文学集《梭罗之搏》。其代表作长篇历史小说《蒋翊武》获湖南省第十二届精神文明建设“五个一工程”奖、第九届丁玲文学奖二等奖。《蒋翊武》讲述了“中华民国”开国元勋、辛亥武昌起义的主要组织者和领导者蒋翊武从叛逆少年、理想青年到革命志士的光辉人生，采用政治叙事和欲望叙事相结合的话语方式，为21世纪历史小说的革命叙事提供了参照。在人物塑造方面，突破了传统的正反二元对立模式，在歌颂英雄的同时，加强了对复杂性格人物的表现和刻画。在文学价值方面，摒弃了单一的政治维度，挖掘了文化、精神等方面的资源。后革命时代的叙事创新，预示了革命叙事发展的方向和更多可能性。

《蒋翊武》描绘了一个有血有肉的悲剧英雄的形象。在辛亥革命中，蒋翊武功劳卓著，他被孙中山誉为“开国元勋”，是武昌首义的总指挥。他的军事才能和实干精神被众多历史学家所称道，他的政治远见和人格操守值得后人深深敬仰。为保护辛亥革命的成果，坚持最初的革命道路，蒋翊武不拘名利，坚决与反动势力斗争，他用自己的牺牲捍卫了自己的理想和节操。1913年9月，蒋翊武被袁世凯政府下令杀害，时年29岁。小说人物形象丰满，爱国主义情绪贯穿全篇，文字简练优美，故事情节荡气回肠。小说没有特意为了表现英雄人物而将人物做脸谱化的高大上的描绘，而是将人物放置在当时的历史情境中，在多层次的环境和背景中塑造鲜活的、极具感染力的故事主人公形象。小说尊重历史的客观性，但是并没有局限在历史人物和事件中，而是用文学的笔法做了创造性的描绘。小说在人物群像中突出主要人物，通过主要人物形象和人物群像自然而然地表现20世纪初改变中国命运的青少年们的志气和才情，让读者通过文学语言塑造的鲜活的形象，亲近历史，感知中国积贫积弱时期的社会状况和当时热血青年的担当和奋斗。

《蒋翊武》一书忠于历史，还原历史，艺术水准较高，是近年来湖南文学界在历史小说这一创作领域涌现出来的一部集思想性和艺术性于一体的优秀作品。该书的出版，饱含着常德澧县人对家乡英豪的敬意，更凸显了常德作家的文化担当——通过英雄人物的故事，让读者亲近历史，了解历史，以史为鉴；宣扬爱国主义精神，为中国梦注入正能量。小说《蒋翊武》始终充盈着一股浩然正气。其所涉及的场景和情节再现了革命党壮大的过程，这在过去的文学作品中是没有的。小说对蒋翊武的家庭和爱情生活的描写，对蒋翊武在革命过程中产生的矛盾、复杂心态的描写，准确到位，令人印象深刻，并在故事的结尾再现了蒋翊武为理想慨然赴死的豪迈气概，既具有历史意义，也具有现实意义。

写历史小说是戴着镣铐跳舞，过于拘泥于史料就可能写成传记。蔡德东在把握历史真实的情况下，在追求艺术真实时付出了很大的心血。通过艺术作品来完整地还原蒋翊武，这对整个中国历史和文学都意义重大，对于湖南尤为重要。这部小说还原了武昌首义的历史原貌，填补了一项历史和文学的空白。同盟会进行了众多起义，而终于在武汉取得成功，这源于蒋翊武身上的务实精神，小说将这一点剖析得十分透彻。

湖南人在现代历史上具有举足轻重的地位，《蒋翊武》一书正是弘扬了湖湘历史文化。小说让人感受到了蒋翊武身上厚重的湖湘精神，即敢为人先、忧国忧民的精神。这种情怀和气概，是湖湘文化的精髓。作为一名有历史担当的作家，蔡德东让一个寂寞的英雄不再寂寞，使更多的人关注到这样一个题材，通过好的文艺样式让更多的人知道了蒋翊武。

湖湘文化的源头是楚文化，它的特质，可以用一个“蛮”字来概括。这种带有原始野性的“蛮”，其内容之一就包括“筚路蓝缕的辛勤劳作和开拓精神”。蒋翊武出生贫苦，身世低微，既无革命的背景，也无革命的资本。他只身一人来到人地两生的武汉，除了理想和热情，没有任何凭借，没有任何资源，他从最底层的新军士兵开始起步，从革命团体一名最普通的会员做起，逐渐成长为革命团体的首领，完成了一件常人难以完成的任务，达到了一个普通人难以企及的高度，充分体现了他的顽强勇气和开拓精神。

蒋翊武的身上还具有一种卓厉敢死、刚劲笃实的湖南人的特殊性格。蒋翊武参加革命，不是为了改变自身命运的小市民式的革命，他渴望的是能改变国家民族命运的大革命。当革命果实面临被敌人窃取的危机时，他最具警惕性；当革命遇到困难时，他奋勇当先，排除万难；当有人背叛革命时，他挺身而出，振臂一呼，带领大家继续革命。蒋翊武倒下了，但千百万革命者站起来了。当然我们也需要看到，作为一名湖湘士子，蒋翊武在继承湖湘文化精神气质的同时，也不可避免地浸染了其中的某些缺点，这种文化性格似乎已经命中注定。小说以一半篇幅描写辛亥革命后的政治纷争，而这恰恰是蒋翊武最不喜欢，也最不擅长的方面，这注定了蒋翊武的命运悲剧，也在一定程度上表达了蔡德东对湖湘文化性格的思考。

## 二、李万军的报告文学

李万军，1968 年 11 月生于湖南省常德市汉寿县，中共党员，军转干部，高级警长。现在常德市公安局直属武陵分局工作，同时兼任常德市作家协会党支部书记、副主席。系中国作家协会会员、中国报告文学学会会员、全国公安文联作协会员、湖南文理学院中国现代文学史客座教授等职。曾进修于鲁迅文学院第 2 期公安作家班、毛泽东文学院第 10 期中青年作家班，至今发表作品 135 万字，作品散见于《中国作家》《中国报告文学》《啄木鸟》《战士文艺》《解放军报》等报刊。中篇报告文学《凤凰之子》获原广州军区首届战士文艺奖。个人文集《走笔军旅》获第七届丁玲文学奖。人物特写《抓的就是你》等 4 篇作品分获湖南省公安系统第十届金盾文化奖。

青年时期的李万军参军之后曾长期驻扎在海南三亚警备区某海防营，在服役期间写下了大量反映军旅生活的散文随笔作品，成为其独特文学创作生涯的起点。长期的军营生活磨炼了李万军的性格与意志，也造就了他沉稳务实的创作心态和艺术风格。2005 年，李万军经原广州军区政治部选派前往湘西凤凰县柳甲村，深入采访“全国民族团结进步模范个人”、扶贫帮困优秀军人代表张智华，挖掘他在湘西凤凰县柳甲村扶贫助弱的先进事迹。经过在湘西几十个昼夜的奔波采访，李万军完成了《凤凰之子——记全国民族团结进步模范个人张智华大校》这部中篇报告文学，并陆续刊发在《战士报》《民兵生活》《战士文艺》等多家报纸杂志上。同年，该作品被评为首届战士文艺报告文学三等奖；2009 年转业至公安系统后，李万军又先后创作了大量反映公安干警工作生活的纪实作品，获得广泛关注和好评；2016 年 6 月，全国各地发起了纪念中国共产党建党 95 周年、红军长征胜利 80 周年活动。全国公安文联推出关于开展“长征路上的坚守”主题创作活动。湖南是红军长征途经的 11 个省区之一，湖南的多名公安作家参与了这次主题活动，李万军便是其中之一。李万军整理沿路收集来的红军典故、警察故事，写下并发表了《天门刀锋》和《龙山之女》两篇报告文学，出色地完成了公安部文联安排的重走长征路的采写任务。

2017 年，受常德市委宣传部和市文联委派，李万军前往常德石门县薛家村，采写在扶贫工作一线岗位上因公殉职的全国脱贫攻坚模范、退役军人、共产党员王新法的事迹。为了写好王新法，李万军在薛家村一住就是几个月，前后采访了四百多人，和许多村民同吃同住，甚至有时还参与劳作和接待慕名而来的瞻仰者。其间，他还只身前往河北石家庄和北京等地，先后辗转了两三万公里，采访或调查了王新法的家人、战友、律师和公安同事，获取和掌握了王新法生前、扶贫前的原始素材。王新法辞世不久，薛家村村民要自发捐钱为王新法铸造一尊铜像，李万军听说后，不但口头上支持，而且从自己的口袋里掏出一千元捐给了组织者。在将近半年的采写中，李万军既是采写者更是扶贫人，像王新法同志那样身先士卒、扶贫帮困，同时还十分注重发挥自己是一名人民警察兼作家的角色作用，积极为村民主持治安管理和矛盾调解等工作。在呕心沥血的努力与坚持下，李万军完成了长达 24 万余字的报告文学力作《因为信仰》，于《中国报告文学》头题刊发，并由中国国际广播出版社出版，反响强烈，荣获常德原创文艺奖。

湖南文理学院教授、洞庭湖生态经济区建设与发展湖南省协同创新中心文艺创作与评论研究所所长张文刚，在认真研究了《因为信仰》后，难掩激情，以《富有学术精神的文学写作》为题进行了评述和解读，他在近万字的评论中，从二十世纪七八十年代曾经震撼了几代人心灵的《哥德巴赫猜想》《大雁情》《神圣忧思录》类比到了融小说、散文、通讯和政论等多种文体于一体的《底色》，文中毫不掩饰地点明了李万军的这部作品极具“跨文本”特征，创新了报告文学写法，是一部渗透了学术精神的精品力作，这得之于作者认真严谨的写作态度、强烈的现实感以及问题意识、扎实的资料准备和思辨眼光与批判精神等。李万军用他的纸笔和言行，不仅为王新法树了碑、立了传，而且为石门县薛家村代了言、扶了贫，不失为近年来文艺界涌现出的一个智力与文学扶贫典范，为后续全国脱贫攻坚战役提供了典型参照和文学样本。

近年来，李万军依然保持良好的创作势头和踏实的写作态度。2020 年，受湖南省作协扶持的中篇报告文学《万家渡口》再登《中国作家》。《万家渡口》与原已刊载和出版并产生影响的长篇报告文学《因为信仰》一脉相承，重点讲述的是武陵山贫困山区、湖北恩施建始县三里乡大沙河村万氏祖孙四代坚守渡口 141 年的义渡故事。以万其珍为代表的万氏家庭，原本普通而平凡，只因祖辈受当地人“滴水之恩”后，许下承诺，坚守承诺，自清光绪年间开始，历经三朝四代数人至今，坚持不收分文摆渡百余年。该篇为主旋律特色十分突出的中篇报告文学，李万军长期关注底层典型人物命运，活学活用典型事迹，发扬万氏家族的义渡信仰，心挂两头，一手抓创作，一手抓工作，确保两不误，深挖万氏家族的精神内涵和社会影响，为读者呈现了一幅感动中国的乡村人文图景。

## 三、涂绍钧的纪实文学

涂绍钧，笔名柯葳，中共党员。1947 年 6 月出生于临澧县柏枝乡鳌山村。1980 年 2 月调临澧县文化馆任文学专干，主编《临澧文艺》。1983 年 9 月由中共中央办公厅抽调至中央党校林伯渠传记组工作。1985 年 9 月回县筹办林伯渠故居陈列展览，负责布展方案的拟定和展览等全部文字工作。该项工作结束后，1986 年 5 月调常德地区群众艺术馆任文学组组长、地区民间文学集成编委会成员。1988 年 10 月获文化部、国家民委、全国艺术科学规划领导小组颁发的“艺术科学国家重点项目文艺集成志书编纂和资料整理奖”。1989 年 1 月调常德市文联，先后任中国丁玲研究会常务副会长兼秘书长、丁玲文学创作促进会副会长兼秘书长。《丁玲研究》杂志执行主编，研究馆员，中国作家协会会员，世界华文文学家协会会员。常德市政协第四、第五届委员会委员。主要著作有长篇传记文学《林伯渠》《风雨征程》《人民公仆·林伯渠》《纤笔一枝谁与似——丁玲》《图本丁玲传》《丁玲的青少年时代》《林伯渠的青少年时代》(合著)、丁玲研究专著《走近丁玲》。《林伯渠》《走近丁玲》《纤笔一枝谁与似——丁玲》《图本丁玲传》分获第二届、第六届、第八届、第九届丁玲文学奖一等奖，《丁玲的青少年时代》获常德市首届原创文学奖二等奖。

作为丁玲研究的专家，涂绍钧与丁玲本人有着极深的渊源。1979 年春，爱好文学的中学教师涂绍钧，被当地文联推荐，参与了湖南人民出版社关于林伯渠传记文学《风雨征程》一书的写作。在北京收集资料时，涂绍钧结识了林伯渠的女儿林秉元，并随她一起拜访了刚从山西太行山麓返京治病的丁玲。1982 年 10 月，丁玲回到了阔别 60 年的故乡临澧。作为见过一次面的“熟人”老乡，县里安排涂绍钧全程陪同。后来，涂绍钧被借调到中央党校林伯渠传记组工作，他常常趁进城采访的机会，去丁玲家中探望。涂绍钧回忆起丁玲时谈道：“多次听她谈瞿秋白、彭德怀、贺龙，而对自己 20 多年蒙冤、‘文革’中 5 年的铁窗生涯，从未提及。”1986 年 2 月，丁玲病危，涂绍钧和时任临澧县副县长的蒋祖建到协和医院探望。丁玲去世后，受她丈夫陈明的邀请，经当时常德地委负责人同意，涂绍钧到北京协助陈明整理丁玲遗物，在丁玲家中一待就是4个多月。数以万计的作家书简、友人信件，大量珍贵的资料、图片、手稿，涂绍钧沉浸在这些纷繁细致的整理工作中，走进了丁玲阔大丰厚的精神世界。陈明在为涂绍钧的《走近丁玲》一书作序时曾说："涂先生对我的帮助很大，我至今不忘他的热心、耐心和细心。"在担任常德市政协委员期间，涂绍钧通过政协提案、大会发言、社情民意、市长信箱等多种形式，为建丁玲纪念馆、丁玲雕像、丁玲骨灰迁回故土等相关事务鼓呼与奔走。如今，丁玲已成为当代常德文化界的一张闪亮名片，这其中，涂绍钧做出了举足轻重的贡献。

与丁玲的深厚情谊、严谨的学术态度和朴实的写作风格让涂绍钧成为丁玲研究领域和丁玲传记文学的典范学者和作家，其创作的近40万字的长篇传记文学《纤笔一枝谁与似——丁玲》是一部优秀之作。涂绍钧以史家的"实录"精神和艺术的宏大建构，通过翔实而精准的史料再现了丁玲80多年的风雨人生，力图发掘和诠释特定时代的意志、情怀与品格，为人们还原"一个真实的丁玲"，文风朴实，质地厚重，体现了较充分的认知价值、学理价值和文化价值，无论就学术研究还是文学创作本身而言，都属于能够传之久远的必读书目。这是一部独具一格、独出心裁的丁玲传记著作，它形象地展现了丁玲献身革命、献身文学事业的光辉人生，对"丁玲精神"进行了比较全面和完整的阐释，是"丁玲精神"真实的、生动的影像。与已出版的丁玲传记相比，《丁玲》一书具有明显的个性特征：一是信而有征、有依有据；二是栩栩如生、活灵活现；三是情真意切、乡土乡味。值得一提的是，《丁玲》虽以纪实文学的形式出版，其原稿却是作者在纪念丁玲100周年诞辰前夕创作的电视剧本。虽未能正式开拍，但这也造就了由剧本改编的纪实文学《丁玲》的独特艺术魅力。涂绍钧娴熟运用影视文学艺术形式，并将平生积累的翔实史料、作家文本细读和破译等，转化为极具史诗性的壮剧，在"个性——时代性"和"民族化——现代化"宏大坐标上，多彩立体地表现了丁玲的中国社会主义现代性人格风貌，凸显了丁玲坚贞追求民族复兴、人类解放与人性健全发展的启蒙现代性与审美现代性相统一的卓越成就，并充分展示了其由个性主义向民族本位转变、从现代主义向民族化与现代化相结合的人民文学之路。

继《丁玲》一书获得第八届丁玲文学奖一等奖之后，涂绍钧的《图本丁玲传》再次获得第九届丁玲文学奖一等奖的殊荣。该书是由北京大学中文系主任温儒敏教授任总主编的《图本中国现当代作家传》丛书中的一本，是一部带有传记色彩的、可流传的、高档次的丁玲研究著作，兼具学术、文学、史著三重特性，细腻地再现了真实而完整的丁玲。全书图文互动，234 幅珍贵配图，显示出丁玲不同时期的特殊风貌及人际关系情态，使人“回到”历史现场；用史家笔法首次披露的重要历史资料，令人耳目一新。在介绍丁玲生平大事的同时重视日常表现和逸闻琐事，最大可能地实现了生活还原。作品文字优美，调动多种文学元素，进一步增强了人们对一代文豪丁玲的理解和接受。

## 第二节　围城内外的学术交响

### 一、程一身：诗人翻译家

程一身首先是一名诗人，这不仅因为他创作了一批高质量的诗作，而且对于诗歌创作有着持久的热情和娴熟的书写技艺。但程一身又不只是一名纯粹的诗人，他更是一名颇有成就的翻译家，这也决定了他总是喜欢在诗歌创作上进行新的艺术表达。同时，他又是一名大学教授，或者说是一名学者，他的理性与冷静似乎与诗人常见的浪漫、感性不一致。正因为此，很难将程一身归于一种类别进行评述，笔者只能将读到的有关程一身的诗歌作品与翻译文本进行简单的阐释。

毫无疑问，在阅读程一身的诗选时，读者总能感应到一种特殊的形体的力量：诗歌里流淌着属于诗人敏锐阔远的灵性与学者缜密严谨的思虑，而“既然是诗，就应该有诗的形式”作为程一身在这种属性下衍生的理念，也已经牢牢熔铸于其诗歌表达的血与肉之中。从“八行体”“十四行”到“三行体”的诗体，正是这种形体力量的直接表达，也是他自我质疑与内心对话的真实见证。然而，需要注意的是，于程一身的笔下，形体并未束缚住诗歌内蕴的灵魂，即便是在布置了荆棘的栅栏中，来自现实的交错嶙峋、精神深处的异质孤独依旧蹒跚，诗人对现代文明中生命存在状态的细察与解读流溢于形体之外；程一身的诗拥有形体又超越形式，在一定程度上达成了“灵与肉的和谐”。程一身的诗与其说是形体的展现，倒不如说是一场不囿于形体的对话，是周旋于艺术性、真实性与道德感的清澈流淌。

1. 结构与格律：自我约束的栅栏

若想理解程一身诗歌的特质，需从其形式——这里特指结构和格律谈起。中国当代诗歌传承自风雨飘摇的20世纪，从某种程度上而言，是西方诗歌的节奏格式与中国诗歌古典格律双向影响的产物。程一身的诗体构造也恰逢此妙：从“八行体”、“十四行”，再到尚未定型的“三行体”。如果说八行体的灵感发源自中国古典律诗，十四行是对西方同名体行数、节奏与韵律的移花接木，那么三行体，则是诗人在此基础上，于现代人精神生存现状的体察中塑造的、可成长发展的张力结构，一个可窥见诗歌外部真实，并依据精神领域与现实世界交互多元性不断调整改造的“栅栏”。

三行体一如其名，遵循的是三行为一节的体制。相比传统诗歌的四行一节的句式，三行的存在扰乱了中国诗学里对称美的天平，背离了起承转合的结构体式，营造一种奇崛异质的韵律感。一方面，即便在三行体单节隔断出不同的层次，但不同的三行节依旧相互联系，内置于一个完整的结构形式之中。在《这个时代残余的道德中》，中阶段的三节三行体联系性展现得淋漓尽致：“裸露在空中的每片树叶/无一幸免地被它震动/躺在沙发里的秃顶男子”“应和着紧闭的玻璃窗/一起颤抖：城市永不完美/建设永无止境，拆迁”“势在必行；泪水只不过是/混凝土的一部分，震颤/已经成为城市生活的核心”。如果脱离结构框架来看，这三节足以构成一个完整的意义脉络，秃顶男子的颤抖、拆迁的势在必行，可偏偏三行体的存在强行拆开了主—谓式的语法结构，隔断于两个不同的三行体中——这是跨行的力量；跨行本是一种平衡诗句长短的手段，但在程一身的三体诗里，诗歌借助跨行，以表面的“断”实现内在的“续”，并在“断”“续”之间构建了一组颇具张力的韵律节奏，一种整体的和谐中奇崛有力的形式。另一方面，三句一体的简单形式并不意味着层次的简单性：逗号、跨行、语序的运用，足以在单一句式里划分出不同的结构层次。《在昌耀墓前》便是如此，“绿色蔓延，野草俯视树顶/烈日将一切照白，阳光穿透皮肤/点燃灼热的内心，墓碑升腾”，三句一体，但在逗号的引用下，内部却隐含了主谓不同且相互联系的六层结构，使得原本简约的句式也具有了结构多层化的魅力。当然，这种特质不仅仅存在三行体中，也可以存在一切的诗歌形式之中。

值得注意的是，三行体作为一种诗体，以三行为一节的形式营造奇崛结构的同时，不可避免地带上了自我约束的成分；但这种自我约束是可以结合客观真实与精神意识不断调整改造的，正如前文所述，是一个自定义的“栅栏”。韦勒克曾批判过诗学的形式与内容之别，认为过于二元对立的切割本身是一种悖论；因此在诗歌的讨论中，倘若将与形式紧紧缠绕的实在物单独割裂出来，诗歌徒留一副支离破碎、索然无味的空架。因此，探寻诗歌的眼光，不仅仅落足于语言与结构营造的形式，更要探掘与形式伴生、由形式传达的“人之树”。

“三”在中国传统中占有举足轻重的地位，“一生二，二生三，三生万物”，三行结构指向的兴许正是人类隐秘的生存政治中复杂多元的精神内域。《黑暗中的风与灯》中便是这样一种三行结构，“风吹动原野上的黑暗/吹不灭村子里的灯火/那一粒粒灯火是村庄的心脏”，三句一节，灯火若心脏，当如何？是万家灯火中淳朴人性灼灼，还是晦暗不明的轨迹里摇摇欲坠的希望？三行体不能回答，也不会回答，因为它预备的下一个节点已然话题一转，“在持续的轻微颠簸里/蜷缩在小电车中的女儿说/她的屁股疼超过了肚子疼”，诗歌整体被拉扯着转向叙事的节奏，任凭处于前一节三行结构所诞生的联想与幻想戛然而止。这种奇崛跳跃的建构模式，就如同伊瑟尔所提及的召唤结构里一个末尾的空白点，等待填充的是生存政治中的精神蕴藉，任千千万万的“多种观念在诗的最后一句这个位置上争夺它们的受众”。正如程一身所说，“它只是被强行锯断的一棵树的截面，多种观念的汁液在它的伤口上滋生，蔓延，流动”。

当然，在程一身的创作中，三行体的诗歌格律仅仅是创作的一个部分，“八行体”“十四行体”以及不属于此范畴的变体形式，都体现了程一身追求多元形式的诗学诉求。无论是“八行体”“十四行体”“三行体”还是其变体，所体现的基本美学追求是不变的：音律的和谐与句式的整齐。即便是追求不对称性的三行体，也很难找出参差不齐的句式或难达和谐的韵律。程一身对音律的追求并非传统古典诗歌里那字字对应、平仄相应的格律，而是庞德认为的韵律的音乐性，“不按照节拍器的机械节奏，而要根据诗歌语言的音乐性来进行创作”，追求的是一种整体上的和谐。“子夜的歌声向我许诺千年/在这内心重叠的时刻/词语纷纷逃逸，难以挽留”，这样的一组短诗中，很难追寻到相同的韵调，但在整体上并无杂音。与此同时，句式也趋于齐整，并无犬牙差互与大起大落的形式，而是通过逗号、跨行、语序的运用，调整合一。这种语言的表达法同样也出现在了程一身的翻译之中：

“清澈无尽的雨丝，下雨时，雨珠匀速落在
雪松上，直到它使旷野一片模糊。
这些白鹭拥有瀑布的颜色，云的
颜色。有些朋友，我已所剩不多，

即将辞世，而这些白鹭在雨中漫步”

（德里克·沃尔科特《白鹭》）

在构筑句式的和谐中，“落于雪松”“云的颜色”等结构被轻盈地拆分截断，“所剩不多的朋友”的语序在调换中更具诗的韵味，一个逗号隔开了“即将辞世”与“仍雨中漫步”的转折关系……当这种诗律与形式的和谐置于文学翻译之际，在一定程度上冲散了来自不同文化语言转化时的异质感。

2. 形式之外：“我”的“他者”

程一身虽然强调“要有诗的形式”，但这并不意味着诗仅仅是形式外化的产物。事实上，在形式与题材的选择里，题材兴许占据上风：现实的交错嶙峋、精神深处的异质构筑出一曲复调的交响曲，诗人对钢铁文明中生命存在状态的细察与解读流溢于形体之外。题材作为一种实在，既是冲荡形式的激流，又是革新形式前的雾霭，因此“对诗体的坚持和转变其实源于诗体与题材之间的和谐与冲突”，并且二者“始终保持着不同程度的张力关系”。有趣的是，即便是在这样的张力关系中，“人”这一主体始终是诗篇里浓墨重彩的一笔：无论是以我之存在对生命哲学的思索与探寻，还是叙事诗背后他者命运的跌宕起伏，都将成为“人”的对话的一部分。

巴赫金的对话理论曾指出，对话是人类生存的本质。从这一角度来看，诗本质上就是一种自我对话。在程一身的诗歌里，倘若以“我”的视阈出发，对现代文明里复杂人性的异状与个体孤独的描述，往往成为“我”这一存在自我对话与内构解读的方向，或者说把写作视为“我”的“他者”。“我来到北京汇入陌生的人流/身边走着刚下飞机和高铁的人/已经变成市民的人和农民工/只携带着金钱和欲望的男人女人/心怀梦想的人遍体鳞伤的人/无论活着还是死去都被忽略的人/厌倦尘世又不肯自杀的人/现在活着下一秒就会死掉的人/我来到人间看到这么多陌生的同类”（《我来到北京》），在现代城市的喧嚣中，一大群被异化的人类群体跃然于纸上，而“我”作为他们的“同类”，即将加入这纷纷攘攘的一员，已窥见人群精神深处的荒原与高墙。“我想用空气制造一个女人/她未必美丽但不被道德束缚/她会跟我说话，和我同步/而不是从我身旁匆匆走过”（《用空气制造》），个体徘徊于尘世的孤独感，在现实与灵魂的审视中，具化为既保留个体的独特性，又是普遍、超越的人类经验和形而上的生命体验。从这一点来看，这些来自“我”的感慨，本质上仍是一种探寻生存隐秘的自我对话、一场剖析自我的沉思，发端于“我”，并在当代环境个体的孤独灵魂与现代钢铁文明的碰撞中，由诗人的感悟上升为一种普世意义的共感。

诗人的自我对话不仅仅环绕着切实的人类群体展开，甚至在非人的实体上也可窥见存在哲学的影子。在《栅栏那边的狗》中，“狗长长的身子被一根根栅栏/分成一个个长条状的方块/但它还活着，在栅栏那边移动/我不能拆掉栅栏，我看见的是/一只被分成数块却仍在移动的狗”，诗人所见的与其说是一条狗，倒不如说是在尘世的折磨与束缚中步履维艰的疏松生命。在这样的自我对话中，诗人难免意图探寻灵魂的真实性。一方面，他认为当代文明里的灵魂不过是虚构的化物，现代文明立起的人性隔阂林林总总，以至于灵魂异化乃至虚无(《论灵魂的虚构性》)；另一方面，诗人又认为灵魂并非无药可救，但人类的悲喜并不相通，唯有背负沉重意义的存在才具有灵魂的重量(《在昌耀墓前》)。

不过，伴随着对话的深入发展，自我与他者之间日渐出现间距，表现在诗歌中，便是作为他者的“你”的存在，以及叙事诗的发展。如果说《时代的劳作者》是以“你”隐喻了命运不公、被劳作紧攥而日益萎缩的纯净灵魂，以及撕开金钱欲望下腐朽人性的假面，《杏姨》《刘四拐子》与《客车坠崖事件》则一个事件的方式，分别呈现了家族、命运与人性指向世界的真实性、复杂性以及尖锐性。具体的叙事脉络呈现与诗歌之中，诗性不可避免地被削弱的同时，诗歌的文本意义得到了强化；这无疑是叙事诗的一次大胆尝试，是对中国古典诗歌历史上史诗缺乏空白的现代化填补。

与此同时，这种由“我”及“他”的转化，使诗歌不再拘泥于以“我”这一主体为出发点，而是真正融于他者的世界之中。但严格来说，“我”与“他者”作为两个存在，喜乐并不相通，“我”对他者的再解读，是转化立场下、不囿于个人生存体验更具普遍性的生命政治的再思考。但换言之，自我与他人本身也毫无间隔：一方面，异质化的孤独无法阻挡世界交互性的本质，有通过他人写出的自我才有厚度；另一方面，正如前文所言，诗实质上是一种自我对话，与他人对话本质上仍是与自己对话。因此，在诗歌中，“他”与“我”实为一人，所指向的命运本身即此世普适性的客观实在，是真实性、道德感与艺术性的交替上演。就如同围绕《下落不明的自行车》展开的众生百态，无论是“我”还是“他们”(警察、小偷、妻子)，本质上并无区分，都不过是被烦琐一味地困扰、在生存中颠沛流离的芸芸众生。

作为诗歌的真诚书写，程一身诗歌的语言无疑是清澈的。程一身主张一种如水般的诗歌，“可以坚实如金属，致密如土地，纹理如树木，澎湃如火焰，或流动有声，不求取悦于耳，或悄然静息，不期获宠于眼。目光所及，蕴含着光影，风微则漾波，风劲则浪涌，而层次无”。这种诗歌的清澈透明不仅仅来自言语的构筑，同时也在于内容取材的朴实：夹叙夹议的实在、对华美绚烂的语句的不着意，使得在诗中很难窥见美的意象的叠加堆积，反之，则是日常数不尽的寻常与平淡。《栅栏那边的狗》便是如此：不过是再普通不过的一个午后里的一条狗，黑色栅栏、白净小路、阳光暴晒的村子、被栅栏切割的影子方块，这些平淡的事物构筑了一个圆融一体的情境，情境的深处则是一种日常化的平淡，或者说，一种梅诗所倡导的平淡深邃。

在维特根斯坦的思想体系里，沉默是一种极其耀眼的存在：“凡是不能说的事情，就应该保持沉默。”而程一身的诗应当也遵循了一种沉默法则，平淡归真，便不必多言；对话入里，则追寻语言上的简约清澈。总而言之，洋溢于形式的栅栏之外的，正是一种由“我”及“他”的清澈对话，一种从本质上指向自我对话的普遍性沉思。

### 3. 翻译的再创与生命之花

从某种意义上而言，翻译着实是一种再创造。本雅明曾在《译者的任务》里提及，翻译能让“原作的生命之花在译作中得到了最新也是最繁盛的开放”，而德里达将其进一步地阐释为“保留”“升华”与“扬弃”，即“确当的翻译”。因此，知其脉络，才绘其纹骨，我们不难发现：一首诗的翻译首先需要建立在对诗的理解之上。

程一身显然遵循了这样一种原则。他深知费尔南多·佩索阿的人性立面，窥见佩索阿“敏感、孤闭、歇斯底里”的灵魂的同时，并不偏颇地转述佩索阿所带来的美好，“和你走在一起时，我看到的河流更美丽”；他也清晰感知到了德里克·沃尔科特对生活的肯定和赞美，并将其敏锐地与其画家身份联系起来，一如其白鹭，汇集着友谊、老年与生死的沉思，以及剖析内心的自我告白。在深切理解内蕴的情况下，一种细节性的语言功力就得以淋漓尽致地发挥：灯火盈窗的修道院(《在修道院》)里，不难想象，演绎“灯火盈窗”意象的烦冗原文是怎样被轻巧地转化为音义结合的短语，悄然披上了一层古典文化的轻纱，毫无语言的异质感。

程一身兼具诗人敏锐阔远的灵性与学者缜密严谨的思虑，因此对诗歌的翻译颇具匠心，准确传达出原诗人诗风、语感和质地。欲达到德里达所谓

"确当的翻译"，需要先面对音律与形式的高墙。作为程一身的翻译代表作品，费尔南多·佩索阿和德里克·沃尔科特，其诗歌都注重格律的倾心营造，却又在长短句的应用上各不相同，佩索阿擅短，而沃尔科特擅长。格律往往囿于语言的异化不得复刻，于是程一身沿袭了当代诗人译诗的传统，任凭原诗从格律诗中挣脱束缚，从而"换气""再释"，寻求意义上的和谐。这与之前提及的、程一身自身的音律追求有着异曲同工之妙：追求整体的乐感，不按照节拍器的机械节奏，而要根据诗歌语言的音乐性来进行创作。因此，我们读《白鹭》，虽无法感知到不同语言形式上格律的存在，却也能在"在两个模糊的镜头后面，日升，日落/糖尿病在静静地肆虐"中找到一种整体的和谐。

沃尔科特的诗歌气势磅礴、诗风繁复，而巴洛克式的修辞技艺修饰的大量意象、延展蔓延的长句，给诗歌翻译带来新的难度；佩索阿的语言简短而有力，与沃尔科特呈现截然不同的风格。面对这种情况，程一身显然更贴合原作的风格，于是我们在《白鹭》里读到了错落有次的层次风浪，"我看着这些巨树从草地边缘腾空而起/像膨胀的大海，却没有浪峰，竹林陷入/它们的脖子，像被绳子拴着的马匹，黄叶/从震荡的枝条被撕下来，雪崩般塌落"；在《牧羊人》里读到了细雨般的结构温宁，"风只和风谈话。/你从风中听到的是谎言，/而谎言植根于你的内心"。除此以外，译者为了达成与原诗诗体上的统一，甚至会在一定程度上，追求一种特殊的"直译"，通过与原诗形式排列组合的对应来传达原诗独特的句法和语感，"那一瞬间头皮好一阵发麻，/一种和它相同的高山押韵的状态/直到，不只一瞬，我，也，变白了。"(《我的手艺》)语言的异质与原诗的结构架势冲突与融合，构成一种和谐的张力；而这种张力，恰好是一种不囿于形体的生命力的体现，如本雅明所言，"盛放的生命之花"，在文化异质的情况下达成了一场诗性跨越的对话。

无论是翻译还是诗作，在程一身的笔下，形体始终未曾束缚住诗歌内蕴的灵魂，诗体是配合题材的存在，而诗体形式之外又存留着由"我"及"他"的生命对话。这样看来，程一身的诗歌，拥有形体又超越形式，倘若存在一个诗歌教派，也许正是一种"灵肉的和谐"的体现——一场不囿于形体的清澈流淌。

## 二、张文刚：作家型学者

在文学评论园地里辛勤耕耘，同时在散文与诗歌创作方面也成果颇丰的张文刚，其小说《幻变》是一部表面上写动植物幻变，实际上书写当代知识分子心灵困境的寓言体小说。张文刚以一位学者的良知与敏锐嗅觉，关注到了当前社会中的种种生态危机，用富有诗意而含蓄隽永的语言，为读者讲述了一个集虚幻与现实、信仰与回归于一体的爱情童话，从而引发关于人类与自然万物的种种思考，小说具有浓厚的生态意识与哲理意味。

### 1. 作为意象的时代寓言

意象是作者情感的载体及其存在的文化符号，是中国文学中文化传统深厚的美学品格之一。虽然意象多见于诗歌，但是许多小说，尤其是以象征和比喻为主的童话和寓言中也有意象的参与。作为意象的物体本身是具有意义的，一旦通过作者情感的投射，意象的内涵就能得到极大的扩展，从而利用本身的含蓄性和意义的不确定性来增加文本的内涵。不同的意象之间，例如《幻变》中的“蜗牛”与“人类”，也可以进行联络和组合，用来沟通文本与现实。意象也是文本与作者、作者与读者之间的中介，作者投射的情感越强，意象就越生动、意蕴就越丰富，读者也就越能体悟。意象能将虚无缥缈的情感转变成实质的力量，通过想象和联想传达给读者。越是含义无限的意象，和文本的核心联结得就越紧密，因为意象不是文本的点缀，而是糅合了象征和比喻成为文本的意义本身，与文本是一体的。

无论意象如何加工，它始终是立足于时代的，作者只是根据现实，利用意象来为时代造型。面对资源枯竭、污染严重和生态系统恶化的严峻现实，尊重自然、顺应自然、保护自然是人类社会继续发展的必经之路，社会主义生态文明是其最终方向。“幻变”是一个动态的意象，源于生态破坏的现实，代表的就是随着地球环境改变而进行的生物变化过程：生态恶化，生物向低级和丑陋转变；生态向好，生物则向高级和美丽转变。蜗牛是低级生物的意象代表，而人类则是高级生物的意象代表。这两个意象的联结转化过程，就是自然与人类走向和谐的过程。

### 2. 拟人化的价值承载

**蜗牛**

相比于其他动物形象，蜗牛无论是在童话还是寓言中出现的概率都很低，迟缓的行动似乎掩盖了它的其他特点。“联想和想象应该是从感觉到形象的必经过程。没有丰富的联想和想象，是不可能有丰富的形象的。”①作者从社会意识和人生体验出发，通过联想丰富了蜗牛形象的内涵。蜗牛给人的直观印象是颜色暗淡、弱小缓慢，毫不起眼。但它们更贴近大地，更显露本色，更亲近自然，更符合作者想要书写的人类自己。作者正是捕捉到了这一点，才以蜗牛作为意象的中心来进行想象的加工，从而获得了丰富厚重的意蕴。“弱小”的蜗牛和“强大”的人类之间形成的对比，比其他动物与人类的对比更加强烈，从蜗牛变化成人类的情感和视觉冲击也更加鲜明。由美鸽经历幻变后成了蜗牛的“蜗师”，外形和环境骤变，内心却依然积极向上、丰富充实且智慧达观，是一位不局限于周围方寸的大师。蜗牛作为作者精心选取并且塑造的一个意象，新巧而且活泼，是作者对积极美好的理解和化身；而其他动植物幻变成蜗牛，再经历二次幻变成为人类而非重回原身的意外结局，更给读者一种山重水复和柳暗花明般轻巧的哲理思索，书中的社会更是达到了人类社会理想化的巅峰。

除蜗牛个体之外，经历了“幻变”的蜗牛协会群体是作者理想社会的缩影。它们之间的和谐相处、团结互助、乐观向上、古道热肠、关心他人、扶危济贫、伸张正义等美好品质，都是现代社会钢筋电流的冷漠壁垒蔓延的牺牲品，也是作者对真善美理想的眷顾和呼唤。恢复生态和重回“大同”是外部环境调理和内部关系净化的两条路，也是人类社会“幻变”的必经之路。

**黑鸽**

如果说蜗牛与白鸽是真善美的代表，那么黑鸽就是资本与金钱的代表。蜗师和黑鸽的情感较量，也就是道德与金钱的较量。在对抗中，黑鸽一度取得了明显的优势：白鸽的父亲是市场利益的依附者，白鸽受到黑鸽外貌和财富的诱惑，甚至蜗师自己也在雄厚的物质基础面前选择放弃。但是时间洗刷出了最真实的面貌，黑鸽在经济大潮中不断后撤，靠物质生活维系的婚姻契约脆弱不堪。另外，爱情只有在精神共鸣中才能永生，黑鸽与白鸽就是对立的两面——不择手段与天真纯洁，二者的价值观和精神世界天差地别。只有蜗师一如既往地保持澄澈的内心和不变的真心，挫折之后沉淀出了更加深沉的思想，依然是白鸽心中气质如兰的学者，所以最终获得了爱情的眷顾。道德的高尚战胜了金钱的诱惑。

在工业文明高速发展的时代，黑鸽式的人物不断涌现，精明能干却又油

① 艾青. 诗论[M]. 上海：复旦大学出版社，2005.

滑贪婪。面对长期且投入巨大的生态维护和短期破坏生态获得的巨大效益，更多的人会选择后者，但结果是只能收获一时的利益，细水长流的发展源头却被截断。金钱永远不是万能的，一时的欢愉不代表永远的幸福，但金钱永远是充满诱惑的，在生态文明的问题上，人类应该坚定地站在蜗牛一方，道德应该永远站在利益之前。

**人类**

人类是作者美好期待的落脚点。作为高级生物的人类，通过智慧和创造成为地球的主宰力量，是美好生活的开拓者；但随着资本和工业发展对生态的破坏，"蜗牛"群体只是牺牲的开端，人类也将成为美好生活的终结者。《幻变》从现实生活中而来，又回归到现实生活中去。虽然人类造成了森林破坏和湖泊污染，是生态恶化的元凶，但是异化的动物却希望变成人类，在它们的眼中，人类是最智慧和美丽的生物。作者将自己的期待以动物之口传达出来。虽然人类破坏了自然，但是恢复生态的希望依然在人类自己身上，人类的幻变需要依靠人类思想的更新。"当他们的生活发生变异时，他们从不自暴自弃自甘落后，而是以顽强的意志、平和的心态和拼搏的精神与命运抗争，在各自的岗位为社会为人类做出了贡献。他们的这种精神是一种见义勇为的精神，一种无私奉献的精神，一种团结互助的精神，一种创新争先的精神，一种自立自强的精神"。① "蜗牛"群体的这些美好品质就是作者对人类的期待，真善美的终点依然是人类自身。动物幻变为人的美好愿望，也是对人类群体的一种盼望和赞美。"只要他们行善扬德和造福人类，就是我们人类的缩影，就是我们人类本身"。②

人类城市就是一只巨大的蜗牛，缓慢而丑陋，亟须一场幻变来重获新生，更需要转变眼光和思维来看待自身的处境。对环境的漠视是人类自身的短视，善待自然才是长远目光之所及。当生态向好、环境恢复之时，也就是人类自己和人类城市的幻变新生之时。小说中的"蜗莲"有言："我们这些变为蜗牛的生灵，都是生态失衡的牺牲品。但我相信，既然人类认识到了生态的重要性，那么一切都会慢慢好起来的。如果我们都加入改善生态环境的行列中来，总有一天，我们就会回归原有的生活和快乐。"③所以

① 张文刚. 幻变[M]. 武汉：长江文艺出版社，2013.

② 张文刚. 幻变[M]. 武汉：长江文艺出版社，2013.

③ 张文刚. 幻变[M]. 武汉：长江文艺出版社，2013.

与其说小说主题是蜗牛的幻变，不如说是人类心灵的一场幻变，正是人类对于人和生态环境的关系的理解发生了变化，有了换位思考的生态观，有了和谐共生的生态关系，才有了生态环境的改善，也才有了蜗牛和其他动物的第二次幻变。

**小结**

作为诗人的艾青曾说："诗人理解世界的深度，就表现在他所创造的形象的明确程度上""意象创造的进程，就是诗人了解这个世界的进程。"①不管是蜗牛还是人类，作者形象创作的立足点就是环境问题。他的目的在于推进生态改善，而他始终强调的一点就是所有的生物都是大自然的孩子。在城市中，蜗牛和白鸽之间坎坷而深刻的"跨物种"恋爱；蜗牛、人类和其他动植物为了生态恢复而奋斗的聚合，都显示出自然生物之间的浑融和互相交流与契合的状态，生存不过是一片大和谐。这里的"大和谐"不仅指动植物或人类等一切有生命的主体，更是包含大气、土壤和水源等的所有客观存在，在生态链中环环相扣、互相维系。在生态恢复的美好理想背后，寄托的是作者对于生态平衡与和谐的更高的向往和追求。在 21 世纪生态文明登上人类社会历史舞台之时，作者顺应时代发展的潮流，写下了人类与自然的未来式。在他看来，"生态的最高境界是和谐"，②生态环境的改善也就意味着人与自然向和谐的方向迈进。

直白简单的语言，鲜明活泼的形象以及真善美的理想统一于童话的行文风格；而生态恶化和环境破坏则蕴含着深刻的寓言意义。作者的想象、情感的抒发和表达以及多种修辞的运用融合在"蜗牛"的身上，是作者的审美意识与客观物体之间的复合，而作者始终对人类社会的未来抱有美好的幻想，他的积极乐观的生活态度、丰沛昂扬的情感状态，是这篇半童话半寓言性质的小说存在的基础。蜗牛和白鸽之间深刻爱情的美好结局，是对美好纯真情感的坚守的褒奖。

### 3. 知识分子的生态理想

张文刚在其对近 40 年洞庭湖畔作家作品进行分析的时候，自始至终强调和关注的重点都是自然生存的和谐和智慧，这是现代工业文明社会发

---

① 艾青. 诗论[M]. 上海：复旦大学出版社，2005.

② 张文刚. 洞庭波涌写华章[M]. 北京：社会科学文献出版社，2018.

展以来最缺失的东西。同样地，他将对生态破坏的焦虑融入童话的叙事和抒情之中，放弃了冷静客观的批评责备，而是谱写出了这样温情柔和的警世“幻变”之歌，通过单纯通透、微言大义的方式，给“更多人”而非局限于精英阶层讲故事，来传播生态保护的观念，希望唤起大众对于人类社会的多层面生态思考。“逃避使思想萎缩，忍让则视思想为无用和软弱。但是一个有实现可能的理想却能促使我们去思考如何实现这一理想，而使我们置身于这种精神境界可能就是文学最高的社会成就了”。[①] 作者在小说中建构出一个和谐美好的理想社会，“幻变”形体的不可能性在小说中变得合情合理，通过超越现实达到了“幻变”思想的本质，从而引导读者思考并抵达作者的理想世界。作品关注的中心仍然是人类命运的走向，人类对于环境态度的不同选择导致了两次“幻变”截然不同的方向，而不同的方向则引导了人类不同的未来——破坏环境则丑陋，保护环境则大同，凋零抑或繁荣的未来掌握在人类自己手中。

在生态和谐的大主题下，作者采用了两极对抗的方式来表现真善美的小主题。除了上文所提到的道路选择的两极，“蜗师”自己和它的爱情也处于两个极端。由翱翔天际变为匍匐大地，由羽毛鲜亮变为粗糙暗淡，由轻巧灵动变为负重前行，美鸽到蜗牛的幻变可谓是从天堂到地狱的垂直降落。虽然外表和内心经历了翻天覆地的变化，但是“蜗师”的智慧却在剧变中得到了升华。就像失去逆风飞翔的双翼不仅没让“蜗师”丢弃灵巧，还能够贴近大地的身躯感受厚重。对于智者来说，沉重的打击是通往高处的契机，千锤百炼和世态炎凉是沉淀内心的催化剂，阻碍是充满诗意的险途。不以物喜不以己悲的大智慧蕴藏在蜗牛的小身躯中，鲜明的对比在纠缠和渗透中融合，表现出的是作者对于人生低谷的真知灼见。“蜗师”自身的幻变成为抵抗外界的盔甲，而由于幻变引起的爱情挫折，则成为内心的盾牌。地上蜗牛和空中白鸽的恋爱虽然在心中紧靠在一起，却在现实中拉开了差距。只有在冲突和曲折中成长，剔除掉犹疑和自卑，拥有一往无前的勇气和深沉似海的感情基础之后，处于两极的爱情才能消除现实的距离，成为双方的依靠。在“蜗师”和它的爱情身上，呈现出的是作者对于真情、善良和美好品德的歌颂。深切的爱和崇高的美是永恒的文学主题，穿插在生态保护及环境友好的背景中，融入了生活本身，使人能更好地感悟把握，也使作品更加圆满连贯和生动活泼，

① 万·梅特尔·阿米斯小说美学[M].北京：燕山出版社，1987.

减少了冰冷枯燥的说理，增加了温暖动人的感情。

4. 结语

当新物种出现时，生态系统往往要花漫长的时间来调整生物链间的平衡关系，使弱肉强食保持在一定的限度之内，能够稳定地进行循环。人类崛起的时间太短，对世界的改变太多太快，使生态系统还没有来得及调整就已经进入了下一个阶段，给措手不及的生态系统倒戈一击。失衡的生态系统会对人类做出怎样的反击？目前不得而知，但是预兆初现。作者选择动植物而不是人类作为主角，用大段的笔墨描写自然风光而非都市繁华，更重要的是表达生命平等的思想。真善美不是局限于人类的品德，世间万物皆可用真善美的眼光来看待。人类并不是世界的中心和绝对主宰，万物皆有存在的价值，皆有蓬勃向上的生命力。人类需要敬畏自然，维持生态系统的稳定，而不是为了毫无节制地开发破坏，将自己的利益建立在其他生命的痛苦之上。作者想要做的，就是唤醒人类的生态保护观念，亡羊补牢，及时止损。

小说的文眼在于“变”，作者在《洞庭波涌写华章》中对于少鸿寓言体小说的评价也可以用在这篇小说中：“作者关心的不是‘变’的结果，而是‘变’本身。为什么会‘变’，向着什么方面‘变’，才是作者所要追问的。”[①]“幻变”是期待着人向着美好化、幸福化发展，而非《变形记》等小说中将人丑陋化、畸形化；是人与环境关系的和平调整，而非人被环境所压迫；描绘的是充满希望的未来，而非黑暗沉重的现实。作者用梦幻的讲述削减了事实的可怕程：“蜗牛”群体的异变其实是人类噩梦的开始，而人类的醒悟解救了人类自己——下一次“幻变”的就是人类自己。在行文风格上，小说更侧重的是轻巧奇幻的童话质感，缺少了一些深沉厚重的寓言元素，使得小说在庄重大气上稍有欠缺。无论如何，作者创作了一扇通往真善美和平衡和谐的大门，通往的是充满希望和光明色调的世界。

---

① 张文刚. 洞庭波涌写华章［M］. 北京：社会科学文献出版社，2018.

## 第三节　戏剧、影视等其他文学成就

### 一、盛和煜

盛和煜，1948 年出生，中国内地编剧、制作人。作为老知青一代，盛和煜少年时的理想是做一个天文学家，“文革”改变了他的命运，当他从湘西北回城后，发现自己更喜欢文学创作，在考大学和进文化馆的选择中，他选择了后者。1978 年底，盛和煜在常德地区戏剧工作室从事专业戏剧创作。1986 年，他调入湖南省湘剧院担任专职编剧、艺术总监。1988 年，其创作的歌剧《李贞回乡》获得中国文化部文华奖文华剧作奖。2003 年 10 月，盛和煜调入湖南电视台电视剧制作中心担任编剧、艺术总监；同年，担任近代剧《走向共和》的编剧。

2006 年，与邱刚健共同担任宫廷电影《夜宴》的编剧，该片根据莎士比亚的话剧《哈姆雷特》改编。2007 年，担任人物传记剧《恰同学少年》的编剧，他凭借该剧获得第 26 届中国电视剧飞天奖优秀编剧奖；同年，凭借话剧《十二月等郎》获得第 12 届中国文化部文华剧作奖。2008 年和 2009 年，盛和园担任编剧的战争电影《赤壁》分上下两部上映。此外，盛和煜还与同在常德的著名剧作家汪荡平合作创作了歌剧《现在的年轻人》，该歌剧在国家级刊物发表，在中国歌剧舞剧院首演。

才华横溢的盛和煜惯于逆向思维，他能够在作品中提出问题，引起别人思考。他的戏曲作品超凡脱俗，清新美好，努力打造着戏剧新样式。他的戏曲创作一直继续着一种创作理念上和技术层面上的尝试，他的这种尝试在唱词写作、剧本结构中体现得极为明显，在唱词写作上他强调返璞归真。在话剧《十二月等郎》中，它的唱词更彰显了盛和煜高超的文学功底和高境界的追求。同时，他的戏曲作品中还对人物进行陌生化处理。他的戏曲创作不仅写照出他淡泊的心境和洒脱的自信，更写照出他作品中的独特个性与魅力。

盛和煜是一位有着强烈家国情怀和批判意识的剧作家。他经常说：“剧作家不能是政治家，但一定要是思想家，现在我们国家，有思想还是稍稍有一点可怕，但我不怕。哪怕是主旋律，我仍旧要体现一些独立思想的闪光，不要做一种政治概念的解释。我所有的作品都是这样，比如《恰同学少年》，老百姓喜欢才是我最看重的，中年人看了思考，老年人看了怀旧，青年看了是一种仿效，都要带给他们些什么才好。”

在当今高度市场化、商品化的影视环境中，盛和煜对影视创作有着独立的判断和可贵的坚守，并力求把握好影片在市场性和艺术性之间的平衡：“只强调视觉效果的大片，把大家的心搞得浮浮躁躁，我对大片这一点还是有一定担忧的，但是一己之力终究是有限。我也在想，在有机会的前提下，要在今后的创作中，体现我的追求，让作品既有大片的号召力，又能给我们的生活增添一些优雅。”

## 二、汪荡平

汪荡平，1950 年出生，毕业于上海戏剧学院，专业编剧。自 1997 年担任专业编剧迄今，先后创作、上演、发表各种歌剧、话剧、新编历史戏、现代戏剧作三十余部；创作并拍摄电视连续剧、舞台艺术片五部；撰写发表各类文艺理论文章二十余篇。各类作品总计三百余万字，其作品数十次荣获中央宣传部、中国文化部、湖南省人民政府及各级地方政府的各种奖励。创作的剧目先后五次晋京演出，荣获了八项国家级大奖。主要作品如下：中央歌剧院演出的轻喜歌剧《现在的年轻人》，荣获中宣部“五个一工程奖”及文化部“文华新剧目奖”等六项大奖的湖南花古戏《桃花讯》；获中宣部“五个一工程奖”及全国政法文艺调演一等奖的大型话剧《世纪风》；获“田汉文学奖”和“田汉戏剧奖”的大型戏曲《太平公主》《老板何来》；获全省艺术节金奖和剧本创作一等奖的新编历史剧《紫苏传》，等等。他近三十年如一日地忠实于戏剧创作，收获颇丰，是省内作品数量多，作品质量高的知名剧作家之一。其作品在社会上有较为广泛的影响，也获得了国内外专家的一致好评。

汪荡平作品的主要价值在于引发人们对现代戏剧作品审美定位的思考，“接地气、续传统、写人生”是其创作突出特征，也是他的作品深受人们喜爱，并得以远播的原因。他的作品更多地展现与时代共进的问题。《青橄榄》《离婚也精彩》等展现改革开放后变迁社会中的百姓生活与态度，特别是把一场离婚写得那么富有人情味。历史剧的创作脱开了人们一贯借古喻今的方式，细细表现了人物生活，即使《蒋翊武》这种表现革命人士的作品，也是生活气息浓郁。

展演世俗生活，除开贴近时代、表达普通人的生活外，汪荡平的剧作还有一个重要特点，就是符合身份的民间俗语与方言的大量运用。他在现代剧作中大量使用了常德有生活气息的方言土语，用于对话之中，体现浓郁的常德特色和地方特性。汪荡平的选择，正好让他的戏剧在语言因素上排进了独具特性之列。不仅从其现代戏剧创作“取巧”形式看，而且从文学关注民生出发，他的创作仍然具有强烈的共时和历时意义。把握生活，把握身边，永远是创作生命力凸显的砝码。

中国传统戏曲艺术对汪荡平影响深刻。但很多作家在初期模仿中，会把借鉴的东西变成一种固定模式，进而制约自己创作的创新。无论是历史剧还是现代剧，汪荡平借用多种戏曲艺术形式，如花鼓戏、音乐剧、汉剧等，让表达形式多种多样。因此，强调艺术的继承，不追求人为而霸蛮的技术突破，是汪荡平对传统艺术的继承态度。汪荡平的剧作为地方文化发展提供了重要的史料支撑，他也为繁荣常德文化作出了重要贡献。当今，日益变化的社会生活需要展示，人们也需要艺术的补养，艺术家的责任与担当意识必须延续。汪荡平们面临底层、面临发展的社会，责任依然。

## 三、其他常德优秀剧作家及其成就

黄士元创作的《嘻队长》是一出反映当前农村新形势、新问题的喜剧，把农村日常生活中常常遇见的人物、事件、纠纷，以及与此有关的人们喜怒哀乐的感情活动，与体现社会主义前进的历史趋向的农村改革密切联系起来，严格地按照人物性格逻辑的规定，塑造了具有鲜明个性特征的活生生的人物形象，赋予了日常琐事以时代色彩和社会意义，歌颂了自己富也要帮助别人富的社会主义思想，批评了只想自己富、不管别人穷的自私自利思想，这对由于进行经济体制改革而在农村人民生活上、思想上都引起巨大变化的今天，无疑意义巨大。

刘京仪具有相当深厚的古典诗词的修养，在兼收并蓄中融汇出新的艺术胸襟和才能，其剧作对生活进行高度抽象化的艺术处理，从而使作品带有一种寓言的美学性质，从形象入手，经过逼真的提炼和惊人的想象，使美丑善恶典型化，人物形象类型化，矛盾冲突炽热化，进而在具象中抽象，在形象中隐指，达到寓言的审美效果。作者爱写女性，常常把女性置于困境中表现，表现她们在生存的困境、事业的困境和爱情的困境中的内心真实与人生走向。刘京仪不像一般女性作家那样写一种淡淡的忧伤，一种单纯的生命感悟和冲动；她写的是一种积淀着巨大的社会历史内容的忧伤，一种深哀剧痛。她对生活的感受敏锐、细腻，对人生的看法辩证、深刻，在作品中开辟出壮美与优美互补并存的审美空间。

周志华的喜剧根植现实，关注民间，整个写作深接地气，展现的是 21 世纪背景下新的乡村生活场景，以同普通大众密切关联的生活现象和较普遍的社会问题作为表现对象。周志华所站立的是一种清晰的民间立场，体现出强烈的民本情怀，并在不少作品中揭示现代畸变或病态现象，体现出立足大地的问题意识与批评姿态。对于生活矛盾与生命沉重，周志华的处置态度是灵动轻盈的，即令那些问题剧，对于具体缺失和丑陋也往往进行着某种喜剧式的消解。正因为如此，我们能够在周志华的剧作中更多地体味亲情、友情，感受诚意、良善，看到明丽、纯净，在针砭时弊的同时对社会和人生抱有美好的期望。

周星林是湖南文理学院影视文学与文艺表现方向的学科带头人，同时还是制片人、剧作家、两岸文化交流大使。他和他的团队致力于常德地方历史文化研究与开发，先后出版《蒋翊武评传》《钟相草坪大起义》《孙开华评传》等，创作的电影《辛亥元勋》参展第 23 届中国金鸡百花电影节，剧本获常德原创文艺奖。电影剧本《翦伯赞》的创作，是周星林教授在创作电影《辛亥元勋》之后的又一次成功艺术实践，对历史人物及其所处时代有着准确的解读与精当的把握，塑造了清晰鲜活的历史人物形象，充分挖掘了形象所特具的时代内涵和文化意义。作为理论功底深厚的学者型剧作家，周星林拥有娴熟的艺术表现技巧和充沛的创作机智，插叙、倒叙、蒙太奇、叠化等一类手法的运用颇具匠心，其剧作具有“尽精微而致广大”的优良艺术品质。

# 结语　文化自信语境下常德文学的美好明天

## 一

20 世纪 80 年代，全球化的浪潮方兴未艾，而改革开放之后的中国知识与文化界迎来了解放思想与开阔视野的黄金时期，大量西方人文与艺术著作被译介至国内。也正是在此时，中国文学迈向了五四以来的又一个盛世。很早便有学者注意到 20 世纪 80 年代与五四新文化运动时期的联系，即二者都受到域外文化的极大影响。中国自五四新文化运动以来的现代化进程被抗日战争所中断，而在建国初期所犯下的极“左”路线错误被拨乱反正后，20 世纪 80 年代成为五四新文化运动的一个合理的接续。在相对安定的国际环境中，中国得以在未完成的现代化中继续摸索前进。

但全球化并非只是一个单纯的经济概念，它最早服务于资本主义对世界市场的开拓，很快便伴随着政治与军事上的殖民和掠夺。随着现代传媒和互联网信息化的飞速发展，文化渗透在全球化中的影响力日益显著。到目前为止，全球化始终都存在着强势的主导方面，即在西方发达国家主导之下的全球化。在殖民地半殖民地时期，这样的主导对于弱小国家而言几乎是无从反抗的。不可否认，无论是五四新文化运动时期还是 20 世纪 80 年代，中国在全球化的过程中都更多地处于被动接受的一方，“全球化”几乎可与“西化”相等同。有学者以此质疑五四新文化运动现代化启蒙的合法性，提出启蒙是以西方作为参照系的文化矫正行为，在此参照下的中国必然处于失位的境地。近年来，随着市场的繁荣和物流的发达，披着全球化外衣的消费主义也在逐渐消解着传统的意义与价值。无论如何，全球化已成为一股不可抗拒的历史潮流，将世界上所有民族与国家裹挟其中，逼迫各国知识分子重新思考并确立起自身的文化定位，或是在这一浪潮中倾覆并迷失。

几乎是在20世80年代的同一时期，寻根文学和地域文化视域开始进入中国作家和学界的视野。越来越多的作家和学者致力于对本民族文化传统和地域文化资源的发掘与呈现，探索深层次的地域文化心理和民族意识。某种意义上，这未尝不可视为对全球化话语权的一种对抗，通过充分肯定地域与民族的价值，认同传统自身的发展逻辑，确立起属于本地域和本民族的文化自信，来抵御全球化和现代化对地域文化传统造成的侵袭，这样的侵袭被认为在相当程度上会使得不同地域和民族的文化产生同质化危机，从而失却自身的独特性和能见度。应当说，文化寻根和地域视野成为第三世界民族国家抵御西方话语中心、保持独立文化体系的有力武器，也在拉美文学的繁荣中展现了它的辉煌实绩。地域文化视域也发掘了一系列文学和学术热点，极大地丰富了文学现场的表现力和学理建设的多元性，成为改革开放以来重要的社会观照角度和学术研究导向。

在现实层面上，地域文化视域往往容易遭到不同程度的曲解和滥用，从而导向文化保守主义和地域沙文主义的歧途。由于中国的地域特征和农业文明的性质，传统本身具备鲜明的自足性带来形式上和心理上的固化，对外界文化和新生事物产生排斥和抗拒。在不少地域作家的作品中，几乎是纯粹出于情感动机而预置的“乡村与城市”“传统与现代”之间似乎不可调和的二元对立即印证了这点。五四新文化运动时过度西化和反传统的启蒙虽历来遭受诟病，但那正是民主知识分子在深刻认识到中国传统的封闭性和顽固性及半殖民地半封建社会救亡图存的迫切性之后实行的矫枉过正之举。在地域文化视域中，一些在启蒙话语中经受批判的要素得到了或多或少的辩解或掩盖，二十世纪九十年代以来的文学实践也印证着，许多作家的创作姿态大有向传统和日常后撤的趋势，而缺失了社会人文关怀和现实批判精神。尽管这些弊病并非是地域文化视域的固有属性，但也正因如此，我们更需要不断反思地域文化视域的发展路径，在变化了的时代背景和社会现状下，探索出更加科学、完善、理性的当代地域理念。

即便在实际运用过程中产生了各种各样人为造成的缺憾，地域文化视域仍是具有相当合理性的观照视角。它是艾布拉姆斯文学四要素中“世界”的具体呈现，而“世界”也正是地域在更高层面上的延展。本质上，国家本身也包含地域概念，但正如国家绝不仅仅是地域概念一样，文学也绝不是地域的简单反映。最关键的因素在于，人是对于信息有着高度接收、存储和加工能力的生命体，而传播活动使得信息具有跨越时间和空间的能力。尤其在进入信息社会以后，巨大的信息生产力和传媒流通力使得信息几乎要超越地域成为塑造现代人本质的首要动能。在这样的基础上，当代地域之于人的作用的实质便不仅仅是自然环境对人的身心影响和身处地域之中的生活经验，而是某一地域所产生和接收并融合之后的信息综合体。这一综合体之中的信息包含着巨大的范畴，包括现时的、历史的，地理的、经济的、政治的、文化的、本地域的、跨地域的，还有个体独特的信息场域和由此形成的心理结构。

文学本身就是信息的演绎形式和重要载体，无论选择何种路径，文学研究的立足点始终都在于文本和作家，这也是本书以作家专论的形式作为主要论述手段，并高度重视常德文学的文化脉络和精神资源的理论基础。在作家的文本中，地域之于作家的影响得到了有机的呈现。我们也能发现，在人口流动加快、信息交互频繁、地域辐射规模迅速拓展的当代，年轻一代和拥有多重地域背景的作家的作品表现出区别于本土传统的鲜明的异质性。在以文本为中心的研究视野中，不同作家作品的独特性能得到较为细致和科学的呈现和阐释。但应当指出的是，独特性与异质性仍然是以整体地域文化特征为参照的，在地域文化视域中，始终拥有一个相对而言较为稳定的地域文化坐标系，在这一坐标系中，作家与作品都能得到比较精确的定位。地域文化坐标的特殊性在于，它是可以灵活运用的体系，不同地域有着自身独特的文化坐标，而这一坐标也会随着时代和环境的变化增添新的维度。这正是地域文化视域的价值所在，为区位和范围不一的地域提供多元化的参照视野。承载这一功能的地域文化视域，更需要不断更新和校正自身的理论体系，力求精准而全面地反映该地域的文化现象。本书的旨归，正在于为新时期的常德文学建立并完善属于自身的地域文化观照体系，从而更客观且深入地定位和阐释常德作家作品及他们取得的文学成就。

## 二

中国文学现代意义上的地域和乡土作品也同样发端于五四新文化运动时期，鲁迅的浙东小镇、沈从文的湘西世界、萧红的东北雪原、老舍的北京胡同，几乎每一位文学大师的笔下都能找到专属于自身的地域原乡。在新文学“为人生”和“关照现实”的理念下，作品立足于作家的生活场域和文化根基就有了坚实的情感基础和理性支撑。一定程度上，新文学的发展历程也是地域文学和乡土文学不断成熟和形成规模的过程。即便作为创作理念和理论导向的地域文化意识在当时还只具备朦胧的雏形，但地域文化写作的各种要素已经清晰地体现在了新文学先驱的作品中，成为他们作品的鲜明生活底色和独特文化标签。

到了20世纪80年代，随着寻根文学的兴起，地域和乡土写作渐成蔚为大观之势，韩少功、莫言、贾平凹、阿城等寻根文学主将均构建了独具特色的地域文本场域，发掘并呈现植根于本土的传统意识和民族文化心理。在寻根文学浪潮中，地域文化和乡土意识已不仅仅是附着于文本的现实背景，而成为寻根作家理性自觉地予以追求的创作导向。寻根文学中的传统与乡土往往不再是启蒙视野中被质疑和批判的对象，而是作为被观照和书写的价值主体。但寻根文学的地域和乡土写作又与古典田园式的乌托邦书写不同，拥有强烈的现实关怀和历史意识。应当说，寻根文学成了新时期文学的主流话语方式，为当代中国式写作和中国故事的讲述提供了蓝本和经典。

寻根文学在中国的萌发除了有来自拉美文学繁荣的刺激，更重要的内因源于社会主义中国在中华人民共和国成立之初进行的一项独特的政治运动——知识青年上山下乡。尽管这一运动带有政治强迫的色彩，但知识青年在农村体验和捕捉到的生活情状和文化氛围却是拥有扎实的现实根基的。上山下乡的经历为那一时代的知识青年提供了一种全新的观照社会和文明的视角，而这种经历是其他时代的知识分子不可能拥有的。在特定历史时期和特定政治环境下，中国的知青一代完成了独特的精神重塑过程，这一过程使得以知识分子为主体的作家群体重新确立起中国文学的立足点，试图让现代化的理念与形式能够在地域和民族传统的接受场中实现本土化的表达。

这样的探索和实践在改革开放后结出了硕果，而改革开放本身也是中国文学焕发新的生机的重要因素。经过多年的社会主义建设，中国的社会面貌与综合国力相较于启蒙之初古老而沉落的半殖民地半封建国家有了根本性的不同，地域和乡村的生态和格局也发生了翻天覆地的改变。如果说启蒙文学是民主知识分子从外向内寻求对沉沦古国振聋发聩的唤醒，那么处于日新月异中的新时期中国社会本身就是一个快速发展与变革的意义场。在古老文明重获新生的时代背景下，知识分子的眼光会自然转向寻求地域与传统自身的文化内涵和逻辑合理性，介入式的启蒙转变成对传统由内向外的发现与阐释，救亡图存的文化自省转变成文化自信和心理认同，这正是新时期地域和乡土文学繁荣发展的核心动力。

客观上，新时期文学与五四新文化运动文学的发展路径并不完全一致，其中有继承的部分，也存在许多分野与创新。但在现实主义文学主潮和“立言”“诗教”传统的影响下，“为人生”和“关照现实”的文学理想依然是作家创作的主要动机。尽管题材和表现手段异彩纷呈，作家书写的中心仍是表达自身对世界的理解和对人性的剖析。文学创作的本质是一种精神需求，对需求的不同理解和取向形成了不同的文学主张。应当说，无论是五四新文化运动时期还是新时期，中国作家普遍有着相通的文学追求，即创作出中国和中国人需要的作品。不同的时代背景下，人们的文化心理也有所不同，但中国知识分子千百年来积淀的家国情怀和民族认同感使得中国作家形成了普遍共识：中国作家应当为中国而写作。

在地域文化视野与地域文学创作中，这一共识有了更为具体的实践场域。立足于地域环境特色与地域文化资源的写作，往往拥有见微知著的表达效果，通过对某一地域的描绘映射国家与民族的发展历程。当代优秀的地域写作文本，往往都具有辐射性与动态性，不是封闭和静止的，而是积极在中国经验中寻找地域文化的坐标点，并试图描画出地域与民族历史变迁的线索与轨迹，而这也正与百年多来中国社会和中国文学寻求现代化的逻辑是一致的。重视地域和传统不代表着从现代化进程中后撤——这恰恰是部分地域写作者容易踏入的误区——而是为现代化提供地域和民族的文化养分和精神支撑，敏锐地捕捉地域和传统在新的时代背景下的形态与特征。由于不同地域的地理环境区位特点、政治经济发展状况都有所差异，现代化的路径、规模和速度都会不同。地域文学则应当承担起当地现代化进程见证者的角色，在传统的“常”与“变”、现代的“异”与“同”之间寻求富有独特魅力的艺术表达，让地域文学真正成为“活”的文学，展现地域文化深厚而不竭的生命力。

## 三

某种意义上，常德之于湖南的区位特点与湖南之于全国的地理位置十分相似：沟通湘东与湘西，串联湖北与湖南，处于湘楚版图的中轴线上。优越的地理和交通条件使得常德历来是湖南经济文化发展水平较高的城市之一，也是湖南现代化的龙头地区。常德是中南六省首个获得“国家卫生城市”荣誉的地级市，也是湖南首个获评“全国文明城市”的地级市。在城市化与人地关系的协调与均衡上，常德是具有典范意义的城市，而作为一座历史悠久的古城，常德还拥有自身的精神传统和文化源流。由于常德独特的地缘特征，常德的文脉始终在多元文化的交融中不断丰富，这同样也是湖湘文化得以长盛不衰、永葆活力的重要原因。对常德文学的研究和阐释，一定程度上也是对湖湘文化的具体剖析和演绎，以期为地域文学研究寻求可供参考和推广的学术范式。

在本书中，论者始终重视对常德文学多元文化源流和丰富理性资源的梳理，立足于常德作家及其文本，力求全面而精确地建构起常德文学的理论框架和批评体系。需要指出的是，本书前几章对常德文学的地理文化资源的概括梳理，旨在从总体性的层面搭建常德文学的学理基础，而非设立一套常德文艺批评的通用模板。在 21 世纪的常德文学实践领域，并非所有作家都属于典型的地域乡土作家类型，作家拥有的生活经验和创作资源也绝不仅仅源于常德地域。因此作家专论这一部分，本质上是由相对独立的批评文章构成，并在小节中高度重视对文本的细读和作家异质性的辨析。客观而言，不少作家文本所展现出的特质并不具备典型的常德文化特征或是暂且未能纳入已有的常德文化体系，但也正是这样拥有个体异质性的“反常”成为常德文学不断推陈出新的重要契机。我们有理由相信，经过时间和作品的积淀，常德文学的传统必将不断地充实和更新，成为源远流长的活水。为了实现这样的积淀，对单个常德作家和作品进行细致解读就显得更为必要和迫切。

事实上，无论在沈从文、丁玲、黄永玉、昌耀所建立的现代文学传统里还是在当代常德作家的创作实践中，多元化和包容性一直都是常德文学和湖南文学的内在品质。在急剧变动的中国近现代社会中成长起来的白话新文学，本身承载的就是中国作家求新求变的跃进意识和为国为民的使命情怀。常德文学和湖南文学的发展，始终都拥有底蕴的支撑和精神的内驱，有着与浪漫主义传统和经世致用理念一脉相承的文化内核。体现在常德作家的作品中，则是他们普遍具有的对诗性语言和现实关怀的追求、对作品艺术性和思想性相统一的执着、对善的宣扬和恶的批判的清醒，以及植根于故土的乡愁和心忧天下的胸襟。

可喜的是，在当代常德，无论是笔耕不辍驰骋文坛的老将还是初出茅庐崭露头角的新锐，我们都能从他们的作品中感受到常德文脉与湖湘文化的接续传承。作为省级行政区的下属地级市，常德文学近年来可谓成绩斐然。在小说、诗歌、散文、儿童文学、文学理论与批评等各个方面，常德文学实现了均衡且高品质的全面发展。甚至在新兴的网络文学领域，常德作家也是势头强劲。这意味着常德已经形成了十分良好的文学生态和文化氛围，常德文学实现了繁荣而健康的可持续发展。这本厚厚的《21世纪常德文学发展研究》书稿，背后是常德作家近年来显赫的创作实绩，常德作家们的不懈努力使常德文学成为湖南地域文学一块闪亮的名片。

在2020年10月举行的湖南长篇小说研讨会上，著名评论家、中国当代文学研究会副会长贺绍俊先生满怀激情地提出了对湖南文学的殷切希望。他认为，中国当代文学未来最优秀的城市题材小说，不是出现在北京、上海、广州、深圳这样的现代化中心城市，而恰恰会出现在内地较发达城市。贺绍俊先生是长沙人，他在说这番话的当时，引以为范例的也是长沙。抛开对故乡的骄傲和自豪，我们思考贺先生的立论逻辑就会发现，之所以他认为内地较发达城市具备极大的书写空间，是因为内地城市正处于现代化的快速发展阶段，但城市化的程度还不及首都和沿海等地的超大城市。在这样的城市中，传统与现代、乡土与都市、落后与开明等种种要素都正处于紧密交汇与剧烈碰撞的节点，这样的城市，更容易发掘出能体现普遍而典型的中国现代化进程的故事。

我们将符合条件的城市推而广之就会发现，常德正属于内地拥有广大书写空间的城市的其中一个，且具备得天独厚的优越条件。现代常德有着众多历史的和现实的素材可供作家们捕捉和创作，在拥有悠久深厚的文化源流和繁荣健康的现代化形态的常德，作家们对笔下这座城市有着真挚的热爱和清醒的认知。常德作家乐于并善于书写常德故事，而他们之中也有相当一批优秀者能够有意识地将自己的书写纳入更宏大的观照视野，为常德文学的突破和发展贡献力量。21世纪已过去五分之一，常德文学在此20年间取得的成绩是令人艳羡的。但白话文学作为一种通行的书写体系才刚刚进入它的第二个百年，与欧美文学语言相比较，中国新文学还很年轻，而处于地域文化视野中的常德文学更是拥有广阔的发展空间。如果说20世纪的常德文学留下了沈从文、丁玲、黄永玉、昌耀等光辉的名字，那么21世纪的常德文学还在续写着它的新历史。在这本论著中，常德文学已经十分生动地诠释了地域文学的魅力所在，也坚定了地域文学创作者和研究者的信心。常德文学的明天，值得所有人的勉励与期待。

# 参考文献

## 中文著作

[1] 昌耀. 昌耀诗文总集[M]. 西宁：青海人民出版，2000.
[2] 陈晓明. 表意的焦虑[M]. 北京：中央编译出版社，2003.
[3] 陈志平. 文心雕龙译注[M]. 上海：上海三联书店，2018.
[4] 丁玲. 在黑暗中[M]. 北京：人民文学出版社，2000.
[5] 丁玲. 丁玲文集(下)[M]. 北京：北京燕山出版社，2007.
[6] 丁玲. 丁玲精选集[M]. 北京：北京燕山出版社，2009.
[7] 丁玲. 太阳照在桑乾河上[M]. 北京：人民文学出版社，2018.
[8] 董衡巽. 海明威研究[M]. 北京：中国社会科学出版社，1985.
[9] 董生龙. 昌耀阵痛的灵魂[M]. 西宁：青海人民出版社，2000.
[10] 费孝通. 乡土中国[M]. 上海：上海人民出版社，2006.
[11] 龚鹏程. 侠的精神文化史论[M]. 济南：山东画报出版社，2008.
[12] 龚曙光. 日子疯长[M]. 北京：人民文学出版社，2018.
[13] 龚曙光. 满世界[M]. 北京：人民文学出版社，2019.
[14] 林清玄. 林清玄散文[M]. 杭州：浙江文艺出版社，1994.
[15] 刘绪源. 儿童文学的三大母题[M]. 上海：华东师范大学出版社，2009.
[16] 鲁迅. 鲁迅全集[M]. 北京：人民文学出版社，1981.
[17] 黄作. 漂浮的能指：拉康与当代法国哲学[M]. 北京：人民出版社，2018.
[18] 洪子诚. 中国当代文学史[M]. 北京：北京大学出版社，1999.
[19] 洪子诚，刘登翰. 中国当代新诗史(修订本)[M]. 北京：北京大学出版社，2005.
[20] 刘亮程. 文学：从家乡到故乡[M]. 杭州：浙江文艺出版社，2013.
[21] 龙向梅. 寻找蓝色风[M]. 大连：大连出版社，2017.
[22] 龙向梅. 鞋尖朝外[M]. 沈阳：春风文艺出版社，2020.
[23] 刘再复. 怎样读文学——文学慧悟十八点[M]. 北京：生活·读书·新知三联书

店，2018.
[24] 聂茂. 民族寓言的张力[M]. 北京：民族出版社，2004.
[25] 秦羽墨. 通鸟语的人[M]. 北京：作家出版社，2016.
[26] 沈从文. 沈从文全集[M]. 太原：北岳文艺出版社，2002.
[27] 沈从文. 沈从文散文选[M]. 北京：人民文学出版社，2015.
[28] 沈从文. 边城纪念版[M]. 长沙：湖南文艺出版社，2018.
[29] 舒丹丹. 蜻蜓来访[M]. 广州：花城出版社，2016.
[30] 沈石溪. 红奶羊[M]. 天津：新蕾出版社，1998.
[31] 少鸿. 花枝乱颤[M]. 北京：作家出版社，2006.
[32] 水运宪. 乌龙山剿匪记[M]. 长沙：湖南人民出版社，2012.
[33] 史作柽. 塞尚艺术的哲学随想[M]. 北京：北京大学出版社，2005.
[34] 吴持哲. 诺思洛浦・弗莱文论选集[M]. 北京：中国社会科学出版社，1997.
[35] 伍蠡甫. 西方文论选(下)[M]. 上海：上海译文出版社，1979.
[36] 伍蠡甫. 现代西方文论选[M]. 上海：上海译文出版社，1983.
[37] 王蒙. 不奴隶，毋宁死？[M]. 北京：北京十月文艺出版社，2008.
[38] 王小波. 沉默的大多数[M]. 长沙：湖南文艺出版社，2018.
[39] 王晓明. 批评空间的开创：二十世纪中国文学研究[M]. 上海：东方出版中心，1997.
[40] 谢艳明. 文化视阈下的中西诗歌情感符号[M]. 武汉：武汉大学出版社，2016.
[41] 杨亚杰. 折扇[M]. 呼和浩特：远方出版社，2003.
[42] 杨亚杰. 三只眼的歌[M]. 呼和浩特：远方出版社，2003.
[43] 杨亚杰. 和一棵树说说话 [M]. 北京：中国文联出版社，2012.
[44] 杨亚杰. 杨亚杰微诗选[M]. 北京：银河出版社，2019.
[45] 郑敏. 中国诗歌的古代与现代[M]. 北京：北京大学出版社，1999.
[46] 张天夫. 天不在意[M]. 合肥：安徽文艺出版社，2014.
[47] 张系国. 让未来等一等吧[M]. 洪范书店有限公司，1984.
[48] 赵毅衡. 符号学原理与推演[M]. 南京：南京大学出版社，2011.
[49] 赵毅衡. 当说者被说的时候：比较叙述学导论[M]. 成都：四川文艺出版社，2013.
[50] 张执浩. 神的家里全是人[M]. 南京：江苏文艺出版社，2017.

## 中译著作

[1] 巴赫金. 巴赫金全集(第三卷)[M]. 白春仁等，译. 石家庄：河北教育出版社，1998.
[2] E. 阿伦森. 社会性动物[M]. 邢占军，译. 上海：华东师范大学出版社，2007.
[3] 弗里德里希・席勒. 美育书简[M]. 徐恒醇，译. 北京：社会科学文献出版社，2016.
[4] 费斯克. 理解大众文化[M]. 王晓钰，宋伟杰，译. 北京：中央编译出版社，2001.
[5] 福斯特. 小说面面观[M]. 冯涛，译. 上海：上海译文出版社，2016.

[6] 戈特霍尔德·埃夫莱姆·莱辛. 拉奥孔[M]. 朱光潜，译. 北京：人民文学出版社，1984.
[7] 海德格尔. 存在与时间[M]. 陈嘉映，王庆节，译. 北京：三联书店，1999.
[8] 黑格尔. 美学(第二卷)[M]. 朱光潜，译. 北京：商务印书馆，1979.
[9] 华莱士·马丁. 当代叙事学[M]. 伍晓明，译. 北京：北京大学出版社，1990.
[10] 拉康. 拉康选集[M]. 褚孝泉，译. 上海：上海三联出版社，2001.
[11] 雷蒙·威廉斯. 乡村与城市[M]. 韩子满，刘戈，徐珊珊，译. 北京：商务印书馆，2013.
[12] 理查德·J. 伯恩斯坦. 根本恶[M]. 王钦，朱康，译. 南京：译林出版社，2015.
[13] 理查德·利罕. 文学中的城市：知识与文化的历史[M]. 吴子枫，译. 上海：上海人民出版社，2009.
[14] M·H. 艾布拉姆斯. 镜与灯——浪漫主义文论及批评传统[M]. 郦稚牛，等，译. 北京：北京大学出版社，1989.
[15] 米兰·昆德拉. 小说的艺术[M]. 董强，译. 上海：上海译文出版社，2004 年.
[16] 桑德拉·吉尔伯特，苏珊·格巴. 阁楼上的疯女人——女作家与十九世纪文学想象[M]. 杨莉馨，译. 上海：上海人民出版社，2015.
[17] 韦恩·布斯著. 小说修辞学 [M]. 付礼军，译. 南宁：广西人民出版社，1987.
[18] 亚里士多德. 诗学[M]. 陈中梅，译. 北京：商务印书馆，1996.
[19] 约翰·奥尼尔. 身体形态：现代社会的五种身体[M]. 张旭春，译. 沈阳：春风文艺出版社，1999.

## 学位论文

[1] 褚连波. 湘西文化与沈从文的小说创作[D]. 长春：东北师范大学，2010.
[2] 郭春晓. 文艺传播学视角下的《湘西》研究[D]. 吉首：吉首大学，2014.
[3] 罗位华. 论黄永玉的湘西书写——以《无愁河的浪荡汉子·朱雀城》为中心[D]. 长春：东北师范大学，2018.
[4] 王丹丹. 昌耀诗歌接受研究[D]. 伊犁：伊犁师范大学，2019.
[5] 王洪伟. 新时期长篇小说中的地域文化探究——以茅盾文学奖获奖作品为中心[D]. 南昌：江西师范大学，2011.
[6] 王茜. 从内地走出的西部诗人——昌耀西部诗歌新论[D]. 重庆：重庆师范大学，2011.
[7] 王新宇. 20 世纪 80 年代以来农民工作家的城乡书写嬗变[D]. 辽宁：沈阳师范大学，2018.
[8] 许晶. 理想抑或现实——废名、沈从文、黄永玉笔下的“桃源世界”[D]. 上海：上海师

范大学，2013.

## 中文期刊

[1] 鲍远福. 新世纪网络科幻小说的现实境遇与中国经验[J]. 中州学刊，2018(12).
[2] 毕亮. 深圳的馈赠[J]. 文艺争鸣，2013(12).
[3] 蔡东. 薄刃上的舞蹈——论毕亮和他的“小说深圳”[J]. 百家评论，2013(04).
[4] 崔道怡. “乌云的银边”——毕亮的《在深圳》读后感[J]. 文艺争鸣，2013 (12).
[5] 陈惠芳. 在浓淡的乡愁中守望(创作谈)[J]. 创作与评论，2016(01).
[6] 陈鸿琴. 孤独是美丽的——透过《熟悉黑夜》读诗人的内心世界[J]. 作家，2008(18).
[7] 陈剑. 湖湘文化在艺术创作中体现与影响——以艺术大师黄永玉先生为例[J]. 中国民族博览，2013(12).
[8] 陈舒劼. 想象的折叠与界限——20 世纪 90 年代以来的中国科幻小说[J]. 文艺研究，2016 (04).
[9] 陈艳玲. 打开缺口寻找新天地——在场主义对散文观念的革命[J]. 当代文坛，2015 (7).
[10] 陈仲义. 张力：现代汉语诗学的“轴心”[J]. 文学评论，2012(05).
[11] 陈仲义. 乡土诗学新论[J]. 中国文化研究，1999(03).
[12] 程一身. 高出生活一公分——试析邓朝晖诗歌的“原谅”主题[J]. 诗探索，2012(8).
[13] 成志芬，周尚意，张宝秀. “乡愁”研究的文化地理学视角[J]. 北京联合大学学报(人文社会科学版)，2015，13(04).
[14] 戴希. 每个人都幸福[J]. 小说选刊，2009(09).
[15] 戴希. 这个故事我不写不快[J]. 小说选刊，2017(10).
[16] 戴希. 实验微小说[J]. 小说选刊，2018(08).
[17] 邓朝晖. 无法回避的疼痛[J]. 文学界，2010(08).
[18] 邓朝晖. 生活是一出悲喜剧[J]. 中国诗歌，2012(03).
[19] 邓朝晖. 玉堂春[J]. 海燕，2016(05).
[20] 邓朝晖. 郴州旅舍[J]. 桃花源，2019(02).
[21] 段大明. 多彩斑斓的新生活画卷——读彭其芳写家乡常德的散文[J]. 常德师范学院学报(社会科学版)，2000(02).
[22] 樊星. 论八十年代以来文学世俗化思潮的演化[J]. 文学评论，2001(02).
[23] 冯晓燕. 一位楚地城堡少主的江湖远游——原生文化对昌耀及其诗歌创作的影响[J]. 青海师范大学学报(哲学社会科学版)，2017(05).
[24] 高婧. 乡土小说的时代困境与历史理想[J]. 芜湖职业技术学院学报，2011(03).
[25] 谷雨. 立于天地之间的智慧大巫——评血红小说《巫颂》[J]. 湖北工业职业技术学院学报，2019(32).

[26] 顾恩多. 谈曹文轩短篇少年小说的力度美[J]. 语文学刊，1997(04).
[27] 何同彬. 全球化与文学地域主义的“他者”困境——以“西部文学”研究视野为例[J]. 扬子江评论，2012(05).
[28] 侯银梅. 浅析丁玲上世纪30年代作品中的常德方言[J]. 语文学刊，2016(07).
[29] 霍俊明. 变奏的风景：新世纪十年女性诗歌[J]. 理论与创作，2010(04).
[30] 姜汉西. 当代地域文学研究的困境与新的可能性——以21世纪“中原作家群”研究为例[J]. 地域文化研究，2019(05).
[31]姜涛. “混杂”的语言：诗歌批评的社会学可能—以西川《致敬》为分析个案[J]. 上海文学，2004(09).
[32] 金克木. 文艺的地域学研究设想[J]. 读书，1986(04).
[33] 靳晓静. 诗人手中的魔杖[J]. 星星诗刊，2013(03).
[34] 孔庆东. 中国科幻小说概说[J]. 涪陵师范学院学报，2003(03).
[35] 老槲. 用诗歌重塑自我的强大心灵——试析唐益红组诗《狂澜之声》艺术特色[J]. 诗歌世界，2019(02).
[36] 李琳. 试论湖北诗歌应如何走出地域写作的困境[J]. 现代交际，2019(14).
[37] 李亚祺. 非虚构写作与写作的公共性[J]. 创作评谭，2020(05).
[38] 林岗. 什么是伟大的文学[J]. 小说评论，2016(01).
[39] 刘慈欣. 从大海见一滴水——对科幻小说中某些传统文学要素的反思[J]. 科普研究，2011(03).
[40] 刘少一. 凌晨脱逃[J]. 当代，2013(02).
[41] 刘少一. 猪事[J]. 作品，2014(03).
[42] 刘少一. 守口如瓶[J]. 民族文学，2016(10).
[43] 刘少一. 假发[J]. 北京文学，2018(05).
[44] 刘少一. 我眼中的好小说[J]. 人民公安报(剑兰周刊)，2018(06).
[45] 刘少一. 穿越[J]. 啄木鸟，2019(12).
[46] 李建军. 坚定地守望最后的家园——评张炜的《柏慧》[J]. 小说评论，1995(05).
[47] 李文达，高涧平，张子宏. 当代公安题材文学概观[J]. 公安大学学报，1990(04)
[48] 李晓峰. 略论我国地域文学研究的现状与困境[J]. 文艺理论与批评，2010(03).
[49] 龙向梅. 皱皱巴巴的城市[J]. 阅读，2020(Z3).
[50] 龙扬志. 谈雅丽——水边的抒情诗人[J]. 诗探索，2017(07).
[51] 路春生. 论新时期公安题材小说的审美建构[J]. 公安大学学报，2001(01).
[52] 卢玺媛. 跨文明研究视域下少数民族文学的困境与前景[J]. 贵州民族研究，2019(01).
[53] 罗振亚，李洁. 在突破中建构：论新世纪女性诗歌的精神向度[J]. 东岳论丛，2016(05).

[54] 孟隋. 论网络玄幻小说的大众文化功能——以我吃西红柿的作品为研究对象[J]. 网络文学评论, 2019(03).
[55] 聂茂. 人性之美的张扬与温情生活的历史镜照——罗鹿鸣诗歌的情感传播[J]. 理论与创作, 2005(06).
[56] 聂茂. "零过程叙事"的价值指归与精神洁癖者的情感还原——评陶少鸿长篇新作《花枝乱颤》[J]. 理论与创作, 2007(03)
[57] 聂茂. 与肖仁福对话[J]. 芙蓉, 2007(03).
[58] 聂茂. 作为记忆和遗忘的诗写——以罗鹿鸣诗歌为阐释中介[J]. 湖南工业大学学报(社会科学版), 2014(06).
[60] 舒丹丹. 菲利普·拉金诗歌的语言风貌[J]. 长春大学学报, 2010, 20(03).
[61] 舒丹丹. 舒丹丹诗歌及诗观[J]. 诗选刊, 2014(Z1).
[62] 舒丹丹. 创作谈: 在生命的诗意中掬水而饮[J]. 高中生之友, 2018(22).
[63] 宋定莉. 诗与思—海德格尔的《荷尔德林与诗的本质》[J]. 美与时代(下), 2019(06). [40]陶少鸿. 石头剪刀布[J]. 当代, 2015(05).
[64] 陶少鸿. 不为反腐, 为观照被扭曲和损害了的人际关系——中篇小说《石头剪刀布》创作谈[J]. 当代, 2015(05).
[65] 唐益红. 唐益红诗四首[J]. 诗探索, 2016(08).
[66] 唐益红. 隐秘岁月里的异端[J]. 桃花源, 2017(01).
[67] 王剑. 诗歌语言的张力结构[J]. 当代文坛, 2004(01).
[68] 王建忠, 王伟. 丁玲与故乡常德[J]. 武陵学刊, 2014(06).
[69] 王敏. 游戏: 既参与又对抗——儿童文学欣赏的游戏特质再探[J]. 昆明学院学报, 2010, 32(04).
[70] 王泉根. 新世纪近 20 年原创儿童文学现场观察[J]. 中国当代文学研究, 2020(03).
[71] 王四四. 新世纪西部诗歌的"桃花源"情怀——新诗与中国精神系统建设[J]. 石河子大学学报(哲学社会科学版), 2018(04).
[72] 王泽龙. 与古为新, 面向未来——关于五四文学与中国古代文学传统研究观念的反思[J]. 杭州师范大学学报(社会科学版), 2019(01).
[73] 吴投文. 湖湘文化的诗性抒写——当代湖南诗歌的整体考察[J]. 新文学评论, 2012(01).
[74] 吴振尘. 论宋庆莲儿童小说《风来跳支舞》[J]. 文学教育(下), 2017(06).
[75] 西篱. 倾情人类成长——读血红《巫神纪》[J]. 网络文学评论, 2018(01).
[76] 西篱, 血红·写作资源与世界架构——血红访谈[J]. 网络文学评论, 2018(01).
[77] 夏子科. 沅有芷兮澧有兰——当代常德地方文学创作论略[J]. 文艺争鸣, 2004(05).
[78] 杨帆, 赵颖慧.《日子疯长》: 一个人的"文艺复兴"[J]. 出版人, 2018(08).

[79] 杨景龙. 中国乡愁诗歌的传统主题与现代写作[J]. 文学评论，2012(05).
[80] 杨亚杰. 危机深处：人间烟火"桃花源"[J]. 创作与评论，2016(12).
[81] 杨义. 文学地理学的渊源与视境[J]. 文学评论，2012(04).
[82] 尹蓓芳，黄筱威. 文学途上，离家与归乡——骆以军对谈李黎[J]. 印刻文学生活志，2007(05).
[83] 游兴莹. 走进梦入神机的网络写作[J]. 湖南文学，2015(04).
[84] 余建华，张登国. 国外"边缘人"研究略论[J]，哈尔滨工业大学学报，2006(05).
[85] 余泽民. 不想做沉默的善者——我眼中的作家毕亮和他的小说[J]. 文艺争鸣，2013(12).
[86] 章晓虹. 丁玲早期作品的湖湘民俗文化特色[J]. 武陵学刊，2013(04).
[87] 张文刚. "城市"和"乡村"：于坚诗歌的生态寓意[J]. 湖南文理学院学报(社会科学版)，2006(06).
[88] 张文刚. 写作既是心灵修炼，也是精神自慰——少鸿访谈录[J]. 创作与评论，2013(11)
[89] 张文刚. 桃花源诗群的生活化抒写[J]. 创作与评论，2015(23).
[90] 张新颖. 我读毕亮小说的感受[J]. 文艺争鸣，2013(12).
[91] 张袁月. 从文学地域、文学地理到文学地图——空间视角下的文学地理学[J]. 南开学报(哲学社会科学版). 2018(03).
[92] 张治国. 地域文学研究：突围之路与创新之策[J]. 湖北民族学院学报(哲学社会科学版). 2011(03).
[93] 赵园. 沈从文构筑的"湘西世界"[J]. 文学评论，1986(06).
[94] 周会凌. "乡绅形象"的正面铸就与"乡土中国"的文化沉思——论陶少鸿长篇小说《百年不孤》[J]. 湖南工业大学学报(社会科学版)，2018(01).
[95] 朱维莉. 论公安法制文学中的灰色人物形象[J]. 甘肃政法学院学报，1999(04).
[96] 庄春梅. 文学地理学视域下的荆楚文学研究——读刘玉堂、刘保昌著《荆楚文学》[J]. 社会科学动态，2020(11).
[97] 邹建军. 文学地理学批评的十个关键理论术语[J]. 内江师范学院学报，2015，30(01).

## 中文报纸

[1] 房伟. 我们向网络小说借鉴什么？[N]. 文艺报，2020-08-03(002).
[2] 贾兴安. 散文贵在创新[N]. 常德日报，2011-11-24(006).
[3] 梁海诗. 乡土散文的魅力——评秦羽墨《通鸟语的人》[N]. 常德日报，2019-03-10.
[4] 刘霄. 女作家阿满紧攥女性意识这只"撒手锏"[N]. 中华读书报，2010-02-01(02).
[5] 刘醒龙. 我的头条[N]. 光明日报，2009-11-27(09).

[6] 西篱. 血红《巫神纪》：以什么样的历史观重述华夏神话？[N]. 文学报，2019-05-30(022).
[7] 晓棠. 桃花源诗群文情报告[N]. 常德日报，2016-2-13(03).
[8] 兴安. 对女性文学的新思考——读阿满的小说集《双花祭》[N]. 文艺报，2011-07-04(006).
[9] 杨亚杰. 海星星[N]. 湖南日报，2002-9-18(湘江 C3).
[10] 郑雄. “地域文学研究”困境中的一次突围[N]. 中华读书报，2018-11-21(016).
[11] 朱健. 杨亚杰的书[N]. 三湘都市报，1997-1-11(7).
[12] 聂茂. 寻找民族文学的精神原点[N]. 光明日报，2016-02-01(013).

# 总跋　新文科时代的教学相长与学术自觉

聂茂

## 一

人的一生充满许多偶然性。我做梦也没想到，我的职业最终会定格在大学里。我做过农民，搞过“双抢”。跳出“农门”的第一份工作，是在一个乡下医院做检验士，抽血，化验，看显微镜，写检验报告单，每天重复着同样的工作。我压抑的内心被强大的“作家梦”驱使，毅然决然奔赴鲁迅文学院深造，幸运地与文坛大家莫言、余华、迟子建、严歌苓等人同堂听课。在汹涌澎湃的时代大潮中，个人的命运犹如浮萍，一阵飓风将我吹进了复旦大学。在那里，我进行了一场“黑+白”、“智力+毅力”的大比拼，最终考上了湘潭大学古典文学研究生，毕业后顺利地进入湖南日报社，成为一名编辑、记者。五年之后，我不安的心再次被大洋彼岸的世界所诱惑，果断辞掉了令人羡慕的工作，远赴新西兰留学。四年后，我学成归来，进入中南大学，教学、科研、写作，每天忙忙碌碌，一晃就是17年。

回顾这一路走来的辛苦与不易，我又想，所谓人生的偶然，难道不是生命历程的一种必然吗？如果没有农民性格的蛮劲和韧性，我又怎会成为一名乡下医院的检验士？如果不是因为强烈地爱好文学，我又怎会义无反顾地奔赴鲁迅文学院求学？如果不是北京和上海的人生苦旅，我又怎会成为一名古典文学的研究生，进而成为一名编辑、记者？如果不是古典文学的熏陶和编辑、记者工作的锻炼，我又怎会出国留学、然后被中南大学引进，直接破格晋升为教授和新闻系的学科带头人？更为重要的是，在中南大学新闻系工作五年后，根据个人兴趣和学院学科建设的需要，我再次转身，进入中文系现当代文学教研室。在大学工作的17年里，由我指导毕业的研究生达50多名，其中一半以上是新闻传播学、文化产业和文化传播学的学生，一小半是现当代文学、世界文学与比较文学的学生。这些年，我在文化产业学、哲学、审美文化学和现当代文学四个方向招收博士生，还包括三名国际留学生（其中两名博士、一名硕士）。所有这些，看似偶然，其实都有其必然的逻辑。这些看似偶然性的因素却为我眼前的这套书埋下了伏笔。

换言之，当新文科时代来临的时候，我顿时意识到，这完全也是偶然中的必然。因为，时代大潮的潮起潮落，有其内在的规律：潮起，有潮起的动因；潮落，有潮落的缘由。无论你是伫立岸边，还是身处潮中，重要的是你要关注洋流的方向，把握大潮的脉动。对高校广大教职员工而言，新文科既是新的挑战，更是新的机遇。

## 二

经常听人说，这是最坏的时代，也是最好的时代。可很少有人去深思：所谓“最坏”，“坏”在何处？你做好了应对“最坏”的准备吗？所谓“最好”，又“好”在哪里？你有过应对“最好”的措施吗？或者换一个角度，作为普通大众，你究竟是处在转型社会的夹缝中自暴自弃，顾影自怜，还是积极拥抱时代大潮，做勇敢的冲浪者，做灯塔的守护人？

像99%的普罗大众一样，我所取得的任何一点成绩都凝结着个人的智慧、汗水和心血，都十分不易，弥足珍贵。2018年我一次性推出7大卷、300多万字的《中国经验与文学湘军发展书系》，这是个人意义上的湖南文学史，别人看到的是这个浩大工程的巨型体量，而对创作者背后的孤独、寂寞、无助以及探索中的苦痛与跋涉中的艰辛并没有多少人去关注。实际上，这个书系是我进入大学后，特别是从事现当代文学10余年的集中思考和总结，牺牲了绝大部分的节假日、寒暑假和几乎所有的闲暇时光换来的，如果算上自20世纪80年代起从事文学创作以来我一直置身于文学现场持续不断的观察、研究与书写，时间跨度长达30余年，如此看来，300余万字书系的出版就容易理解多了。

同样地，今天摆在我们面前的这套“21世纪都市文化跨学科研究书系”也并非一挥而就，轻松完成的。作为从农村进入城市并有过漂洋过海经历的一线科研人员，我试图站在全球化语境下，用自己的方式审视城市，聚焦城市文化，全面阐释迅速崛起的中国和转型社会的阵痛对城市原居民与异乡者产生的种种影响。作为研究者，我要重视和分析这些影响，客观、真实、全面地了解产生影响的深层原因。从目前的学科分类来看，这些影响涉及文学、哲学、政治学、经济学、历史学、民俗学、心理学、传播学、媒介经营以及管理学、工程学、建筑学等等，这样一个庞大体系，一个人很难独立完成，团队合作是最佳选择，也是最现实和最有效的选择。

之所以强调团队合作，是因为每个人都有自己的知识盲点，每个人都有自己擅长的领域和短板。新文科重视跨学科研究，这种研究就是要进行学科交叉，就是要将学科壁垒打通，就是要将团队的智慧和活力发挥出来，在保“质”的基础上，提高“量”的饱有度。单打独斗的个人英雄主义时代越来越远离学术中心，新文科强调跨界重组后产生的强大力量。打个不一定恰当的比喻，学科建设如同手术室中的外科大夫，一个手术的成功与否，不是靠外科大夫个人的努力，还要靠麻醉师、药剂师和护士等一个团队的通力合作才行。学科建设一定要把握好“学术与现实的关系”。很长时间以来，学界对“现实”采取一种回避态度，好像介入现实，特别是介入带有意识形态的现实，学术就会大打折扣，学术就显得“动机不纯”，学术“高人”尽可能远离“现实”、回避“政治”，仿佛只有在“象牙塔”和“故纸堆”里做出来的学问才是所谓的“纯学问”、“真学问”，才是学术的高地，是学人最高的追求，结果便是：学术研究的路越走越窄，学人对时代的关切越来越漠视、对现实的回应越来越乏力，所有这些，正是新文科要着力打通和解决以及跨学科建设要努力突破的关键所在。

## 三

一个学问大家不只是专家，而且是杂家。西方三位百科全书式的学问大家苏格拉底、柏拉图与亚里士多德都是杂家，他们都有广博的知识、“冒犯”的兴趣和挑战的自觉。亚里士多德的著作涉及哲学、逻辑学、伦理学、政治学、生物学、自然科学等。他的老师柏拉图的著作同样涉及哲学、政治学、教育学、心理学、经济学、法学和自然学说等。柏拉图的老师苏格拉底不仅是哲学家、教育家，也是伦理学家、法学家、修辞学家等。

与此相类似，中国百科全书式的学问大家孔子也是一位杂家，他的著作涉及文学、文献学、典章制度、管理学、司法、礼仪、音乐和自然科学等。另一位百科全书式的学问大家老子，他的《道德经》涉及政治学、哲学、伦理学、自然学、人学、养生学、军事学、辩证法等。之所以如此，从溯源上讲，我们的知识，原本就是一个整体，在古代，像今天这样的学科分类并不存在。

新文科时代让我感受到教学相长的全新的意义。古人云："学然后知不足；教然后知困。知不足然后能自反也。知困然后能自强也；故曰教学相长也。"(《礼记·学记》)教学相长是中国优秀文化传统。人民教育家陶行知曾经指出："先生创造学生，学生也创造先生，学生先生合作而创造出值得彼此崇拜之活人。"这是对教学相长的最生动的诠释。新一代学人对新生事物有着天然的兴趣和探知欲，他们对老一辈学者颇有畏难情绪的新媒体语境，诸如数字仓储、云文本储存、数据可视化、虚拟现实和媒体出版等高科技带来的"数字人文"十分熟悉，他们着眼的问题意识、形成的书写形式、聚焦的研究兴趣与彰显的学术追求，与老一辈学者也有了明显的不同。他们心目中的"学术堡垒"、"同行相轻"或"门户之见"等传统观念也少了许多。他们更擅长将新科技融入到文学、哲学、历史等传统文科之中，不仅带来研究方法的变化，更大大拓宽他们的学术视野。

新文科建设既要把人文社科内部系统打通，又要把人文科学与社会科学之间的隔膜打通，还要将文科与理科、文科与工科、文科与医科以及文科与其他学科之间的"肠梗阻"打通，让工科、理科、医科等知识融入新文科教学和研究视野。对教者而言，只有不断地更新自己的知识，吸纳与时俱进的教学方法和研究理论，使自己始终处于"新"的精神状态，才能得心应手地工作。从这个意义上说，这是时代倒逼"传道"、"授业"、"解惑"的师者去努力适应社会，在学术探索中推陈出新，因为"道"是在不断变化之中，"业"也在不断变化之中，由此产生的"惑"也是不断变化的。因此，作为师者，如果不积极走出书斋，不愿置身于沸腾的生活现场，疏于与学生打成一片，不想倾听他们的呼声，完全漠视时代的需要，就很难做好自己的工作。

诚然，新文科对学生的要求也越来越高，他们不仅要掌握诸如新媒体技术、非线性编辑、数据挖掘等技术，还要懂得技术分析、GIS 建模和各类理论前沿的方法，将"要我学"变成"我要学"的自觉转变，让科学、新型的混合学习、智能学习、网络学习在"学习的革命"中发挥更大作用。新文科强调跨学科，所谓跨学科其实就是将学科进行"交叉"，取长补短，互相观照。这里的"交叉"至少包含三层意思：一是知识交叉，二是思想交叉，三是方法交叉。在带着弟子进行"21 世纪都市文化跨学科研究书系"的实践中，我对"交叉"二字感受很深，这里既有方法的挑战，又有观念的冲击，还有跨越黑暗的鸿沟后见到曙光的欣喜。

## 四

新文科时代要秉持学术良知和学术自觉，要追求学术的“博大精深”。这里的“博”指的是渊博，即把知识当成一个整体，广泛涉猎，采撷精华，融会贯通。“大”指知识的广度，追求应有的体量，包容并蓄，海纳百川，成就自我。“精”指知识的精度，这个“精”字好比知识的金字塔之塔尖，这样的塔尖必须建立在博大的地基之上才能牢不可破。“深”指知识的深度，从专业上讲，要有自己的专业深度和专业特色。跨学科不是混淆各学科的分界，而是要打通一切阻阂，要有丰富的人文情怀。例如“两弹一星”中的许多杰出科学家，他们都有很高的文学造诣，以及很高的诗词歌赋的写作能力和鉴赏水平。

与此同时，我们强调学术自觉。所谓学术自觉，首先指的就是在服务国家、服务社会、服务大众的进程中，学术研究要把创造性转化、创新性发展作为应尽之责。学术自觉，应该体现学人的生命自觉。生命自觉就是要弄清人的生命价值和意义。人既有自然生命/物质生命，又有文化生命/精神生命。人不是生来就具有“人”的本质，一个人没有经过文明的洗礼就有可能成为“野人”。梁漱溟先生指出：“人之所以为人在其心；而今则当说：心之所以为心在其自觉。”梁漱溟强调的“心的自觉”，其实就是指生命的自觉。有了生命的自觉，学术自觉才有可能实现。

其次，学术自觉要有强烈的问题意识，要自觉地把学术研究立足于国情和民情，既要有国际视野，更要有民族精神，要努力做出中国风格、中国气派、中国味道的学术成果来。

第三，学术自觉要有自己鲜明的立场。自然科学可以没有国界，但社会科学一定是有国界的。我们倾听他人不是鄙视自己而是为了更好地审视自己，我们向西方学习不是忘却自己而是更好地建构自己。因此，我们追求的“中国特色”就是带有中国烙印、中国底蕴和中国文化 DNA 的学术成果。

第四，学术自觉应当建立在学术情怀之上。所谓学术情怀，是指学人对于学术研究的敬畏之心，对学术成果的价值判断，对学术使命的自觉意识，主要体现为“虚心做人”和“潜心治学”两个向度。学人，首先是“人”。人应当有人的诚信、人的尊严、人的个性、人的追求，等等。“板凳敢坐十年冷，文章不写半句空”，这种精神仍然是新一代学人的最高追求。这种学术情怀要求师者和学者均锤炼品德，自觉树立和践行健康的人生观、价值观，自觉用中华优秀传统文化培根铸魂、启智润心。这是我们的学术追求，也是我们的人生目标。

总之，城市在发展，城市文化在嬗变，我和我的团队爬过了一座小山，前面矗立着新的更高的山。我们没有停下，而是迎风而上，携手前行。

所有的关爱都是我披荆斩棘的精神支柱，我默默记住；

所有的支持都是我风雨兼程的力量源泉，我深深铭恩。

2021 年 5 月 16 日于岳麓山下抱虚斋